Das Herz der Lilie

Sandra Regnier ist in der Vulkaneifel geboren und aufgewachsen. Nach der Schule und einer Ausbildung zur Beamtin wollte sie lange nach Frankreich auswandern. Stattdessen heiratete sie einen Mann mit französischem Nachnamen und blieb zu Hause. Heute ist Sandra Regnier selbstständig und versteht es, den schönen Dingen des Lebens den richtigen Rahmen zu geben. Das umfasst sowohl alles, was man an die Wand hängen kann, als auch die Geschichten, die ihrer Fantasie entspringen.

SANDRA REGNIER

Das Herz der Lilie

im.press
CARLSEN

Von Sandra Regnier außerdem bei Carlsen erschienen:

Das geheime Vermächtnis des Pan
Die dunkle Prophezeiung des Pan
Die verborgenen Insignien des Pan
Das Flüstern der Zeit
Die Wellen der Zeit
Die Flammen der Zeit

FSC
www.fsc.org
MIX
Papier aus verantwortungsvollen Quellen
FSC® C083411

Ein *Im.press*-Titel im Carlsen Verlag
März 2017

Umschlagbild: shutterstock.com © Nailia Schwarz/VectoRay
Umschlaggestaltung: formlabor
Corporate Design Taschenbuch: bell étage
Gesetzt von Dörlemann Satz, Lemförde
ISBN 978-3-551-31634-9

In Erinnerung an eine Fahrt im roten Manta nach Versailles
☺

Teil 1

Prolog

Mit Kraft umfasste der Mann das Handgelenk der Frau. Hinter sich konnte er das Jagdhorn hören. Es war wesentlich näher als beim letzten Mal. Er wurde noch schneller.

Die Frau hinter ihm stolperte. Er wusste, sie war am Ende ihrer Kräfte. Doch er wusste auch, wenn sie jetzt anhielten, wären sie verloren.

Beider Arme, Hände und Gesichter waren von den Zweigen gezeichnet, die gegen sie peitschten. Als habe sich sogar die Natur gegen sie verschworen. Das Gestrüpp schien dichter zu werden. Er bewunderte die Frau, die barfuß hinter ihm herlief. Seit Tagen hatte sie keine Schuhe mehr getragen. Ihre Füße waren blutig und wund. Doch sie klagte nicht.

Es knackte im Unterholz.

Auf einmal vernahm er noch etwas anderes. Etwas wesentlich Beunruhigenderes.

Verdammt! Er hatte nicht aufgepasst.

Angestrengt lauschte er auf das Geräusch und hoffte sich getäuscht zu haben. Doch er täuschte sich nicht. Es waren Hunde. Und sie kamen auf ihn zu. Abrupt drehte er um und zerrte die Frau wieder in die Richtung, aus der sie gekommen waren, noch schneller als zuvor. Sie mussten einen Bach finden, einen Fluss. Wasser, um die Tiere zu verwirren und Zeit zu gewinnen.

Die Frau verlangsamte und löste sich aus seinem Griff.

»Dort hinten war ein Abhang«, rief sie dem Mann zu und rannte bereits in die Richtung.

Er folgte ihr widerspruchslos, war dicht hinter ihr. Sie konnte seinen Atem hören.

»Irgendwo hier muss es …« Den Satz brachte sie nicht mehr zu Ende, sie stolperte über eine Wurzel. Der Mann rief etwas, aber sie fiel bereits den Abhang hinunter …

* * *

Julia richtete sich entsetzt im Bett auf. Ihr Pyjama war schweißnass und das Herz pochte ihr bis zum Hals. Das war der realistischste Traum, den sie je gehabt hatte. Sie stand auf, spritzte sich im Bad Wasser ins Gesicht und zwang sich, ruhig zu atmen. Sie musste den feuchten Pyjama ausziehen. Während sie ein Nachthemd mit Spaghettiträgern überstreifte, versuchte sie sich genau zu erinnern, was sie geträumt hatte. Aber die Erinnerung verblasste bereits. Ein Mann und eine junge Frau auf der Flucht – mehr wusste sie nicht mehr. Die Gesichter waren schon wieder verwischt, sosehr sie auch versuchte, sie sich vor Augen zu rufen.

»Es war nur ein Traum«, sagte sie sich. Langsam beruhigte sich ihr Herz und sie kuschelte sich in die Decken. Müdigkeit überfiel sie.

Doch noch während sie langsam wegdämmerte, ging ihr auf, was der Mann kurz vor dem Fall gerufen hatte. Ihren Namen. *Sie* war die Frau gewesen.

1. Kapitel
LÄSTIGER ALLTAG

Fassungslos starrte Julia auf die Fünf ihrer Französischarbeit. Wieso hatte sie nur Französisch gewählt? Sie hätte es ihrer Freundin Nina nachmachen und Hauswirtschaftskunde nehmen sollen.

»Wieso hast du eigentlich Französisch gewählt?«, fragte ihre Banknachbarin Melanie und starrte auf die in roter Tinte geschriebene Note. »Das senkt deinen kompletten Durchschnitt.«

Als ob Julia das nicht selbst wüsste. »Ich wollte dir was gönnen. So bist du wenigstens in einem Fach besser als ich«, antwortete sie. Leider klang es mehr betreten als schnippisch.

Eingeschnappt packte Melanie ihr Heft zusammen, natürlich so, dass Julia noch ihre Note sehen konnte: Sehr gut. Dann zeigte sie einer Freundin zwei Reihen weiter vorn eine Hand mit fünf abgespreizten Fingern und deutete mit dem Kopf auf Julia.

Na bravo. Spätestens zur vierten Stunde wüsste es die ganze Realschule sowie ein paar Schüler vom benachbarten Gymnasium.

Zum Glück läutete es in diesem Moment zum Ende der Französischstunde. Julia warf alle Bücher achtlos in ihre Schultasche und spurtete aus der Klasse. Bloß schnell weg von Melanie.

Weshalb gab es an ihrer Schule keinen Monster-Slush-Getränkeautomaten wie bei *Glee*? Gedanklich kippte sie Melanie den Becher nicht nur aufs T-Shirt, sondern auch gleich über den Kopf.

Auf dem Weg zum Geschichtsunterricht stieß Nina zu ihr. »Und?«

»Frag nicht«, sagte Julia düster. »Ich hätte besser Hauswirtschaftskunde gewählt. Immerhin hat meine Mutter mir das Kochen beigebracht.«

»So schlimm?« Nina legte mitfühlend eine Hand auf Julias Arm.

In diesem Moment kam eine Gruppe Jungen an ihnen vorbei. Einer von ihnen rempelte Julia an, der Gurt ihrer Tasche rutschte ihr von der Schulter und der gesamte Inhalt verteilte sich auf dem Boden.

Die Jungen lachten laut auf. Mit zusammengebissenen Zähnen bückte sich Julia und begann die Bücher, Stifte und Hefte wieder einzusammeln. Nina half ihr – und zu ihrer Überraschung auch Niklas, einer der Jungen.

»Tut mir leid«, sagte er und reichte ihr das Blatt mit der Französischarbeit. Sein Blick blieb an der Note hängen.

Ärgerlich riss Julia ihm das Blatt aus der Hand. »Alles gesehen?«, fauchte sie ihn an.

Niklas warf ihr einen unergründlichen Blick zu, stand auf und ging seinen Freunden hinterher.

»Musstest du ihn so anschnauzen?«, fragte Nina und starrte ihm hinterher.

»Wegen ihm und seinen Freunden kommen wir jetzt zu spät und du weißt genau, wie streng der Schmidt ist.«

»Aber«, sagte Nina, immer noch den Jungs nachblickend, »er hat sich doch entschuldigt.«

»Bewahrt uns auch nicht vor einem Nachsitzen.« Aber diesmal klang Julia nicht mehr so streng. Sie hatte den verträumten Blick ihrer Freundin bemerkt, der immer noch an Niklas' Rücken klebte.

* * *

Der Tag schien sich nicht zu bessern – im Gegenteil. Obwohl Geschichte eigentlich ein spannendes Fach sein sollte, wenn man an all die aufregenden Kämpfe und Kriege dachte, brachte Herr Schmidt es immer wieder fertig, daraus eine endlose Auflistung von Daten und Fakten zu machen, die stur auswendig gelernt werden mussten.

Für ihn war die Schule wohl eine Art Kaserne, denn sein Unterricht hatte etwas von soldatischem Drill. Gepaart mit seinem Hang zu preußischer Pünktlichkeit machte ihn das nicht zum beliebtesten Lehrer der Schule.

Als Julia und Nina die Klasse betraten, saßen alle ihre Mitschüler schon auf ihren Plätzen und Herr Schmidt stand am Pult.

Prompt quittierte er ihr Zuspätkommen mit einem Klassenbucheintrag und der Order, nach Schulschluss den Pausenhof zu säubern. Dadurch würden sie erst einen Bus später nach Hause nehmen können und der Nachmittag wäre so gut wie gelaufen. Doch die beiden Mädchen nickten ergeben (Widerstand war zwecklos) und wollten sich schnell auf ihre Plätze setzen.

»Stehen bleiben!«

Auch das noch, dachte Julia und unterdrückte ein Augenrollen.

»Bevor ihr euch setzt, nennt mir die Gründe für das Edikt von Nantes und dessen Auflösung.«

Nina begann zu schwitzen, Melanie in der zweiten Reihe grinste schadenfroh. Aber Julia seufzte nur erleichtert und übernahm diese Aufgabe. Wenigstens konnte er ihr auf diesem Gebiet nichts anhaben. Ihre Hausaufgaben hatte sie gemacht.

Völlig ausgepowert saßen sie weit nach Schulschluss im Bus. Julia hatte die Augen geschlossen, den Kopf an die Fensterscheibe gelehnt und war kurz davor einzunicken. Nina und sie hatten das riesige Schulgelände mit einem Eimer und einer Müllzange abgegrast. Wer hätte gedacht, dass so viel Dreck in den Hecken liegen könnte? Zu ihrer großen Überraschung hatte Niklas ihnen geholfen, ohne ein weiteres Wort zu verlieren. Das rechneten ihm beide Mädchen hoch an.

»Das Edikt von Nantes«, murrte Nina. »Wer zum Teufel braucht so was? Das ist über dreihundert Jahre her und für Religion interessiert sich heute kein Mensch mehr. Wieso kannst du dir so was merken?«

Julia zuckte unbeteiligt die Schultern. Ihr war nicht nach Plaudern, denn im Moment graute ihr vor dem enttäuschten Gesicht, das ihre Mutter machen würde, wenn sie von der verpatzten Französischnote erfuhr.

Sie war so stolz auf Julia gewesen, als die auf der weiterführenden Schule innerhalb kürzester Zeit zur Klassenbesten aufstieg. Und ihrer jüngeren Schwester Jennifer ging alles noch leichter von der Hand. Sie besuchte seit zwei Jahren das Gymnasium und glänzte dort, ohne sich anstrengen zu müssen. Beide liebten sie ihre Mutter sehr. Sie hatte es als Alleinerziehende schwer gehabt. In dem Dorf, in dem sie lebten, war es besonders schwierig, denn Kindergartenplätze waren dort Mangelware und nur dank der Unterstützung durch ihre Eltern hatte Marita Willwer es geschafft, ihre zwei Mädchen allein großzuziehen.

Leider waren die Großeltern mittlerweile alt und bedurften selbst der Pflege. Vor drei Jahren waren sie in ein Altenheim umgesiedelt. Zum Glück in das, in dem Julias Mutter arbeitete. Julia wusste nicht, was schlimmer war: zu sehen, wie die bettlägerige Großmutter immer weniger wurde, oder den demenzkranken Großvater zu erleben, der seine eigene Tochter nicht mehr erkannte.

Deswegen strengten sich Julia und Jennifer ganz besonders an unnötigen Kummer von ihrer Mutter fernzuhalten. Blöderweise war das für Julia unmöglich, wenn es um Französisch ging.

Wie nicht anders erwartet huschte ein Schatten über Marita Willwers Gesicht, als Julia ihr die Klassenarbeit hinhielt. Doch wie immer verbarg sie ihre Gefühle sofort und umarmte ihre Tochter.

»Ich weiß, beim nächsten Mal wirst du es besser machen.«

»Ach, Mama«, sagte Julia traurig. »Ich glaube, mir fehlt ein gewisses Enzym im Gehirn, um Französisch zu lernen. Ich sollte es abwählen und was anderes machen.«

»Ich weiß, du schaffst das«, sagte ihre Mutter voller Überzeugung. »Erinnere dich doch einfach daran, warum du das Fach gewählt hast. Vielleicht gibt dir das wieder etwas Ansporn.«

Julia wusste sofort, was ihre Mutter meinte. Bei der Klassenfahrt letztes Jahr nach Paris war sie sich völlig hilflos vorgekommen, weil sie nicht einmal den Preis für eine Cola hatte in Erfahrung bringen können. Und als sie in einem Laden nach einem bestimmten Souvenir gefragt hatte, hatte man sie kurzerhand rausgeworfen. Ihre Französischlehrerin hatte ihr später erklärt, sie habe sich dort als Prostituierte angeboten, statt die hübsche kleine Ente zu erwerben. Ente hieße nicht *pute* und das französische Wort für Pute sei *dinde*.

Damit war Julia die Lachnummer der Klassenfahrt gewesen.

Das hatte sie so sehr frustriert, dass sie augenblicklich die Sprache lernen wollte und sich für dieses Unterrichtsfach eingetragen hatte.

Ihre Mutter schien ihren Gedanken gefolgt zu sein, denn sie sagte ruhig: »Es reicht, wenn du dich nach dem Weg erkundigen kannst und verstehst, was die Leute dir antworten. Mehr braucht es doch nicht. Und überleg nur, wie praktisch es ist, wenn du wieder mal nach Frankreich kommst.«

Julia und Marita Willwer konnten ja nicht ahnen, wie bald genau das der Fall sein würde.

* * *

»Er schaut wieder zu dir.«

Ninas Flüstern hätte jeden ICE-Zug übertönen können. Sie und Julia saßen in der Pause zusammen auf dem Schulhof. Sollte Nina jemals versuchen »laut« zu flüstern, würde es auch der Rest der sechstausendköpfigen Bevölkerung der Kleinstadt mitbekommen. Wenn nicht sogar die ganze Eifel. Rundherum auf dem Schulgelände standen Gruppen von Jugendlichen, die nun alle zu ihnen herübersahen.

Julia sah genervt von ihrem Buch auf. »Wer?«

»Na, wer schon? Niklas!«

Julia drehte sich um und sah, wie Niklas ihr kurz zulächelte, dann errötete und sich abwandte.

»Warum?«, fragte Julia, nun doch etwas neugierig.

Nina sah sie ungläubig an. Ehe sie allerdings antworten konnte, stand Niklas auf und kam direkt auf sie zu.

Jetzt war es Nina, die rot wurde. »Ich ... äh ... ich muss noch zu Linda.« Sie sprang auf und ließ eine verblüffte Julia allein zurück.

Niklas – noch immer rot im Gesicht – nahm Ninas Platz ein und lächelte Julia an. »Hi«, sagte er leise.

Beide waren sich bewusst, dass sie der halbe Schulhof anstarrte, dank Ninas lautem Organ.

»Hi«, antwortete Julia deshalb nicht sonderlich freundlich. Sie hasste es, im Mittelpunkt zu stehen.

»Hast du schon die Hausaufgaben für Geschichte gemacht?«, fragte Niklas.

Hatte sie es doch geahnt, dass er so etwas von ihr wollte.

»Ja«, antwortete sie knapp.

»Oh.«

Schweigen.

»Äh, kannst du mir sagen, wer den Spiegelsaal in Versailles entworfen hat?«

»Die, die auch das Schloss entworfen und ausgestattet haben.« Wieso konnte Niklas das nicht einfach in seinem Geschichtsbuch nachschlagen und sie ihren Roman weiterlesen lassen? In ihrem Buch ging gerade der Ascheregen nieder und Glaukus suchte inmitten der Panik in der Stadt nach seiner geliebten Ione. Da juckte der Maler des Spiegelsaals sie genauso viel, wie wenn in München eine Bratwurst platzte. Was fand Nina nur an ihm?

»Wie hieß der noch?«, hakte ihr Mitschüler nach.

»Le Brun.«

Niklas gab immer noch nicht auf. »Findest du es nicht auch übertrieben, dass wir so einen Mist auswendig lernen müssen? Erbauungsdaten von einem Schloss? Wofür soll das gut sein?«

»Es begründete nun mal einen Stil in der europäischen Kunstgeschichte. Frankreich hatte sich dadurch als Nabel der Welt etabliert.«

Niklas sah sie groß an. »Wie kannst du dir das alles merken?«

Jetzt wandte Julia ihm wieder das Gesicht zu. Seine Frage erstaunte sie. Vor allem weil Nina erst gestern das Gleiche gefragt hatte. »Ich weiß nicht«, sagte sie zögerlich. »Ich hab es halt gelesen.«

»Du liest viel, nicht wahr? Was liest du im Moment?«

Julia reichte ihm das Buch.

»›Die letzten Tage von Pompeji‹«, las Niklas laut vor. »Und? Ist es gut?«

Julia, die sonst nie nach ihren Büchern gefragt wurde, war begeistert und begann sofort ausführlich zu berichten, bis die Schulglocke das Ende der Pause einläutete und sie sich wieder trennen mussten.

»Was wollte er von dir?« Nina fing Julia auf dem Weg zum Klassenraum ab. Peinlicherweise wieder in der typischen Nina-Lautstärke. Nina war ein echtes Herz, aber manchmal glaubte Julia, der liebe Gott habe ihr bei der Geburt einen Verstärker mit eingebaut.

Also zog sie die Freundin kurzerhand ins Mädchenklo. »Er wollte was wegen der Geschichtshausaufgaben wissen«, antwortete Julia.

»Sonst nichts?«, fragte Nina überrascht.

»Doch, er hat sich für meinen Roman interessiert. Er will ihn geliehen haben.«

Julia warf einen Blick in den Spiegel. Aus ihrem blonden Pferdeschwanz hatten sich ein paar Strähnen gelöst und die Sommersprossen auf der Nase waren durch die Sonne etwas dunkler geworden. Direkt unter ihr linkes Auge hatte sich ein kleiner Wimperntuschefleck hinverirrt. Erstaunt bemerkte Julia, dass er ihre Augen besonders betonte und sie dadurch blauer wirkten als sonst. Sie wischte ihn trotzdem weg. Jetzt war alles wie immer.

Nina dagegen hüpfte aufgeregt neben ihr her. »So ein Unsinn. Der steht auf dich! Das sind alles Ausreden, um mit dir ins Gespräch zu kommen. Was hast du ihm geantwortet?«

»Ich habe ihm vom Untergang von Pompeji erzählt.«

»Du hättest ihn fragen können, was er in seiner Freizeit macht. Hoffentlich hast du ihn mit deiner endlosen Schwafelei über Bücher nicht verschreckt. Er ist doch wirklich süß. Hast du sein niedliches Grübchen gesehen, wenn er lächelt? Er hat mich schon zweimal zu dir befragt und dann die Aktion gestern! Das sagt doch sch …« Abrupt hielt Nina inne.

Eine Spülung hinter ihnen rauschte und Melanie trat aus einer Kabine. Die hochnäsige Ziege hatte Julia gerade noch gefehlt.

Sie grinste boshaft. »Glaub nicht, dass ein Typ wie Niklas was von einem Bücherwurm wissen will. Nur weil dein Busen endlich wächst, heißt das nicht, dass Jungs sich für dich interessieren.«

Nina und Julia starrten sie mit offenem Mund an, unfähig zu einer Erwiderung.

Melanie grinste ein letztes Mal verächtlich und verließ die Toilette.

»Blöde Kuh«, maulte Nina zu der geschlossenen Tür.

»Ekelhaft.« Julia schüttelte sich und verschränkte instinktiv die Arme vor der Brust.

»Nein, dein Busen ist schon okay. Sie ist nur neidisch auf deine Körbchengröße B. Ihrer hat sie nämlich mit Tempos nachgeholfen«, versuchte Nina sie aufzumuntern.

»Das meine ich nicht. Sie hat sich nicht die Hände gewaschen.«

Leider stellten beide fest, dass Melanie ihre Unterhaltung auf der Mädchentoilette in einer WhatsApp-Gruppe eins zu eins wiedergegeben hatte.

Allerdings so, als wäre Nina in Niklas verliebt und Julia würde versuchen ihn ihr auszuspannen.

Nina kochte vor Wut.

Und nachdem die Wut verflogen war, fühlte sie sich todunglücklich, weil verantwortlich für all die hämischen Gesichter und Zurufe, die sie für den Rest des Vormittags verfolgten, und jammerte Julia damit zu. Niklas ging an ihnen vorbei, ohne zu grüßen. Julia war das relativ egal – A) weil er vorher auch nie sonderlich auf sie geachtet hatte, und B) weil er in dem Moment an seinem Handy herumspielte. Aber Nina glaubte, er nehme es ihnen übel.

Zum Glück wusste Julia genau, wie sie Nina aufmuntern konnte. Sie versprach ihrer Freundin, am Nachmittag mit ihr auszureiten. Nina besaß zwei Pferde – der Traum der meisten zwölfjährigen Mädchen an der Realschule. Dummerweise hatte Julia die Zwölf seit vier Jahren hinter sich gelassen und seit jeher eine gewisse Angst vor den Tieren gehabt. Genau genommen seit sie im Alter von sechs Jahren von einem Pony überrannt worden war. Und dabei waren Ponys die kleinere Variante von Pferd. Nur Nina zuliebe überwand sie ungefähr zweimal im Jahr ihre Furcht.

Nina selbst war eine hervorragende Reiterin und nahm sogar regelmäßig an Jugendturnieren teil. Julia ihrerseits war froh, wenn sie sich im Sattel halten konnte. Deswegen bekam sie immer die kleine, gutmütige Stute namens Isobel, die aufgrund ihres fortgeschrittenen Alters nicht mehr wegen tief fliegender Flugzeuge oder vorbeibrausender Lkws seitlich ausbrach.

Allerdings war das Wetter heute so schön, dass Julia den Ausritt ein wenig genießen konnte. Es war ein wunderschöner Herbsttag voll Sonnenschein und sie hatten sogar einen Fuchs im Unterholz gesehen. Das Laub im Wald, durch den sie gerade ritten, färbte sich bereits rot und gelb und das eine oder andere Blatt segelte langsam zu Boden. Hin und wieder stahl sich ein Sonnenstrahl durch das noch dichte Blätterdach der Buchen und Eichen, und Julia war regelrecht verzaubert.

»Wirkt es auf dich auch wie ein Wald aus den alten Sagen?«, fragte sie Nina.

»Siehst du schon wieder Neunhollen, Raubritter und Maarhexen?«, erwiderte Nina lachend.

»Ich denke eher an Kelten, Opfersteine und Eichenhaine«, erwiderte Julia und pflückte vom Pferderücken aus einen Zweig über sich. »Ich finde es unglaublich faszinierend, dass man erst vor zwei Monaten diese bronzezeitliche Kultstätte hier in der Nähe gefunden hat. Ist es nicht unglaublich, dass sie nie zuvor geöffnet wurde?« Aufgeregt fuhr sie fort: »Stell dir nur vor, dort haben vielleicht weiß gewandete Männer Tiere oder sogar Menschen geopfert.«

»Hör auf. Ich bekomme eine Gänsehaut.«

»Hast du noch nie davon geträumt, dass die Vergangenheit lebendig wird?«, spann Julia weiter, ohne Ninas Einwand zu beachten. »Stell dir doch mal vor, Melanie hätte die Zahnlücke behalten, weil es keinen Kieferorthopäden gibt, der ihre Zähne richten kann.«

»Ja, die Vorstellung gefällt mir«, sagte Nina und grinste breit. »Leider gäbe es dann auch kein WhatsApp, wo man Fotos von ihr mit den Biberzähnen zeigen könnte.«

»Ich würde ja behaupten, *Gott sei Dank* gäbe es kein WhatsApp. Überleg nur, was aus Europa geworden wäre, wenn Napoleon per Handy den Kontinent hätte erobern können. Dann sprächen wir jetzt französisch, und zwar nicht nur in den Schulstunden.«

»Da bist du selbst schuld. Du hättest Hauswirtschaft wählen sollen, dann bliebe dir dein persönliches Waterloo erspart«, entgegnete Nina gnadenlos.

Julia seufzte. »Aber ich würde trotzdem gern mal sehen, wie es früher war. Nur einen Moment lang. Wäre bestimmt spannend. Was würde ich wohl nach drei Abenden ohne Fernseher tun?«

»Vermutlich lesen.«

»Ja, wahrscheinlich. Aber die Vorstellung von einer keltischen Kultstätte finde ich wirklich aufregend. Sollen wir an der Ausgrabungsstätte vorbeireiten?«

»Ich weiß nicht«, überlegte Nina zögernd. »In dem Teil des Waldes war ich noch nicht oft.«

»Hast du Angst, wir könnten uns verirren?«

»Ich habe eher Bedenken, dass wir Ärger mit dem Förster bekommen, wenn wir die offiziellen Wege verlassen.«

Aber Julia schwenkte schon den Arm mit Zügel, als wolle sie ein Fahrrad lenken.

»Ach, komm schon. Er wird uns wohl nicht auf dem Altarstein opfern und unser Blut zur Abschreckung auf die umliegenden Baumstämme verteilen.«

Nina warf ihr einen Blick zu, der deutlich machte, dass sie an dem Verstand ihrer Freundin zweifelte.

Tatsächlich wurde der Wald in diesem Bereich düsterer. Zwar schafften es noch ein paar vereinzelte Sonnenstrahlen durch das Laub, aber die Bäume waren höher, die Stämme dicker und der Boden von Efeu und Brombeerhecken übersät.

»Können wir umdrehen?«, fragte Nina nach einer Weile und verjagte eine Stechmücke vom Ohr ihres Wallachs.

»Ist es dir zu unheimlich?«, neckte Julia. »Wir sind gleich da. Ich sehe schon die Absperrbänder der Ausgrabung.« Sie waren genau vor ihr, zwischen den Stämmen zweier uralter Eichen hindurch konnte sie links und rechts rot-weiße Plastikbänder hängen sehen.

Deren Geäst begann auf der exakt gleichen Höhe. Und an beiden Eichen wuchs der gleiche Ast in verwinkelter Form nach links. *Zwillingseichen*, fuhr es Julia durch den Kopf.

»Das sind aber seltsame Blumen«, sagte Nina und Julia entdeckte am Fuß der Eichen handgroße weiß-blaue Blüten. Das waren Lilien in einer ganz unüblichen Farbe. Nicht einmal beim Blumenhändler, der zweimal wöchentlich Lieferungen aus Holland und aus Gewächshäusern bekam, hatte sie solch außergewöhnliche Lilien gesehen.

»Hörst du das?«, fragte Julia auf einmal und zügelte ihr Pferd.

»Nein, was denn?« Nina verscheuchte eine weitere lästige Pferdebremse von ihrem Kopf.

»Das sind doch Stimmen!«

»Verdammt. Der Förster.« Nina wurde blass.

»Nein. Mehrere Stimmen«, korrigierte Julia.

Nina horchte angestrengt.

»Ich höre ein Jagdhorn!«, rief Julia aufgeregt und steuerte auf die Öffnung zwischen den Eichen zu, wo kein rot-weißes Absperrband gespannt war.

»Eine Treibjagd? Schnell weg hier!«

Es raschelte einmal im Gebüsch, und aus dem Unterholz, genau zwischen den Zwillingseichen, sprang ein riesiger Keiler hervor. Ninas Pferd machte einen Satz.

»WEG HIER!«, schrie Nina noch und preschte im Galopp fort.

Julia musste nichts tun. Ihre Stute folgte Ninas Pferd in einem Tempo, in dem Julia noch nie geritten war.

Sie bogen um zwei Rechtskurven, ihr Pferd strauchelte dabei. Julia hatte Angst zu stürzen und klammerte sich mit beiden Händen in der Mähne des Pferdes fest. Die Zügel hatte sie komplett vergessen. Mit mörderischer Geschwindigkeit jagten sie durch den Wald. Ninas Wallach war wesentlich schneller und nach der nächsten Kurve hatte Julia beide aus den Augen verloren.

Stattdessen tauchten die Zwillingseichen wieder vor ihr auf. War sie etwa im Kreis geritten? Und genau zwischen den Stämmen stand immer noch der Keiler. Julia sah die wunderschönen weiß-blauen Lilien zertrampelt zu seinen Füßen liegen.

Die Stute schien das andere Tier nicht wahrzunehmen. Sie galoppierte direkt darauf zu. Sie würde doch wohl nicht versuchen zwischen den beiden eng gewachsenen Eichen hindurchzulaufen? Nicht mit dieser Geschwindigkeit! Außerdem würden sie mit dem Wildschwein kollidieren! Julia versuchte die Stute zu bremsen. Sie zerrte an der Mähne, aber das Pferd reagierte nicht. Die Baumstämme waren nur noch ein paar Meter entfernt. Sah das Tier das Wildschwein denn immer noch nicht? Es würde gleich mächtig poltern und sie konnte es nicht verhindern.

Julia schlang ihre Arme um den Hals des Tieres, schloss die Augen und schrie.

2. Kapitel

EIN SELTSAMES ERLEBNIS

Der Knall. Wo blieb der Knall? Hätte sie nicht vor ein paar Sekunden mit einem riesigen Schwein zusammenprallen müssen? Julia blinzelte. Kein Wildschwein. Das war eine Erleichterung. Aber nur eine geringe, denn ihre Stute war durchgegangen.

Unfähig etwas dagegen zu unternehmen krallte sie sich einfach weiter an Sattel und Mähne fest und betete, das riesige Pferd möge bald von alleine anhalten – und das hoffentlich nicht erst am Rande eines Abgrundes.

So viel zu Ninas Behauptung ›fromm wie ein Lamm‹.

Nach einer Ewigkeit, wie es Julia vorkam, wurde Isobel langsamer und blieb schließlich schnaubend stehen.

Julia versuchte ihre verkrampften Hände zu lösen und ließ sich – ziemlich unelegant – vom Sattel gleiten. Am Boden versagten ihr die Beine. Sie knickten einfach weg wie die Grashalme unter ihren Füßen. Julia hatte ihren Haargummi verloren und strich sich nun mit einer Hand die strähnigen Locken aus dem Gesicht. Mit der anderen griff sie nach Isobels Zügeln. Beide Hände zitterten stark. Ihre Finger waren total verkrampft.

Offensichtlich war der Keiler weit genug entfernt, denn Isobel hatte zu grasen begonnen. Lammfromm. Mistvieh.

Julia horchte, hörte aber nichts. Keine Stimmen, kein Jagdhorn, nichts war mehr zu hören außer Vogelzwitschern und Laubrascheln. Wald, Bäume und Hecken überall, wohin man sah. Sogar die Grabungsstätte mussten sie weit hinter sich gelassen haben. Sie erkannte von der Umgebung nichts wieder. Umständlich, weil ihr die Finger noch immer nicht richtig gehorchten, suchte sie in ihrer Jackentasche nach dem Handy. Na bravo! Sie hatte es bei Nina vergessen.

Doch dann hob Isobel den Kopf, wieherte und begann unruhig zu tänzeln. Julia fasste die Zügel fester und spürte das Adrenalin zurückkehren, denn sie konnte aufstehen und sich sogar in den Sattel schwingen. Zu ihrer Erleichterung rannte Isobel nicht los.

Julia horchte noch mal. Es näherte sich ein anderes Pferd. Nina?

Ein Reiter kam in scharfem Galopp um das Gebüsch geritten.

Er hatte sie nicht gesehen und sein Pferd scheute erschrocken, stieg mit den Vorderhufen kurz in die Luft. Julia bemerkte neidisch, dass das dem Reiter nichts weiter auszumachen schien. Er hielt sich sicher im Sattel und beruhigte das Pferd so weit, dass es stehen blieb. Dann erst sah er den Grund für das Scheuen seines Hengstes.

Er starrte sie mit offenem Mund an. Ein paar Sekunden lang. Dann fasste er sich.

»*Qu'est-ce que vous faites ici?*«, fragte er in einem recht strengen Ton.

Julia hatte sich nicht so schnell im Griff. Sie starrte immer noch verblüfft zurück. Nicht weil er französisch sprach (das war doch Französisch gewesen, oder? Er hatte so schnell gesprochen ...), sondern vor allem wegen seiner Aufmachung. Er war mit einem großen, federbesetzten Hut, Kniehosen, Stiefeln und einem Rock mit Rüschenbesatz bekleidet. Sein Pferd hatte einen silberbeschlagenen, aufwendigen Zaum und das Leder des Sattels war ziseliert. Ein elegantes Pferd, wie die Pferde in der Spanischen Hofreitschule. Genauso strahlend weiß gestriegelt, die Mähne und der Schweif sorgfältig eingeflochten.

»Nous vous avons demandé quelque chose!«

Ja. Definitiv Französisch. So ein Mist.

Julia klappte schnell den Mund zu und versuchte einen Satz zu formen. *»Pardon«*, setzte sie an, *»je cherche le chemin vers Saxrath.«* Verdammt, verdammt, verdammt. Sogar sie selbst konnte ihren deutschen Akzent deutlich heraushören. Aber wenigstens hatte der Mann erkannt, dass sie keine Französin war.

»Le chemin vers où?«, fragte er, nicht mehr streng, sondern verblüfft.

»Saxrath. Ähh … *Dans le* Eifel?«

Er sah sie an, als ob sie sich vor seinen Augen in einen Frosch verwandelt hätte. Dann begann er groß und breit irgendetwas zu erzählen und Julia musste sich eingestehen, dass ihr Französisch doch wesentlich miserabler war, als sie es jemals für möglich gehalten hätte. Irgendwann hörte er auf und sah sie erwartungsvoll an.

»Je n'ai pas compris quelque chose. Ich habe kein Wort verstanden«, erklärte sie hilflos mit den Achseln zuckend.

Das entlockte ihm einen missmutigen Laut.

»Suivez-nous«, sagte er, wandte sein Pferd und verschwand im Dickicht einiger Hecken.

Julia war unsicher, was sie jetzt tun sollte. Auf keinen Fall wollte sie in diesem düsteren Wald alleine und ohne Handynetz bleiben. Also folgte sie ihm. Sie ritten etwa zehn Minuten hintereinander, ohne ein Wort zu wechseln, ehe sie endlich den Waldrand erreichten. Erstaunt sah Julia, dass es sich nicht nur um eine Lichtung handelte. Sie kamen zu einem Becken in einer Allee, die zu einem Schloss führte. Das Schloss selbst war von Gerüsten umstellt.

Mal abgesehen von der Größe hätte es Versailles sein können. Sogar das riesige Wasserbecken in Form eines Kreuzes sah aus wie der Grand Canal.

Der Schulausflug nach Paris letztes Jahr hatte auch eine Tagestour nach Versailles beinhaltet. Zwischen Hunderten von asiatischen Touristen waren Julia und ihre Mitschüler durch den Park gewandert und hatten die Standardführung (Großes Gemach, Spiegelsaal, Schlafzimmer des Königs und der Königin) mitmachen müssen.

Während sich die meisten ihrer Mitschüler lediglich für die hohen Hecken und Haine interessierten, die sie zum Üben französischer Küsse genutzt hatten, war Julia von dem Prunk des Schlosses zutiefst beeindruckt. So viel Gold und Stuck und Opulenz. Sie war so begeistert gewesen, dass sie sich in den drei Stunden Aufenthalt so viel wie möglich angesehen hatte.

Die Schüler, die nicht knutschten, hatten eine kleine Tretboottour auf dem Grand Canal unternommen. Und dieses Becken hier direkt vor ihnen sah dem Grand Canal erstaunlich ähnlich. Zwar gab es keine Tretboote auf dem Wasser, aber eine ... War das tatsächlich eine Galeere?

Jetzt hörte sie ganz eindeutig Stimmen. Männer und Frauen, die aufgeregt miteinander redeten. Sie folgte dem Reiter um akkurat angepflanzte Hecken.

Als die Menschenmenge endlich in Sicht kam, klappte Julia wieder der Unterkiefer runter. Etwa hundert oder mehr Personen – sie war sehr schlecht im Schätzen – warteten dort zu Pferd versammelt, und alle – wirklich alle – waren genauso gekleidet wie der Mann, der ihr voranritt. Die Damen trugen lange Kleider, ebenfalls befiederte Hüte und manchen hingen lächerliche Kringel über den Ohren bis auf die Schultern.

Die drehen einen Film!, überlegte Julia. Das war die Erklärung! Der Kanal war also künstlich angelegt, diese absonderlichen Klamotten Kostüme und die Degen, die alle Männer – einschließlich ihres Begleiters – an der Hüfte trugen, Requisiten. Und somit war das Schloss im Hintergrund, das kleiner war als Versailles – dem aber wirklich ähnelte –, eine Kulisse. Deswegen auch die Gerüste. Vielleicht war es nur eine Pappwand, die sie nachher mit Hilfe von Computergrafik echt aussehen ließen.

Die riesige Menschenansammlung vor ihr wurde nun auf sie aufmerksam und ein gespanntes Schweigen machte sich breit.

Julia wartete angespannt darauf, dass der Regisseur *»Cut!«* schreiend hinter irgendwelchen Kameras oder Strahlern herausgerannt kam, weil sich eine absolut unorthodoxe Person zwischen seine Darsteller geschlichen hatte. Sie sah an sich herab. Staat machte sie wahrhaftig nicht mit ihren dreckigen Jeans, den mit Matsch bedeckten Turnschuhen und einer vom Pferdestriegeln schmutzigen Daunenjacke in knalligem Pink, die aber die aufkommenden kühlen Herbstwinde wundervoll abhielt. Auf die Reitkappe hatte sie verzichtet. Was für ein Glück. Damit sah sie extrem albern aus.

Reitkappe hin oder her, alle starrten sie an. Noch nicht einmal wütend, weil sie die Dreharbeiten unterbrochen hatte, sondern eher fassungslos, als wären Julia Hörner gewachsen oder sie säße nackt auf dem Pferd. Schnell überzeugte sie sich, dass alles an Ort und Stelle und der Reißverschluss ihrer Jeans geschlossen war. Alles in Ordnung, stellte sie erleichtert fest und sah sich wieder um.

Die Kameras waren wirklich gut versteckt. Sie konnte nichts entdecken. Nicht einmal ein Kabel.

Ihr Begleiter hielt bei der Gruppe an und wandte sich dort an einen großen, dunkelhaarigen Mann. Sie sprachen auf Französisch miteinander und es war nicht schwer zu erraten, dass es in dem Gespräch um sie ging. Endlich drehte er sich wieder zu ihr um, und sie erriet mehr, als dass sie es verstand, dass sich nun der andere Mann weiter um sie kümmern würde. Dann teilte sich die Menge auffällig ehrfürchtig vor ihrem Begleiter und er ritt auf die Kulisse von Versailles zu, alle bis auf den dunkelhaarigen Mann im Tross.

Julia saß unschlüssig auf ihrem Pferd. Hatte sie ihn doch missverstanden und sollte folgen? Was wollte dieser andere Mann, der zurückgeblieben war, nun mit ihr tun? Er musterte sie unverhohlen. Julia starrte zurück.

Er war nicht unbedingt als gut aussehend zu bezeichnen. Eine feine Narbe zog sich quer über die linke Wange bis hin zum Kinn. Seine Kleidung war dezenter als die der anderen, wirkte aber dadurch wesentlich eleganter als die ihres anfänglichen Begleiters, die protziger und auffallender gewesen war. Dieser Mann hier hatte dunkle, füllige Haare, die unter dem ebenfalls federbesetzten Hut im Nacken zu einem Zopf geflochten waren. Bestimmt handelte es sich dabei um eine Perücke. So volles Haar war bei Männern äußerst selten. Julia wusste wegen dieser Perücke auch sein Alter nicht wirklich einzuschätzen. Dem Gesicht mit der Narbe nach hätte sie ihn auf dreißig geschätzt, aber seine Augen blitzten aufmerksam und lebendig wie bei einem Zwanzigjährigen. Sein blauer Rock stach von der cremeweißen, blitzsauberen Hose hübsch ab und seine Füße steckten in Stiefeln, die bis zu seinen Oberschenkeln reichten und aussahen wie das Schuhwerk der drei Musketiere.

Julia musste sich ein Lächeln verkneifen, als sie überlegte, was wohl ihre Mitschüler sagen würden, wenn sie diese seltsame Erscheinung so vor sich hätten. Der Mann verlagerte sein Gewicht ein wenig nach vorn, indem er sich mit einer Hand auf dem Bein ein wenig abstützte und mit der anderen die Zügel locker festhielt. Ein amüsiertes Lächeln breitete sich auf seinem Gesicht aus, während er sie weiterhin betrachtete.

»Seine Majestät findet wirklich die seltsamsten Dinge«, sagte er schließlich.

Julia fiel zum dritten Mal an diesem Tag die Kinnlade herunter.

Er hatte perfekt Deutsch gesprochen!

3. Kapitel
FRANKREICH

»Sie sprechen Deutsch?«, war das Einzige, was sie unsinnigerweise herausbrachte, als sie sich endlich wieder einigermaßen gefangen hatte.

»Ja, Mademoiselle. Ich nehme doch an, dass Ihr deutsch seid?« Er hatte eine markante Stimme. Ungewöhnlich tief und seltsam weich. Er musterte ihre Aufmachung nochmals von oben bis unten, ehe sein Blick an ihren Beinen hängenblieb.

»Für eine Madame bin ich wohl noch zu jung«, antwortete sie ohne die geringste Ahnung, worauf er hinauswollte. Er lachte und sie wusste immer noch nicht, woran sie war. War das eine Theateraufführung? Probten die Menschen hier für ein Stück? Das würde zwar die fehlenden Kabel erklären, aber immer noch nicht das Ausbleiben des zeternden Regisseurs.

»Folgt mir!«, unterbrach der Mann ihre Gedanken. Er trieb sein Pferd an und lenkte zum Schloss.

Und weil ihr nichts Besseres einfiel, ließ sie ihre Stute folgen.

* * *

Sie hatte Ninas Pferd einem Stallknecht überlassen müssen, der alles andere als vertrauenswürdig aussah. Er trug einen schmutzigen Frack, ein fleckiges, ehemals vielleicht weißes Hemd und Kniehosen mit Strümpfen und Holzpantinen. Aber was sie am meisten verwunderte, und es kostete sie eine Menge Selbstbeherrschung, es nicht zu zeigen: Der Stallknecht, der auf den Namen Lucien hörte, hatte schulterlange, ungepflegte Haare und ihm fehlten drei Schneidezähne. Das schien ihn aber keineswegs zu stören, denn er hatte sie frech angegrinst, als er ihre Stute beim Zügel packte und fortführte. Sie sah ihm unsicher nach.

»Sollte ich nicht …«

»Er wird sich gebührend um das Tier kümmern. Lucien ist einer der zuverlässigsten Knechte in ganz Versailles«, sagte der Mann mit dieser unverwechselbaren Stimme und ging vorweg. »Wenn nicht, hätte ich ihn längst entlassen«, fügte er hinzu.

Julia beeilte sich mit ihm Schritt zu halten. Auf dem Weg (wohin gingen sie eigentlich?) fiel Julia auf, dass es viele seltsam gekleidete Menschen gab. Die Frauen trugen lange, bis zum Boden reichende Röcke, Mieder über ihren Blusen und – Hauben, wie man sie aus dem Fernsehen in *Die Hexen von Salem* kannte. Manche hatten ein Schultertuch umhängen.

Ein Stück weiter entfernt fuhr eine Kutsche über einen großen gepflasterten Platz. Vierspännig und mit einem Wappen auf dem edlen schwarzen Holz der Tür; der Kutscher und der Lakai auf dem Bock in Livree.

Es gab junge Mädchen und Burschen, Mütter, die mit ihren Kindern an der einen Hand und einem Korb unter dem anderen Arm über den Platz eilten, Männer zu Pferd, vornehm gekleidete Herren, alte Greise, die einen Heuwagen lenkten, und jeder von ihnen schien genau zu wissen, wohin er ging. Und hier sah sie auch zum ersten Mal eine alte Frau mit Kropf. Ihr Biologielehrer hatte im Unterricht vor langer Zeit einmal erklärt, dass neue Medikamente für die Schilddrüse solche Missbildungen heutzutage nicht mehr aufkommen ließen. Zumindest nicht in Deutschland. Wo um Himmels willen war sie?

Wenn das ein Film war, war er sehr realistisch.

Der Mann, der die ganze Zeit vor ihr hergegangen war, ohne sich auch nur einmal umzudrehen, erklärte unterwegs, der König wolle sie später wiedersehen, wenn sie anständig gekleidet war. Er habe noch ein paar Fragen an sie.

Obwohl der Mann Deutsch sprach, verstand sie nicht ein Wort. »Der König? Welcher König?«

Der Mann warf ihr einen skeptischen Blick zu und betrat durch ein Portal auf der rechten Seite das Schloss.

Eindeutig keine Kulisse, dachte Julia und klopfte prüfend auf die verkleidete Marmorwand, ehe sie ihm die Treppe hinauf folgte.

Er hatte ihre Bewegung gesehen.

»Die Treppe der Botschafter?«, überlegte Julia laut und versuchte irgendwo eine Steckdose auszumachen. Nichts. Sogar im Kronleuchter steckten Kerzen und keine Glühbirnen.

Jetzt drehte er sich zu ihr um und zog eine Augenbraue hoch. »Ihr wart schon einmal in Versailles?«

»Na klar. Aber beim letzten Besuch hatte die Touristeninformation geöffnet«, murmelte sie gedankenverloren, während sie die hübschen Wandmalereien betrachtete. Irgendetwas irritierte sie. Es dauerte mindestens die halbe Treppe, ehe ihr aufging, dass die Farben extrem frisch und viel bunter aussahen als letztes Jahr.

Sie folgte dem Mann weiter nach oben. Trotz der schweren Stiefel hatte er einen sehr schnellen Schritt. Er schien regelmäßig Sport zu treiben.

Eine Treppe, ein Gang, wieder eine Treppe, nochmals ein Korridor, um die nächste Ecke, ein Gang. Ständig begegneten ihnen Menschen in Kostümen. Manchmal waren die Kostüme einfach wie die der Komparsen unten im Hof, manchmal etwas aufwendiger und sauberer. Und einmal kam ihnen eine Dame entgegen, in weit ausladenden Röcken aus einem schillernden Stoff, wie ihn Julia nie zuvor gesehen hatte. Sie lächelte den Mann sehr zuvorkommend an und musterte Julia mit großen Augen. Julia betrachtete die aufwendige Frisur der Dame. Garantiert eine Perücke. Sie blieb stehen und sah ihr nach, bis die andere um eine Ecke verschwunden war. Dann beeilte sie sich den Mann wieder einzuholen.

Julia war außer Puste, als sie endlich vor einer Tür haltmachten. Sie mussten direkt unter dem Dach des Schlosses sein.

Das nächste Mal nehme ich den Fahrstuhl, dachte sie, als er die Tür öffnete und sie mit einer Handbewegung bat vor ihm einzutreten. Das Zimmer war größer, als Julia erwartet hatte. Ein großes französisches Bett (was auch sonst?), zwei Sessel, ein kleiner runder Tisch, ein schön verzierter Sekretär und ein Paravent, hinter dem eine riesige Truhe nur halbwegs verdeckt wurde, bildeten die gesamte Einrichtung. Es handelte sich um schöne antike Möbel, für die man mittlerweile wohl ein Vermögen bezahlte.

»Das gefällt mir«, sagte Julia mit aufrichtiger Bewunderung und strich über den zart gewebten und bestickten Stoff des Paravents.

»Vielen Dank, Mademoiselle«, sagte der Bewohner des Zimmers. »Ich glaube, wir haben uns noch nicht vorgestellt: Mein Name ist Etienne Camille Laurent Flémont, Graf de Montsauvan.« Dabei zog er seinen Hut und schwenkte ihn dreimal elegant vor ihr. Die lange Feder wippte dabei lustig.

Julia war unschlüssig, was sie jetzt tun sollte. Also hielt sie ihm die ausgestreckte Hand hin. »Julia Willwer. Sehr erfreut.«

Seine Augen funkelten belustigt, als er ihre Hand ergriff und diese galant küsste. Julia konnte spüren, wie sie rot wurde. Als sie ihm die Hand wieder entziehen wollte, hielt er sie fest und betrachtete – erneut stirnrunzelnd – ihre Finger.

»Ich glaube, ein Bad wäre jetzt genau das Richtige.«

Julia wurde noch heißer im Gesicht in Anbetracht der offensichtlichen Rüge. Was glaubte er denn, wie man aussah, wenn man ein Pferd gestriegelt und gezäumt hatte? Seiner sauberen und peniblen Kleidung nach zu urteilen hatte er noch nie die Hufe eines Pferdes ausgekratzt – und es immer diesem Lucien überlassen. Der hatte allerdings so ausgesehen, als schlafe er auch bei den Pferden.

Doch bevor sie Einwände erheben konnte, ließ er sie los, öffnete die Tür und sagte etwas zu jemandem im Flur. Dann wurde die Tür geschlossen und es geschah erst mal nichts. Sie musterten sich gegenseitig und Julia war das Schweigen ziemlich unangenehm.

»Wie soll ich Sie nennen? Etienne oder Laurent, und wie war der andere Name?«, versuchte sie ein Gespräch zu beginnen.

»Ihr werdet mich Montsauvan nennen«, korrigierte er sie.

Sie sollte ihn mit seinem Nachnamen anreden? Nur Montsauvan, oder wie?

So alt war er doch gar nicht. Höchstens dreißig. Nein, noch nicht einmal. In diesem schummrigen Licht, in dem die Narbe nicht so deutlich sichtbar war, wirkte er deutlich jünger.

»Herr Montsauvan?«, versuchte sie es zaghaft.

»Monsieur de Montsauvan«, stellte er richtig. »Wie hat Seine Majestät Euch gefunden?«

Seine Majestät? Schon wieder diese Anspielung auf einen Monarchen. Langsam hatte sie das Gefühl, veräppelt zu werden. Und das gefiel ihr ganz und gar nicht. Die Schauspieler übertrieben ihre Rollen hier gewaltig.

»Wenn es der König war, der mich gefunden hat, wieso ist er alleine im Wald unterwegs gewesen? Müsste er nicht ein paar Bodyguards um sich haben?«, versuchte sie ihn auflaufen zu lassen. Leider zuckte *Monsieur de* Montsauvan nur unbeteiligt die Schultern.

»Ludwig XIV. ist ein passionierter Jäger. Kaum einer kann mit ihm mithalten. Bodyguards? Ihr sprecht auch Englisch?«

Julia war wie vor den Kopf geschlagen.

Ludwig XIV.?

Ludwig XIV.!

Versailles. Jagd. Und keine Lichtschalter, sondern Kerzenleuchter auf dem Nachttisch. Keine Fotos, sondern Gemälde und zwei kleine Miniaturen neben dem Bett an der Wand.

Das war kein Film.

Das war ein Traum.

Sie träumte. Ohne Zweifel. Genau wie der Traum letztens, als sie gejagt worden war. Aber das hier war besser. Nicht so hektisch und wesentlich angenehmer. Von dem peinlichen Moment vorhin, wie sie einer Horde Menschen in eleganten Kostümen vorgeführt wurde, mal abgesehen. Sie würde diesen Traum auskosten, so lange es ging. Mal sehen, was als Nächstes geschehen würde.

Montsauvan öffnete eine kleine Tapetentür, die sie bislang übersehen hatte. Noch ehe sie ihm folgen konnte, kam er wieder heraus und hielt ein Laken über dem Arm.

An der Tür zum Gang hin klopfte es.

»Entrez«, rief Montsauvan. Herein kam ein Diener in einer schwarzen, silberbestickten Livree. Er verbeugte sich und betrachtete Julia verstohlen. Der Lakai erhielt ein paar kurze französische Anweisungen (Julia verstand einzig das Wort *bain*, was so viel wie »Bad« bedeutete, meinte sie sich zu erinnern) und verschwand wieder.

»Was genau passiert denn jetzt mit mir?«, fragte sie, sobald sich die Tür geschlossen hatte.

»Ihr werdet gebadet, anständig gekleidet und frisiert und dann werden wir essen gehen. Und morgen soll ich Euch beim König vorstellen.«

Morgen? Dann wäre der Traum ja längst zu Ende. Sie wollte den König heute sehen!

»Können wir das Meeting nicht noch heute abhalten? Morgen werde ich doch wieder zu Hause sein.«

»Ach, Ihr wohnt in der Nähe?« Er zog überrascht eine Augenbraue hoch.

Julia war sich nicht sicher, ob er sich nicht schon wieder über sie amüsierte. Ein seltsamer Traum. »Ich weiß nicht«, antwortete sie kleinlaut. »Eigentlich nicht, wenn das hier Versailles ist.«

»Nun, offensichtlich seid Ihr doch aus Deutschland, nicht wahr?«, stellte er ohne große Kunst fest.

Sie nickte.

»Dann würde ich sagen, Ihr habt einen recht langen Weg hinter Euch und einen ebenso langen Weg wieder vor Euch. Bis dahin könnt Ihr Euch ausruhen und als Gast Seiner Majestät in Versailles bleiben. Das ist mehr, als manch einem Franzosen widerfährt. Ich gestatte Euch, hier in diesem Appartement zu übernachten, bis sich eine andere Bleibe für Euch findet. Zurzeit herrscht noch Platzmangel, wie Ihr Euch denken könnt. Und ein junges, hübsches Mädchen wie Ihr wäre sicherlich nicht gut beraten, auf den Treppen im Flur zu nächtigen.«

Damit war für ihn die Diskussion beendet. Julia wollte widersprechen. Sie sollte im Zimmer eines fremden Mannes übernachten? Eines Mannes, der *so* aussah? Und damit war nicht einmal sein Kostüm gemeint. Niklas wirkte gegen ihn wie Nils Holgersson gegen Clark Kent.

Melanie, dieses Flittchen, hätte mit Sicherheit nichts dagegen einzuwenden, das Zimmer mit einem solchen Mann zu teilen. Und wer sagte, dass die Treppen nicht tatsächlich sicherer waren? Was wusste sie schon über diesen Mann? Er konnte Deutsch sprechen.

Punkt. Abgesehen davon hatte er eine Narbe im Gesicht, die alles andere als vertrauenerweckend aussah. Ihm fehlte nur noch ein Tattoo am Hals und er wäre die ideale Besetzung für jeden weiteren *Fluch der Karibik*-Film. Wer weiß? Vielleicht hatte er sogar eines unter diesem Jabot oder wie auch immer diese flauschigen Krawatten hießen.

Doch ehe sie etwas sagen konnte, öffnete sich die Tür und hintereinander betraten zehn Lakaien in unterschiedlichen Livreen mit Eimern voll heißen Wassers den Raum. Sie gingen einer nach dem anderen in den Nebenraum und kamen mit leeren Eimern wieder heraus. Als die Männer alle verschwunden waren, klopfte es erneut und ein Mädchen, das in etwa in Julias Alter war, betrat die Kammer. Monsieur de Montsauvan wechselte ein paar Worte mit ihr, dann wandte er sich wieder an Julia.

»Das ist Sophie. Sie wird Euch beim Baden behilflich sein und Euch frisieren. Ich werde in der Zwischenzeit versuchen ein Kleid für Euch aufzutreiben.« Er musterte ihre pinke Daunenjacke.

»Die ist sehr …«

»Warm?«, half ihm Julia weiter, als er den Satz nicht vollendete.

»Schmutzig, wollte ich eigentlich sagen, suchte aber nach einem schmeichelhafteren Wort. Möchtet Ihr sie Sophie zum Waschen überlassen?«

Julia zögerte und schämte sich bereits für ihre Aufmachung. Der Mann war trotz Ausritt nicht nur sauber, nein, nicht einmal seine Haare waren windzerzaust oder seine Stiefel beschmutzt – trotz des vielen Strohs und Unrats im Hof. Sie blickte auf ihre Turnschuhe. Ehemals weiß, jetzt braun und grau, und am linken Fuß stachen Grashalme hervor. Wie peinlich.

Sie hatte sich für die schmutzige Arbeit im Stall alte, abgetragene Kleidung angezogen und teilweise waren die Sachen auch schon etwas klein, da ihr Brustumfang im letzten Jahr erheblich zugenommen hatte. Dementsprechend hatte sie ein zu enges Shirt an, unter dem sich ganz genau ihre Brüste abzeichneten.

Ohne sie vorzuwarnen, zerrte Montsauvan an ihrer dicken Daunenjacke und die Druckknöpfe sprangen auf. Montsauvans Gesichtsausdruck war nicht zu deuten, als er sie von oben bis unten musterte.

Endlich sagte er mit dieser tiefen, samtigen Stimme: »Wisst Ihr, *Mignonne*, Ihr habt wahrhaft verborgene Reize«, dann ließ er sie mit dem Mädchen, das er Sophie genannt hatte, allein.

* * *

Kaum dass die Tür ins Schloss gefallen war, begann die vorhin noch so stille Sophie zu plappern. Nur leider auf Französisch und Julia verstand kein einziges Wort. Aber das war anscheinend auch nicht so wichtig, denn Sophie verlangte keine Antwort. Julia wurde in den Baderaum geschoben und Sophie begann Julia zu entkleiden, ohne ihr Geschnatter zu unterbrechen.

Dann aber verschlug es Sophie plötzlich die Sprache. Sie begutachtete mit offenem Mund die Jacke und strich immer wieder über den Stoff (beziehungsweise die Synthetik). Vor allem die Knöpfe hatten es ihr angetan: Sie drückte sie auf und zu und auf und zu. Mindestens zehn Mal, ehe sie sich wieder Julia zuwandte und ihr das Shirt ausziehen wollte.

Sogar in diesem merkwürdigen Traum genierte sich Julia und bedeutete ihr, sie würde das alleine erledigen.

Der Baderaum war klein, aber geräumig genug für eine Gussbadewanne, einen Lehnstuhl mit Ledersitz, ein Lavabo und ein kleines Tischchen mit Spiegel, auf dem sich Rasierutensilien und diverse Fläschchen, Seife und Tiegelchen befanden. Die Französin entkorkte einige der Fläschchen und roch daran, bis sie sich schließlich für eines entschied, das einen blumigen Duft enthielt. Davon schüttete sie etwas ins Wasser.

Julia hatte bis auf die Unterwäsche alle Kleidungsstücke abgelegt und stand ratlos und etwas beschämt neben der ungemütlich aussehenden Wanne. Als Sophie sich umdrehte und ihr Blick auf Julias Unterwäsche traf, drohten ihr die Augen aus dem Kopf zu fallen. Ihr entfuhren nur zwei Worte und dieses Mal verstand Julia sie.

»Mon Dieu!«

Endlich fasste sich das Mädchen wieder und bedeutete ihr in die Wanne zu steigen, ehe das Wasser kalt wurde. Julia kam ihrer Aufforderung, wenngleich ein wenig zögernd, nach. Die Badewanne war wesentlich bequemer, als sie von außen aussah. Das Wasser war allerdings nur lauwarm. Wenn Julia an all die Treppen dachte, die die Lakaien mit den Eimern hatten laufen müssen, war das nicht weiter verwunderlich. Aber dafür duftete das Rosenöl sehr gut. Sophie begann ihr die Haare zu waschen. Dafür hatte sie ein weiteres Tiegelchen vom Frisiertisch genommen.

Wenn das hier ein Traum war, so war dieser Teil wirklich sehr gut. Der könnte noch etwas länger dauern. Julia entspannte sich ein wenig und schloss die Augen.

Doch schon nach wenigen Minuten war die Erholung vorbei. Sophie begann ihr die Augenbrauen zu zupfen. Das war sehr unangenehm, ziepte und Julia nieste zweimal. Sollte sie nicht langsam aufwachen?

Aber nein, der Traum ging weiter, sogar als Sophie ihr gnadenlos kaltes Wasser über den Kopf kippte, um die Seife auszuwaschen. Julia hatte die Bemühungen, ein Gespräch zu führen, aufgegeben. Ihr Französisch war so unzureichend, sie verstand nichts von dem Geplapper – und Sophie verstand nichts von dem, was Julia zu sagen versuchte.

Die Tür in der Nebenkammer öffnete sich und schwere Schritte waren zu vernehmen, die nur einem Mann gehören konnten, höchstwahrscheinlich dem Bewohner dieser Räumlichkeiten.

Entsetzt sah Julia auf. Würde er hier hereinkommen? Immerhin war das sein Appartement. Die Rasiersachen zeigten das ganz deutlich.

Zu ihrer Erleichterung blieb er draußen und rief etwas auf Französisch durch die geschlossene Tür. Dann entfernten sich seine Schritte wieder. Das Mädchen drängte Julia, aus der Wanne zu steigen. Sie wurde in ein Leinentuch gewickelt, das bei weitem nicht so kuschlig war wie ein Frotteehandtuch und auch nicht so warm. Mittlerweile war ihr sogar richtig kalt und eine Gänsehaut überzog ihren Körper.

Als Sophie das sah, ließ sie kurz von ihr ab, kniete sich vor einen Kamin, der Julia bisher noch nicht aufgefallen war, und machte Feuer. Wenige Minuten später brannte es schon. Julia trocknete sich ab und Sophie bürstete anschließend ihre Haare vor dem Feuer, bis sie fast trocken waren. Dann steckte sie sie kunstvoll auf. Zum Glück ohne diese lächerlichen Kringel um die Ohren. Daraufhin verschwand die junge Dienerin im Nebenraum, um kurz darauf mit Kleidungsstücken wiederzukommen, die sich dermaßen hoch auf ihren Armen türmten, dass sie nicht darüber hinwegsehen konnte.

Und so geschah es, dass Julia zum ersten Mal in ihrem Leben in ein Mieder geschnürt wurde. Was ihr gar nicht behagte, denn sie bekam kaum Luft. Jede weitere Bewegung ließ etwas knacken, hoffentlich waren das keine Rippen, die gerade brachen. Zumindest sämtliche Organe mussten sich verschoben haben.

Aber als sie wenige Minuten später in das wunderschöne Kleid aus dunkelgrünem Brokat mit Silberstickerei am Mieder und weißer Spitze an den Ärmeln passte, vergaß sie das angestrengte Atmen.

Es sah wundervoll aus. Prachtvoll, traumhaft und sehr majestätisch. Julia erkannte sich in dem Spiegelbild nicht wieder. Ihre blonden Haare waren fast zur gleichen Frisur gesteckt, wie die Dame vorhin im Korridor sie getragen hatte. Diese Frisur schmeichelte ihrem herzförmigen Gesicht. Und die nun in schön geschwungene Bögen gezupften Brauen brachten ihre grauen Augen richtig zur Geltung.

Zum ersten Mal, seit ihre Figur sich weiblich verändert hatte, war sie froh darüber. Dank dem eng geschnürten Mieder hatte sie eine schmale Taille und das Dekolleté wirkte zwar sehr damenhaft, aber zum Glück nicht zu freizügig. Melanie hätte in das Korsett ein ganzes Handtuch stopfen müssen, um so auszusehen.

Schade, dass es ein Traum und kein Film war. In dieser Aufmachung hätte Julia die DVD später in Endlosschleife laufen lassen. Sie nahm sich vor, diesen sonderbaren und zugleich wunderschönen Traum aufzuschreiben, sobald sie wach war. Hoffentlich konnte sie sich an alle Details erinnern.

* * *

Monsieur de Montsauvan hatte in der Schlafkammer in einem Sessel gelesen, als Julia eintrat. Als er sie erblickte, sprang er sofort auf.

Ein Graf!, schoss es Julia durch den Kopf. Ein *echter* Graf. Dieser junge Mann mit der entstellten Wange war ein Aristokrat. Sie hatte noch nie jemanden mit blauem Blut kennengelernt.

»Ihr seht hinreißend aus, Mademoiselle«, sagte er, ergriff ihre rechte Hand und küsste die Fingerspitzen. Julia wurde rot. Seit sie ein Teenager war, hatte niemand mehr zu ihr gesagt, sie sähe gut aus, geschweige denn ihr die Hand deswegen geküsst. Sie konnte sich auch schwerlich einen ihrer Klassenkameraden vorstellen, der ihr eine solche Geste zukommen lassen würde. Allenfalls würden die sagen: »Coole Aufmachung.«

Die Aufmerksamkeit eines so attraktiven Mannes machte sie verlegen. Und wieder überlegte sie, wie alt er sein mochte.

»Ich sehe eigentlich nie besonders gut aus«, murmelte sie, den Blick zu Boden gesenkt.

Doch Montsauvan unterbrach sie mit strenger Miene: »Eine der Regeln im Leben einer Dame ist es, niemals einem Kavalier ein Kompliment abzuschlagen. Wenn Euch einer der Edelmänner schmeichelt, dürft Ihr lächeln, Schüchternheit vortäuschen und Euch artig bedanken. Und erzählt mir nicht, es sei Euch unangenehm, in dieser Aufmachung bewundert zu werden. Jede Frau liebt Komplimente und möchte bestätigt bekommen, dass der Aufwand ihrer stundenlangen Toilette sich auch gelohnt hat. Das Kleid steht Euch wunderbar und hebt die Schönheit hervor, die unter den Hosen und dem Stallschmutz kaum zu erkennen war.«

Julia errötete noch mehr. Aber aus Scham. Mit zusammengebissenen Zähnen und deutlich ironischem Unterton sagte sie: »Danke, Monsieur.« Dann sah sie ihn direkt an. »Monsieur de Montsauvan, ich habe eine Frage. Welches Jahr haben wir?«

»Ihr müsst lange unterwegs gewesen sein, wenn Ihr nicht einmal mehr das Datum wisst«, bemerkte der Graf lächelnd.

»Wahrscheinlich länger, als ich selber angenommen habe«, murmelte sie. »Also?«

»Wir haben den 18. Oktober im 25. Regierungsjahr Seiner Majestät.«

Ratlos runzelte Julia die Stirn. »Und was heißt das genau? Ich meine, welches Jahr nach dem gregorianischen Kalender?«

»1677.«

4. Kapitel

1677

Julia holte tief Luft – soweit das in diesem Mieder möglich war.

»1677. Dann ist das Edikt von Nantes noch intakt. Und Versailles ist …« *noch lange nicht fertig gebaut,* hatte sie sagen wollen, konnte es aber im letzten Moment zurücknehmen. Sie stellte fest, dass ihr Geschichtsunterricht sich gelohnt hatte. Sämtliche Daten und Personen von *jetzt* und der unmittelbaren Zukunft gingen ihr durch den Kopf. Schließlich blieb ihr Blick an dem Mann vor ihr hängen: die perfekte Verkörperung eines Edelmannes im absolutistischen Frankreich. Die Schnallenschuhe mit den roten Absätzen, die blauen Strumpfhosen in Kniebundhosen, eine Weste und drüber ein langer Gehrock in einem passenden blauen Farbton.

Ungläubig betrachtete sie den Grafen nun mit anderen Augen. Im Gegensatz zu den verklärt romantisierten Gemälden war das hier ein Mensch aus Fleisch und Blut. Er hatte blaue Augen, die sie durchdringend ansahen und im Kontrast zu den dunkelbraunen Haaren standen, einen schön geschwungenen, sinnlichen Mund und eine lange Nase, die aufgrund der leichten Krümmung wohl einmal gebrochen gewesen war. »Aristokratenrüssel«, hatte ihr Geschichtslehrer einmal zu dem Bildnis eines Mannes mit einer ähnlichen Nase gesagt. Die von der Narbe versehrte Gesichtshälfte lag im Schatten. Er sah aus wie ein ganz normaler Mensch. Nicht wie eines der faltenfreien und idealisierten Porträts aus dieser Zeit.

Julia konnte sich Montsauvan aber auch gut in einem zeitgenössischen Anzug mit Hemd und Krawatte vorstellen, als Geschäftsführer eines Konzerns. Diese blauen, funkelnden Augen strahlten ein gewisses Maß an Selbstbewusstsein aus, das man bei Politikern oder Topmanagern häufig sah.

Im Moment waren sie eher fragend auf sie gerichtet.

»Es scheint, als wüsstet Ihr über die bedeutendsten politischen Gegebenheiten Bescheid«, stellte er amüsiert fest. »Welcher Tag war es denn, als Ihr Euch auf den Weg machtet?«

»Donnerstag«, antwortete Julia einfältig.

»Das gleiche Datum?«, hakte Montsauvan listig nach.

»Natürlich«, sagte Julia schnell und nur halb gelogen. Der 18. Oktober stimmte. Dann lachte sie. Es klang selbst in ihren Ohren sehr gekünstelt. »Haben Sie gedacht, ich würde behaupten, ich käme aus der Zukunft? Oder ich sei ein Außerirdischer vom Mars? Und unter diesem Kleid befände sich ein schleimiger grüner Körper?«

Dann stutzte sie kurz. Das war schließlich ein Traum. Sie konnte sagen, was sie wollte, oder? Wieso sagte sie nicht einfach, sie käme aus der Zukunft? Wahrscheinlich weil sie auch in diesem Traum nicht seziert und angegafft werden wollte. Zumindest nicht noch mehr als bisher.

Montsauvan betrachtete sie nachdenklich. Dann sagte er langsam: »Das mit dem schleimigen grünen Körper stimmt schon mal nicht. Ich habe Sophie befragt.«

Julia starrte ihn mit offenem Mund an.

Er lächelte boshaft. »Sie konnte mir versichern, dass alles genau so ist, wie es sich gehört. Unser Monarch hat ein Auge für Besonderheiten. Sogar wenn sie sich in Hosen verstecken. Er hat Euch eingeladen, als sein Gast in Versailles zu verweilen, und mir aufgetragen, Euch mit der höfischen Etikette vertraut zu machen.« Er sah auf Julias offen stehenden Mund. »Und ein wenig gesellschaftlicher Schliff wäre wahrscheinlich gar nicht schlecht.«

Tatsächlich war das keine leere Rede und Julia kam es bald vor wie eine Drohung. Denn sie fand schnell heraus, dass die Etikette, die am französischen Königshof herrschte, verdammt aufwendig war – und Montsauvan war ein strenger Lehrer. Die richtige Reverenz – der Knicks – vor dem König und der königlichen Familie sei das Wichtigste überhaupt, erklärte er ihr.

Vier Stunden (VIER!) musste Julia sich hinknien und wieder aufrichten. Davon war sie dreimal umgekippt, siebzehnmal durch das enge Mieder nicht mehr hochgekommen und zweihundertdreißigmal gestolpert. Zu ihrem größten Verdruss hatte der Graf nur noch Französisch mit ihr gesprochen, mit der Begründung, sie müsse sich der Sprache des Landes anpassen, in dem sie sich befand.

»Ha, ich werde Ludwig XIV. daran erinnern, wenn er sich auf den Weg macht, den Rhein zu überqueren, um Deutschland einzunehmen«, rief Julia entrüstet. Damit hatte sie anscheinend einen Fehler begangen.

Montsauvan verlor seine höfliche Zurückhaltung, packte auf einmal gar nicht mehr höflich ihre Hand und quetschte ihre Finger. »Woher wisst Ihr davon?«, fragte er leise und in seinem Ton schwang ein dumpfes Grollen mit. »Das ist ein absolutes Geheimnis, das nur die engsten Vertrauten und Minister des Königs kennen. Die Vorbereitungen zu diesem Schritt haben eben erst begonnen.«

Julia bekam Angst bei diesen harten Augen und ihr wurde klar, dass er ein unerbittlicher Gegner sein konnte. Sie versuchte sich aus seinem Griff zu befreien. Unmöglich. Er hatte Bärenkräfte, die sie diesem schlanken Mann gar nicht zutraut hätte.

»Ich gehöre zum engsten Stab Seiner Majestät. Und das Projekt unterliegt noch der Geheimhaltung. Woher wisst *Ihr* davon?«

Julia überlegte fieberhaft, was sie antworten sollte. Alles, was sie sagen würde, wären offensichtliche Lügen und er war scharfsichtig genug, um sie sofort zu durchschauen. Und die Wahrheit zu sagen wäre viel zu riskant in einer Zeit, in der die Scheiterhaufen noch loderten.

Siedend heiß fiel ihr ein, dass es in diesem Jahrhundert noch die Inquisition gab! Julia hatte keine Lust, als Hexe angeklagt und gefoltert zu werden.

Was also sollte sie tun? Was konnte sie sagen, ohne sich zu verraten? Panisch fühlte sie Schweißtropfen an ihren Schläfen herunterrinnen.

»Nun gut«, gab Montsauvan schließlich nach, als sie noch immer schwieg und fieberhaft nach einer Ausrede suchte, »ich werde schon herausfinden, woher Ihr das wisst.«

Das klang wesentlich beunruhigender, als wenn Herr Schmidt einen Test ankündigte, aber zumindest vorläufig war die Misere abgewendet und Julia atmete tief durch. Verflixt, sogar das war unter dem engen Mieder nicht mehr richtig möglich.

* * *

Als es dunkel wurde, führte der Graf de Montsauvan Julia durch das Schloss. Es arbeiteten teilweise noch Maler und Handwerker bei Kerzenlicht, Bedienstete hasteten mit Speisen, Kleidern oder anderen Utensilien beladen an ihnen vorbei, hin und wieder begegnete ihnen eine Dame oder ein Herr, gefolgt von einem livrierten Lakaien, die Julias Begleiter ehrerbietig grüßten.

»Wohin gehen wir?«, fragte Julia, als sie die dritte Treppe hinunterstiegen, nachdem sie zuvor zwei hinaufgestiegen waren.

»Pardon?« Der Graf drehte sich nicht einmal zu ihr um.

»Où est-ce que nous allons?«, wiederholte sie müde.

Etienne blieb stehen, eine Augenbraue amüsiert hochgezogen. »Ehrlich, Mademoiselle, Ihr habt den scheußlichsten Akzent, den ich je gehört habe«, sagte er auf Deutsch.

»Merci beaucoup«, grummelte sie mürrisch.

»Wir gehen etwas essen. Oder habt Ihr etwa keinen Hunger?«

Bei dem Wort »Essen« erhellte sich Julias Gesicht. Sie hatte wirklich Hunger! Wer hätte für möglich gehalten, dass stundenlanges Bücken und Nachsprechen so hungrig machen könnten?

Endlich kamen sie in das Große Gemach.

Zu Julias Überraschung waren die aufeinanderfolgenden prunkvollen Säle bereits fertiggestellt – Julia erkannte sie von dem Schulausflug wieder. Nur waren die Räume in viel besserem Zustand. Die Geheimtüren, die bei ihrem Besuch letztes Jahr in den samt- und damasttapezierten Wänden sofort ersichtlich gewesen waren, waren jetzt sehr gut verdeckt. Sie konnte nicht eine einzige erkennen. Natürlich war jetzt auch alles neu. Bei ihrem Besuch mit der Schule war das ganze Schloss bereits ein wenig mitgenommen, um nicht zu sagen heruntergekommen, gewesen. Aber immerhin hatte es da auch schon dreihundert Jahre, das Wüten der Revolution und zwei Weltkriege hinter sich.

Hier im Großen Gemach herrschte reger Betrieb. Damen und Edelmänner standen hier und da, unterhielten sich angeregt, Lakaien schlängelten sich gewandt wie Akrobaten durch die Menge, reichten Wein oder Häppchen aus Blätterteig und Früchten, und sogar kleine Hunde wurden von ihren Besitzern auf den Händen gehalten oder machten es sich zu deren Füßen bequem.

Montsauvan ging zielstrebig zwischen den Menschen hindurch, ohne auch nur nach links oder rechts zu schauen. Ausnahmslos gewährte man ihm freien Durchgang. Er musste eine wichtige Person bei Hofe sein, da man ihm so bereitwillig Platz machte. Das lag garantiert an seiner Position als Mitglied im Rat des Königs, aber ganz bestimmt auch an seiner Größe. Montsauvan war zwar nicht größer als Herr Schmidt, ihr Geschichtslehrer, der durchschnittliche 1,85 Meter maß, nicht ungewöhnlich für einen Mann im einundzwanzigsten Jahrhundert, aber in einem Zeitalter, in dem Kinder nicht ordentlich mit Vitaminen versorgt wurden und die Durchschnittsgröße eines Mannes bei 1,70 Metern lag, war er gut einen Kopf größer als die meisten Anwesenden. Groß und auffällig. Julia war zu hungrig und zu nervös, um all die neugierigen und überraschten Gesichter zu bemerken, die sich ihr zuwandten.

Endlich erreichten sie ein Buffet, auf dem die seltsamsten Dinge arrangiert waren. Ein ganzer Truthahn, ein gebratenes Schwein mit Zitrone im Maul, riesige Etageren mit Obst, Süßspeisen, Hors d'Œuvre, dekoriert mit Salaten, Terrinen mit Suppen, und das alles in einer unendlichen Auswahl. Julia lief das Wasser im Mund zusammen, obwohl sie sich gleichzeitig wunderte, wie man im siebzehnten Jahrhundert eine solche Anzahl von Delikatessen aus verschiedenen, teilweise exotischen Ländern hierherbringen konnte – ganz ohne Kühlung und motorbetriebene Frachter. Sie wusste mit Sicherheit, dass Orangen und Bananen in diesem Zeitalter sehr rar waren.

Montsauvan schien sich nicht zu wundern. Er nahm sich einen Teller und begann ihn zu füllen. Als Julia es ihm nachtun wollte, warf er ihr einen warnenden Blick zu.

»Ihr seid meine Begleitung. *Ich* werde Euren Teller füllen und Ihr werdet Euch anschließend artig bedanken, wie es sich gehört. Nehmt einstweilen dort auf dem Kanapee Platz.«

Seufzend folgte Julia seiner Anordnung, wie sie es bereits den ganzen Tag über getan hatte. Wenn sie nicht so müde gewesen wäre, hätte sie sich über seine anmaßende Art jedoch furchtbar geärgert.

Ein Lakai hielt vor ihr an und reichte ihr auf dem Tablett ein Glas Wein.

Alkohol? Und keine Mutter weit und breit, die es ihr verbieten konnte. Beherzt griff Julia zu. Doch gerade als sie nippen wollte, wurde ihr das Glas aus der Hand genommen und Etienne sagte dem Pagen etwas, dem Julia das Wort »Wasser« entnahm.

»Ihr werdet sofort bezecht sein, wenn Ihr trinkt, ohne vorher etwas gegessen zu haben. Hier. *Bon Appetit!*«

Er reichte ihr den gefüllten Teller.

Jetzt war sie doch sauer. Wortlos starrte sie ihn aus zusammengekniffenen Augen an und überlegte, ob sie ihm wohl eine Maus in sein Bett träumen konnte. Oder eine Schlange. Er musste ihre mürrische Miene bemerkt haben, aber es schien ihn nicht im Geringsten zu stören. Er aß ungerührt weiter. Auch bei Julia siegte schließlich der Hunger und sie begann zu essen.

Das Essen war dezenter gewürzt, als sie es bisher gekannt hatte, aber köstlich. Die Anstrengungen des langen Tages machten sich bemerkbar und sie aß den ganzen Teller leer. Doch anschließend fühlte sie sich so müde, dass sie sich am liebsten auf dem Kanapee hingelegt und geschlafen hätte. Montsauvan schien ihr Problem zu bemerken. Er half ihr auf die Beine. Julia fielen, kaum dass sie die Menschenmenge des Großen Gemachs hinter sich hatten, schon fast die Augen zu. Plötzlich fühlte sie Arme um sich, sie wurde hochgehoben. Man trug sie! Es war sehr angenehm, an eine breite Männerbrust gelehnt getragen zu werden. Seit sie ein kleines Kind gewesen war, hatte sie niemand mehr so gehalten, doch Montsauvan schien keine Mühe damit zu haben. Julia bettete ihren Kopf an seine Schulter, legte einen Arm um seinen Hals und nahm den zarten Parfümduft (waren es Veilchen?) und den Geruch nach Mann wahr. Das Wiegen seiner festen Schritte lullte sie ein, und noch ehe sie die Räumlichkeiten Montsauvans erreicht hatten, schlief sie schon tief und fest.

5. Kapitel
AUFGEWACHT

Ein seltsamer Traum ... Es hatte alles so echt gewirkt! Die Kostüme, die Perücken, die Gerüche – teilweise sehr unhygienisch, vor allem im Hof –, das Schloss und der Geschmack des Essens. Der Fasan war hervorragend gewesen. Ob sie ihre Mutter einmal bitten könnte einen Fasan zuzubereiten? Sie musste den Wecker überhört haben, denn ihre Mutter klopfte bereits an die Tür.

»Ich steh ja schon auf!«, rief sie noch schlaftrunken und warf die Bettdecke zurück. Ihr benebelter Blick fiel auf ihre nackten Beine. Keine Pyjamahose? Sie sah an sich herab. Sie trug nicht mehr als ein kurzes Hemd! Mit einem geklöppelten Spitzensatz am Dekolleté. Das ließ sie vollends wach werden. Seit wann schlief sie in einem solchen Hemdchen?

»Sosehr ich diesen Anblick auch genieße«, sagte da die unverwechselbare Stimme des Grafen de Montsauvan, »bedeckt Ihr Euch besser, denn der Lakai könnte sonst einen falschen Eindruck von Eurer Anwesenheit in meinem Zimmer bekommen.«

Vergnügt blinzelte er ihr zu, während sie sich mit einem Schrei hastig wieder unter die Decke flüchtete. Dann wandte er sich ab, öffnete die Tür, an der es in der Tat geklopft hatte, und nahm dem Diener das mit Speisen überhäufte Tablett ab.

Julia roch Kaffeeduft und frisches Brot. Außerdem fühlte sie das gestickte Monogramm auf dem warmen Laken. Und dann schlug sie sich fest auf die Wange. Es klatschte, schließlich brannte es, und als sie die Augen öffnete, sah sie dem in Kniehosen und einer langen Weste gekleideten Grafen in die Augen.

»Ihr habt eine sehr eigenartige Weise, Euch aufzuwecken«, sagte Montsauvan und wieder durchdrang seine Stimme sämtliche Schichten ihrer Haut.

Julia kam zu der kläglichen Einsicht, dass der Traum kein Traum war.

Sie *war* in Versailles, nur mit einem Hemdchen bekleidet und darin bis eben noch den Blicken eines Mannes ausgesetzt, der aussah wie einer der drei Musketiere. Wenn man mal von seiner allzu gesunden Gesichtsfarbe und dem amüsierten Gesicht absah.

Sie war in Versailles.

In der Vergangenheit.

Im Jahr 1677 genau genommen.

Und ihre Wange brannte wie Feuer. Sie legte die Hand daran.

»Wenn Ihr möchtet, in der Badekammer stehen Wasser und Seife bereit. Das sollte Euch endgültig aufwecken. Ich werde nach Sophie rufen lassen.«

Er erhob sich und verschwand durch die Tür zum Korridor.

Julia sprang schnell aus dem Bett, damit er sie nicht noch einmal in diesem Hemdchen sah.

In der »Badekammer«, wie er es genannt hatte, lagen in einer Ecke sorgsam gefaltete Decken und ein Kissen. Hatte er etwa hier geschlafen und ihr sein Bett überlassen? Julia fragte sich, warum er sie nicht einfach in einem anderen Zimmer untergebracht hatte. Versailles war doch riesig?

Nun ja. Vielleicht *noch nicht* riesig, aber trotzdem war es groß.

Julia sah sich um. Ein Eimer mit frischem Wasser, ein Lavabo, die Rasiersachen (noch feucht), Badewanne. Wo zum Teufel war die Toilette?

Dann fiel ihr Blick auf den Lehnstuhl. Er hatte, wie es schien, ein Fach unter dem Sitz. Sie hob den Ledersitz.

Ein Toilettenstuhl.

O. Mein. Gott.

Das war kein Traum. Das war ein Albtraum!

Julia schrie.

Sofort wurde die Tür aufgestoßen und der Graf stürmte mit gezücktem Degen herein.

Julia ließ erschrocken den Ledersitz fallen.

Montsauvan sah sich sorgfältig um, dann ließ er den Degen sinken.

»Was war es? Eine Maus oder eine Spinne?«, fragte er.

»Das ist kein Traum, richtig?«, rief Julia, noch immer außer sich. »Ich bin in Versailles, richtig? Im Jahr 1677. Stimmt's?«

»Seid Ihr immer noch nicht wach? Soll ich Euch dabei behilflich sein?« Er deutete mit hochgezogenen Brauen auf den Wassereimer.

Julia hatte die dumpfe Vermutung, er würde Ernst machen. Dabei brauchte sie ein paar Minuten, um das alles zu verdauen. Oder vielleicht eher ein paar Stunden. Tage. Womöglich Jahre ...

»Ich werde Sophie nach ihr suchen lassen. Wir müssen in einer Stunde der Frühmesse beiwohnen und anschließend wünscht der König Euch zu sehen. Wenn Ihr nicht wollt, dass ich Euch wecke, kommt Ihr besser zu Euch.«

Er schloss die Tür hinter sich und Julia atmete mehrmals tief ein und aus. Es war kein Traum. Sie war in der Vergangenheit gelandet. Sie sollte gleich Ludwig XIV. gegenübertreten. Wieder einmal.

Sie musste unbedingt einen Weg zurück finden, in ihre Zeit, in ihr Dorf. Und überlegen, wie sie hier gelandet war. Aber bis dahin musste sie sich anpassen.

Angeekelt und mit schwerem Herzen hob sie den Ledersitz des Toilettenstuhls.

6. Kapitel
DIE AUDIENZ

Der König wünschte sie zu sehen. *Wünschte* war natürlich nur nett ausgedrückt, denn es handelte sich offensichtlich um einen Befehl.

Julia war nervös. Sie hatte ein Gefühl von Übelkeit im Bauch und ihre Beine waren schwach, während ihre Hände zitterten. Eine leise Stimme sagte ihr, das komme nicht vom zu eng geschnürten Mieder oder dem fehlenden Frühstück. Sie hatte nämlich keinen Bissen herunterbekommen.

Sie verbarg ihre Hände in den Falten des Kleides. Das letzte Mal war sie bei einer Schulaufführung so aufgeregt gewesen. Sie hatte die Hauptrolle in einem Theaterstück gespielt. Im Publikum hatten nicht nur ihre kritischen Klassenkameraden und der Rest der Mitschüler gesessen, sondern auch deren Eltern, die Lehrer und als Ehrengast der Landrat mit Gattin.

Sie merkte, dass es nicht guttat, sich daran zu erinnern, wie weit unten ein Landrat im deutschen Demokratiestaat im Vergleich zum Bundeskanzler rangierte, während sie jetzt einem echten, wahrhaftigen König gegenübertreten sollte. Einem König, der erklärt hatte, er sei der Staat. Einem König, dessen Minister nur Marionetten waren. Einem König, der viele Kriege führte und viele unbequeme Menschen anhand eines einzigen kleinen Briefs ins Gefängnis werfen ließ.

Dem absoluten König.

Der Graf von Montsauvan bemerkte ihre Unruhe. »Meine Liebe, weshalb erregt Ihr Euch so? Der König ist ein Mann, wie ich auch einer bin. Er hat zwei Füße, zwei Hände, Augen, Ohren, Haare ...«

»... und Macht!«, unterbrach sie ihn grob. »Falls es Euch noch nicht aufgefallen sein sollte, wir haben das Zeitalter des Absolutismus. Ein König, ein Wort. Und wenn dieses Wort das falsche ist, sitze ich in der Klemme!«

Nein, sie würde nicht heulen, sie würde sich zusammenreißen und stolz mit hoch erhobenem Kinn diesem Monarchen gegenübertreten – egal wie viele *Lettres de Cachet* er schon verfasst hatte.

* * *

Julia war stolz auf sich. So aufgeregt und nervös sie vorhin noch gewesen war – sie hatte nicht einmal in dieses herrlich duftende Croissant beißen können –, so ruhig und kühl war ihre Haltung, als sie in einen Salon geführt wurde, der außer einem Schreibtisch mit Sessel keine weiteren Möbelstücke enthielt. Das Arbeitszimmer des Königs? Wieso hatte sie das nicht während der Führung mit der Schule gesehen?

Der König begrüßte sie freundlich.

Zugegeben, sprachlich haperte es noch. Ihr Akzent war mangelhaft, obwohl sie nach nur einem Tag schon viel mehr verstand als vorher. Erstaunlich, wie viele Vokabeln einem wieder einfielen, wenn man die Sprache andauernd hörte. Zumindest die Reverenz funktionierte tadellos. Ihr dunkelgrünes Brokatkleid, das sie auch am Vortag getragen hatte, trug dazu bei, dass sie die Haltung wahrte und sehr damenhaft wirkte.

Der König schien beeindruckt. Er bat sie sich zu erheben. Monsieur de Montsauvan übersetzte und Julia stand auf. Der Graf hatte von Anfang an versucht ihr klarzumachen, dass Julia sich über den Eindruck, den sie bei seiner Hoheit hinterlassen würde, keine Sorgen machen müsse. Louis liebte die Frauen und sie, Julia, habe etwas äußerst Anrührendes gehabt in ihren fremdartigen Kleidern.

Und schöne Beine, fügte er trocken hinzu. Julia hatte nicht gewusst, ob er sich darüber amüsierte oder nur eine Tatsache feststellte. Er konnte nicht viele Frauenbeine in Hosen kennen.

»Ihr habt Euch verwandelt, Mademoiselle«, sagte Ludwig XIV. »Und erlaubt Uns zu sagen, Ihr seht hinreißend aus.«

Nachdem Montsauvan die Worte übersetzt hatte, errötete Julia zart. *»Merci, Sire.«*

»Wir möchten nun erfahren, weshalb Ihr in Männerhosen Unsere Jagd vereitelt habt, Mademoiselle.«

»Das tut mir leid, Sire«, antwortete sie nach der Übersetzung des Grafen. »Ich wusste nichts von einer Jagd. Ich war lediglich bei einem Ausritt, als mein Pferd durchging. Als es schließlich stehen blieb, standet Ihr mir gegenüber.«

»Und wieso kleidetet Ihr Euch dafür wie ein Mann?«

Wie sollte Julia ihm den Umstand erklären, es sei in ihrer Zeit nicht ungewöhnlich, Hosen zu tragen? »Ich dachte, es sei ein Spaß«, antwortete sie nur und blickte zu Boden.

Der König fasste es wie eine Beschämung auf und er zeigte sich gnädig. »Ein recht ungewöhnlicher Spaß, Mademoiselle.«

»Aber man kann sich viel freier bewegen als in diesen Röcken, Sire.«

»Das ist wohl wahr. Wenn ich meinen Bruder nur auch hin und wieder davon überzeugen könnte«, seufzte der Monarch.

Julia überlegte fieberhaft, was er damit wohl meinte.

»Mademoiselle, Wir wissen noch nicht einmal Euren Namen.

Offensichtlich seid Ihr aus gutem Hause. Beantwortet Uns also die naheliegendste Frage: Wer seid Ihr und woher stammt Ihr?«

Es mochte die naheliegendste sein, aber es war auf jeden Fall auch die schwierigste. Sie hatte einmal in einem Roman gelesen: Bleib bei der Wahrheit bis zu einem gewissen Grad, nur so kann man einem Verhör standhalten. Julia schoss kurz durch den Kopf, dass ihr vieles Lesen von Romanen letztendlich doch nützlich sein konnte.

»Mein Name ist Julia Willwer.«

»Und woher kommt Ihr?«

»Aus einem kleinen Dorf in Deutschland. Es heißt Saxrath.«

»Wie kommt Ihr dann hierher? Nach Versailles?«

Jetzt wurde ihr die Sache langsam mulmig. Julia wich mit gesenktem Blick aus. »Ich bin vor einem Wildschwein geflüchtet.«

Lange sprach niemand. Es war nichts gelogen bislang, aber auch noch nichts gesagt. Zumindest nichts Konkretes. Julia zwang sich, wieder aufzusehen, und strengte sich an, eine möglichst unergründliche Miene aufzusetzen.

Ludwig XIV. sah ihr aufmerksam ins Gesicht. Dann trat er hinter den riesigen, verschnörkelten Schreibtisch und begann mit einer Feder zu spielen. Für einen Augenblick fragte sich Julia, was eine Feder hier zu suchen hatte, bis ihr wieder einfiel, dass es Füller noch lange nicht gab. Sofort begannen ihre Hände zu schwitzen. Die Blätter auf dem Tisch waren doch hoffentlich keine Lettres de Cachet – Gefängnisbriefe? So vorgefertigte Blankovordrucke, die nur noch Namen und Unterschrift brauchten?

Aber dann legte Ludwig die Feder wieder hin und fragte milde: »Warum seid Ihr von zu Hause weggelaufen?«

»Wie bitte?« Sie ordnete wieder ihre Gedanken.

»Man läuft nicht ohne Grund von zu Hause fort«, erklärte Ludwig. »Oftmals sind es jüngere Mädchen, die nicht ins Kloster eintreten wollen. Oder die Familie ist recht arm und die junge Dame sucht … nun, eine Beschäftigung, um ihre Lieben zu ernähren.«

Beschäftigung? Meinte er mit *Beschäftigung* das, was sie dachte?

»Auch wenn Wir es verboten haben, wird es dennoch immer wieder angewandt. Die dritte Alternative wäre, der Gatte, den Euch Eure Eltern ausgesucht haben, sagt Euch – aus welchen Gründen auch immer – nicht zu und Ihr seid deshalb ausgerissen.«

Julias Kehle wurde trocken. Unfreiwillig hatte er ihr mehrere Möglichkeiten geboten, wie sie sich aus der Affäre ziehen konnte. Julia holte tief Luft und sah auf das Parkett vor ihrem Rocksaum. »Er war alt, hatte keine Zähne mehr im Mund und stank fürchterlich«, log sie.

Eine Ewigkeit, wie ihr vorkam, fiel kein Wort. Ludwig hatte sie eingehend gemustert und dann seinen Blick aus dem Fenster gewandt, als wolle er nachdenken. Sie konnte beim besten Willen nicht sagen, ob er ihre Geschichte glaubte oder nicht. Zu allem Unglück fiel ihr ein, dass er seit seinem fünften Lebensjahr König von Frankreich war, in seiner Jugend alle aufrührerischen Adeligen der Fronde bekämpft hatte und zeitweise vor ihnen fliehen musste und dadurch sicherlich zum besten Schauspieler im ganzen Lande geworden war.

Plötzlich drehte er sich um und Julia rechnete bereits mit einem Lasst-sie-einsperren-und-foltert-sie-bis-sie-die-Wahrheit-preisgibt-Befehl. Doch er lächelte sie warm an.

»Ihr habt gut daran getan, einer solchen Verbindung zu trotzen. Ab sofort steht Ihr unter meinem Schutz. Ihr seid mein Mündel und werdet einstweilen die Studien, die einer jungen Dame geziemen, beenden. Ihr gebt damit eine gute Tanzpartnerin für meinen Sohn, den Dauphin, ab, der Euer Alter haben dürfte. Wenn Ihr mir verraten wollt, wie alt Ihr seid.«

Julia war … überrumpelt (das Wort traf es am ehesten). »Ich bin sechzehn.«

»Das ist hervorragend! Sobald der Dauphin von seiner Reise in die Picardie zurück ist, könnt Ihr gemeinsam üben. Ich erwarte im Ausgleich dazu, dass Ihr Euch den Studien mit Eifer widmet, allem voran derjenigen, unsere Sprache zu erlernen. Monsieur de Montsauvan wird Euch dabei behilflich sein. Und Wir wollen nie wieder Männerkleidung an Euch sehen. Es ist wirklich zu … unanständig.«

Julia wusste nicht genau, was sie erwidern sollte. Sie wusste nur, ihr war eine große Gnade erwiesen worden. Also versank sie in eine Reverenz.

»Der Dauphin geht gerne zur Jagd. Gleich morgen werden Wir gemeinsam ausreiten. Ihr werdet uns begleiten – im Damensitz.«

Das brachte sie nun wieder ins Dilemma. »Sire«, begann sie zögernd, »ich habe niemals in einem Damensattel gesessen.«

»Dann werdet Ihr es lernen«, winkte Louis einfach ab. »Verschieben wir die Jagd. In einem Monat werden Wir uns nach Fontainebleau begeben. Dort finden jeden Tag Jagden statt. Graf, Ihr werdet der jungen Dame bis dahin alles Nötige beibringen und sie ebenso mit der Etikette vertraut machen.«

»Selbstverständlich, Sire«, verneigte sich Montsauvan.

Die Audienz war beendet.

Madame de Sévigné, Versailles, an Madame de Grignan, Provence

Meine liebste Tochter,

ich bin frisch erholt von meiner Kur in Vichy in Versailles angelangt und Ihr werdet nicht glauben, was für abwechslungsreiche Unterhaltungen hier geboten werden. Der Maître de Plaisir hätte sich niemals aus-

denken können, was sich vergangenen Mittwoch in Versailles während der Jagd ereignete.
Der König, der wie immer vorwegritt, war überaus erfolgreich - wenngleich nicht mit dem Keiler, den er verfolgte. Seine Trophäe entsprang vielmehr der Gattung der Kuriositäten.
Es handelte sich um eine junge Frau. Nichts Besonderes in der Jagdgesellschaft, werdet Ihr denken, aber sie saß wie ein Mann auf dem Pferd. Ein Bein auf jeder Seite und in Hosen, ja ganz recht, eng anliegende HOSEN.
Sie sprach kein Französisch, sondern Deutsch und niemand von uns konnte sagen, ob - und wenn ja, wie - sie mit unserem König gesprochen hatte.
Bei dem Mädchen handelt es sich zweifelsfrei um keinen Höfling. Ihre Natürlichkeit und die arglose Haltung entspringen keinesfalls der strengen Schulung adliger Töchter. Das wirkte auf alle Anwesenden sehr erfrischend.
Zumindest unseren Monarchen hat sie stark beeindruckt, denn er übergab sie in die Obhut des Grafen von Montsauvan, damit dieser sie unterrichte.
Ihr habt Montsauvan bei Eurem letzten Besuch bei mir kennengelernt und ihn für sehr attraktiv befunden. Das ist er, mehr denn je, würde ich meinen, wenngleich er der distinguierteste und zugleich undurchsichtigste Edelmann in ganz Frankreich ist. Der König vertraut ihm, die Königin betet ihn an und alle Damen versuchen seine Aufmerksamkeit zu erlangen. (Nicht dass er nicht genügend von ihnen erhört hätte, aber er macht es keiner leicht.)
Einzig die Montespan kann ihn nicht ausstehen, was sie

immer lautstark betont. Jedermann weiß, dass sie ihm seine Zurückweisung nicht verziehen hat. Man munkelt, sie habe sich sehr um ihn bemüht.
Das war, ehe sie die Favoritin wurde. Ehrlich gesagt glaube ich sogar, sie würde den König für ihn fallenlassen.

7. Kapitel
DER UNTERRICHT

Kaum waren sie nach der Audienz in Montsauvans Appartement angelangt, begann er auch schon an einem Stundenplan zu arbeiten, der sofort in die Tat umgesetzt wurde: Julia musste den Rest des Tages erneut die Reverenz üben (ihr strenger Lehrmeister hatte tatsächlich ihre krumme Beinhaltung unter den Röcken erkennen können!) und Vokabeln lernen.

Der nächste Tag war einer der anstrengendsten ihres Lebens. Er begann frühmorgens mit Reitunterricht im Damensattel. Dafür hatte ihr Sophie ein bordeauxrotes Kleid gebracht. Es war schmaler geschnitten und nicht so aufwendig verziert. Ein Reitkleid, hatte Sophie mit Händen und Füßen versucht deutlich zu machen und Julia strich bewundernd über den dicken Stoff. In Gedanken sah sie sich schon mit fliegenden Röcken Zäune überspringen.

Eine Illusion, wie sich schnell herausstellen sollte.

In den alten Kostümfilmen sah es immer so leicht und locker aus, wenn adlige Frauen in wehenden Kleidern über die Felder galoppierten und dann von den starken Armen eines Mannes heruntergehoben wurden. Montsauvan war zwar ein starker Mann, aber nicht gewillt sie herunterzuheben oder – noch gemeiner – ihr hinaufzuhelfen. Das machte er ihr noch vor der ersten Stunde unmissverständlich klar. Dafür gäbe es Aufsitzböcke, erklärte er kurz und damit war für ihn das Thema beendet.

Lucien hatte ihr Isobel gestriegelt und gesattelt überreicht. Sie fasste die Zügel mit weit ausgestrecktem Arm. Am Vortag hatte das Tier schließlich bewiesen, dass es nicht immer so lammfromm war, wie Nina stets behauptete.

Lucien lächelte ihr mit seiner Zahnlücke aufmunternd zu und verschwand. Julia musste ihm Abbitte leisten – die Stute sah gut aus. Und leider immer noch groß. Zu groß, um mit all den Lagen Stoff um die Beine den Fuß in den Steigbügel zu bekommen. Wenn sie jetzt allerdings das Pferd des Grafen daneben sah, war die Stute tatsächlich ... klein.

Julia ging also in der ersten Unterrichtsstunde mit ihrem Pferd zu einem dieser Aufsitzböcke, die tatsächlich überall im Hof des Reitstalls vorhanden waren. Ihre Stute blieb auch recht brav stehen, aber allein das Erklimmen des Bocks brachte die erste Schwierigkeit mit sich. Wie sollte sie jemals auf das Pferd kommen in diesem zu eng geschnürten Mieder, wenn sie schon beim Besteigen des Bocks Atemprobleme bekam? Und der Bock war mindestens einen Meter kleiner als das Pferd.

Und sie sollte ab sofort jeden Tag reiten? Ernsthaft?

Sie hatte ihn zaghaft darauf hinweisen wollen, sie reise normalerweise in einer, äh ... Kutsche. »Jede Dame bei Hofe sitzt nicht nur sicher, sondern auch elegant im Sattel«, klangen ihr noch die Worte des Grafen im Ohr.

Sie galt also ab sofort als Dame. Offensichtlich, denn der König hatte sie dazu bestimmt. Leider war sie von Eleganz im Sattel noch meilenweit entfernt. Sie musste erst einmal hineinkommen und das erwies sich als regelrechte Hürde.

In dieser ersten Reitstunde dauerte es eine Ewigkeit, bis sie es endlich schaffte. Umständlich und schwerfällig, schweißüberströmt und zutiefst beschämt.

Der Graf von Montsauvan hatte sich – selbstverständlich ohne

Bock – behände und elegant in den Sattel geschwungen und ihr von dort aus bei ihren Bemühungen zugesehen. Am schlimmsten befand sie die Tatsache, dass er nicht einmal einen Laut des Unmuts oder der Ungeduld von sich gab. Viel lieber wäre es ihr gewesen, er hätte sich über sie lustig gemacht oder abfällig geäußert. Dann hätte sie wenigstens laut schimpfen können. Aber so getraute sie es sich nicht.

Der Ritt an sich war auch nicht überwältigend. Ihre Reitkünste erstreckten sich weitestgehend auf das Oben-bleiben-ohne-runterzufallen. Sie hatte ziemliche Mühe, wenn eine schnellere Gangart als der Schritt gewählt wurde, vor allem das heftige Auf und Ab beim Trab bereitete ihr Schwierigkeiten. Und das erst recht im Damensattel.

Sich dem Rhythmus des Pferdes anpassen, kam von vorn die Anweisung. Hatte Trab einen Rhythmus? Wenn ja, hatte Julia ihn noch nicht gefunden.

Sie betete unablässig, dass ihnen heute kein Wildschwein begegnen möge, denn dann wäre sie hoffnungslos verloren. Ihre Gebete wurden jedoch nicht erhört und ein Unglück kommt selten allein. Nicht nur das beschämende Aufsitzen, das unkoordinierte Rumhopsen, nein, auch ein Sturz wurden ihr an diesem Tage nicht erspart.

Ninas angeblich so brave Stute Isobel, die heute empfindlich unruhig war wegen des ungewohnten Damensattels und der vielen bauschigen Kleiderlagen, wurde von einem Vogel im Gebüsch erschreckt und entschied, damit sei ihrer Geduld ein Ende gesetzt. Sie stieg, bockte zweimal und machte sich dann ohne Reiter davon, um sich erst einen Kilometer entfernt wieder zu beruhigen. Julia war bereits beim ersten Anstieg aus dem Sattel gefallen. Sie blieb rücklings auf dem Boden liegen und schloss die Augen. Es war wohl besser, eine Ohnmacht zu mimen, als zuzugeben, dass sie nicht wusste, wie sie mit all dem Stoff, der sich um Beine und Taille gewickelt hatte, hochkommen sollte. Das Mieder erschwerte allein schon das Aufrichten.

In diesem Moment war sie schrecklich frustriert und ihr stiegen über die gesamte Situation, in der sie sich befand, Tränen in die Augen. Weit fort von zu Hause, in einer anderen Zeit, mit einem unnachgiebigen Aufpasser, durfte sie nicht einmal mehr richtig durchatmen. Und sie hatte sich grenzenlos blamiert.

»Seid Ihr verletzt?«, fragte ihr Lehrer und schien dabei nicht sonderlich beunruhigt.

Julia blinzelte die Tränen weg, zählte im Stillen bis zehn und schüttelte dann den Kopf. *Nur mein Stolz,* dachte sie.

»Gut«, sagte Montsauvan. »Ich hole Euer Pferd. Steht auf.«

Sie war dankbar, dass er ihr Gelegenheit gab, ihre Tränen in den Griff zu bekommen, und ihr beschwerliches Aufstehen nicht auch noch mit ansah. Als er ihr einige Minuten später die Stute überreichte, half er ihr entgegen seinen anfänglichen Mahnungen großzügig hinauf und sie ritten zurück zum Stall.

* * *

Doch der Tag war noch lange nicht vorbei. Nachdem sie mit Sophies Hilfe ihr Reitkleid gegen das grüne Brokatkleid ausgetauscht hatte, standen als Nächstes wieder Etikette und Französisch auf dem Stundenplan. Dafür hatte Montsauvan ihnen einen kleinen Salon im Erdgeschoss reservieren lassen.

Er war ein wirklich strenger Lehrer und zudem ein absoluter Perfektionist. Mit nichts gab er sich zufrieden – ihre Haltung, ihre Gesten, ihre Bewegungen, ihre Aussprache, die Grammatik, alles war ihm nicht gut genug und musste verbessert werden.

Tagelang musste sie Gesten und Reverenzen üben, die korrekte

Anrede der königlichen Familie wiederholen, Verben konjugieren und den Ablauf der meisten Zeremonielle bei Hofe auswendig lernen. Und da er nun gesehen hatte, wie unzureichend Julias Fähigkeiten zu Pferde waren, setzte er für jeden Morgen um acht Uhr dreißig zwei zusätzliche Reitstunden auf den vollen Lehrplan. Julia hatte schon immer Angst vor diesen Tieren gehabt und sie nur Nina zuliebe ab und an überwunden, aber reiten zu lernen unter den scharfen Augen eines Grafen de Montsauvan, dem jeder Fehler sofort auffiel, war ein Albtraum.

Zu Julias größtem Leidwesen bemerkte Montsauvan schließlich auch, dass sie überhaupt kein Wort Latein konnte. Ein Makel in einer Zeit, in der alle Messen noch in Latein gelesen wurden. Der König war sehr gläubig und es fand jeden Tag um zehn Uhr ein Gottesdienst statt, von dem Julia, solange sie das Reiten übte, noch befreit war. Nichtsdestotrotz war Latein die Sprache der Gelehrten, Philosophen und Aristokraten und wurde in den Salons häufig angewandt. Also setzte er auch noch Latein auf ihren Stundenplan.

Da Deutsch mit all den lateinischen Begriffen ihre Muttersprache war und sie Französisch von Tag zu Tag besser verstand, hätte sie es nicht für möglich gehalten, dass der Ursprung der romanischen Sprachen so diffizil wäre. Doch sie biss sich an manchen grammatikalischen Konstruktionen die Zunge ab und ihr Kopf rauchte nach jeder Stunde.

Montsauvan bewies in diesem Fach eine unendliche Geduld, aber ihre erschöpfte sich sehr schnell. Als sie in der dritten Stunde zum ersten Mal entnervt die Bücher auf den Boden feuerte und begann wie ein Rohrspatz zu fluchen, unterbrach der Graf sie nicht. Als sie fertig war, sah sie auf: In seinen Augen glühte ein deutlich verächtlicher Funke. Julia schämte sich daraufhin so sehr, dass sie ihre Bücher aufraffte und bat sich zurückziehen zu dürfen. Drei Tage lang konnte sie ihm nicht in die Augen sehen und widmete sich seitdem dem Unterricht mit beispiellosem Eifer.

Nie wieder ließ sie danach ihrem Unmut in dieser Weise freien Lauf.

Und dann waren da noch die Tanzstunden. Auch die Tänze waren hier vollkommen anders als bei ihr zu Hause. Eine jede Gestik musste beachtet werden, Füße, Hände und Haltung wurden während eines Tanzes andauernd geändert und Montsauvan erklärte, dass man bei Hofe sehr genau auf die korrekten Bewegungsabläufe achtete. Hielt man sie nicht ein, wurde man ausgestoßen. Vor allem der König lege viel Wert darauf, denn er sei ein leidenschaftlicher und begnadeter Tänzer, erklärte ihr Lehrer. Julia konnte gar nicht zählen, wie oft sie in den ersten Tagen (teilweise auch vor Müdigkeit) die Reihenfolge missachtet und Figuren vergessen hatte. Aber sie konnte darauf zählen, jedes Mal korrigiert zu werden, wenn es geschah.

Selbstverständlich schrie er sie nie an, egal wie oft sie einen Fehler machte, aber auf seine Weise konnte er sehr unangenehm werden und Julia das Gefühl vermitteln, versagt zu haben. Sie erinnerte sich in seiner Gegenwart lebhaft an ihren Geschichtslehrer Herrn Schmidt, der Fehler ebenfalls nie durchgehen ließ – nur, der Graf war sogar noch strenger. Doch irgendwie verhielt sie sich bei ihm anders. Es spornte sie an. Sie war sich zudem sicher, dass jeder ihrer Klassenkameraden bei einem Lehrer wie Montsauvan ebenfalls versucht hätte Höchstleistungen zu erreichen, um ihn zu beeindrucken. Er hätte es mit Sicherheit fertiggebracht, allein durch sein Auftreten die Schüler zu Ruhe und Aufmerksamkeit zu bringen – wie es Herr Schmidt auch immer vermochte. Allerdings ohne dessen Aggressivität einzusetzen.

Fortan setzte sich ein Tag aus unmittelbar aufeinanderfolgenden Lehrstunden zusammen: Morgens das Reiten, anschließend Latein und Französisch, wobei Julia Literatur durchkauen musste, die die Kunst des Spannungsaufbaus irgendwie noch nicht so recht beherrschte. Sie hätte fünf Reitstunden am Tag auf sich genommen, wenn sie wenigstens Goethes *Faust* hätte lesen können. Doch selbst der war noch nicht geschrieben. Nach einem kurzen Mittagessen ging es weiter mit Tanzstunden, bei denen Montsauvan als ihr Partner fungierte, während ein kleiner Spielmann sie auf einer Harfe oder Flöte begleitete. Zum Schluss standen noch zwei Stunden Etikette auf dem Programm. Julia hätte sich ohne diese Stunde niemals Gedanken darüber gemacht, wann und bei welchem Mitglied der königlichen Familie die Hofleute wie tief und wie lange knicksen mussten. Es war auch gar nicht so einfach, all die verschiedenen Prinzessinnen und Prinzen auseinanderzuhalten und die ihnen zustehenden Reverenzen zu unterscheiden.

Und außerdem hatten sie alle irgendwelche Zunamen, die eine Ehre darstellten, obwohl sie so simpel klangen: Der Bruder des Königs wurde schlicht *Monsieur* genannt, seine Frau war *Madame*. *Mademoiselle* hingegen war nicht etwa deren Tochter, sondern des Königs Cousine, die unverheiratete Françoise de Montpensier. Und der Dauphin hieß allgemein *Monseigneur*.

* * *

Mittags mussten sie und ihr Lehrer die Messe besuchen und nach dem Nachmittagsunterricht gegen Abend an den Veranstaltungen teilnehmen, die einmal einen Spaziergang durch die Gärten, ein andermal einen Musikabend im Großen Gemach beinhalteten und zumeist bis tief in die Nacht gingen.

An ihrem vierten Abend geschah ihr bei den Versailler Höflingen ein nicht zu entschuldigendes Missgeschick. Ihr Lehrer war zu Monsieur Colbert, dem Finanzminister, berufen worden und hatte Julia vorausgeschickt, um den Unterhaltungen im Großen Gemach beizuwohnen. Julia bemerkte beim Eintreten, dass alle Höflinge sich bereits versammelt hatten, und konnte nichts sehen. Bei der Darbietung der Sopranistin drängelte sie sich an einem korpulenten Herrn um die sechzig vorbei, der ihr mit seinem breiten Kreuz jegliche Sicht auf das Schauspiel nahm. Sofort wies er sie wütend zurecht, und die herablassenden Blicke der anderen, die das Ganze mitbekamen, ließen sie schnell an ihren Platz in der hintersten Reihe zurückkehren.

Julia fühlte ihr Gesicht brennen vor Scham. Obwohl sie nicht wusste, was sie falsch gemacht hatte, musste es etwas sehr Schwerwiegendes gewesen sein.

»Ihr habt einen Fauxpas gegen die Rangordnung begangen«, vernahm sie Montsauvans Stimme hinter sich, die sie vor Schreck einen kleinen Hopser machen ließ. Er sah sie ernst und eindringlich an.

»Ich wollte doch nur besser sehen«, rechtfertigte sie sich.

»Ihr habt es gewagt, Euch vor Monsieur de Lorge zu stellen. Das bedeutet hier bei Hofe, Ihr, eine unbekannte Deutsche, von der wir nicht einmal den Titel kennen, stellt Euch vor den Rang eines Heerführers.«

Julia überlegte einen Augenblick. »Wollt Ihr damit sagen, dass sogar die Stehplätze einer gewissen Rangfolge unterliegen?«

»Genau das«, sagte der Graf. »Wenn Ihr besser sehen wollt, folgt mir. Als meine Begleitung dürft Ihr weiter nach vorne.«

Er ging vor und sie folgte ihm in die zweite Reihe.

* * *

Bislang hatte Julia mit kaum jemand anderem bei Hofe als ihrem Lehrer gesprochen. Das lag einerseits an ihrem mangelnden Französisch und andererseits an Montsauvan selbst, der sie regelrecht abschottete. *Wahrscheinlich hatte er Angst, sie könnte ihn bis auf die Knochen blamieren,* dachte sie frustriert.

Doch an einem dieser Abende setzte sich eine Frau neben sie und begann freundlich und aufmunternd auf sie einzureden. Sie schien überhaupt nicht zu erwarten, dass Julia ihr antwortete. Der Graf stellte sie ihr schließlich als Madame Marie de Rabutin-Chantal Marquise de Sévigné vor. Julias Augen weiteten sich ehrfürchtig. Dank dieser schreibwütigen Frau würde das gesamte Hofleben des Sonnenkönigs für die Nachwelt erhalten bleiben. Und auf einmal verstand sie auch, dass die Marquise ihr von ihrer Tochter erzählte, die vor kurzem eine gute Partie gemacht habe. Nur leider sei deren Mann Gouverneur einer Provinz in Südfrankreich geworden und sie sehe sie kaum mehr. Sie erklärte zudem, Julia erinnere sie an ihre Tochter, die in etwa ihr Alter haben dürfe.

Madame de Sévigné schien keine Angst vor Montsauvan zu haben. Allerdings war er ihr gegenüber auch sehr charmant. Er ermunterte sie, sich mit Julia zu unterhalten, auch wenn die nur wenig verstand. Doch mit jedem Tag wurde es besser und bald freute sie sich auf die Unterhaltungen mit der Dame, die sie so freundlich behandelte. Es bot eine willkommene Abwechslung zu dem Drill, dem sie tagsüber ausgesetzt war. Und es waren die freundlichsten Worte, die sie in dieser ersten Woche zu hören bekam.

* * *

Obwohl es überaus naiv war, brauchte Julia einige Tage, um sich darüber klar zu werden, dass alle hier anwesenden Personen normal aussahen, so normal wie die Menschen aus ihrem Dorf und nicht so idealistisch romantisiert, wie sie auf den Porträts dargestellt wurden.

Gerade weil sie noch vor kurzem im Geschichtsunterricht die Ölgemälde von einigen dieser Leute gesehen hatte, brauchte sie ein paar Tage, um den Mann mit dem grimmig dreinschauenden, zu einem Strich zusammengepressten Mund und den Tränensäcken mit Monsieur de Louvois, dem Kriegsminister, in Verbindung zu bringen. Auf dem Gemälde hatte er wesentlich distinguierter und vornehmer gewirkt, mit vollen Lippen – und faltenfrei. In Wirklichkeit war er ein verquerer Snob, der alles und jeden – vor allem aber seine Lakaien – ständig anschnauzte.

Doch der Erstaunlichste war wohl der König. So gut Ludwig XIV. auch auf seinen Porträts getroffen war, kein Bild konnte dem Menschen gerecht werden. Er strahlte eine Aura aus, die man einfach nicht mit einem Pinsel festhalten konnte. Nicht einmal ein Fotoapparat hätte das geschafft. Sie hatte noch nie jemanden getroffen, der so faszinierend auf seine Umgebung wirkte. Mit einer Ausnahme: ihr Lehrer, der Graf de Montsauvan.

8. Kapitel
ALLTAG IN VERSAILLES

Es war unglaublich, wie schnell die ersten zwei Wochen verflogen. Zwei Wochen, in denen sie jeden Abend todmüde ins Bett fiel und morgens mit geräderten Knochen von der ungewohnten Anstrengung auf dem Pferd und den höchst seltsamen Tänzen wieder aufstand.

Nach diesen vierzehn Tagen harten Trainings musste sich Julia widerwillig eingestehen, viel gelernt zu haben, auch wenn ihr Lehrer nie zufrieden war.

Sie konnte ohne Hilfe vom Pferd auf- und absteigen, ihr Gespür für Zügel und Schenkeldruck wurde besser – sogar auf dem dämlichen Damensattel. Ihre Angst vor Pferden hatte sie beinahe überwunden. Das lag hauptsächlich daran, dass sie morgens noch zu müde war, um sich wirklich zu ängstigen. Sie beherrschte bereits zwei Tänze, und ihre Aussprache sowie die Grammatik des Französischen hatten riesige Fortschritte gemacht. Mittlerweile konnte sie Madame de Sévigné antworten und verstand mit Ausnahme von ein paar speziellen Vokabeln so gut wie alles.

Sie hätte es nie für möglich gehalten, innerhalb von zwei Wochen so viel lernen zu können. Trotzdem wäre es ihr lieber gewesen, es auf sechs Wochen zu verteilen.

Bei den Bewohnern Versailles' hatte sich mittlerweile herumgesprochen, dass der König ein neues Mündel hatte. Julia hatte dank Madame de Sévigné und Sophie erfahren, dass ihre Anwesenheit unter den Höflingen nicht wenig Anlass zu Spekulationen gab. Vor allem, weil der Graf de Montsauvan sie unterrichtete.

Er war sehr geachtet, nicht überall beliebt und vor allem – vertraute ihr Madame de Sévigné an – sehr zurückhaltend. Aber aufrichtig, hatte sie hinzugefügt und dabei Julias Hand getätschelt.

Zumindest hatte Montsauvan nicht gelogen, als er ihr in jener ersten Nacht vom Platzmangel im Schloss erzählt hatte.

In der dritten Woche ihres Aufenthalts in Versailles – sie bog mit dem Grafen spätabends gerade in den Korridor ein, auf dem Montsauvans Appartement lag – herrschte dort reger Trubel. Im Flur hatten sich fünf junge Männer Betten aufstellen lassen und sprangen in ihrer Unterwäsche flachsend von Bett zu Bett. Als sie Julia erblickten, riefen sie ihr etwas zu. Ein blonder Mann, er konnte höchstens zwanzig sein, packte Julia am Arm und wollte sie zu sich aufs Bett ziehen. Er trug nur Kniehosen und sein Hemd war bis zum Bauchnabel geöffnet.

Julia lief puterrot an und drängte sich instinktiv näher an Montsauvan heran.

Der blieb stehen und wechselte mit dem Jungen ein paar Worte, woraufhin auch alle anderen ganz ruhig wurden. Dann nahm der Graf Julias Hand und führte sie fort.

Die jungen Männer gaben in dieser Nacht Ruhe. Montsauvan war eindeutig eine Respektsperson. Erst in einer der nächsten Nächte hörte sie die Kerle (oder andere) wieder durch den Flur tollen. Kein lange währender Sieg, aber immerhin.

Außerdem hatte er ihr wie ein wahrer Gentleman sein Bett überlassen und für sich eins in der Badekammer aufstellen lassen. Dafür würde sie ihm ewig dankbar sein.

Es herrschte wirklich erheblicher Platzmangel in diesem riesigen Schloss. Jedes Mal, wenn sie Sophie morgens die Tür öffnete, waren andere Betten im Korridor aufgeschlagen und Männer wie Frauen lagen in Decken gerollt auf den Fliesen.

Versailles bestand noch immer nur aus dem einen Schloss, das der König zwar schon beträchtlich hatte erweitern lassen, das aber noch weit von seiner finalen Größe entfernt war. Ungefähr zehntausend Menschen wohnten und arbeiteten hier. Da sie ja erst neulich im Geschichtsunterricht bei Herrn Schmidt die Erbauungsdaten des Schlosses durchgenommen hatten, wusste Julia, dass es erst im Jahr 1700 in seinen endgültigen Ausmaßen fertiggestellt sein würde. Zwischenzeitlich gab es neben dem Schloss nichts außer Wald und ein paar Bauernhöfen. Jene vermieteten Zimmer und bauten ebenfalls an, um manch einem Höfling einen einigermaßen angemessenen Schlafplatz zu bieten. Ein Segen für die Bauern, denn Versailles war eine Sackgasse. Nur eine breite Straße führte vom Schloss an den Bauernhäusern vorbei in Richtung Paris. *Straße?*, fragte sich Julia stirnrunzelnd, während sie darüber nachdachte. Wohl eher ein Feldweg.

In diesem Sinne fand sie es überaus freundlich von dem Grafen, dass er sein luxuriöses Appartement so großzügig mit ihr teilte.

Montsauvan war überhaupt ein Mann voller Gegensätze. Während ihres Unterrichts war er der unnachgiebige Lehrer, außerhalb des Unterrichts ihr Beschützer und Madame de Sévigné gegenüber bot er einen charmanten Gesellschafter. Was mit Sicherheit auch an ihrem vorgerückten Alter lag, denn sie schmachtete ihn nicht an – wie beispielsweise die kleine Blondine, die sich jeden Abend an seine Fersen heftete und die er bis auf einen Gruß nie weiter beachtete. Madame de Sévigné erklärte Julia, es handele sich um die Prinzessin de Soubise, die lauthals verkündet habe, sie werde Montsauvans nächste Geliebte. Jedem sei zwar klar, dass sie damit nie bei ihm landen könne, nur eben nicht der Prinzessin selbst.

Wie viele Geliebte mochte er schon gehabt haben?, fragte sich Julia. Wirklich anziehend fand sie ihn nicht, was keineswegs an der feinen Narbe in seinem Gesicht lag, sondern einfach an seinem Verhalten ihr gegenüber. Stets wirkte er kühl und beherrscht. Selten zeigte er eine andere Gefühlsregung als ein amüsiertes Lächeln. Allerdings musste Julia zugeben, dass er zweifellos zu den elegantesten Höflingen in Versailles gehörte. Es gab niemanden, der so schlicht gekleidet war und dabei so mondän wirkte. Er strahlte eine unglaubliche Würde und Erhabenheit aus, ohne anmaßend oder arrogant zu sein. Julia beobachtete täglich, wie er von allen Edelleuten geachtet wurde, und das, obwohl er noch so jung aussah. Sobald er einen Raum betrat, zog er die Blicke auf sich und die Damen bettelten regelrecht um seine Aufmerksamkeit. Einzig der König konnte sie ihm streitig machen.

In der dritten Woche bekam Julia einen kleinen Einblick, der ihr erklärte, warum er in der Damenwelt so beliebt war. Es gab etwas, das ihn aus seiner Distinguiertheit herauszureißen vermochte und bewies, wie leidenschaftlich Montsauvan sein konnte.

Der König hatte zu einem Picknick geladen. Die gesamte Hofgesellschaft vergnügte sich auf einer Wiese, die sicherlich in ein paar Jahren irgendein großartiges Bassin mit Fontänen aufweisen würde. Zur Unterhaltung der Damen schlug der König ein kleines Duell zwischen dem Herzog de Noailles und dem Grafen de Montsauvan vor. Julia war erstaunt. Wieso Montsauvan? Er hatte bis jetzt nichts anderes getan, als ruhig neben ihr zu sitzen und ihr ein paar neue Vokabeln beizubringen. Als der König seinen Wunsch vorbrachte (wie nett er seine Befehle immer formulierte ...), erhob sich Montsauvan ohne Hast, zog seinen Rock und die lange Weste aus. Man bildete einen großen Kreis um ihn und einen jungen Mann, eine Art Arena.

Julia kannte den Mann nicht. Madame de Sévigné war es wieder, die ihr erklärte, es handele sich um den Herzog de Noailles, frisch ernannter Heerführer Seiner Majestät und deren enger Vertrauter. Julia stutzte. Er sah noch so jung aus. Jünger als Montsauvan.

Julia kannte nur die Fechtdisziplin bei den Olympischen Spielen aus dem Fernsehen. Das hier hatte nichts damit gemeinsam. Keine weißen Anzüge und Schutzmasken trübten die Sicht auf die Kämpfer. Man konnte genau deren Mimik betrachten. Es war eher wie in einem Musketier-Film. Julia war fasziniert. Das Ganze wirkte wie ein Tanz, eine perfekt einstudierte Choreografie.

Eine Viertelstunde fochten die beiden Männer, und der Herzog de Noailles schlug sich ausgezeichnet, während der Graf auf Julia den Eindruck machte, als wäre er noch nicht ansatzweise am Schwitzen. Kurz darauf stellte sich heraus, wie Recht sie hatte. Montsauvan entschied, er habe genug gespielt, und setzte zum Angriff an. Von diesem Moment an konnte jedermann ganz klar erkennen: Der Heerführer hatte keine Chance. Und schon flog sein Degen durch die Luft. Doch anstatt zerknirscht und wütend zu sein, lachte er, nahm den von seinem Gegner aufgehobenen Degen wieder entgegen und gratulierte dem zu seiner guten Hand. Es war das erste Mal, dass Julia Montsauvan aufrichtig lächeln sah. Das machte ihn ihr plötzlich richtig sympathisch.

Es bewies, dass er im Grunde seines Herzens nicht so kalt und abweisend war, wie er meistens wirkte.

* * *

Von der zweiten Leidenschaft ihres Lehrers erfuhr sie nur zwei Tage später.

»Monsieur, Ihr könnt nicht ständig den Tutor mimen«, sagte

Madame de Ludres eines Abends im Großen Gemach. »Ihr vernachlässigt uns. Ich bin nicht länger gewillt dies zu dulden.«

Montsauvan lächelte sie unverbindlich an. »Der König hat mir diese Aufgabe übertragen, Madame.«

»Und Ihr widmet Euch ihr mit einer Hingabe, die mich eifersüchtig macht.«

Julia verstand nur grob, was die Dame sagte.

»Wollt Ihr dem König sagen, dass ich zu engagiert bin?«, fragte Montsauvan höflich.

»Eigentlich möchte ich nur einmal wieder ein Lied von Euch hören.«

»Ein Lied!«

»Ja, singt uns was vor!«

»Wir haben Euch schon so lange nicht mehr gehört!«

Alle anwesenden Damen umringten den Grafen und Julia sah neugierig von Montsauvan zu der offensichtlich flirtenden Madame de Ludres. Montsauvan verbeugte sich lächelnd und setzte sich ans Cembalo.

Madame de Sévigné, die bei solchen Anlässen meist in Julias Nähe war, begann aufgeregt mit ihrem Fächer zu wedeln. »Ihr werdet gleich weinen vor Rührung.«

Julia war sich nicht sicher, ob sie richtig verstanden hatte. Weinen? Weshalb sollte sie weinen?

Oder würde es regnen? Was hieß *pleurer* noch mal?

Montsauvan begann zu spielen und dann zu singen und Julia wusste, dass sie Madame de Sévigné nicht falsch verstanden hatte.

Wer hätte gedacht, dass dieser distinguierte Mensch eine Stimme besaß, die dermaßen unter ihre Haut ging?

Tief und voll und dabei weich und eindringlich.

Wieso hatte sie sich das nicht von Anfang an gedacht? Diese

Stimme war ihr doch sofort aufgefallen. Und dann das Lied! Er sang eine französische Version von »Die Blümelein, sie schlafen« und urplötzlich schlug alles Heimweh über ihr zusammen. Als Kinder hatten sie und ihre Schwester eine Spieluhr mit dieser Melodie gehabt und sie jeden Abend vor dem Einschlafen gehört. Sie vermisste Jennifer. Sie vermisste ihre Mutter. Sie vermisste ihr Zuhause, ihre Freunde, Nina, ja sogar die Schule.

Erst als Madame de Sévigné ihre Hand tätschelte, merkte Julia, dass ihr Tränen die Wangen herunterliefen.

Sobald der Graf geendet hatte, brandete rundherum großer Applaus auf. Der Salon hatte sich während des Liedes gut gefüllt und Julia tupfte verstohlen mit einem Taschentuch ihre Wangen.

Alle, Damen wie Herren, waren bezaubert von der Darbietung.

Ein Mann drängte sich nach vorn und schüttelte Montsauvan begeistert die Hand. Madame de Sévigné erklärte Julia, es handele sich um Monsieur Lully, den Hofkomponisten, der es mehr als jeder andere bedauerte, dass der Graf de Montsauvan von adliger Geburt war und deswegen nicht seinem Chor beitreten konnte.

Montsauvan gab noch zwei weitere Lieder auf dem Cembalo zum Besten – begleitet von Monsieur Lully – und Julia war tatsächlich beide Male wieder ergriffen.

An diesem Abend kamen sie später als sonst zu Bett. Auf dem Weg zu Montsauvans Appartement merkte sie schüchtern an, dass ihr seine Darbietung gefallen habe.

»Mögt Ihr Musik?«, hatte er gefragt.

Als sie bejahte, sagte er schlicht: »Dann werden wir unseren Lehrplan ab morgen erweitern.«

Ich mache ihm nie wieder ein Kompliment, nahm sie sich fest vor.

9. Kapitel
HEIMWEH

Julia fühlte sich elend. Was mochte seit ihrer Abwesenheit zu Hause los sein? Ihre Mutter musste durchdrehen vor Sorge! Je mehr Tage verstrichen, desto stärker wurde ihr Heimweh. Das Lied hatte es wie eine riesige Welle aufgerollt und alle Aufregung über das Neue und Unbekannte hinweggespült. Zurückgeblieben waren nun Trauer und Angst.

Und die durfte sie nicht zeigen. Also weinte sie nachts, wenn sie allein war, ins Kissen, damit der Graf nebenan nichts hörte, und stand morgens tapfer auf.

Sie sagte sich jeden Tag, sie könne von Glück reden, dass der König sie gefunden hatte und nicht irgendein Bauer. Sie durfte in diesem Palast wohnen, hatte genug zu essen und diese wunderschönen Kleider zur Verfügung gestellt bekommen. Nicht auszudenken, was geschehen wäre, wenn jemand wie Lucien sie gefunden hätte.

Er wirkte zwar nicht immer Wunder, aber zumindest gab ihr dieser Gedanke den Mut und die Kraft, morgens aufzustehen und sich dem Unterricht zu widmen.

Tagsüber war das Heimweh auch nicht so stark, denn über Langeweile oder mangelnde Abwechslung konnte sie nicht klagen. Im Gegenteil, ihr war alles beinahe zu viel und sie war ständig in Gesellschaft.

Es gab auch keine Möglichkeit, unbeaufsichtigt in den Park zu gelangen, um nach einem Rückweg in ihre Zeit zu suchen. Nie war sie allein, ständig war der Graf um sie herum. Außer von dem Moment an, wo er sich in die Badekammer zurückzog und ihr eine gute Nacht wünschte.

Blöderweise war es ihr aber auch dann nicht möglich, sich aus dem Zimmer zu schleichen. Im Laufe des ersten Monats hatte sie es mehrmals versuchen wollen, doch ein Blick aus der Tür hatte sie sofort wieder zurückweichen lassen. Der Flur war wirklich immer mit provisorischen Klappbetten und auf dem Boden ausgebreiteten Matratzen und Decken belagert.

An den darauffolgenden Abenden war leider auch nicht an Flucht zu denken. Durch den anstrengenden Tagesablauf wachte sie erst auf, wenn Sophie sie weckte – und ärgerte sich über sich selber.

Montsauvan war frühmorgens oftmals schon unterwegs. Das Badezimmer war also frei, wenn sie aufstand, um – peinlich, aber notwendig – den Toilettenstuhl aufzusuchen und sich zu waschen.

Alle drei Tage tauchten auch die zehn Burschen mit den Eimern auf, um ihr ein Bad einzulassen. Entgegen den Erklärungen von Herrn Schmidt, man habe in Versailles nie gebadet und ungeniert in die Ecken uriniert, wirkten die Hofleute sehr sauber und rochen gut. Jeder hatte sein eigenes Parfüm.

Was Montsauvan so frühmorgens schon unternahm, wusste Julia nicht. Als sie Sophie darauf ansprach, erklärte die sichtlich stolz etwas von einem *Lever,* was übersetzt einfach »Aufstehen« hieß. Julia verstand gar nichts. Dass er aufgestanden war, war ja offensichtlich. Oder sollte er etwa das Schloss wecken? Gehörte das zu seinen Aufgaben?

Hatte das etwas mit der Jagd zu tun, über die die Höflinge seit ein paar Tagen munkelten? Für eine Jagd musste man doch früh aufstehen.

Der Gedanke an die Jagd ließ Julia nachrechnen. Ach herrje!

Nur noch drei Wochen! Dann sollte sie ganz offiziell und beäugt von allen Höflingen vor dem König erscheinen und … und … Julia wurde ganz mulmig. Würde sie bis dahin alles können? Die Etikette bei Hofe könnte einen Folianten füllen. Sie wusste ja nicht einmal, was ein Lever war! Sie konnte die Sprache noch immer nicht richtig. Und wie sollte sie von Fontainebleau aus einen Weg nach Hause finden?

Morgen würde sie es noch einmal versuchen. Morgen würde sie sich an den schlafenden Flurbelagerern vorbeischleichen. Oder noch besser: Sie würde aus den Räumen spazieren, wenn Montsauvan schon weg war und die nächtlichen Belagerer ebenfalls verschwunden waren. Das wäre am unauffälligsten. Der Gedanke war aufregend und erhebend zugleich.

Wenn es ihr gelänge und sie den Rückweg fände, wäre es auch egal, ob sie die Sprache endlich beherrschte oder knickste oder sich an einem breitschultrigen Griesgram vorbeidrängelte.

Morgen!

* * *

Julias Herz klopfte, als sie die Tür der Badekammer hinter sich schloss – und fiel ihr gleich darauf wie ein Stein in den Magen. Montsauvan saß in einem der beiden Sessel und der Tisch vor ihm war bedeckt mit hellen Brötchen, Gelee, Honig, frischem Obst und es duftete nach Kaffee.

Das Überraschendste allerdings war, dass er nur in Hemd und Weste am Tisch saß und seine Haare locker zusammengebunden hatte. Julia erkannte, dass er keine Perücke trug. Die Haare waren echt.

»Guten Morgen. Ihr seht gut aus. Bordeaux steht Euch.«

Ein Kompliment? Anscheinend war er gut gelaunt, denn Julia trug das dunkelrote Reitkleid, das sie jeden Morgen anhatte. Allerdings war Sophie sehr gut darin, neue Frisuren zu zaubern und die Kleider jeden Tag etwas anders wirken zu lassen.

»*Merci, Monsieur*«, antwortete Julia und blieb noch immer unschlüssig in der Tür stehen. Warum ausgerechnet heute? Gute Frage eigentlich. »Warum seid Ihr hier?«

»Der König erhielt heute Morgen eine dringende Botschaft und so wurde das Lever geändert.«

So ein Mist, dachte Julia, die noch immer betroffen dastand.

Sophie schubste sie sanft in den Raum, eilte dann an ihr vorbei und legte die gefaltete Nachtwäsche auf das gemachte Bett.

Dann knickste sie vor Montsauvan und verließ das Appartement.

»Seid Ihr nicht hungrig?«, fragte Montsauvan und deutete einladend auf den zweiten Sessel.

Er sprach deutsch.

»Schon«, sagte Julia und nahm zögernd Platz. »Ich wusste nur nicht, ob ich mich in Ihrer ... äh ... Eurer Gegenwart setzen darf.«

Er lächelte und dabei blitzten seine Zähne auf. Weiß und eben. Sehr selten hier am Hof, wie Julia inzwischen festgestellt hatte. Bestimmt waren deswegen sämtliche Porträts nur mit geschlossenen Mündern gemalt worden.

»Wir sind allein. Da wird es Euch niemand zum Vorwurf machen.« Da war er wieder, der herablassende Oberlehrer.

Julia setzte sich. »Müssen Sie ... Ihr heute nicht zu diesem Lever?«, fragte sie und hoffte so Auskunft über eine hier anscheinend offensichtliche Gegebenheit zu bekommen.

Zu ihrer Enttäuschung schüttelte Montsauvan nur den Kopf. »Nein, heute nicht.« Der Graf hob eine Kanne und sah sie an.

»Trinkt Ihr Tee zum Frühstück? Dann lasse ich Euch einen aufbrühen. Ich selbst bevorzuge dieses neue Getränk aus den fernen Kolonien, das ein Armenier vor kurzem hier eingeführt hat.«

Julia betrachtete den Kaffee. Neu? Vor kurzem eingeführt? Doch dann rief sich Julia das Jahr in Erinnerung, in dem sie sich befand: 1677, und sie wollte lieber nicht wissen, wo die Bohnen gelagert worden waren. Getreidehäuser mit Schwärmen von Mäusen und Ratten. Wer konnte garantieren, dass ausschließlich Kaffeebohnen gemahlen wurden?

Also sagte sie: »Ich nehme lieber etwas Milch.« Wenigstens die schmeckte hier wie Dickmilch zu Hause. Man durfte nur nicht daran denken, dass sie nicht pasteurisiert war. O-Saft wäre besser gewesen. Oder Bananen-Kaba. »Darf ich mich jetzt selbst bedienen oder schmieren Sie ... schmiert Ihr mir das Brioche?«, fragte sie noch immer eingeschüchtert.

»Wir sind unter uns. Bedient Euch nach Belieben.«

Julia griff nach dem süßen, weichen Brot. Es war noch warm und die Butter schmolz, als sie sie draufstrich.

So unauffällig wie möglich beobachtete sie Montsauvan. Durch die zurückgebundenen Haare wirkte sein Gesicht auf einmal ganz anders. Die Narbe am Kinn trat etwas deutlicher hervor, aber ansonsten wirkte er ... freundlicher. Jünger.

»Wie alt seid Ihr eigentlich?«, fragte sie und erntete sofort einen missbilligenden Blick. »Darf man Männer nicht nach ihrem Alter fragen? Ich kenne diese Regel nur bei Frauen.«

»Ihr dürft nach meinem Alter fragen, aber man spricht nicht mit vollem Mund«, erwiderte er ruhig. »Ich bin fünfundzwanzig.«

Julia hörte auf zu kauen. »Fünfundzwanzig?«, wiederholte sie verblüfft. Er war doch schon Minister und eine angesehene Persönlichkeit bei Hofe. Und das mit fünfundzwanzig?

»Das hat einerseits mit meinem Rang zu tun, andererseits mit meiner Tätigkeit vor ein paar Jahren in Österreich«, erklärte Montsauvan und trank erneut von seinem Kaffee.

Julia starrte ihn noch immer an. Er warf ihr einen amüsierten Blick zu.

»Ich war als Botschafter für den König am österreichischen Hof tätig, weil ich mehr oder weniger der einzige Höfling bin, der Deutsch spricht.«

»Könnt Ihr Gedanken lesen?«

»Das muss man bei Euch nicht. Euer Gesicht verrät alles, was Ihr denkt.«

Jetzt war sie etwas eingeschnappt. »Kein guter Mime? Dann bin ich wohl nicht geeignet für Molières Theatergruppe.«

»Im Gegenteil. Ihr habt eine ausgeprägte Mimik. Nur müsst Ihr noch lernen, Eure Empfindungen zu verbergen.« Er seufzte. »Und das werdet Ihr nur allzu bald an diesem Hofe. Genauso wie das Intrigieren, um zu überleben«, fügte er düster hinzu.

»Das klingt aber sehr …« Julia suchte nach dem passenden Wort.

»Verdrießlich? Pessimistisch?« Er lächelte bitter. »Ich gebe Euch jetzt die wichtigste Lektion mit, die Ihr für die Zukunft an diesem Hof brauchen werdet: Nie den Neid der anderen wecken. Jeder Erfolg hat seinen Preis, und wenn Ihr nicht bereit seid ihn zu entrichten, verlasst Versailles.«

»Das klingt jetzt richtig beängstigend«, sagte Julia erschauernd. »Welchen Preis habt Ihr gezahlt für Euren Erfolg?«

»Ich?« Er sah sie amüsiert an. »Wer sagt Euch, *ich* hätte zahlen müssen?«

Sie strich sich über die Seite ihres Kinns, wo in seinem Gesicht die Narbe verlief.

Montsauvans Augen verengten sich. »Das hat nichts mit Erfolg zu tun. Das war eine Jugendsünde.«

»Aha.«

Jetzt lehnte er sich zurück und betrachtete sie eingehend. »Und der künftige Ehemann, den Eure Eltern ausgesucht hatten, war alt und hatte keine Zähne mehr?«

Julia wurde brennend heiß. Wie schaffte er es immer, den Spieß augenblicklich umzudrehen? Schnell stopfte sie sich die restliche Brioche in den Mund – ein Riesenstück.

Montsauvan lächelte süffisant. »Wisst Ihr, Mademoiselle, Ihr habt Eure Geheimnisse, ich die meinen.«

Seine Arroganz war manchmal nicht zum Aushalten. Aber was er konnte, konnte sie auch! Julia spülte mit Milch nach, um den Mund freizubekommen. »Ich habe schon verstanden, was gemeint war«, sagte sie schnippisch. »Man hat Euch hintergangen, Ihr seid verletzt worden und verschanzt Euch deshalb hinter diesem Panzer.«

Montsauvan hob die Augenbrauen. »Ihr seid eine scharfe Beobachterin.«

Sollte sie tatsächlich ins Schwarze getroffen haben? In Wahrheit hatte sie nur geraten. Hoffentlich hielt er sie jetzt für tiefgründig und behandelte sie ab sofort mit mehr Respekt.

Montsauvan erhob sich und zog seinen Rock an.

»Wenn Ihr fertig gegessen habt, lasst uns reiten gehen. Ich bin gespannt, wie lange Ihr heute braucht, um Euer Pferd zu besteigen.«

So viel zum Thema Respekt.

10. Kapitel
HOFZEREMONIELL

Julia erkannte schnell, dass alles in Versailles einem sehr strengen Rhythmus folgte. Das galt nicht nur für den Tagesablauf, aber doch allem voran für diesen. Wirklich klar wurde ihr das, als sich ein paar Tage später endlich das Geheimnis um dieses Lever lüftete.

Der König war Frühaufsteher, und egal was spätere Geschichtsschreiber über ihn sagen mochten, er war durch und durch diszipliniert. Das gleiche Engagement erwartete er auch von seinen Hofleuten. Er stand jeden Morgen um Punkt sieben Uhr auf und begann den Tag mit der Zeremonie des *Petit Lever* und des *Grand Lever,* dem »kleinen« und »großen Aufstehen«, was besagte, dass der gesamte Hofstaat ebenfalls so früh auf den Beinen zu sein hatte. Mit Ausnahme seiner Familie, die noch früher aufstehen musste, weil von ihr die Anwesenheit beim Petit Lever erwünscht wurde. Was bedeutete, dass sie dem König ab dem Moment, in dem er seine Augen aufschlug, beim Aufstehen und der Morgentoilette behilflich war.

Wer als Höfling zum Petit Lever gebeten wurde, durfte sich was darauf einbilden, denn damit stand er in der Gunst des Königs weit vorn.

Beim Grand Lever sollte, soweit möglich, der ganze Hofstaat versammelt sein. Als Julia schließlich darüber unterrichtet wurde, begriff sie, dass der »Sonnenkönig« nicht nur ein Zuname war, sondern dass gleich der Sonne erst mit dem Aufstehen des Königs der Tag in Versailles richtig begann. Und genau wie die Sonnenblumen sich nach dem Stand der Sonne richteten, richtete sich auch der Hofstaat nach Ludwig XIV.

Als Sophie also stolz von Montsauvans Anwesenheit beim Lever sprach, hatte sie das Petit Lever gemeint. Julia fand das sehr befremdlich. Was für eine Ehre sollte das sein, jemandem das Hemd reichen zu dürfen? Oder beim Zähneputzen zuzusehen? Sophie hatte erklärt, dass derjenige, der dem König sein Hemd reichen durfte, einen ganz besonderen Status innehabe. Julia hatte urplötzlich den Sänger einer Boyband vor Augen, der sein T-Shirt in die Menge warf, die sich prompt darum zu prügeln begann. Sie konnte sich bildlich vorstellen, wie sich der Dauphin, der *Grand Condé*, der ältliche Onkel des Königs und seine Cousine um die königliche Unterhose balgten.

Von halb zehn bis zwölf Uhr dreißig hielt der König Rat und es war genau festgelegt, an welchen Tagen welcher Rat zusammentraf. Der Graf de Montsauvan gehörte als ehemaliger österreichischer Botschafter zum Staatsrat und musste deshalb zweimal die Woche an den Sitzungen teilnehmen. Danach mussten sich alle zum königlichen *Déjeuner*, dem Mittagessen, begeben, das hin und wieder auch »öffentlich« stattfand. Zuerst fragte sich Julia, was daran wohl »öffentlich« sein sollte, wenn Ludwig sowieso jeden Mittag vor den Augen aller Höflinge speiste. Doch dann fand sie heraus, dass zu dem *öffentlichen Essen*, dem sogenannten *Grand Souper*, auch das Volk zugelassen wurde.

So konnten die lästernden Höflinge die teilweise in Lumpen gekleideten Franzosen niederen Adels sehen, die ab und zu nach Versailles kamen, um ihrem König beim Vertilgen unzähliger Speisen zuzuschauen, während sie sich selbst nicht einmal eine Suppe leisten konnten.

Julia entsprang nun einmal einer anderen Generation, einer demokratischen Generation. Sie fand es widerlich, dem armen Volk, das so sehr unter den zahlreichen Kriegen des Königs zu leiden hatte, den Mund wässrig zu machen, indem man ihm auch noch vorführte, in welchem Prunk derselbe lebte. Doch dann bemerkte sie die grenzenlose Bewunderung, mit der die Menschen ihren Monarchen anstarrten oder ihm zuriefen, er möge lange leben. Verwundert sah sie Stolz in den Augen dieser Leute: Stolz darauf, einen so großartigen Souverän zu haben, der einen auserlesenen Geschmack besaß und damit ganz Europa etwas voraushatte.

Julia sah diesen Stolz, verstand ihn aber nicht.

Montsauvan, der ihren Gesichtsausdruck sehr genau beobachtet hatte, fragte sie später: »Was genau hat Euch heute Mittag zu dieser Abscheu in Eurem Gesicht veranlasst?«

Julia verschüttete beinahe den Tee, den sie gerade genossen hatte. Bei seinen Worten dachte sie zurück an das Bild einer jungen Mutter mit ihrem kränklichen Sohn, die mit großen Augen die Fruchtschale auf des Königs Speisetafel begafft hatte. »Findet Ihr es nicht auch unerhört«, begann sie heftig, »diesen armen Leuten den Mund wässrig zu machen, indem man ihnen unter die Nase reibt, wie viele wunderbare Sachen man sich von ihrem Geld kaufen kann?«

Des Grafen Augen blitzten amüsiert. »Ah, eine Demokratin.«

»Darauf könnt Ihr Gift nehmen!«, zischte sie.

»Und was sollte Eurer Meinung nach geschehen?«, fragte Etienne de Montsauvan neugierig.

»Der König müsste Einsparungen ansetzen. Einen Großteil seines Geldes den armen hungernden Menschen zurückerstatten, aufhören Kriege anzuzetteln, die seinen Soldaten einen Vorwand bieten, die Bauern auszurauben.«

»Und wie soll er dann sein Schloss fertig bauen?«

Julia zuckte mit den Schultern. »Er könnte Manufakturen in

Frankreich errichten. Ich habe gehört, dass Seide noch immer importiert wird, ebenso viele Früchte, Teppiche, Porzellan und dergleichen. Man könnte sie selbst produzieren«, schlug sie vor. Wer hätte gedacht, dass der ausführliche Unterricht bei Herrn Schmidt einmal dermaßen nützlich sein könnte? Beherzt fuhr sie fort: »Frankreich ist groß und hat viele verschiedene Klimazonen, in denen die unterschiedlichsten Sachen angebaut werden könnten, was nicht in allen europäischen Ländern möglich ist. Das Land könnte durch seine eigenen Erzeugnisse erreichen, dass andere europäische Länder hier einkaufen, dass von hier aus Ware exportiert wird. Damit werden Arbeitsplätze geschaffen, Wohlstand kehrt ein und der König kann aus den zusätzlichen Steuern, die gewisse Exportmonopole mit sich bringen, Versailles fertig bauen, ohne dass es den armen Leuten auf den Geldbeutel schlägt.«

Der Graf hatte bereits zu Beginn ihrer Rede sein amüsiertes Grinsen abgelegt. Jetzt musterte er sie eingehend und so intensiv, dass Julia mit einem Mal richtig heiß wurde. Hatte sie zu viel gesagt? Hatte sie sich verraten?

»Wie kommt«, sagte er schließlich nachdenklich, »ein kleines Mädchen wie Ihr dazu, so kluge Dinge zu sagen?«

Bei dem Wort »kleines Mädchen« holte sie empört tief Luft. *Kleines Mädchen?* Ha!

Sollte ihm das kleine Mädchen spaßeshalber einmal verklickern, was man alles im einundzwanzigsten Jahrhundert in Erd- und Sozialkunde durchkaute? Sollte sie ihm an den Kopf werfen, wohin diese Verschwendungssucht Frankreich trieb? Dass nur hundert Jahre später der König von diesen ach so bewundernden Bauern um einen Kopf kürzer gemacht werden würde?

Frankreich war nicht sonderlich reich an Bodenschätzen, aber jedermann in ihrem Zeitalter wusste, dass Frankreich eine sehr ertragreiche Landwirtschaft hatte, egal ob es sich um Wein, Fisch oder Käse handelte. Diese Agrarfläche verstand man im einundzwanzigsten Jahrhundert komplett zu nutzen. Und sie, Julia, wusste überhaupt so viel mehr, als Montsauvan sich je träumen ließ. Sie war wirklich versucht all das zu sagen.

Im letzten Moment verkniff sie es sich. So hätte sie sich verraten. Also sagte sie nur: »Logische Schlussfolgerung.«

* * *

Es gab ja viel Neues zu bewältigen, aber mit das Seltsamste war, eine Dienerin zu haben. Da schwirrte jemand jeden Morgen beim Aufstehen und jeden Abend bis zum Schlafengehen um einen herum, frisierte die Haare oder half einem in die Kleider oder aus den aufwendig angelegten Kleidern heraus. Wie kamen Mette-Marit, Kate Middleton oder Letizia damit klar?

Obwohl Sophie nicht viel älter war als Julia und sie anfangs noch gedacht hatte, sie könnten vielleicht Freundinnen werden, verwarf sie diesen Gedanken ziemlich bald wieder. Sophie redete zu viel und das war Julia suspekt.

Julia verstand nur die Hälfte von dem, was die Dienerin so von sich gab. Zum Glück wurde es von Tag zu Tag etwas besser. Gegenstände, die sie im Vokabular nicht zuordnen konnte, zeigte ihr Sophie mit Gesten. Manchmal machte sie dafür pantomimische Verrenkungen und wirkte sehr albern. Sophie kugelte sich dann vor Lachen und Julia hoffte nur, dass sie diese Unterhaltungen nicht mit den anderen Dienern in der Küche, oder wo auch immer sie tagsüber war, wiederholte.

Die Gespräche mit ihr ähnelten eher einer Scharade, bei der Julia zumeist nur der Beobachter war.

Als Julia Sophie nach ihrem Alter fragte, bekam sie zur Antwort »Neunzehn« und dann folgte ein langer Monolog darüber, was sie sich für die Zukunft erträumte – wovon Julia wiederum nur die Hälfte verstand. Die verständliche Hälfte beinhaltete etwas wie Heirat, Kinder und Schnurrbart (wobei sie Letzteres vielleicht mit Senf verwechselt hatte, was allerdings auch keinen Sinn ergab).

Auf alle Fälle himmelte Sophie Montsauvan an. Sie war nicht mal richtig verliebt, sondern verhielt sich ihm gegenüber eher so, als wäre er ein Rockstar.

Wenn er im Raum war, sprach sie kein Wort, arbeitete noch hektischer als sonst und hatte immer einen hochroten Kopf. Mit diesen geröteten Wangen, dem einfachen Kleid, der Schürze und der kleinen Haube im Haar war sie der Inbegriff einer Dienstmagd. Dem Grafen konnte man deutlich ansehen, dass er Sophie nicht als Frau, sondern als Angestellte betrachtete. Er war zu ihr höflich, aber lange nicht so charmant wie zum Beispiel Madame de Sévigné gegenüber.

Manchmal grämte sich Julia darüber. *So gesehen könnte ich genauso gut eine Magd für ihn sein,* dachte sie bitter.

Der Musikunterricht hatte sich als weitere Tortur herausgestellt. Sie beherrschte zwar die Noten (da gab es Gott sei Dank keinen Unterschied zum einundzwanzigsten Jahrhundert) und lernte auch sehr schnell die Griffe am Cembalo, aber der Graf ließ sie jedes Stück ein ums andere Mal wiederholen. So lange, bis sie es auswendig spielen konnte.

Fehlerfrei.

Mit diesem ausgefüllten Stundenplan vergingen vier Wochen im Nu. Vier Wochen, in denen Julia anfangs noch beinahe stündlich an ihre besorgte Mutter zu Hause dachte, bis ihr in der vierten Woche auffiel, dass sie zwei Tage gar nicht mehr an sie gedacht hatte. Leider war noch immer keine Fluchtmöglichkeit in Sicht. Im Gegenteil. Der Dauphin war zurück in Versailles.

Somit stand ein neues Unterrichtsfach an.

Madame de Sévigné, Paris, an Madame de Grignan, Provence

Gestern empfing der König den holländischen Botschafter. Der Prinz von Condé, der Herzog von Bouillon, der Graf de Montsauvan und der Marschall de Créquy mussten auf Wunsch Seiner Majestät als Zeugen anwesend sein.

Der Botschafter überreichte ein Beglaubigungsschreiben, das der König nicht lesen wollte, woraufhin der Holländer anbot es vorzulesen. Der König erklärte, er wisse bereits, was darin stehe, er habe eine Kopie in der Tasche.

Der Botschafter versuchte lang und umständlich herauszufinden, was denn diese Überprüfung und das Missfallen Seiner Majestät erregt habe. Holland habe es doch nie an Respekt mangeln lassen, man verstehe nicht, weshalb Frankreich für einen Krieg gegen Holland aufrüste.

Schließlich ergriff der König mit seiner unvergleichlichen Würde und Grazie das Wort. Er wisse, dass seine Feinde gegen ihn hetzten, und sähe es als seine Pflicht und Schuldigkeit, sich deshalb zu Wasser und zu Land so mächtig wie möglich aufzustellen, um sich verteidigen zu können und nicht überrascht zu werden.

Am selben Tag wurde Monsieur de Montsauvan an der Spitze des Garderegiments eingesetzt. Der König war zugegen und reichte ihm eigenhändig die Pike, was für

gewöhnlich nur der Kommissar im Namen des Königs übernimmt. Aber es lag Seiner Majestät daran, diese Zeremonie so würdevoll als nur möglich zu gestalten, zeugt sie doch auch von einem großen Gunstbeweis gegenüber dem Grafen.
Das Mädchen, das Montsauvans Obhut unterstellt wurde, war auch anwesend. Ihr erinnert Euch an meine Schilderung über ihr überraschendes Auftauchen und dass der attraktive Etienne de Montsauvan sich ihrer angenommen hat?
Angenommen ist vielleicht noch untertrieben, man bekommt Mademoiselle Allemande - wie die kleine Julia neuerdings überall genannt wird - nur in seiner Gegenwart zu Gesicht. Es wird sogar gemunkelt, sie wohne in seinem Appartement. Es herrscht nach wie vor Zimmermangel in Versailles. Sollten die Gerüchte stimmen, bin ich mir nicht sicher, ob die junge Dame den Luxus von Montsauvans eigenen abschließbaren Räumlichkeiten zu schätzen weiß. Zumindest sagt sie nichts. Aber sie spricht ohnehin selten. Wenn überhaupt, dann mit Montsauvan. Ihr wärt erstaunt, wie viel Zeit der Graf in ihre Erziehung investiert.
In den fünf Jahren, die er nun bei Hofe weilt, hat ihn niemand länger als einen Abend mit derselben weiblichen Begleitung gesehen. Eine Zeit lang hegte ich die Hoffnung, er könnte als Euer Gatte in Betracht gezogen werden, doch bislang hat Montsauvan noch keine Dame erhört. Obgleich er nach wie vor sehr beliebt ist.
Madame de Soissons bekommt jedes Mal rote Wangen, sobald der Graf sich ihr nähert. Zum Glück geschieht

das nicht so oft, sonst bestünde Gefahr für ihr Herz. Und die Eifersucht der Montespan, die von den Höflingen nur noch Quanto genannt wird, sagt genug aus, oder? Quanto kommt aus dem Italienischen und bedeutet »Wie viel«. Das ist so passend, denn sie quetscht den König aus wie ein Zinswucherer am Pont Neuf die kleinen Bauern. Aber nun zurück zu der kleinen Demoiselle Julia. Im Aussehen ähnelt sie Euch ein wenig, meine Gute, die gleichen blonden Haare und grauen Augen. Von ihrem Geist kann ich aber, wie bereits geschrieben, nicht allzu viel berichten. Bislang sitzt sie nur still neben Montsauvan und wir sind uns nicht sicher, ob sie noch immer kein Französisch spricht oder Angst hat, etwas Falsches zu sagen. Montsauvan ist aber auch ein strenger Lehrer und achtet genau auf sie.

In drei Wochen siedelt der Hof über nach Fontainebleau, dort soll sie vom König Audienz erhalten und wäre damit offiziell eingeführt.

Ihre Manieren haben sich beträchtlich gebessert. Sie bewegt sich mit einer Grazie und Eleganz, die der des Grafen de Montsauvan gleichkommt.

Unsere Quanto mokiert sich entsetzlich darüber, dass die junge Frau nicht spricht und stets in Montsauvans Schatten steht. Aber ich sage Euch, meine Liebe, sie steht nicht in seinem Schatten. Sie steht an seiner Seite.

11. Kapitel
TANZ MIT DEM THRONFOLGER

Der König hatte in seiner Audienz verfügt, Julia solle mit seinem Sohn und Thronfolger, in Frankreich Dauphin genannt, die gängigen Tänze gemeinsam einüben. Montsauvan hatte sie schon ein wenig vorbereitet, mit der Begründung, der Dauphin müsse nur üben. Er kenne die Tänze. Sie dagegen ... Den Satz ließ er offen. Als Montsauvan das mit seiner markant tiefen Stimme sagte und sie dabei auch noch von oben bis unten betrachtete, fühlte sich Julia wie ein Kakerlak.

Dementsprechend aufgeregt sah sie der ersten Tanzstunde entgegen. Allerdings legte sich diese Aufregung sofort, als sie den Sohn Ludwigs XIV. kennenlernte.

Der Dauphin war ein Milchbubi.

Er hatte ein pickeliges Gesicht und einen zu Molligkeit neigenden Körper. Obwohl er so alt war wie sie, hatte er nichts Prinzenhaftes an sich. Prinz William und Prinz Harry waren in diesem Alter schon hübsche Jungs gewesen. Wie man sich Prinzen eben vorstellte. Der Dauphin sah eher aus wie ein paar ihrer Schulkameraden – inklusive Stimmbruch. Jedes Mal, wenn er sprach, schwankte seine Stimme bedrohlich zwischen zwei Oktaven. Das war zwar recht lustig, aber Julia musste ihre Erheiterung gut verbergen. Einen sensiblen Jungen auszulachen wäre nicht nur niederträchtig, sondern beim künftigen König von Frankreich auch fatal.

Er war durch und durch nach seiner weinerlichen Mutter geraten – abgesehen von der Nase, die eindeutig dem bourbonischen

Zinken des Vaters entsprach. Leider alles, was er von diesem mitbekommen hatte, denn schon in der ersten Unterrichtsstunde stellte sich heraus, dass er auch wesentlich träger als sein Vater war.

Nach einer Woche Tanzen mit ihm war Montsauvan offenbar kurz davor, seine Beherrschung zu verlieren. Und Julia aller Wahrscheinlichkeit nach ebenfalls, denn der Dauphin hatte sich hoffnungslos in sie verliebt. Er brachte ihr bereits zur zweiten Unterrichtsstunde Orchideen mit, zur dritten ließ er heiße Schokolade nach dem Rezept seiner spanischen Mutter für sie auftischen – eine Rarität in dieser Zeit –, zur vierten einen Kuchen, der extra für sie gebacken worden war, wie er ihr stolz berichtete. Bei den Orchideen hatte sich Julia noch über die Aufmerksamkeit gefreut, aber als er das zum Anlass nahm, ihr jeden Tag solche Geschenke zu offerieren, wurde es ihr eher lästig.

Während des Tanzunterrichts waren Montsauvan und der Erzieher des Dauphins ständig anwesend. Vor allem Monsieur de Bossuet (der Dauphin hatte einen Bischof als Lehrer) beobachtete mit Adleraugen jede Bewegung, jede Berührung zwischen Julia und Louis. Zum Glück konnte Julia neben so einem kläglichen Partner einmal besser abschneiden als in den anderen Unterrichtsfächern. Wesentlich schneller und eleganter beherrschte sie die einzelnen Schritte und Gesten. Und weil Bischof Bossuet ständig etwas zu bemängeln hatte, sah sich Montsauvan gezwungen dem Dauphin die Figuren selbst vorzuführen. So kam es, dass Julia öfter mit ihm tanzte als mit dem eigentlichen Schüler. Und nur das schien ihn vor dem Verlust seiner Contenance bewahren zu können.

Julia hatte beobachtet, dass Montsauvans Kiefer arg angespannt war, wenn der Dauphin ihr ein Geschenk überreichte oder ihre Hand fester umfasste als notwendig. Seine Narbe am Kinn trat dann deutlich hervor. Außerdem hüpfte sein Adamsapfel, als hätte er eine gewaltige Ladung Wut und Ungeduld herunterzuschlucken.

Auch Bossuet sah den Prinzen lieber vom Sessel aus sabbern als an Julias Hand. Zumindest in diesem Punkt waren sich die beiden Lehrer einig.

Louis tat Julia leid und sie war wieder einmal dankbar dafür, der Obhut Montsauvans unterstellt worden zu sein – statt einem Vertreter der katholischen Kirche, der ständig Sätze von sich gab wie: »Gott hat Euch diese Position geschenkt. Ihr müsst sie ebenso erfüllen wie Euer Vater. Der kann diese Drehung formvollendet ... Dankt dem Herrn für Eure gesunden Beine. Lazarus wäre froh gewesen, wenn er diese Verneigung hinbekommen hätte. Ihr müsst sie so machen wie der Graf, nicht wie ein Bauer ...«

Er brachte Gott in jedem zweiten Satz ins Spiel, zitierte die Bibel, ob angebracht oder nicht, und vertrat die Meinung, sein Urteil sei unfehlbar. Leider wurde er darin vom König unterstützt, wie Montsauvan Julia erklärte.

Im Geheimen gestand sich Julia ein, dass sie auch viel lieber mit dem ruhigen und eleganten Grafen tanzte, der sie besser führte und dessen Hände nicht verschwitzt und glitschig waren. Aber das würde sie sich hüten zu sagen.

Von ihr bekäme er kein Kompliment mehr zu hören.

»Ihr mögt den Dauphin nicht«, stellte Montsauvan am Ende der Woche fest.

Erschrocken sah sie ihn an. Sie hatten soeben die Tanzstunde beendet und waren auf dem Weg zur königlichen Gesellschaft. Das Wetter war wunderbar und Ludwig XIV. hatte verkündet, er würde um fünf Uhr einen Spaziergang durch den Park unternehmen.

Da es bereits zwanzig Minuten nach fünf war, waren sie und

Montsauvan spät dran und vollkommen allein auf dem Kiesweg zum Labyrinth.

»Es liegt nicht am Mögen«, wich Julia aus.

Montsauvan hob spöttisch eine Augenbraue. »Wenn Ihr mit ihm tanzt, könnt Ihr nur mühsam Euren Ekel verbergen.«

Ach herrje, war das so offensichtlich?

»Bei mir dagegen lächelt Ihr«, fuhr er selbstzufrieden fort.

»Bestimmt nicht«, sagte Julia schnell – zu schnell.

Montsauvan grinste. Breit. Und mit einem Mal sah er wieder so jung aus, wie er tatsächlich war. Vielleicht sogar noch jünger.

»Ich fange an zu glauben, Mignonne«, sagte er und seine Stimme war noch etwas tiefer und samtiger als sonst, »dass Ihr mir zu verfallen beginnt.«

»Ihr irrt. Ich mag nur Eure trockenen Hände. Beim Dauphin habe ich immer das Gefühl, ich hätte einen Schwamm angefasst.« Sie rechnete schon mit einem Tadel. Etwas in der Art von: Man darf so nicht über den Sohn unseres Königs reden.

Doch er überraschte sie. Montsauvan lachte. »Einen Schwamm? Gut, dass Ihr es zur Sprache bringt. Bei der nächsten Tanzstunde werde ich für Handtücher sorgen.«

Sieh an. Wer hätte gedacht, dass der Graf Humor hatte?

Doch das änderte nichts an der Tatsache, dass sich Montsauvan die meiste Zeit wie der strengste Mensch benahm, dem sie bislang begegnet war.

»Sophie! Ich komme zu spät!« Hektisch versuchte Julia ihrer Zofe klarzumachen, dass sie viel zu knapp dran waren. Montsauvan würde wieder einmal diese eiserne, strenge Miene aufsetzen und sie im Musikunterricht härter prüfen als sonst. Doch leider gab es immer noch dieses kleine Sprachproblem und im Moment fielen ihr einfach nicht die Vokabeln für »unfairer und kleingeistiger Lehrer« ein, um dem Mädchen ihre Situation begreiflich zu machen.

»Hurry up!«, rief sie aus lauter Verzweiflung. *Nur ich kann solches Pech haben und einen zweiten Herrn Schmidt zum Privatlehrer bekommen,* dachte sie bitter.

Endlich fand Sophie das letzte Band, brachte es an dem Kleid an und Julia stürmte zur Tür hinaus. Weshalb musste dieses Schloss auch so groß sein? Wieder ein Gang und eine Treppe und noch eine Treppe. Zumindest hatte sie so langsam den Dreh raus, in diesen engen Miedern zu atmen. Sie bog um die letzte Ecke und prallte mit jemandem dermaßen hart zusammen, dass der sofort lautstark zu fluchen begann, während sie rückwärts zu Boden geschleudert wurde. Ein Ellbogen hatte ihr bei dem Aufprall in den Magen gehauen und sie blieb einen Moment nach Luft schnappend liegen. *Verflixtes Mieder!*, schoss es ihr zum x-ten Mal durch den Kopf. Sie konnte nicht richtig Luft holen.

Ein junger Mann mit blonder Lockenperücke beugte sich über sie und betrachtete sie besorgt. »Geht es Euch gut?«, fragte er und reichte ihr seine Hand.

»Ça va, ça va«, murmelte Julia verlegen und wollte ohne seine Hilfe auf die Beine kommen, was gar nicht so einfach war, festgeschnürt in diesen Fischknochen und unter den tausend Lagen Stoff.

Doch anscheinend kannte der Mann sich aus, denn er griff sie fest, aber nicht hart um die Taille und richtete sie mit Schwung auf. Julia war überrascht und seltsam verlegen, denn anstatt wieder einen Schritt zurückzutreten, blieb der Mann dicht vor ihr stehen, so dass sie genau die feinen Linien um Mund und Augen erkennen konnte. Er schien viel zu lächeln. Er lächelte auch jetzt, und zwar irgendwie eigentümlich, seine Augen glitzerten seltsam und Julia begann sich unbehaglich zu fühlen.

»So, Ihr also seid die kleine Deutsche, das allerorts berühmte Mündel des Königs.«

Julia hatte mittlerweile gelernt, dass es absolut ungehörig war, einen Edelmann einfach nach seinem Namen oder seiner Herkunft zu fragen. Doch seine noch immer skandalöse Nähe machte sie nervös und ließ sie alle Bedenken über Bord werfen.

»Ganz recht, Monsieur. Und wer seid Ihr?«

Ihre direkte Frage schien ihn nicht zu verstimmen, im Gegenteil: Er wirkte amüsiert.

Aber auf jeden Fall hatte es den gewünschten Effekt. Er trat einen Schritt zurück und verneigte sich elegant vor ihr. Doch ehe er antworten konnte, erscholl hinter ihm die Stimme Montsauvans: »Das ist der Chevalier de Rohan.«

Der Chevalier erstarrte mitten in der Bewegung, ehe er sich flugs aufrichtete, um den Grafen anzusehen. Julia erkannte ein unterdrücktes Funkeln in den Augen Rohans, das sie sich nicht erklären konnte. War es Triumph? Doch ehe sie weiter darüber nachdenken konnte, küsste der Chevalier zuvorkommend ihre Hand und blinzelte ihr verschwörerisch zu.

»Wir sehen uns bald wieder, schöne deutsche Fee.«

Sie sah ihm stirnrunzelnd hinterher und erschrak, als sie eine Hand auf ihrem Arm spürte.

»Kommt«, sagte Montsauvan.

»War der Chevalier bei Euch?«, fragte sie und drehte sich noch einmal nach dem Mann um.

»Ihr seid zu spät«, überging er ihre Frage. Erstaunt sah Julia die Narbe am Kinn deutlich hervortreten. Aber das war ihr wenig später gleich, denn sie musste eine Musikstunde über sich ergehen lassen, in der er sie härter kritisierte als jemals zuvor.

12. Kapitel
MONTSAUVAN

»Monsieur, Ihr sollt sofort zum König kommen.« Ein Lakai in sehr edler Livree hatte Julia und Montsauvan keuchend eingeholt. Montsauvan hatte heute den Französischunterricht nach draußen verlegt. Die Bäume im Park waren zwar mittlerweile fast kahl und die Dunkelheit setzte immer früher ein, aber die Sonne schien noch einmal warm.

Montsauvan sah den Lakaien durchdringend an.

»Es kam soeben eine Depesche. Holland hat von des Königs Bündnis mit England erfahren und beginnt aufzurüsten.«

Montsauvan nahm Julias Ellbogen und wollte sie mit sich ziehen. »Allein, Monsieur. Und so schnell wie möglich«, insistierte der Lakai. Julia wedelte ermutigend mit einer Hand. »Ich komme nach.«

Der Graf warf ihr einen prüfenden Blick zu, dann nickte er und folgte dem ungeduldigen Lakaien.

Julia wartete, bis beide um die nächste Ecke (oder besser: Hecke) verschwunden waren. Sie konnte ihr Glück kaum fassen.

Sie war allein. Endlich allein! Und dann auch noch draußen im Park.

Zielstrebig und mit großen Schritten folgte sie dem Weg am Grand Canal entlang, über die dahinterliegende Wiese und auf den Wald zu, aus dem sie vor rund vier Wochen gekommen war. Sie war ganz außer Puste, als sie ihn endlich erreichte. Und weil es bereits Ende November war, begann es auch schon dunkel zu werden. Aber

Julia wollte diese Gelegenheit auf keinen Fall verpassen und marschierte entschlossen ins Gehölz.

* * *

Hier musste es sein. Hier irgendwo. Ein Hinweis, ein Übergang, das Portal. Sie sah sich suchend um. Mittlerweile war es zu spät und zu dunkel, um tiefer in den Wald hineinzugehen. Sie suchte bereits seit einer Stunde.

Es gab auch nichts sonderlich Aufregendes zu sehen. Nur Bäume und Hecken. Das war's.

Am Waldrand standen zwei Eichen, frisch gepflanzt und sorgsam mit Jute ummantelt. Die einzige Spur, die als Hinweis gedeutet werden könnte, wenn man an die Zwillingseichen dachte. Aber die hier waren von Menschenhand gepflanzt worden und ihr Abstand war größer. Es hätten locker drei Pferde nebeneinander zwischen ihnen hindurchgepasst – samt Kutsche. Obwohl die um die Uhrzeit Schwierigkeiten bekommen würde, ohne Scheinwerfer im Dunkeln. Bei dem Gedanken musste Julia lächeln.

Im selben Moment vernahm sie aus der Hecke ein paar Meter weiter vorn ein Rascheln. Ihr wurde unheimlich zu Mute. Schlagartig fiel ihr der riesige Keiler ein, dem sie den dramatischen Galopp durch den Wald zu verdanken hatte. Zur Flucht bereit drehte sie sich um. Vor ihr stand ein Mann.

Julia schrie.

»Was tut Ihr hier?«

Fast wäre sie vor Erleichterung zu Boden gesackt. Die tiefe, samtige Stimme war unverwechselbar.

»Euer Pferd steht im Stall und die seltsamen Hosen, die Ihr bei Eurer Ankunft getragen hattet, habe ich hier auch nicht vergraben.«

»Ihr habt meine Jeans vergraben?«, fragte Julia mit klopfendem Herzen. Sie beugte sich ein wenig vor, weil ihr der Schreck tief in allen Gliedern saß. Noch immer bekam sie kaum Luft.

»Nein. Das sagte ich doch gerade. Ich habe sie verbrannt.«

»Ihr habt meine Jeans *verbrannt*?«

Montsauvan stützte ihren Ellbogen und richtete sie sanft auf. »Ihr weicht meiner Frage aus: Was tut Ihr hier?«

»Ihr weicht mir auch aus«, keuchte sie.

Er schaute sie an, sichtlich mit sich ringend. Schließlich seufzte er und sagte: »Nein, ich habe sie nicht verbrannt. Eure Hosen liegen gewaschen in meiner Wäschetruhe, zusammen mit dem Rest Eurer seltsamen Kleidung, wo sie niemand finden dürfte«, antwortete er nun etwas freundlicher. »Was also wolltet Ihr hier? Um diese Uhrzeit und allein?«

»Ich dachte, ich könnte etwas Verlorenes wiederfinden«, log Julia und war auf einmal sehr dankbar für die Dunkelheit. Wenn er auch sonst jede Gefühlsregung an ihrem Gesicht ablesen konnte – bei der eintretenden Dunkelheit dürfte er sie schon nicht mehr scharf erkennen können. Hoffte Julia zumindest, denn genau das versuchte er gerade ganz offensichtlich.

Er schwieg eine Weile, dann fragte er: »Habt Ihr es gefunden?«

Bedauernd schüttelte Julia den Kopf.

»Gut. Dann lasst uns zurückgehen, ehe wir einem Wolfsrudel in die Arme laufen.«

Entsetzt machte Julia einen kleinen Hopser. »Wölfe?«

»Versailles liegt in einem Jagdgebiet«, erklärte er schlicht. »Natürlich gibt es hier Wölfe. Niemand würde es wagen, sich in dieser Jahreszeit und um diese Uhrzeit allein in einen Wald zu begeben. Manchmal zweifle ich wirklich an Eurem Verstand. Vor allem, weil in Versailles die Vierbeiner für eine junge Frau nicht unbedingt die gefährlichsten Raubtiere sind.«

Sein Griff war ganz sanft, als er Julias Hand nahm und sie zum Schloss zurückführte.

* * *

Der König hatte Montsauvan ein Schreiben zukommen lassen, in dem er Julia offiziell nach Fontainebleau zur Jagd und zum Ball einlud. So höflich die Einladung auch formuliert war, es handelte sich ganz klar um einen Befehl. Daraufhin verschärfte Montsauvan seine Unterrichtsstunden.

Julia hatte keine Zeit mehr für Heimweh. Sie fiel abends todmüde ins Bett und schlief wie ein Stein, bis Sophie sie am nächsten Morgen weckte. Den Musikunterricht empfand sie mittlerweile als besonders anstrengend. Montsauvan durfte Lullys Musiksalon täglich zwei Stunden lang nutzen. Zwei endlos lange Stunden, nach Julias Gefühl. Sobald sie zwei Stücke auf dem Cembalo perfekt spielen konnte, wurde der Unterricht auch noch um Flöte und Harfe erweitert. Es nahm einfach kein Ende. Julia schwor sich, sie würde Montsauvan nie – NIE – wieder ein Kompliment machen.

* * *

Zwei Wochen bevor der Hof für die große Jagd nach Fontainebleau übersiedeln sollte, trafen Montsauvan und Julia Lully vor der Tür seines Musiksalons persönlich an. Dieser versuchte wieder einmal den Grafen für eine seiner Kompositionen zu gewinnen. Julia wartete das Ende der Unterhaltung gar nicht erst ab, sondern ging schon mal hinein. Die hervortretende Narbe am Kinn Montsauvans sagte ihr, dass ihm das Gespräch lästig war und er bald folgen würde.

Auf dem Tisch lag ein neues Instrument, ein Horn. Wehmütig nahm sie es in die Hand. Jennifer spielte Horn. Und das recht gut, wie alles, was ihre Schwester tat. Sie hatte Julia die Tonleiter auf dem Instrument beigebracht. Julia konnte nicht widerstehen. Sie nahm das Horn und versuchte es. Es gab zwar noch keine Ventile, aber Julia fand auch so die Töne und spielte die Tonleiter zweimal rauf und runter.

Ein paar Notenblätter lagen herum. Sie warf einen Blick darauf. Ob sie dieses Sonett gespielt bekäme? Die ersten zwei Reihen bekam sie hin, dann gab sie auf. Sie fand das Fis nicht.

Als sie geendet hatte, ertönte hinter ihr Applaus.

Maître Lully war hinter dem Grafen eingetreten und sah sie begeistert an. »Mademoiselle, Ihr seht mich aufs Äußerste entzückt. Eine Dame, die Horn spielt! Und mit einem so schönen, klaren Ton! Das habt Ihr mir vorenthalten, Monsieur«, wandte er sich an Montsauvan. »Wolltet Ihr mich etwa überraschen?«

»Ich bedaure, Monsieur«, entgegnete der Graf, »aber auch mich seht Ihr überrascht. Ich wusste nicht, dass Mademoiselle das Horn beherrscht.«

Lully klatschte in die Hände. »Das ist großartig! Ihr spielt nicht nur Cembalo, Flöte und Harfe, sondern auch noch Horn. Ja, ganz recht, ich habe mich über Eure Fortschritte erkundigt. Und wer einen so schönen vollen Ton gespielt bekommt, muss über ein beachtliches Lungenvolumen verfügen. Könnt Ihr singen?«

Julia legte das Horn schnell ab, als habe sie etwas Verbotenes angefasst. »Nein, Monsieur«, antwortete sie scheu.

»Habt Ihr es bereits einmal versucht?«, fragte da der Graf.

»N-nein.« Verdammt. Noch mehr Unterricht? Julia ohrfeigte sich in Gedanken selber, dieses vermaledeite Horn angefasst zu haben.

»Worauf wartet Ihr noch?«, rief Lully ungeduldig. »Lasst sie singen.«

Montsauvan drehte sich mit einem höflichen, aber bestimmten Gesichtsausdruck zu dem kleinen, aufgeregten Mann um. »Erst wenn ich mit Mademoiselle allein bin.«

»Seid nicht albern«, rief der Maître de musique und Erste Hofkomponist Ludwigs XIV.

Der Graf richtete sich zu voller Größe auf und sah ungeduldig auf den wesentlich kleineren Mann hinab. »Ich bin Mademoiselles Tutor und werde mit ihr alleine üben – ohne Zeugen. Ihr wollt Euch doch wohl nicht über den König stellen? Er sollte der Erste sein, vor dem Mademoiselle Julia auftritt, oder etwa nicht?«

Es schwang eine unterschwellige Drohung in Montsauvans Worten mit. Julia war sich sicher, er würde Lully nicht beim König verpetzen, aber er wollte den Hofkomponisten definitiv nicht bei ihrem Unterricht dabeihaben.

Lully stand kurz davor, aufzubrausen und dem Grafen eine Menge unfreundlicher Dinge an den Kopf zu werfen. Sein Gesicht lief rot an, seine Hände waren zu Fäusten geballt. Er starrte Montsauvan wütend an und erst nach einer kleinen Ewigkeit drehte er sich wortlos um und ging mit großen, stampfenden Schritten Richtung Ausgang. Doch in der Tür blieb er noch einmal stehen und wandte sich zu Montsauvan. »Jetzt weiß ich endlich, warum man Euch fürchtet, Monseigneur.« Dann knallte er die Tür ins Schloss.

»Welch dramatischer Abgang! Er sollte zu Molières Theatergruppe gehen, statt Musik zu komponieren«, sagte Montsauvan abfällig. Dann wandte er sich Julia zu. »Und nun zu Euch, Mademoiselle Julia. Habt Ihr das Hornspielen auch dort gelernt, wo man Euch in Agrarfragen und Ökonomie unterrichtet hat, oder werdet Ihr mir auch hier etwas vorlügen?«

Julias Gesicht rötete sich. »Seid Ihr immer so arrogant?«, überging sie seine Frage. »Ich meine, es wäre gewiss nicht schlimm gewesen, wenn Monsieur Lully einmal mitbekommen hätte, wie Ihr mich schikaniert. Vielleicht hätte *er* mich einmal gelobt und gesagt, dass ich in den vergangenen fünf Wochen viel gelernt habe. Wisst Ihr, es tut schon gut zu hören, dass man Talent für manches hat, auch wenn Ihr es nicht fertigbringt, das zu sagen. Ein kleines Lob muntert einen auf und spornt an. Wesentlich mehr als das ständige *Noch einmal, es könnte besser sein.*« Julias Wangen waren jetzt hochrot und ihre Hände wie die Lullys vor wenigen Minuten zu Fäusten geballt.

Montsauvan hatte der ganzen Tirade mit unbeweglicher Miene scheinbar gleichgültig gelauscht. Oder hatte er gar nicht zugehört? Er hatte wieder diesen undurchsichtigen Gesichtsausdruck aufgelegt. Jetzt kam er näher, ganz nah, und blieb dicht vor ihr stehen. Seine Füße berührten ihre Röcke und Julia musste den Kopf in den Nacken heben, um ihm weiter ins Gesicht sehen zu können, das steinern wirkte. Die Narbe auf dem Kinn war voll beleuchtet und wirkte grotesk.

Sie war zu weit gegangen. Das konnte sie klar und deutlich an seinen zu Schlitzen verengten Augen erkennen.

Er hob eine Hand und Julia zuckte unwillkürlich zusammen. Jetzt wandelte sich der Ausdruck in seinem Gesicht. Er wirkte erstaunt, und dann – zum ersten Mal, seit sie ihn kannte – wurde er weich. Seine erhobene Hand legte sich sanft auf ihre Wange und sein Daumen fuhr zärtlich über ihre Lippen.

»Auf jeden Fall sprecht Ihr jetzt perfekt Französisch. Und ich gratuliere Euch zu Eurem guten Akzent.«

Julia starrte ihn verblüfft an.

Und dann dämmerte es ihr. Sie hatte ihm auf Französisch eine ganze Predigt gehalten. Ohne zu überlegen, waren ihr die Worte über die Lippen gekommen. Einfach so.

»Tatsächlich?«, hauchte sie schließlich.

»Tatsächlich«, bestätigte er und lächelte. »Und ich prophezeie Euch, wenn noch zwei Wochen ins Land streichen, werdet Ihr überhaupt keinen Akzent mehr haben und wir müssen achtgeben, dass Ihr Euch nicht den hiesigen aneignet.« Seine Finger ruhten noch immer auf ihrer Wange und bewegten sich jetzt hinunter zu ihrem Hals. Als er sie losließ und einen Schritt zurücktrat, fühlte sich die Stelle kalt an.

Montsauvan räusperte sich und setzte sich ans Cembalo.

»Und jetzt werden wir einmal sehen, ob Ihr auch Talent zum Singen habt.«

* * *

Sie hatte! Und was für eins. Julia war überraschter als jeder andere. Das hätte sie sich selber nie zugetraut.

Montsauvan brachte ihr einige Atemtechniken bei. Dafür durfte sie das Mieder lockern, was allein schon den Gesangsunterricht mehr als erträglich machte.

Nein, sie liebte es. Außerdem behandelte Montsauvan sie ab sofort mit mehr Respekt. Hin und wieder begleitete er sie im Duett, und wenn sie eins an ihm wirklich ohne Vorbehalte mochte, dann war das seine Stimme. Sie sah dem Besuch in Fontainebleau jetzt wesentlich gelassener entgegen. Sie beide im Duett? Da konnte nichts schiefgehen.

Madame de Sévigné, Château de Fontainebleau, an Madame de Grignan, Provence

Wir sind in Fontainebleau. Der König gönnt sich eine Auszeit vom strengen Reglement und hat vor drei Tagen Versailles hinter sich gelassen, um die letzten Sonnenstrahlen des Jahres auf der Jagd zu verbringen.
Ich bin eine der Glücklichen, die eingeladen wurden. Stellt Euch vor, Madame de Soubise diesmal nicht. Die la Vallière musste auch in Paris bleiben, ebenso der Marquis de Lauzun. Der Spitzbub hat wieder seine Grenzen überschritten und Madame de Montespans spitze Zunge vor dem König lächerlich gemacht. Das hat unserem kleinen Marquis, den Ihr immer Péguilin nennt, ein paar Tage in der Bastille eingebracht. Aber ich bin mir sicher, dass er schnell wieder freikommt. Der König hängt zu sehr an ihm und seinem losen Mundwerk.
Wie dem auch sei, im Moment ist er nicht hier - wie so viele andere auch. Es herrscht eine lockere Atmosphäre, wie üblich in Fontainebleau. Die perfekte Umgebung, um jemanden bei Hofe einzuführen. Und damit komme ich zu meinem eigentlichen Thema.
Des Königs Mündel, von dem ich Euch schon in meinem letzten Brief berichtete, hatte heute Abend ihren ersten offiziellen Auftritt.
Wie erwartet ist Montsauvan ein Meisterwerk gelungen - Ihr erinnert Euch gewiss an seine unnachahmliche Eleganz. Mademoiselle Julia erschien heute Abend strahlend schön mit einer sehr vorteilhaften Frisur vor dem König und spielte und sang in Begleitung ihres Lehrers einige seiner

selbst komponierten Stücke sowie zwei von Monsieur Lully. Damit bezauberte sie alle anwesenden Höflinge. Und vor allem den König.
Ich erzählte Euch ja, dass sie, als sie vor sechs Wochen in Hosen aufgetaucht war und die Jagd gestört hatte, kaum ein Wort Französisch sprach. Montsauvan hat ein wahres Wunder vollbracht, denn sie antwortete auf die Komplimente Seiner Majestät und der Königin wahrhaft anmutig und bescheiden in bestem Französisch, dem man so gut wie keinen Akzent entnehmen konnte. Der König gratulierte ihr und auch Monsieur Lully, der ebenfalls anwesend war und vor Freude darüber weinte, endlich eine solch begabte Sopranistin zu haben. Worauf Monsieur de Montsauvan entgegnete, sie sei seine Schülerin und niemandes sonst. Tatsächlich wunderten sich alle über sein besitzergreifendes Wesen gegenüber der jungen Dame und der König schien davon nicht sonderlich angetan. Er wünschte, dass Mademoiselle Allemande ab sofort dem Chor Lullys beitrete.
Und dann geschah das Unfassbare: Stellt Euch vor, meine Liebe, der Graf widersprach Seiner Majestät!
Er beharrte darauf, weiterhin der alleinige Mentor des Schützlings Seiner Majestät zu bleiben. Der König betrachtete Montsauvan lange und stimmte schließlich zu, mit der Bedingung, Julia wenigstens einmal im Monat singen zu hören, damit er die Fortschritte der jungen Dame verfolgen könne. Man konnte Montsauvan wie immer nicht ansehen, ob ihm das behagte oder gleichgültig war oder ob er sich geehrt fühlte. Der Mann ist der unergründlichste Mensch, den ich kenne. Ich werde jetzt

diesen Brief beenden, aber seid gewiss, dass ich Euch über diese seltsamen Ereignisse auf dem Laufenden halten werde.

13. Kapitel
DIE JAGD

Jedermann, einschließlich Julia, hatte dieses Mal gedacht, der Graf habe sich zu viel erlaubt. Kein Mensch widersprach Seiner Majestät.

Seit Kardinal Mazarin, der Erzieher des Königs, vor zehn Jahren verstorben war, hatte Ludwig XIV. niemandem mehr gestattet seine Macht anzuzweifeln. Das hatte Herr Schmidt ganz deutlich im Geschichtsunterricht erklärt. Damit – das konnte Julia jetzt unterschreiben – hatte er nicht übertrieben.

»Seid Ihr lebensmüde?«, fragte sie Montsauvan, sobald sie allein in ihrem Appartement waren (auch in Fontainebleau waren sie gemeinsam untergebracht, wenn auch das Appartement hier wesentlich komfortabler war als das in Versailles. Mehr Stuck, schönere Tapeten und zwei Zimmer mit jeweils einem breiten bequemen Bett, die durch einen kleinen Salon mit Kanapee und Tischgruppe getrennt wurden. Nur das Bad mussten sie sich weiterhin teilen.)

Montsauvan war gerade im Begriff gewesen, ihr eine gute Nacht zu wünschen und sich in sein Zimmer zurückzuziehen. Jetzt hielt er inne und sah sie mit hochgezogenen Brauen an.

»Ihr könnt doch nicht dem König widersprechen!«, fuhr Julia fort. »Nicht meinetwegen! Ich kann doch ab und an in Lullys Chor mitsingen. Was macht das schon? Deshalb müsst Ihr Euch nicht in Lebensgefahr begeben!«

Montsauvan sah sie milde erstaunt an. »Ich glaube wirklich, Ihr sorgt Euch um mich.«

»Ich habe von den Lettres de Cachet gehört«, sagte Julia leise.

Er blieb unbeeindruckt. Waren die nicht öffentlich bekannt?

»Die könnten Euch in die Bastille bringen«, fügte sie eindringlich hinzu.

»Monsieur Fouquet haben sie sogar nach Pignerol gebracht«, sagte Montsauvan.

Julia sah ihn irritiert an. Von diesem Gefängnis hatte sie noch nicht gehört. Oder? Moment, da läutete was! *Der Mann mit der eisernen Maske.* Julias Beine wurden schwach.

»Na, na. So schlimm ist es nicht.« Der Graf nahm sie am Arm und hieß sie sich auf einen Stuhl setzen.

»Ich will nicht, dass man Euch eine eiserne Maske aufsetzt«, schluckte Julia.

Jetzt sah er sie stirnrunzelnd an. »Eiserne Maske?«

Mist. Wieder einmal hatte sie schneller gesprochen als gedacht. »Ich habe gehört, den Gefangenen dort setze man eiserne Masken auf«, log sie schnell.

Montsauvan hockte sich vor sie hin und betrachtete eingehend ihr Gesicht. Lange Zeit schwiegen sie und Julia hatte das dumpfe Gefühl, er warte darauf, dass sie ihm mehr sagte.

»Aha«, meinte er schließlich.

Und schon wusste sie, dass er wusste, dass sie log, aber was sonst sollte sie sagen?

»Ich verrate Euch jetzt einmal etwas, Mignonne.« Der Graf nahm ihre Hände in seine. »Unser allmächtiger König hat vielleicht viele solcher Briefe verschickt. Er mag es auch nicht, wenn man ihm widerspricht, vor allem nicht, wenn man es so direkt tut wie ich heute. Doch er ist sich auch meiner Fähigkeiten in seinem Kabinett bewusst. Zudem war Euer Auftritt heute Abend so großartig«, jetzt lächelte er, »dass er weiß, dass ich aus Euch und Eurer Stimme wesentlich mehr herausholen kann als ein Monsieur Lully. Unser Monarch ist nicht dumm und möchte von allem immer nur das Beste für seinen Staat. Und das bin nun mal ich«, fügte er ganz unbescheiden hinzu. »Deswegen bezweifle ich, dass ich wegen eines schönen Instruments – und genau das seid Ihr in den Augen des Königs – ins Gefängnis komme. Die Sache sähe anders aus, böte ich ihm die Stirn während einer Sitzung des Regierungsrats.«

Montsauvan ließ ihre Hände los und stand auf.

»Und jetzt, Mignonne, rate ich Euch schlafen zu gehen. Die Jagd morgen wird anstrengend. Gute Nacht.«

Julia sah ihm nach, als er das Zimmer verließ. »Da geht es aber nicht in Euer Schlafzimmer«, rief sie, als er die Tür zum Korridor öffnete.

Er zwinkerte. »Ich weiß. Aber ich werde mir eine kleine Einschlafhilfe genehmigen.«

Damit schloss er die Tür und Julia dachte noch, er hätte sich ja auch hier einen Cognac einschenken können. Als Sophie ein paar Minuten später eintrat, erzählte sie Julia, sie habe den Grafen in weiblicher Gesellschaft gesehen.

»Der Graf wollte etwas trinken«, erklärte Julia.

Sophie kicherte. »Sie hatten auch eine Karaffe zwischen sich stehen.«

* * *

Beim Aufstehen hatte Julia ein elegantes Reitkostüm mit passendem Hut vorgefunden. Es war cremefarben mit breiten blauen Absetzungen an den Säumen. Sophie hatte freudig erklärt, Monsieur le Comte habe diese Sachen für sie anfertigen lassen – im Auftrag des Königs!

Sophie war wesentlich begeisterter gewesen als sie. Julia fand sich selber undankbar, aber sie wusste auch: Wenn sie dieses Kleid für einen anderen Anlass erhalten hätte, wäre sie ebenso erfreut gewesen wie ihre Zofe. Aber das hier war etwas anderes. Cremefarbener Stoff für eine Jagd, wie bescheuert. Sie würde jedem Spritzer Blut weit aus dem Weg gehen und konnte nur hoffen, dass das nicht auffiel.

Der König hatte Montsauvan heute nicht zum Lever gebeten. Ob das Montsauvan etwas ausmachte, konnte keiner sagen. Er war so ruhig und gelassen wie immer. Er hatte gemeinsam mit Julia in aller Herrgottsfrühe das *Petit Déjeuner* eingenommen und erklärt, in Fontainebleau behielte man zwar das Versailler Hofzeremoniell weitgehend bei, aber alle nähmen es gelassener.

Vor allem der König.

Als Julia ihr Pferd bestieg und sich gemeinsam mit Montsauvan zu der versammelten Jagdgesellschaft begab, flirtete Ludwig XIV. gerade ganz ungeniert mit den Damen. Die Königin war nicht anwesend. Dafür saß seine Mätresse, Madame de Montespan, neben ihm auf einem Rappen, der so schwarz glänzte, als habe man ihn mit Politur gestriegelt. Ein Kontrast zu dem Schimmel, auf dem Ludwig XIV. ritt. Jener strich der Dame jetzt übers Pferd hinweg eine Strähne aus dem Gesicht und küsste ihr die Hand.

Julia hatte die schöne Françoise-Athénaïs bisher immer nur aus der Ferne gesehen. Lediglich an ihrem zweiten Abend in Versailles war die *Maîtresse en titre* an ihr vorbeigerauscht. Sie hatte Julia neugierig betrachtet, aber kein Wort verloren.

Seither hatte Julia das Gefühl, die Montespan meide ihre Nähe. Doch jetzt winkte der König sie zu sich und Julia dirigierte ihr Pferd zu ihm.

»Guten Morgen, Mademoiselle«, grüßte der König und zog galant seinen Hut. »Ich sehe, Ihr habt in den vergangenen Wochen nicht nur Singen und Französisch gelernt.«

Montsauvan war zwar direkt hinter Julia, aber er wurde vom König ignoriert. Also nahm ihm Ludwig sein Verhalten doch übel.

»Möchtet Ihr an meiner Seite reiten?«

Nein, das wollte Julia keineswegs, aber natürlich nickte sie ergeben. Sie hatte sechzehn Jahre lang eine völlig andere Erziehung genossen als die Leute hier bei Hofe und war nicht scharf darauf, unschuldigen Tieren den Garaus zu machen. Sie hatte gehofft, in dem Durcheinander der Jäger, Treiber und Hunde wäre es ein Leichtes, sich unbemerkt zu entfernen. Aber das war undenkbar, wenn sie an der Seite des Königs ritt – im Zentrum der Gesellschaft.

Lakaien gingen mit Tabletts, auf denen sich die Gläser türmten, zwischen den Reitern umher, in einiger Entfernung standen die Hundehalter und versuchten die Jagdhunde zu beruhigen. Und niemand schien sich um das Los der kleinen Rehe und Hasen zu kümmern, die sie im Begriff waren abzumurksen. Alle saßen in bunt schillernden Röcken und mit hübschen kleinen Hüten aufgeregt plaudernd auf den Pferden und warteten auf den Start der Jagd. Es lag noch ein leichter Dunst in der Luft und Raureif zierte den Boden. Doch man konnte deutlich sehen, dass die Sonne in spätestens einer Stunde den Dunst vertrieben haben würde. Es waren keine Blätter mehr an den Bäumen und Julia erinnerte sich wieder schmerzhaft daran, wie lange sie schon hier war.

»Ein so schöner Tag. Kennt Ihr den Hergang einer Jagd wie dieser, Mademoiselle?«, fragte der König und Julia verneinte. »Ich werde es Euch unterwegs erklären, aber wenn wir jetzt nicht starten, fallen diese Raubtiere übereinander her, während die Hirsche bereits schlafen«, sagte Ludwig augenzwinkernd und gab dem Jagdmeister einen Wink.

»Die Treiber werden gemeinsam mit den Hunden das Wild aufschrecken. Sobald es gesichtet wird, jagen wir. Die Hirsche sind schneller, aber unsere Hunde ausdauernder. Es ist also immer nur eine Frage der Zeit – und wer zuerst das Wild erreicht, um es abzustechen. Ah, hört Ihr? Es geht los.«

Das Gebell der Hunde nahm zu. Hörner erschallten und Rufe wurden laut. Die Treiber auf den Pferden verständigten sich mit Hörnern, erkannte Julia.

Dann fielen sie in eine schnellere Gangart und Ludwig lächelte ihr erfreut zu. »Ich glaube, ich kann Montsauvan nicht länger böse sein. Euer Sitz ist hervorragend.«

Julia zwinkerte vergnügt. Es machte tatsächlich Spaß, mit Seiner Majestät um die Wette zu reiten, zumal sie mühelos mithalten konnte. Im Stillen leistete sie Abbitte wegen der Schimpfworte, mit denen sie ihren Lehrer vor allem in den ersten zwei Wochen gedanklich betitelt hatte.

Sie wurde von dem Fieber erfasst, das alle Höflinge im Voraus so gepriesen hatten, und als dann endlich zum Halali geblasen wurde und man den ersten Hirsch entdeckte, stürmte sie mit der gleichen Begeisterung voran wie die anderen.

Aber nur so lange, bis der erste Schuss fiel. Der König neben ihr spornte sein Pferd weiter an und es stimmte, was Montsauvan am ersten Tag in Versailles gesagt hatte: Ludwig XIV. konnte reiten wie der Teufel und preschte allen anderen davon.

Das war die Gelegenheit. Abrupt lenkte Julia die kleine Stute Isobel zwischen den anderen eifrigen Reitern heraus.

Alle waren jetzt im Blutrausch, niemand beachtete sie mehr. Also beschloss Julia auf eigene Faust einen kleinen Ausritt zu unternehmen und in vier oder fünf Stunden zurück zum Schloss zu reiten.

* * *

Zwanzig erlegte Hirsche, achtunddreißig Hirschkühe, fünf Rehe, acht Wildschweine, sechs Füchse, zwei Hasen und drei Eichhörnchen waren das Ergebnis dieser Jagd. Julia machte einen großen Bogen um die auf dem Rasen liegende Beute.

Die Jagdgesellschaft saß noch immer lachend und plaudernd zu Pferd. Die Lakaien reichten Gebäck und warme Getränke und Julia griff dankbar zu. Es war – trotz des neuen und sehr warmen Reitkleides – empfindlich kalt geworden.

»Hier steckt Ihr! Ich suche Euch schon überall!«

Eine ältere Dame in einem leuchtend roten Gewand mit Löckchen, deren Enden vom Brenneisen verfilzt waren, drängte ihr Pferd neben Julias.

»Wenn Ihr nicht so jung wärt, würde ich ja sagen, die Quanto hat ausgedient, aber ich glaube wirklich, mein Cousin hat einen Narren an Euch gefressen. Das macht bestimmt Eure Herkunft. Seit Philippe diese Liselotte geheiratet hat, ist mein königlicher Vetter hin und weg, wenn er etwas Deutsches sieht. Ihr seid aber auch eine außergewöhnliche Person! Erscheint in Hosen vor ihm. Und mit geöffneten Haaren. Ich weiß nicht, was ihn mehr beeindruckt hat.«

Julia starrte die Frau groß an. Das war also die *Grande Mademoiselle*, deren Memoiren sie im Geschichtsunterricht gelesen hatten. Die skandalöse Cousine Ludwigs XIV.! Julia hatte sie sich ganz anders vorgestellt, weder mit verbrannten Ringellocken noch mit puderzuckerverklebten Mundwinkeln. Und sie sprach ausgerechnet mit ihr! Julia ging auf, dass sie heute Morgen einen deutlichen Gunstbeweis erhalten hatte, als sie an des Königs Seite die Jagd eröffnen durfte. Das brachte neue Bekanntschaften, wie es aussah.

»Habt Ihr schon die Frau meines Cousins Philippe kennengelernt?«, fragte Anne-Marie de Montpensier. Julia brauchte nicht zu antworten, denn das erwartete die Grande Mademoiselle überhaupt nicht. »Sie stammt aus der Pfalz. Vielleicht kennt Ihr Euch sogar aus Deutschland? Ach nein, das ist kaum möglich. Ihr habt eine ganz andere Intonation als sie. Aber das liegt sicherlich auch daran, dass sie bisher noch immer kein manierliches Französisch gelernt hat. Dafür sprecht Ihr es ganz hervorragend. Nur sagt ihr das bloß nicht. Sie hat mir erzählt, sie habe von Euch gehört und wolle Euch unbedingt kennenlernen. Bestimmt erwartet sie Neues aus ihrer Heimat zu hören – und wenn nicht das, dann wenigstens einen Topf mit eingelegtem Kohl. Ich werde die Deutschen und ihre Vorliebe für dieses Kraut nie verstehen! Na ja, aber wohl besser Kohl essen als eine Hasenpfote unter dem Kleid tragen, wie Madame de Montespan es tut. Habt Ihr bemerkt, wie sie vorher das Blut des Tieres wie Parfum hinter ihre Ohren strich? Sie ist der Hexerei verfallen wie keine Frau zuvor.«

Die Grande Mademoiselle seufzte laut, doch dann begann ihr Gesicht plötzlich zu leuchten. Anscheinend näherte sich hinter Julia ein Bekannter von ihr.

»Monsieur de Brienne! Wie schön, Euch wiederzusehen. Wie war es in der Champagne? Recht langweilig ohne die Einfälle meines königlichen Cousins, nehme ich an.«

Ein junger Mann war zu ihnen aufgerückt. »Hoheit, ich bin entzückt zu sehen, dass Ihr um keinen Tag gealtert seid. Ihr könntet noch immer für fünfundzwanzig gelten.« Galant zog er seinen Hut.

Julia bewunderte seine Schauspielerei. Ein guter Lügner, denn die Grande Mademoiselle sah eher aus wie fünfundfünfzig.

»Ihr alter Schmeichler!«, rief die und errötete. »Der Herzog von Lauzun behauptet das ja auch immer.«

»Das tut mir leid, Hoheit«, sagte der Mann und klang dabei aufrichtig.

Julia musterte ihn irritiert. »Es tut Euch leid, wenn jemand anders Ihre Hoheit ebenfalls als jung bezeichnet?«

Die Grande Mademoiselle gab einen erstickten Laut von sich.

Erschrocken sah Julia sie an. Doch sie lachte. Und weinte? Konnte man das etwa gleichzeitig? In Julias Magen machte sich ein ungutes Gefühl breit. Was hatte sie gesagt?

»Monsieur de Brienne, unsere junge Freundin ist nicht eingeweiht. Ich überlasse es Euch, ihr den neuesten Tratsch zuzutragen. Ich muss Liselotte von Euch berichten und von Euren Fortschritten, meine Liebe. Rechnet also fest mit einer Einladung nach Saint-Cloud in den nächsten Tagen. Seid Ihr diesem Charmeur schon vorgestellt worden?«

»Noch nicht, Hoheit.«

»Das ist der Marquis de Brienne, gerade zurück aus seinen Ländereien, wo er die vergangenen drei Monate weilte. Falls das stimmt. Glaubt ihm kein Wort, er weiß einer Frau alles abzuschmeicheln.«

Julia reichte dem Mann, der sie verschmitzt anlächelte, die Hand. Er ergriff sie, um einen Kuss daraufzuhauchen.

»Monsieur, das ist Mademoiselle Julia. Das Mündel des Königs und Montsauvans Schülerin.«

»Autsch!« Sofort ließ er ihre Hand fallen, als habe er sich daran verbrannt, und seine Augen, die vorhin noch so lustig gefunkelt hatten, musterten sie mit einem Male wachsam. »Ihr seid die geheimnisvolle Mademoiselle Allemande?«, fragte er und in seiner Stimme klang Enttäuschung mit.

»O ja, sie ist es«, erklärte die Grande Mademoiselle nun wieder fröhlich. »Also nehmt Euch in Acht. Ah, ich sehe dort hinten Madame du Luxembourg. Ich muss unbedingt mit ihr sprechen. Sie hat einen niedlichen kleinen *nègre*, den ich ihr abschwatzen will.«

Julia traute ihren Ohren nicht. Hatte die Grande Mademoiselle gerade gesagt, dass sie jemandem einen niedlichen *Neger* abschwatzen wolle? Das war so … so … diskriminierend, dass es richtig wehtat. Julia blickte entgeistert zu Brienne, der nur gelassen lächelte. Weder er noch die Grande Mademoiselle schienen sich daran zu stören. Im siebzehnten Jahrhundert war das augenscheinlich keine Unziemlichkeit.

»Monsieur, ich kann doch die junge Dame Eurer Obhut anvertrauen?«

»Selbstverständlich, Hoheit«, sagte Brienne würdevoll.

»Und das war schon wieder gelogen. Aber inmitten dieser Menge dürftet Ihr in Sicherheit sein, meine Liebe. Ihr seid zauberhaft.« Mademoiselle de Montpensier winkte ein letztes Mal und gesellte sich dann zu einer Frau mit kleinem dreieckigen Hut und vollen dunklen Haaren, die unmöglich echt sein konnten. Neben ihrem Pferd stand der *nègre*.

Betroffen sah Julia den dunkelhäutigen Jungen von höchstens zwölf Jahren an, der genauso gekleidet war wie der Sarotti-Mohr. Er hielt ein Tablett voller Gläser und wich geschickt den schweifwedelnden Pferden aus. Sie schüttelte ungläubig den Kopf. Wo war eigentlich Montsauvan? Julia sah sich um. Wo war der Graf? Sie wollte sich nicht bloßstellen, aber sie wollte wissen, ob es die Sklaverei noch gab. *Neger abkaufen*. Also wirklich!

Ihr Begleiter schien ihre Betroffenheit nicht zu bemerken. »Anne-Marie ist doch wirklich einzigartig. Sie redet unentwegt und sagt doch gar nichts.« Er schüttelte belustigt den Kopf.

Nein, wirklich kein bisschen pikiert über die Aussage. Julia wusste deshalb nicht, ob sie den Mann mögen sollte oder nicht, und stellte die Frage vorerst hintenan. Sie betrachtete ihn. Er hatte einen schmalen Streifen als Schnurrbart. Schnurrbärte schienen sich in dieser Zeit allgemeiner Beliebtheit zu erfreuen. Die Hälfte der Männer trug welche, sogar der König.

Allerdings war es das Einzige, was dieser Mann mit dem König gemein hatte: Denn seine Haare waren echt. Sie hatten nicht dieses unnatürliche Volumen und man konnte deutlich seine Kopfhaut am Scheitel erkennen. Er sah aus, als hätte er die Jagd und den Ritt genossen, auch wenn er im Gesicht ein wenig erhitzt war und die Federn seines Hutes gelitten hatten.

Brienne bemerkte ihren Blick und das Funkeln kehrte in seine braunen Augen zurück. »Habe ich Dreck im Gesicht oder eine Fliege zwischen den Zähnen?«

»Keins von beidem. Ihr seht einfach nur ...« »Sportlich« war wohl das falsche Wort für jemanden, der noch Krawatte, Hut und Stiefel trug. »Zufrieden aus«, sagte Julia schnell. Ihr Blick blieb an ein paar dunklen Spritzern auf seinem blauen Rock hängen. Blut wahrscheinlich. Und damit war er wohl nicht der Einzige. Sie war diejenige, die mit ihrer Einstellung allein dastand. Wo war bloß Montsauvan? »Was für einen Fehler habe ich vorhin bei der Grande Mademoiselle begangen?«, fragte Julia schließlich.

»Der Marquis de Lauzun hatte beim König um ihre Hand angehalten. Die Grande Mademoiselle ist wahnsinnig in ihn verliebt und war überglücklich, als Seine Majestät dem Antrag Lauzuns stattgegeben hat. Aber dann hat Seine Majestät einen Rückzieher gemacht. Lauzun war außer sich, wurde frech gegenüber Madame de Montespan, die nicht unerheblich an der Auflösung der Verlobung beteiligt gewesen war, und sitzt derzeit in der Bastille.«

Verdammt.

Julia hatte also Salz in eine Wunde gestreut.

»Macht Euch keine Gedanken«, wiegelte er ab. »Mademoiselle de Montpensier wird es Euch nicht übel nehmen. Sie hat ein großes Herz.«

Hoffentlich, dachte Julia und sah wieder zu der Cousine des Königs, die gerade mit dem dunkelhäutigen Jungen sprach. Auch wenn hier Kinder verkauft wurden, vielleicht war die Dame nicht die schlechteste Herrin, denn der Junge lächelte sie strahlend an.

»Ehrlich gesagt, Mademoiselle, habe ich mir Euch ganz anders vorgestellt.«

Julia sah erstaunt zu Brienne. »Ihr habt von mir gehört?«

»Natürlich! Wer hat nicht von der geheimnisvollen Frau gehört, die aus dem Nichts auftaucht und ganz Frankreich bezaubert?«

Das war zu dick aufgetragen, Julias Ansicht nach. »Ich muss Euch enttäuschen, Monsieur. So geheimnisvoll bin ich gar nicht.«

»Verzeiht, wenn ich einer Dame widerspreche. Das geschieht nur sehr selten, aber in Eurem Fall, Mademoiselle, ist es unabdingbar. Ihr habt den König mit Eurem Charme für Euch eingenommen und unser eiserner Apoll Montsauvan, der sich niemals zu den Sterblichen herablässt, weicht nicht von Eurer Seite. Das ist mehr als nur ungewöhnlich. Das ist Zauberei!«

Das war ein solches Gesülze, dass Julia kurz davor war, die Augen zu rollen. In letzter Sekunde unterdrückte sie den Impuls und zwang sich zu einem unverbindlichen Lächeln. »Gut, Ihr habt mich ertappt, Monsieur. Ich bin eine Hexe. Entspricht das wieder mehr Euren Erwartungen?«

Monsieur de Brienne musterte sie wieder einmal ganz genau von oben bis unten und lächelte dann entwaffnend. »Nein, beileibe nicht. Eine Hexe ist eine schrullige alte Frau mit verhutzeltem Gesicht, grauen Haaren und einer dicken Warze auf der Nase. Also seid Ihr eine Fee. Nur Feen sind jung und schön und haben so helle Augen.« Er lachte sie an und beugte sich verschwörerisch näher. »Ja, Ihr müsst eine Fee sein, denn Ihr habt auch mich verzaubert. Wollt Ihr nicht Eurem Haremswächter von Lehrer einmal entkommen und etwas …«

»Was, Brienne? Schwimmen gehen? Ihr wisst, dass Feen meistens ihre Opfer ertränken. Und wenn sie es nicht tut, tu ich es.«

Sie hätte sich nicht umdrehen müssen, um die markante tiefe Stimme zu erkennen, aber sie tat es trotzdem. Montsauvan bedachte den Marquis mit einem alles andere als freundlichen Blick. Er hatte wirklich die unheimliche Gabe, manchmal aus dem Nichts aufzutauchen. Doch dieses Mal war sie äußerst dankbar dafür. Die Gesellschaft der flatterhaften königlichen Cousine war ihr lieber gewesen.

»Was denn, Etienne? Wollt Ihr Eurer Schülerin etwa einen Spaziergang im Mondschein vorenthalten?«, rief Brienne entrüstet. Aber er lachte dabei und ließ sich von der düsteren Miene des Grafen nicht im Geringsten einschüchtern.

»Solange sie unter meiner Obhut steht, wird sie mit Euch keine Spaziergänge machen. Dafür garantiere ich.«

Brienne lachte laut auf, küsste noch einmal Julias Hand und zwinkerte ihr belustigt zu. »Ich sehe schon, schöne Fee, Ihr seid genauso unerreichbar, als wäret Ihr auf einer Insel fernab vom Land und würdet von einem Drachen bewacht. Aber mein Angebot bleibt bestehen.« Damit wendete er sein Pferd und ritt zu einer anderen Gruppe von Edelleuten.

Montsauvan starrte ihm hinterher. Julia bemerkte, dass er dabei Augen und Lippen einen Hauch zusammenkniff. Es sah beinahe so aus, als würde er sich überlegen, ob er Brienne dicke, fette Spinnen ins Bett legen sollte, um ihn zu ärgern. Aber der Moment war nur kurz. Dann wandte er sich Julia zu – mit der völlig unbewegten Miene, die sie von ihm kannte.

»Möchtet Ihr Euch frisch machen?«, fragte er.

Sie nickte und folgte ihm schweigend durch die Menge. Lucien, der sie zusammen mit Sophie nach Fontainebleau begleitet hatte, nahm ihnen die Pferde ab. Der Graf und Julia gingen nebeneinanderher zum Schloss und Julia wollte soeben das Thema Sklaverei anschneiden, als der Graf das Wort an sie richtete.

»Wie fandet Ihr Eure erste Jagd?«

Sie hob erstaunt die Augenbrauen. Keine Moralpredigt? Kein Haltet-Euch-von-derartigen-Hofleuten-fern? »Es war aufregend«, gab sie zu.

»Trotz Eurer Bedenken?« Er schien amüsiert.

»Woher wisst Ihr …?«, wollte sie fragen, aber er winkte ungeduldig ab.

»Habt Ihr meine Gedanken gelesen? Was denke ich jetzt?«

»Dass Euch die kleinen süßen Hasen leidtun, die dort unten ausgestreckt im Gras liegen.«

Julia seufzte. Manchmal war er wirklich unheimlich. »War das so offensichtlich?«

»Für mich schon. Wo wart Ihr während der Jagd?«

»Reiten. Ich habe mir die Gegend angesehen.«

»Die ganze Zeit, ohne Essen und Trinken?«

Julia lächelte. »Da waren sehr freundliche Bauern, die haben mir etwas gegeben. Der Ort hieß Nemours, glaube ich. Und Ihr? Unschuldigen Rehlein die Haut abgezogen und ihr Blut hinter die Ohren geträufelt?«

Montsauvan betrachtete sie, als habe sie ihn gefragt, welche Unterwäsche er trage. »Derlei okkulte Bräuche überlasse ich Madame de Montespan. Ihr seid kein Fleischverächter. Was stört Euch also an der Jagd?«

Julia wandte jetzt seine eigene Taktik an und überging die Frage. »Wolltet Ihr nicht etwas ganz anderes sagen?«

»Und was?«

»Nun, eine Predigt darüber, dass ein junges Mädchen keine

Spaziergänge mit anderen Männern im Mondschein unternehmen sollte.«

»Muss ich extra erklären, weshalb junge Mädchen so etwas nicht tun sollten?«, fragte er.

Julias Augen blitzten schelmisch auf. Die Heiterkeit der Grande Mademoiselle war anscheinend ansteckend gewesen. »Das wäre doch einmal interessant, Graf. Wieso sollte es das nicht tun?«

Er lächelte entspannt. »Ihr wisst ganz genau, weshalb es das nicht tun sollte. Zumindest, wenn es nicht schnellstens verheiratet werden möchte, weil seine Ehre angetastet wurde.« Inzwischen waren sie vor ihrem Appartement angekommen und Montsauvan öffnete die Tür. »Und das ist der Grund, warum ich mir bei Euch keinerlei Sorgen darum mache.«

Julia wollte soeben fragen, warum sie für so was nicht in Betracht käme, als ihr die Lüge einfiel, die sie Ludwig XIV. bei ihrer Ankunft aufgetischt hatte. Nein, sie würde sich hüten hier etwas auch nur ansatzweise Kompromittierendes zu unternehmen. Eine erzwungene Heirat, wie schrecklich! »Ihr habt Recht, Monsieur.« Alter Miesepeter. »Da braucht Ihr Euch keine Gedanken zu machen.«

Montsauvan betrat das Appartement. Jetzt konnte sie sehen, dass auch er ein paar Blutflecken auf seinem Rock hatte. Er war also auch dem Jagdtrieb verfallen. Schlagartig fühlte sich Julia müde.

»Ihr könnt jetzt nicht schlafen«, sagte der Graf, als sie sich unelegant in einen Sessel plumpsen ließ und die Augen schloss. »In zwei Stunden beginnt der Ball. Ihr müsst Euch vorbereiten.«

Ball? Nach einem ganzen Tag zu Pferd in dieser Kälte? Julia wollte ein heißes Bad und ins Bett. »Können wir denn wenigstens so früh wie möglich verduften?«, fragte sie flehend.

Montsauvan schnaubte spöttisch. »Ihr habt heute ganz offiziell die Gunst des Königs zu spüren bekommen. Ihr könnt heute

Abend garantiert nicht früh *verduften,* denn Ihr werdet sehr gefragt sein.«

Auch das noch. Julia seufzte und sah, wie der Graf im Nebenzimmer kopfschüttelnd verschwand. »*Verduften.* Was für eine Wortwahl«, murmelte er dabei.

14. Kapitel
DER BALL

Sie wurde augenblicklich munterer, als sie nach einem heißen (!) Bad das neue Kleid sah, das Sophie hinter den Paravent gehängt hatte. Es war aus einem schweren Goldstoff und bedeckt von einer Lage silberner Spitze. So hatte sich Julia immer Aschenputtels Kleid am dritten Ballabend vorgestellt. Es war atemberaubend.

Als Sophie mit allem fertig war – das hatte tatsächlich zwei Stunden in Anspruch genommen –, bestaunte sich Julia im Spiegel. Wenn ihre Klassenkameraden sie jetzt sehen könnten! Sie würden sie nicht wiedererkennen. Sie erkannte die Frau im Spiegel selbst kaum wieder. Das Kleid mit dieser eleganten Frisur ließ sie recht erwachsen wirken. Vor allem das Dekolleté, das hier gut drei Zentimeter tiefer lag als bei dem grünen Brokat, war sehr fraulich.

Sophie hatte den Spiegel in die Mitte des Raumes geschoben und Julia drehte soeben eine Pirouette, als es klopfte und Montsauvan eintrat.

»Das ist atemberaubend schön«, strahlte sie ihn an.

»Das ist es«, bestätigte er und sogar seine Augen funkelten, als er sie sah. »Man nennt diese Art Kleider ›Transparente‹, hat mir Monsieur de Langlée erklärt. Eine neue Kreation und Ihr werdet sie heute Abend vorführen.«

Julias Herz klopfte aufgeregt. Es war ihr erster richtiger Ball und sie würde heute Abend tanzen.

Den Ball eröffnete der König mit Madame de Montespan. Die

Marquise trug ebenfalls ein »Transparentes«. Es war aus einem schillernden Goldbrokat, noch funkelnder als das, das Julia trug, und darüber war eine hauchdünne Schicht aus dunkelblauer belgischer Spitze. Sie sah aus wie das Meer bei Sonnenaufgang und Julia hörte um sie herum nur bewundernde Ausrufe. Die Marquise war wirklich eine Schönheit. Mit weißen, ebenmäßigen Zähnen und den himmelblauen Augen strahlte sie den König an und Julia konnte gut verstehen, weshalb er ihr einst verfallen war. Auch wenn er augenscheinlich nicht mehr ganz so verliebt wirkte.

Dann war der Tanz zu Ende und Montsauvan lächelte Julia aufmunternd an. »Euer Auftritt, Julia. Wollen wir?«

Ein wenig zittrig legte sie ihre Hand in die seine. Die Musiker begannen eine Gigue zu spielen. Vier Figuren später war ihre Aufregung verflogen. Die Gegenwart ihres Lehrers gab ihr das nötige Selbstvertrauen und sie war mit Begeisterung dabei. Das machte richtig Spaß!

Nachdem die Gigue geendet hatte und zum nächsten Stück aufgespielt wurde, kam der Marquis de Brienne und bat um den nächsten Tanz.

»Ich verspreche, ich werde sie nicht in den Mondschein entführen«, sagte er augenzwinkernd zu Montsauvan.

»Das würde Euch auch schwerfallen bei dem Nebel«, antwortete der trocken. »Ich werde Euch im Auge behalten, nicht mal in der Nähe der Terrassentüren will ich Euch mit ihr sehen.«

»Ehrlich, Montsauvan, man könnte glauben, Ihr seid ihr Vater«, sagte Brienne, nahm Julias Hand und führte sie zurück zur Tanzfläche. »Dabei haben wir zur selben Zeit dieselbe Schule besucht.«

Julia sah ihn überrascht an. »Ihr seid zusammen zur Schule gegangen?«

»Das Jesuitenkolleg von Béziers. Ehrlich gesagt war er damals schon ein Pedant. Der Abt hätte ihn gern in den Orden aufgenommen, aber für den direkten Erben des Comte war das natürlich ausgeschlossen.« Brienne grinste boshaft. »Davon abgesehen ist Montsauvan auch zu weltlich.«

Ehe Julia fragen konnte, was er damit meinte, wurden sie durch eine Figur getrennt. Und auch danach bot sich keine Gelegenheit mehr. Als der Tanz endete, nahm der Dauphin sie gleich zwei Stücke lang in Beschlag und jedem Höfling war danach klar, dass sie seine Favoritin war. Das schien Ludwig junior allerdings nicht im Geringsten zu stören, denn er musste sich dermaßen auf die Figuren konzentrieren, dass er das Getuschel überhaupt nicht mitbekam. Monsieur de Bossuet war es, der ihn von einem dritten Tanz abhielt, und der Dauphin machte daraufhin ein Gesicht, als habe man ihm sein Weihnachtsgeschenk weggenommen.

Das war das erste Mal, dass Julia Bossuet für seine übertriebene Achtsamkeit dankbar war. Zwei Tänze mit dem nassen Schwamm reichten.

Kaum dass Julia zu Montsauvan zurückgekehrt war, wartete dort bereits der nächste junge Mann darauf, ihr vorgestellt zu werden. Warum er das wollte, war ihr jedoch unerklärlich, denn er küsste nur ihre Hand, sprach aber kein Wort. Dabei sah er ganz gut aus. Er war jünger als Montsauvan, hatte eine hellbraune Lockenperücke auf und – waren das rote Augenbrauen? Interessiert betrachtete Julia seine hellblauen Augen mit den roten Wimpern und Brauen, die in einem krassen Gegensatz zu der langhaarigen Perücke und seinem kleinen dunklen Schnurrbart standen.

Ehrlich, nicht jeder sollte versuchen mit der Mode zu gehen, befand sie.

Montsauvan stellte ihn ihr als den Herzog de Noailles vor und gab ihr mit einem Blick zu verstehen, dass sie ihn auf alle Fälle freundlich und zuvorkommend behandeln sollte. Julia deutete ein Nicken an, um ihm zu zeigen, dass sie verstand. Der Herzog führte sie zurück zur Tanzfläche. Beim nächsten Tanz handelte es sich um einen Branle, während dessen man viel an der Seite seines Tanzpartners tanzte. Diesen Branle hätte sie besser mit Brienne getanzt, um mehr über seine Schulzeit zu erfahren. Mit Noailles an ihrer Seite verzweifelte sie beinahe.

Der Herzog trug nichts anderes als seine versteinerte Miene zur Schau. Julia wartete, ob er nicht doch noch irgendwas sagte. Und wenn es eine Bemerkung übers Wetter wäre.

Nichts.

Schließlich eröffnete sie das Gespräch. »Wart Ihr bei der Jagd heute Morgen erfolgreich, Monsieur?«

Prompt vergaß Noailles die nächste Figur und zeigte zum ersten Mal eine Regung: Er war erschrocken. Ob nun darüber, dass sie es gewagt hatte, mit ihm zu sprechen, oder über die verpatzte Figur, wusste Julia nicht zu sagen. Ein wenig nervös versuchte er den Anschluss wiederzufinden, was jämmerlich missglückte.

Julia war einen Moment lang verunsichert, dann hatte sie Mitleid mit dem armen Mann. »Nach all den vielen Tänzen könnte ich ein Glas Limonade gebrauchen. Möchtet Ihr nicht auch eins?«, schlug sie vor und erntete sofort einen dankbaren Blick.

So unauffällig wie möglich verließen sie die Tanzreihe. Der Herzog führte sie zurück zu Montsauvan, verneigte sich kurz und verschwand in der Menge.

»Habt Ihr Euch seiner erbarmt?«, fragte Montsauvan und klang dabei amüsiert.

»Das trifft es irgendwie«, gab Julia nachdenklich zu. »Wer ...«

Doch der Graf unterbrach sie. »Hauptmann der Garde und ein enger Vertrauter des Königs.«

Mit großen Augen sah sie ihn einen Moment lang überrascht an. »Habt Ihr mir soeben erklärt, wer der Herzog de Noailles ist?«

»Das wolltet Ihr doch wissen, oder?« Er nippte an seinem Wein und sah amüsiert auf sie herab.

»Und er ist der schüchternste Mensch, der je bei Hofe war. Sogar die Erzieherin der illegitimen Königskinder ist gesprächiger als er.« Eine junge Frau mit rotbraunen Haaren war zu ihnen getreten.

Julia erkannte auf den ersten Blick, dass ihre Haare echt waren. Wunderschöne volle Locken, zu einer sehr eleganten Frisur aufgesteckt. Sie musste neu am Hof sein, denn Julia hatte sie noch nie zuvor gesehen. Daran hätte sie sich sicherlich erinnert, denn die junge Frau war so schön, dass sie im einundzwanzigsten Jahrhundert wahrscheinlich reihenweise Plakatwände für Chanel, Gauthier oder sonst ein exklusives Modelabel zieren würde. »Makellos« war wohl die richtige Bezeichnung für so eine Frau. Prompt fühlte sich Julia plump und burschikos.

»Mademoiselle, das ist die Herzogin de Fontanges«, stellte Montsauvan vor.

»Ich freue mich, endlich Eure Bekanntschaft zu machen«, sagte die Herzogin. »Euer Ruf eilt Euch voraus. Meine Herrin hörte von Euch und bittet um einen Besuch. Möchtet Ihr am Montag nach Saint-Cloud kommen und Madames Neugier endlich befriedigen?«

»Angélique ist die Hofdame Liselottes, ehemals von der Pfalz, jetzt Herzogin von Orléans. *Madame*, wie die Herzogin von Orléans auch genannt wird, ist des Königs Schwägerin«, erklärte Montsauvan und Julia sah ihn erstaunt an.

Angélique?

Sein Fauxpas schien ihm auch sofort aufzufallen, denn er räusperte sich und fragte Mademoiselle de Fontanges: »Wie geht es Madame?«

»Ihre Hoheit befindet sich im üblichen Zustand der Schwangerschaft. Die Übelkeit macht ihr zu schaffen und die Mieder werden alle zu eng. Sie bedauert, nicht hier sein zu können.«

»Das glaube ich gern«, sagte Montsauvan lächelnd.

Seine tiefe Stimme wirkte mit einem Mal ... weich. Wieder war Julia erstaunt. Was grinste der dauernd so versonnen? Das tat er doch sonst nie.

Noailles kam zurück und reichte ihr ein Glas Limonade. »Mademoiselle«, begrüßte er Angélique de Fontanges. »Möchtet Ihr auch ein Glas Limonade?«

Also konnte er doch reden, dachte Julia verstimmt.

Die junge Herzogin war wahrscheinlich der Grund, weshalb er überhaupt zurückgekommen war.

»Das gehe ich besorgen«, sagte Montsauvan und verschwand mit einem mahnenden Blick zu Julia in der Menge.

Was war denn jetzt schon wieder? Hatte er Angst, sie könnte sich blamieren?

»Hat er Angst, Ihr könntet Euch blamieren?«, fragte Angélique neugierig. Ihr war es also auch aufgefallen.

»Vermutlich hat er eher Angst, Mademoiselle könnte *ihn* blamieren«, sagte eine bekannte Stimme hinter Julia.

Sie erkannte den Chevalier de Rohan, den sie im Flur von Versailles einmal umgerannt hatte, und erinnerte sich daran, dass er so dicht vor ihr gestanden hatte, dass seine Fußspitzen von ihrem Rocksaum bedeckt worden waren.

»Oder er fürchtet, Ihr könntet Mademoiselle zu nahe treten«, spielte Angélique das Spiel weiter.

»Das hoffe ich doch! Gewährt Ihr mir diesen Tanz?« Rohan verneigte sich vor Julia.

Julia war unentschlossen. Einerseits wusste sie, Montsauvan

hätte etwas dagegen, andererseits sah Rohan wesentlich besser aus als Noailles – mit diesem unansehnlichen Kontrast zwischen Perücke, Augen und Bart und seinem offensichtlichen Mangel an Gespür für Mode. Nicht dass Julia besonders auf Kleidung achtete, aber der Herzog hatte noch nicht bemerkt, dass der Saum an seinem Rock sich gelöst hatte und eine apfelgrüne Weste unter einem türkisblauen Rock wie die Faust aufs Auge war. Und jetzt verstand sie auch den dunklen Schnurrbart. Eine Ecke war etwas verlaufen – er hatte ihn gerußt! Julia biss sich auf die Lippen und sah auf.

»Mademoiselle? Die Tänzer nehmen Aufstellung«, sagte Rohan.

»Ich nehme das Glas«, half ihr Angélique aus der Bredouille und Julia ging an der Hand Rohans auf die Tanzfläche, wo sich die Paare soeben zum Tanz aufstellten.

Rohan lächelte ihr zu. »Unser Dauphin hat zum ersten Mal eine Frau wahrgenommen. Eine kleine Sensation. Zweimal auf der Tanzfläche mit derselben Partnerin. Tststs.«

»Gehört sich das nicht? Ich meine, ist das nicht schicklich?«, fragte Julia erschrocken.

»Ich ziehe Euch nur auf. Es ist durchaus schicklich, aber ungewohnt bei Monseigneur.«

Erleichtert atmete sie auf. »Ich glaube, da wir gemeinsam Tanzunterricht erhalten, fühlt er sich – genau wie ich – sicherer, wenn er vor so vielen Menschen mit einer ihm bekannten Person tanzen kann. Als Prinz steht man doch arg im Rampenlicht.«

»Rampenlicht?«, wiederholte Rohan irritiert.

»Mittelpunkt«, korrigierte sich Julia schnell und schlug sich in Gedanken vor den Kopf.

»Wohl wahr. Monseigneur war wesentlich sicherer mit Euch als bei seinem Debüt vor geraumer Zeit. Auffällig war allerdings, dass Ihr Euer Debüt heute mit Montsauvan hattet. Und Ihr wirktet an seiner Seite noch sicherer als der Dauphin an Eurer«, setzte Rohan mit einem spitzbübischen Grinsen hinzu.

»Mit wem hattet Ihr Euer Debüt, Monsieur?«, überging ihn Julia.

»Nicht mit Montsauvan«, lachte Rohan. Die Tanzschritte trennten sie, und als sie ein paar Takte später wieder zusammenkamen, fügte er verschwörerisch hinzu: »Mein Debüt fand auf der Tanzfläche einer Spelunke statt, deren Name Euren gestrengen Aufpasser sofort auf den Plan rufen würde. Ihr dürft nicht erröten! Sonst holt Euch Montsauvan noch vor dem Ende des Stücks vom Parkett.«

Julia kicherte. Rohan hatte im Gegensatz zu den meisten anderen am Hof keine Angst vor ihrem Lehrer. Aber Montsauvan schätzte ihn offensichtlich nicht. »Ich glaube, Ihr mögt den Grafen nicht besonders«, sagte sie, vollführte eine kleine Drehung zu ihm hin und kam dabei leicht ins Straucheln. Rohan fing sie auf, indem er seine Hand an ihre Taille legte und sie dann wieder zurück auf die Ausgangsposition schob.

»Zwischen uns herrschte immer so was wie Rivalität«, gestand er leise. »Ich bin ein paar Jahre älter, ich habe den Posten des Jagdmeisters seit vielen Jahren inne, während Montsauvan den verarmten Titel seines Vaters mühsam im Ausland wieder aufrichten musste. Ich fürchte, er hat mir meine Stellung seit jeher geneidet.«

Julia blinzelte. Montsauvan neidisch? Das konnte sie sich beim besten Willen nicht vorstellen.

»Und außerdem hatten wir immer den gleichen Geschmack, vor allem was Frauen anging.«

Das war allerdings möglich. Rohan war ähnlich elegant gekleidet wie Montsauvan und trug die gleiche Frisur. Beide bewegten sich ähnlich und hatten dieselbe vornehme Haltung. Und sie hatte auch Rohans interessierten Blick auf Angélique de Fontanges ruhen sehen.

Auch wenn er den Namen jenes Etablissements nicht nannte und Julia nicht errötet war, stand Montsauvan neben ihr und klatschte sie ab, kaum dass die Musik geendet hatte.

So aufregend es gewesen war, mit anderen Männern zu tanzen, mit Etienne de Montsauvan tanzte Julia doch am liebsten – ganz egal wie besserwisserisch und überheblich er sein konnte. Er strahlte eine unnachahmliche Eleganz und eine Sicherheit aus, die es allen Frauen leicht machen musste, das Tanzen mit ihm zu genießen.

Und als sie später in ihrem Bett lag, überlegte sie, wie es wohl wäre, mit ihm Walzer zu tanzen.

15. Kapitel
ERKENNTNISSE AUF FONTAINEBLEAU

Fontainebleau war für Julia nicht nur in Hinsicht auf die Jagd und ihr Debüt interessant. Im Laufe des Aufenthalts fand Julia nämlich auch heraus, dass ihr ach so moralisch über jeden Zweifel erhabener Lehrer sehr wohl auch ein Mensch mit Schwächen war. Und der kryptische Satz von Brienne, Montsauvan sei *weltlich*, ergab plötzlich einen Sinn.

Bewusst wurde es ihr an einem Nachmittag, an dem Angélique de Fontanges sie zu einem kleinen Spaziergang in den Gärten aufgefordert hatte. Es hatte zwar über Nacht leicht geschneit, aber das war ihr gleich; die Einladung nahm sie gern an. Angélique war im selben Alter und sie hatten gestern Abend noch einige Zeit miteinander verbracht. Wie es aussah, vermisste Angélique ihre Familie genauso sehr wie Julia die ihre. Und Julia sehnte sich nach einer Freundin, mit der sie lachen und etwas Spaß haben konnte.

Ihr ständiger Schatten Montsauvan begleitete sie sogar beim Spaziergang durch den weiß gepuderten Park. Julia wäre lieber einmal ohne ihn unterwegs. Sie hätte gern ein wenig rumgealbert, gekichert und sie hatte das Gefühl, Angélique könnte die richtige Person dafür sein. Mit Montsauvan im Nacken war an Gekicher nicht zu denken.

Mademoiselle de Fontanges ihrerseits schien die Anwesenheit Montsauvans zu genießen. Sie plauderte unentwegt mit ihm und der Graf ging zu Julias Überraschung sogar auf das sinnlose Geschwätz über irgendeinen kitschigen Liebesroman ein.

Seit wann kannte der sich mit Liebesromanen aus? Sonst war er doch so nüchtern! Irgendein Schmu von einer *Prinzessin von Clèves* … Langweilig. Julia dachte an all die schönen Liebesgeschichten, die noch Jahrhunderte entfernt waren. Sogar den Film *High School Musical* würde sie sich in ihrer jetzigen Verfassung ansehen. Alle drei Teile hintereinander. Am liebsten mit Popcorn und Cola. Was würde sie dafür geben, noch einmal Zac Efron in einem verschwitzten T-Shirt und kurzen Hosen zu sehen statt Männer mit langen Perücken, schweren bestickten Röcken und Schnallenschuhen mit Absätzen.

In Gedanken versuchte sie den Text zu *Can I have this dance* zusammenzubekommen. Wie oft hatten Nina und sie das Lied gemeinsam nachgesungen! Na ja, *versucht* nachzusingen …

Take my hand, take a breath

Pull me close and take one step

»Julia?«

»Zac?«

»Zac?!«

Ach herrje, diese Stimme war wesentlich tiefer und voller. Sie öffnete die Augen. Mademoiselle de Fontanges kicherte und Montsauvan sah sie irritiert an.

»Fühlt Ihr Euch nicht wohl?«, fragte er langsam.

»Sie hustet nicht, Monsieur, sie summt«, sagte Angélique belustigt. »An wen habt Ihr gedacht, Julia? An Rohan?«

Montsauvan richtete sich mit einem tiefen Atemzug drohend auf.

»Oder war es Brienne?«

Entsetzt sah Julia, wie Montsauvans Narbe am Kinn stark hervorzutreten begann.

»Weder noch«, sagte Julia schnell und grinste. Mit Zac Efron konnte kein Rohan und auch kein Brienne mithalten.

»Das war eine hübsche Melodie«, versuchte Angélique den Grafen abzulenken. »Habt Ihr die komponiert, Monsieur?«

Montsauvan schüttelte den Kopf. »Nein, Julia ist selbst sehr musikalisch.«

Und Julia war es leid, schon wieder gegängelt zu werden.

Montsauvan schien es ihr anzusehen. »Möchtet Ihr Euch zurückziehen? Soll ich Euch ins Schloss bringen?«

Julia sah Angéliques erschrockenes Gesicht.

»Nein, ist schon gut. Ich ...« Angéliques große blaue Augen starrten den Grafen an. Ach, so war das! Das erschrockene Gesicht galt gar nicht ihr. Sie hatte Angst, dass Montsauvan den Spaziergang abbrechen könnte.

»Ich finde allein zurück. Geht Ihr nur weiter.«

Ohne seine Reaktion abzuwarten, drehte sie sich um und ging zurück zum Schloss. Aber als sie das Treppenhaus betrat, fiel ihr ein, dass in ihrem Appartement noch mehr Langeweile auf sie wartete. Ob sie sich in der Bibliothek umsehen sollte? Und wenn es auch ausschließlich Shakespeare wäre, den es dort zu lesen gäbe, sie machte sich auf den Weg.

Doch als sie eintrat, war sie nicht allein in der Bibliothek.

Julia brauchte ein paar Sekunden, ehe sie Monsieur de Noailles erkannte. Er sah ganz anders aus – viel besser! –, denn er trug keine Perücke. Seine roten Haare waren kurz und seine Kleidung dezenter. Und der Schnurrbart war ab! Er konnte höchstens achtzehn sein. Und er war ein enger Vertrauter des Königs? Ludwig XIV. musste gut zwanzig Jahre älter sein. Noailles sah aus wie ein ganz normaler Junge aus der Oberstufe – abgesehen von den Schnallenschuhen und Strumpfhosen.

Er hatte ein Buch in der Hand gehalten, als sie eintrat, und es erschrocken fallen gelassen. Julia hatte das Gefühl, er hätte es sich am liebsten auf den Kopf gelegt, um seine Haare zu verbergen.

»Verzeihung, Mademoiselle.« Er hob das Buch auf und sah sich hektisch um, als wolle er die Flucht ergreifen. Dabei fuhr er sich mit einer Hand beschämt durch die Haare.

»Kein Problem, Monsieur«, sagte Julia und lächelte ihn beschwichtigend an.

Er verneigte sich, stellte das Buch zurück ins Regal und ging rückwärts auf eine andere Tür zu.

»Bitte lasst Euch von mir nicht stören.«

»Ich bin nicht passend ...« Noailles trat weiter den Rückzug an.

»Ich finde es besser«, rief sie schnell.

Erstaunt blieb er stehen.

»Mir gefallen Eure Haare. Besser als diese Lockenperücke«, fügte sie hinzu.

»Allonge.«

»Bitte?«

»Diese Perücken hat Seine Majestät in Mode gerufen. Sie heißen Allongeperücken.«

Aha. Noailles konnte also doch sprechen. »Ist es Pflicht, jede höfische Mode mitzumachen?«, fragte Julia und näherte sich dem jungen Mann behutsam. Er wirkte noch immer wie ein Reh, das jeden Moment die Flucht ergreifen könnte.

»Nun ja. Irgendwie ... schon.«

»Eure richtigen Haare gefallen mir besser«, sagte sie ehrlich.

Jetzt fuhr er sich verlegen über den Kopf und sein Haar blieb ein wenig wirr zurück. »Sie sind rot«, sagte Noailles leise.

»Das habe ich schon gestern Abend erkannt, Eure Wimpern und Augenbrauen haben Euch verraten«, erklärte Julia. »Warum tragt Ihr eine braune Perücke und keine rote?«

Jetzt schnaubte der junge Mann. »Ich würde auffallen wie ein bunter Hunde«, gestand Noailles bitter. »Eine rote Allongeperücke inmitten des Hofstaates würde wirken wie eine lodernde Flamme im Meer.«

Daran hatte Julia nicht gedacht. Sie trat näher an ihn heran. Jetzt standen sie sich direkt gegenüber. »Was habt Ihr gelesen?« Sie griff nach dem Buch, das er so hastig zurückgestellt hatte. »Scarron?« Der Name sagte ihr nichts.

»Ein Satiriker. Er beschreibt manches sehr treffend. Ich wollte mir seinen *Roman comique* anschauen.«

Julia blätterte in dem Buch herum. Dank Montsauvan fiel ihr das Lesen nicht mehr schwer, trotzdem verstand sie nicht allzu viel von dem, was hier stand. Die Sprache war dermaßen veraltet, so redete nicht einmal der König.

Noailles hatte vermutlich ihre verwirrte Miene gesehen. Und bot an: »Darf ich es Euch erklären? Oder wollen wir ein wenig gemeinsam ... ach, nein. Es ist zu ...«

»Es ist zu spät?«, vollendete Julia und sah nach der riesigen Standuhr, deren Sekundenzeiger in Form von Wellen auf und ab schaukelten.

»Zu dreist, wollte ich sagen.«

»Warum?«, fragte Julia überrascht.

Er fuhr sich schon wieder durch seine kurzen roten Stoppeln. »Weil ... ich bin ... ich habe ...«

»Dienst beim König?«

Er schüttelte unglücklich den Kopf und zupfte sich am Pony.

Julia lachte. »Rote Haare, na und? Meine Schwester auch. Würdet Ihr mir etwas daraus vorlesen? Ich langweile mich sonst noch zu Tode.« Erschrocken schlug sie sich eine Hand vor den Mund. »Bitte sagt das nicht Seiner Majestät. Der König ist so großzügig und seine

Events … äh, sein Unterhaltungsprogramm ist sehr vielseitig. Aber ich habe bis jetzt ständig lernen müssen. Jetzt konnte ich meinem Lehrer endlich für kurze Zeit entwischen und schon ist mir langweilig.« Hoffentlich war Noailles so verschwiegen wie schüchtern. Ansonsten hatte sie sich soeben ihr eigenes Grab geschaufelt.

Aber er lächelte sie zum ersten Mal aufrichtig an und sie bemerkte, dass er – im Gegensatz zum König – wunderschöne weiße und ebenmäßige Zähne hatte. Mit einem Mal wirkte er richtig sympathisch. Sie setzten sich auf ein Kanapee und Noailles begann vorzulesen. Er hatte eine etwas brüchige Stimme, so als spreche er nicht oft, und er wirkte auch immer noch ein wenig nervös. Ab und an unterbrach ihn Julia und fragte etwas nach, das sie nicht verstanden hatte.

Als die Standuhr fünf schlug, erhob sich der junge Herzog. »Meine Pflichten rufen. Vielen Dank für den angenehmen Nachmittag, Mademoiselle.« Er legte das Buch dicht neben ihrer Hand ab. Gerade als er die Tür erreichte, rief Julia ihm nach: »Die Perücke steht Euch nicht. Lasst sie weg. So seht Ihr viel besser aus. Schneidiger.«

Er drehte sich um. »Schneidiger?«

»Flotter. Attraktiver. Gutaussehender. Was wollt Ihr hören?«, fragte Julia achselzuckend.

Jetzt grinste er. »Das reicht schon. Danke, Mademoiselle. So hat man mich noch nie betitelt.«

Dann verschwand er und Julia machte sich auf den Weg zu ihrem Appartement, in der Hoffnung, Montsauvan habe noch keinen Suchtrupp nach ihr ausgesandt. Das Buch nahm sie mit.

Es war ein langer Weg. Fontainebleau war aus einer mittelalterlichen Festung entstanden und ständig erweitert worden. Das Schloss barg in etwa tausendfünfhundert Räume und wirkte trotzdem kleiner und gemütlicher als Versailles.

Es gab viele versteckte Winkel in den Korridoren, mittelalterliche Treppen, Renaissance-Täfelungen. Jeder Raum barg eine neue Überraschung und vor allem: Hier wurde gelebt. Es war kein Museum wie Schloss Neuschwanstein, aber auch kein Statussymbol wie Versailles, wo man ausländische Besucher zu beeindrucken versuchte. Fontainebleau war ... gemütlich. Kunterbunt mit all den Malereien, Tapisserien und Täfelungen, oft auch überladen, aber dennoch nett.

Julia streifte neugierig durch die Flure. Kaum jemand begegnete ihr, außer ein paar Lakaien. Der König befand sich in einer Kabinettssitzung, die Königin hielt heute einen offenen Salon und die Edelleute, die nicht bei ihr oder im Kabinett waren, hatten sich für einen Ausritt verabredet. Es war herrlich still.

Die Korridore waren alle paar Meter von kleinen Nischen mit Statuen oder auch einem Kanapee unterbrochen. Die bunten Wandteppiche bargen manche Alkoven, versteckte Bettnischen, und Julia fand vor einem Socken und eine Haube liegen. Die Haube einer Dienstmagd. Anscheinend schlief die Dienerschaft in diesen Alkoven. Wenn der König hier Hof hielt, waren sogar die tausendfünfhundert Räume zu wenig, um alle Menschen ordentlich unterzubringen.

Die ruhige Stunde vor der Abendveranstaltung schienen die Diener zu nutzen, um ein wenig auszuruhen. Hinter einem Vorhang waren deutliche Seufzer zu hören. Da träumte jemand unruhig. Julia wollte leise vorbeischleichen, als ihr am Fuß der Gardine etwas ins Auge sprang: ein hellblaues Strumpfband. Zu dem Seufzen murmelte jemand etwas. Nein, es waren zwei Stimmen, eine männliche und eine weibliche. Jetzt befand Julia es wirklich an der Zeit, das Weite zu suchen.

So leise als möglich schlich sie sich fort. Zum Glück knarrte das Parkett nicht unter ihren Füßen. Als sie weit genug gekommen war, atmete sie erleichtert aus und das Herz klopfte ihr bis zum Hals, obwohl sie doch nichts verbrochen hatte.

Einen Moment lang lehnte sie sich an eine Säule im Gang. Aus den Augenwinkeln konnte sie eine Bewegung erkennen.

Der Chevalier de Rohan war auch nicht ausgeritten. Bei ihm befand sich eine vermummte Gestalt. Julia betrachtete sie neugierig und überlegte, wieso sie ihr auffiel. Kapuzen trugen zu dieser Jahreszeit mehrere Hofleute. Aber im Schloss? Eher nicht. Außerdem war der Umhang recht zerschlissen. Das konnte man sogar aus dieser Entfernung sehen. Der Saum war ausgefranst und der Stoff schmutzig und geflickt.

Rohan behandelte die Kapuze ungewöhnlich ehrerbietig und nahm einen Umschlag mit einer Verneigung entgegen. Dann trennten sich die beiden und gingen in verschiedene Richtungen davon. Gott sei Dank, Julia hatte gerade keine Lust auf männliche Begleitung und war froh ungesehen ihre kleine Expedition fortführen zu können. Sie wollte noch mehr vom Schloss besichtigen. Also machte sie sich auf den Weg zu den Renaissance-Galerien, die von François I. erbaut worden waren. Unterwegs begegnete sie Madame de Sévigné, die sie auf eine heiße Schokolade in ihr Zimmer einlud, die sie gerne annahm.

* * *

Als sie einige Zeit später zurück in ihr Appartement kam, erkannte sie an Hut und Degen, die auf das Kanapee geworfen worden waren, dass ihr Zimmergenosse zurück war und sehr wahrscheinlich gerade badete, worauf auch die Tropfen auf dem Parkett schließen ließen. Julia legte Hut und Degen, wie es ihre Gewohnheit war, auf das Tischchen neben der Tür zu seinem Zimmer, als etwas aus seinem

Hut herausfiel. Ein blaues Stück Stoff, das ihr irgendwie bekannt vorkam. Das hellblaue Strumpfband aus dem Alkoven!

Julia starrte es völlig entgeistert an. War es möglich, dass …?

Natürlich ist es möglich!, sagte eine leise Stimme in ihrem Kopf. Sei keine Närrin. Er ist ein Mann, er ist jung, attraktiv und sämtliche Frauen laufen ihm hinterher.

Sie fasste sich wieder. Auf keinen Fall durfte ihr Lehrer erfahren, dass sie ihn heute Nachmittag bei einem Schäferstündchen erwischt hatte. Und dann, als sie dieses Wissen verdaut hatte, musste sie darüber grinsen. Ihr ach so tugendhafter und vollkommener Lehrer war nicht ganz so fehlerfrei, wie er vorgab zu sein.

Madame de Sévigné, Fontainebleau, an Madame de Grignan, Provence

Meine liebste Tochter,
wir können uns in Bewunderung über die rasche Arbeit der Post gar nicht genug erfreuen. Ich habe am 18. Euren Brief vom 9. erhalten. Nur neun Tage! Mehr kann man nicht erwarten.
Ich muss auch noch vom König berichten und von dem Glück, einem solchen Herrn dienen zu dürfen. Er hat den Marschall de Bellefonds zu sich in sein Arbeitszimmer kommen lassen und wollte von ihm wissen, weshalb jener den Dienst quittiere.
»Sire«, antwortete Bellefonds, »es sind die Schulden. Ich bin ruiniert. Meine Freunde haben mir geholfen und leiden bereits darunter, weil ich es ihnen nicht zurückerstatten kann.«
»Nun denn«, erwiderte der König, »dann muss man die

Schuld bei ihnen begleichen. Ich gebe Euch hunderttausend Franc auf Euer Haus und einen Garantieschein von vierhunderttausend Franc als Sicherheit, falls Ihr sterben solltet. Ihr zahlt mir alles mit Zinsen zurück und bleibt somit in meinem Dienst.«
Man müsste wirklich ein steinernes Herz haben, um einem Herrn mit so viel Güte widerstehen zu können.
Dann gibt es ein paar unterhaltsamere Neuigkeiten:
Madame de Brissac hat sich für diesen Winter gut versorgt: nämlich mit dem Herzog de Longueville und dem Grafen de Guiche.
Die Maran sieht man nirgends mehr, weder bei Madame de La Fayette noch bei Monsieur de Rochefoucauld.
Sie hat oft seltsame Launen.
Es liegt nicht bei mir, Madame de Valavoire noch nicht getroffen zu haben. Seit ihrem Besuch bei Euch laufe ich ihr nach, damit sie mir Eure Mitbringsel überreicht. Aber sie läuft jemand anderem nach, der im Moment hier bei uns weilt. Die Valavoire wurde nicht hierher eingeladen, und das bringt mich wieder zurück nach Fontainebleau.
Ich habe soeben mit der kleinen Mademoiselle Julia eine Tasse heißer Schokolade getrunken und bin noch immer voller Bewunderung für ihre Fortschritte. Ihre Aussprache ist absolut perfekt. Niemand, der sie bei ihrer Ankunft erlebt hat, würde noch glauben, sie sei nicht bei Hofe geboren und als Französin aufgewachsen.
Gestern Abend haben sie und Montsauvan gemeinsam ein Stück vorgesungen. Ich wollte, ich könnte Euch das Lied konservieren und mit der Post zusenden, damit Ihr wisst, wie ergriffen wir alle, auch der König, waren.

Sogar die Quanto hatte zeitweise einen entrückten Gesichtsausdruck.
In wenigen Tagen geht es nach Paris in mein hübsches Hôtel Carnavalet. Selbstverständlich werde ich Euch von den aufregenden Ereignissen, die uns dort erwarten, berichten.

16. Kapitel
DIE HINRICHTUNG

Eine Woche später verließ der Hof Fontainebleau und kehrte nach Paris zurück. Aufgeregtes Tuscheln und eine greifbare Unruhe hatten sich bei den Reisenden breitgemacht. Einzig die königliche Familie und die Minister fuhren nach Versailles weiter, die meisten Höflinge suchten ihre Quartiere in Paris auf.

Julia wusste nicht genau, welchem Ereignis diese Aufregung galt. Es interessierte sie auch nicht sonderlich. Weihnachten näherte sich, die Adventszeit hatte begonnen und Julia spürte wieder schreckliches Heimweh. Sie würde Weihnachten nicht zu Hause sein. Sie wäre unerreichbar fern. Nicht einmal anrufen konnte sie.

Und weil sie das Handy damals bei Nina vergessen hatte, verfügte sie nicht einmal über ein paar Fotos, die sie sich hätte anschauen können. Es gab nichts weiter als ihre Erinnerung und es war kein leeres Gefasel, wenn Leute davon sprachen, ihre Erinnerung *verblasse* immer mehr. Die Gesichter ihrer Mutter und ihrer Schwester waren nur noch schemenhaft in Julias Gedanken vorhanden. Sie sah die Haarfarbe, Augenfarbe und die Form vor sich, aber alles andere verschwamm, egal wie sehr sie sich bemühte Einzelheiten wie kleine Falten oder Muttermale in Erinnerung zu rufen. Es war weg. Und dadurch fühlte es sich an wie ein letzter, endgültiger Schnitt.

Versailles oder Paris, eigentlich war es überall das Gleiche. Nirgends gab es Weihnachtsdekoration. Keine Tannenzweige, keinen Baum, keine Lichter. Nur Krapfen wurden allerorts gebacken. Ohne

Zimt. Julia hatte gar nicht gewusst, wie sehr sie Zimtduft mit Weihnachten verband.

Sie erwachte erst aus ihrer Lethargie, als sie in Paris einfuhren.

Das Paris des siebzehnten Jahrhunderts war völlig anders als jede Stadt, die sie bislang gesehen hatte. Keine Hochhäuser, nur stroh- oder ziegelgedeckte Dächer, aus deren Schornsteinen Rauch aufstieg. In der Ferne konnte man Notre-Dame sehen und davor das lang gezogene Dach des Louvre. Aber keinen Eiffelturm, keine Sacré-Cœur und Julia ging auf, dass viele der größten Attraktionen von Paris noch gar nicht gebaut waren.

Das Hôtel de Montsauvan stand in dem neuen Quartier Marais. Es war vor kurzem anstelle eines alten Palais erbaut worden. Der Salon, der Speisesaal, die Bibliothek, alles war mit großen Fenstern ausgestattet, was auf Anhieb hell und einladend wirkte, und es war bequem und elegant eingerichtet. Hübsche geblümte und oft samtbezogene Tapeten zierten die Wände, dekoriert mit freundlichen Gobelins oder Gemälden von Ahnen der Montsauvans.

Das Zimmer der zukünftigen Gräfin hatte ein eigenes Bad und einen Ankleideraum. Montsauvan bot Julia dieses Zimmer zum Schlafen an. »Es ist das komfortabelste neben meinem. Keine Sorge, die Verbindungstür werde ich abschließen.«

Das brachte Julia zum ersten Mal zu der Überlegung, ob der Graf jemandem versprochen war, und wenn ja, wer die zukünftige Gräfin sein mochte.

Bei der Führung gestand der Graf, er hätte sehr gerne Abwasserrohre legen lassen, wie es im alten Rom Brauch gewesen war, aber leider sei Paris mit derlei völlig im Rückstand.

»Bei uns sind solche Leitungen selbstverständlich«, erklärte Julia gedankenverloren. »Wir haben sogar das Konzept der Fußbodenheizung der alten Römer wiederentdeckt.«

»Und wie funktioniert das?«, fragte Montsauvan überrascht.

Erschrocken erkannte Julia, dass sie sich wieder einmal verplappert hatte. »Äh, ich weiß nicht. Ich bin kein Ingenieur.«

Montsauvan bedachte sie wieder mit diesem stechenden, durchdringenden Blick. Dann seufzte er leise. »Wenn Ihr gestattet, möchte ich mich gern ein wenig mit meinem Haushofmeister zusammensetzen. Ihr könnt Euch gern in der Bibliothek bedienen. Ich habe auch Bücher von Scarron.«

Mit einer leichten Verneigung verabschiedete er sich und Julia grübelte, woher zum Teufel er von ihrer Lesestunde mit Noailles wusste. Kurze Zeit später huschte Sophie ins Zimmer und begann die Truhen mit den Kleidern auszupacken.

Julia trat ans Fenster und nahm den Hut ab. Die Sicht lag auf einem kleinen Innenhof mit schneebedeckten Blumenrabatten. Im Sommer war es bestimmt sehr schön hier.

Sophie verschwand und Julia wünschte sich nichts sehnlicher, als dass ihr Handy wieder funktionieren möge. Sie besaß sonst kein Foto ihrer Familie. Außer dem Schlüsselbund und dem Handy hatte sie beim Ausritt damals nichts in der Tasche gehabt.

Durch die verschlossene Tür hörte sie dumpf Montsauvans Stimme, der mit seinem Diener redete. Das beruhigte sie ein wenig. So streng er auch sein mochte, er flößte ihr Vertrauen ein und in seiner Gegenwart fühlte sie sich beschützt und sicher.

* * *

Am Abend rauschte Madame de Sévigné vorbei. Sie lud Montsauvan und Julia ein am nächsten Tag gemeinsam in ihrer Kutsche zu dem *großen Ereignis* zu fahren. Madame d'Escars böte ihnen in ihrem Haus an der Place de Grève ein Fenster an. Das sei doch der ideale Ort, um von dem Spektakel so viel wie möglich mitzubekommen.

Niemand hätte sagen können, ob Montsauvan dafür dankbar oder darüber ungehalten war. Er hatte die für ihn typische Maske aufgesetzt. Trotzdem hätte Julia ihre Hand dafür ins Feuer gelegt, dass es ihm nicht passte. Irgendwie konnte sie es an seiner Haltung erkennen. Madame de Sévigné erkannte es auf jeden Fall nicht und ging wenig später gut gelaunt mit der Zusage des Grafen aus dem Haus. Was für ein Ereignis das wäre, wollte der Graf Julia nicht sagen. Auf alle Fälle war es nichts, was ihm gefiel, denn er zog sich in sein Arbeitszimmer zurück und wollte nicht mehr gestört werden.

* * *

Die Kutsche holte sie in der Morgendämmerung ab. Die Marquise de Sévigné begrüßte sie aufgeregt.

»Herein, herein«, rief sie und zog Julia neben sich auf den Sitz. »Wir möchten uns doch einen guten Platz sichern.« Dann waren sie nur wenige Straßen weit gefahren, an einem großen Platz vorbei, auf dem bereits andere Kutschen, Sänften und Menschen Stellung bezogen hatten. Und jede Minute trafen noch mehr Zuschauer ein. Die Kutsche hielt auf einer Brücke, die Julia stark an die Kulisse aus *Das Parfum* erinnerte. Beide Seiten der Brücke waren dicht an dicht mit Häusern bebaut.

»Zu dumm. Ich fürchte, man kann von hier aus noch weniger sehen. Wir fahren zurück zur Place.« Den letzten Satz rief sie aus dem geöffneten Fenster. Die Kutsche setzte sich rumpelnd und äußerst langsam in Bewegung. So viele Menschen! Die Kalesche bahnte sich einen Weg bis zum Rand des Platzes, dann sagte der Kutscher, er käme nicht mehr weiter.

»Zu dumm«, seufzte Madame de Sévigné zum wiederholten Male. »Aber wir können wenigstens den Büßerkarren sehen und wie Monsieur Sanson sein Werk vorführt.«

»Was tun wir hier eigentlich?«, fragte Julia verwirrt. Die Menschenmenge war mittlerweile riesig. Aus jedem Fenster starrten Leute auf die Straße herunter. Alle waren in großer Aufregung und es herrschte eine ungewöhnliche Spannung. Dieser riesige Auflauf an Menschenmassen konnte eigentlich nur eine Revolution bedeuten, doch dafür war es über hundert Jahre zu früh. Und zudem waren viele Adlige anwesend. Überall sah man prachtvolle Kaleschen und Equipagen mit großen Wappen auf den Türen.

Sie standen direkt vor einem riesigen Gebäude. Bei diesem Gebäude konnte es sich eigentlich nur um das Rathaus – das Hôtel de Ville – handeln. Sie hatte seine Nachfolgerversion beim Schulbesuch mit ihrer Klasse von außen bewundert, der Platz war voller Cafés und Straßenmusikanten gewesen. Sie stand also auf der Place de l'Hôtel de Ville. Und dann fiel Julia ein, dass dieser Platz im siebzehnten Jahrhundert Place de Grève geheißen hatte und hier Hinrichtungen von Straftätern vollzogen worden waren.

Der ganze Menschenauflauf, galt der etwa einer ... *Hinrichtung?*

Julia fühlte sich auf einmal alles andere als wohl. Das eng geschnürte Mieder verursachte sowieso noch andauernd Übelkeit, aber die Aussicht, dem Tod eines Menschen zusehen zu müssen, ließ ihr erst recht das Frühstück hochkommen. Das hier war kein Film. Das hier war echt. Das bewiesen die Gerüche, die hereinwehten. Rauch, Pferdedung, das Parfüm der Marquise.

Ausgerechnet in diesem Moment ging ein Bäckerjunge mit einem Bauchladen voller frischer Krapfen vorbei. Der Geruch stieg Julia in die Nase. Bestürzt lehnte sie sich zurück in die Kissen der Kutsche und starrte geradeaus – direkt in die Augen des Grafen.

»Wieso habt Ihr mir nicht gesagt, weshalb wir hier sind?«, warf sie ihm auf Deutsch vor.

»Habt Ihr jemals gesehen, wie ein Mensch geköpft wird?«, fragte er leise, ebenfalls auf Deutsch.

»Geköpft?« Julia hörte, wie schrill ihre Stimme war.

Montsauvans Blick wurde durchdringend. »Ihr habt noch niemals jemanden sterben sehen, nicht wahr?«

Julia schüttelte den Kopf. Gleichzeitig kam ihr der Gedanke, dass der arme Verurteilte, wer immer das auch war, eine solche Geste wahrscheinlich als makaber ansehen würde.

»Sie kommt. Sie kommt!«, rief die Marquise de Sévigné aufgeregt.

»Sie?«

»Die Marquise de Brinvilliers!«, erfuhr sie von ihrer Nachbarin. »Montsauvan, habt Ihr Eurer Schülerin nicht gesagt, um was es hier geht? Das ist skandalös! Meine Liebe«, sie ergriff Julias Hand, allerdings ohne den Blick von der zunehmenden Unruhe auf der Straße abzuwenden, »die Marquise wurde des Mordes an ihrem Vater, ihren Brüdern und noch anderen Mitgliedern der Familie beschuldigt. Sie vergiftete sie, um an deren Geld zu kommen.«

»Mord?« Julia warf einen Blick auf das gefolterte, abgemagerte Geschöpf, das nur mehr wenige Meter von ihrer Kutsche entfernt war. Trotz allem konnte man noch ein ehemals hübsches Gesicht erahnen, das mittlerweile zerfurcht von Sorgenfalten und umrandet von struppigem Haar war.

»Gift«, flüsterte Madame de Sévigné aufgeregt.

»Meine Güte ...« Auf einmal wünschte sich Julia meilenweit fort. Weit genug wenigstens, um das hier nicht mit ansehen zu müssen. Man konnte genau hören, wie die Verurteilte sich näherte. Die Menge johlte lauter, rief Schimpfwörter und Schmähungen, sogar ein oder zwei faule Kohlköpfe flogen durch die Luft. Der Geräuschpegel wurde unerträglich.

Die Marquise klebte am Fenster ihrer Kutsche und verfolgte den schmalen zweirädrigen Karren, der vorüberholperte. Die Verurteilte lag auf Stroh, nur mit einem dünnen Hemd bekleidet. Ihre Haare waren kurz, strubbelig und verfilzt. An der einen Seite ging ein Mann in schwarzem Ornat mit einem weißen viereckigen Kragen, auf der anderen der Henker in einer scharlachroten Livree. Julia wollte wegsehen, schaffte es aber nicht.

Die Frau im Büßergewand wurde aus dem Karren gezerrt, ein Priester half ihr die Stufen zum Schafott hinauf. Trommeln setzten ein. Julias Blick war wie gebannt auf die Frau gerichtet. Diese küsste ein letztes Mal das Kreuz des Priesters, man zog ihr einen weißen Sack über den Kopf und ließ sie niederknien. Die Menge wurde auf einmal so leise, nicht einmal ein Husten war mehr zu vernehmen. Stille. So still, Julia hörte eine Krähe schreien. Jetzt! Jetzt musste sie wegsehen. Der Henker holte aus – *Wende den Blick ab!* – und schlug zu.

Sogar die Trommeln schwiegen in diesem Augenblick und das Krachen des Genicks war überdeutlich zu hören, als habe man noch extra Lautsprecher dafür aufgestellt. Blut spritzte wie in einem Quentin-Tarantino-Film. Aber anscheinend war die Tat noch nicht vollbracht. Der Henker holte ein zweites Mal aus und diesmal fiel der Sack vom Rumpf ab. Mit blankem Entsetzen beobachtete Julia, wie der Henker den Sack nun aufhob. Sie begriff überhaupt nicht, was er vorhatte, bis er hineingriff und – den Kopf an den Haaren herauszog. Er wurde in die Höhe gehalten und die Menge jubelte. Hüte wurden in die Luft geworfen und Julia blickte in die leblosen, aber furchtsam aufgerissenen Augen der Enthaupteten. Der kopflose Körper rutschte wie in Zeitlupe zu Boden.

Erst jetzt konnte sie den Blick abwenden. Er fiel ausgerechnet auf Montsauvan. Er sah sie einen Moment lang an und schüttelte leise den Kopf. »Nicht vor Madame de Sévigné«, sagten seine Lippen. Julia war es nicht einmal möglich zu nicken. Es war ihr auch nicht möglich, die Fassung zu bewahren. Sie wusste, sie würde sich gleich übergeben müssen oder laut schreien.

Aber die Fassung bewahren?

Sie öffnete die Tür, sprang hinaus und tauchte im nächsten Moment in der Menge unter.

Welche Richtung sie eingeschlagen hatte, wusste sie nachher nicht mehr zu sagen, aber sie fand sich am Ufer der Seine wieder. Dort konnte sie sich endlich ohne Augenzeugen übergeben. Ungeachtet ihres schönen Kleides ließ sie sich unweit der Stelle, wo sie sich übergeben hatte, im Gras nieder und lehnte sich an einen Brückenpfeiler. Die leblosen Augen in dem abgetrennten Kopf ließen sie nicht los. Sie spürte, dass Tränen über ihre Wangen liefen, aber sie war nicht einmal in der Lage, diese abzuwischen.

Julia hörte die Geräusche um sich und wusste, die Menge löste sich auf. Schnatternd und aufgeregt, als hätten sie bei einem Zirkusakrobaten zugeschaut und nicht, wie ein Mensch sein Leben auf grausame Art und Weise verloren hatte.

Bekümmerte das niemanden?

Auch wenn die Verurteilte eine Mörderin gewesen war, sie alle waren jetzt ebenfalls Mörder. Niemand hatte versucht den Henker aufzuhalten. Auch sie, Julia, nicht.

Ein Paar Stiefel tauchten in ihrem Blickfeld auf. Sie blieben genau vor ihr im Schnee stehen. Julia kannte das polierte schwarze Leder. Jetzt ging die dazugehörige Person in die Hocke und sie sah Montsauvans besorgten Blick.

»Am liebsten würde ich Euch eine Ohrfeige verabreichen, Etienne de Montsauvan«, zischte Julia.

»Auch wenn Ihr dazu berechtigt seid, würde ich es Euch nicht raten«, erklärte er ruhig. Julia richtete sich auf.

»WARUM HABT IHR MIR NICHT GESAGT, WORUM ES GEHT?«, schrie Julia ihn an.

Er schwieg, versuchte nicht einmal irgendwelche tröstenden Worte für sie zu finden, sondern hob sie einfach hoch und trug sie fort. »Weil wir aufgrund der Einladung daran teilnehmen *mussten* und ich Euch nicht im Vorfeld beunruhigen wollte.«

Die junge Frau blickte ihn fassungslos an. »Also habt Ihr gewusst, dass ich niemals zuvor eine Hinrichtung gesehen habe?«

»Natürlich habe ich das gewusst. Wenn Ihr schon bei einer Jagd Bedenken habt, einen Hasen zu töten, konnte ich mir lebhaft vorstellen, was Ihr zur Hinrichtung eines Menschen sagen würdet.«

»Wieso kann man eine solche Einladung nicht ablehnen? Es ist eine Einladung, keine Verpflichtung!«

Er sah sie mitleidig an. »Julia, bei Hofe kommt das Ausschlagen einer Einladung einem Affront gleich. Eure Position ist noch zu unbeständig, um Einladungen von angesehenen Mitgliedern wie Madame de Sévigné abzulehnen. Alles, was wir in den letzten Wochen mühsam erarbeitet haben, wäre mit einem Schlag dahin.«

»Das ist mir egal«, schniefte Julia trotzig. Und dann begann sie wieder zu schluchzen. Sie konnte es nicht unterdrücken. Fassung bewahren!

Dann fühlte sie Montsauvans Arme um sich und wurde an seine Brust gezogen. Ganz lange wiegte er sie auf seinem Schoß, wie ein kleines Kind, und strich ihr dabei übers Haar und den Rücken.

Irgendwann drang die Nässe des schmelzenden Schnees durch die vielen Röcke und es wurde unangenehm kalt.

Julia klammerte sich noch enger an den Grafen. Er war warm. Und roch gut. Ein dezentes Parfüm mit einer herben Note. Julia kannte den Duft aus Deutschland. Ninas großer Bruder hatte ein ähnliches Aftershave.

»Zittert Ihr jetzt vor Kälte oder noch immer vom Schock?«, fragte Montsauvan leise.

»M-m-mir i-i-ist k-k-kalt«, schlotterte Julia.

Mit einem Ächzen stand er auf und hob sie hoch.

»L-l-lasst m-m-mich ...«

»Normalerweise seid Ihr nicht allzu schwer.« Er stellte sie sanft ab, hielt sie aber weiter fest. »Mir sind nur die Beine eingeschlafen.«

Julia begann zu kichern und bekam einen Schluckauf. »M-mir – hicks – au-auch.«

Seite an Seite humpelten sie den Hang hinauf zur Brücke und gingen zurück zum Hôtel de Montsauvan.

* * *

Julia schreckte auf. Leere Augen in einem Kopf ohne Körper starrten durch sie hindurch. Der kopflose, blutüberströmte Körper rutschte unaufhaltsam auf sie zu und die blicklosen Augen bannten sie an Ort und Stelle. Der Körper hatte sie erreicht und Julia war aufgewacht. An ihrem Bett saß Montsauvan und schüttelte sie.

»Wacht auf!«, sagte er. »Wacht auf. Es ist doch jetzt schon drei Tage her.«

Drei Tage? Drei Tage, in denen Julia Nacht für Nacht mit dem gleichen Traum aufgewacht war.

Wo war Sophie? Sophie schlief doch seither in ihrem Zimmer. Auf ihrem Nachttisch stand eine einzelne brennende Kerze, doch Sophies Bett war leer. Julia sah sich suchend um und ihr Blick blieb an Montsauvan hängen. Er bot einen ungewohnten Anblick. Seine

Haare waren ein wenig zerzaust und dunkle Bartstoppeln waren überall zu sehen.

Außerdem trug er nur ein Hemd. Und das war nicht zugeknöpft.

»Was tut Ihr hier?«, fragte Julia und rückte ein wenig von ihm ab.

»Ihr habt geschrien.«

Sie hatte geschrien? Aber normalerweise wachte sie nur verschwitzt und kurzatmig auf. Langsam beruhigte sich ihr heftig klopfendes Herz.

»Es tut mir leid«, sagte Montsauvan leise. »Ich hätte wissen müssen, wie sehr Euch das zusetzt. Ich verspreche Euch, in Zukunft werde ich derartige Einladungen ausschlagen.«

Julia sah ihn erstaunt an. »Das würde Rufmord bedeuten«, erinnerte sie ihn.

»Ja, aber dass Ihr dermaßen leidet, ist wesentlich schlimmer.«

Sie musterte prüfend sein Gesicht, so gut sie es im Schein der einzelnen Kerze konnte. Es zeigte keine Regung, keine Mimik, die zu deuten gewesen wäre. Er sah sie einfach an und sie wusste, er würde sein Versprechen halten. »Danke«, murmelte sie und ergriff seine Hand. »Ich weiß, was Ihr da für mich auf Euch nehmt.«

Seine Hand drückte die ihre warm. »Glaubt Ihr, Ihr könnt jetzt weiterschlafen?«

Julias Blick huschte zu Sophies leerer Bettstatt.

Jetzt zeigte sich eine Regung auf seinem Gesicht. Er grinste. »Sie ist unterm Dach.«

»Unterm Dach?«

»Dort sind die Schlafräume der Dienerschaft. Mein Lakai François hat es ihr angetan.«

Julia starrte ihn mit offenem Mund an. »Aber … müssen sie jetzt heiraten?«

Montsauvan lachte leise. »Nein. Sophie ist eine Dienerin, keine vielversprechende Partie mit Besitztümern und edlem Stammbaum, den es zu erhalten gilt.«

Das gab es bei Julia auch nicht. Dank ihrer Lüge wurde sie allerdings beschützt, als hätte sie Luxemburg als Mitgift zu bieten.

Die Lüge wog immer schwerer. Vor allem Montsauvan gegenüber, der in den letzten Tagen so zuvorkommend und freundlich zu ihr gewesen war. Und jetzt war er sogar mitten in der Nacht quer durchs Haus gerannt, um sie aus einem Albtraum zu erlösen. Sollte sie ihm die Wahrheit sagen? Würde er ihr danach noch in die Augen schauen können? Wahrscheinlich nicht. Und wahrscheinlich würde er Ludwig XIV. sagen, dass sie ein Scharlatan war. Montsauvan war ihm treu ergeben. Sie war nur ein Mädchen, eine Belastung.

Sie löste ihre Hand aus der seinen und legte sich zurück. »Danke, Monsieur. Ich denke, jetzt kann ich wieder schlafen.«

Montsauvan blieb noch ein paar Sekunden an ihrem Bett sitzen, dann erhob er sich, löschte die Kerze und ging durch die Verbindungstür zurück in sein Zimmer.

Julia hörte den Schlüssel im Schloss drehen und begann zu weinen. Aber ganz leise, damit er es nicht mitbekam.

17. Kapitel
OFFENBARUNG

Der Graf ließ ihr am nächsten Tag einen Apotheker kommen, der Baldrian- und Johanniskraut-Tinkturen vorbeibrachte. In den folgenden Nächten schlief Julia wieder ruhig.

Sophie durfte in ihre Kammer zurückkehren – näher zu ihrem Lover, was Sophie sehr glücklich machte. Julia war glücklich, dass sie wieder ein paar Nächte durchgeschlafen hatte, und Montsauvan hatte noch nicht ein einziges Mal, seit sie in Paris waren, wegen irgendwelcher Lehrstunden angeklopft.

Überhaupt war er anders. Entspannter, lockerer, beschwingter. Wenn er mit seinem Haushofmeister alles besprochen hatte, setzte er sich ans Cembalo und komponierte.

Julia machte es sich dann auf einem Sessel bequem und lauschte. Sie mochte seine Musik und sie mochte seine Stimme. Er konnte wirklich fantastisch singen. Auch wenn er es nicht verlangte, begann sie von sich aus mitzusingen oder setzte sich ans Cembalo und übte weitere Stücke. Sie redete sich ein, das aus Langeweile zu tun, aber es machte ihr Spaß.

Zweimal waren sie bei Nachbarn zum Essen eingeladen und Julia hatte weitere Menschen mit einem »de« im Namen kennengelernt. Nicht alle von ihnen verkehrten bei Hofe.

Und dann stand er unmittelbar vor der Tür, der Weihnachtsabend.

Julia sah nirgends Weihnachtsschmuck oder Tannenzweige.

Zum Silvesterabend war eine Einladung eingetroffen von einer gewissen Ninon de Lenclos. Montsauvan hatte erfreut gelächelt, als er die Schrift erkannt hatte.

Backte denn hier niemand Plätzchen? Immer nur die elenden Krapfen? Der Geruch war ihr seit der Hinrichtung an der Place de Grève verleidet. Beschenkte man sich? Und wenn nicht, warum war dann der Juwelier gestern da gewesen? Am Vorabend von Weihnachten hatte Montsauvan Gäste zu sich ins Haus eingeladen. Es gab ein hervorragendes Abendessen, der Graf und Julia musizierten gemeinsam mit den Gästen – wer hätte geahnt, dass Madame de Sévigné eine dermaßen schöne Altstimme besaß? – und dann las Madame de La Fayette ein wenig aus ihrem ersten Roman vor.

Als alle Gäste gegangen waren, hatte Montsauvan Julia ein Glas Wein gereicht und sich selbst eines eingeschenkt.

»Oh! Ich darf tatsächlich Alkohol trinken?«, fragte sie erstaunt. Bislang hatte er sorgsam darauf geachtet, dass sie nichts zu sich nahm, was sie beschwipsen könnte. Montsauvan setzte sich wieder an seinen üblichen Platz am Kopfende des Tisches – Julia genau gegenüber. Sie saß auf dem Platz, der eigentlich der Gräfin de Montsauvan vorbehalten war.

Das brachte sie zu einer Frage, die schon seit ihrer Ankunft im Hôtel an ihr nagte. »Seid Ihr eigentlich verlobt?«, fragte sie den Grafen unumwunden.

Sie konnte über den Tisch hinweg sehen, dass Montsauvan amüsiert eine Augenbraue hob.

»Ihr habt noch nicht getrunken und schon denke ich, Ihr seid beschwipst.«

»So schnell werde ich nicht betrunken«, erklärte Julia, prostete ihm zu und nahm einen großen Schluck. Der Wein schmeckte herb und war mit Kräutern gewürzt. Auf alle Fälle war Zimt drin enthalten. Na, endlich etwas Weihnachtliches. Sie nahm noch einen Schluck. »Also?«

»Ihr seid ziemlich direkt«, bemerkte er.

»Ich weiß«, meinte sie unbekümmert. Ein weiterer Schluck. Mann, schmeckte der gut. Und er roch ein wenig wie Glühwein. Außerdem stieg er sofort zu Kopf. Das war ein angenehmes Gefühl. Es machte so … leicht. »Eigentlich hätte ich ein Gespräch über das Wetter oder den Abend bei Ninon de Lenclos nächste Woche beginnen sollen, aber das wäre doch sehr heuchlerisch, findet Ihr nicht?«

»In der Tat.«

Er trank ebenfalls, aber sehr gemäßigt, stellte Julia fest.

»Und?«, hakte sie nach. »Gibt es eine junge Dame, die momentan in einem Kloster herangezogen wird, um in der nächsten Zeit die Aufgaben der Gräfin de Montsauvan zu übernehmen?«

Mit nervenaufreibender Langsamkeit drehte Montsauvan das Glas zwischen seinen Fingern, trank erneut einen Schluck und tupfte sich mit dem Zipfel seiner Serviette über die Mundwinkel, ehe er endlich antwortete: »Nein. Ich habe noch keine passende Frau gefunden.«

Seltsamerweise freute Julia diese Nachricht. »Ach?«

»Es mag Euch eigenartig erscheinen, aber auch ich möchte mich nicht für den Rest meines Lebens an jemanden binden, der mir nicht zusagt.«

Wieder einmal spielte er auf ihre Lüge dem König gegenüber an. Ein leichtes Unbehagen beschlich Julia. Um ihre Verlegenheit zu überspielen, trank sie erneut. »Ich dachte, Ehen würden ausschließlich zu opportunistischen Zwecken geschlossen«, überlegte sie laut. »Wird nicht danach geschaut, welches Mädchen das meiste Land oder Geld oder die meisten gesellschaftlichen Vorteile mit in die Ehe bringt? Nicht dass Ihr irgend so etwas nötig hättet, aber das ist in diesem Jahrhundert doch üblich, oder nicht?«

»Und zu welchem Zweck werden Ehen in Eurem Jahrhundert geschlossen?« Der Graf beugte sich höchst interessiert vor.

»Aus Liebe!«, antwortete sie prompt. »Bei uns heiratet man nur aus Liebe.« Dann erst ging ihr auf, was er gesagt hatte. Julia blieb das Herz stehen. So zumindest fühlte es sich an, denn alle Luft wich aus ihren Lungen, sie fühlte die Farbe aus ihrem Gesicht weichen und ihr Magen kippte um.

Sogar ihr Gehirn war leer und schwarz und nicht eine plausible Ausrede wollte ihr einfallen. Jetzt wusste sie, warum Alkohol als Droge eingestuft wurde: Der Wein hatte ihr Gehirn lahmgelegt.

Sie hatte sich verraten!

Sie fühlte sich wie eine Maus, die von der Katze geschnappt worden war. Und genauso sah der Graf auch aus – wie eine zufriedene Katze, die mit ihrem tödlichen Spiel beginnen konnte.

Er lehnte sich bequem in seinem Sessel zurück, trank einen weiteren Schluck Wein und beobachtete sie zufrieden. »Den Bräutigam habe ich Euch nie abgekauft«, sagte er und lächelte gedehnt. »Und Euer Gesichtsausdruck, als Ihr die Jahreszahl erfahren habt! Ich habe es Euch schon immer gesagt, Eure Mimik ist verräterisch.«

»Was für eine Mimik? Ich dachte, ich sei in Ohnmacht gefallen«, murmelte Julia erstickt.

Montsauvan sah ihr auf einmal fest ins Gesicht. Dann sprang er auf und war mit zwei Schritten bei ihr. Und keine Sekunde zu spät, denn vor Julias Augen tanzten schwarze Flecken und sie fühlte, wie sich alles um sie herum zu drehen begann.

Als sie wieder zu sich kam, lag sie auf ihrem Bett und die Schnüre ihres Mieders waren gelockert. Montsauvan saß auf der Bettkante und sah sie besorgt an.

»Sind die Mädchen in der Zukunft eigentlich alle so zartbesaitet?«

»Nur wenn man ihnen die Luft abschnürt«, murmelte Julia und atmete ein paarmal tief ein und aus. Dann sah sie ihn erschrocken an. »Äh, ich meine ... in Deutschland. In Deutschland schnüren wir unsere Mieder nie so eng.«

Montsauvan schnaubte ungeduldig.

»Ihr klingt wie der Finanzminister, Monsieur Colbert«, versuchte Julia abzulenken. »Der hört sich auch an wie ein Walross.«

»Und Ihr, meine kleine Heuchlerin, versucht das Thema zu wechseln.«

»Aber nein, Monsieur Colbert hat letztens gehustet, ich wette, da kamen ein paar Brocken vom Jagdbankett mit hoch.«

Montsauvan sah sie so strafend an, dass sie endlich kleinlaut beigab.

»Man soll solche Sachen nicht über den Finanzminister sagen?«

Er schüttelte ganz langsam den Kopf. »Das auch. Und dass Ihr noch immer ausweicht«, sagte er leise.

»Ihr wisst es?«

Montsauvan rollte die Augen. »Ich bitte Euch, für wie beschränkt haltet Ihr die Menschen in diesem Jahrhundert? Ich hätte Euch schon früher Wein geben sollen. Dabei hatte ich gehofft, Ihr hättet zwischenzeitlich Vertrauen zu mir gefasst.«

»Ich vertraue Euch doch«, sagte Julia schnell.

»Dann verratet mir, welchem Jahr Ihr entstammt.«

Verdammt. *Die* Art von Vertrauen hatte sie nicht gemeint. Der Schock würde ihn umhauen.

»Dieses Wissen wird mich schon nicht umbringen«, sagte Montsauvan und lächelte sie aufmunternd an.

Ihr war nie zuvor aufgefallen, dass die Narbe an seinem Kinn ein Grübchen überdeckte. Niedlich irgendwie. Ohne die feine rote Linie wäre er in ihrer Zeit Model geworden. Oder Filmstar. Andererseits verlieh sie ihm etwas Piratenhaftes. Also auch sehr angesagt in ihrer Zeit. Und im Gegensatz zu Jack Sparrow musste er sich dafür nicht schminken.

»Wie wär's mit einem Glas Wein, damit Euer Kreislauf wieder in Schwung kommt?«, fragte Montsauvan und ging zu der Tür, die in sein Zimmer führte.

Julia kniff die Augen zusammen. »Das riecht förmlich nach Bestechung.«

Er grinste und kehrte wenig später mit einer Karaffe und zwei Gläsern zurück. Wenn er so breit lächelte, wirkte er wesentlich jünger.

»Und jetzt, Mignonne, würde ich gerne mehr erfahren.«

»Ich glaube, zuerst muss ich was trinken.« Julia griff gierig nach dem Glas und kippte es in einem Schluck hinunter.

Montsauvan nahm ihr ungeduldig das Glas aus der Hand.

»Behandelt mich nicht wie ein unreifes Kind, sonst erfahrt Ihr überhaupt nichts«, sagte Julia und erschrak über ihre forschen Worte.

»Wie alt seid Ihr wirklich?«, fragte er ungerührt.

»Sechzehn.«

Er gab nicht nach. »Und wann seid Ihr sechzehn geworden?«

»Im einundzwanzigsten Jahrhundert.«

Seine Augen weiteten sich und sein Mund ging auf.

Julia versuchte ihrem benebelten Hirn einzuflößen, dass es diesen Ausdruck speichern sollte. Unbedingt, denn der würde so schnell nicht wiederkommen. Nicht bei einem Etienne de Montsauvan. Fasziniert beobachtete sie, wie er sie, ohne zu blinzeln, anstarrte. Seine Wangen waren sehr glatt, bestimmt hatte er sich vor dem Abendessen noch einmal rasiert. Seine Lippen begannen sich zu bewegen und Julia wusste, der Ausdruck würde gleich wieder verschwunden sein, also sagte sie schnell: »Ich wurde in ein gutes Jahrhundert hineingeboren. Viele Jahrzehnte nach den zwei Weltkriegen.«

Der Mund sprang wieder auf und jetzt traten die Augen ein wenig hervor.

Julia kicherte. Sofort verengten sich seine Lippen zu einem schmalen Strich. »Ihr scherzt.«

»Nein. Ach, und dabei fällt mir ein, ich habe an dem Tag Geburtstag, an dem die Bastille erstürmt wurde. Der vierzehnte Juli. Nur halt ... Moment.« Sie rechnete kurz mit geschlossenen Augen nach. »Über zweihundert Jahre später. Ihr solltet mir öfter Wein zu trinken geben. So schnell war ich noch nie im Kopfrechnen.«

»Ich sollte Euch überhaupt nie wieder Wein zu trinken geben, denn es macht Euch zu einer Lügnerin. Spätestens jetzt weiß ich, dass Ihr flunkert. Die Bastille erstürmen, tz.« Er schüttelte ungläubig den Kopf.

Julia stützte sich auf ihre Ellbogen und sah ihn an. »Das war nicht gelogen«, sagte sie entrüstet. »Ich wollte nur diesen sensationellen Anblick länger genießen.«

Jetzt sah er aus, als hätte er eine Verrückte vor sich.

»Das war entschieden zu viel Wein. Ich besorge Euch etwas Wasser.« Er machte Anstalten aufzustehen.

Julia hielt ihn am Arm fest. »Ich sage die Wahrheit. Ich schwör's.«

Er musterte eindringlich ihr Gesicht und nach ein paar Sekunden setzte er sich wieder auf das Bett. »Zwei Weltkriege? Ich verstehe nicht ganz. Die ganze Welt in *einen* Krieg verstrickt?«

Das Auffassungsvermögen eines Etienne de Montsauvan würde heute Abend sehr wahrscheinlich an seine Grenzen geraten. Angefangen bei der Französischen Revolution in hundert Jahren bis zum ersten Menschen auf dem Mond. Er sah recht ungläubig aus.

Julia lächelte und erzählte ihm von einigen Ländern, die darin verwickelt waren. Sie brauchte ja nicht gleich mit Panzern und U-Booten anzufangen. Etienne de Montsauvan fragte eines nach dem anderen. Alles interessierte ihn und Julia gab bereitwillig Auskunft. Es war wohltuend, endlich einmal alles sagen zu können, ohne aufpassen zu müssen sich zu verraten. Julia erzählte ihm von der Entdeckung der noch in dieser Zeit unbekannten Länder, der Besiedlung Amerikas, von Fahrrädern und Autos, von Telefonen, Radios und Fernsehern, von Schauspielern, die in ihrer Zeit das Prestige von gekrönten Häuptern einnahmen.

Über vieles schüttelte Etienne fassungslos den Kopf, fragte aber augenblicklich weiter. Die moderne Technik begeisterte ihn besonders und Julia überlegte lächelnd, dass Männer in allen Jahrhunderten gleich waren. Die Vorstellung, dass Dampf eine Lokomotive antreiben konnte, ähnlich wie Wasser ein Mühlrad, faszinierte ihn und Julia bedauerte, nicht mehr über diese Dinge zu wissen, so dass sie weiterhin sein gespanntes Gesicht sehen könnte.

Sie redeten bis in die frühen Morgenstunden. Drei Mal mussten sie die Kerzen wechseln, weil sie heruntergebrannt waren. Julia saß an einem Ende des Bettes, Etienne ihr gegenüber. Er entzündete das Feuer im Kachelofen, als es zu kalt wurde. Hin und wieder stand einer der beiden auf, um einen Holzscheit ins Feuer zu werfen oder Wasser in ihre Gläser nachzuschenken.

Irgendetwas änderte sich in dieser Nacht an ihrer Verbindung zu ihm und Julia war Jahre später noch überzeugt, dass er bis dato ihr Lehrer gewesen war, aber in jener Nacht zu ihrem Freund wurde.

Die Glocken der ganzen Stadt läuteten, als Julia ein Gähnen nicht mehr unterdrücken konnte.

»Etienne, seid bitte nicht böse, aber ich brauche ein paar Stunden Schlaf.« Dann ging ihr auf, dass sie ihn bei seinem Vornamen angesprochen hatte. Erschrocken legte sie die Finger vor den Mund. »Verzeiht, Monsieur. Ich wollte Euch nicht zu nahe treten.«

Doch der Graf lächelte, ergriff ihre Hand und drückte seine warmen Lippen fest auf ihren Handrücken. »Ich würde mich sehr geehrt fühlen, wenn Ihr mich weiterhin so anspräche.«

»Also dann. Gute Nacht … *Etienne.*«

»Gute Nacht, Julia. Und frohe Weihnachten.« Er lächelte und verließ ihr Zimmer.

Das erinnerte sie wieder daran, dass dieser Tag ein Festtag war. Und zumindest für Julia hatte sich diese Nacht tatsächlich zu einem kleinen Weihnachtswunder entwickelt. Als sie sich ausgezogen hatte und wieder im Bett lag, konnte sie noch seine Körperwärme zu ihren Füßen spüren, dort, wo er gesessen hatte. Entspannt streckte sie sich aus und legte ihre Füße an die noch warme Stelle. Mit der Wärme und dem zarten Duft seines Parfüms in der Nase schlief sie ein.

18. Kapitel

WEIHNACHTEN IN PARIS

Sie erwachte am späten Vormittag und wusste im ersten Moment überhaupt nicht, weshalb sie so lange geschlafen hatte. Dann fiel es ihr wieder ein.

Heute war Weihnachten.

Und der Graf wusste alles.

Etienne.

Wie ungewohnt. Etienne. Sie sagte den Namen ein paarmal vor sich hin, erst leise, dann lauter, bis Sophie den Kopf zur Tür hereinsteckte.

»Aufgewacht, Mademoiselle? Frohe Weihnachten.« Sie trat mit dem üblichen Wasserkrug ein und begann die Kleider herzurichten. Dabei summte sie ein Lied.

Kein Weihnachtslied, stellte Julia enttäuscht fest. Was war dann froh an Weihnachten in diesem Jahrhundert? Keine Bäume, keine Plätzchen, keine Weihnachtslieder.

»Heute Abend gehen wir in die Christmette von Notre-Dame, Mademoiselle«, erklärte Sophie aufgeregt. »Die Dienerschaft darf auch mit. Sogar der König kommt. Er ist gestern wieder in den Louvre gezogen, erzählte man heute auf dem Markt. Notre-Dame wird überfüllt sein.«

Wenigstens dort gibt es Weihrauch!, dachte Julia.

Daraufhin wusch sie sich. Das Wasser machte sie richtig wach und der Gedanke, Montsauvan wisse alles, drehte sich wie eine Spirale durch ihren Kopf. Er wusste es, er hatte es von Anfang an gewusst. Na ja, beinahe von Anfang an.

Sollte sie erleichtert sein? Oder musste sie Angst haben? Nein. Nicht bei Montsauvan … *Etienne.*

Dennoch haderte sie, als sie die Treppen zum Salon hinunterstieg, in dem das Frühstück serviert wurde. Wie sollte sie sich ihm gegenüber von nun an verhalten? Gestern Abend – oder heute Morgen – hatte sie ihn zum ersten Mal mit seinem Vornamen angesprochen und er hatte sie gebeten ihn weiterhin so zu nennen. Das war ungefähr so, als dürfte sie auf einmal ihren Geschichtslehrer Herrn Schmidt mit Helmut anreden. Obwohl ein riesiger Unterschied zwischen ihrem fünfzigjährigen korpulenten Lehrer und dem durchtrainierten, um die Hälfte jüngeren attraktiven Grafen de Montsauvan bestand …

Nur zögerlich betrat sie den Salon. Er war schon da. Als sie eintrat, erhob er sich und kam ihr entgegen. Julia beobachtete erstaunt, dass er, wie bei den anderen Damen bei Hofe, ihre Hand ergriff und sie zu ihrem Platz führte.

»Guten Morgen. Seid Ihr ausgeschlafen? Möchtet Ihr Tee? Oder vielleicht doch Kaffee? Wenn Ihr wünscht, kann Euch der Koch auch eine Schokolade zubereiten.« Er hielt inne und sah stirnrunzelnd auf ihr verblüfftes Gesicht. »Stimmt etwas nicht?«

»Das müsste ich Euch fragen«, sagte Julia.

»Mich?«

»Ihr wart noch nie so … *nett.*«

Etienne grinste. »Das trifft mich tief, wo ich mir doch alle Mühe gebe, immer galant und entgegenkommend zu einer Dame zu sein.«

»Seit wann?«, murmelte Julia.

»Wie bitte?«

»Ich hätte gerne Kaffee.«

Montsauvan hob eine Augenbraue, ging aber nicht weiter darauf ein und reichte ihr eine Tasse. Mit einer Geste befahl er dem anwesenden Lakaien François zu verschwinden. Sobald die Tür geschlossen war, nahm Montsauvan sein Geschirr und setzte sich – ganz unüblich – auf den Stuhl neben Julia.

»Was habt Ihr?«, fragte er, als er ihren skeptischen Blick bemerkte. »Ich möchte mehr wissen, alles, was Ihr wisst. Und da ist es besser, wenn die Diener nicht anwesend sind und ich nicht quer durch den Raum schreien muss.«

»Ach, aber ich durfte das die vergangenen Tage.«

Jetzt grinste er und sah dabei wieder genauso jungenhaft aus wie gestern Abend oder – besser gesagt – heute Morgen.

»Droit du Seigneur«, sagte er spitzbübisch.

»Mit diesem Vorrecht verbinde ich etwas ganz anderes«, erklärte Julia und schüttelte sich leicht. »Wird das hier noch angewandt? Habt Ihr das schon einmal ausgenutzt?«

Montsauvan sah sie fragend an.

»Das Recht der ersten Nacht.«

Jetzt sah er beleidigt aus. »Das *Ius primae Noctis* ist etwas ganz anderes als das *Droit du Seigneur.* Letzteres wende ich ständig an, denn es beinhaltet sämtliche Steuern auf meinen Ländereien, Gerichtsrecht und das Jagdrecht. Das andere ... Ihr denkt wirklich schlecht von mir.«

Julia dachte vor allem an Angélique de Fontanges in diesem Moment. Aber er schien wirklich pikiert. »Entschuldigt. Ich dachte an ...« Tja, an was? *Die drei Musketiere,* die noch nicht geschrieben waren? *Braveheart,* der noch viel länger nicht gedreht werden würde? Die *Scheibenwelt*-Romane, die hier mit großer Sicherheit ein Fall für die Inquisition wären?

»Das *Ius primae Noctis,* sofern es je angewandt wurde, ist verpönt.

Die Bauern würden unter solchen Bedingungen nie mehr heiraten und wer sollte dann unsere Felder bestellen?«

Es lag Julia auf der Zunge zu fragen, warum Angélique de Fontanges, obwohl unverheiratet und Hofdame, ihm dann dieses Recht zugestand. Doch sie unterdrückte die Frage. Er wirkte noch immer eingeschnappt. »Entschuldigt, Monsieur. Ich wollte Euch nicht kränken.«

Er sah sie an und korrigierte dann milde: »Etienne.«

Ah ja. *»Etienne«*, wiederholte sie und fühlte, wie Hitze in ihre Wangen stieg. »Etienne? Feiert man in diesem Jahrhundert kein Weihnachten?«

»Wir gehen doch nachher zur Messe«, erklärte er lakonisch.

Julia schüttelte ungeduldig den Kopf und berichtete von Tannenbäumen, Stechginster und Mistelzweigen.

Montsauvan hörte aufmerksam zu, stellte weitere Fragen und beide hatten gar nicht bemerkt, wie nah sie aneinandergerückt waren, bis hinter ihnen jemand sagte:

»Das nenne ich ein wahres *tête-à-tête*.«

Erschrocken knallte Julia mit ihrem Kopf gegen die Stirn von Etienne und gleichzeitig tropfte die Marmelade von ihrer Brioche. Die Stirn reibend wandten sich beide zu dem Störenfried, um in Angélique de Fontanges' spöttisch funkelnde Augen zu sehen.

»Frohe Weihnachten, Monsieur – Mademoiselle.«

Angélique neigte den Kopf und Julia suchte angestrengt nach Anzeichen von Eifersucht oder Trauer. Nein, nichts. Die junge Herzogin lächelte unverwandt, freundlich.

Der Graf erhob sich. »Welche Überraschung. Wem verdanken wir Euren Besuch?«

»Madame schickt mich. Die Herzogin von Orléans bittet Mademoiselle Allemande nach Saint-Cloud. Ich fürchte, Ihr habt da etwas Marmelade hängen.«

Julia sah an sich herunter und tatsächlich: Am Dekolleté ihres Kleides prangte ein großer roter Fleck.

Montsauvan – Etienne – reichte ihr eine Serviette und sie tupfte vorsichtig.

»Möchtet Ihr auch etwas Marmelade, Mademoiselle de Fontanges?«, fragte er höflich.

»Zu einer Tasse Kaffee würde ich nicht Nein sagen. Und wenn Mademoiselle Julia fertig ist mit was immer ihr gerade getan habt, könnten wir los. Madame wartet bereits ungeduldig.«

»Dann werde ich alles Erforderliche veranlassen«, sagte Etienne und wollte gehen.

»Ihr seid nicht eingeladen«, sagte Angélique schnell. Als Julia sie überrascht ansah, lächelte sie betreten. »Ich sollte das ausdrücklich betonen, falls Ihr mitkommen wollt. Ihr wüsstet, weshalb.«

Etiennes Augen verengten sich. »Entschuldigt mich und Julia einen kurzen Moment. Ich muss ein Kleid aussuchen, das für einen Besuch bei der Schwägerin des Königs angemessen ist. Mademoiselle Julia ist noch zu unbedarft in diesen Dingen.« Er zog Julia am Arm hoch und mit sich aus dem Raum.

Kaum waren sie auf halber Treppe zu den Schlafzimmern, raunte ihr der Graf zu: »Ihr müsst äußerst vorsichtig sein. Versprecht mir, keine Getränke zu Euch zu nehmen und nichts zu essen. Ich bin vor dem Abendessen dort und hole Euch ab.«

»Aber man hat Euch doch verboten ...«

Unwirsch schüttelte er den Kopf. »Man wird mich schon nicht hinauswerfen, keine Sorge. Trinkt nichts und esst nichts. Habt Ihr verstanden?«

Sie standen vor Julias Schlafzimmer. Bei der letzten Frage hatte er ihre Schultern umfasst und sah sie eindringlich an. Seine Stimme war noch tiefer als sonst und ein wenig rau. Als wäre er nervös.

»Ich verspreche es«, sagte Julia. Seine Worte waren beunruhigend.

Er nickte und ließ sie los. »Nehmt das Grüne. Das reicht für Saint-Cloud.«

Dann wandte er sich um und rief nach Sophie.

Das Grüne reicht? Das klang, als mochte er es nicht.

19. Kapitel
SAINT-CLOUD

»Ich glaube, unser Eiserner Graf hat eine Achillesferse«, sagte Angélique, als sie Julia in der Kutsche gegenübersaß.

»Wenn Ihr mich damit meint, täuscht Ihr Euch«, sagte Julia ruhig. »Bis zu seinen Fersen bin ich noch nicht vorgedrungen. Und sein zweiter Vorname ist Laurent, nicht Achilles.«

Angélique lachte. »Ihr seid so amüsant. Darf ich Euch Julia nennen? Und Ihr müsst Angélique zu mir sagen, ja?«

Sie ergriff Julias Hände und drückte sie. »Bei Hofe braucht man jemanden, der einem ein wenig Halt gibt. Es ist eine Schlangengrube, das habt Ihr bestimmt schon festgestellt. Ich bin auch viel lieber im Haushalt von Madame als in dem der Königin. Habt Ihr Ihre Majestät schon kennengelernt? Sie ist so langweilig und weinerlich. Madame dagegen sprüht voller Lebensfreude. Ihr werdet ihr gefallen. Die Arme hat nicht viel, woran sie sich im Moment erfreuen kann. Sie erwartet ein Kind und ist deswegen quasi vom Hofleben abgeschnitten. Dabei überschüttet der König sie mit Gunstbezeugungen.«

»Der König?«, horchte Julia erstaunt nach. »Ich dachte, sie wäre seine Schwägerin.«

»Ist sie, ist sie. Aber Philippe, ich meine *Monsieur*, zeigt nicht sonderlich viel Interesse an seiner Frau.«

»Aber sie erwartet sein Kind.«

Angélique lächelte mitleidig. »Monsieur schlägt stark nach seinem Vorfahren, König Heinrich III.«

Was zum Teufel meinte sie damit? Julia versuchte den kompletten französischen Geschichtsunterricht, den Herr Schmidt ihnen eingebläut hatte, durchzugehen. Nichts. Und wenn er was dazu gesagt hätte, würde sie sich daran erinnern. Dessen war sie sicher.

»Ganz im Ernst, Julia.« Angélique nahm ihre Hand und drückte sie. »Haltet Euch von Monsieur fern. Trinkt und esst nichts von dem, was er Euch anbietet.«

Jetzt fing Angélique schon genauso an. Julia war kurz davor, sie zu bitten umzukehren, als die Kutsche hielt.

»Was ist denn jetzt los?«, fragte Angélique und öffnete die Tür, um nachzusehen. »Oh, Chevalier, kann ich Euch behilflich sein?«

»Das könnt Ihr, Mademoiselle«, hörte Julia eine bekannte Stimme. »Ich wollte soeben nach Saint-Cloud, als meine Equipage einen Achsenbruch erlitt.«

»Steigt ein, Monsieur. Wir sind auch auf dem Weg dorthin«, lud Angélique ihn ein und schon kletterte der Chevalier de Rohan in den Wagen. Seine Augen weiteten sich, als er Julia entdeckte.

»Mademoiselle«, grüßte er galant. »Eine besondere Freude. Ich glaube, in diesem Moment würde sogar der König gern mit mir tauschen.« Er lächelte Angélique bedeutsam zu, die sanft errötete. Sie war wirklich bildschön mit ihren rötlich braunen Haaren und den großen graublauen Augen.

»Ihr blutet. Habt Ihr Euch verletzt?«, fragte Julia besorgt und sah auf das kleine Rinnsal, das über seine Wange lief.

In diesem Moment fielen die ersten Tropfen auf seinen Mantel. Erstaunt fasste er sich an die Stirn, dabei verrutschte seine Perücke.

Julia nahm aus ihrem Muff (sehr schön warm und viel besser als Handschuhe) ein Taschentuch.

»Ach, du meine Güte«, murmelte Angélique, plötzlich kreideweiß im Gesicht. »Mir wird schlecht.«

»Seht aus dem Fenster«, sagte Julia und setzte sich neben den Chevalier. »Nehmt die Perücke ab, damit ich genau sehen kann, wo und wie tief die Wunde ist.«

Er kam ihrer Aufforderung nur zögernd nach. »Ich bin gegen die Innenlaterne gestoßen. Das Glas zerbrach.«

Unter den dunkelbraunen falschen Locken hatte er kurze dunkelbraune Stoppeln mit Geheimratsecken. In der Nähe der Schläfe klaffte eine Wunde. Julia hielt die Luft an, als sie sie betrachtete, aber es war zum Glück nicht so schlimm. Es blutete nur stark. Feste drückte sie ihr Taschentuch darauf. Rohan zuckte schmerzhaft.

»Tut mir leid, Monsieur, nur ein paar Minuten, und es hört auf zu bluten.«

»Seid Ihr medizinisch bewandert?«, fragte er durch zusammengebissene Zähne.

»Nicht wirklich. Aber solange kein Knochen zu sehen ist, muss die Wunde nicht genäht werden. So was könnte ich auch nicht.« Sie hielt noch immer das Taschentuch auf sein Haar gepresst und betrachtete Rohan neugierig. Ohne die Perücke sah er ganz anders aus. Er musste um die dreißig sein, vielleicht sogar ein wenig älter. Die Falten um seine Augen deuteten auf einen Mann hin, der viel lächelte. Auch um die Mundwinkel hatten sich bereits feine Linien gebildet. Das ließ ihn sehr sympathisch wirken.

»Wie kommt es«, sagte er langsam, »dass Ihr ohne Euren Aufpasser unterwegs seid? Ich dachte, er wache über Euch wie Monsieur Colbert über die Finanzen unseres Königs.«

»Madame schickt eine Einladung«, erklärte Angélique, den Blick weiter stur aus dem Fenster gewandt. Sie war noch immer blass um die Nase.

»Die arme Madame«, sagte Rohan mitfühlend. »Abgeschottet

vom Hof, wo sie noch vor kurzem die Hauptrolle neben dem König spielen durfte. Und bis sie wieder zurückkann, hat die Montespan alle gegen sie aufgebracht. Sie arbeitet sehr hart dafür, ihre Stellung zu halten.« Den letzten Satz begleitete ein bitteres Lächeln.

Julia sah unter das Taschentuch. Die Wunde hatte aufgehört zu bluten, aber die Haare waren verschmiert und es klebte noch immer Blut an seiner Wange.

»Können wir einen Moment die Kutsche anhalten?«

Sie sah Angélique und Rohan einen Blick tauschen, dann klopfte Angélique gegen das Holz hinter sich. Der Wagen hielt und Julia stieg aus, um etwas Schnee zu sammeln. Damit tupfte sie Rohans Wange sauber und versuchte den verschmierten Haaransatz ein wenig zu ordnen.

»So, Ihr könnt ihn wieder ansehen, Angélique, der kleine Chevalier ist jetzt sauber.«

Beide prusteten vor Lachen und Julia fürchtete schon, die Wunde würde wieder aufgehen.

Rohan legte kameradschaftlich einen Arm um Julias Schultern und drückte ihr einen Kuss auf die Wange. »Vielen Dank. Monsieur wäre es genauso ergangen wie Mademoiselle de Fontanges. Er kann auch kein Blut sehen.«

Er machte Anstalten, die Perücke wieder überzustülpen, aber Julia hielt ihn davon ab.

»Wartet damit, bis wir angekommen sind, sonst besteht die Gefahr, dass die Perücke an der feuchten Wunde festklebt und sie später wieder aufreißt.«

»Ihr scheint Euch gut auszukennen, was das anbelangt. Müsst Ihr des Öfteren Montsauvans Fechtwunden verbinden?«

»Monsieur de Montsauvan trägt keine Fechtwunden davon«, korrigierte Julia schlicht.

»Oho!« Rohan sah Angélique mit hochgezogenen Brauen an. »Da ist jemand dem Charme unseres Eisernen Grafen erlegen.«

Angélique lächelte unschuldig und Julia dachte, dass sich Rohan absolut auf dem Holzweg befand, wer tatsächlich Etienne de Montsauvan erlegen war. Sein Arm war noch immer um ihre Schultern gelegt und sie befreite sich daraus.

»Weshalb seid Ihr nach Saint-Cloud unterwegs?«, wollte Angélique wissen.

»Monsieur braucht einen Jagdmeister und der König braucht im Moment keinen. Seht nur, wir sind schon da. So kurzweilig kam mir der Weg nach Saint-Cloud noch nie vor. Ich danke Euch, für die angenehme Fahrt und die Wundversorgung.«

Er küsste erst Angélique und dann Julia die Hand. Allerdings hielt er Julias weiter fest. »Ich bin mir sicher, die Wunde würde durch einen richtigen Kuss noch viel besser heilen.«

»Und ich bin mir sicher, dann würde sie wieder aufplatzen, weil ich aus Versehen meine Finger darin versenken müsste«, konterte Julia trocken.

Lachend stieg der Chevalier aus.

Ein Lakai fing ihn ab und merkte an, er müsse sich anständig kleiden, ehe er Seiner Königlichen Hoheit gegenübertreten könne. Rohan verschwand im Schloss, die Perücke sorgsam über dem Arm tragend.

Der gleiche Lakai half den beiden Mädchen aus der Kutsche und sagte dann, Philippe d'Orléans würde Mademoiselle Julia jetzt empfangen. Angélique sah ihn überrascht an und Julia befiel kurzzeitig Panik.

»Ich soll Mademoiselle Julia zu Madame bringen«, entgegnete Angélique.

»Die Anweisung des Prinzen lautet, Mademoiselle solle ihm zuerst vorgestellt werden.« Man konnte seinem Gesicht deutlich ansehen, dass noch mehr Worte gefallen waren, die er nicht wiedergab.

Julia schaute Angélique an und entdeckte den mahnenden Blick.

Nichts essen, nichts trinken. Nichts essen, nichts trinken, wiederholte sie wie ein Mantra, als sie dem Diener in der aufwendigen Livree folgte.

20. Kapitel
DER BRUDER DES KÖNIGS

Saint-Cloud war kein Ort zum Wohlfühlen. Das Schloss war noch kitschiger mit Gold und Stuck bestückt als Versailles. »Überfüllt« traf es eher. Und Monsieur, der Bruder des Königs, war schlicht gesagt eine Tunte. Normalerweise hätte Julia nie im Leben einen Homosexuellen so genannt, aber er hatte eine Schleife im Haar, weitere Schleifen an seiner Weste und überall Rüschen an den Säumen seiner Kleidung – vorzugsweise in Rot und Rosa. Er empfing sie gemeinsam mit einem Mann, der ihr als der Chevalier de Lorraine vorgestellt wurde, eindeutig Monsieurs Favorit und Geliebter.

Beide befanden sich in einem Salon, der genauso rot war wie die Rüschen an Monsieurs Ärmeln. Sie saßen an einem Kartentisch und ignorierten ihr Eintreffen. Sie witzelten und flirteten miteinander und sprachen mit einer Fistelstimme, die Julia das Blut in den Adern gefrieren ließ. Sie klang wie Fingernägel, die über eine Tafel quietschten. Nach einer gespürten Ewigkeit musterten sie Julia, um schließlich in haltloses Gekicher auszubrechen.

Von diesen Manieren konnte sich sogar die Zicke Melanie noch eine Scheibe abschneiden.

Sohn eines Königs oder nicht, Julia hätte sich das keinesfalls bieten lassen, wenn Etienne ihr nicht immer wieder eingetrichtert hätte, man dürfe sich der königlichen Familie gegenüber nie – niemals! – zuerst äußern. Sie musste abwarten, bis der Prinz das Wort an sie richtete. Endlich – nach zwanzig Minuten, wie auf der Standuhr im Hintergrund abzulesen war – drehte sich Monsieur direkt zu ihr um und sprach sie an.

»Mein Bruder, der König, hat mir gesagt, Ihr würdet einige Zeit bei uns bleiben, um meiner Gattin Gesellschaft zu leisten.«

Die Stimme war nasal, hoch und kalt. Sie ließ Julia frösteln und sie dachte: *Nur über meine Leiche.*

Dann wandte er sich wieder an den Chevalier, um ihm einen innigen, liebevollen Blick zuzuwerfen. »Liebster, ich glaube, Ihr schuldet mir zehn Livre.«

»Ich habe kein Geld mehr, Hoheit«, antwortete Lorraine ebenso Süßholz raspelnd.

»Dann muss ich mir was anderes ausdenken, womit Ihr Eure Schulden bezahlen könnt.«

Julia rollte die Augen.

»Habt Ihr ein Problem?«, fauchte Monsieur.

Sie zuckte erschrocken zusammen.

»Hat Euch Euer Wachhund nicht erklärt, dass man Uns nicht verärgern sollte?« Philippe d'Orléans war aufgesprungen und kam auf Julia zu.

Klatsch, hatte sie eine Ohrfeige. Mit offenem Mund und mehr erschrocken als wirklich begreifend hielt Julia sich die brennende Wange.

»Wir, Ihr kleines schmarotzendes Ungeziefer, stammen vom heiligen Ludwig persönlich ab und Ihr seid aus dem Wald gekrochen.«

Er spuckte beim Reden und Julia musste sich arg beherrschen, um die Tröpfchen nicht von ihrem Gesicht zu wischen. Aber sie hatte das ungute Gefühl, jede weitere Bewegung wäre nicht sehr klug.

»Aus dem Wald! Unzureichend und unpassend gekleidet. Weiß der Teufel, was mein Bruder in Euch gesehen hat, Wir hätten Euch in die Bastille werfen lassen.«

»Besser noch ins Châtelet«, rief der Chevalier de Lorraine hämisch. »Die Bastille sollte dem Adel vorbehalten bleiben. Und Monsieur de Lauzun wäre sicher nicht erfreut über solche Gesellschaft.«

»Ach, Péguilin wäre über jede weibliche Gesellschaft erfreut«, tat Philippe winkend ab. »Zu dumm, dass der Eiserne sie unter seiner Fuchtel hat.« Er wandte sich halbwegs um. »Ansonsten ... nun, wer weiß. Sie ist ja hier und Unfälle gibt es jeden Tag.«

Julia schluckte, wappnete sich für eine weitere Ohrfeige. »Ich weiß nicht, ob das dem König gefallen würde«, wagte sie schließlich zu sagen.

Sie sah in den Augen des Prinzen lodernde Wut. Seine Hände ballten sich zu Fäusten und die Rüschen an seinem Revers zitterten. Ob sie sich schnell genug ducken konnte, wenn er ausholen sollte? Oder war es ihr erlaubt, seine Faust abzufangen? Eine unheimliche Stille senkte sich über den Raum.

»Philippe, Ihr wollt Euch doch Eurem Bruder gegenüber nicht rechtfertigen müssen«, sagte Lorraine und alle Häme war aus seinem Ton verschwunden.

Der Prinz atmete ein paarmal zwischen zusammengebissenen Zähnen ein und aus. »Worauf wartet Ihr noch«, blaffte er Julia an. »Verschwindet. Liselotte ist im Salon.«

Julia versuchte, nicht rot zu werden, knickste und ging. Angélique wartete vor der Tür auf sie und Julia war ihr dankbar, dass sie kein Wort verlor. Als sie einen Korridor vom Roten Salon entfernt waren, musste sich Julia kurz gegen die Wand lehnen, um ihr Zittern in den Griff zu bekommen. Etienne und Angélique hatten sie nicht umsonst gewarnt. Es war offensichtlich, dass Monsieur ihren Vormund nicht ausstehen konnte und nur auf eine Gelegenheit wartete, um ihn tief zu treffen. Die Frage war: Warum hasste er Montsauvan so?

Sie nahm sich vor, Seine Königliche Hoheit zu meiden, wann immer es ging.

Angélique strich ihr mitfühlend über den Arm. »Madame ist anders.« Sie nahm Julias Hand und drückte sie aufmunternd, während sie sie zur Prinzessin führte.

* * *

Liselotte von der Pfalz war das komplette Gegenteil ihres Gatten: Freundlich, erfrischend offen und sehr herzlich empfing sie Julia mit geöffneten Armen, sah über die Etikette hinweg und küsste sie links und rechts auf die Wangen.

»Wir sind Verbündete in einem fremden Land«, sagte sie augenzwinkernd auf Deutsch mit einem furchtbar starken Dialekt. »Ihr müsst mir alles aus der Heimat berichten, meine Liebe. Reitet Ihr? Ich gehe sehr gern auf die Jagd. Aber als Tonne ist einem sogar dieses Vergnügen genommen.« Sie deutete auf ihren großen, runden Bauch.

»Wann ist es so weit, Hoheit?«, fragte Julia, noch immer bemüht den Schock zu verdauen.

»In vier Wochen, meint die Hebamme. Ich verpasse den Dreikönigsball, ist das nicht furchtbar? Letztes Jahr war ich die Bohnenkönigin und durfte mir den ganzen Abend lang meine Tanzpartner selber aussuchen. Euer Mentor, der Graf, ist übrigens ein hervorragender Tänzer. Ich habe mir erlaubt ihn dreimal aufzufordern. Das hat meinem königlichen Schwager überhaupt nicht behagt. Obwohl natürlich niemand so gut tanzt wie er.« Sie seufzte und versank einen Moment in der Erinnerung. Dann lächelte sie Julia wieder freundlich an. »Wir haben Weihnachten. Findet Ihr es nicht auch schrecklich, dass in diesem Land kein Weihnachtsschmuck die

Räume ziert? Ich war bei meinem Gatten so frei. Kommt mit, ich zeige es Euch. Angélique, bitte begleitet uns ebenfalls.«

Sie nahm Julias Hand und watschelte schwerfällig voraus in einen Salon zwei Räume weiter.

»Oh, ist das schön!«, rief Julia erfreut, als sie eintraten.

Madame klatschte begeistert in die Hände. »Nicht wahr?«

Auf einem Tisch stand ein Buchsbaum, der behangen war mit Lebkuchen, Äpfeln und Nüssen; außerdem zierten ihn unzählige kleine brennende Kerzen. Um den Baum herum lagen Spielsachen. Zinnsoldaten, Puppen, silberne Rasseln, hölzerne Pferdchen auf Rädern, Murmeln, Kartenspiele, Miniaturschwerter und Holzpistolen sowie ein Puppenteeservice aus feinem Porzellan.

»Ich weiß, ich weiß, für meinen Dreijährigen ist es übertrieben viel und das ungeborene Kind wird auch nächstes Jahr noch nichts von diesen Sachen haben, aber ich konnte nicht widerstehen.« Liselottes Augen leuchteten, als sei sie selbst noch Kind. »Und weil ich bereits einen Sohn habe, könnte es doch dieses Mal ein Mädchen werden. Ich bin auf alle Eventualitäten vorbereitet.« An Angélique gewandt fügte sie zwinkernd hinzu: »Und Monsieur hat mit dem Puppenservice und der Ankleidepuppe so viel Spaß, dass die Anschaffung auf alle Fälle nicht umsonst war.« Liselotte lachte schallend.

Julia rang sich ein Lächeln ab. Monsieur konnte sie mal kreuzweise.

»Habt Ihr schon diese Puppe gesehen? Ich bin ja einerseits schockiert, aber andererseits ist sie faszinierend.« Sie nahm eine Porzellanpuppe und entkleidete sie. Anders als Barbiepuppen wies sie – untenrum – eine korrekte Anatomie auf: Man konnte der nackten Puppe den Bauch abnehmen und darin die einzelnen Organe und Knochen sehen. Auch ein Fötus war im Bauchraum enthalten.

»Die ist wirklich faszinierend, Hoheit«, sagte Julia und betrachtete die Puppe neugierig. Das war was anderes als das alte Dr.-Bibber-Spiel ihrer Schwester. So etwas hätte Herr Schmidt mal ansprechen sollen im Geschichtsunterricht! Dann wäre ihm die Aufmerksamkeit der Klasse garantiert gewesen in seiner Stunde.

Kichernd nahm Liselotte die Puppe wieder an sich und die drei Frauen setzten sich an einen Tisch, um jedes einzelne Teil detailliert zu begutachten.

So niederschmetternd ihre Ankunft in Saint-Cloud auch gewesen war, so lustig begann sich ihr Aufenthalt jetzt zu entwickeln. Angélique und Liselotte waren alles andere als prüde und Julia lauschte mit roten Ohren und offenem Mund ihren Erklärungen zu allen Körperteilen. Sie erhielt bei den beiden eine sehr intensive Aufklärungsstunde.

Darüber kamen sie schließlich auch auf Montsauvan zu sprechen.

»Wahrhaftig, der Ruf des Eisernen Grafen als Frauenschwarm hat seit Eurer Ankunft gelitten«, rief Liselotte. »Was hat er Euch beigebracht?«

»Die Etikette, Tanzen und Französisch«, sagte Julia.

»Ihr sprecht besser Französisch als meine Schwägerin Maria-Theresia und ich zusammen«, stellte die Prinzessin staunend fest.

Keine Kunst, wenn jemand nach jedem Satz allez hopp sagt, dachte Julia. Angélique zuliebe hatten sie wieder ins Französische gewechselt.

»Es ist allgemein bekannt, dass Montsauvan sich nur mit Vollkommenheit zufriedengibt.« Liselotte war sichtlich beeindruckt.

»Mir scheint, mein Lehrer genießt einen guten Ruf«, sagte Julia zaghaft.

»Natürlich tut er das! Zumindest was sein Können anbelangt. Und dieses Können bezieht sich auch auf Frauen, wie man sich erzählt. Ist es wahr?«

Julia war von der direkten Frage überrumpelt. »Äh, ist *was* wahr, Hoheit?«

»Hat er Euch das Küssen etwa nicht gelehrt?«

Julia grinste. »Nein, Hoheit. *So* ist unser Verhältnis nicht.«

Liselotte zuckte die Schultern. »Das solltet Ihr Euch vielleicht noch von ihm beibringen lassen. Fünf meiner Hofdamen schwärmen davon. Inklusive unserer guten Mademoiselle de Fontanges hier.« Sie tätschelte Angélique den Arm, die auf einmal ganz rot und verlegen wurde. »Was denn, meine Gute?«, meinte Liselotte amüsiert. »Ihr glaubt doch nicht im Ernst, mir würde so etwas verborgen bleiben? Ich wäre eine schlechte Herrin, wenn ich nicht über meine Hofdamen wachen würde. Und seid versichert, beim Eisernen Grafen muss ich mir nicht alle neun Monate Ersatz suchen, weil eine Hofdame für einige Monate ausfällt oder gar den Hof verlässt. Gelobt sei Montsauvans Achtsamkeit.«

Julia spürte, dass sie genauso rot anlief wie Angélique. Wenn Etienne von diesem Gespräch wüsste, würde er Liselotte als größere Gefahr ansehen als ihren Mann. So diskret, wie er immer vorging, wäre er bestimmt nicht erfreut darüber, dass sein Liebesleben in Saint-Cloud besprochen wurde.

»Ich habe auch gehört, dass Madame de Ludres ganz verrückt nach ihm ist und nichts unversucht lässt eine einmalige Liebesnacht zu wiederholen. Aber genau deswegen habt Ihr die besseren Karten, Angélique: Ihr wisst ihn zu unterhalten, nicht zu überrennen.« Liselotte tätschelte ihr begütigend die Hand. »Deswegen und weil unsere kleine Freundin hier von Madame de Ludres bedroht wurde.«

Julia sah sie mit großen Augen an.

»Seid unbesorgt. Die Ludres hat Montsauvan gegenüber verkündet, mit Euch sei eine Frau zu viel in seinem Leben. Entweder müsstet Ihr verschwinden oder sie werde den Hof verlassen. Zu Letzterem ist natürlich niemand bereit, der bei klarem Verstand ist. Aber sie ist zu dumm, um wirklich aktiv zu werden. Wenn man beschließt, wir reiten aus, fragt sie, womit? Pferd oder Kutsche?« Angélique und Julia kicherten. »Tatsache ist, Montsauvan ist heiß begehrt. Noch mehr, weil er zugleich ein potenzieller Heiratskandidat mit beachtlichem Vermögen und der Gunst des Königs ist.«

Glücklicherweise ließ Madame damit das Thema fallen.

»Mir ist zu Ohren gekommen, dass er Euch auch musikalisch unterrichtet. Monsieur Lully soll getobt haben. Seine Majestät war so freundlich mir ein Billett zukommen zu lassen, in dem er Eure Stimme lobt. Er war es, der glaubte, Ihr könntet mir ein wenig Ablenkung verschaffen. Würdet Ihr für mich singen? Hier ist niemand sonderlich musikalisch und mein Spielmann hat vor drei Monaten das Weite gesucht, weil sich mein Mann an ihn rangemacht hat. Ich kann mir keine Texte oder Melodien merken und Mademoiselle de Fontanges ist leider auch unbegabt in dieser Richtung. Dafür kann sie sticken. Ihre Tücher sind absolut hinreißend.«

»Jeder hat ein Talent, Hoheit«, sagte Angélique bescheiden. »Dafür könnt Ihr sehr gut schreiben. Eure Geschwister loben Eure Briefe über alle Maßen.«

»Ja, nun«, sagte Liselotte wehmütig. »Das ist eine der wenigen Freuden, die man hier hat. An Weihnachten gibt es nicht mal Zimtgebäck! Ich sage Euch, *Madame* sein ist ein elendes Los neben so einem Gatten.«

Julia und Angélique wechselten einen verzagten Blick.

»Ich würde sehr gerne für Euch singen, Hoheit. Aber wir könnten auch gemeinsam Plätzchen backen?«, schlug Julia vorsichtig vor.

»Das könnt Ihr?«, fragte Madame und sah in diesem Moment so aus, als hätte Julia das Christkind persönlich angekündigt. »Was für eine wunderbare Idee! Zu dumm, dass ich mit diesem Umfang keinen Teig ausrollen kann.« Sie strich über ihren gewölbten Bauch.

»Das übernehmen Mademoiselle de Fontanges und ich. Ihr müsst nur den Teig kosten.«

»Die wichtigste Aufgabe von allen«, rief die Prinzessin augenzwinkernd.

Angélique holte noch drei weitere Hofdamen dazu und alle begaben sich in die Küchen. Jede der Frauen band sich eine Küchenschürze um und allein diese kleine Kostümierung ließ alle ganz aufgeregt schnattern und lachen.

Dann fiel Julia siedend heiß ein, dass sie noch nie einen Teig ohne elektrischen Mixer zubereitet hatte. Das Problem wurde jedoch bald gelöst: Madame de Brissac, eine dunkelhaarige Schönheit mit vollen roten Lippen (gab es etwa schon Lippenstifte?) und einem ausladenden Dekolleté half ihr aus der Misere, indem sie tatkräftig zu einem Kochlöffel griff und Mehl, Eier, Milch, Honig und natürlich Zimt in einer Schüssel zu schlagen begann.

Innerhalb kürzester Zeit waren die ersten Bleche im Ofen und das fröhliche Gegacker der jungen Frauen erfüllte die Küchenräume.

Der Duft der ersten fertig gebackenen Plätzchen rief den schleifenbedeckten Monsieur mitsamt seinem schmierigen Günstling und Monsieur de Rohan auf den Plan. Rohan hatte wieder seine Perücke auf und seine Kleidung war sauber. Er zwinkerte Julia keck zu. Zum Glück sahen das Monsieur und Lorraine nicht. Sie betrachteten argwöhnisch das Blech mit den fertigen Plätzchen.

»Wollt Ihr kosten, Monsieur?«, fragte Liselotte unumwunden und steckte sich ein Sternchen in den Mund. »Es handelt sich um ... ja, um was genau, meine Liebe?«, wandte sie sich zu Julia.

»Zimtsterne, Hoheit.«

»Ach ja. Köstlich.«

»Barbarischer deutscher Fraß«, war die Meinung Monsieurs.

»Wenn Ihr einmal ein wenig Verstand beweisen würdet«, sagte Liselotte, »würdet Ihr hiervon kosten. Zimt wird als überaus gesund gepriesen – vor allem in Italien. Er verlängert angeblich das Leben und fördert die Verdauung. Aber halt, was rede ich da? Nein, Ihr werdet nichts davon bekommen.«

Monsieur wechselte mit dem Chevalier de Lorraine einen verschwörerischen Blick. »Ich würde zu gern davon kosten, meine Liebe. Aber ich fürchte mich vor Gift. Vielleicht, wenn die Bäckerin selbst diese hier probiert ...«

Julia wurde ganz elend zu Mute und Angélique hielt die Luft an. Beide sahen sie zu, wie der Chevalier ein puderzuckerähnliches Pülverchen über drei der Sterne streute.

»Seid nicht albern«, sagte Liselotte genervt, die nichts davon mitbekommen hatte. »Ich habe schon fünf gegessen, ohne dass mir übel wäre. Entweder wollt Ihr etwas davon oder Ihr lasst es sein.«

»Dann ziehe ich französische Pâtisserie vor«, erklärte Monsieur mit einem enttäuschten Gesicht.

»Wie Ihr wollt«, erwiderte Liselotte.

Monsieur und Lorraine verschwanden.

Rohan allerdings machte es sich auf einem Hocker bequem. »Ich würde gern probieren.«

»Nehmt die«, sagte Julia schnell und hielt ihm ein paar Sterne hin, die weit von denen entfernt lagen, die Lorraine bearbeitet hatte. »Geht es Euch gut?«, fragte sie Rohan.

»Aber ja doch. Und mit diesen lebensverlängernden und gut verdaulichen Keksen kann nichts mehr schiefgehen.« Er kaute und hob anerkennend eine Augenbraue. »Bäckerin und Wundheilerin. Ich beneide Montsauvan immer mehr.«

»Wo bleibt Ihr, Rohan?«, schrie Monsieurs Fistelstimme aus dem

Gang, woraufhin sich der Chevalier erhob, ein weiteres Plätzchen stibitzte und verschwand.

»Ist es nicht schrecklich ungerecht?«, seufzte Liselotte, als sie ihm nachblickte. »Er bereitet eine Jagd vor, an der ich nicht teilnehmen kann. Ich soll derweil einen Kürbis aus mir herauspressen und noch darüber glücklich sein. Und wenn ich das Erbe meines Vaters in mir trage, steht mir dieses Schicksal noch öfter bevor: Seine beiden Frauen haben siebzehn Kinder von ihm zur Welt gebracht.«

Sofort redeten ihre Hofdamen begütigend auf sie ein. Julia musste zugeben, dass Madame nicht ganz Unrecht mit ihrer Ansicht hatte. Frauen wurden durch eine Schwangerschaft in vielen Dingen ausgebremst, im Gegensatz zu den Männern.

21. Kapitel
MONSIEURS GEHEIMNIS

Julia hatte es beim Betreten der Küchen (Mehrzahl, es gab ein paar riesige Räume mit Feuerstellen) den Atem verschlagen, denn hier wurde jeder Winkel und jede Wand funktionsgerecht genutzt. Und es sah einfach herrlich gemütlich aus.

Die Dienerschaft schien über die Anwesenheit von Madame nicht erstaunt – Liselotte kannte jeden Einzelnen hier mit Namen –, wohl aber über die der Hofdamen.

Madame de Brissac zum Beispiel kannte niemanden. Sie bemühte sich auch nicht und sagte immer nur: »He, du da.« Dafür nahm sie Julia in Beschlag und quetschte sie über Montsauvan aus. Zwischendurch stimmte Madame, auch wenn sie furchtbar unmusikalisch war, ein Lied an und alle sangen voller Inbrunst mit. Julia lernte die Lieder recht schnell, die Texte waren sehr einfach. Aber sobald ein Lied geendet hatte, begann Madame de Brissac wieder mit ihrem Lieblingsthema.

»Grundgütiger, Madame, ich denke, es interessiert niemanden, ob der Graf im Bett Socken trägt«, rief Liselotte genervt.

Die Damen kicherten.

»Also, mich würde das schon interessieren«, murmelte Madame de Chaulnes grinsend.

»Diese Auskunft kann Euch Mademoiselle Julia auch nicht geben«, sagte eine unverwechselbare Stimme hinter ihnen. »Es sei denn, sie hat meinen Kammerdiener bestochen.«

Erschrocken quiekten alle auf und Julia war kurz davor, sich die Ohren zuzuhalten. Angélique hatte vor Schreck das Nudelholz fallen lassen und Madame de Chaulnes, deren Hände eben noch tief im Teig gesteckt hatten, presste sie nun vor den Mund. Sie sah aus wie ein *Cabbage Patch Kid*.

Etienne verneigte sich tief vor der schwangeren Prinzessin.

»Ihr seid zu früh, Graf«, sagte Liselotte, die einen Mehlfleck auf der Wange hatte und der zwei Rosinen im Ausschnitt klebten. Außerdem leuchteten ihre Wangen rot. Genau wie die von Madame de Brissac, die den Teig jetzt ganz heftig schlug, wobei ihr Busen fröhlich wippte. Sehr wahrscheinlich war sie sich dessen bewusst. Sie sah Montsauvan mit so begehrlichen Blicken an wie Liselotte zuvor die fertigen Plätzchen.

»Verzeiht, Hoheit, aber es sah nach einem Unwetter aus und ich machte mir Sorgen um meine Schutzbefohlene.«

»Papperlapapp, sie ist hier in Saint-Cloud in Sicherheit. Und stellt Euch vor, wir hätten noch ein Bett für sie gehabt. In einem richtigen Zimmer mit großem Ankleideraum und Bad.«

Die Anspielung auf den Platzmangel in Versailles war unüberhörbar. Etienne grinste, genau wie die Damen.

»Dann hätte ich mir die Fahrt hierher sparen können.«

»In der Tat. Fahrt wieder. Wir amüsieren uns gerade *königlich*.« Sie lachte über ihren eigenen Witz.

Julia sah bestürzt zu Etienne. Sie wollte nicht hierbleiben. Angélique hatte die bestreuten Zimtsterne vorhin ins Feuer geworfen, aber wenn Julia über Nacht bliebe, böten sich noch unzählige Möglichkeiten, ihrem Leben ein frühes Ende zu setzen …

»Hoheit, es ist Weihnachten und ich habe Mademoiselle Julia die Messe in Notre-Dame versprochen.« Etienne legte sein charmantestes Lächeln auf.

Dem konnte auch eine hochschwangere Liselotte nicht widerstehen: »Aber natürlich. Es ist Weihnachten. Und dank Eurer Schülerin hatte ich das schönste Weihnachtsfest, seit ich in Frankreich bin. Wie könnte ich ihr da einen solchen Wunsch verweigern?« Sie kam mit fettigen und mehligen Fingern auf Julia zu und küsste sie auf beide Wangen. »Ein frohes Weihnachtsfest, meine Liebe ...«

»Ach, Ihr reist schon wieder ab?« Monsieur, Lorraine und Rohan tauchten erneut in der Küche auf. Des Königs Bruder und sein Favorit musterten Etienne wachsam.

Julia stutzte. In Philippes hasserfüllte Augen hatte sich ein angstvolles Funkeln geschlichen. Was war da vorgefallen? Rohan dagegen ließ sich wieder auf einem Schemel nieder und begann zu futtern.

»Graf, Ihr seid zu beneiden!«, sagte Madame. »Eure Schülerin ist wirklich wundervoll. Ihr müsst uns auf alle Fälle bald wieder besuchen. Vielleicht können wir dann – wie heißen sie noch? – Makronen backen.«

»Ja, genau«, schmeichelte Monsieur schleimig. »Sie muss unbedingt wiederkommen. Ihre Gesellschaft war zu kurz, um unterhaltsam zu sein.«

Der Chevalier kicherte boshaft. Aller Augen richteten sich auf Monsieur.

»Ich danke Euch für die Einladung, Hoheit. Aber jetzt ist es Zeit aufzubrechen. Ich muss noch vor der Messe zum Polizeipräfekten.« Etienne verneigte sich und Julia knickste.

Erleichtert folgte sie ihrem Lehrer zur Kutsche.

* * *

»Warum hat Monsieur Angst vor Euch?«, fragte Julia, sobald sie Saint-Cloud hinter sich gelassen hatten.

»Ihr habt es bemerkt?«

»Das war wohl kaum zu übersehen«, sagte Julia trocken.

Etienne lächelte geheimnisvoll. »Ich habe vor Jahren etwas herausgefunden, das ihm zum Verhängnis werden könnte, falls mir der Gedanke käme, es auszuplaudern.«

»Und Ihr habt ihn wissen lassen, dass Ihr ihn in der Hand habt?«, rief Julia entsetzt.

»Natürlich. Es ist immer gut, einen Mann in seiner Position zu haben, der einem verpflichtet ist.«

»Nein, das ist Wahnsinn!«, erklärte sie unumwunden. »Er ist immer noch der Bruder des Königs! Kennt Ihr das Sprichwort *Blut ist dicker als Wasser*? Seid gewarnt: Da ist was Wahres dran!«

»Wer ist jetzt Lehrer und wer Schüler?«, fragte Etienne spöttisch. »Lasst Euch sagen, meine Liebe, ich weiß sehr wohl, wie gefährlich das ist, aber ich weiß genauso, wie ich es mir zu Nutze machen kann.«

Selbstverständlich wusste er das. Und doch blieb Julia beunruhigt.

»Davon abgesehen hat er versucht mich für seine perversen Spielchen ...«, er räusperte sich, als er Julias entsetzten Blick sah. »Nein, das ist nichts für Eure Ohren. Ihr müsst nur wissen, dass ich ihn quasi aus Notwehr über mein Wissen in Kenntnis gesetzt habe.«

Igitt. Monsieur war auch noch zur Gewalt bereit? Julia schauderte.

»Mehr, als Ihr wissen wolltet, wie?«, neckte Etienne. »Lasst es Euch aber auch eine Warnung sein. Wie Ihr an unserer hochschwangeren Madame erkennen konntet, macht er vorm anderen Geschlecht auch nicht unbedingt halt.«

»Das ist widerlich.«

Etienne lächelte nur nachsichtig. »Ihr seid wirklich sehr unschuldig, Mignonne.«

Paris rückte in Sichtweite, während es draußen allmählich dunkler wurde.

»Was war es, das Ihr über ihn herausgefunden habt?«, fragte sie nach einer Weile.

Montsauvan schien zu überlegen, ob er es sagen sollte oder nicht.

»Dass er andersrum gepolt ist, erkennt ein Blinder mit Krückstock«, erklärte sie. »Ich wette, der ganze Hof weiß es und unser königlicher Bruder ebenfalls. Also muss es etwas anderes sein.«

Etienne lächelte. »Andersrum gepolt? Ihr meint die italienische Neigung, die ihn Männer Frauen vorziehen lässt? Heißt das so bei Euch?«

»Lenkt nicht ab. Auf Euch trifft das ganz gewiss nicht zu …«

»Gewiss nicht.«

»Nach allem, was ich heute wieder über eine gewisse Mademoiselle de Ludres gehört habe …«, fuhr sie unbeirrt fort. »Wusstet Ihr, dass die Dame so eifersüchtig ist, dass sie mir nach dem Leben trachtet?«

»Das überrascht mich nicht. Die Kleine war schon immer überschwänglich. Seid unbesorgt, ihr Ärger wird sich schnell auf die nächste Partnerin oder Ehefrau ihres neuen Geliebten konzentrieren. Sofern sie einen findet.«

»Sie war recht hübsch«, räumte Julia ein. Ihr war wieder eingefallen, woher sie den Namen kannte: Sie hatte Montsauvan in Versailles zum Singen gedrängt. Und Julia hatte zum ersten Mal Etiennes wunderschöne Stimme gehört.

»Hübsch, aber nicht nach meinem Geschmack«, sagte Etienne lächelnd. »Ich hatte nie etwas mit ihr.«

»Aber ... selbst Madame dachte ...« Julia war erstaunt. »Ich meine, sie muss doch irgendwelche Beweise Eurer Gunst erhalten haben, sonst wäre sie nicht so offen feindselig mir gegenüber.«

»Nein, hat sie nicht. Aber irgendwie hat sie sich mich in den Kopf gesetzt. Ich glaube, ihre Eifersucht ist so groß, weil ich Euch mehr Zeit widme, als ich mit ihr jemals verbringen werde.«

»Oh!«

Dann schwiegen sie beide lange Zeit, während Paris in der Dämmerung immer näher kam. Es hatte angefangen zu schneien und die Lichter der Stadt waren verschwommen.

Kurz bevor sie das Stadttor erreichten, kehrte Julia wieder zum ursprünglichen Thema zurück: »Nun gut, Ihr habt eine Weile erfolgreich von Monsieur und seinem dunklen Geheimnis abgelenkt. Aber nicht gut genug.«

Montsauvan seufzte. »Julia, glaubt mir, es ist besser, wenn Ihr das nicht wisst. Es ist hinterhältig, infam und sehr, *sehr* gefährlich. Ihr habt Recht, es ist gefährlich, die Großen und Mächtigen zu erpressen, aber ich bin entsprechend abgesichert.«

Doch damit gab sich Julia nicht zufrieden.

»Gut, Ihr wollt spielen. Ich spiele mit. Ich rate und Ihr sagt ›warm‹, wenn ich der Sache näher komme, oder ›kalt‹, falls meine Spekulationen falsch sind.«

Etiennes Miene war alles andere als erfreut. Er schaute sogar recht düster.

»Mal überlegen. Was habe ich im Geschichtsunterricht bei diesem Pedanten gelernt?« Auf Etiennes hochgezogene Augenbrauen hin fügte Julia schnell hinzu: »Damit meine ich nicht Euch. Kratzen wir unser Wissen über Monsieur zusammen. Zwei Jahre jünger als sein Bruder, war er in erster Ehe mit seiner Cousine, der Schwester des englischen Königs Charles' II. aus dem Hause Stuart, verheiratet. Eine sehr freudlose Ehe, vor allem weil Lorraine damals schon sein Favorit war. Die Prinzessin Henriette von England ist vor sieben Jahren auf mysteriöse Weise erkrankt und innerhalb von ein paar Tagen gestorben«, sinnierte die junge Frau. »Kaum einer war betrübt über ihr Dahinscheiden, sogar der König zeigte sich nicht sonderlich berührt, und das, obwohl Madame nur kurze Zeit zuvor eine Mission in seinem Auftrag in England erfolgreich abgeschlossen hatte.«

»Euer Spiel ist recht gewagt, Julia«, sagte der Graf drohend.

»Das deute ich als ›warm‹! Also, die Prinzessin Henriette, ehedem Madame, ist tot, Philippe alles andere als in Trauer und der Chevalier de Lorraine in der Verbannung. Auf das Bestreben Henriettes hin wohlgemerkt, die lange dafür gekämpft hat, ihren Ehemann vielleicht doch noch umzupolen. Ich könnte mir vorstellen, dass die Ehe dadurch eher schlechter wurde als besser. Philippe wollte bestimmt nicht auf seinen besten Freund und Geliebten verzichten. Und da drängt sich einem die Frage auf: Hat Philippe seine Frau ermordet? Natürlich bin ich nicht die Erste, die diese Vermutung anstellt, und ich werde auch nicht die Letzte sein, aber das bringt mich zu Euch: Ihr habt den Beweis! Ihr wiss ...«

»Das ist nun weit genug gegangen«, unterbrach sie Etienne.

»Ha! Ich habe Recht. Wie habt Ihr es erfahren? Habt Ihr den Giftmischer gefunden? Oder zufällig beobachtet, wie Philippe selbst eine Mahlzeit vergiftet hat? Oder einer seiner treuen Diener? Ihr lasst Eure Maske fallen, Etienne. Also war es einer seiner Diener. Und Ihr habt ihn zum Geständnis gezwungen.«

»*Kalt!*«, sagte Montsauvan kühl.

»Dann war es der Chevalier de Lorraine. Nein, das könnt Ihr einfach nicht abstreiten. Wisst Ihr, wodurch Ihr Euch verratet? Ihr setzt diese scheinbar gleichgültige Miene auf und blickt so ganz gelassen drein, aber Euer Adamsapfel hüpft auf und ab. So wie jetzt. Ich weiß, Ihr wollt mir am liebsten den Hals umdrehen.«

Etienne ließ die Maske fallen und starrte sie aus zusammengekniffenen Augen an. »Nein, es gelüstet mich vielmehr danach, Euch übers Knie zu legen.«

Julia zog eine Grimasse. »Ich weiß schon, wie ein kleines Kind.«

»Im Gegenteil, wie eine Frau, die nicht mehr weiß, was sich gehört. Und Euer Verstand ist wahrlich zu scharf, um noch als der eines Kindes zu gelten.«

»Aber Ihr seid nicht mein Ehemann!«

»Nein, bedauerlicherweise nicht. Obwohl der Gedanke, Euch übers Knie zu legen, durchaus reizvoll ist.«

»Graf! Ich habe vor nicht einmal zwei Stunden noch Eure Tugend und Ehrenhaftigkeit gelobt. Enttäuscht mich nicht so schnell.«

»Es ist das erste Mal, dass ich bedaure, Euch so gut unterrichtet zu haben. Euer Scharfsinn ist einfach zu weit ausgereift. Ich gebe Euch den guten Rat, mein kleines Geheimnis nicht auszuplaudern. Es könnte noch von großem Nutzen sein. Zudem habt Ihr heute in Saint-Cloud sicherlich festgestellt, dass man Euch nach dem Leben trachtet, und das nur, weil Ihr mit mir befreundet seid! Was mag Philippe wohl tun, wenn er erfährt, dass Ihr es wisst?«

Etienne machte eine kurze Pause und atmete tief ein. »Ja, es war der Chevalier de Lorraine, der den Auftrag dazu gab. Ich habe den Gehilfen des Giftmischers ausfindig gemacht, der damals das Arsenik überbracht hat. Er ist in meiner Obhut auf meinen Ländereien im Languedoc. Sobald mir etwas geschieht, das auf einen unnatürlichen Tod hindeutet, liegen entsprechende Unterlagen bei Monsieur de la Reynie, unserem Präfekten der Pariser Polizei, und der junge Mann steht als Zeuge bereit. Ihr könnt Euch sicher sein, dass Ludwig noch am Tag meines Todes davon erfährt, und er würde nicht zögern mit dem Chevalier kurzen Prozess zu machen. Immerhin handelte es sich beim Opfer um ein Mitglied der königlichen Familie. Und Ihr könnt Euch, nachdem Ihr heute die Vorliebe unseres hoch geschätzten königlichen *Andersrum-Gepolten* für den Chevalier gesehen habt, lebhaft vorstellen, dass er es auf jeden Fall vermeiden will, seinen Favoriten geköpft auf der Place de Grève zu sehen.«

Julia saß ihm mit weit aufgerissenen Augen gegenüber. Seine Schilderung ließ die Bilder der Marquise de Brinvilliers vor ihrem Auge auftauchen. Sie blinzelte ein paarmal, als könne sie sie so verdrängen.

Etienne seufzte. »Keine Sorge, Julia. Ich halte mein Versprechen. Das würdet Ihr Euch nicht ansehen müssen.«

Sie schluckte und sagte endlich heiser: »Ihr seid ganz schön gewitzt, Etienne de Montsauvan.«

Er sah sie an, als wäre ihre Feststellung eine Beleidigung. »Natürlich bin ich das. Und ich habe auch durchblicken lassen, wenn Euch etwas zustoßen sollte, wird den Chevalier das gleiche Schicksal ereilen. Und da er das heute vergessen zu haben scheint, werde ich ihm eine erneute Erinnerung zukommen lassen müssen.«

Julias Wangen röteten sich leicht. *So viel bedeutete sie Etienne also.*

22. Kapitel

PARIS IST EINE MESSE WERT

Notre-Dame war wirklich sehenswert. Julia überlegte, warum ihr die Kathedrale anders vorkam als bei ihrem Schulbesuch vor einem Jahr, und erkannte dann, dass der spitze Turm zwischen den beiden viereckigen Fassadentürmen fehlte und an seiner Stelle eine Kapelle angebaut war.

Bei ihrer Fahrt zur Kathedrale hatte es wieder zu schneien begonnen. Dicke Flocken blieben liegen und zauberten ein Bild, das Thomas Kinkade nicht besser hätte malen können. Auf dem Platz vor Notre-Dame gab es einen Auflauf wie bei einem Jahrmarkt. Überall standen kleine Buden, in denen warmes Gebäck angeboten wurde, Bauchladenverkäufer, die Kerzen, Rosenkränze und Kruzifixe feilboten, Gaukler, die mit Jonglieren ein paar Münzen verdienen wollten.

Das Volk war so unterschiedlich bunt gemischt wie das Angebot an Waren. Bettler, Diener, wohlhabende Kaufleute, Adlige. Alle strömten zur Kathedrale, deren Pforten weit offen standen. Da es bereits stockdunkel war, erschien ihr Inneres wie der sprichwörtliche Hoffnungsschimmer am Ende der Nacht.

Etienne hakte Julia unter, um sie im Gedränge nicht zu verlieren, und bugsierte sie sicher durch die Menge. Nur einmal hielt er kurz an, um zwei Kerzen bei einer zahnlosen, buckligen Frau zu erstehen.

In der Kathedrale gab es keine Bänke oder Stühle. Der eine oder andere hatte seine Sitzgelegenheit selber mitgebracht: Das ging von einfachen Kissen über Klappstühle bis hin zu einem thronartigen Sessel (Monsieur le Tellier, Mitte siebzig und gichtgeplagt). Ein jeder hielt eine Kerze in der Hand und zündete sie im Laufe der Messe an.

Es war ein ungewöhnlicher Gottesdienst. Die Menschenmenge vor ihnen verhinderte den Blick auf den Altar und die Predigt war erbarmungslos lang. Trotzdem schwebte eine ganz besondere Atmosphäre in der Luft und jetzt fühlte Julia endlich, dass wirklich Weihnachten war. Als die Glocken das Ende des Gottesdienstes und den Beginn der Festtage ankündigten, durchlief sie ein sowohl wehmütiger als auch froher Schauer. Langsam folgten sie dem Strom der Menge zum Ausgang. Julia blickte zu Etienne auf, der ihr zulächelte, als wisse er, was sie gerade empfand.

Dummerweise rempelte genau in diesem Moment jemand gegen sie und das heiße Wachs der Kerze spritzte über Julias Finger und auf die neben ihr stehenden Menschen. Sofort bekam Julia einen wütenden Stoß, der von einem zischenden »Dumme Pute, wie ungeschickt!« begleitet wurde. Damit tropfte der Rest des flüssigen Wachses auf Julias neues Kleid. Nur Etiennes starken Armen war es zu verdanken, dass sie nicht hinfiel.

»Madame, bitte mäßigt Euch«, sagte seine Stimme und klang mit einem Mal tiefer als sonst.

Julia sah auf und blickte in die zornfunkelnden Augen der Marquise de Montespan. Sie war in Begleitung von zwei Damen, einem Herren und drei Lakaien, die einen Stuhl trugen, ähnlich dem, auf dem Monsieur Le Tellier saß. Aber die schöne Athénaïs zeigte keine Anzeichen von Gicht. Im Gegenteil, mit ihren blonden Locken, den strahlend blauen Augen und der ansprechenden Figur sah sie aus wie das blühende Leben. Eine Dame von Welt. Diese Frau hätte im einundzwanzigsten Jahrhundert eine genauso strahlende Erscheinung abgegeben wie Königin Máxima der Niederlande.

Solange sie den Mund hielt. Denn der nächste Satz bewies, dass die Geliebte des Königs nie das Zeug zu einer so sympathischen Königin hätte, wie Máxima sie verkörperte.

»Seine Majestät erwartet, dass Ihr das Kind anständig erzieht. Bislang kann von gutem Benehmen noch keine Rede sein«, fauchte sie leise.

Etienne richtete sich stocksteif auf. »Ihr könnt wohl schwerlich von Erziehung sprechen, wenn man in diesem Gedränge angerempelt wird.«

»Und ob ich das kann«, sagte sie hochmütig. »Wirkliche Hofleute sehen geradeaus, auf den Weg, den sie beschreiten, und himmeln nicht ihren Mentor an.«

Julia glaubte sich verhört zu haben. Sie sah zu Etienne und entdeckte erstaunt ein leises Lächeln in seinem Gesicht. Das, gepaart mit seiner Größe, die die kleine Marquise um beinahe zwei Köpfe überragte, schien ihr den Rest zu geben.

»Zum Teufel mit Euch, Graf. Weiß der Himmel, was Seine Majestät an diesem hässlichen Ding findet. Aber ich werde ihm noch die Augen öffnen.« Sie rauschte davon und Julia bemerkte bitter, dass alle Umstehenden ihr den Weg frei machten, wie das Rote Meer es für Moses getan hatte.

Etienne und Julia folgten ihr in gebührendem Abstand. Draußen drängten sich verarmte Menschen näher an die Montespan heran und Julia rechnete bereits damit, dass die Lakaien sie auseinandertreiben würden. Zu ihrer Überraschung öffnete die Marquise jedoch ihr Retikül und verteilte eine Menge Münzen unter den Leuten. Hochrufe wurden laut und schallten wenig später über den ganzen Platz.

»Ein Hoch auf Madame de Montespan!«

»Es lebe die *Maîtresse* en titre!«

»Ich glaube, ich bin im falschen Film«, murmelte Julia bestürzt.

»Wie bitte?« Etienne sah sie an.

»Ach, nichts. Es scheint, als könne sie auch … nett sein.«

»Athénaïs de Montespan gibt recht viel Geld aus, um armen Menschen zu helfen. Zumindest denjenigen, die Ihr nicht gefährlich werden können …«

»Was genau hat sie gegen mich? Wie könnte ich ihr gefährlich werden? Oder ist es eher wegen Euch?«, fragte Julia, als sie – wieder bei Etienne untergehakt – zu Fuß zurück zum Hôtel de Montsauvan gingen. Der anfängliche Schneematsch hatte sich zu einer weißen Decke verdichtet und war so fest, dass es unter ihren Füßen knirschte. Paris weiß gepudert. Und statt Neonlampen und Reklameschildern nur Häuser mit Kerzenlicht. Sehr romantisch. »Ihr habt nicht noch mehr Leichen im Keller, oder, Etienne?«

Er lachte leise. »Nein. Genau genommen habe *ich* ohnehin keine Leiche im Keller, sondern Monsieur.«

»Mir ist außerdem zu Ohren gekommen, Madame de Montespan würde Euch jederzeit dem König vorziehen. Ist sie eifersüchtig?«

»Ich bin nicht das Ziel einer jeden Dame bei Hofe«, sagte Etienne belustigt. »Madame de Montespan würde Euch ebenso hassen, wenn Ihr Monsieur de Noailles unterstellt worden wäret. Es liegt einzig an des Königs Interesse für Eure Person.«

Aha. Das gab Julia wieder einmal zu denken. Monsieur hatte etwas Ähnliches angedeutet. Egal wie abscheulich er war, sein Einwand war berechtigt: Was fand Ludwig XIV. an ihr, dass er sie zur Hofdame ausbilden ließ?

»Das weiß niemand außer unserem Monarchen«, las Etienne wieder einmal ihre Gedanken. »Und ein Monsieur Molière mag noch so gut Theater spielen können, Ludwig XIV. macht ihm darin noch etwas vor.«

Als Julia später im Bett lag, dachte sie, dass es im Grunde in diesem Jahrhundert nicht anders lief als in ihrem. Melanies gab es überall und zu jeder Zeit. Nur gut, dass sie in Etienne einen Nina-Ersatz gefunden hatte. Das einzig Betrübliche war, dass man mit Etienne nicht über die Melanies dieser Zeit lästern konnte.

* * *

Am nächsten Morgen warteten zwei Überraschungen auf Julia. Die erste war bereits eingetroffen, als sie den Speisesalon betrat.

Rohan hatte ein Blumenbouquet mit einem Briefchen gesandt, in dem er sich für Julias Hilfe bedankte.

Montsauvan registrierte den Strauß mit gerunzelter Stirn. »Er ist mit Euch gemeinsam nach Saint-Cloud gereist?«

»Ich habe mich schon gewundert, warum Ihr kein Wort über seine Anwesenheit verloren habt«, entgegnete Julia und betrachtete neugierig die exotischen Blumen. Sie sahen aus wie die Lilien, die damals am Fuße der Eiche gestanden hatten. Seither hatte sie keine mehr gesehen. Zumindest nicht in dieser sonderbaren blau-weißen Farbe. Entweder waren sie gelb oder einfach nur weiß gewesen. Allerdings wusste sie jetzt mit Sicherheit, dass es Lilien gewesen waren, denn die weißen waren in Versailles auf einigen Gemälden zu sehen. Ihr fiel ein, dass es in diesem Jahrhundert sehr schwierig sein dürfte, im Winter frische Blumen zu bekommen. Doch als sie sie anfasste, merkte sie, dass die Blumen hart wie Plastik waren. Unmöglich.

»Das ist Zucker und garantiert von Vatel gefertigt«, erklärte Montsauvan.

»Vatel?«

»Vatel ist der Küchenchef des Prinzen von Condé. Rohan hat

gute Beziehungen zu dieser Seite des Hauses Bourbon.« Er sah Julias verwirrte Miene. »Ja, Monseigneur de Condé stammt wie unser König in direkter Linie vom heiligen Ludwig ab und hat beinahe genauso viel Anrecht auf den Thron. Im Gegensatz zu Ludwig ist er ein hervorragender Feldherr und unser kleiner Opportunist Rohan weiß das ganz genau«, fügte er düster hinzu. »Solche einzigartigen Zuckerwerke kann nur Vatel herstellen. Und sie kosten ein Vermögen.«

Was keinesfalls das bisschen Saubermachen einer kleinen Wunde rechtfertigte. Und dass Etienne nicht über Rohans Anwesenheit bei Monsieur verwundert war, ließ auch nur eine bittere Schlussfolgerung zu.

»Gehört das zu Rohans Aufgaben als königlicher Jagdmeister?«

»Vatels teure und einzigartige Kunstwerke zu verschenken? Wohl kaum«, sagte Etienne sarkastisch. »Das liegt eher daran, dass er Euch zu beeindrucken versucht. Und ich gestehe, er fährt dafür große Geschütze auf.«

Julia winkte ungeduldig ab. »Nein, ich meinte Rohans Anwesenheit bei Monsieur.«

»Ja, das ist durchaus möglich. Der König und sein Bruder verstehen sich nicht sonderlich gut, aber Ludwig hat einen ausgeprägten Familiensinn. Wenn Monsieur so kleine, einfach zu erfüllende Wünsche äußert, kommt unser König dem gern nach.«

Rohan war also nicht unbedingt freiwillig in Saint-Cloud gewesen. Das beruhigte Julia etwas. Auch wenn er immer ein wenig übertrieb, war er ihr doch irgendwie sympathisch, aber wenn er des Öfteren mit dem widerlichen Lorraine und Monsieur zu tun hätte ... Igitt.

Also zusammenfassend: Rohan war nett. Punkt. Allerdings rechtfertigte das keineswegs ein so kostbares Geschenk wie das hier.

Wenn sie Etienne richtig verstand, war das ungefähr so viel wert wie ein Schmuckstück. Und Schmuckstücke schenkte man auch in diesem Jahrhundert Frauen, mit denen man … verbunden war. Das wollte Julia auf keinen Fall: sich mit Rohan in irgendeiner Art und Weise verbinden.

Innerhalb des Bruchteils einer Sekunde hatte das kunstvolle Blumenbouquet an Farbe und Faszination verloren.

* * *

Die zweite Überraschung traf am späten Vormittag in Form von Monsieur de Noailles ein. Er überbrachte die Bitte des Dauphins, die Tanzstunden wieder aufzunehmen.

»Am liebsten übermorgen«, fügte Noailles mit einer Verbeugung hinzu.

»Ich muss nach Versailles? Bei diesem Wetter?«, fragte Julia schockiert. Zurzeit waren kaum Kutschen unterwegs, dafür aber so manche Schlitten. Der Rest der Pariser Bevölkerung ließ sich, sofern man es sich leisten konnte, in Sänften tragen. Dort lag meist ein heißer in Laken gewickelter Ziegelstein am Boden und wärmte die Füße. Aber Julia mochte nicht daran denken, wie kalt es trotzdem nach ein paar Stunden werden würde.

»Nein, die königliche Familie residiert zurzeit im Louvre«, beruhigte sie der junge Herzog. »Ich sende Euch eine Sänfte.«

»Nicht nötig«, sagte Etienne, der soeben den Salon betrat. »Ich habe eine Nachricht vom König erhalten, dass der Rat tagt. Ich werde Mademoiselle mitbringen.«

Noailles verneigte sich, blieb dann aber etwas unschlüssig stehen.

»Habt Ihr sonst noch ein Anliegen, Monsieur?«, fragte Etienne.

Noailles wurde rot und Julia hätte schwören mögen, wenn sich zu seinen Füßen Sand befunden hätte, er hätte mit der Schuhspitze darin gescharrt. »Ich … ich hatte … Ach, nicht wichtig.« Er verließ fluchtartig den Salon.

Etienne sah Julia mit hochgezogenen Brauen an. »Er trug keine Perücke«, stellte er fest.

»Oh!«, machte Julia. »Dann weiß ich, was er wollte.« Sie lief dem Herzog hinterher und sah ihn bereits am Fuße der Treppe. »Monsieur de Noailles! Ich würde sehr gern mit Euch lesen.«

Noailles blieb so abrupt stehen, dass er vornüberkippte und sich am Geländer festhalten musste. Dann sah er zu ihr hoch und sein puterrotes Gesicht mit den leuchtend roten Haaren wirkte wie ein Streichholzkopf.

Julia grinste. »Wenn Ihr noch ein wenig Zeit habt? Madame de Sévigné hat mir ein Buch von Racine geliehen.«

Noailles strahlte sie an und kam, zwei Stufen auf einmal nehmend, die Treppe wieder hoch.

* * *

»Ich weiß nicht, ob mir das behagt«, sagte Etienne drei Stunden später, als Noailles wieder gegangen war.

Die Stunden mit Noailles waren sehr kurzweilig gewesen. Sie hatten in einer Theatervorlage gelesen; ein paar Figuren hatte Julia übernommen, ein paar Noailles. Nach zwanzig Minuten, die der Herzog zum Auftauen brauchte, hatten sie beide gekichert und die Charaktere übertrieben theatralisch rezitiert. Noailles hatte gelacht wie ein kleines Mädchen.

Julia dachte, dass das Weihnachtsfest bis jetzt zwar ganz anders als gewohnt, aber doch sehr vergnüglich verlaufen war. Sofern man Montsauvans düstere Miene nicht beachtete.

»Was behagt nicht?«, fragte Julia und genoss den gekochten Schinken in Rotweinsoße.

»Noailles Aufmerksamkeit Euch gegenüber.«

Julia hörte auf zu kauen und sah ihn an. Dann schluckte sie schwer. »Wir haben in Racines *Bérénice* gelesen. Ihr selber wart dabei, als Madame de Sévigné mir das Buch brachte.«

Etienne sah sie über den Tisch hinweg ungeduldig an. »Macht Ihr das mit Absicht?«

»Ich kann Euch nicht folgen, Monsieur«, gab Julia entnervt zurück.

Etienne sah sie noch eine Weile an, dann aß er aufreibend langsam weiter.

23. Kapitel
IM LOUVRE

Dieses Mal wurde der Innenhof durch keine gläserne Pyramide verunstaltet. Mit Augen, so groß wie Mokkatassen, betrat Julia den imposanten Königspalast am Ufer der Seine.

Ehrfürchtig dachte sie, dass hier schon Eleonore von Aquitanien, Katharina und Maria von Medici gelebt hatten. Hier hatte die Bartholomäusnacht ihren Ursprung. Hier wurde Weltgeschichte geschrieben. Und würde noch geschrieben werden, wenn sie an die Revolution in hundert Jahren dachte.

Doch nicht nur diese Gedanken schossen ihr durch den Kopf – die hatte sie auch schon vor einem Jahr bei ihrem Schulbesuch gehabt, beziehungsweise von Herrn Schmidt vorgebetet bekommen –, sie dachte auch an all die Kunstwerke, die noch nicht hier hingen. Und als sie wenig später neben Etienne durch die langen holzgetäfelten Korridore schritt, kam ihr der Gedanke, dass es eine Schande war, diese kostbaren Täfelungen hinter weißen Rigipsplatten zu verstecken. Diese goldgerahmten Gemälde kamen auf der roten Damasttapete doch besser zur Geltung.

Der Louvre war viel verwinkelter, als es Versailles je sein würde. Überall gab es Nischen, Alkoven, Chaiselongues zum Ausruhen, kleine Treppen, manchmal nur wenige Stufen hoch, große Galerien, riesige Treppen – und Etienne kannte sich auch hier bestens aus.

»Wie viele Jahre seid Ihr eigentlich schon bei Hofe?«, fragte Julia ihn, als sie durch die Gänge liefen. Sie hatte komplett die Orientierung verloren und wusste nicht mehr, in welcher Richtung die Rue de Rivoli lag.

Doch Etienne führte sie souverän. »Seit meinem sechzehnten Lebensjahr«, antwortete er.

»Meine Güte. Und dann habt Ihr noch immer Geld, um Euer Palais umzubauen?«, fragte sie erstaunt.

Dafür erntete sie einen amüsierten Blick.

Ansonsten war hier viel weniger los als in Versailles. Es war ruhig. Mausoleumsmäßig ruhig. Ein Teppich nach dem anderen dämpfte die Schritte der harten Absätze und es waren auch viel weniger Menschen unterwegs als in Versailles. Was sicher daran lag, dass der Adel in Paris zwischen den Veranstaltungen wie den Levers, den Grand Soupers und dem Unterhaltungsprogramm nach Hause ging und nicht auf den Fluren übernachten musste. Nur die Wachen waren zahlreicher. Und im Gegensatz zu Versailles hatte das Volk niemals Zutritt zum Louvre.

»Warum noch mal will der König nach Versailles?«, fragte Julia Etienne leise, als sie wieder an ein paar Wachen vorbeigingen. »Hier ist es doch wesentlich angenehmer. Nicht so laut.«

Etienne schmunzelte. »Habt Ihr immer noch nicht bemerkt, dass unser Monarch die Lautstärke und den Trubel liebt?«

»Ich mag's ruhig«, sagte Julia. »Ich wollte, wir könnten uns nachher noch mehr von den Gemälden ansehen.«

Sie passierten soeben ein Gemälde mit zwei nackten Frauen in einer Badewanne.

»Ja, das sollten wir tun«, sagte Etienne mit Blick auf das Bild.

Julia gab ihm einen leichten Schubs.

»Mademoiselle Allemande, welch eine Freude.«

Monsieur de Rohan bog um die Ecke. Er nickte Montsauvan gut gelaunt zu und küsste Julias Hand mit warmen, aber nicht feuchten

Lippen. »Die Wunde ist schneller verheilt als jede andere zuvor. Mein Kammerdiener hat gesagt, dies sei Eurer Weitsicht zu verdanken, die Perücke nicht aufzusetzen, bis sich Schorf gebildet hat. Habt Ihr mein Präsent erhalten?«

»Vielen Dank dafür, Monsieur. Das wäre nicht nötig gewesen. Das hatte ich Euch doch schon in meinem Brief mitgeteilt.«

»Widerspricht sie Euch eigentlich auch ständig?«, wandte sich Rohan an Montsauvan.

»Nie«, antwortete der lässig. »Seid Ihr auf der Suche nach Monsieur? Er läuft dort unten am Ende des Ganges.«

Julia blickte ein wenig furchtsam in die angedeutete Richtung. Tatsächlich. Die Schleife im Haar war unverkennbar.

Zum Glück sah er nicht zu ihnen her.

»Nein, von dort komme ich. Ich war auf dem Weg zum Dauphin.«

»Da wollte ich auch hin«, sagte Julia.

Eine Hand legte sich auf ihren Rücken. »Und ich werde Euch jetzt dorthin bringen. Monseigneur wartet bereits.« Mit diesen Worten schob Etienne sie an Rohan vorbei.

»Wartet nicht der König mit dem Kabinett auf Euch?«, fragte der Chevalier und grinste wieder, wobei sich all seine Lachfältchen zeigten. »Und außerdem geht es zu Monseigneur dort entlang. Zweiter Korridor, zehnte Tür links. Hinter dem Alkoven mit dem grünen Betthimmel.« Er lachte leise, als würde er sich köstlich amüsieren. »Jetzt wisst Ihr, wo Mademoiselle und ich zu finden sein werden.«

Gerade stolzierten wieder zwei Wachen vorbei. Julia warf Etienne einen beruhigenden Blick zu.

Nur zögernd nahm er seine Hand weg.

»Bitte führt mich zum Prinzen, Monsieur«, bat Julia Rohan und winkte Etienne ein letztes Mal aufmunternd zu. Manchmal fand sie wirklich, dass er mit seiner Beschützerrolle zu weit ging.

Auf dem Weg zum Dauphin versuchte Rohan mit keiner Geste ihr zu nahe zu treten. Er fragte nach ihrem Nachmittag mit Madame und erzählte von der Jagd, die er für Monsieur plane. Er sagte, der Dauphin habe nach ihm geschickt, weil der ein noch leidenschaftlicherer Jäger sei als sein Vater selbst. Das Einzige womöglich, bei dem er in dessen Fußstapfen treten könne.

»Das ist unfair, Monsieur«, schalt ihn Julia. »Er ist erst sechzehn.«

»Unfair? Ihr meint wohl, ungerecht. Übrigens ist seine Hoheit siebzehn seit letztem November. Und sein Vater hat in diesem Alter bereits auf dem Thron gesessen und die Frondeure bekämpft.«

»Was sind Frondeure?«

Rohan vergewisserte sich mit einem Blick über die Schulter, dass sie wirklich allein im Treppenhaus waren. »Der Adel hatte nach dem Tod von Ludwig III. eine Revolte gegen die Österreicherin angezettelt.« Er sah Julias verwirrten Blick. »Entschuldigt. Seit Ihr ohne Akzent sprecht, vergesse ich immer wieder, dass Ihr keine Französin seid. Ich meine die Königinwitwe und Mutter unseres Königs. Sie und die beiden Kinder mussten damals fliehen und es sah zeitweise so aus, als würde Frankreichs Thron kippen und für immer verschwinden.«

Julia starrte ihn mit offenem Mund an. »Ihr meint, wie ...« In letzter Sekunde biss sie sich auf die Zunge. Sie konnte wohl schlecht Ludwig XVI. als Beispiel für die daraus resultierenden Folgen bringen.

»Genau. Wie in England, wo sie den König geköpft haben und eine Demokratie ausriefen. Wenn nach Cromwells Tod ein besserer Nachfolger gefunden worden wäre, würde dort noch jetzt die Demokratie herrschen.«

Julia hätte ihm sagen können, dass ausgerechnet England die Monarchie die nächsten Jahrhunderte über behalten würde – im Gegensatz zu vielen anderen Ländern.

Rohan schien sich wieder daran zu erinnern, wo er war. Seine Lachfältchen vertieften sich erneut. »Aber Ihr habt sicher Recht. Der Prinz ist bestimmt nicht schwächer als sein Vater, er braucht wahrscheinlich nur etwas länger, weil er nicht so schnell erwachsen werden muss.«

Vor ihnen trat ein Mann mit einem Gemälde unterm Arm aus einem Raum. Julia musterte ihn überrascht. Das Volk hatte doch hier keinen Zutritt, oder? Der Mann trug einfache Kleider, eine braune Kniehose, ein graues Wams und ein verblichenes Hemd. Am auffälligsten war aber wohl seine Glatze, die von einem Kranz aus langen, fusseligen Haaren umringt wurde.

»Ah, Monsieur van den Enden. Sind die Gemälde nach dem Geschmack der Marquise?«

Der Mann verneigte sich ehrerbietig. »Leider nein. Madame de Montespan mag die Farben nicht. Dafür interessierte sie sich sehr für meine Lateinschule.«

Rohan wandte sich wieder Julia zu. »Monsieur van den Enden führt eine höchst angesehene Schule im Quartier de Picpus. Viele Hofleute senden ihre Kinder zu ihm.«

Julia wurde ein wenig nervös. Da hinter dieser Tür befand sich Madame de Montespan? Seit der letzten Begegnung war sie nicht scharf auf eine Wiederholung. Oder wenn, dann am liebsten in Begleitung von Etienne, der wusste, wie man mit Frauen umging. Mit zickigen Frauen, wohlgemerkt. »Äh … Monsieur, es war nett, Ihre Bekanntschaft zu machen, aber …«

Rohan deutete ihre Eile anders, aber es hatte den gewünschten Effekt.

»Der Dauphin erwartet uns. Ihr entschuldigt, Monsieur van den Enden?«

Der Kunsthändler und Lateinlehrer verneigte sich erneut und

ging an ihnen vorbei. Hatte er ihr gerade zugezwinkert? Dann öffnete sich die Tür unmittelbar neben ihnen und Julia zuckte erschrocken zusammen. Aber zu ihrer Erleichterung war es nicht Madame de Montespan, die heraustrat, sondern Madame de Vilars.

Die Vilars grüßte nur knapp und rauschte in entgegengesetzter Richtung den Korridor hinunter. Durch die offen stehende Tür konnte Julia sehen, dass sich niemand anders im Zimmer befand. Seit wann konnte sich die schwangere Montespan in Luft auflösen?

»Zum Dauphin, richtig?«, erinnerte sie Rohan und führte sie weiter.

Julia zählte den dritten Alkoven, als er endlich vor einer Tür stehen blieb. Er klopfte an und trat ein.

Sofort begannen Violinen zu spielen und der Dauphin tanzte mit ein paar plumpen Bewegungen hinter der Tür hervor, eine Rose zwischen den Zähnen. Ein paar Rosenblätter flatterten durch die Luft. Als er Rohan erkannte, blieb er stocksteif stehen und sein Gesicht nahm die Farbe von Noailles Haaren an. Die vier Musiker verstummten und Julia legte schnell eine Hand vor den Mund. Rohan versuchte sein Grinsen zu unterdrücken – was ihm nur mäßig gelang.

»Oh«, sagte der Prinz endlich.

»Ich denke ... ich komme ... nachher wieder«, keuchte Rohan und verschwand schnell hinter den nächsten Alkoven.

Derweil trat Julia ins Zimmer und schloss die Tür. Zu spät, Rohans Gelächter drang trotzdem zu ihnen durch.

»Das war aber eine zauberhafte Überraschung«, sagte sie so gefasst wie möglich.

Der Prinz war noch immer hochrot im Gesicht. Beschämt winkte er den Musikern, sie sollten verschwinden. Jene fingen an ihre Instrumente zusammenzupacken.

Julia biss sich verzagt auf die Lippen. Er tat ihr so leid. Dass er ständig an seinem ach so großen Vater gemessen wurde, war kein leichtes Los. Dass seine Mutter unter der Untreue ihres Mannes litt, machte es noch schlimmer. (Letzteres wusste Julia von Etienne. Nach außen zeigte die Königin natürlich keine Gefühle.)

»Seht Ihr? Ich habe Euch doch gesagt, Ihr macht einen Narren aus Euch.«

Ah ja, einen Lehrer wie Bossuet dauernd um sich ertragen zu müssen setzte dem Ganzen die Krone auf.

Der Bischof saß auf einer gepolsterten Fensterbank und betrachtete mit verschränkten Armen abwechselnd Ludwig und dann wieder Julia. Genauso sympathisch wie Herr Schmidt, was bedeutete, der Prinz würde es sehr schwer haben, wenn sie ihm jetzt nicht hilfreich zur Seite stand. Hilfreich und äußerst vorsichtig.

»Eure Exzellenz.« Julia versank in einer tiefen Reverenz, wie sie sonst nur dem König und der Königin zustand. »Die Überraschung ist wahrhaft gelungen. Ich fürchte, ich bin ein wenig eingerostet, was das Tanzen anbelangt, und wäre sehr dankbar, wenn die Musiker sich nicht umsonst die Zeit genommen hätten.« Sie drehte sich zum Dauphin um und gab ihm mit den Augen zu verstehen, er solle ein wenig Rückgrat beweisen und für seine Wünsche einstehen.

»Ja, Exzellenz. Wäre schade«, stammelte er unbeholfen.

Julia machte eine Geste. *Mehr.*

»Sind doch alle da. Und Mademoiselle ist extra …«

»Natürlich ist sie das. Ihr habt sie hergebeten!«, fiel ihm der Bischof ins Wort. »Man widersetzt sich der Einladung eines Prinzen von Geblüt nicht. Wie oft soll ich Euch das noch erklären?«

»Ach«, sagte Julia und sah den Dauphin auffordernd an. Der kapierte nichts. Das war doch zum Mäusemelken! Also wandte sie sich an die Musiker selbst: »Ihr habt es gehört, meine Herren. Seine Hoheit wünscht zu tanzen. Würdet Ihr …«

Mit breit grinsenden Gesichtern kamen die Musiker ihrer Aufforderung nach.

Als sich Julia zum Prinzen umdrehte – Bossuet sah sie mal lieber nicht an –, grinste der genauso, nahm ihre Hand und beide versuchten sich an einem Rigaudon.

Die Stunde verging wie im Flug, und als Etienne sie holen kam, hatte sich Bossuet schon wieder beruhigt. Julia hatte aus den Augenwinkeln sogar ganz deutlich gesehen, dass er ab und an mit dem Fuß den Takt mitgewippt hatte.

Ja, die Weihnachtstage hätten durchaus unerfreulicher verlaufen können.

Madame de Sévigné, Hôtel Carnavalet, an Madame de Grignan, Monaco

Liebste Tochter,

die Christmette in Notre-Dame hat wieder das Zitat unseres guten Königs Heinrich IV. in allen hervorgerufen. Paris ist wahrhaft eine Messe wert.
Und kaum ist Weihnachten vergangen, steht das neue Jahr vor der Pforte. Ich bin an diesem Abend bei Ninon de Lenclos zu Gast.
Meine gute Freundin Ninon darf noch immer nicht an den Hof. Der König toleriert ihre preziöse Lebensart nicht, obwohl er sich häufig danach erkundigt, was die schöne Ninon zu diesem oder jenem sage.
Die schöne Ninon ihrerseits brennt vor Ungeduld, endlich die kleine Mademoiselle Allemande kennenzulernen. Sie werden am heutigen Silvesterabend ebenfalls bei ihr sein

und der Graf hat versprochen gemeinsam mit der Mademoiselle ein neues Lied vorzutragen.
Die beiden sind ein wunderbares Duo.
Madame Scarron wird auch da sein. Die Arme. Ihre Rente ist so mager, sie kommt kaum über die Runden. Wir mögen sie alle sehr. Sie ist so klug und von herrlicher Geradheit, es ist ein Vergnügen, sie über die fürchterlichen Stürme bei Hofe urteilen zu hören, über den beständig wütenden kleinen Dangeau, der seinen Gehstock gegen Langlée erhoben hat und deswegen in die Bastille musste, die düstere Traurigkeit und trostlose Langeweile der Kirchenmütter, wie ich die Damen Conti und Longueville nenne, und darüber, dass auch die am meisten beneidete Madame de Montespan dem zunehmenden Missfallen der Höflinge nicht entgehe. Es ist sehr unterhaltend, sie von alldem reden zu hören.
Madame de La Fayette ist noch immer leidend und Monsieur de La Rochefoucauld steif von Gicht. Dabei hoffen wir alle auf einen neuen Roman von Madame de La Fayette. Habt Ihr meine Ausgabe der »Princesse de Clèves« erhalten? Ich warte ungeduldig darauf, wie Euch die Liebesgeschichte gefallen hat.

24. Kapitel
EIN ABEND BEI NINON

Entweder Rohan oder die Musiker hatten geplaudert. Auf alle Fälle hatte sich der Tanznachmittag im Louvre genauso schnell rumgesprochen, als hätte jeder der Höflinge ein Smartphone mit WhatsApp zur Verfügung gehabt.

Das verhalf Julia zu unfreiwilliger Berühmtheit. Gepaart mit ihrer mysteriösen Ankunft, der kleinen Rente, die der König ihr zahlte, und ihrem ungewöhnlichen Lehrer, dem Grafen de Montsauvan, war sie zurzeit eine der gefragtesten Personen bei Hofe – und außerhalb. Fortan regnete es Einladungen. Einige davon mussten angenommen werden, andere, so entschied Etienne, konnte man ruhig ignorieren. Julia fand dieses Verhalten sehr unhöflich, aber auch sie gab zu, dass es viel zu viele Einladungen waren, als dass sie alle wahrgenommen werden könnten.

Doch die zum Silvesterabend bei Ninon de Lenclos nahmen sie an.

Ninon de Lenclos sei eine *Preziöse,* erklärte Montsauvan, als Julia ihn nach ihr fragte und wissen wollte, warum sie ihr noch nicht bei Hofe begegnet wären. Mit dem Wort »Preziöse« konnte Julia nichts anfangen, woraufhin Etienne ihr nur erklärte, sie führe einen literarischen Salon. Das machte Julia neugierig. Obwohl nie verheiratet, erläuterte Etienne, sei Ninon de Lenclos der umschwärmte Stern der gesamten Pariser Gesellschaft. Ihr Esprit und ihre Schlagfertigkeit waren legendär.

Der Salon der schönen Ninon sei ein reich frequentierter Ort. Sie begrüße dort viele bekannte Schriftsteller, Schauspieler und Menschen wie Madame de Sévigné oder Madame Scarron, die genauso angeregt zu plaudern verstanden wie sie selbst. Jeder schwärmte von ihr. Viele junge Adlige, die sich als Schriftsteller versuchten, seien darunter und Ninon gab jedem von ihnen, egal ob arm oder reich, eine Chance. Er dürfe nur nicht langweilig sein, so Etienne. Nur auf die Frage, warum sie nicht bei Hofe weile, wollte er nicht antworten.

Julia wurde immer neugieriger. Vor allem, da Montsauvan so ungewöhnlich nachdrücklich von ihr schwärmte.

»Ist sie hübsch?«, fragte sie, als er von ihren abwechslungsreichen Abenden erzählt hatte.

»Sie gilt als die schönste Frau Frankreichs«, antwortete er schlicht.

Das versetzte Julia einen kleinen Stich.

Das Stadthaus der bekannten Pariser Salonnière lag gar nicht weit vom Hôtel de Montsauvan entfernt und sie legten den Weg dorthin zu Fuß zurück.

Der Salon war schon voller Menschen, die sich angeregt mit einem Glas Wein oder einer Tasse Kaffee in der Hand unterhielten. Der Großteil der Gesellschaft scharte sich allerdings um eine Frau von tatsächlich üppiger Schönheit. Ähnlich wie Madame de Brissac, die Hofdame Liselottes, hatte auch diese Frau brünettes Haar und braune Augen. Aber anders als Madame de Brissac glich sie einer spanischen Flamenco-Tänzerin. Und ja, Julia verstand sofort, warum die Männer sie umlagerten. Sie hatte dieses gewisse *Je ne sais quoi*, mit dem sie die Menschen im Umkreis anzog wie ein Zwetschgenkuchen die Wespen.

Die Brünette entdeckte sie, kaum dass sie da waren, sprang auf und kam mit ausgestreckten Armen und leuchtenden Augen auf sie zu.

»Montsauvan, ich muss Euch tadeln«, begrüßte sie den Grafen mit Küsschen links und rechts. »Seit drei Monaten habt Ihr eine andere Frau in Eurem Leben und habt sie mir nicht einmal vorgestellt. Das ist nicht sehr ritterlich von Euch.«

Der Graf ergriff ihre Hand und küsste galant die Fingerspitzen. »Was natürlich mit nichts zu entschuldigen ist, liebste Ninon. Das ist Mademoiselle Julia.« Julia fiel auf, dass er ihren Nachnamen immer wegließ bei den Vorstellungen. »Julia, Ihr steht der begehrenswertesten Frau Frankreichs gegenüber.«

Ninon lachte. »Lasst das nicht unsere Quanto hören. Sie kratzt Euch sonst die Augen aus. Spielt sie immer noch so gern und verliert so hoch?«

»Was Madame de Montespan tut, meine liebe Ninon, ist mir so gleich, wie wenn in China eine Raupe vom Blatt fällt.«

Ninon lachte wieder ihr helles und ansteckendes Lachen. »Sie hat es gewagt, unsere Freundin hier zu bedrohen, habe ich Recht?«, kicherte sie und hakte sich bei Julia unter. »Was ich bislang nur ahnte, hat sich jetzt bestätigt: Montsauvan hat einen Narren an Euch gefressen. Ich gestehe, ich war schrecklich neugierig auf Euch. Euer Ruf ist natürlich schon vor ein paar Wochen zu mir gedrungen und wie jedermann in ganz Paris möchte ich erfahren, wie Ihr es geschafft habt, den begehrtesten Mann Frankreichs um den kleinen Finger zu wickeln.«

»Den König?«, fragte Julia verwirrt.

»Den König?« Ninon lachte wieder. »Aber nein! Unseren Grafen hier.« Sie nahm einem aufmerksamen Kellner ein Glas Wein ab und reichte es Julia.

»Ninon, ich denke nicht ...«, wandte Etienne ein, wurde aber sofort unterbrochen.

»Genau. Denkt nicht. Fühlt. Lebt. Genießt den Abend. Heute seid

Ihr von Euren Pflichten als Beschützer entbunden. Ich verspreche Euch, ich werde sie nicht verderben. Lasst uns eine Weile allein. Madame Scarron ist auch anwesend. Vielleicht unterhaltet Ihr die gute Françoise ein wenig?«

Damit zog sie Julia hinter sich her und stellte sie verschiedenen Personen vor. Ein Monsieur de Bussy-Rabutin war darunter, der sich als Cousin der Marquise de Sévigné entpuppte, Madame de Sévigné selbst war anwesend, Monsieur Racine, der Schriftsteller, und noch viele, viele andere mehr, deren Namen sich Julia unmöglich alle merken konnte. Manche waren, wie Madame de Sévigné und sie selber, mit modernen Kleidern ausgestattet, andere trugen einfachere, aber dennoch ordentliche Kleidung, die sie als Künstler mit reichen Mäzenen auswies. Und dann gab es eine Handvoll Menschen, deren Röcke eindeutig mehrmals geflickt worden waren. Die Gesellschaft war, genau wie Etienne gesagt hatte, bunt gemischt, denn jeder unterhielt sich mit jedem, egal ob ärmlich gekleidet oder pompös, egal ob Hofdame, Kaufmann oder Künstler. In diesem Salon gab es keine Klassenunterschiede.

»Wir plaudern hier über Romane, die neuesten Erfindungen und andere Leute«, erklärte Ninon. »Nur über das Wetter darf niemand ein Wort verlieren. Ich weiß aus sicherer Quelle, dass der König sich regelmäßig nach unseren Themen erkundigt. Der König und die Quanto«, fügte sie augenzwinkernd hinzu. »Seit Athénaïs zur Favoritin aufgestiegen ist, darf sie mich nicht mehr besuchen.«

»Warum nicht?«, fragte Julia erstaunt. »Ich könnte mir vorstellen, dass sogar der König gern hierherkäme. Er mag gute und geistreiche Unterhaltungen.«

Ninon küsste sie erfreut auf die Wange. »Ihr seid wirklich allerliebst. Nein, meine Gute, der König hat leider den Umgang mit mir untersagt. Meine Lebensweise gefällt ihm nicht. Und wenn ich

Montsauvans stechende Blicke richtig deute, hat er ebenfalls Angst, ich könnte Euch damit anstecken.«

Julia folgte ihrem Blick, aber Montsauvan war in ein angeregtes Gespräch mit einer Frau vertieft. Die Dame trug ein einfaches schwarzes Kleid und gehörte eindeutig zu den ärmeren Gästen in Ninon de Lenclos' Salon. Kaum hatte Ninon Julias Blick bemerkt, hakte sie sich bei ihr unter und zog sie in Richtung der beiden.

»Das hier, liebste Françoise, ist Mademoiselle Julia. Graf, Ihr wart wieder zu galant und habt Eure Schutzbefohlene nicht richtig über mich aufgeklärt. Wenn ich ihr noch zwei Gläser Wein eingeflößt habe, wird sie vielleicht ihre Hemmungen überwinden und Euch direkt danach fragen. Einstweilen lasse ich sie raten.« Sie zwinkerte fröhlich.

Julia fand Ninon zauberhaft. Kein Wunder, dass sie so umschwärmt war. Sie bekam ein besonderes Glas Wein in die Hand gedrückt und Françoise Scarron stieß mit ihr an. Es schien ein Modegetränk zu sein, dem alle eifrig zusprachen, denn auf dem Boden des Glases schimmerte eine kleine Perle. *Überaus dekadent,* dachte Julia und nippte erneut.

»Ich bin erfreut Euch kennenzulernen. Nach allem, was man hört, stammt Ihr aus einer fremdartigen Gegend. Wie gefallen Euch Paris und Versailles?«

Julia hielt einen Moment die Luft an. Die Stimme von Françoise klang tief, rauchig und samtig zugleich. Sie war Mitte bis Ende dreißig und hatte ein volles Gesicht mit wachen braunen Augen.

»Äh …«

Sofort verengten sich Montsauvans Augen grimmig.

Julia räusperte sich. »Es ist sehr interessant und ich bin sehr freundlich aufgenommen worden.«

»Graf, geht doch mal mit den anderen spielen«, sagte Ninon ungehalten. »Wir möchten uns mit Julia unterhalten, ohne dass Ihr zensiert.« Sie tätschelte mitfühlend Julias Arm. »Ich wette, er ist ein wahrer Folterknecht als Lehrer. Nein, Ihr braucht ihn nicht in Schutz zu nehmen, wir kennen seinen Hang zur Perfektion nur allzu gut.«

Julia und Madame Scarron grinsten. Etienne hatte wieder seine undurchsichtige Miene aufgesetzt, bei der man nicht sagen konnte, ob er sich ärgerte, amüsierte oder in Nachsichtigkeit übte. *So musste man also mit ihm sprechen,* dachte Julia.

»Das ist Ninons Trick«, sagte Madame Scarron schmunzelnd. »Sie lässt einen einfach nicht zu Wort kommen, während sie unsere tiefsten Geheimnisse durchschaut. Nur deshalb ist der Salon so voll: Alle haben Angst, sie könnte uns sonst in ihren Briefen vor aller Welt bloßstellen.«

Ninon verabreichte ihr einen leichten Schlag mit dem Fächer. »Wenn Ihr das noch einmal behauptet, Françoise, werde ich in meinem nächsten Brief schreiben, Ihr möchtet Athénaïs' Platz im königlichen Bett einnehmen.«

Die beiden lachten aus vollem Hals. Sogar Etienne schmunzelte. Und Julia fiel ein, dass ihr der Name Scarron bekannt vorkam. Nicht nur wegen des Buchs, das sie mit Noailles gelesen hatte. Sie war sich sicher, Herr Schmidt hatte ihn im Geschichtsunterricht erwähnt. Aber in welchem Zusammenhang?

»Werdet Ihr noch weiter mit dem Dauphin unterrichtet?«, fragte Madame Scarron, nachdem sie sich beruhigt hatten.

»Wir haben nur gemeinsamen Tanzunterricht.«

»Seid froh«, warf Ninon ein, »und dankbar, dass Ihr nicht in eine dieser Klosterschulen gesteckt worden seid. Die Kleriker sind alle ein Haufen dummer, unwissender und selbstherrlicher Narren. Als Schülerin würde ich mich ganz gewiss mit ihnen anlegen.«

»Ihr könnt nicht alle über einen Kamm scheren. Monsieur Bossuet, der Lehrer des Dauphins, ist Bischof und kein weltfremder Mönch«, sagte Madame Scarron.

»Trotzdem. Er ist eine geborene Krämerseele. Und so ein Mensch soll den Dauphin zu gutem Charakter und Stärke erziehen.«

»Ich glaube, Ihr tut seiner Exzellenz Unrecht, Ninon«, wandte Françoise sanft ein. »Er ist ein hervorragender Lehrer, der alles für seinen Zögling tun würde. Er möchte den Prinzen doch nur bestmöglich auf seine künftigen Aufgaben vorbereiten.«

»Das mag sein, aber es ändert nichts an der Tatsache, dass er einen Knall hat«, entgegnete Ninon trocken.

Julia kicherte hinter vorgehaltener Hand.

»Seht Ihr, Françoise. Unsere junge Freundin hier gibt mir Recht. Wechseln wir das Thema. Ein Monsieur de Bossuet ist in einem Salon wie diesem ein genauso beliebtes Thema wie das Wetter. Julia, habt Ihr bereits Monsieur Racines Werk *Andromache* gelesen? Noch nicht? Damit sei Euch eine weitere Rüge für heute Abend erteilt, Montsauvan. Und Ihr nennt Euch Lehrer, wenn Ihr Eurer Elevin das Schönste vorenthaltet? Françoise, vielleicht solltet Ihr den König bitten Julia in Eure Obhut zu entlassen. Dann bräuchten wir wenigstens nicht wegen ihrer literarischen Bildung in Sorge zu geraten. Ein Mündel mehr oder weniger, darauf kommt es doch bestimmt nicht an.« Ninon sah Julias verwirrtes Gesicht und klärte sie auf: »Françoise ist die Erzieherin der Nachkommenschaft von Madame de Montespan und Ludwig.«

Julia schaute gedankenverloren zu Boden. »Ach, die armen Kinder. Mit einer Mutter wie Montespan lebt es sich bestimmt nicht leicht.« Dann ging ihr auf, was sie da gerade gesagt hatte und zu wem. Betroffen schob sie nach: »Es tut mir leid. Diese Bemerkung hätte ich nicht machen sollen.«

»Wieso Ihr? Ich habe über sie hergezogen«, sagte Ninon freiweg.

»Früher kam sie oft hierher. Das war zu den Zeiten, als der Marquis de Montespan noch kein Geld besaß und man sich mit seiner ärmlichen Frau noch unterhalten konnte. Nein, Françoise, genau so ist es! Ihr müsstet es doch am besten wissen. Habt Ihr mir nicht erzählt, die Dienerinnen dürften sich ihr nur noch kniend nähern? Die gute Athénaïs hat einen gewaltigen Höhenflug.«

Françoise seufzte ergeben.

Julia hob erstaunt die Brauen. »Wenn Ihr Euch also zwischen Bossuet und Madame de Montespan entscheiden solltet ...?«

Ninon lachte wieder. »Wäre mir der kleingeistige Bossuet tatsächlich lieber. Er glaubt wenigstens an das, was er tut. Graf, Eure Schutzbefohlene ist eine Bereicherung. Wisst Ihr, was? Wir beide werden Julia die Chance geben, ihren kleinen Fauxpas wiedergutzumachen, und lassen sie mit Françoise allein. Kommt mit, Ihr müsst Euch den letzten Brief von Saint-Évremond ansehen.«

»Soll ich ihn lesen oder nur ansehen?«, hörte Julia ihn noch scherzen, ehe die beiden verschwanden und sie mit der Dame in Schwarz zurückließen.

»Setzt Euch«, forderte Madame Scarron sie auf. »Wie ich Ninon kenne, hält sie ihn die nächste halbe Stunde von Euch fern, um uns die Gelegenheit zu geben, dass wir uns besser kennenlernen.« Sie prostete Julia erneut zu. »Ihr habt also schon die Bekanntschaft von Athénaïs gemacht. Ninon sieht die Dinge oft zu weiß oder schwarz und vergisst dabei, dass Athénaïs unter einem gewaltigen Druck steht. Sie ist mit dieser Position nicht nur ins Blickfeld der Öffentlichkeit geraten, sondern auch auf die Kanzel sämtlicher religiöser Würdenträger in Frankreich. Mag sein, dass Könige immer ihre Freiheiten hatten, aber die Mätressen stehen nur so lange unter deren Schutz, solange sie Mätressen sind. Danach sind es nur noch Ehebrecherinnen und sie stehen auf der kirchlichen schwarzen Liste.«

Julia schluckte. So hatte sie das Ganze noch nie betrachtet. Die Montespan konnte einem beinahe leidtun. Aber auch nur beinahe.

»Und um es noch komplizierter zu machen, wird sie von ihrem Ehemann aufrichtig geliebt. Im Gegensatz zu den meisten anderen Höflingen, die eine solche Stellung ihrer Frau ausnutzen würden, kann er den Gedanken nicht ertragen und schimpft offen über ihr Verhältnis zum König. Die Kinder, die sie dem König gebar, sind für ihn die sprichwörtliche Ohrfeige.«

»Wie viele Kinder sind es denn? Und wie alt sind sie?«, fragte Julia, ganz Ohr über diese Eröffnungen.

»Es sind mittlerweile fünf Kinder. Das älteste, Louis Auguste, ist sieben«, erzählte Madame Scarron und ihre Stimme schwoll über vor Liebe zu ihrem Schützling. Sie berichtete von dem kleinen Haus in der Rue de Vaugirard, wo sie mit den Kindern lebte. »Im Vertrauen: Bald wird das Häuschen zu klein werden, denn ein weiteres Kind ist unterwegs. Die Schwangerschaft macht Athénaïs dieses Mal arg zu schaffen. Nicht nur, weil es ihre sechste ist, sie hat auch Angst, der König könnte sich diesmal, sobald ihr Leib wieder schwillt, von ihr abwenden.«

»Und das wird er hundertprozentig tun, denn es gibt so viele andere hübsche Mädchen bei Hofe, warum sollte man sich dauerhaft an eine Megäre binden?« Ninon war zu ihnen zurückgekehrt. Etienne stand dicht hinter ihr.

»Ist die halbe Stunde schon um?«, fragte Françoise höflich.

»Nicht ganz, aber Montsauvan ist ein Langeweiler, er hat nur Augen für Julia. Und ich ertrage es nicht, bei einem Mann die zweite Geige zu spielen.« Sie wedelte kapriziös mit ihrem Fächer und neigte den Kopf. Dann schaute sie plötzlich überrascht und vergaß augenblicklich ihr Possenspiel. »Graf, seht nur, wer uns heute Abend noch seine Aufwartung macht.«

In der Tür stand ein junger Mann, nur wenige Jahre älter als Julia. Er hatte schulterlanges dunkles Haar, klare Gesichtszüge und einen schlanken, athletischen Körperbau. Julia verschlug es einen Moment lang den Atem. Kein Junge an ihrer Schule sah auch nur annähernd so gut aus wie er. Überhaupt kannte sie niemanden, der so gut aussah. Auf Anhieb fiel ihr nicht mal ein Hollywood-Schauspieler ein.

Als der junge Mann Ninon erblickte, erhellte sich sein Gesicht und er kam freudig auf sie zu. Doch als er Etienne erkannte, blieb er abrupt stehen. Julia wusste genau, dass es Etienne war, der ihn aus der Fassung gebracht hatte, denn der stand neben ihr. Und Etiennes Gesicht war eine Maske, während sein Adamsapfel hüpfte und die Narbe am Kinn so deutlich hervortrat, als würde sie jeden Moment aufplatzen.

Der junge Mann fasste sich schnell. Er setzte wieder dieses ansteckende Lächeln auf und legte die letzten Meter zurück. Beim Näherkommen erkannte Julia, dass er grüne Augen hatte. Und die musterten Julia neugierig. Irgendwem sah er ähnlich. An irgendjemanden erinnerte er sie.

Galant beugte er sich über Ninons Hand. »Ich bin hocherfreut Euch endlich wiederzusehen.«

»Ihr seht uns überrascht, Alexandre. Allerdings ist es eine gelungene und äußerst angenehme Überraschung. Oder habt Ihr etwa davon gewusst, Montsauvan?«

»Ganz sicher nicht«, lautete die kühle Antwort.

Auch Madame Scarron wurde mit Handkuss begrüßt. Sie lächelte genauso erfreut wie Ninon. »Seid Ihr soeben erst in Paris eingetroffen, Monsieur?«

»Nein, Madame. Genau genommen weile ich schon seit zwei Tagen hier. Doch es gab Verschiedenes zu erledigen, ehe ich mich in der Lage sah, meine Freunde aufzusuchen.«

»Oder Eure Familie«, fügte Ninon augenzwinkernd hinzu. »Alexandre, darf ich Euch ein Mündel Seiner Majestät vorstellen? Das ist Mademoiselle Julia.«

Julia gab ihm die Hand und erhielt ebenfalls einen Handkuss.

Allerdings ließ er ihre Finger anschließend nicht mehr los. »Ihr seht mich entzückt, Mademoiselle. Auf Eure Bekanntschaft war ich ganz besonders gespannt.« Er sah ihr in die Augen und Julia wurde über und über rot.

Seit sie in Frankreich war, hatten ihr viele Männer die Hand geküsst. Und die meisten sahen gut aus – wenn man sich die Perücken wegdachte. Aber dieser junge Mann stellte alle in den Schatten. Er war so groß wie Etienne, ein wenig schlanker und sein Kinn hatte ein hübsches Grübchen in der Mitte, was ihn noch männlicher wirken ließ.

Ninon begann zu kichern. Julia fiel auf, dass der junge Mann noch immer ihre Hand hielt. Schnell entzog sie sie ihm. Wie peinlich.

»Wäre es nicht wundervoll, Graf«, sagte Ninon belustigt, »wenn sich Eure Schülerin in Euren Bruder verliebte? Dann wäre sie auch Eure Schwägerin und Ihr könntet auf ewig weiter gemeinsam musizieren.«

Julia starrte sie mit offenem Mund an, dann den jungen Mann und zuletzt Montsauvan, dessen finsteres Gesicht noch finsterer wurde.

»Ja, *absolut* wundervoll«, antwortete er.

25. Kapitel

SILVESTERÜBERRASCHUNG

»*Das* ist Euer Bruder?«, fragte Julia matt. Jetzt wusste sie auch, woher sie das Grübchen kannte. Die beiden Brüder sahen sich ähnlich, keine Frage. Nur Alexandres Wange und Kinn waren narbenfrei. Wieso hatte sie das nicht sofort erkannt? Es gab niemanden bei Hofe, der auch nur annähernd so groß war wie Etienne. Bis jetzt.

»Verzeiht mir, meine Liebe. Ich habe ganz vergessen ihn Euch vorzustellen. Alexandre Philippe Flémont, der jüngere Bruder Eures Mentors.« Ninon hatte sichtlich ihren Spaß an der Situation. »Unseren jüngsten Informationen zufolge wart Ihr bei den Jesuiten, um zu studieren. Was ist geschehen?«

»Das würde mich auch interessieren«, knurrte Etienne.

Alexandre Flémont schien den drohenden Unterton nicht wahrzunehmen. Er zuckte gleichgültig mit den Achseln. »Die altmodischen Lehrmethoden, das stundenlange Knien auf dem Steinboden der Kapelle, das furchtbar fade und magere Essen und nicht zuletzt den Schlafsaal mit dreißig anderen Männern teilen zu müssen – das alles war nicht länger tragbar. Da mein Bruder sich bei Hofe vergnügt, jeden Tag mit den schönsten und geistvollsten Damen in Kontakt kommt und in meinem Alter die ersten Feldzüge bereits hinter sich hatte, habe ich beschlossen ihn als großes Vorbild zu nehmen und seinem Lebensweg nachzueifern. Also, Mesdames, hier bin ich!«

Ninon und Madame Scarron lachten. Nur der Graf konnte sich

nicht darüber amüsieren. Und Julia war noch immer geschockt. *Das* war Etiennes Bruder. Er hatte nie einen Bruder erwähnt!

»Darüber sprechen wir später«, sagte Etienne nur.

Alexandre ignorierte ihn und sah Julia an. »Ihr müsst mir unbedingt erzählen, wie Ihr ihn gezähmt habt. Ich hörte, er gehe nicht mehr auf die Jagd, habe das Tanzen aufgegeben und widme sich allein seiner Schülerin. Eine erstaunliche Wende in deinem Leben, Etienne.«

»Und als ihr Mentor werde ich sie jetzt nach Hause bringen. Ninon, ich danke Euch für den schönen Abend. Mesdames.« Schon nahm er Julias Arm und führte sie zur Tür.

In diesem Moment verabscheute sie ihn.

»Willst du mich etwa schon ihrer Gesellschaft berauben? Ich wollte sie doch näher kennenlernen«, rief ihm Alexandre nach.

»Das sollst du auch. Du wirst mit uns nach Hause gehen«, antwortete Etienne, ohne sich nach ihm umzudrehen.

* * *

Das Schweigen wurde bedrückend, als Julia zwischen den beiden Brüdern durch die dunklen Straßen ging.

»Wenn Ihr beide Euch nicht aussprecht, werdet Ihr wohl an chronischer Verstopfung enden«, versuchte sie die Stimmung aufzulockern. Im Schein der Laterne, die Etienne trug, konnte sie deutlich sein Gesicht erkennen. Das fahle Licht verdüsterte seine Miene noch mehr. Er war absolut nicht zu Scherzen aufgelegt. Julia versuchte Ninons übersprudelnde Taktik anzuwenden.

»Nun kommt schon, Etienne. Er ist Euer Bruder. Wollt Ihr ihn für den Rest Eures Lebens mit Missachtung strafen? Ich versichere Euch, das wird höchst unangenehm, wenn Ihr beide Euch bei Hofe aufhaltet. Und denkt nur, wie einseitig die Gespräche beim *Dîner* werden, wenn Ihr Euch gegenübersitzt. Natürlich nur für Euch. Eure Feinde werden darüber entzückt sein und genug Gesprächsstoff haben.«

»Ich würde es begrüßen«, sagte der Graf endlich, »wenn Ihr still wäret. Dann hätte ich auch Gelegenheit, etwas zu sagen.«

»Okay, ich halte den Mund.« Sie drehte Daumen und Zeigefinger vor ihren Lippen, als würde sie ihn mit einem Schlüssel verschließen.

Alexandre lachte. Etienne blickte weiterhin finster drein.

»Warum hast du das Studium abgebrochen, Alexandre?«, fragte er direkt.

»Das habe ich doch schon bei Ninon erklärt. Ich wette mit dir, du hättest dieser Folter schon lange vor mir ein Ende gesetzt.«

»Das bringt mich zu meiner zweiten Frage: Was hattest du bei Ninon zu suchen?«

»Soll das ein Scherz sein? Sie ist das Idol aller Freigeister und Männer, die modern denken. Zudem wunderschön und unterhaltsam. Jeder kennt ihren Salon und würde ihm gerne angehören. Mir ist zu Ohren gekommen, der König selber würde kommen, wenn sie nicht ...« Er unterbrach sich mit einem Blick auf Julia.

»Genau das meine ich. Sie ist all das, was du sagst, aber zugleich auch Epikureerin.«

»Schön formuliert. Na und? Ich bin ein Mann und du auch. Erzähl mir nicht, dass du nie ...« Alexandre brach erneut ab, dieses Mal, weil Etienne ihm einen warnenden Blick zugeworfen hatte.

Wie ulkig. Nur wegen ihrer unschuldigen kleinen Person wollten die Männer das Gespräch nicht fortsetzen. »Ach, kümmert Euch nicht um mich, meine Herren«, sagte sie grinsend. »Ich weiß zwar nicht, ob Etienne ein Verhältnis mit ihr hatte, aber ich kann durchaus verstehen, dass Männer ihr verfallen.«

»Sie nennt dich Etienne«, stellte Alexandre irritiert fest.

»Und dich wird sie Monsieur Flémont nennen«, knurrte Etienne.

»Wieso sollte sie das? Wenn sie doch praktisch zur Familie gehört.« Er schenkte Julia ein Lächeln und ihr wurde plötzlich ganz warm. »Alexandre«, sagte er und seine Stimme klang mit einem Mal fast genauso tief wie die von Etienne.

Sie hatten das Hôtel de Montsauvan erreicht und Etienne sperrte die Tür im Hoftor auf.

»Ihr werdet nicht lange Gelegenheit haben, Euch an den Namen zu gewöhnen«, prophezeite Etienne aufgebracht. »Er wird nämlich morgen wieder zurück ins Jesuitenkolleg gehen und seine Studien beenden.«

Alexandres Lächeln verblasste und er sah seinen Bruder erzürnt an. »Du kannst mich nicht zwingen.«

»Und ob ich das kann. Wovon willst du in Paris leben, wenn nicht ich dich finanziere?« Etienne öffnete schwungvoll die Eingangshalle, blies die Laterne aus und entzündete stattdessen den Leuchter, der immer auf einem Tisch in der Halle stand. Das flackernde Kerzenlicht verdüsterte sein zorniges Gesicht sogar noch mehr, als es die Handlaterne getan hatte.

»Ich finde, das geht einen Schritt zu weit, Etienne«, sagte Julia, erschrocken über seine abweisende Haltung. So hart hatte sie ihn noch nie erlebt.

»Mischt Euch nicht ein«, fauchte er sie an. »Ihr wisst nicht, mit wem Ihr es zu tun habt. Er ist ein Schwerenöter und mir ist völlig klar, warum es ihn gerade jetzt nach Paris zieht.«

»Als ob *du* in klösterlichem Zölibat lebtest«, höhnte Alexandre.

»Das hat nichts mit deinen Studien zu tun!«

»Das hat absolut mit meinen Studien zu tun! Ich will nicht länger in diesem Jesuitenkolleg sein. Ich will leben.«

»Du klingst wie diese aufrührerischen Studenten, die das Leben als Strafe ansehen und die Monarchie stürzen wollen, um eine vom Volk gewählte Regierung an die Macht zu setzen.«

»Das ist es auch in diesem Kolleg. Du flanierst bei Hofe herum und konntest dir in meinem Alter bereits die Gunst des Königs an der Front und in Österreich erwerben. Das werde ich nie erreichen, solange ich tote Römer analysieren muss.«

Die Lautstärke nahm mit jedem Wort zu. Julia stand zwischen den beiden Männern, die sich über ihren Kopf hinweg anschrien.

»Soll ich dich etwa an den österreichischen Hof schicken? Was willst du dort? Du kannst nicht mal anständig Deutsch.«

»Ich will nicht nach Österreich. Ich will mich hier beweisen.«

»Du willst nur beweisen, dass du ein Mann bist«, warf ihm Etienne vor. »Der Brief des Abtes war eindeutig: Du hast das Mädchen geschwängert!«

»Und du glaubst dem Abt mehr als mir?«, schrie Alexandre empört. »Ausgerechnet *du* willst den Stab über mich brechen? Wo doch dein Name immer im Zusammenhang mit Ninon, der Ludres und unzähligen weiteren Hofdamen genannt wird? Das andere Dutzend Namen kann ich mir nicht mal merken!«

»Du gehst morgen zurück nach Béziers und wirst deine Studien beenden«, sagte Etienne bestimmt.

»Den Teufel werde ich tun.« Alexandre umrundete Julia und trat drohend auf seinen Bruder zu. »Nur damit du hier weiter mit der Kleinen rumhuren kannst, wobei ich dir im Weg wäre.«

Etienne holte zum Schlag aus, aber Julia hängte sich an seinen Arm. »Euer Bruder ist mir nie zu nahe getreten. Eure Vorwürfe sind ungerecht«, rief sie ängstlich in Alexandres Richtung.

»Das würde ich an Eurer Stelle jetzt auch sagen.« Alexandre kochte vor Wut. Seine Augen waren zu Schlitzen verengt, als er sie und Etienne musterte. »Ich habe genug gesehen.«

»Nein, nein«, entgegnete Julia schnell und klammerte sich fester an Montsauvans Arm, als er sie abschütteln wollte. »Er hat was mit Angélique de Fontanges am Laufen. Macht Euch doch beide nicht unglücklich!«

Jetzt richtete sich Etiennes kalter Blick auf sie. Ach herrje. Was hatte sie da angerichtet?

»Woher wisst Ihr …« Seine Stimme war auf einmal ganz ruhig. Ruhig und beherrscht. Beängstigend.

Julia schluckte und ließ ihn los. »Ich bin vielleicht unerfahren, aber keineswegs blind und dumm.«

Etienne starrte sie an und Sekunden verstrichen, in denen man deutlich das laute Ticken der Standuhr aus dem Salon oben hören konnte. Julia fühlte sich immer unbehaglicher. Wie hatte sie nur so blöd sein können? Wo er doch so viel Wert auf Diskretion legte!

»Geht ins Bett!«, sagte Etienne endlich.

»Nein.« Julia versuchte ihre Stimme so fest wie möglich klingen zu lassen. »Ich bin kein kleines Kind mehr und Ihr seid nicht mein Vormund.«

Etienne sah aus, als wäre er kurz davor, in die Luft zu gehen. Die Narbe an seinem Kinn schwoll an wie eine Krampfader. Seine Lippen waren zu einem dünnen Strich gepresst. »Geht. Ins. Bett.«

Julia atmete tief durch. »Nein. Nicht, wenn Ihr Euch noch weiter streitet und Gefahr besteht, dass Ihr Euch prügelt.« Blöderweise konnte sie nicht mehr verhindern, dass ihre Stimme leicht zitterte.

Die Uhr begann zu schlagen. Mitternacht.

1678!

Als die Schläge verklungen waren, sah Julia, dass Etiennes Lippen nicht mehr ganz so fest zusammengepresst waren.

»Wir werden uns nicht schlagen. Geht zu Bett. Ich muss mit meinem Bruder allein sprechen.«

Julia sah von Etienne zum schönen Alexandre. Der war noch immer wütend, aber auch ruhiger.

»Ich verspreche es Euch«, sagte Etienne dieses Mal nachsichtiger.

Julia nickte. »Ich weiß, Ihr haltet Eure Versprechen.« Ihr letzter Blick galt Etienne, ehe sie sich zur Treppe wandte.

Als sie im Bett lag, hörte sie die Männer bis ins obere Stockwerk reden. Sie schrien nicht, aber es wurde lautstark diskutiert. Sehr ungewöhnlich für Etienne, der sonst so ruhig und ausgeglichen war.

Das neue Jahr fing ja gut an.

26. Kapitel
ALEXANDRE

Als sie am nächsten Morgen in den Speisesalon kam, fand sie Etienne und Alexandre bereits am Tisch vor. Beide erhoben sich, als sie eintrat.

»Guten Morgen, wie ich sehe, habt Ihr Eure Streitigkeiten beendet«, begrüßte Julia sie mit aufgesetzter Fröhlichkeit. Weil Alexandre den Platz am gegenüberliegenden Tischende einnahm, wo sie sonst saß, ließ sie sich an der langen Seite nieder. Ein Diener servierte ihr einen Teller mit Brioche und Weißbrot. Dazu schenkte er Milch für sie ein.

»Ihr habt eine komische Art zu frühstücken«, bemerkte Alexandre.

Julia blickte erstaunt auf und sah fragend zu Etienne, der vor genau den gleichen Zutaten saß.

»Anders als bei den Jesuiten hat sich in Paris diese Art von Frühstück langsam durchgesetzt. Der König seinerseits trinkt zwar nur Kräutertee oder Bouillon, aber zumeist hält er ja auch um elf Uhr sein Grand Souper, während wir Höflinge warten müssen, bis er fertig ist, ehe wir etwas zu essen bekommen.«

»Und du wolltest mich zu Hirsebrei und Wasser zurückschicken«, murmelte Alexandre und biss herzhaft in eine Brioche.

»Ich wollte dich zu deinen Studien zurückschicken. Das ist etwas gänzlich anderes.«

»Geht das schon wieder los?«, fragte Julia genervt.

»Wo Ihr es erwähnt: Nach Eurem Frühstück wünsche ich Euch in der Bibliothek zu sprechen«, sagte Etienne streng.

»Ich wünsche Euch auch ein frohes neues Jahr«, entgegnete Julia schnippisch und begann zu essen.

Der Graf runzelte sichtlich verärgert die Stirn.

»Ich glaube, wir werden uns *jetzt* unterhalten.« Montsauvan gab einem der Diener ein Zeichen und der Lakai machte Anstalten, Julia den Teller mit *ihrem* Essen wegzunehmen.

Julia hielt ihn mit beiden Händen und vollem Mund fest. Erst musste sie schlucken, ehe sie Montsauvan anfauchen konnte. »Was soll das werden? Erst schickt Ihr mich ins Bett wie ein kleines Kind und jetzt werde ich mit Essensentzug bestraft. Wollt Ihr Eurem Bruder beweisen, wer die Hosen anhat, oder was?«

»Wenn Ihr aufhört Euch wie ein Kind zu benehmen, werde ich aufhören Euch wie eines zu behandeln«, erklärte er unumwunden.

Vor Empörung vergaß sie den Teller festzuhalten und er wurde entfernt. Julia stand auf. »Ich bin fertig«, berichtete sie kühl. »Wir können sofort gehen.«

Sie verließ den Raum, ohne sich davon zu überzeugen, ob er ihr folgte.

Hinter sich hörte sie Alexandre lachen. »Ich hätte nie gedacht, dass du eine Frau findest, die dir widerspricht.«

Etienne seufzte. »Das sind nur Anwandlungen, die jede junge Dame in diesem Alter befallen. Sobald ihre Weiblichkeit bestätigt wurde, werden sie vergehen.«

Anwandlungen?

»Das habe ich gehört!«, rief Julia entrüstet durch die noch offene Tür.

Etienne war jetzt ebenfalls aufgestanden und drehte sich noch einmal zu seinem Bruder um. »Der einzige Unterschied zu den anderen ist: Diese Dame hier hat helle Ohren und einen wachen Verstand.«

* * *

In der Bibliothek stellte sich Julia mit dem Rücken zum hellen Fenster Richtung Osten. Damit hatte sie das Licht auf ihrer Seite und ihr Gesicht lag im Schatten. Sollte der eingebildete Mistkerl doch mal raten, wie sehr sie dampfte. Obwohl ... warum raten lassen?

»Etienne de Montsauvan, Ihr seid der sexistischste, chauvinistischste Mann, der mir je begegnet ist«, ging sie sofort in die Offensive. »Und wir wollen es ein für alle Mal festhalten: Ihr, Monsieur, seid *nicht* mein Vater!«

Er stellte sich an den Schreibtisch, Arme und Knöchel gekreuzt. Sie konnte genau sehen, dass ihm ihre Ansprache nicht passte.

»Was bedeutet *sexistisch*?«, fragte er bohrend. »Wenn es das heißt, was ich befürchte, haben wir ein ernstes Problem mit Eurer Ausdrucksweise.« Sie sparte sich eine Antwort und kreuzte die Arme vor der Brust. »Also anscheinend eines Eurer modernen Wörter. Nun gut, wenn Ihr nicht darüber reden wollt ...«

»Will ich schon, aber ich habe Angst, dass Ihr, sobald ich noch einmal meine Meinung kundtue, Euren Ledergürtel nehmt und mich verprügelt.« Sie konnte genau erkennen, dass er versuchte in ihrem Gesicht zu lesen. Ha! Den Standplatz hatte sie gut gewählt.

»Kommt hierher, Julia!«

»Nein, danke. Ich halte lieber Abstand«, entgegnete sie hochnäsig. »Sagt, was Ihr mir zu sagen habt, damit wir es hinter uns bringen.«

»Wenn Ihr nicht augenblicklich aus dem Licht heraustretet,

werde ich zum ersten Mal in meinem Leben einer Frau gegenüber handgreiflich.« Obwohl er sehr leise gesprochen hatte, war die Drohung unmissverständlich.

Sie fragte sich unwillkürlich, ob er einer Angélique de Fontanges gegenüber auch so forsch gewesen wäre. Oder besaß man als seine Geliebte Sonderrechte? Er stützte seine Hände neben sich auf dem Schreibtisch ab und wirkte plötzlich wie ein Sprinter, der auf den Schuss wartet. Vorsichtig trat Julia auf ihn zu.

»Woher wisst Ihr von Angélique?«, fragte er beherrscht.

Julia stutzte. Konnte sie so wenig ihre Gedanken vor ihm verbergen? »Ich habe es zufällig gesehen«, antwortete sie langsam.

»Habt Ihr mir nachspioniert?«

»Nein!«, rief sie entrüstet. »Das war wirklich Zufall.«

»Warum habt Ihr es erzählt?«

»Ich hätte es für mich behalten, aber Eure herablassende Art Eurem Bruder gegenüber hat mich in Rage gebracht. Und erzählt habe ich es nur ein Mal: gestern Abend.«

»Ihr findet mich herablassend?« Er wirkte erstaunt.

»Und wie! Es gibt keinen herablassenderen und distinguierteren Menschen als Euch. Ihr könnt sogar Monsieur de Lorge noch etwas vormachen. Der hat mir nie verziehen, dass ich mich damals kurz nach meiner Ankunft vor ihn gedrängelt habe. Obwohl ich manchmal glaube«, setzte sie versonnen hinzu, »er versucht Euch bloß zu imitieren.«

»Monsieur de Lorge ist über dreißig Jahre älter als ich«, wandte Etienne ein.

»Und trotzdem zollt er Euch den größten Respekt. Euch lässt er sogar den Vortritt bei der Messe.« Das hatte sie mehrfach beobachten können bei den Gottesdiensten, auf die der König in Versailles so viel Wert legte.

Etienne ließ sie nicht aus den Augen. »Er wird wieder abreisen«, sagte er unvermittelt.

»Was?«

»Alexandre. Er wird nicht in Paris bleiben.«

»Ihr schickt ihn zurück ins Kloster?«, fragte sie ungläubig.

»Erstens ist es eine Schule, kein Kloster, zweitens werde ich ihm ein Amt beim Marschall du Plessis oder dem Prinzen de Condé verschaffen, bei dem er seine ersehnten militärischen Erfahrungen sammeln kann.«

Julia schluckte. »Ihr wollt ihn in den Krieg schicken?«

»Wer sagt, dass es Krieg geben wird?«, fragte Etienne.

Julia zog beide Augenbrauen hoch. »Woher komme ich?«

Er zog eine Grimasse. »Kommen wir zu drittens.«

»Es gibt ein Drittens?«, fragte Julia und ahnte es bereits.

»Alexandres Aussehen hat ihm in den letzten Jahren, in denen er zum Mann gereift ist, ein paar arge Probleme beschert.« Julia fühlte die Hitze in ihre Wangen steigen. »Und ich habe das Gefühl, auch Ihr genießt seine Nähe.«

Erwischt, dachte sie, sagte aber nur: »Vielleicht.«

»Ich bin zwar nicht Euer Vater, doch ich muss Euch darauf hinweisen, dass Ihr ein Mündel des Königs seid«, begann er in strengem, schulmeisterlichem Ton. »Als solches werdet Ihr eine gute Partie machen. Euer künftiger Ehemann wird außerdem darauf bestehen, dass das erste Kind zweifelsfrei seines ist.«

Julia räusperte sich. »Aber wenn er derjenige ist, der mich *defloriert*«, das Wort betonte sie extra, »wird er das doch nicht im Nachhinein reklamieren, oder?«

»Nein, aber weshalb sollte er Euch noch heiraten wollen, wenn er bekommen hat, was er wollte?«, entgegnete der Graf, der so langsam die Geduld zu verlieren schien.

»Seid Ihr deswegen noch nicht verheiratet?«, fragte Julia, der das Gespräch allmählich zu peinlich wurde. »Weshalb sonst heiratet Ihr Angélique de Fontanges nicht?«

»Das«, sagte Montsauvan drohend, »geht Euch überhaupt nichts an.«

Sie hatte es geahnt. *Typisch.* »Typisch«, sagte sie. »Meine Gefühlswelt wird seziert und diagnostiziert, aber über Eure darf nicht einmal ansatzweise gesprochen werden.« Sie wandte sich zur Tür.

»Wohin geht Ihr? Ich war noch nicht fertig.«

»Aber ich. Ich bin müde, habe Kopfschmerzen und Hunger. Wenn Ihr noch irgendetwas Sinnvolles von Euch geben wollt, muss das bis heute Nachmittag warten. Für heute Morgen habe ich genug von Euren männlichen Herrschaftsanwandlungen.«

Julia zog sich verstimmt in ihr Zimmer zurück. Sie hatte tatsächlich Kopfschmerzen. Sehr wahrscheinlich vor Hunger, sagte sie sich mürrisch. Sie schickte Sophie in die Küche für einen Imbiss. Doch als es wenig später an die Tür klopfte, war es nicht Sophie, die das Tablett trug, sondern Alexandre.

Sofort setzte sich Julia aufrecht hin.

»Ich wollte nach Euch sehen«, erklärte der junge Mann.

»Ihr hier in meinem Schlafzimmer?«, fragte sie und gleichzeitig bangte sie, er könnte sich umdrehen und wieder gehen.

Das tat er zum Glück nicht. Er stellte das Tablett auf dem Tisch ab und setzte sich in den Sessel ihr gegenüber. Es roch verführerisch und ihr leerer Magen grummelte.

»Ihr seid wahrscheinlich noch nicht lange genug in Paris, um zu wissen, dass manche Preziösen ihre Besucher im Bett empfangen.«

»Ihr haltet mich für *preziös*?«, fragte sie enttäuscht. In ihren Ohren klang das nach Blaustrumpf. Und Blaustrumpf stand spätestens seit Jane Austen für langweilig.

»Ich weiß noch nicht, wofür ich Euch halten soll. Auf alle Fälle für hungrig.«

Peinlicherweise knurrte ihr Magen in diesem Moment lautstark.

»Weiß Euer Bruder, dass Ihr hier seid?«, fragte sie und begann zu essen.

»Ich halte es nicht unbedingt für erforderlich, ihn in allem nach seiner Meinung zu fragen«, wich er aus.

Julia sah ihn scharf an. »Er weiß es also nicht.«

Alexandre zog eine Grimasse. »Ihr müsst ihn mittlerweile lange genug kennen, um zu wissen, dass er sehr unangenehm werden kann, wenn ihm etwas nicht passt.«

In der Tat. Aber konnte er noch unangenehmer werden als gestern Abend oder heute Morgen? Er hatte sie vor einem Fremden wie ein unmündiges Kind behandelt. Vor einem äußerst attraktiven Fremden auch noch. Arroganter, überheblicher, chauvinistischer ... Wütend spießte sie ein Stück Schinken auf die zweizackige Gabel. Dabei betrachtete sie Alexandre aus den Augenwinkeln. Er saß bequem zurückgelehnt mit überschlagenen Knöcheln im Sessel. Seine Haare – keine Perücke! – fielen ihm in weichen dunklen Wellen auf die Schultern. Er war frisch rasiert und duftete nach dem gleichen Rasierwasser wie Etienne. Sie war noch immer nicht dahintergekommen, um was für einen Duft es sich handelte. Es war etwas Exotisches. So viel stand fest. Wahrscheinlich ein Duftstoff für Blinde, der vermittelte: *Ich bin heiß.*

Apropos. Das schien Alexandre auch ohne Parfüm zu vermitteln, wenn sie sich Etiennes Worte in Erinnerung rief. Und auszunutzen obendrein. »Was war das für eine Geschichte mit dem geschwängerten Mädchen?«, fragte sie ihn rundheraus.

»Ihr seid aber direkt.« Er schien nicht im Mindesten peinlich berührt, sondern grinste breit.

»Und Ihr weicht aus.«

Alexandre sah sie mit demselben undurchdringlichen Blick an, den sein Bruder so hervorragend beherrschte.

»War sie verheiratet? Oder noch schlimmer: War sie es nicht?«

Jetzt ließ ihn sein Lächeln im Stich. »Ihr solltet nicht alles glauben, was ...«

»Ich muss wohl das Schlimmste annehmen, wenn Ihr mir nicht antwortet«, fiel sie ihm ins Wort.

Und da war er wieder, der durchdringende Blick.

»Ich glaube nicht, dass die Geschichte für Eure Ohren bestimmt ist.«

Julia rollte die Augen. »Fangt bloß nicht so an wie Euer Bruder. Ich habe ihm gerade erklärt, dass er nicht mein Vater ist, und Ihr seid es auch nicht.«

»Ich setze noch einen drauf«, erklärte er und das charmante Lächeln kehrte zurück. »Ich weigere mich sogar mich als Euren Bruder zu sehen.«

Bei diesem jungenhaften Lächeln wurde sein Kinngrübchen noch tiefer. Zu schade, dass Etienne diese Narbe hatte. Die verdeckte das seine. Julia fühlte ihre Handflächen feucht werden und sie musste ihre Gabel fester packen, damit sie nicht zu Boden flutschte. Sie räusperte sich. »Also? Das Mädchen!«

Das Grübchen verschwand und er seufzte. »Ich bin nicht ganz unschuldig ... Ihr braucht nicht so vorwurfsvoll zu schauen. Lasst mich ausreden. Bei dem Mädchen handelte es sich um eine ... eine ...« Er wedelte mit der Hand, auf der Suche nach einem passenden Wort.

»Ich verstehe schon. So eine.«

Sein Grinsen war dieses Mal etwas schwächer. »Sie hatte zu hören bekommen, dass ich der jüngere Bruder vom neu ernannten königlichen Ratsmitglied für österreichische Belange bin und demnach eine gute Partie. Sie glaubte mich damit binden zu können.«

»Aber Ihr wart doch ... involviert, oder?« Julia wedelte genauso wie er.

Sein Lächeln war süffisant. »Zum ausschlaggebenden Zeitpunkt nicht mehr.«

Julia atmete erleichtert aus und fragte sich sofort, warum sie erleichtert war. Als sie sein wissendes Grinsen bemerkte, schob sie schnell eine Olive in den Mund. »Und jetzt wollt Ihr zum Militär?«

»Wie kommt Ihr darauf?«, fragte der junge Mann erstaunt.

»Nun. Jeder junge Edelmann möchte entweder sein Familienwappen im Krieg unter Beweis stellen oder einfach nur Held werden.« Wusste er etwa noch nichts von Etiennes Plänen?

Alexandres Lächeln wurde schmeichelnd. Seine Augen funkelten plötzlich und er legte den Kopf schräg. »Ich weiß nicht. Im Moment ziehe ich Paris jedem Schlachtfeld vor.«

An der zweiten Olive verschluckte sie sich. Das Besteck hinwerfend begann sie laut zu husten.

Wenigstens hatte er den Anstand, den Blick abzuwenden. Als die Olive endlich weg war, bemerkte Julia, dass sich Alexandre in ihrem Zimmer umsah.

»Hübsch ist das alles hier geworden«, sagte er.

Siedend heiß fiel ihr ein, dass sie im Zimmer der künftigen Gräfin de Montsauvan untergebracht war. Und durch die Flügeltür gegenüber betrat man Etiennes Schlafräume.

»Etienne hat vor einigen Jahren alles renovieren lassen«, erläuterte Alexandre. »Früher war es mit dunklem Holz getäfelt und mit schweren Eichenmöbeln ausgestattet. Die hellen Tapeten gefallen mir viel besser.«

»War das Euer Zimmer?«, fragte Julia neugierig.

»Nein. Das hier war das Zimmer meiner Mutter.«

Ach herrje.

»Es tut mir leid. Wenn es Euch missfällt, dass ich hier ...«

»Nein, nein«, wehrte er sofort ab. »Aber Ihr wisst, dass Etiennes Gemächer direkt auf der anderen Seite dieser Tür liegen?«

Julia nickte. »Er meinte, es seien die komfortabelsten Räume, und weil ich länger hier wohnen würde, wäre es angenehmer.«

Alexandre blickte auf einmal wieder sehr nachdenklich drein, wenn nicht sogar düster.

»Die Tür ist verschlossen«, fügte sie hinzu. Sein Blick änderte sich nicht. »Erzählt mir bitte von Eurer Mutter«, versuchte Julia ihn abzulenken. »Wenn ich in ihren Räumen wohnen darf, würde ich gern mehr über sie wissen.«

Alexandre stand auf. »Da müsst Ihr Etienne fragen. Sie starb bei meiner Geburt.«

»Aber es muss doch irgendetwas geben, das Ihr über sie wisst?«

»Sie war Deutsche. Mein Vater lernte sie kennen, als er bei Friedensverhandlungen in Münster den Herzog von Longueville begleitete.«

»Ach«, sagte Julia überrascht. Daher konnte Etienne so gut Deutsch. Wieso hatte sie ihn nie danach gefragt? Weil er anfangs so unnahbar gewesen war, fiel ihr ein und sie dachte wieder an das Gespräch heute Morgen in der Bibliothek. Das konnte er wirklich gut. »Wie hieß Eure Mutter?«

»Ihr Mädchenname war Johanna von Goertz. Etienne sagte, sie habe sich geweigert nach ihrer Heirat das französische Jeanne anzunehmen.« Alexandre machte einen Schritt in Richtung Flügeltür und drückte gegen den Griff.

Julia beobachtete ihn amüsiert. »Zufrieden?«

Er sah zu ihr. »Zumindest bin ich nicht wirklich überrascht. Wer hat den Schlüssel?«

»Ich«, log Julia, ohne zu zögern.

Jetzt lächelte er und zog dabei einen Mundwinkel höher als den anderen. Er setzte sich wieder in den Sessel, stützte allerdings dieses Mal den Ellbogen auf dem Tisch und das Kinn auf seiner Hand ab. »Sagt mir, Julia, Mündel des Königs, wäre die Tür auch abgeschlossen, wenn ich auf der anderen Seite schlafen würde?«

Die Olive, die gerade zwischen Julias Lippen steckte, fiel herunter, plumpste auf den Teller und sprang von dort flummiartig weiter zu Boden.

Julia wusste nicht, was tun. Sich nach der Olive bücken, weiter in diese sagenhaft grünen Augen starren oder Alexandre vors Schienbein treten, damit er aufhörte sie so zu verwirren.

Das war zum Glück nicht nötig: Er erhob sich – auf den Lippen noch immer dieses Lächeln. »Das sagt mir genug. Ich gehe besser, damit Ihr in Ruhe essen könnt. Und wenn Ihr fertig seid, können wir eine Runde spielen. Hoca. Im Blauen Salon. Ich warte auf Euch.«

Julia sah ihm nach. Als sie endlich weiteressen konnte, war der Schinken ganz kalt. Und die Olive war nicht aufzufinden.

27. Kapitel
VERSUCHUNGEN

»Was würdest du tun, wenn du eine eindeutig zweideutige Einladung von dem attraktivsten Mann der Welt erhalten hättest, aber nicht genau wüsstest, was er im Schilde führt?«, fragte Julia, als Sophie zwanzig Minuten später erschien.

»Eindeutig zweideutig?« Sophie kicherte. »Ihr redet manchmal komisch, Mademoiselle.« Sie machte das Bett und überprüfte die Handtücher im Waschraum.

»Ich meine damit ... also ... was, wenn ein Mann eine ... eine Versuchung darstellen könnte«, versuchte Julia es deutlicher zu machen.

»Annehmen«, sagte Sophie und schüttelte das Nachthemd aus.

Julia betrachtete es angewidert. Es kratzte und war schwer und ungemütlich. Jedes Mal, wenn sie sich nachts im Bett drehte, verhedderten sich ihre Beine in den langen Lagen Stoff.

»Annehmen?«, wiederholte sie Sophies Antwort.

»Ja, Mademoiselle. Bei einem Mann wie Monsieur Flémont darf man ruhig eine Dummheit begehen.«

Julia war schockiert. »Ich habe nicht gesagt, dass es sich dabei um Monsieur Alexandre handelt.«

»Stimmt, Mademoiselle. Handelt es sich um jemand anderen?«

»JA!«

Sophie nickte ungerührt. »Annehmen. Männer wie Monsieur Alexandre sind selten. Ein bisschen küssen ist da nicht tragisch.« Sie knickste und ging mit den benutzten Handtüchern hinaus.

Julia starrte ihr wütend hinterher. Klar musste Sophie so denken. Sie schlief bei Etiennes Kammerdiener und brauchte keinem Monarchen was vorzulügen.

* * *

Julia hatte das Gefühl, der Teppich wurde allmählich fadenscheinig.

Seit Sophies Abgang rannte sie auf und ab. Die Standuhr im Salon hatte schon halb geschlagen. Seit einer Stunde wartete er.

Sie konnte sich nicht entscheiden, ob sie in den Blauen Salon gehen sollte oder nicht. Einerseits: Was hatte sie zu verlieren? Eine ganze Menge, wenn sie Sophies Ratschlag befolgen sollte. Etiennes Warnung war unmissverständlich gewesen. Andererseits: Was würde Alexandre von ihr halten, wenn sie nicht erschien? Würde er sie langweilig finden? Julia ging auf, dass sie nicht wollte, dass er sie langweilig fand.

Sie *wollte* für ihn aufregend sein. Und hübsch. Ein weiterer Blick in den Spiegel – der bestimmt hundertste in den vergangenen zehn Minuten – sagte ihr, sie sähe okay aus. Nein, sie *war* hübsch. Die Kleider aus dieser Zeit standen ihr, keine Frage. Und sie leuchteten so schön im Sonnenlicht. Der Stoff glänzte satter als jeder Taft. Synthetik war demnach doch kein Ersatz für Handarbeit.

»Tu ich's oder tu ich's nicht?«, fragte sie ihr Spiegelbild. Darin konnte sie sehen, dass es draußen wieder schneite. Sie trat ans Fenster. Eine besonders dicke Schneeflocke wirbelte direkt vor ihrer Nase umher. »Wenn die auf dem Geländer meines kleinen Balkons liegen bleibt, tu ich's und pfeif auf Etienne.«

Sie blieb liegen und Julia sprintete zur Tür hinaus.

* * *

»Er ist ausgegangen.«

Etienne klappte geräuschvoll das Buch in seiner Hand zu.

»Was? Wer?« Julia bremste abrupt und versuchte ihre Enttäuschung nicht zu zeigen.

Etienne lächelte wissend und kam auf sie zu. »Alexandre hat eine Stunde lang dort im Sessel gelesen. Ich gehe davon aus, dass er auf Euch gewartet hat, denn er blätterte nicht eine einzige Seite um.«

Julia wurde warm. Sie war zu spät. Er hatte gewartet und sie hatte zu lange gezögert.

Verdammt.

»Ich möchte mich bei Euch entschuldigen.«

Er konnte erst ein paar Minuten weg sein, wenn er … »Moment mal, was habt Ihr gesagt?«, fragte sie, als Etiennes Worte endlich in ihre Gedanken vordrangen.

»Ich entschuldige mich für mein Benehmen gestern Abend und heute Morgen. Darf ich meine *männlichen Herrschaftsanwandlungen* wiedergutmachen?«

Julia sah ihn zerknirscht an. »*Herrschaftsanwandlungen?* Habe ich Euch das wirklich an den Kopf geworfen?«

»Ich habe Euch tatsächlich gemaßregelt wie ein Kind. Das tut mir leid. Und Euer Vorwurf war durchaus berechtigt.« Er sah sie bittend an.

Etienne de Montsauvan bat *sie,* Julia Willwer, um Verzeihung. Sie lächelte ein wenig verkrampft. Zu jedem anderen Zeitpunkt hätte sie das genossen.

»Und ich entschuldige mich für das, was ich über Euch gedacht habe«, fügte sie hinzu und biss reuig auf ihre Unterlippe.

»Wenn Ihr nicht allzu enttäuscht darüber seid, etwas Zeit mit dem falschen Flémont zu verbringen, würde ich es gern wiedergutmachen. Darf ich?«

Da konnte sie nicht länger böse sein und lächelte ihn ehrlich an. »Ihr dürft. Wenn Ihr damit sagen wollt, dass Ihr einen neuen Roman angeschafft habt, werde ich Euch auch nie wieder sexistisch nennen.«

Er hob eine Braue und verengte die Augen. »Dafür will ich nie wieder dieses Wort von Euch hören. Aber ich hatte an kein Buch gedacht. Zieht Euch etwas Warmes an, wir gehen aus. Ich habe eine Überraschung für Euch.«

»Nur bitte keinen tanzenden Prinzen mit Geigen und Rosen.«

Etiennes Gelächter folgte ihr die Treppe hinauf.

* * *

Ein kleiner Pferdeschlitten erwartete sie im Hof. Ein Apfelschimmel war davorgespannt und die Glöckchen an seinem Zaum klingelten bei der kleinsten Bewegung.

»Ein Zelter!«, rief Julia staunend. »Ihr besitzt einen Schlitten?«

»Ich dachte, eine Schlittenfahrt würde Euch gefallen, und ich hätte meine Anwandlungen wiedergutgemacht.«

»Und wie mir das gefällt!«

Sie wurde von Lucien mit einer Decke und einem heißen Ziegelstein versorgt. Etienne schwang sich voller Elan neben sie. Julia hakte sich bei ihm unter und steckte die Hände in den Muff.

»Wie wäre es, wenn wir bis nach Vincennes fahren und auf dem Rückweg in dieser neuen Schokoladenstube haltmachen?«

»Wir machen eine Stadtrundfahrt?«, rief sie aufgeregt. Mit Ausnahme von ihrer Ankunft und den Besuchen von Notre-Dame und dem Louvre hatte sie noch nicht viel von Paris gesehen.

»Genau, wir machen eine *Stadtrundfahrt.*«

»Das«, sagte sie strahlend, »ist die beste Idee, die Ihr je hattet.«

Er grinste jungenhaft. »Also hätte ich mir die Schokolade sparen können?«

»Untersteht Euch! Ich will etwas sehen. Und alles probieren.«

Etienne trieb das Pferd an und die Glöckchen begannen lustig zu bimmeln.

Julia summte *Jingle Bells* und betrachtete mit großen Augen ein Paris, das gerade dabei war, dem Mittelalter zu entfliehen.

Eine Schneedecke lag auf allem und die Menschen, so unterschiedlich bunt, eilten fröstelnd durch die Straßen. Es gab viele Läden, wo man an den geöffneten Fenstern Backwaren erstehen konnte, Handwerker boten vor den Türen ihre Arbeit an. Es gab Küfer, Schuster, Schreiber, Schreibfederanspitzer, Weber, Näher und noch viele andere, die Julia gar nicht alle zu benennen wusste. Beinahe ein jeder saß trotz des Wetters vor oder in der geöffneten Ladentür, um seine Waren feilzubieten. Es war sagenhaft.

Allerdings gab es auch die weniger erfreulichen Dinge.

Im weißen Schnee wurden die gelben Flecken von Urin und die anderer Exkremente besonders sichtbar, überall gab es zusammengekehrte Misthaufen, die teilweise erbärmlich stanken und aus denen eine undefinierbare Brühe auf die Straße lief. Bei diesem Anblick konnte Julia verstehen, warum der König im Sommer das entlegene Versailles der Stadt Paris vorzog.

Außerdem sah sie Bettler. Nicht die Sorte Bettler, die etwas schmuddelig und unrasiert mit Pappbechern in den Fußgängerzonen der modernen Städte saßen. Hier trugen die Bettler richtige Lumpen. Kleidung voller Löcher und so unsauber, dass sie bestimmt so hart waren wie steifes Leder. Die meisten hatten sich einfach nur Stofffetzen um ihre nackten Füße gewickelt. Vielen fehlten Gliedmaße und einen sah Julia, der sich schwerfällig auf einem Brett mit Rädern durch den braunen Schnee schob.

»Immer noch begeistert?«, fragte Etienne, der ihre krause Nase sah.

Sie schluckte.

Schließlich hatten sie die Porte Saint-Antoine neben der Bastille erreicht. Vor ihnen lag nur noch freies Feld.

»Da sind ja Windmühlen!«, rief Julia aufgeregt.

Etienne fuhr ein wenig außerhalb von Paris die Stadtmauer entlang und es war wirklich herrlich. Die Sonne hatte die Schneewolken verdrängt und schien warm auf sie herab.

»Ich fürchte, Ihr bekommt Sommersprossen«, sagte Etienne, als er zu Julia sah, die glücklich und still alles um sich herum aufsog. Als sie das Stadttor neben der Bastille wieder hineinfuhren, fragte Etienne: »Habt Ihr schon mal einen Hafen gesehen?«,

Er lenkte den Schlitten links in eine Seitenstraße und sogleich schlugen Julia ganz andere Gerüche entgegen. Faul, herb, verwest, gleichzeitig einen Hauch blumig, kräutermäßig und nach Gewürzen wie Zimt und Koriander.

»Wir sind in der Nähe des Hafens und der Verwesungsgeruch rührt von den Gerbern am anderen Seineufer, seht Ihr?« Etienne deutete auf den Fluss direkt vor ihnen – aber Julia stach etwas ganz anderes ins Auge.

»Dort geht Monsieur de Rohan.«

»Was?« Etienne zügelte das Pferd und sah in die von Julia ausgewiesene Richtung.

»Dort hinten. Er trägt keine Perücke, aber er ist es. Zweifellos.«

»Was tut er hier?«

»Ist hier in der Nähe zufällig Picpus?«, fragte Julia aufs Geratewohl.

Etienne sah sie erstaunt an. »Ja. Dort hinten.«

»Ich glaube, er will Latein lernen.«

Julia erzählte ihm von Rohans und ihrem Zusammentreffen mit dem seltsamen Lateinlehrer, der angeblich bei Madame de Montespan gewesen war und dann doch nicht, weil sie ja nicht anwesend gewesen war.

»Hm«, war Montsauvans einziger Kommentar, aber er lenkte den Schlitten in eine Parallelstraße. So konnten sie beobachten, dass Rohan vor einem sehr ärmlich aussehenden Haus stehen blieb, wo ihm erst auf ein besonderes Klopfzeichen hin geöffnet wurde.

»Ich würde gern wissen, wer jetzt noch auftaucht, aber ich befürchte, wir beide fallen auf.«

Julia sah sich um und registrierte ein paar hoffnungsvolle Kinder in Lumpen, die sich dem Schlitten näherten.

»Können wir ihnen etwas geben?«, fragte sie mitleidig. Die Augen der Kinder traten beinahe aus den Höhlen und die Arme und Beine, die aus den Lumpen rausschauten, waren dürr wie Zweige.

Etienne seufzte, fasste in seine Rocktasche und warf eine Handvoll Münzen in den Schnee.

Im Wegfahren sah Julia, wie sich die Kinder darum balgten.

Madame de Sévigné, Paris, an Madame de Grignan, Provence

Endlich bin ich zur Freude meines Herzens allein in meinem Zimmer und kann Euch schreiben, was für mich die netteste Beschäftigung der Welt ist.
Ich war heute bei Madame de Lavardin zum Essen, ehe ich bei Bourdaloue gewesen bin, wo auch die Kirchenmütter gastierten (Ihr wisst schon: die Prinzessinnen Conti und Longueville).
Alle Welt war da, um ihn predigen zu hören, und die Predigt war es wieder einmal wert, gehört zu werden.

Monsieur de Montsauvan hat bei Madame de Lavardin Eure Grüße entgegengenommen.
Er war dort mit seinem kleinen Schatten, der Mademoiselle Allemande, und seinem Bruder Monsieur de Flémont, der nächsten Monat zur Garde des Großen Condé dazustoßen wird. Später sind wir alle zum Jahrmarkt von Saint-Germain gegangen und haben ein Teufelsweib gesehen.
Übrigens, wenn Ihr denkt, die jungen Hofdamen der Königin seien toll, so wisst Ihr nicht, wie richtig Ihr damit liegt. Vor acht Tagen wurden die Damen Ludres, Coëtlogon und die kleine Rouvroy von einem Hündchen der Théobon gebissen. Das Hündchen ist inzwischen an Tollwut gestorben, weshalb Mesdames Ludres, Coëtlogon und Rouvroy in der Früh nach Dieppe verreist sind, um sich dort dreimal ins Meer tauchen zu lassen. Eine unangenehme Vorstellung, vor allem bei diesem Wetter. Die Königin lehnt es jedenfalls ab, von der Théobon bedient zu werden, bis man weiß, was aus der ganzen Eskapade wird.
Mir graust aber vor allem bei dem Gedanken, den der König verlauten ließ: Er wolle zurück nach Versailles. Es liegt nach wie vor Schnee und Ihr könnt Euch denken, wie kalt es im ungeschützten Bau von Versailles sein muss.

28. Kapitel
DIE GÄNGE DES LOUVRE

Der Dauphin hatte zu einer weiteren Tanzstunde gebeten.

Monsieur Bossuet hielt sich diesmal mit seinen fiesen Kommentaren zurück, es gab keinen Überraschungsauftritt und es waren nur zwei Geiger da. Der Prinz erkundigte sich höflich nach Julias Silvesterabend und sprach vom bevorstehenden Umzug nach Versailles. Dort würde Julia vielleicht wieder öfter mit ihm tanzen üben können ...? Dass Bossuet in diesem Moment keine Bemerkung vom Stapel ließ, lag einzig und allein daran, dass er eingeschlafen war.

Nach der Stunde verabschiedete sich Julia von dem Prinzen und dachte beim Hinausgehen, dass er gar nicht sooo unattraktiv wäre, wenn der arme Kerl nur endlich seine Vorliebe für Knoblauch ablegen würde.

In diesem Augenblick bog der Chevalier de Rohan um die Ecke.

»Meine Wundärztin! Habt Ihr wieder ein Solo vorgeführt bekommen?«

»Das ist nicht sehr nett, Chevalier«, sagte Julia, aber allein die Erinnerung an den Anblick und Rohans mühsam unterdrücktes Lachen ließen sie breit grinsen.

»Ihr seid zu nachsichtig. Ich bin gleich zum Kartenspiel bei Seiner Majestät geladen. Ihr habt mir schon einmal Glück gebracht – wollt Ihr mir nicht auch diesmal zur Seite stehen?«

»Äh ...« Von den Kartenspielen bei Hofe wollte Julia möglichst die Finger lassen.

»Ihr sollt nur hinter mir stehen und mein Glücksstern sein«, schmeichelte Rohan. »Und sollte ich gewinnen, gehört die Hälfte Euch.«

»Chevalier, der König schickt nach Euch.«

Julia zuckte erschrocken zusammen.

Madame de Vilars war unbemerkt hinter ihnen aufgetaucht. Die Frau konnte schleichen wie eine Katze. Unheimlich.

»Der König?«, hakte Rohan misstrauisch nach.

»Seine Majestät höchstpersönlich«, bestätigte die Dame.

Aufgrund der Blicke, die die beiden austauschten, hatte Julia das Gefühl, die Pointe eines Witzes nicht zu verstehen.

»Dann muss ich wohl eilen«, sagte Rohan seufzend. »Mademoiselle, darf ich mit Euch rechnen? In – sagen wir – einer Stunde?«

»Tut ihm den Gefallen, Mademoiselle«, sagte die Vilars und zeigte alle Zähne beim Lächeln. »Er könnte etwas Glück gut gebrauchen.«

Julia schaute zu Rohan und sah noch, wie er Madame de Vilars einen finsteren Blick zuwarf. Jene zeigte noch mehr Zähne und rauschte davon.

»Ich bringe Euch zu Monsieur de Montsauvan«, sagte Rohan.

»Nicht nötig.«

Wieder zuckte Julia erschrocken zusammen.

Dieses Mal hatte sich Alexandre angeschlichen: »Ich bin ebenfalls auf dem Weg zu meinem Bruder.«

Rohan wirkte einen Moment lang, als wolle er ablehnen. Aber weil das unangemessen wäre, nickte er nur und sagte mit diesem für ihn typischen sympathischen Lächeln: »In einer Stunde. Ich zähle auf Euch.« Er ging mit riesigen Schritten den Korridor hinunter und verschwand hinter dem nächsten Alkoven.

»Sollen wir die Tuilerien-Gär…?«, setzte Alexandre an, wurde aber von Julia unterbrochen.

»Wir folgen ihm«, sagte sie, nahm Alexandres Hand und huschte auf Zehenspitzen hinter Rohan her.

»Warum?«, wollte Alexandre verblüfft wissen. »Auch wenn es Euch schmerzt: Er hat seine Geliebte noch.«

»Pst. Wollt Ihr wohl still sein?« Julia lugte vorsichtig um die Ecke. Rohan verschwand soeben im Treppengang. Wie schön, dass hier Teppiche auslagen. Julia hielt Alexandres Hand fest umklammert und zog ihn hinter sich her. Treppe hoch, nach links. Kein Rohan.

»Da lang«, sagte Alexandre und übernahm die Führung.

Sie liefen den nächsten Flur hinunter, dann über eine kleine Stiege nach rechts. Kein Rohan. Nur eine maskierte Gestalt, die durch eine Tür verschwand. Zum Glück schien sie Julia und Alexandre nicht wahrgenommen zu haben.

Julia blieb ratlos stehen. »Und jetzt?«

»Keine Ahnung.«

»Aber Ihr habt uns doch ...«, setzte Julia an.

»Ich bin neu bei Hofe. Ich kenne mich weder in Versailles noch hier aus.«

Entnervt stieß Julia die Luft aus. »In dem Teil des Schlosses war ich noch nicht. Und wisst Ihr, wie groß der Louvre ist?«

»Ich bekomme gerade eine Ahnung.«

»Sehen wir zu, dass wir wieder in den Korridor zurückfinden, wo die beiden nackten Frauen baden. Von da aus weiß ich weiter.«

»Ist ja interessant«, sagte Alexandre mit einem süffisanten Grinsen.

Sie machten sich auf den Weg, mussten jedoch nach zehn Minuten feststellen, dass sie sich in diesem Gang genauso wenig auskannten.

Sie hatten sich verirrt.

Julia wurde ganz mulmig zu Mute. Seit der vorletzten Treppe lagen keine Teppiche mehr aus und es gab keine Alkoven mehr. Auch die Wandtäfelung und Tapeten waren verschwunden. Aber Bilder hingen auch hier. Und Spinnen! Riesige, handtellergroße Viecher. Zwei Stück, und sie krabbelten die Wand entlang an einem goldenen Stuckrahmen vorbei auf sie zu.

Julia machte entsetzt einen Satz zurück und prallte gegen jemanden, der eindeutig nicht Alexandre war.

»Herrgott im Himmel! Ihr schon wieder!«

Die Marquise de Montespan stieß sie voller Kraft von sich und Julia fiel gegen Alexandre. Zum Glück fing er sie auf und stellte sie wieder aufrecht hin, hielt sie aber weiterhin beschützend fest.

»Ich sollte dafür sorgen, dass Ihr mir nicht mehr in die Quere kommen könnt«, zischte die Marquise. Die Haube in ihrem Haar war durch den Zusammenprall verrutscht und zwei Strähnen hingen ihr in die Stirn.

Julia versuchte sich schnell alles in Erinnerung zu rufen, was ihr Madame Scarron über sie erzählt hatte: schwanger, Hormone, Angst.

»Dabei ist der Louvre für den Mob geschlossen.«

Hormone. Verrücktspielende Hormone in der Schwangerschaft.

»Jetzt muss ich schon wieder meine Frisur richten lassen, dabei wartet der König bereits seit einer halben Stunde auf mich. Man sollte Euch dahin zurückschicken, wo Ihr hergekommen seid.«

»Und wohin wäre das, Madame?«, fragte Alexandre höflich.

»In den Wald natürlich! Himmel, nimm das endlich, du unnützes Ding.«

Sie rupfte sich mit Gewalt die Kopfbedeckung aus dem Haar und knallte sie dem Mädchen hinter sich vor die Brust.

Entsetzt sah Julia, wie eine der Spinnen den Türrahmen erreicht hatte. Genau über Madame de Montespan.

»Ihr glotzt auch noch so blöd wie diese Irren aus Bicêtre.« Die Montespan wandte sich ab und ging.

In dem Moment seilte sich die Spinne ab und die *Maîtresse royale* merkte nicht, dass die nun auf ihren Haaren saß. Julia wollte sie darauf aufmerksam machen, aber Alexandre hatte ihr von hinten die Hand über den Mund gelegt. Er zog sie sanft von dem zweiten Vieh fort und sie konnten genau hören, wann Madame la Marquise die dicke, fette Spinne entdeckte.

* * *

Etienne fand sie beide lachend und kichernd in einem der Alkoven sitzen.

»Hat der Dauphin wieder getanzt?«, fragte er verwirrt.

Sofort wurde ihr Lachen lauter.

Julia lag bequem zurückgelehnt auf dem breiten Kanapee, die Füße hochgelegt, die Knöchel überschlagen, so dass ihre hübschen roten Stiefelchen zu sehen waren. Sie betrachtete sie recht gern. Vor allem, weil sie auf Alexandres Oberschenkeln ruhten.

»Ich fürchte, ich habe es mir mit Madame de Montespan endgültig verscherzt«, erklärte sie Montsauvan grinsend.

»Julia!«

»Das war unabsichtlich«, sprang Alexandre zu ihrer Verteidigung ein und erzählte Etienne die ganze Geschichte.

Etiennes Miene wurde immer steifer. Als sein Bruder mit dem Bericht fertig war, nickte er betont ruhig und hielt Julia eine Hand hin.

»Der König würde Euch gern begrüßen.«

Der König! Sofort sprang Julia auf und ihr wurde ganz warm. »Glaubt Ihr, Madame de Montespan …?«

»Nein«, beruhigte sie Etienne und drückte leicht ihre Finger. »Als er nach Euch schickte, war die Marquise noch nicht da.«

Julia atmete erleichtert auf. Trotzdem, zum König gerufen zu werden hatte etwas von dem Gefühl, beim Rektor einer Schule antanzen zu müssen. Andererseits war Ludwig XIV. ihr gegenüber immer aufmerksam und freundlich gewesen. Warum also sollte sie sich sorgen?

»Du sollst auch mitkommen. Er möchte dich kennenlernen«, sagte Etienne zu Alexandre, der bequem sitzen geblieben war. Jetzt erhob er sich überrascht.

* * *

Ludwig XIV. saß in einem Salon an einem Kartentisch. Oh, das hatte Julia ganz vergessen.

In seiner Gesellschaft befanden sich Monsieur de Rohan, Monsieur de Vivonne, der Bruder der Montespan, dieselbige (samt zornigem Blick auf Julia), Monsieur de Louvoir, der Kriegsminister, die Grande Mademoiselle und die Königin.

Julia versank in eine tiefe Reverenz.

»Da ist ja der Glücksstern!«, rief der König gut gelaunt. »Es wird Zeit, dass Ihr erscheint, Mademoiselle. Rohan verliert andauernd. Stellt Euch zu ihm und wir werden sehen, ob sich das Blatt wendet.«

Rohan war mit dem König und dessen Bruder gemeinsam aufgewachsen, hatte Etienne Julia einmal erklärt. Er gehörte quasi zur Familie. Allerdings kam es ihr heute so vor, als gönne ihm Ludwig die Niederlage. Sie stellte sich hinter den Chevalier, dem König direkt gegenüber.

»Ihr seht bezaubernd aus, Mademoiselle«, stellte Ludwig XIV. fest und musterte sie wohlwollend. »Diese Farbe steht Euch.« Es war ein grünes Damastkleid mit zarten weißen Stickereien, das sie bereits an einem Abend in Fontainebleau getragen hatte. »Findet Ihr nicht auch, meine Liebe? Sie hat sich zu einer wahren Hofdame entwickelt.«

»Ja.«

»Nein.«

Alle am Kartentisch sahen sich belustigt an.

Das »Ja« war von der Königin gekommen – die der König angesprochen hatte. Das »Nein« von Madame de Montespan, die wiederum glaubte, der König hätte *sie* angesprochen. Dabei saß sie direkt neben Rohan und konnte Julia von dort aus gar nicht sehen.

Seine Majestät konnte tatsächlich genauso finster dreinblicken wie die Montespan und Ludwig rutschte unangenehm berührt auf seinem Stuhl hin und her, während die Marquise das Ganze kaltließ. Um den peinlichen Moment zu überbrücken, wandte sich Ludwig XIV. Alexandre zu.

»Das ist also Euer Bruder, Montsauvan?«

Etienne verneigte sich. »Alexandre de Flémont, Sire«, stellte er ihn vor.

»Monsieur de Flémont, mir ist zu Ohren gekommen, Ihr habt Eure Studien abgebrochen, um eine Karriere beim Militär anzustreben.« Der König betrachtete das neue Kartenblatt in seiner Hand und Julia sah, wie er zwischendurch auf Alexandre blickte.

Alexandre war wie vor den Kopf geschlagen. Das konnte man sehen. Man konnte nur nicht erkennen, ob es ihm gefiel oder nicht. Die undurchsichtige Miene schien in der Familie zu liegen.

»Ja, Sire«, antwortete er nach kurzem Zögern.

»Dann habe ich gute Nachrichten für Euch, Monsieur. Ihr dürft unseren Cousin, den Prinzen de Condé, bei Nivelles treffen. Er erwartet dort seinen neuen Gardeoffizier.«

Alexandre stand vor Verblüffung der Mund offen.

Julia wurde es flau im Magen. Er sollte zur Armee? Und das, wo das Verhältnis zu Holland gerade wieder ziemlich angespannt war? Nivelles lag doch in Belgien. Und Holland lag direkt hinter Belgien.

Sie konnte sehen, wie Alexandre den Blick seines Bruders suchte, an dem er jedoch rein gar nichts ablesen konnte.

»Monsieur de Flémont, möchtet Ihr Euch bei Monsieur de Noailles vielleicht ein paar Ratschläge holen?«, fragte der König höflich. »Ihr findet den Herzog im unteren Geschoss bei den Musketieren. Montsauvan wird Euch dorthin führen.«

Alexandre verstand den Wink. Er bedankte und verneigte sich tief und verließ den Salon. Etienne folgte ihm mit einem warnenden Blick in Julias Richtung.

»Spielen wir!«, forderte der König alle auf.

Julia war kein Glücksstern. Alexandres plötzliche Einberufung ließ ihre Gedanken abschweifen.

»Mein lieber Chevalier, Eure Julia scheint Euch kein Glück zu bringen«, sagte der König auf einmal lächelnd. Er hatte schon wieder die Runde gewonnen und schob die ihm zustehenden Louisdore Madame de Montespan zu.

»Hier vielleicht nicht, Sire, aber ein Sprichwort sagt doch so schön: *Pech im Spiel, Glück in der Liebe*«, entgegnete Rohan gut gelaunt.

Julia errötete, denn der König sowie die Höflinge sahen sie mit hochgezogenen Augenbrauen an. Julia schüttelte erschrocken den Kopf, hielt aber abrupt wieder inne, als alle zu grinsen anfingen.

»Oder Euer Glücksstern konzentriert sich auf andere Dinge ... Versuchen wir noch eine Runde«, sagte Ludwig XIV. und die Karten wurden wieder verteilt.

Julia hatte sich nicht mit den Karten beschäftigt. Sie wusste nur, dass die Summen, um die gespielt wurde, horrend hoch waren. Deswegen konnte sie auch nicht sagen, ob Rohan ein gutes Blatt auf der Hand hielt oder nicht. Er allerdings wusste es auf den ersten Blick. Er seufzte und warf die Karten hin. »Sire, ich gebe mich geschlagen. Ihr habt wieder einmal gewonnen.«

»Ihr schuldet mir zweihundert Louisdor«, frohlockte der König.

»Sire, ich stehe vor einem Dilemma. Ich habe nur noch diese spanischen Pistolen. Nehmt davon die zweihundert.« Rohan zählte zweihundert Goldmünzen auf den Tisch, doch der König winkte ab.

»Chevalier, wir spielen um Louisdore. Ich möchte in Louisdoren bezahlt werden und nicht in irgendeiner anderen Währung.«

Rohan zeigte keine Reaktion und Julia fiel auf, dass er genauso gut eine Maske aufsetzen konnte wie Etienne.

»Sire, ich werde Euch das Geld noch morgen früh überbringen. Entschuldigt mich bitte.«

Er verneigte sich vor dem König, nahm die ungewollten spanischen Münzen und ging zum Fenster. Jedermann folgte ihm mit den Blicken. Dann öffnete Rohan das Fenster und warf das Geld einfach hinaus.

»Weshalb habt Ihr das getan?«, fragte Ludwig XIV. verärgert.

»Da Eure Majestät sie nicht will, taugen sie nichts«, antwortete Rohan leichthin. »Darf ich mich zurückziehen?«

Ludwig XIV. sah ihn einen Moment irritiert an, ehe er nickte. »Natürlich. Vielleicht kann Euch Euer Glücksstern noch ein wenig aufmuntern.«

Das hieß, Julia war ebenso entlassen.

* * *

»Ihr seid verrückt«, sagte sie, als sie und Rohan draußen waren.

Unvermittelt zog er sie an sich und presste sie an die Wand.

»Ja. Vielleicht. Verrückt nach Euch. Ich konnte mich überhaupt nicht konzentrieren, als Ihr so dicht hinter mir standet. Seit unserer Fahrt nach Saint-Cloud kann ich an nichts anderes mehr denken als an Euch. Bitte, Mademoiselle, *Julia*, bitte.«

Er neigte den Kopf, um sie zu küssen, doch Julia stieß angewidert mit beiden Händen gegen seine Brust.

»Hört auf damit!«

»Ich kann nicht. Ihr könnt doch nicht so kalt sein? Ihr müsst es doch auch fühlen!«

»Schmierentheater!«, fauchte sie und trat ihm mit voller Kraft gegen das Schienbein. Erschrocken ließ er sie los. Mit dem anderen Absatz stampfte sie ihm auf den Fuß.

»Aua!«, rief er überrascht.

Schnell brachte Julia ein paar Schritte Abstand zwischen sich und ihn. »Noch einmal, Chevalier, und Ihr findet meinen Absatz in Euren Kronjuwelen wieder.«

Rohans Augen funkelten, während er auf einem Fuß balancierte und sich den anderen rieb.

»Und wenn Ihr mir jetzt folgen solltet, schreie ich«, drohte sie. »Ich bin mir sicher, dem König würde das nicht gefallen.«

Zu ihrem Glück tauchten genau in diesem Moment am Ende des Gangs zwei Musketiere auf. Rohan lehnte sich mit immer noch schmerzverzogenem Gesicht an die Wand und Julia sah zu, dass sie Land gewann.

29. Kapitel
DIE WETTE

Auf dem Heimweg erzählte Julia Etienne von Rohans Kartenspiel und dem dämlichen Akt, das Geld aus dem Fenster zu werfen. Die Geschehnisse vor der Tür des Spielsalons verschwieg sie. Sie waren allein, denn Alexandre war bei Monsieur de Noailles geblieben, um mit ihm noch den nötigen Papierkram zu erledigen.

Montsauvan hörte sich alles in Ruhe an. »Hütet Euch vor Rohan«, sagte er schließlich. »Er ist in Geldsorgen und er versucht Euch zu beeindrucken.«

»Das habe ich gemerkt«, antwortete sie düster und war dankbar, dass die Dunkelheit ihr Gesicht verbarg. Das Vorkommnis nagte an ihr. Rohan hatte nie zuvor Ambitionen in dieser Richtung gezeigt. Er hatte sie bis jetzt immer so behandelt wie andere Höflinge auch, ohne Begehren, nur freundlich. Sie konnte es nicht nachvollziehen. »Warum? Seien wir ehrlich: Ich bin keine Frau, die Männer tollkühn werden lässt vor Liebe.«

»Ihr unterschätzt Euch, Mignonne.«

Julia gab ein ungläubiges Schnaufen von sich. Sie mochte zwar in diesen Hoftoiletten recht hübsch aussehen, aber auch sie wusste, dass eine Angélique de Fontanges wesentlich schöner war. Fragend blickte sie Etienne an.

Dieser seufzte schließlich. »Auf Euch ist ein Preis ausgesetzt.«

»Was?!« War das sein Ernst? Jetzt passte es ihr doch nicht mehr, dass es hier so dunkel war. Sie hätte zu gern Etiennes Gesicht gesehen.

»Um genau zu sein, auf Eure Unschuld«, erklärte Etienne. »Derjenige, der Euch als Erster ... Ihr wisst schon ... erhält fünfzehntausend Louisdor.«

Entgeistert klappte ihr der Mund auf. *Fünfzehntausend Louisdor?* Fünfzehntausend Goldmünzen. Ein durchschnittlicher Arbeiter verdiente um die dreißig Louisdor im Jahr. Etienne machte sich an der Innenlaterne zu schaffen. Wenig später konnte sie im fahlen Licht endlich sein Gesicht sehen.

»Bei den fünfzehntausend Louisdor handelt es sich allerdings nur um den Betrag für den Sieger. Weitere Wetten laufen darauf, wer derjenige sein wird, und diese Wettbeträge sind auch nicht zu verachten«, fügte er zu allem Unheil noch hinzu.

»Und wie funktioniert so eine Wette?«, fragte Julia, als sie ihre Sprache wiedergefunden hatte. »Geht man da zu einem Buchmacher und sagt: ›Ich setze eintausend Louisdor auf Mademoiselle Allemande und den Chevalier de Rohan.‹? Stehen noch weitere Kandidaten zur Wahl oder wird er alleine so hoch gehandelt?«

»Vielleicht sollte ich Euch auch sagen, dass ich als Favorit gehandelt werde«, fuhr Etienne fort.

»Na, dann fällt Euer Gewinn aber bestimmt kleiner aus, weil Ihr es ja am leichtesten hättet.« Kein Wunder, dass Rohan so stürmisch geworden war. Nein, das durfte sie Etienne auf gar keinen Fall erzählen.

»Ich tue es nicht gerne«, nahm Etienne das Gespräch wieder auf, ohne auf ihren Kommentar einzugehen, »aber ich bin gezwungen Euch gegenüber noch eine andere Warnung auszusprechen.«

Julia seufzte und richtete ihre Aufmerksamkeit wieder auf das ernste Gesicht ihres Lehrers. *Seltsam,* dachte sie, *in diesem Licht kann man seine Narbe überhaupt nicht sehen.*

»In der Wachstube der Musketiere gab es interessante Neuigkeiten. Diese Männer sind ja überall, werden aber übersehen. Kostbare Spione, die unser König durchaus zu nutzen weiß.«

Nein, in dem schwachen Licht der Kutschenlaterne war er wirklich recht attraktiv, und wenn die Narbe ins Sichtfeld kam, verlieh sie ihm noch etwas Abenteuerliches, überlegte Julia. Er und Alexandre ähnelten sich sehr.

»Hört Ihr mir zu, Mignonne?« Etienne sah sie durchdringend an.

Ertappt ordnete sie ihre Gedanken. »Was heißt eigentlich Mignonne?«, fragte sie unverwandt. »Ihr habt mich schon des Öfteren so betitelt.«

War er überrascht? Schwer zu sagen bei einem Etienne de Montsauvan.

»Mignonne ist ein Kosename und bedeutet so viel wie ›Kätzchen‹ oder ›Liebchen‹.«

Jetzt war sein Gesicht auf jeden Fall wieder undurchdringlich. Das hatte geklungen, als ob er ihr eine neue Verhaltensregel der höfischen Etikette erläutert hätte. Allerdings trat seine Narbe etwas deutlicher hervor.

»Das ist hübsch«, sagte Julia und strahlte ihn an.

»Zurück zu unserem ursprünglichen Thema«, lenkte Etienne ab.

»Ah ja, die Musketiere und ihre Informationen. Was ist damit?«

»Die Montespan ist anscheinend wie besessen und krankhaft eifersüchtig auf jedes weibliche Wesen, das die Aufmerksamkeit des Königs erregt. Und Ihr, Julia, erregt sie, seit Ihr an jenem Herbsttag nach Versailles gekommen seid.«

»Haben die Musketiere etwas Bestimmtes mitbekommen?«

»Euer Name ist schon vor einiger Zeit gefallen. Madame de Montespan lässt jetzt regelmäßig eine Schwarzmagierin an den Hof kommen, um sich durch sie die Liebe unseres Monarchen zu sichern.«

»Wie geht denn das?«, fragte Julia neugierig. Von Liebestränken hatte sie bislang nur bei *Harry Potter* gehört.

»Das weiß ich auch nicht, aber ich habe das Wort eines Hauptmanns, dass er mich sofort benachrichtigen wird, wenn die Magierin das nächste Mal an den Hof kommt. Dann werden wir es herausfinden. Solche Frauen mischen bekanntlich nicht nur Liebestränke, sondern auch Gift.« Er schaute sie durchdringend an. »Bis dahin, Mignonne, werdet Ihr Euch von den Rohans und Montespans bei Hofe fernhalten.«

Das musste er ihr nicht zweimal sagen.

Madame de Sévigné, Paris, an Madame de Grignan, Provence

Der Prinz de Condé war vor kurzem bei Madame de La Fayette zu Besuch. Er sprach vom Krieg und wartete wie alle anderen auf Neuigkeiten. Man zittert ein wenig vor Deutschland. Es heißt zwar, der Rhein sei bei der Schneeschmelze so hoch angeschwollen, dass dies dem Feind weitaus mehr Ungemach bereite als uns, aber man weiß ja nie.
Monsieur de Rambures ist von einem seiner Soldaten getötet worden, der in aller Unschuld eine Muskete entlud. Aire in Flandern wird weiterhin belagert, es gab Verluste, einige Leutnants der Garde und einige Soldaten.
Die Lage scheint sich überall zuzuspitzen.

30. Kapitel
DIE MONTESPAN INTRIGIERT

Es blieben fünf Wochen, bis Alexandre abreisen musste. Fünf Wochen, in denen Julia viel Zeit mit beiden Brüdern verbrachte. Fünf Wochen, in denen sie durch das schlechte Wetter meist zu Hause geblieben waren. Eine wunderbar unbeschwerte Zeit. Als es schließlich anfing zu tauen, erreichte sie die Botschaft aus dem Palast, dass die Straßen jetzt ohne Probleme passierbar seien und es für Alexandre Zeit wurde.

Er würde ihr fehlen. Er hatte ihr das Kartenspielen beigebracht. Er hatte mit ihr zusammen musiziert und dabei so schief gesungen, dass er ein Paradebeispiel für schlechte Karaoke abgegeben hatte. Etiennes Stimme hatte Alexandre nicht. Er hatte mit ihr geflirtet und in seiner Gegenwart war ihr immer warm, war sie beinahe ein wenig zittrig gewesen. Obwohl Alexandre nie aufdringlich gewesen war oder auch nur versucht hätte sie zu küssen.

Als er Paris verließ, war Montsauvan den ganzen Tag über schlecht gelaunt. Und weil es den ganzen Tag stürmte und der Schnee sich nicht entscheiden konnte, ob er zu Regen werden sollte oder nicht, waren sie wieder einmal ans Haus gefesselt.

Julia, die bei einem solchen Wetter eigentlich sehr gern mit Montsauvan musizierte, sehnte diesmal den Abend herbei. Sie waren wieder in den Louvre eingeladen worden – eine willkommene Abwechslung und vor allem Ablenkung. Etienne brach andauernd sein Spiel am Cembalo ab und korrigierte ihren Gesang. Entweder hatte sie den Ton zu lange gehalten oder zu kurz. Oder sie hatte die Stelle nicht mit dem nötigen Timbre gesungen.

»*Ihr* habt ihn doch in die Armee geschickt!«, rief Julia bei der zehnten Unterbrechung entnervt. »Auch wenn der König ihn dazu berufen hat, der wusste bis dahin doch gar nichts von Eurem Bruder.«

»Ich weiß selbst, was ich getan habe«, knurrte Etienne. »Es war immerhin Alexandres Wunsch.«

Im selben Augenblick brachte François einen Brief herein. Etiennes Glück, sonst hätte sie ihn erwürgt. Alexandres Wunsch! Na und? Es war ein Billett des Hauptmanns der Musketiere und besagte, die Magierin käme am nächsten Donnerstag wieder in den Louvre.

»Das trifft sich ja gut«, sagte Julia grimmig. »An dem Tag habe ich eine Tanzstunde mit dem Dauphin. Wenn ich mir ein altes Kleid von Eurem Dachboden anziehe und in deren Séance hineinplatze, glaubt Ihr, das würde etwas nutzen?«

»Inwiefern?«

»Ich könnte ihnen als Geist erscheinen. So eine Art Vision, die ihnen befiehlt mich in Ruhe zu lassen.«

»Es besteht vielmehr die Gefahr, dass sie Eure Geisterhaftigkeit überprüfen und Euch an Ort und Stelle genau dazu verhelfen.« Nein, Etienne war wirklich nicht gut gelaunt. »Ihr werdet nach Eurer Tanzstunde mit Monseigneur sofort nach Hause gehen.«

»Da sind sie schon wieder! Die Herrschaftsanwandlungen. Ich werde nach Hause geschickt.«

Etienne fuhr sich mit beiden Händen frustriert durch die Haare. »Herrje, Julia, wenn es eine schwarze Messe ist – was ich befürchte –, wollt Ihr da nicht bleiben.«

Julia sah ihn erstaunt an. Nicht nur wegen des Wortes »schwarze Messe«, das klang schon wieder so schön schaurig, dass es sie reizte. Nein, sie hatte ihn noch nie die Beherrschung verlieren sehen.

»Primi Visconti, der Hofschreiber, hat dem Hauptmann gegenüber eine Andeutung gemacht. Mehrere Personen von hohem Adel sollen diesem Zirkel angehören und erst kürzlich sei ein Opfer erbracht worden, um den Tod von drei bis vier Personen heraufzubeschwören. Dabei fiel auch Euer Name. Donnerstag wäre die zweite Sitzung. Insgesamt seien drei vorgesehen.«

Julia erinnerte sich an Primi Visconti, den kleinen Italiener mit dem lustigen Schnurrbart, der so schön das R beim Sprechen rollte. Er war in Fontainebleau auf dem Ball gewesen und hatte mit ihr getanzt. Und er hatte keineswegs den Eindruck eines Hysterikers gemacht. Dass weitere Personen an diesen Messen teilnahmen, wunderte Julia nicht. Die Montespan hatte dank ihrer Position viele Eiferer. Aber etwas anderes wunderte sie schon.

»Was heißt das? *Ein Opfer erbracht?*«

Etienne zögerte. Man konnte ihm ansehen, dass er überlegte, ob er es sagen oder lieber ausweichen sollte. Ein Blick in ihr Gesicht (das ausdrückte, sie werde ihm sowieso keine Ruhe lassen, bis sie es herausgefunden hatte) ließ ihn schließlich antworten: »Zumeist wird ein unerwünschtes Kind getötet und aus seinen Eingeweiden soll die Schwarzmagierin Voisin die Zukunft lesen oder beeinflussen können.«

Julia blieb die Luft weg. Und dieses Mal nicht wegen des Mieders. Entsetzt hielt sie eine Hand vor den Mund. Vor ihren Augen sah sie ein süßes kleines rosiges Baby – mit leblosem Blick. Es lief ihr eiskalt den Rücken herunter. Sie wünschte sich schon, sie hätte nicht gefragt.

Etiennes Blick blieb finster. »Wir müssen Euch vorbereiten. Vor Gift schützen. In den letzten Jahren ist Gift in Paris in Mode gekommen, um unerwünschte Personen zu beseitigen. Dauerhafter als mit einem Lettre de Cachet, der einen auch wieder aus dem Gefängnis herausholen und in alte Ämter einsetzen kann. Die Brinvilliers war nur eine von vielen. Der König möchte dagegen angehen, hat aber noch keine handfesten Beweise gegen die Verdächtigen. Nur eines ist sicher – und aus diesem Grund müssen die Beweise unfehlbar sein – die Giftaffäre reicht bis an den Hof.«

Gift! Gift im Paris des siebzehnten Jahrhunderts. Das hatten sie in Geschichte niemals durchgenommen. Hätte Herr Schmidt mal besser getan, denn das war jetzt lebenswichtig. Für sie zumindest. Blöder Lehrplan. »Und wie soll man sich bitte vor Gift schützen?«, fragte sie zynisch.

»Die meisten tun ein Stück Horn eines Einhorns oder einen Krötenstein in ihr Glas, ehe sie trinken«, antwortete Etienne ernst.

Julia starrte ihn an. *Das* war es also, was sie bei Ninon auf dem Glasboden hatte schimmern sehen. Aber ... Moment mal! »Horn vom Einhorn? Krötenstein? Macht Ihr Euch über mich lustig?«

Montsauvan atmete tief durch und endlich bahnte sich ein kleines Lächeln auf sein Gesicht. Das erste für heute. »Nein, nicht wirklich. Das sind die hiesigen Praktiken und sie haben sich nicht bewährt. Wir müssen es rationaler angehen. Ihr werdet künftig weniger essen. Hier in meinem Stadtpalais könnt Ihr nach Herzenslust schlemmen, aber bei Hofe wäre es Selbstmord. Man kann niemandem trauen.«

Julia überlegte fieberhaft. Ihr Großvater hatte sie ihre ganze Jugend lang darum gebeten, einen Selbstverteidigungskurs zu belegen. Dummerweise war nie einer in ihrer Umgebung angeboten worden und sie hätte mindestens zehn Kilometer gefahren werden müssen. Dafür hatte ihre Mutter keine Zeit gehabt. Das war bedauerlich, obwohl Julia nicht wusste, ob es ihr bei Gift nutzen würde. Auf alle Fälle würde man sie mit einem schwarzen Karategürtel nicht dazu zwingen können, Gift zu schlucken – so wie man Sokrates gezwungen hatte. Ob man hier schon einmal von Taekwondo oder Judo gehört hatte? Sie sah zu Etienne und ihr fiel etwas anderes ein. Etwas viel Aufregenderes.

»Ich habe eine Bitte an Euch, Etienne.« Sie machte zögernd einen Schritt auf ihn zu. »Nein, keine Sorge, es hat nichts mit Geist-Spielen oder Ähnlichem zu tun. Nur mit Euch.«

Etiennes Gesicht wurde wachsam. »Mit mir?«

»Bringt mir das Fechten bei.«

»WAS?«

»Ihr seid der beste Fechter Frankreichs. Ich würde mich viel sicherer fühlen, wenn ich mich ein wenig verteidigen könnte.«

»Gegen Gift wirkt der Degen nicht«, sagte er, noch immer schockiert.

»Aber ich würde mich sicherer fühlen. Nicht ganz so schutzlos. Das ist nur eine kleine Bitte und Ihr habt mir schon so viel beigebracht, warum nicht auch das?«

»Weil es in Paris noch nie eine Frau gab, die einen Degen führte. Es ist unschicklich und nicht angemessen für eine Hofdame.«

»In meiner Zeit ist es normal, dass auch Frauen fechten. Das ist sogar eine olympische Disziplin.« O Gott, hier musste sie ja wohl nicht so eine dämliche Maske tragen, oder? Hier wurde wohl eher gefochten wie bei den drei Musketieren.

»Julia, es gibt Gifte, die man auf Klingen aufträgt, und wenn man mit ihr einen Apfel schneidet, ist eine Hälfte vergiftet und die andere genießbar.«

Die Schneewittchen-Story mal in einer glaubhaften Version.

»Katharina von Medici soll eine Meisterin darin gewesen sein«, ergänzte Etienne leise.

Julia sah ihn lange an. »Ihr werdet es nicht tun, nicht wahr?«

»Ich werde nicht zulassen, dass Euch etwas geschieht«, sagte er ernsthaft.

»Ich meine, mir das Fechten beibringen.«

»Nein, Mignonne. Das schickt sich nicht. Aber ich verspreche Euch, wenn es keine richtige schwarze Messe am Donnerstag ist, werde ich Euch mitnehmen.«

Ein schaler Trost, aber besser als nichts.

* * *

Etienne wartete vor dem Salon des Dauphins auf sie. Die Tanzstunde war recht vergnüglich gewesen. Und der Prinz sehr redselig: Er hoffte, bald wieder auf die Jagd gehen zu können. Bossuet hatte sich nach zehn Minuten zurückgezogen, weil ihm übel war, und Julia hatte es daraufhin geschafft, den dicklichen, pickeligen Kerl von Prinz ein wenig aus seinem Schneckenhaus herauszulocken und mit ihm zu lachen. Nicht dass sie Bossuet etwas Schlechtes wünschte, aber vielleicht sollte er öfter einen unruhigen Magen haben. Der Dauphin hatte richtig gut getanzt, sobald der alte Miesepeter weg war. Ihre nächste Tanzstunde würde sich allerdings auf unbestimmte Zeit verschieben, denn der Dauphin musste in die Normandie – sozusagen in Vertretung seines Vaters, um das Volk für einen neuen Krieg zu motivieren.

Als sie Etienne kommen sah, überfiel sie eine große Aufregung. Das bedeutete nämlich, dass es sich um keine schwarze Messe handelte und sie Etienne begleiten durfte. Sie folgte ihm durch die unzähligen Flure und Korridore, bis sie einen Gang erreichten, der im Dunkeln lag. Einzig ein kleiner Alkoven war mit schummriger Beleuchtung ausgestattet, die mehr verbarg, als sie erhellte.

»Etienne, wenn hier jemand wie die Wahrsagerin hereinkommt, fällt das doch auf«, wandte Julia ein.

»Nur bedingt. Dieser Abschnitt grenzt an die neu gegründete

Académie française. In diesen Abschnitt des Schlosses kommt beinahe jeder rein, denn er ist allein der Kunst gewidmet. Sämtliche Maler, Musiker und Schriftsteller haben zu diesem Trakt Zugang. Und dann gibt es noch die Geheimgänge, die den Trakt der Académie française mit diesem hier verbinden. Aber nur Eingeweihte wissen davon. Der Hauptmann hat sie mir vorhin gezeigt, als Ihr Euch mit dem Dauphin vergnügt habt.« Etienne zwinkerte ihr zu.

Julia grinste und staunte. Sie würden einen Geheimgang betreten! Das war ja noch aufregender, als einer Séance beizuwohnen. Sie setzten ihren Weg fort. Etienne ging dicht neben ihr – sie konnte seine Körperwärme spüren.

»Wir müssen noch bis zum Ende des Ganges«, sagte er leise. Doch in diesem Moment hörten sie Schritte. Jemand kam auf sie zu. Hier erwischt zu werden, weitab von den öffentlichen Salons, wäre …

Julia kam nicht mehr dazu, den Satz zu Ende zu denken.

Etienne packte sie um die Taille, zog sie zurück, warf sie auf das Kanapee im Alkoven und presste sie mit seinem langen Körper in die Kissen.

»Kein Wort!«, befahl er noch und dann senkten sich seine Lippen auf die ihren.

Julia klopfte das Herz bis zum Hals. Angestrengt horchte sie auf die sich nähernden Schritte. Hohe, harte Absätze, und bei diesem festen Auftritt musste es sich entweder um einen Mann oder eine beleibte Frau handeln. Schwer zu sagen in einem Zeitalter, in dem auch Männer High Heels trugen. Würde man sie erkennen? Wahrscheinlich nicht. Etienne lag so auf ihr, dass ihrer beider Köpfe im Dunkeln verborgen waren. Sie krallte vor Nervosität ihre Hände in Etiennes Weste. Er verstärkte den Druck seiner Lippen und drehte sie ein wenig mehr zur Wand. Julia rauschte das Blut in den Ohren. Angestrengt horchte sie.

Jetzt hatten die Schritte sie erreicht. Dem Grunzen nach zu urteilen konnte es nur ein Mann sein. Er brummte etwas von schändlichem Betragen. Dann entfernte er sich, die Schritte verklangen langsam und Etienne löste sich von ihr.

Julia blieb liegen und atmete ein paarmal tief durch, so gut das in dem Mieder ging. Etiennes Duft umwehte sie stärker denn je. Das war zwar angenehm, aber sie würde es künftig wohl immer mit der Aufregung, dem Herzklopfen, dem Bangen um ihr Leben in Verbindung bringen. Mühsam stützte sie sich auf die Ellbogen.

»Meine Güte«, murmelte sie. »Wie viel wiegt Ihr? Ich komme nicht einmal mehr hoch in diesem Korsett.«

Etienne sah sie nachdenklich an, reichte ihr eine Hand und zog sie auf. »Vielleicht sollte ich Euch darauf hinweisen, dass man in Gegenwart eines Mannes nicht von Unterwäsche spricht«, belehrte er sie.

Julia grinste. »Mag sein. Aber findet Ihr das nicht schrecklich heuchlerisch? Ich meine, immerhin hat doch jeder von Euch Männern schon Bekanntschaft mit der Unterwäsche einer Frau gemacht.«

»Was bringt Euch auf den Gedanken?«

»Ich habe Augen und Ohren, Monsieur!«

»Die habt Ihr wahrlich«, seufzte er.

»Glaubt Ihr, der Mann hat uns erkannt?«

»Monsieur de Montausier? Bestimmt nicht. Er sieht ohne sein Lorgnon so gut wie nichts und hat sich garantiert auf der Suche nach einer Toilette hier oben verirrt.«

Julia atmete erleichtert auf. Dann bemerkte sie Etiennes immer noch auf ihr ruhenden durchdringenden Blick. »Ist was?«

Er schüttelte den Kopf. »Lasst uns weitergehen.«

Der Gang war stockfinster. Keine Fackel weit und breit, und weil außer Etienne niemand sonst da war, wagte Julia es, die winzige Taschenlampe einzuschalten, die an ihrem Schlüsselbund hing, den sie zur Erinnerung immer mit sich trug.

»Was ist das?«, fragte Etienne interessiert.

»Eine Art elektrische Fackel. Das Ding wird mit Batterie betrieben. Ich wundere mich, dass die so lange hält.«

»Und wie funktioniert das?«

»Ihr könnt sie nachher auseinandernehmen, wenn Ihr wollt«, versprach Julia.

Damit gab er sich zufrieden.

Als sie die Tür am Ende des Ganges erreichten, erklärte Etienne: »Wir sind zu weit gegangen.«

»Wo hätten wir langsollen? Das hier ist die erste Tür seit dem Alkoven«, widersprach Julia.

»Nein, wir haben die Geheimtür verpasst. Irgendwo hier im Gang muss eine sein. Treten wir durch diese Türe dort, erwischen sie uns sofort. Gebt mir bitte diese – wie heißt es?«

»Taschenlampe.«

Er griff begierig nach der Lampe und betrachtete sie kurz, ehe er den Lichtstrahl auf die Wände richtete. Nach einigem Suchen, das verheerende Folgen für ihre Nerven hatte, weil sie dauernd damit rechnete, doch noch erwischt zu werden, murmelte Montsauvan endlich: »Heureka!«

Eine geheime Tür, die in der Täfelung tatsächlich nicht zu sehen war, öffnete sich und Etienne ließ Julia vor ihm eintreten. Er folgte ihr dicht auf den Fersen und verriegelte die Tür wieder von innen. Sie nahm seine Körperwärme und den Duft erneut wahr. Bang griff sie nach seiner Hand. Seine Finger waren warm, trocken und angenehm fest. Julias klopfendes Herz beruhigte sich ein wenig. Im schwachen Lichtkegel der Taschenlampe konnte man erkennen, dass dieser Geheimgang nur selten benutzt wurde. Auf dem Boden lagen dicke Staubflusen und Mäusekot.

»Wohin führt der Gang?«, fragte sie ihn, doch Etienne legte einen Finger an die Lippen. Er ging vorneweg, von Zeit zu Zeit dicke Spinnweben mit der Hand, in der die Taschenlampe war, wegwischend. Mit der anderen hielt er Julia ganz dicht an seiner Seite. Julia wagte nicht nach oben zu schauen. Jetzt war ihr klar, woher die riesigen Spinnen gekommen waren, von denen eine bei Madame de Montespan im Haar gelandet war.

Der Gang war sehr eng und ein Ende war nicht auszumachen. Sie kamen an mehreren Biegungen und an zwei Türen vorbei; ab und an waren kleine Holzschieber in Augenhöhe angebracht. Und auf einmal vernahm sie gedämpfte Stimmen. Sie zuckte zusammen. Etienne drehte sich mit mahnendem Blick zu ihr um. Unnötig, denn sie wusste von selber, dass sie jetzt absolut still sein musste.

Ein paar Schritte weiter beleuchtete er mit der Taschenlampe einen Holzschieber. Er untersuchte vorsichtig die Schlossvorrichtung und zog den Riegel ganz sachte zurück. Zwei Löcher wurden sichtbar, durch die Licht hereindrang. Er knipste die Taschenlampe aus.

Ganz deutlich war die nasale Stimme des Herzogs von Orleans zu vernehmen: »... lästig. Ihr bekommt eintausend Louisdor, wenn Ihr mir sagt, dass sie nicht mehr lange lebt. Ihr Einfluss wird zu stark.«

Etienne legte einen Arm um Julias Taille und zog sie zu sich. Kopf an Kopf und eng aneinandergezwängt sahen sie durch die Löcher. Das Bild, das sich ihnen beiden bot, war mehr als brisant.

Monsieur, sein Günstling, der Chevalier de Lorraine, der Marquis d'Effiat, eine alte Frau mit verhutzeltem Gesicht und funkelnden Knopfaugen, die Gräfin de Soissons und ein vierter Mann, der ihnen den Rücken zuwandte, saßen um einen Tisch versammelt. Die Montespan war nicht anwesend. Auf dem Tisch lag eine tote Katze, deren Eingeweide über die gesamte Tischfläche verstreut waren. Das Tier war anscheinend noch nicht lange tot, denn überall klebte hellrotes, sehr flüssiges Blut.

Vor Entsetzen und Ekel erschauderte Julia und Etiennes Arm presste sie ein wenig fester an ihn. Das *war* eine schwarze Messe! Julia wusste genau, wenn Etienne das auch nur ansatzweise geahnt hätte, hätte er sie nicht mitgenommen.

»Sie wird schon bald fortgehen«, prophezeite die verhutzelte Alte. Und im Gegensatz zu ihrem Gesicht war ihre Stimme jugendlich klar und hell. »Ich sehe es in dieser Leber. Gebt Ihr von diesem Wein zu trinken. Darin ist ein Mittel, das ihr den Hof verleiden wird.« Sie reichte Lorraine eine kleine verkorkte Phiole.

Er gab ihr dafür einen Beutel, in dem es verdächtig klimperte. Die Knopfaugen der Alten blitzten, als sie den Beutel entgegennahm. Sie stand auf und mit ihr verließen auch alle anderen den Raum. Jetzt konnte Julia das Gesicht des vierten Mannes erkennen: Es war der Herzog de Vivonne, der Bruder Athénaïs de Montespans. Julia fröstelte, und das lag nicht daran, dass es kalt war.

Als das Licht erloschen war und Etienne die Luke wieder geschlossen hatte, wagte es Julia schließlich zu sprechen.

»Meinte er etwa die Montespan?«

»Das bezweifle ich.« Montsauvan sah nachdenklich aus. Er hatte die Taschenlampe wieder eingeschaltet. »Wieso sollte Vivonne seine Schwester umbringen wollen, wo sie ihm doch zu Reichtum und Ämtern verhelfen kann?«

»Ich habe von einem bösen Streit zwischen den beiden gehört. Er soll sie um Geld angepumpt haben und sie hat ihm ihre Unterstützung verweigert. Vielleicht will er sich rächen, wenn sie ihm sowieso keinen Nutzen mehr bringt?«

Etienne sah sie interessiert an.

»Rohan hat mir mal davon erzählt. Ich hatte es schon wieder vergessen, aber jetzt … unter diesen Umständen …«, sagte sie achselzuckend.

»Rohan ist eine alte Klatschbase. Allerdings in diesem Fall könnte sein Tratsch nützlich sein.«

Dann ergriff er ihre Hand und zog sie sanft mit sich. »Lasst uns heimfahren. Dort sind wir ungestört.« Er beleuchtete den Gang. »Herrliches Spielzeug«, hörte Julia ihn flüstern.

»Irgendwann muss ich Euch einmal von all den elektrischen Lampen und Laternen erzählen, die sogar bis in den Weltraum hinein scheinen können«, sagte Julia hinter ihm und konnte sehen, wie er ungläubig den Kopf schüttelte.

* * *

Eine Stunde später erreichten sie problemlos das Hôtel de Montsauvan. Am nächsten Tag wollte Etienne mit dem Oberhaupt der Pariser Polizei, Monsieur de la Reynie, sprechen und ihm mitteilen, was sie beide heute Nacht herausgefunden hatten.

»Die Polizei funktioniert in diesem Jahrhundert?«, fragte Julia überrascht.

»Monsieur de la Reynie funktioniert«, korrigierte Etienne. »Wollt Ihr mitkommen?«

Julias Blick sagte genug.

»Dann geht jetzt zu Bett. Wir werden ganz früh aufbrechen, damit uns auch niemand sieht.«

Mit der Aussicht auf einen weiteren Ausflug in die Stadt fügte sich Julia, ohne zu widersprechen.

Erst als sie in den Kissen lag, fiel ihr plötzlich auf, dass sie überhaupt nicht registriert hatte, wie Etienne küsste.

Verärgert richtete sie sich auf. Da war sie zum ersten Mal in ihrem Leben geküsst worden und konnte sich weder an den Geschmack noch an das Gefühl von Lippen auf ihren erinnern. Und dann auch noch von Etienne, der bei so vielen Damen als guter Liebhaber galt!

So ein Mist.

31. Kapitel
STADTBESICHTIGUNG

»Warum seid Ihr so überzeugt davon, dass die Polizei nicht korrupt ist?«, fragte Julia Etienne am nächsten Morgen in der Kutsche.

Im einundzwanzigsten Jahrhundert war es selbstverständlich, die Polizei bei Morddrohungen und sonstigen Delikten aufzusuchen. Herr Schmidt hatte ihnen jedoch erklärt, dass man in der Vergangenheit weitgehend auf sich gestellt war. Für etwas Sicherheit habe in einigen Vierteln eine zivile Wache gesorgt, Anwohner, die abwechselnd und in Gruppen auf Streife gingen und so die Häuser und deren Bewohner vor Räubern und Dieben schützten. Die Polizei sei nur dann tätig geworden, wenn man sie gut bezahlen konnte.

Doch Etienne beruhigte sie. »Seit Monsieur de la Reynie der Präsident der Pariser Polizei ist, hat sich vieles geändert, was leider noch nicht ein jeder zur Kenntnis genommen hat.«

Das Polizeirevier war nicht mehr als ein Gebäude mit Wachstube und einem Raum, der als Büro des Polizeipräsidenten fungierte. Und der Polizeipräsident war ebenfalls keine hervorstechende Erscheinung in seiner einfachen Kleidung. Trotzdem beeindruckte er Julia.

Monsieur de la Reynie bot seinen beiden Besuchern Platz an und entschuldigte sich für die Unordnung und die spärliche Ausstattung seines Büros. Er nannte Etienne beim Vornamen. Der berichtete von der Séance, die sie gestern beobachtet hatten, allerdings ohne Namen zu nennen.

»Etienne, ich sage es ganz freiheraus. Wir haben Hinweise, dass gewisse hohe Persönlichkeiten bei Hofe mit einer bestimmten La Voisin in Verbindung stehen. Die Voisin ist für ihre schwarzen Messen bekannt. Ein paar Bettler haben unter hochnotpeinlicher Befragung gestanden, dass sie Säuglinge kauft, nach denen keiner mehr fragt. Wir vermuten, dass sie diese unschuldigen Kinder für ihre bizarren Praktiken nutzt. Ist Euch schlecht, Mademoiselle?«

Julia lauschte mit Schrecken seinen Erklärungen. Die Katze trat ihr wieder lebhaft vor Augen. Und wenn Monsieur de la Reynie Recht behielt, würden sie das Gleiche auch einem Baby antun ... Das war entsetzlich. Das war haarsträubend. Schlimmer als ein Horrorstreifen von Quentin Tarantino.

»Ich glaube, Mademoiselle Julias Nerven sind diesen entsetzlichen Schilderungen nicht gewachsen«, sagte Etienne. »Aber ich kann Euch bezeugen, dass die Voisin zu solchen Methoden greift, wenn Ihr wollt. Und wenn wir mehr erfahren, werdet Ihr unterrichtet werden. Ich habe nur eine Bitte.«

La Reynie lächelte erstaunt. »Welche, Etienne?«

Montsauvan sah ihm fest in die Augen. »Sollte mir oder meinem Schützling hier etwas zustoßen, werdet Ihr die Schuldigen zu benennen wissen, Nicolas.«

»Seid unbesorgt, Euer Brief, den Ihr mir vor zwei Jahren gabt, liegt noch immer versiegelt im Tresor und ich werde ihn nicht missbrauchen.«

»Das Dumme ist nur, dass dieser Brief gänzlich ungeeignet sein wird nach unseren jüngsten Erkenntnissen«, sagte Etienne sehr ernst.

Nun schien Monsieur de la Reynie erst recht besorgt, aber nicht ahnungslos.

Julia wusste, wenn die Montespan persönlich mit den schwarzen Messen und dem Tod von unschuldigen Kindern zu tun haben sollte, läge alles letztendlich beim König. Würde er die Mutter seiner – wenn auch illegitimen – Kinder in einen derartigen Skandal verwickelt sehen wollen?

Die bedrückten Gesichter der beiden Männer sagten genug.

32. Kapitel
DER PONT NEUF

»Ihr meintet doch den Brief, in dem Ihr den wahren Mörder Henriettes von England benennt, oder?«, fragte Julia, als sie das Gebäude verlassen hatten.

»Ich bitte Euch, seid still«, sagte Etienne streng. »Wo ist unsere Equipage?«

Tatsächlich war ihre Kutsche nirgends zu sehen.

»Etienne, lasst uns zu Fuß gehen«, schlug Julia vor. »Ich möchte wirklich gerne noch mehr von Paris sehen.«

»Ich halte das für keine gute Idee. Ihr werdet Euch das Kleid ruinieren.«

»Unsinn! Wir haben doch dunkle, einfache Sachen an. Welch ein Glück, nicht? Ich würde mir sehr gerne die Füße vertreten und dabei die dunklen Gedanken vertreiben. Und außerdem würde ich wirklich, *wirklich* gerne Paris erkunden. Zu Fuß.«

Etienne reagierte gar nicht erst darauf, sondern winkte eine Wache herbei, die er nach seiner Kutsche fragte. Sie habe nicht stehen bleiben können, weil sie einer anderen, sehr eleganten Equipage die Straße versperrt hätte. Auf Montsauvans Frage hin antwortete die Wache, dass es sich um das Wappen des Chevalier de Lorraine gehandelt habe. Etiennes Blick verfinsterte sich.

»Jetzt ist mir auch nach einem Spaziergang zu Mute«, sagte er nur und gab der Wache Anweisung, seine Kutsche, sobald sie wiederkäme, nach Hause zu schicken. Dann bot er Julia seinen Arm, sie hakte sich strahlend ein und gemeinsam gingen sie die Straße hinunter.

In diesem Bezirk von Paris überwogen Fachwerkhäuser. Während an der Seine und um den Louvre herum bereits sämtliche Häuser aus Stein erbaut waren, gab es in diesem Viertel noch viele kleinere, schiefe Häuser mit eng verbauten Holzbalken und kleinen Sprossenfenstern. Viele waren nur zweigeschossig und reihten sich dann wieder an einen Neubau aus roten Ziegeln mit den abgesetzten weißen Eckquadern. Julia betrachtete staunend nicht nur die Bauweise, sondern auch die Menschen, die sich in den Straßen tummelten. Zugegeben, es waren nicht sonderlich viele, aber alle gingen sie einer Arbeit nach oder eilten mit Handkarren durch die Straßen. Handkarren, die zumeist abgedeckt waren, um den Inhalt zu schützen.

»Mir scheint, es gefällt Euch, die Stadt zu besichtigen«, bemerkte Etienne nach einer Weile.

»O ja. Das ist ja viel spannender als Kartenspielen!«

»Mein Bruder wird furchtbar enttäuscht sein, da er sich doch so viel Mühe gab, Euch die Spiele beizubringen.«

»Ich fürchte, er kämpfte auf verlorenem Posten. Mathematik war nie meine Stärke«, sagte Julia leichthin.

»Was hat denn Mathematik mit Kartenspielen zu tun?«

»Ich muss doch mitrechnen und die Karten genau verfolgen und kombinieren, wenn ich gewinnen will«, erklärte sie ernst.

»Die meisten spielen einfach, weil es Spaß macht«, wandte Etienne ein.

»So ein Unsinn! Bei Hofe spielen alle, um zu gewinnen. Und das muss man auch, wenn man dort spielt. Ist Euch schon mal aufgefallen, dass Madame de Soubise wie eine Verrückte zu kichern anfängt und der Marquis de Saint-Aignan spuckt, wenn er spielt? Und das nur, weil sie sich die hohen Einsätze eigentlich gar nicht leisten können und unbedingt gewinnen wollen.« Julia war sich nicht sicher, aber sie glaubte, Montsauvans Mundwinkel zucken zu sehen.

Vorsorglich hatte sie nicht nur unauffällige Kleidung, sondern auch festes Schuhwerk für ihren Polizeibesuch angezogen. Sie hatte gehofft, Etienne zu diesem Spaziergang durch die Stadt überreden zu können.

»Etienne«, rief sie auf einmal aufgeregt. »Zeigt mir den Pont Neuf.«

Dieses Mal war er wirklich entsetzt. »Seid Ihr verrückt?«

»Nein, ich habe nur schon so viel davon gehört und ich möchte ihn gerne sehen. Dann kann ich erzählen, wie er wirklich gewesen ist, wenn ich zurückkehre.«

Danach entstand eine lange Pause. Julia ging auf, was ihr soeben herausgerutscht war, aber sie konnte es nicht mehr zurücknehmen. Also starrte sie angestrengt auf die Fachwerkhäuser und Auslagen und die hübschen Schilder, die manche Kaufleute an ihren Fronten angebracht hatten.

»Gehen wir dort hinüber«, brach Etienne das Schweigen, »dort kommen wir an die Seine.«

Ungefähr eine halbe Stunde gingen sie an der Seine entlang, ohne dass einer von ihnen ein weiteres Wort verlor.

»Ich wundere mich schon seit einiger Zeit darüber, wie lange Ihr Eure Heimat und Familie nicht mehr erwähnt habt«, sagte er endlich und blieb stehen.

Julia bekam einen Kloß im Hals und blickte stur auf das grüne Wasser. »Ich verdränge es, so gut ich kann«, antwortete sie schließlich. Es tat sehr weh, an zu Hause zu denken, und es war wahr: Sie verdrängte es die meiste Zeit über. Aber das gelang ihr nicht immer, vor allem nicht abends im Dunkeln, wenn sie allein in ihrem Bett lag ... Der Kloß wurde dicker und drängte Wasser in ihre Augen.

Etienne schien ihre Not zu spüren. »Also gut, gehen wir zum Pont Neuf«, seufzte er schließlich und erntete damit den gewünschten Erfolg – ein dankbares Lächeln unter wässrigen Augen.

Sein Ablenkungsmanöver war in der Tat erfolgreich. Bereits als sie dem Pont Neuf näher kamen, begannen Julias Augen wieder zu leuchten. Es gab viele Filme, in denen mittelalterliche Gaukler nachempfunden waren, aber keiner konnte den wahren Zauber einfangen. Es war bunt, laut, fröhlich und exotisch zugleich. Artisten schlugen auf einer Bühne Purzelbäume, die dem Cirque du Soleil in nichts nachstanden; Musiker mit Flöten, Fiedeln und anderen Instrumenten, die Julia nie zuvor gesehen hatte, spielten fröhliche Melodien, ähnlich denen auf den Burgenfesten in ihrer Zeit. Es gab sogar einen Bären, der zu den Klängen von Flöte und Tamburin tanzte. Etienne kaufte ihr eine warme Pastete, die salzig und nach irgendetwas anderem schmeckte.

»Ist das Thymian?«, fragte Julia und biss herzhaft hinein. Die Pastete war köstlich und Montsauvans mahnender Blick besagte, dass sie es wieder gewagt hatte, mit vollem Mund zu sprechen. Das war ihr aber egal, denn es war Thymian und schmeckte hervorragend. Doch während sie noch zufrieden darauf herumkaute, holte die Vergangenheit sie wieder ein. Die Spielleute hatten ein neues Stück begonnen und Julia blieb auf einmal der Bissen im Halse stecken. »Die Blümelein, sie schlafen«, erscholl es von der Tribüne.

Sie warf Etienne einen schnellen Blick zu. Er hatte doch wohl nicht ...? Nein, hatte er nicht. Es war wirklich Zufall. Und was, wenn es keine Zufälle gab? War das ein Zeichen? Ein Hinweis? Schlagartig sah sie die Gesichter ihrer Mutter und ihrer Schwester deutlicher vor sich als in den vergangenen Monaten. Und plötzlich schämte sie sich. In den letzten vier Monaten hatte sie nicht einen Versuch mehr unternommen, um zurück nach Hause zu finden.

»Mögt Ihr diese Melodie?«, fragte Montsauvan.

»Es ist auch bei uns ein Volkslied«, gestand sie. »Ich hatte früher eine Spieldose mit dem Lied, die ich immer vor dem Einschlafen gehört habe.« Ihre Stimme war wieder belegt und es kostete sie alle Kraft, nicht zu weinen.

Etienne sah zum Himmel. »Wir sollten wirklich zurückgehen. Es sieht nach Schnee aus.«

Sie nickte zustimmend.

Auf dem Heimweg schossen Julia Gedanken durch den Kopf, die ihr bislang nie gekommen waren. Zu den Schuldgefühlen gesellten sich Ängste. Was wäre, wenn sie auf einmal krank würde? Was wäre, wenn das Gift tatsächlich für sie bestimmt war? Was wäre, wenn Etienne wieder in seine Botschafterdienste zurückbeordert würde und das Land verlassen musste? Was, wenn der König seine Zuwendung an sie strich?

Das hier war bis jetzt ein herrliches Abenteuer gewesen, aber es wurde Zeit, sich mit der Heimkehr zu befassen.

33. Kapitel
DIE MASKE

Sie waren noch ein ganzes Stück weit vom Hôtel de Montsauvan entfernt, als Julia eine Gestalt ins Auge stach. Das lag weniger an dem wehenden Umhang als vielmehr an der Maske.

»Etienne!« Julia hielt ihn am Arm fest und veranlasste ihn, ebenso stehen zu bleiben. »Da ist die maskierte Gestalt aus dem Louvre.«

»Welche maskierte Gestalt aus dem Louvre?«, fragte Montsauvan und sah dem wehenden Mantel hinterher, der auf der gegenüberliegenden Straßenseite vor ihnen herlief.

»Hab ich vergessen Euch zu erzählen.« Das holte sie nun nach und berichtete von dem Tag, als sie und Alexandre Rohan gefolgt waren und plötzlich nur eine maskierte Person durch eine Tür hatten verschwinden sehen. Jetzt ging ihr auf, dass sich Rohan wahrscheinlich hinter der Tür befunden hatte.

Etienne erfasste das Ganze sofort. »Folgen wir ihm.«

»Ich bin nicht einmal sicher, dass es ein Er ist«, sagte Julia. Die Bewegungen erschienen ihr seltsam fließend.

Sorgsam darauf achtend, dass sie die Gestalt nicht aus den Augen verloren, aber auch nicht auffielen, nahmen sie die Verfolgung auf. Nach etwa zehn Minuten bog der Vermummte in eine Seitenstraße ein. Etienne und Julia folgten ihm. Noch zwei Mal bog er ab und die Straßen wurden zu Gassen, verschmutzt, stinkend und eng. Keine Kutsche würde hier hindurchpassen, höchstens eine schmale Sänfte. Es wurde zunehmend schwerer, unauffällig zu folgen, weil hier außer ihnen niemand unterwegs war. Zudem sah sich der Maskierte immer öfter um. Etienne musste Julia dreimal in einen Eingang drücken und sie und ihre weiten Röcke verbergen.

»Wie gut, dass Ihr heute diesen grauen Rock angezogen habt«, murmelte er beim dritten Mal. Er hatte sie in einen Türrahmen gedrängt und presste sie mit seinem Körper gegen das harte Holz der Tür.

»Ich hatte darauf gehofft, dass Ihr mir den Pont Neuf zeigen würdet«, flüsterte sie zurück.

»Wenn ich es nicht besser wüsste«, spekulierte Etienne, »könnte man Eure Tränen, mit denen Ihr mich zu diesem Spaziergang überredet habt, als Manipulation auffassen.«

Jetzt war Julia beleidigt und funkelte ihn wütend an.

»Beruhigt Euch. Ich weiß es ja besser.« Er lugte aus dem Hauseingang hinaus und zog sie dann weiter. »Er ist dort hinten in das Gebäude gegangen.«

Julia schlich dicht hinter ihm her. Es war ein Haus wie alle anderen in dieser Gasse: alt, mit Fachwerk, das in nicht allzu ferner Zukunft einzustürzen drohte, grauer Putz und höchstens drei Fenster. Julia konnte nicht einmal sagen, in welchem Viertel sie sich befanden – sie hatte komplett die Orientierung verloren.

»Wo sind wir hier?«, fragte sie.

»Wisst Ihr das nicht?« Montsauvan sah sie erstaunt an. »Wir sind im Quartier Picpus.«

Picpus? Dort, wo Rohan ... nein, nicht Rohan, sondern der Lateinlehrer oder Kunsthändler oder was auch immer er darstellte, wohnte. Sie lugte erneut zu dem Haus und jetzt erkannte sie das Gebäude an der unteren Ecke wieder. Nicht weit von hier befand sich die Sorbonne.

»Was machen wir jetzt?«, flüsterte sie. Etienne nahm ihre Hand und im Schutz der überstehenden Stockwerke schlichen sie sich von einer anderen Seite an das Haus heran: eine Seitentür, die zu einem kleinen Garten mit Mistplatz führte. Der Weg vom Mistplatz zur Hintertür wies viele Fußspuren auf. Ihre würden darunter nicht auffallen.

Etienne nahm seinen Hut ab und legte ein Ohr an die Tür. Sie tat es ihm nach. Und wirklich: Man konnte auf diese simple Weise durch das morsche Holz recht deutlich die Stimmen im Inneren hören.

Julias erster Gedanke war, dass sie sich nicht getäuscht hatte und die maskierte Gestalt eine Frau und kein Mann gewesen war.

»Holland ist auf unserer Seite«, hörten sie sie sagen. »Monterey hat mir zugesagt am zwanzigsten des nächsten Monats ein Schiff an die Küste von Cherbourg zu schicken. Wir müssen nur dafür sorgen, dass der Dauphin geknebelt an Bord kommt.«

»Das sollte uns keine Probleme bereiten«, tönte die Stimme Rohans. »Er hat gerade seinen Besuch in der Normandie bestätigt, dort kann man ihn wunderbar abfangen.«

»Ich werde ihn zu mir nach Hause einladen. Alles andere ist ein Kinderspiel«, hörte sie eine weitere Männerstimme sagen. »Und Holland hat uns jetzt auch die drei Millionen Louisdor fest zugesagt. Sie werden uns unterstützen, wenn wir die Republik ausrufen.«

»Dann hat unser allmächtiger Herrscher ausgedient«, sagte Rohan und klang dabei recht zufrieden. »Und meine Schulden sind beglichen.«

»Und Ihr müsst nicht länger hinter der kleinen Deutschen herrennen, um den Wetteinsatz zu kassieren«, gurrte die Frauenstimme.

Julia und Etienne wechselten einen Blick.

»Das ist ja nicht das Einzige, was an ihr reizvoll ist«, hörten sie Rohans süffisante Stimme. »Sie ist die pure Unschuld vom Lande.

Wir sind alle gespannt, ob sie diesen Ausdruck beibehält, wenn sie endlich entjungfert wurde.«

Etienne löste sich von der Tür und zog Julia aus dem Gärtchen heraus.

»Jetzt wird es wirklich Zeit, nach Hause zu gehen«, sagte er und ein Lächeln spielte um seinen Mund.

»Immer dann, wenn es am spannendsten ist«, schmollte Julia.

Schnee begann wieder vom Himmel zu fallen. Leichte, zarte Flocken. Das Gesicht hinter der Fensterscheibe im Haus gegenüber hatten sie beide nicht bemerkt.

* * *

»Wer sind diese Leute? Habt Ihr jemanden an der Stimme erkannt? Abgesehen von Rohan und der Vilars?«

Julia hatte sich ebenso wie Etienne umgezogen und saß ihm nun gegenüber in einem Sessel, eine Tasse warmer Schokolade in der Hand. Schokolade in diesem Jahrhundert war auf keinen Fall vergleichbar mit Kakao oder Kaba in ihrem Jahrhundert. Hier handelte es sich um geschmolzene, zähflüssige Schokolade. Mit Gewürzen wie Pfeffer, Piment und Zimt erhielt sie eine ganz eigene, pikante Note, die Julia sehr gerne mochte. Seit ihrem gemeinsamen Besuch in der Schokoladenstube hatte Etienne eine Vorliebe dafür entwickelt. Er hatte seinen Küchenmeister zu dem Schokoladen-Confiseur der Stube in die Lehre geschickt. Seither gab es oft heiße Schokolade.

»Ich habe den Sieur La Tréaumont nur ein einziges Mal getroffen, bin aber ziemlich sicher, dass er es ist, der mit Rohan intrigiert. Die Marquise de Vilars hat mit ihm ein Verhältnis. Die andere Stimme kannte ich nicht. Ich vermute, das war der Lateinlehrer.«

»Und sie wollen die Republik ausrufen?« Julias erster Gedanke war gewesen: Recht so. Das würde Frankreich eine blutige Revolution ersparen. Aber dann überlegte sie, ob die Menschen hier schon für eine Republik bereit wären. Melanie hatte Herrn Schmidt einmal gefragt, warum man nicht schon früher auf die Barrikaden gegangen wäre, wo doch die Franzosen so unzufrieden gewesen waren. Herr Schmidt hatte erklärt, eine Republik hätte bloß eine Anarchie ausgelöst. Wer hätte den Staat zu der Zeit demokratisch regieren sollen? Die Menschen waren nicht vorbereitet. Es wäre in Selbstjustiz ausgeartet, Bürgerkrieg, schlimmer als das Experiment Oliver Cromwells in England, als versucht wurde eine Republik zu gründen. Das Ergebnis hatte man noch deutlich vor Augen: ein geköpfter König, ein Volk am Boden, das dankbar war, nach Cromwells Tod wieder einen König als Staatsoberhaupt einsetzen zu können. Nein, sosehr Julia auch eine Republik dem Absolutismus vorzog, das französische Volk war noch nicht so weit. Frankreich musste weiterhin ein Königreich bleiben und die Adligen mussten vorerst ihre Privilegien beibehalten. Wobei ... Rohan war ja selbst ein Aristokrat.

»Was hat Rohan eigentlich von einer Republik?«, fragte Julia stirnrunzelnd. »Er ist ein Prinz von Geblüt, seine Ahnentafel reicht doch bis zu den Königen Frankreichs zurück, ich glaube sogar, er ist ein Abkömmling des Hauses Bretagne. Warum will er nicht selber auf den Thron?«

»Das, meine Liebe, ist eine Frage, deren Antwort es herauszufinden gilt. Allerdings ...«, er unterbrach sich und legte einen Finger an die Lippen. Im Flur kam jemand die Treppe empor.

»Ach, das ist François«, beruhigte ihn Julia.

»Woher wollt Ihr das wissen?«, fragte Etienne erstaunt.

»Das hört man am Schritt. Er geht schnell, flink gemäß seinem

Temperament und dabei sehr leise, weil er Euch zu imitieren versucht.«

Weil Montsauvan nichts darauf erwiderte und auch nicht weitersprach, schaute Julia ihn an. Zum ersten Mal sah er regelrecht verblüfft aus.

Allerdings ging François nicht weiter, sondern klopfte an.

»Monsieur, ich muss Euch etwas mitteilen. Ich war heute Morgen bei Eurem Waffenschmied, um Euren Degen schärfen zu lassen – dort traf ich übrigens auch den Herzog de Noailles, er übersendet Mademoiselle Julia seine Grüße und hofft, Mademoiselle nächste Woche in Versailles wiederzusehen, sofern das Wetter es zulässt«, sagte er an Julia gewandt. »Als ich zurückkam, sprach ich mit dem Kutscher, der Euch um untertänigste Vergebung bittet, weil er vor der Polizei nicht auf Euch warten konnte.«

»Da ich den Grund kenne, werde ich ihm nicht den Kopf abreißen«, sagte Etienne und klang etwas ungeduldig.

François und Sophie passen wirklich gut zusammen, dachte Julia. Die Frage war nur, wer von beiden dann zu Wort kam.

»Als ich mit dem Kutscher sprach, fiel mir ein Mann auf, der an der Ecke unten das Haus beobachtete. Lucien sagte, er stehe schon seit zwei Stunden da, er sei aufgetaucht, kurz nachdem Ihr zu Fuß nach Hause kamt, und deswegen hat Lucien ...«

Sowohl Julia als auch Etienne richteten sich dermaßen schnell auf, dass beider Schokolade überschwappte. François blickte betroffen auf die Flecken auf dem Teppich.

»Wer beobachtet das Haus? Zeig ihn mir!«, befahl Etienne und stellte seine Tasse sicherheitshalber ab. »Trägt er eine Livree?«

»Nein, seine Kleidung besteht aus Lumpen und er fiel mir nur auf, weil so viel Schnee auf seinem verfilzten Hut lag, dass er schon sehr lange nahezu reglos da stehen muss.«

Etienne verließ den Salon. »Ihr bleibt hier!«, sagte er zu Julia, als sie Anstalten machte, ihm zu folgen. »Ich will nur einen Blick auf ihn werfen, und wenn wir das jetzt alle tun, ist er gewarnt.«

Das leuchtete ein, auch wenn Julia voller Ungeduld auf und ab lief während der fünf Minuten, die er weg war.

»Wie schnell kann man eine Pistole laden?«, fragte sie François besorgt.

»Mein Cousin ist bei den Musketieren. Er kann es in einer Minute«, erklärte er.

»Eine Minute?« Julia quiekte regelrecht und François sagte voller Stolz: »Die wenigsten schaffen es in dieser Zeit. Aber ich bezweifle, dass dieser Bettler eine Pistole hat.«

»Nein, nein, Ihr missversteht mich. In einer Minute hätte Etienne ihn längst überwältigt.« Sie hatte komplett vergessen, dass es hier noch keine Magazine für Pistolen gab und man umständlich mit Stopfer und Schießpulver Feuerwaffen frontladen musste.

»Ihr scheint große Stücke auf den Grafen zu halten.«

»Natürlich. Das tut Ihr doch auch«, gab sie leichthin zur Antwort.

Dem konnte François nicht widersprechen.

»Und? Habt Ihr etwas erfahren?« Julia lief Etienne aufgeregt entgegen, als der zurückkam.

»Nein, leider nicht.« Sein Gesicht war äußerst grimmig.

»Und was bedeutet das?«, fragte sie mit einem mulmigen Gefühl im Bauch.

»Dass wir Nicolas de la Reynie informieren und in Zukunft sehr vorsichtig sein müssen.«

34. Kapitel
FECHTUNTERRICHT

Paris war im Frühling eine schmutzige, hässliche Stadt. Der Schnee hatte sich in Matsch und Schlamm verwandelt. Hier und da entdeckte man die Leiche eines erfrorenen Bettlers, die bislang vom Schnee verdeckt worden war. Die Seine spülte ebenfalls neue Leichen ans Ufer, durch das Hochwasser und die stärkere Strömung, die stets unterschätzt wurde. Oft waren es Mägde, die die Wäsche hatten waschen wollen. Monsieur de la Reynie hatte mit der Identifizierung der Leichen und der anschließenden Bestattungsfreigabe alle Hände voll zu tun.

Und die übrigen Ganoven von Paris wussten das durchaus zu nutzen. Diebstähle, Einbrüche, Morde – all diese Delikte kamen zurzeit verstärkt vor. In erster Linie unschuldige brave Bürger, die sonntags zur Messe gingen, wurden meist von Taschendieben um ihre Geldbörsen erleichtert. Und eine gewisse Anasthasie eröffnete direkt gegenüber der Kaserne der Musketiere ein Bordell, was die Aufmerksamkeit der jungen, im Königsdienst befindlichen Männer arg trübte.

»Seid Ihr noch immer dagegen mich das Fechten zu lehren?«, fragte Julia eines Abends, als es wieder einmal so schneite und stürmte, dass selbst ein Spaziergang zu Ninon unmöglich war. »Wir haben ja auch nichts Besseres zu tun. Ich bin das Kartenspielen und Musizieren leid.«

Etienne las stur weiter in seinem Buch.

»Kommt schon, Etienne«, schmeichelte Julia. »Ich werde einen schicklichen Rock tragen, keine Hosen, und niemand muss es mitbekommen.«

»Nein.«

»Euer werter Nicolas de la Reynie hat nichts unternommen. Ihr selber habt gesagt, wir müssten uns verteidigen können, da nicht genug Beweise vorliegen. Wie, bitte schön, soll ich mich verteidigen? Soll ich mit meinem Fächer um mich schlagen?«

Dafür erntete sie einen ungeduldigen Blick.

»Bitte, Etienne. Ich bitte nicht oft um etwas. Aber mir ist langweilig. Ein wenig Bewegung täte mir außerdem gut. Ihr seid bestimmt auch schon am Einrosten.«

»Ich«, sagte er fest, »roste nicht ein.«

»Na, ich weiß nicht. Setzt sich da nicht ein kleines Bäuchlein unter der Weste an?«

Etienne drückte auf die Weste, die nur vom Sitzen aufgeplustert war. Kein Bauch. Höchstens ein waschbrettartig flacher.

Frustriert stieß Julia die Luft laut aus. »Fändet Ihr es nicht besser, ich wäre gewappnet? Vielleicht sollte ich die Voisin aufsuchen und sie um Gift bitten? Dann könnte ich mich sowohl gegen Madame de Montespan als auch gegen die unbekannten Revolutionäre wehren. Sofern die sich zu einer Tasse Schokolade überreden lassen. Am besten noch vor dem Anschlag.«

Etienne sah sie noch immer an. Er sprang so plötzlich aus dem Sessel, dass Julia erschrocken zusammenzuckte. »Na schön. Meinetwegen.«

Julia sprang auf und küsste ihn links und rechts auf die Wange.

»Ich kann nicht fassen, dass Ihr mich dazu überredet habt«, sagte er und stöhnte leise.

* * *

Zum Fechtunterricht konnten sie schlecht in eine der Fechthallen von Paris gehen. Also nutzten sie einen Salon, den Julia bislang erst einmal besichtigt hatte, denn er lag in einem oberen Stockwerk und stand bis auf zwei abgedeckte Truhen leer.

Julia hatte sich für den Unterricht umgezogen. Mit Bedauern dachte sie an ihre Jeans, aber sie hatte Etienne versprochen schicklich zu üben. Also trug sie einen Rock und eine Bluse. Zum ersten Mal, seit sie in Frankreich angekommen war, verzichtete sie auf das beengende Mieder. Stattdessen trug sie ihren alten BH, der seit ihrer Ankunft gewaschen auf dem Boden der Truhe lag.

Sie fühlte sich herrlich frei und ungezwungen und überhaupt zu allem fähig. Wie wunderbar, wieder einmal tief durchatmen zu können! Zum ersten Mal war sie den Frauenrechtlerinnen wie Mary Wollstonecraft und Alice Schwarzer aus tiefstem Herzen dankbar dafür, dass diese gekämpft hatten und wie sehr sie selber davon profitiert hatte, ohne es wahrzunehmen.

Montsauvan hatte sich bei ihrem Anblick zwar versteift, aber keine Silbe darüber verloren.

»Nehmt diesen Degen.« Er reichte ihr eine Waffe. Sie war schwerer, als Julia vermutet hatte. Sie versuchte sie durch die Luft zu schlagen. Mit einem flinken, festen Griff hielt Etienne ihr Handgelenk fest.

»Niemals unnötig Kraft vergeuden«, sagte er und sah sie dabei streng an. Als Julia nickte, ließ er sie los, zog seinen eigenen Degen und stellte sich neben sie, um ihr ein paar Figuren und Schläge mit dem Degen zu zeigen.

Nach etwa einer Stunde war Julia vollkommen verschwitzt und konnte ihren »Schwertarm« kaum noch heben. Die Bluse klebte ihr am Oberkörper, der Rock an den Beinen. Mitten in der Übung ließ sie die Arme hängen. »Etienne, ich kann nicht mehr.«

Sie sah zu ihm auf. Ungerechterweise sah er aus, als hätte er bislang nur im Sessel gesessen und gelesen. An ihm war nichts verschwitzt oder auch nur eine Manschette unordentlich geworden. Erschöpft strich sie sich eine gelöste Haarsträhne aus dem Gesicht.

»Ihr wolltet es lernen, also beschwert Euch nicht. Fünf Minuten Pause. Trinkt etwas, dann machen wir weiter.«

Er war wieder in seiner Lehrerrolle und sie würde sich hüten ihn zu bitten erst morgen mit dem Unterricht fortzufahren. Also tat sie, wie er sie geheißen hatte, und trank recht gierig das Wasser. Als sie wieder aufschaute, hatte er einen seltsamen Gesichtsausdruck.

»Was ist?«, fragte sie ihn.

Sein Blick wurde sofort wachsam. »Was soll sein?«

»Ihr seht so komisch aus. So ... angespannt und auch wieder nicht. Ich kenne Euch mittlerweile gut genug, um zu wissen, wann Eure aufgesetzte *Noblesse oblige* nur gespielt ist. Also, was ist mit Euch?«

Als er nicht antwortete, fuhr sie fort. »Habt Ihr immer noch Bedenken, eine Frau den Umgang mit einer Waffe zu lehren? Ich versichere Euch, wenn ich ein wenig Übung habe, wird es besser und mein Arm wird kräftiger. Dann kann ich den Degen länger führen.« Bittend, beinahe flehend sah sie zu ihm auf und hob, um ihren Willen zu zeigen, wieder den müden Arm.

Ein schwaches Lächeln huschte über Etiennes Gesicht. »Ich weiß, Mignonne. Ich weiß.«

Das verwirrte sie noch mehr als sein Schweigen zuvor.

* * *

Wie sie bereits vorhergesehen hatte, erwies sich Etienne auch beim Fechten als ein sehr genauer Lehrer. Und doch war etwas anders als zu Beginn ihrer Bekanntschaft. Er zeigte mehr Geduld, mehr

Nachsicht bei Fehlern und ließ ihr Freiraum beim Ausprobieren von Schritten. Dieses Mal war der Unterricht spielerisch und dennoch effizient.

Und so kam es, dass sie in den nächsten zwei Wochen überhaupt nicht den Drang verspürte, das Palais zu verlassen. Zudem fühlte sie sich sehr an ihre Anfangszeit und ihre Reitstunden erinnert, denn seither war sie nur noch sehr selten abends so müde ins Bett gefallen. Und genau wie bei den Reitstunden merkte sie auch hier sehr rasch den Erfolg. Von Tag zu Tag konnte sie länger durchhalten und wurde immer flinker.

Madame de Sévigné, Paris, an Madame de Grignan, Provence

Der Krieg ist erklärt, meine Liebe, und jeder spricht nur noch davon loszuziehen. Canaples, der Bruder Monsieur de Créquys, hat den König um Erlaubnis gebeten, dem König von England zu dienen, und ist fort, unzufrieden in Frankreichs Armee keinen Platz gefunden zu haben. Marschall von Bellefonds hat sich mit Monsieur de Louvois angelegt, der Bellefonds' Posten als General unter dem Prinzen de Condé abschaffen wollte. Der Marschall ließ den König die Sache entscheiden und trug den Sieg davon.

Die Gouverneure suchen alle ihre Gouvernements auf. Es steht uns ein harter Krieg bevor, ich bin entsetzlich beunruhigt. Euer Bruder, der Leutnant, liegt mir am Herzen. Der Dauphin ist zu seiner Rundreise durch Frankreich aufgebrochen und beginnt in der Normandie. Das Wetter ist schlecht, aber der König braucht die Unterstützung seines Volkes.

35. Kapitel
ERÖFFNUNGEN UND MOLIÈRE

»Ihr seht aus, als sei Euch der Winter außerordentlich gut bekommen.« Ninon musterte Montsauvan und Julia auffällig lange. »Aber leider nicht aufgrund von Leidenschaft und Liebe«, stellte sie enttäuscht fest. »Zumindest nicht bei Euch, Mademoiselle.«

Julia hob amüsiert eine Braue und sah Etienne an. Letzte Woche waren sie und Etienne einer weiteren Einladung bei Liselotte gefolgt, die endlich das Wochenbett hinter sich hatte.

Und Angélique war natürlich auch da gewesen.

»Ich habe heute Abend eine Überraschung für Euch.« Ninon hakte Julia unter. »Racine wird uns etwas aus seinem neuesten Stück vortragen. Aber zuerst werden wir essen. Ich habe einen Koch, der dem göttlichen Vatel ein paar Rezepte abgeschwatzt hat. Nein, Graf, Ihr werdet heute nicht neben Eurer Schülerin sitzen. Ihr werdet sie neue Kontakte knüpfen lassen.«

Sie führte Etienne zu Madame Scarron, die ihn erfreut begrüßte, und Julia zu einem leeren Platz zwischen einem jungen Mann in einfacher Kleidung und Monsieur de Sévigné, dem Sohn der berühmten Briefeschreiberin.

Der junge Mann entpuppte sich als ein Monsieur Jean Charles de Cauzé de Nazelle, der nach Paris gekommen war, um den Musketieren beizutreten.

»Viel zu schade für einen Musketier«, sagte Ninon, die bei ihnen stehen geblieben war, unumwunden. »Ihr könntet Literat werden oder Schriftsteller. Das Einzige, was Euch entschuldigt, ist, dass das Musketierdasein Euer Herzenswunsch ist. Und dem sollte man immer folgen. Nehmt Euch das zur Brust, Julia. Man sollte diesen Spruch auf ein Kissen sticken.«

Monsieur de Cauzé hatte blondes Haar und blaue Augen und war lange nicht so attraktiv wie Alexandre. Aber kaum jemand konnte mit Alexandre de Flémont mithalten. Julia stellte fest, dass sie automatisch jeden Mann mit ihm verglich. Monsieur de Cauzé war ein angenehmer, schüchterner Tischpartner – ganz im Gegensatz zu Monsieur de Sévigné. Der war ein Charmeur und flirtete mit Julia auf Teufel komm raus. Was sehr befremdend war, denn er war das Ebenbild seiner Mutter. Im Laufe des Essens rückte er immer näher an Julia heran und auf einmal fühlte sie seinen Fuß an ihrem Bein. Unter all den Lagen von Röcken. Das ging zu weit.

»Habt Ihr auch gewettet, Monsieur?«, fragte sie ihn rundheraus.

Sévigné wurde rot. »Gewettet? Welche Wette, Mademoiselle?«

Julia versuchte sich an einem Mona-Lisa-Lächeln. »Was hat man denn auf Euch gesetzt? Das Höchstgebot sind bis jetzt fünfzehntausend Louisdor. Darunter würde ich nicht gehen.«

Sévigné verschluckte sich. Anscheinend an seiner eigenen Spucke, denn er hielt nichts in der Hand. Cauzé zu ihrer Linken war irritiert.

Ninon, schlichtweg amüsiert, klärte ihn auf: »Auf die Unschuld unserer Freundin ist ein Preis ausgesetzt. Montsauvan bringt nur fünfhundert Louisdor, während auf Monsieur de Chaulnes die besagten fünfzehntausend ausgesetzt sind.«

»Wer ist Monsieur de Chaulnes?«, fragte Julia. »Den kenne ich nicht.«

»Genau deshalb auch die fünfzehntausend«, bekam sie zur Antwort. »Er ist in seine Frau verliebt, soll Euch aber in Fontainebleau einen Abend lang beobachtet haben. Leider hat er ein pockenvernarbtes Gesicht. Monsieur de Lionne hat auf ihn gesetzt und Monsieur de Thianges ist darauf eingegangen und hat sich selbst mit achttausend Louisdor veranschlagt.«

Das Gespräch war so laut geworden, dass nun auch Etienne es vom anderen Ende der Tafel mitbekam und einen finsteren Blick herüberwarf.

»Schaut, Monsieur de Sévigné«, sagte Julia nach rechts gewandt und wies in Richtung Etienne. »Montsauvan hat Seiner Majestät das Versprechen gegeben, auf mich aufzupassen. Ihr könnt Euch sicher sein, dass er es hält. Auch über Eure Leiche.«

Sévigné rückte von ihr ab, und als nach dem Essen Racine Szenen aus *Phädra* vortrug, saß nur noch Cauzé neben ihr, so dass sie den Vortrag richtig genießen konnte.

* * *

»Ihr habt wohl einen neuen Freund gefunden«, sagte Etienne auf dem Heimweg. »Den ganzen Abend über habt Ihr nur mit diesem Cauzé geredet.«

»Wenn ich Euch nicht besser kennen würde, würde ich sagen, Ihr seid eifersüchtig«, neckte Julia.

Etienne gab ein Brummen von sich.

»Ich habe weniger wegen seiner anregenden Persönlichkeit so viel mit ihm geredet als vielmehr wegen seiner Freundin.«

Etienne sah sie interessiert an. »Seiner Freundin?«

»Er steht zufällig einem Fräulein van den Enden sehr nahe.« Julia genoss es, diese Neuigkeit aus dem Ärmel zu ziehen.

Etienne öffnete das Tor zum Hôtel. »Hat Cauzé eine Bemerkung über den Vater der besagten Dame fallenlassen?«

»O ja!«, triumphierte Julia. »Ich mach Euch einen Vorschlag: Ihr holt diesen besonderen Likör, den Euch Angélique bei unserer Abreise aus Saint-Cloud heimlich zugesteckt hat, und wir besprechen alles Weitere in der Bibliothek.«

Etienne warf ihr wieder diesen unergründlichen Blick zu. »Was Angélique mir aber außerdem zugesteckt hat, habt Ihr hoffentlich nicht mitbekommen, oder?«

»Was? Da war noch mehr?«

»Irgendwie bin ich beruhigt, Mignonne, dass Ihr doch nicht alles wisst.«

Eine Viertelstunde später strahlte der Kachelofen eine angenehme Wärme aus und Montsauvan reichte ihr ein (halbes) Glas Likör.

»Cauzé stammt aus der Normandie«, begann Julia zu erzählen, »und er brauchte, als er vor kurzem nach Paris kam, eine Bleibe. Monsieur van den Enden vermietet neben dem Betreiben seiner Lateinschule auch noch zwei Zimmer. So traf Cauzé auf die hübsche Mareij.«

»Hat Mareij auch noch mehr zu bieten, als nur hübsch zu sein?«

»Nicht wirklich. Aber eines Tages, das heißt vor drei Wochen, begegnete Cauzé Monsieur La Tréaumont bei van den Enden. Er kennt ihn noch aus der Normandie. Und er sagt, dort habe er einmal ... aber das ist eigentlich gar nicht wichtig. Also, kurz und gut, er mag ihn nicht und daher wunderte es ihn, dass Rohan auch eines Tages dort auftauchte. Ich meine, immerhin ist Rohan bekannt, weil Jugendfreund des Königs, Prinz von Geblüt und so. Und jetzt kommt wieder die hübsche Mareij ins Spiel. Sie hat Cauzé einen Platz besorgt, von wo aus er die drei belauschen kann. Sie berieten sich dort über das republikanische Komplott, von dem wir wissen, und als Rohan fort war, sprachen van den Enden und La Tréaumont darüber, jemanden anzuheuern, der uns, das heißt Euch und mich, entführt und tötet, weil wir sie belauscht haben.« Sie sah Etienne Beifall heischend an.

»Und darüber seid Ihr froh?«, fragte Etienne entgeistert. Er hatte während ihrer Erzählung seine bequeme Haltung aufgegeben und saß jetzt so aufrecht wie Maggie Smith in *Downton Abbey*.

»Natürlich nicht«, sagte Julia noch immer euphorisch. »Ich bin nur froh, dass ich fechten kann!«

»Soll das heißen, Ihr wollt ab sofort immer einen Degen an Eurer Hüfte tragen?«

Julia seufzte genervt. »Natürlich nicht«, wiederholte sie. »Ich hoffe eher, dass, wenn es zu einer Auseinandersetzung kommt, ich einen entwenden kann. Aber für den Anfang könnte ich mir einen Dolch ans Strumpfband binden.«

»Wozu? Um Euch damit beim Sitzen zu piken? Oder wie wollt Ihr die ganzen Lagen Stoff mit einem Griff gehoben bekommen?«

»Ihr seid aber miesepetrig heute Abend.« Julias gute Laune bekam einen Dämpfer.

»Unsere kleine Spitzelaktion war nicht ganz so unauffällig, wie wir gedacht haben, und jetzt hetzt man uns gedungene Mörder auf den Leib. Ja, ich denke, ich habe allen Grund, ein wenig miesepetrig zu sein.«

Beide beäugten sich eine Zeit lang, in der man nur das laute Ticken der Standuhr hörte.

»Ich darf gar nicht daran denken, dass wir heute Abend allein, ohne Schutz und ohne Degen unterwegs gewesen sind – sogar *ich*«, das betonte er besonders. »Wo wir doch wissen, dass sie uns beschatten. Habt Ihr irgendwelche nützlichen Vorschläge, wie wir weiter vorgehen?«

»Wir könnten Monsieur de la Reynie aufsuchen.«

»Das habe ich schon längst getan.«

Julia sah ihn verblüfft an.

»Direkt nach unserem Ausflug, als wir von ihm kamen, habe ich ihm durch François eine Botschaft überbringen lassen, in der alles stand. François musste sie ihm persönlich überreichen und hat mir seine Antwort sofort gebracht.« Etienne erhob sich und öffnete eine Schublade an seinem Schreibtisch. Er reichte Julia ein gefaltetes Blatt, das Siegel war aufgebrochen. Ein Siegel mit der Fleur de Lys und dem Châtelet.

Nicolas de La Reynie bedauerte, Etienne ohne stichhaltige Beweise nicht helfen zu können. Der Chevalier de Rohan sei dafür eine zu ranghohe Persönlichkeit und stehe vom Geburtsrecht her – wenn auch nicht in der Gunst des Königs – über Etienne.

Julia ließ den Brief sinken. »Oh. Keine Hilfe ohne Beweise?«

»Keine Hilfe ohne Beweise«, bestätigte Etienne.

Wieder verging eine Weile, in der niemand sprach.

»Was«, sagte Julia in das Ticken der Standuhr hinein, »spräche dagegen, wenn wir das Haus van den Endens unsererseits beschatten ließen?«

Etiennes Mundwinkel kräuselten sich und seine Augen blitzten anerkennend. »Kluger Gedankengang.«

»Ihr habt das schon veranlasst?«, fragte Julia, enttäuscht, dass sie den Geistesblitz nicht zuerst gehabt hatte.

»Genau genommen habe ich den Spitzel auch darauf angesetzt, genaue Daten, Orte und Handlungsweisen der Gruppe sowie einige Namen von Mitverschwörern herauszufinden. Er hat einen Vorschuss bekommen und erhält das Dreifache, wenn er mir Papiere bringt, die die Unterschrift der Verschwörer enthalten.«

»Dann ist es nur eine Frage der Zeit«, sagte Julia und lehnte sich wieder im Sessel zurück.

»Das hoffe ich. Einstweilen werdet Ihr ab sofort auf keinen Fall mehr das Haus verlassen.«

Julia setzte sich wieder aufrecht hin. »Was? Wie lange soll das sein? Einen Monat? Ein halbes Jahr? Was, wenn sie ihr Ziel erreichen? Und schweben wir nicht ohnehin beide in Lebensgefahr? Ich will mich nicht wie ein ängstliches Kaninchen in meinen Bau zurückziehen und warten, bis die Sache vorbei ist. Ich habe einen ganz anderen Vorschlag für Euch: Wir locken sie in die Falle. La Tréaumont, Rohan, die Vilars, van den Enden und alle Anhänger. Und zwar am besten mit Hilfe dieser Ganoven, die sie angeheuert haben.«

Etienne machte Anstalten aufzustehen.

»Nein, lasst mich aussprechen! Wir *beide* sind doch die Zielpersonen. Und ehe man eine wichtige Persönlichkeit wie Euch einfach um die Ecke bringt, wollen sie doch bestimmt erst herausfinden, wie viel wir wissen, um so einen Mord eventuell zu vermeiden und Euch einfach nur Angst einzujagen. Sie können nicht damit rechnen, dass das Ganze als Raubmord abgetan und fallengelassen wird. Also müssen wir den Versuch wagen, sie auflaufen zu lassen. Wir sind allerdings im Vorteil, weil wir uns vorbereitet haben.«

Etienne war sitzen geblieben und hatte ihr aufmerksam zugehört. »Und was genau schlagt Ihr vor?«

»Ist das nicht offensichtlich? Wir lassen uns schnappen und locken sie damit in die Falle.«

Etienne sah aus, als hätte sie ihm vorgeschlagen morgen früh Tee anstatt Kaffee zu sich zu nehmen. Schließlich sagte er: »Ihr seid verrückt.«

»Ist das alles, was Ihr dazu zu sagen habt?« Dieses Mal war sie fast schon beleidigt.

»Nein, aber wenn ich jetzt anfange, höre ich wahrscheinlich vor morgen früh nicht mehr auf. Vergesst Euren schlauen Plan. Er ist absolut inakzeptabel.«

»Warum?«

»Weil ich auf keinen Fall zulassen werde, dass Ihr Euch mutwillig in Gefahr begebt. Nicolas hat unsere Angaben und wird sich der Sache annehmen, mit allen ihm zur Verfügung stehenden Mitteln.«

Julias Augen funkelten auf einmal. »Ah ja, Nicolas, der Polizeichef! Darf ich erfahren, woher Ihr ihn kennt und wie es dazu kommt, dass Ihr Euch so nahesteht?«

Etienne sah sie einen Moment lang prüfend an. »Es kommt nicht in Frage, dass Ihr den Lockvogel für ein paar Verbrecher spielt, denen Ihr in keiner Weise gewachsen seid.«

Julia staunte. Er überging ihre Frage einfach. Weshalb? Während er heftig gegen ihre Idee protestierte, hörte sie ihm gar nicht mehr richtig zu, sondern grübelte über das seltsame Verhältnis, das Nicolas de la Reynie mit ihrem Lehrer verband und das er ihr nicht näher erläutern wollte. Eigentlich hatte sie gedacht, es handele sich um einen Jugendfreund oder einen ehemaligen Kameraden von seiner Zeit auf dem Schlachtfeld.

»Hört Ihr mir überhaupt zu?«, unterbrach Etienne seine Tirade, als er Julias fernschweifenden Blick bemerkte.

»Ehrlich gesagt nicht«, gab sie unbekümmert zu. »Ihr wollt nicht, dass ich mich in Gefahr begebe, und ich will nicht hier eingesperrt sitzen bleiben, bis die Polizei sich endlich zum Handeln bequemt. Warum vergessen wir das Ganze nicht einfach und tun so, als hätte ich nie mit Monsieur Cauzé geredet?«

Etienne atmete einmal tief durch, als müsse er seine Beherrschung wiederfinden. »Weil wir, Mademoiselle, trotzdem ein paar gedungene Entführer und Mörder auf den Fersen haben«, erklärte er ruhig – zu ruhig und zu geduldig, was Julia stutzig machte und tatsächlich glauben ließ, er stehe kurz davor, die Nerven zu verlieren. »Und ich verbiete Euch – hört Ihr? –, ich *verbiete* Euch, das Haus ohne meine Begleitung zu verlassen.«

»Gut, wenn es sich so verhält.« Sie sprang auf und ging zur Tür.

»Wohin geht Ihr?«, rief er ihr nach.

»In mein Zimmer! Wollt Ihr mich auch dorthin begleiten?«, giftete sie und fuhr so heftig herum, dass sich ihre Röcke bauschten. »Vielleicht haben sich die Entführer schon ins Hôtel geschlichen. Am besten geht Ihr mit, damit mir auch ja nichts passiert.«

»Ihr reagiert über, Julia«, sagte Montsauvan. Es sah aus, als habe er seine Fassung in genau dem Moment zurückgewonnen, in dem sie die ihre verlor.

»Nicht mehr als Ihr!«

»Ich möchte nur, dass Euch nichts geschieht, Mignonne. Der König würde es mir nie verzeihen, wenn seinem Mündel etwas widerführe. Zu Recht. Ich treffe lediglich Vorsichtsmaßnahmen zu Eurer Sicherheit. Wollt Ihr das nicht einsehen?« Er hatte wieder diesen seltsamen Blick in den Augen, auf den sich Julia keinen rechten Reim machen konnte. Also nickte sie ergeben.

»Bitte, Mignonne, versprecht mir, nicht eigenmächtig zu handeln. Und auch, nicht das Haus zu verlassen. Dafür werden wir weiterhin fechten. *Bitte!*«

Dieses letzte »Bitte« glich einem Flehen. Wie konnte sie ihm das abschlagen?

»Ich versprech's«, murmelte sie und schlurfte in ihr Zimmer.

36. Kapitel
EIN REPUBLIKANISCHES KOMPLOTT

Da der Schnee gänzlich weggetaut war, hatte der Krieg wieder begonnen. Frankreich stand im Krieg mit Holland und die Gefechte waren anscheinend sehr blutig. Man sprach von über tausend Toten. Julia bangte um Alexandre, und auch wenn Etienne kein Wort darüber verlor, sah sie jedes Mal seine erleichterte Miene, wenn ein Brief seines Bruders eintraf.

Die Marquise de Sévigné war genauso beunruhigt, denn auch ihr Sohn befand sich an der Front. Egal wie lästig er Julia gegenüber gewesen war, er war ihr Sohn und die Marquise hatte ein sehr gutes Verhältnis zu ihren Kindern. Julia hatte zwischenzeitlich auch Madame de Grignan, die in die Provence verheiratete Tochter von Madame de Sévigné, kennengelernt. Eine sehr schöne Frau, die Angélique de Fontanges Konkurrenz machen konnte. Sie besuchte ihre Mutter für eine Weile und Madame de Sévigné stellte sie überall stolz vor. Julia kam der Gedanke, dass in diesen Wochen kein für die Nachwelt so interessanter Sévigné-Brief über Klatsch und Tratsch bei Hofe entstehen würde. Schade eigentlich.

Und dann kam die Nachricht, der »Große Condé« habe gesiegt. In der Schlacht bei Seneffe in Belgien seien achttausend Mann auf jeder Seite gefallen und Condé selbst wären drei Pferde unter dem Leib weggeschossen worden.

Voller Angst wartete Julia nun auf Post von Alexandre. Etienne hatte wieder diese verschlossene Miene aufgesetzt und sein Fechtunterricht war härter als je zuvor. In der übrigen Zeit saß er am Cembalo und spielte so voller Inbrunst, dass nicht nur einmal die Saiten rissen und ein Reparateur kommen musste.

Julia selbst hoffte ständig auf die Nachricht, Louis XIV. wolle nach Versailles umsiedeln. Sie wollte endlich raus aus Paris. Die Bäume begannen zu blühen und man erzählte, der Gärtner Le Nôtre habe letztes Jahr vier Millionen Tulpenzwiebeln aus Holland importieren lassen und gepflanzt. Dem König wären sie wohl, sobald sie zu blühen anfingen, wegen des Kriegs mit diesem Land vergällt.

Schließlich war es so weit. Louis XIV. siedelte wieder einmal nach Versailles um. Der Hofstaat zog mit und nur ein paar wenige blieben zurück, um auf Nachricht von ihren Angehörigen an der Front zu warten. Leider war Etienne einer dieser wenigen und Julia zwangsläufig auch. Dabei wollte sie endlich das Hôtel verlassen. Spazieren gehen. Ja, sogar ausreiten!

Ninas kleine Stute stand seit dem Wintereinbruch im Stall und war nur hin und wieder von Lucien, dem Stallknecht, ein wenig durch den Hof geführt worden. Sie musste genau wie Julia vor Langeweile sterben.

Und endlich – *endlich!* – kam die heiß ersehnte Post. Erstaunlicherweise war es aber nicht nur ein Brief, sondern eine ganze Schatulle voller Briefe.

Und nur einer davon stammte aus Alexandres Feder.

Es ging ihm gut. Er hatte eine Verletzung am Oberschenkel erlitten, aber es war nichts Ernstes. Eine weitere Schlacht gegen Holland sei im Moment nicht möglich. Der holländische Statthalter Wilhelm von Oranien habe alle Schleusen und Dämme geöffnet und die nicht eroberten Teile der Niederlande überflutet. Die Bevölkerung sei zum größten Teil hinter die Wasserlinie evakuiert worden.

Diese Schatulle voller Unterlagen habe er, Alexandre, zusammen mit einer kleinen Flagge bei den eilig zurückgelassenen Sachen des Marquis d'Affentar gefunden, einem Spanier, der auf holländischer Seite kämpfte. Alexandre glaubte, es handele sich um ein Komplott, und bat Etienne, der Sache nachzugehen. Und die kleine Standarte sei für Julia, ein Souvenir.

Julia und Etienne sahen sich an.

Ohne ein weiteres Wort zu verlieren, packte Etienne die Schatulle und ließ ein Pferd satteln.

* * *

Mit den Beweisstücken ging alles ganz schnell. Der Chevalier de Rohan wurde in Versailles beim Verlassen der Messe verhaftet, und mit ihm drei seiner Diener. Außerdem der Chevalier de Préaux sowie deren Domestiken und viele weitere Personen. Unter anderem auch van den Enden.

Nur der Marschall La Tréaumont, sein Kammerdiener, die Marquise de Vilars und ein paar andere Involvierte waren plötzlich wie vom Erdboden verschluckt.

Van den Enden war der Gesprächigste von allen. Kaum dass die Polizei ihn und seine Frau in Gewahrsam genommen hatte, fing er schon an zu reden und hörte gar nicht mehr auf. So der Bericht von Monsieur de la Reynie.

Das alles erzählte der Polizeipräfekt nicht nur, weil Etienne ihm die ersehnten Beweise geliefert hatte, sondern vor allem, weil van den Enden auch eine Drohung von Seiten La Tréaumonts weitergegeben hatte. Jener gebe ihm, Etienne, die Schuld am Scheitern des Komplotts und wolle sich rächen. Und wer weiß? Vielleicht wäre doch noch eine Republik möglich. Er, La Tréaumont, würde jedenfalls nicht aufgeben. Niemals! Er habe nichts mehr zu verlieren, nur noch zu gewinnen. Allein deswegen würde er alles wagen, um seine Ziele durchzusetzen. Und sich an Montsauvan und dem Mündel des Königs rächen.

Gemäß van den Endens Aussage war fünf Verschwörern die Flucht gelungen. Alle anderen saßen im Gefängnis und hatten wenig Aussicht auf Gnade.

»Keine Ausflüge«, mahnte Etienne unnötigerweise.

Julia nickte. Das hätte er nicht extra sagen müssen. Ein verwundeter Tiger wie La Tréaumont war gefährlicher als zuvor. Und das Schlimme war, La Tréaumont hatte nichts, rein gar nichts mehr zu verlieren, er konnte nur noch gewinnen, wenn er sie in die Finger bekam.

* * *

Die ersten Tage sah Julia sogar im Hôtel de Montsauvan mit gezücktem Degen um jede Ecke. Aber das legte sich zum Glück schnell, denn nach nur vier Tagen lenkte sie eine Überraschung ab.

Als sie eines Morgens aus dem Salon trat, humpelte ein junger Mann die Treppe des Hôtel empor. Erst dachte sie, Etienne, der sich kurz zuvor in sein Arbeitszimmer im Erdgeschoss zurückgezogen hatte, sei etwas passiert. Aber dann erkannte sie ihn und glaubte, einer Halluzination zu erliegen. *Es war Alexandre!*

Er sah anders aus. Besser, als sie ihn in Erinnerung hatte. Sein Haar war länger und auf seinen Wangen war der Schatten eines Bartes zu sehen. Aber dann lächelte er und zeigte seine schönen weißen Zähne. Um seine Mundwinkel bildeten sich die für ihn typischen feinen Lachfältchen.

Er war es! Und er war zu Hause! Wohlbehalten! Zurück aus dem Krieg!

Erfreut lief sie ihm entgegen und fiel ihm um den Hals. »Ihr seid da! *Ihr seid endlich wieder da!*«

Sie wollte ihn links und rechts auf die Wangen küssen, wie es bei den Franzosen üblich war, aber Alexandre tat das, was sie sich insgeheim seit Wochen gewünscht hatte: Er küsste sie.

Und es fühlte sich gut an. Richtig gut. Verdammt gut. Sie krallte ihre Finger in seine schulterlangen Haare und küsste ihn so stürmisch und voller Begeisterung zurück, dass er ins Schwanken kam.

»Autsch«, entfuhr es ihm und Julia machte erschrocken einen Satz zurück.

O Gott. Er hatte doch gehumpelt, das hatte sie völlig vergessen. »Ihr seid verwundet. Es tut mir leid. Ich hätte nicht ...«

Doch schon wurde sie zum Schweigen gebracht. Alexandre beugte sich nach vorn und verschloss ihren Mund abermals mit seinen Lippen.

Zumindest für ein paar Sekunden, dann hörten sie Schritte und sofort zog sich Julia zurück.

»Alexandre?«

Etiennes tiefe Stimme klang überrascht und erfreut zugleich, als er nun aus einem Türrahmen trat und seinen Bruder sichtete. Er ging auf ihn zu und umarmte ihn.

Julias Glück, denn so hatte sie ein wenig Zeit, sich wieder zu fassen.

Als die beiden Brüder anschließend dicht an ihr vorübergingen, spürte sie Alexandres Finger flüchtig die ihren berühren und ein zartes Kribbeln breitete sich über ihren ganzen Körper aus.

* * *

»Paris ist eine Messe wert«, hatte Heinrich IV. nach seiner Reformierung gesagt. Dem stimmte Julia nur bedingt zu, während sie an diesem Nachmittag in der Kathedrale von Notre-Dame saß und Monsieur Bourdaloues Predigt über sich ergehen ließ. Er predigte gern und lang und ausschweifend. Kein Wunder, dass die Damen Saucieren mitbrachten, mittelgroße Soßenschüsseln, um ihre Blase zwischendurch zu entleeren. Des Predigers Ruf ging sogar so weit, dass jene Saucieren selbst schon *Bourdalou* genannt wurden.

Aber heute war Julia die Predigt sehr recht. Sie schwelgte. Sie schwelgte in einem Traum. In diesem Traum wurde sie wieder und wieder von Alexandre geküsst.

Sie hatte versucht Etienne davon zu überzeugen, dass sie zu Hause bleiben müsse, um für den verwundeten Alexandre zu sorgen, aber dieses Mal war Etienne hartnäckig gewesen. Er wollte seine Dankbarkeit über die Rückkehr seines Bruders in Form eines Gottesdienstes bekunden. Natürlich hatte sie nicht darauf beharrt, bei Alexandre bleiben zu dürfen. Das hätte Etienne mehr als misstrauisch gemacht. Denn wenn er von ihrem Kuss gewusst hätte, hätte er seinen Bruder garantiert woanders untergebracht. Bei Ninon zum Beispiel. Das galt es unter allen Umständen zu vermeiden.

Schon direkt beim Eintritt in Notre-Dame hatte Etienne eine Kerze entzündet und jetzt stand er neben Julia, beide an eine Säule gelehnt – und seit einer Stunde darauf wartend, dass Pater Boudaloue endlich fertig wurde.

Na ja, Etienne wartete. Julia träumte. Sie fühlte wieder Alexandres Lippen auf den ihren. Sie schmeckte ihn wieder. Sie roch seinen Duft. Sie fühlte seine Hände auf ihrem Rücken und in ihren Haaren. Ab und an warf ihr Etienne einen durchdringenden Blick zu und sie hoffte sehr, dass sie nicht laut seufzte.

Als die Messe endlich zu Ende ging, musste Julia zwangsläufig wieder aus ihrem Traum erwachen.

Vor dem Ausgang der Kathedrale gab es ein großes Gedränge. Draußen kamen Graupelschauer herunter, die sich nicht zwischen Regen und Schnee entscheiden konnten, und der Boden war aufgeweicht. Niemand wollte in den Matsch treten und damit seine Feiertagskleidung ruinieren. Allerdings kamen die Kutschen, die vor dem Platz der Kathedrale auf ihre Herrschaften warteten, dadurch nur sehr langsam voran. Es wurde geschubst und gedrängelt.

Doch auch das machte Julia nicht richtig wach, ihre Gedanken beschäftigten sich mit dem heutigen Abend. Wie konnte sie es anstellen, dass sie mit Alexandre allein war? Was auch kein Problem war, solange Etienne ihren Arm hielt und sie durch die Menge dirigierte. Sie kam erst zu sich, als ein großer, grobschlächtiger Mann zwischen sie geriet und sie willkürlich trennte. Er hatte die typischen Gesichtszüge, die man in ihrem Jahrhundert Downsyndrom nannte. Der arme Kerl schien jemanden verloren zu haben, denn er drängte sich rücksichtslos und verzweifelt zwischen den Menschen hindurch. Julia sah ihm hinterher, wie er sich brummend und klägliche Laute ausstoßend seinen Weg bahnte. Dann fühlte sie wieder eine Hand an ihrem Ellbogen.

Augenblicklich wusste sie, dass es sich nicht um die von Etienne handelte. Diese hier war hart und griff ihren Arm viel zu fest. Sie versuchte sich zu befreien und wandte sich ärgerlich zu dem Rüpel um.

»Was fällt Euch ein? Lasst mich los!«

»Na, na, meine Liebe. Wir wollen doch nicht auffallen, oder?«

Julia erstarrte. Diese Stimme hatte sie zwar erst einmal gehört, aber nicht vergessen. La Tréaumont.

In diesem Moment tauchte Etienne wieder an ihrer Seite auf. Er wollte erneut ihre Hand nahmen. Als er erkannte, dass sie bereits festgehalten wurde, versteifte er sich beinahe unmerklich.

»Sehr gut, Graf. Ich bin froh, dass Ihr Euch zu uns gesellt. Das erspart mir die Arbeit, einen Boten nach Euch zu senden.«

Julia warf Etienne einen kurzen Blick zu und begann fieberhaft zu überlegen. Sie waren hier umgeben von Hunderten von Menschen. Sie musste nur schreien und auf sich aufmerksam machen und der Mann wäre gezwungen sie gehen zu lassen und zu verschwinden. Sie holte tief Luft und öffnete den Mund, als sie eine Klinge in ihrem Rücken spürte.

»Das würde ich nicht noch einmal versuchen«, sagte er drohend. »Ah, Madame. Sehr gut. Es hat alles nach Plan funktioniert.«

Über Etiennes Schulter hinweg konnte sie Madame de Vilars erkennen. Sie sah mitgenommen aus. Ihre Haare waren einfach frisiert und ihr Kleid war schmutzig. Und dennoch lächelte sie triumphierend. In ihrer Hand, unter dem langen Ärmel ihres Umhangs verborgen, konnte Julia die Mündung einer Pistole erkennen.

»Monsieur de Montsauvan, ich rate Euch keine unüberlegten Bewegungen zu machen. Ansonsten bin ich gezwungen meine Pistole zu benutzen«, flüsterte sie.

La Tréaumonts Messerspitze pikte stärker in Julias Rücken. Das Messer musste sehr spitz sein, denn sie spürte das Metall Mantel, Mieder und Hemd durchdringen. »Vorwärts, Mademoiselle. Sehen wir zu, dass wir in – sagen wir – *ruhigere* Sphären gelangen.«

Sie und Etienne wurden durch die Menge manövriert. An einer kleinen Seitenpforte verließen sie die Kathedrale. Hier war es tatsächlich ruhig. Niemand ging an dieser Seite des riesigen Baus vorbei, denn jedermann wollte so schnell wie möglich nach Hause kommen und nutzte dazu den direkten Weg über die Brücken. Im

Sommer fand man auf diesem Teil der Insel auch einige Prostituierte, die dem Kirchgänger vor dem Besuch der Beichte noch einen richtigen Grund dazu gaben. Doch im Moment war es auch diesen Frauen zu nass.

La Tréaumont hatte alles vorausgeplant und kalkuliert. Sie waren allein – mitten im Herzen von Paris.

»Ihr habt keine Aussicht auf Erfolg, La Tréaumont«, sagte Etienne erstaunlich ruhig. Er ging neben Julia und sah für jemanden, der ihn nicht so gut kannte, aus, als unternehme er einen ruhigen sonntäglichen Spaziergang. Aber Julia wusste, wie angespannt er in Wirklichkeit war. »Ihr könnt Paris nicht verlassen. Nicht mit uns beiden.«

»Ihr werdet überrascht sein, was ich alles kann«, sagte der Marquis.

»Ergebt Euch und Ihr könnt auf einen schnellen und gnädigen Tod hoffen.«

Julia starrte Etienne entsetzt an. War er verrückt geworden? Er konnte den Irren doch nicht mit dem Tod locken.

»Ich habe nicht vor zu sterben. Wie gut, dass ich Euch nicht umgebracht habe, wie ursprünglich vorgesehen. Jetzt seid Ihr meine Versicherung.«

Julia wollte ihm gerade etwas zum Thema Versicherung sagen, doch Etiennes Hand schloss sich um die ihre und hielt sie zurück.

Die Vilars hatte die Geste beobachtet. »Vielleicht sollten wir unsere Aufmerksamkeit besser auf sein Liebchen lenken. Ich übernehme sie jetzt.«

Julia wurde von Etienne fortgezerrt und die langen Fingernägel der Marquise krallten sich in ihren Nacken, als wollte sie ein Huhn zur Schlachtbank führen.

»Ich warne Euch, Montsauvan, eine falsche Bewegung und Eure teure Freundin ist tot.«

Julia überlegte fieberhaft. Wie konnte sie die Marquise dazu bringen, ihre Pistolen abzufeuern, ohne dass sie getroffen würden? Das hier war doch der blanke Hohn! Nur ein paar Straßen weiter pulsierte das Leben von Paris und sie waren inmitten von Hunderten, vielleicht sogar Tausenden von Menschen entführt worden.

»Hier hinunter«, befahl La Tréaumont.

Julia sah einen kleinen Nachen am Ufer schaukeln. Er war geschickt vor den Augen der Fußgänger unter dem Steg des Pont Notre-Dame verborgen. Julia überkam die fürchterliche Vorahnung, dass er vorhatte sie den Fluss hinunterzubringen, bis hinter die Stadtmauern von Paris, womöglich bis zu einem größeren Hafen, um sie dann zu erschießen oder ihnen die Kehle durchzuschneiden. Wie lange dauerte es zu Fuß oder zu Pferd von Paris bis Le Havre? Vier Tage? Fünf? War man mit dem Boot über die Seine womöglich noch schneller?

Etienne verhielt sich noch immer ruhig und hatte kein Wort mehr gesagt. Doch Julia wusste, er wartete genau wie sie auf eine Gelegenheit. Also sagte sie sich, wenn der Berg nicht zum Propheten kam … Und laut zu La Tréaumont: »Das klingt wie aus einem kitschigen Theaterstück.«

»Julia, seid still!«, befahl Etienne, ohne sie anzusehen.

»Aber es ist doch wahr«, begehrte sie auf. »Eine falsche Bewegung und sie ist tot«, äffte sie mit affektierter Stimme ihren Entführer nach. »Monsieur La Tréaumont, ich stelle fest, Ihr habt keinen Stil. Ihr folgt einem alten Klischee. Sogar die Römer haben schon solche Phrasen vermieden. In einem Theaterstück würde man Euch mit faulen Eiern bewerfen.«

»Bringt sie zum Schweigen«, fauchte La Tréaumont die Vilars an.

Julia hielt die Luft an.

»Hier nicht. Das wär zu laut«, gab die zurück und knallte Julia die flache Hand schmerzhaft gegen den Hinterkopf. »Haltet den Mund«, sagte sie, wesentlich ruhiger als ihr Geliebter.

»Aber ich würde zu gern etwas wissen.« Julia vermied es, die geschlagene Stelle zu reiben. »Ihr wolltet eine Republik ausrufen? Wie soll das denn gehen? Wie funktioniert so was? Wie die *res publica* im alten Rom? Wird ein Senat erstellt? Oder ein Bundesrat und Bundestag? Ein Parlament? Wer kommt auf so abstruse Ideen? Das hat im alten Rom schon nicht funktioniert, wie könnt Ihr glauben, dass es hier klappen sollte?« Julia leistete ihrem Heimatstaat im Stillen Abbitte. »Das muss doch scheitern. Womöglich soll noch das Volk den Präsidenten wählen. Oder tut das der Senat? Und wird dann ein Kanzler an die Spitze des Staates gestellt oder ein Minister, vielleicht ein Premierminister, um gen…«

»Haltet den Mund!«, schrie der Marquis. Er roch sehr unsauber und schwitzte. Man konnte sehen, dass er seit ein paar Tagen auf der Straße lebte.

»Den König stürzen und die Republik ausrufen! Wer seid Ihr? Cato?«

»Ich sagte, Ihr sollt den Mund halten.« Julia sah, dass er seinen Griff um Etiennes auf dem Rücken verschränkte Hände lockerte.

»Ihr seid Cato und Rohan ist Brutus, der Verräter. Und unsere gute Marquise de Vilars versucht eine unglückliche Darstellung von Kleopatra zu geben.«

In diesem Moment ging es mit dem Marquis durch. Er ließ Etienne los, um sie ins Gesicht zu schlagen. Julia sah den Schlag kommen, war aber nicht schnell genug. Sie duckte sich unter seiner weit ausgeholten Hand, wurde noch an der Schläfe getroffen und taumelte zur Seite.

Etienne nutzte diesen Moment, um der überrumpelten Marquise

de Vilars die Pistole aus der Hand zu schlagen, die sich mit einem jämmerlichen *Puff* löste.

»Blöde Kuh! Ihr habt das Schwarzpulver nass werden lassen!« La Tréaumont hatte sich wieder in der Gewalt. Er stürzte sich auf Etienne und stach zu. Etienne wich aus und schlug auf La Tréaumonts bewaffnete Hand, aber der hielt den Dolch fest umklammert.

Die Vilars zog ein Stilett aus dem Ärmel und ließ die Klinge aufschnappen.

Julia bückte sich und krempelte die Röcke hoch. Verdammt. Etienne hatte Recht gehabt: Das an ihrem Strumpfband befestigte Messer war bis jetzt nicht nur unbequem gewesen, sie kam im entscheidenden Moment auch nicht ran. Immer wieder fiel eine Lage Rock aus ihren zitternden Händen.

Die Vilars stach mit der mindestens zwanzig Zentimeter langen Klinge zu.

Julia sprang zur Seite und der Stich ging ins Leere. Der Degen. Sie brauchte einen Degen. Aus den Augenwinkeln sah sie Etienne und La Tréaumont umeinander herumtänzeln. Der Marquis war so außer sich, dass er ständig und ohne erkennbares Ziel Ausfallschritte nach vorn oder zur Seite machte. Etienne dagegen war die Ruhe selbst.

Die Vilars stach erneut zu und dieses Mal erwischte sie Julia am linken Arm.

»Wo zum Teufel bleibt Lanfrac?«, schrie der Marquis.

Lanfrac? Wer zum Teufel war Lanfrac? Einer mehr, und Etienne und sie wären verloren. Die Vilars stach erneut zu, doch dieses Mal war Julia vorbereitet. Sie machte einen Satz und schlug mit verschränkten Händen auf den Arm der Marquise. Die stieß einen Schmerzensschrei aus und ließ das Messer fallen. Als sie sich danach bückte, trat ihr Julia mit voller Wucht erst von unten in den Bauch und dann, als sie sich abstützte, auf die Hand. Entsetzt hörte sie es knirschen. Jetzt stieß die Vilars einen richtigen Schmerzensschrei aus. Ihre Finger standen in einem seltsamen Winkel ab. Sie blieb wimmernd am Boden liegen.

»LANFRAC!«, schrie La Tréaumont, als er sah, dass seine Geliebte außer Gefecht war.

»Ich bin hier«, ertönte hinter ihnen eine Stimme.

Ein zweiter Schuss löste sich. Dieser Schuss war laut.

Richtig laut.

Er hallte über den Fluss hinweg wie das Finale bei einem Feuerwerk. Die Welt schien einen Augenblick lang den Atem anzuhalten.

Und zu Julias Entsetzen taumelte Etienne rückwärts, die rechte Hand an den linken Arm gepresst. Im nächsten Augenblick berappelte sich La Tréaumont und stieß Julia, die zwischen ihm und dem Nachen stand, vor die Brust, so dass sie rückwärts zu Boden ging. Er ließ seine Geliebte einfach liegen und ergriff gemeinsam mit diesem Lanfrac die Flucht. Julia befreite ihre Beine von den verhaspelten Röcken und kroch auf allen vieren zu Etienne, der auf der matschigen braunen Wiese zwischen grauweißen Graupelkörnern saß. Hagelkörner, die rot waren, genau wie Etiennes Hemd und sein gelber Rock unter dem Mantel.

Er hielt seinen linken Oberarm umklammert.

»Etienne«, Julia kniete sich neben ihm nieder. »Etienne, er hat Euch getroffen. O mein Gott, er hat Euch getroffen! Das tut mir so leid. Das wollte ich nicht. O Gott, das wollte ich wirklich nicht. Ich dachte eigentlich, ich könnte sie alle ablenken. Aber Ihr solltet nicht verletzt werden. Ich habe …«

»Julia, beruhigt Euch«, sagte Etienne ruhig. Er stand mühsam auf.

»... uns in Gefahr gebracht, nein, Euch in Gefahr gebracht! Das wollte ich wirklich nicht.«

»Beruhigt Euch, Mignonne«, versuchte er es wieder und nahm ihre Hand. »Ihr weint ja! Meinetwegen?«

»Nein, bleibt liegen, ich hole eine Sänfte.« Sie wollte aufspringen, aber ihre Beine versagten ihr den Dienst.

»Keine Panik«, sagte Etienne wieder. »Seht Ihr? Die Kugel hat mich nur gestreift. Es ist nur ein Kratzer.«

Julia musterte mit tränenverschleierten Augen das viele Blut, das noch immer aus der Wunde strömte, die aufgeklappten Hautfetzen und das blutige, faserige Fleisch darunter. Die Wunde war gut zehn Zentimeter lang und mindestens zwei Zentimeter tief. Kein Vergleich zu der kleinen Kopfwunde Rohans, die Julia damals in der Kutsche versorgt hatte. Rohan! Der das hier mitverschuldet hatte.

»Ich fürchte, ich muss Euch eine Sänfte bestellen«, sagte Etienne und nun war es an ihm, sich besorgt über sie zu beugen.

Nein, *sie* musste Hilfe holen. Etienne brauchte Hilfe und nicht sie.

Ich bin ein törichtes junges Ding, dem die Nerven gerade durchgehen, wollte sie lässig abwehren. Aber aus ihrem Mund kam nur noch »törichtes Ding«, dann wurde alles schwarz um sie herum.

* * *

Als Julia die Augen wieder aufschlug, sah sie in das ernste Gesicht von Monsieur de Noailles.

Noailles? Wo war Etienne?

»Wo ist Etienne?«, fragte sie und wollte sich aufsetzen.

Jetzt merkte sie, dass es an ihren Waden empfindlich kalt und nass war. Sie lag unter einer der Stelen Notre-Dames, mit dem Kopf in Noailles' Schoß.

Er half ihr sich aufzurichten. Julia sah sich um. Wie lange war sie bewusstlos gewesen? Etienne war doch nicht etwa ...

»Ich bin hier«, hörte sie seine markante Stimme sagen.

Erleichterung durchströmte sie. Er saß jenseits von Noailles und bekam von Monsieur de Brienne den Arm verbunden – mit einem Hals-Jabot aus Spitze.

»Bleibt noch ein klein wenig liegen, Mademoiselle«, sagte Monsieur de Brienne. »Montsauvan geht es gut. Wir bringen Euch gleich nach Hause.«

Julia missachtete seinen Rat und krabbelte von Noailles' Schoß herunter und auf Etienne zu. Er sah ganz munter aus. Nur das Blut auf seinem Rock und Mantel wies noch auf seine Verwundung hin.

»Das ist nicht weiter schlimm. Mein Kammerdiener kann das nachher nähen«, erklärte er, mehr an Julia als an Brienne gewandt. »Noailles, würdet Ihr Mademoiselle Julia nach Hause bringen?«

»Selbstverständlich, Montsauvan«, sagte Noailles und griff Julia unter die Arme, um sie vom Boden hochzuziehen.

»Und Ihr? Wohin wollt Ihr?«, fragte sie hellhörig. »Ihr werdet doch wohl nicht diesem Mörder hinterherlaufen? Da fällt mir ein, wo ist die Vilars? Wie lange war ich ohnmächtig?«

»Höchstens zwei Minuten«, beruhigte sie Etienne. »Madame de Vilars ist bereits abgeführt worden. Ihr hattet kaum die Augen zugemacht, als auch schon unsere beiden Retter hier mit ein paar Musketieren auftauchten.«

Jetzt sah sich Julia um. Tatsächlich, ein paar Meter entfernt standen drei Musketiere.

»Diese dämlich eng geschnürten Mieder!«, zischte Julia. »Nur deswegen wurde ich ohnmächtig.«

»Julia, man spricht vor Herren nicht über Unterwäsche«, rügte sie Montsauvan.

Wie konnte er es wagen, sie jetzt noch zu tadeln? Sie sah in sein entschlossenes Gesicht, aber seine Augen lagen nicht mehr auf ihr, sondern auf Noailles.

Der junge Herzog, der auch heute keine Perücke trug, nickte nur und zog Julia von Montsauvan fort. »Ich bringe Euch heim.«

Böse schaute Julia Etienne an.

Der ignorierte den Blick und lächelte beschwichtigend. »Geht mit ihm. Ich bin in sicherer Gesellschaft und wir werden La Tréaumont und den restlichen Rebellen nun endgültig das Handwerk legen. Jede Minute, die Ihr uns länger aufhaltet, verlieren wir, um sie zu fassen.«

Noailles zog an Julias Arm, doch sie wollte nicht. Sie weigerte sich, bis die Vernunft schließlich siegte.

Der ganze Fechtunterricht und das angestrengte Schwitzen waren umsonst gewesen. Sie hatte Etienne in Gefahr gebracht und letztendlich verdankten sie es nur einem schlechten Schützen, dass Etienne nicht tot war.

Sie tauschte einen letzten Blick mit Etienne. »Seid vorsichtig.«

»Das werde ich. Wir sehen uns spätestens heute Abend wieder.«

Dann ließ sich Julia von Noailles fortführen.

* * *

Wie üblich sprach Noailles auf dem Weg zum Hôtel de Montsauvan so gut wie kein Wort. Er übergab sie einem verblüfften Alexandre und bat um ein gesatteltes Pferd. Die Erklärung überließ er Julia. Dann war er fort und Alexandre humpelte mit ihr in den Salon, wo sie ihm alles erzählte.

»Ich bin die dämlichste Kuh von ganz Paris«, schloss sie ihren Bericht.

»Ich halte Euch für das beherzteste und tapferste Mädchen in ganz Frankreich«, sagte Alexandre leise und nahm ihre Hände in seine.

»Ich schätze, Euer Bruder nennt es eher *halsbrecherisch* und *idiotisch*.«

Alexandre lächelte leicht und strich ihr mit dem Daumen über den Handrücken. »Mag sein. Aber ich bin mir sicher, Ihr habt ihn und alle anderen mächtig beeindruckt.«

Julia sah ihn an. »Das glaube ich nicht. Euer Bruder wird toben. Er ist wegen meiner Blödheit verwundet worden. Nur leicht, aber trotzdem. Es geschieht mir ganz recht, wenn er mich die nächsten Wochen bei Wasser und Brot …«

Alexandre ließ sie nicht ausreden. Er beugte sich unvermittelt vor und küsste sie. Das war wesentlich effektiver, um sie zum Schweigen zu bringen, denn Julia vergaß beinahe augenblicklich alles um sich herum.

Sie fühlte nur noch seine warmen, festen Lippen auf den ihren. Seine Hände umfassten ihren Nacken. Seine Fingerspitzen spielten sanft mit den Strähnen, die sich aus ihrer Frisur gelöst hatten. Als er sie Ewigkeiten später losließ, bedauerte sie es und hielt noch einen Moment lang die Augen geschlossen. Ein leichter Kuss kam noch nach, und als sie die Lider aufschlug, sah sie direkt in die warmen braunen Augen Alexandres.

»Ihr werdet sehen, er wird nichts dergleichen tun. Er wird Euch eine kleine Standpauke halten und dann zugeben, wie sehr Ihr ihm imponiert habt. Ich zumindest bin stolz auf Euch. Ihr habt dazu beigetragen, ein liederliches Komplott aufzudecken. Das ist doch tausendmal mehr wert, als sich die dämliche Etikette bei Hofe merken zu können.«

Julia glaubte später zu wissen, dass dies der Moment war, in dem sie sich in ihn verliebte. Bis dahin war es nur eine Schwärmerei gewesen.

* * *

Nachdem sie sich schließlich frische und vor allem trockene Kleidung angezogen hatte, tigerte Julia voller Spannung vor Alexandres Augen auf und ab und wartete auf Etiennes Rückkehr.

Es war bereits dunkel, als er nach Hause kam. Seine sonst so makellose Weste hatte zum zweiten Mal an diesem Tag Blutflecken. Und nicht zu wenige. Erschrocken stieß Julia einen Schrei aus.

»Nein, nein, beruhigt Euch«, wehrte Etienne schnell. »Ich bin nicht verletzt worden. Zumindest nicht mehr seit heute Vormittag. Das ist nicht mein Blut. François, du kannst wieder gehen«, sagte er zu dem eilig herbeilaufenden Diener. »Oder warte, bring mir eine Karaffe Wein und was zu essen. Am besten gleich genug für drei Personen. Wie es aussieht, habt Ihr mit dem Essen auf mich gewartet.«

Julia und Alexandre wechselten einen Blick. Keiner hatte an Essen gedacht, solange Etienne unterwegs gewesen war.

»Was ist geschehen?«, fragte Alexandre. »Wie es scheint, hat La Tréaumont sich gewehrt.«

»Wahrhaftig, das hat er. Und es ist keine schöne Geschichte.«

Etienne seufzte und Julia überlegte, dass er recht müde aussah. In diesem Moment tauchte François wieder auf und stellte das Tablett mit dem Wein vor ihnen ab. Etienne schenkte sich ein und kippte ein halbes Glas im Stehen. Dann füllte er die beiden anderen Gläser ebenfalls und ließ sich mit einem weiteren Seufzer auf die nächstbeste Chaiselongue fallen.

»Sicherlich hat er nicht mit der Schnelligkeit gerechnet, mit der wir ihn eingeholt haben«, setzte er schließlich an. »Er war in einem

Gasthof bei Vincennes beim Packen, als wir sein Zimmer betraten. Im Gegensatz zu seinem Auftritt auf der Insel war er ruhig und höflich und bat nur noch darum, fertig packen zu dürfen, damit er frische Wäsche in der Bastille habe. Er ging ins angrenzende Zimmer und kam mit zwei Pistolen wieder heraus, die er abfeuerte. Einmal auf Brissac und einmal auf mich. – Macht kein so erschrockenes Gesicht, Julia. Brissac ist nichts passiert. Ihr wisst doch, wie impulsiv La Tréaumont ist. Er schoss daneben und traf leider einen wackeren Mann aus der Garde. Das hier ist sein Blut. Daraufhin eröffneten die Garden das Feuer und erschossen ihn. Er starb nur eine halbe Stunde später.«

»Aber warum bist du dann erst jetzt gekommen? Habt ihr den anderen gejagt? Den, der dich verwundet hat?«, fragte Alexandre.

Montsauvan nickte. »Ja. Er hatte sich schon vorher von La Tréaumont getrennt, weil sich beide so bessere Fluchtchancen ausrechneten. Wir holten ihn ein paar Kilometer weiter ein.«

Eine Weile schwiegen alle. Julia dachte über die Ereignisse des Tages nach und darüber, was jetzt geschehen würde.

»Also warten wir jetzt auf den Prozess?«, fragte sie.

Es war mehr eine rhetorische Frage. In diesem Prozess konnte niemand Gnade erwarten. Und das Urteil stand eigentlich bereits fest. Auf Hochverrat gab es nur eine Strafe: den Tod. Julia schluckte. Sie konnte sich noch lebhaft an die leeren Augen der Marquise de Brinvilliers erinnern.

»Keine Angst, Mignonne. Dem müssen wir nicht beiwohnen.« Etienne hatte sie beobachtet. »Der König wird nicht anwesend sein und wir können ihm in Versailles Gesellschaft leisten. Damit entgehen wir allen Einladungen zu diesem Ereignis. Nur können wir nicht mitreden, wenn alle anderen Höflinge von der Hinrichtung zurückkommen«, fügte er mit einem Lächeln hinzu.

Alexandre grinste. »Ihr könnt von einem Edelmann berichten, der einem Mädchen Fechtunterricht erteilt. Das, da könnt Ihr gewiss sein, wäre eine viel größere Sensation.«

Julia sah Alexandre betroffen an. Sie hatte ihm gegenüber nie ein Wort darüber erwähnt, Etienne schien ihr kleines Geheimnis aber verraten zu haben.

»Wirst du sie weiterhin darin unterrichten?«, fragte Alexandre.

Etienne betrachtete Julia nachdenklich. Sie rechnete fest mit einem Nein, denn die Gefahr war gebannt, und was sie taten, war skandalös.

Aber Etienne überraschte sie: »Das muss ich. Sie ist einer der begabtesten Schüler, die ein Lehrer je gehabt hat. Gibt es auch ein Gebiet, auf dem Ihr kein Talent habt?«

Julia grinste: »Aber ja doch. Französisch war immer meine Schwäche.«

Alexandre und Etienne lachten lauthals.

* * *

Der Chevalier de Rohan wurde geköpft, ebenso wie die Marquise de Vilars und noch ein paar weitere Verschwörer adliger Herkunft, die durch die Briefe denunziert worden waren. Van den Enden wurde gehängt, da ihm nicht das Privileg des Adels zustand, durch das Beil zu sterben. Das gleiche Schicksal teilten Lanfrac und die Diener, die sich ebenfalls aktiv beteiligt hatten.

Viele Höflinge hießen es nicht gut, dass die Verwandtschaft der Verschwörer sich nicht für deren Leben eingesetzt hatte. Vor allem die Verwandtschaft Rohans, der bei Hofe immer ein beliebter Mann gewesen war.

Am Tage, als das Urteil vollstreckt wurde, waren sie und Etienne mit dem König in Versailles und begutachteten die Bauarbeiten an seinem Schloss. Julia fand den Anblick wesentlich schöner als ein Schafott. Aber davon abgesehen war jede Aussicht schöner als eine Hinrichtung.

37. Kapitel
SEHNSUCHT

Bei ihrer Ankunft in Versailles hatte der Großkämmerer, Monsieur Bontemps, ihnen zu ihrer Überraschung ein völlig neues Appartement zugeteilt. Es war wesentlich größer als das vorherige, hübscher tapeziert und heller. Ein jeder von ihnen hatte nun sein eigenes Schlafzimmer; getrennt waren sie durch einen hübschen Salon.

Jedes Schlafzimmer war zudem geräumig genug für einen separaten Bereich für Garderobe und eine Badewanne. Überhaupt war der ganze Wohntrakt, in dem es sich befand, luxuriöser und näher an den königlichen Gemächern. Der König halte es für unschicklich, Montsauvan und seinen Schützling weiterhin in nur einem Schlafzimmer wohnen zu lassen, hatte Monsieur Bontemps erklärt und augenzwinkernd hinzugefügt, dass die Aufdeckung des Komplotts und ihre Mithilfe dabei einen auch nicht gerade unbedeutenden Teil dazu beitrug.

Ihr neues Zimmer mit Blick auf den Park von Versailles milderte sogar Julias Liebeskummer ein wenig. Alexandre hatte sich bei ihrer Abreise ebenfalls verabschiedet und war an die Front zurückgekehrt.

Lauter Abschiede, dachte Julia wehmütig.

Ihre Ankunft im siebzehnten Jahrhundert war jetzt ein halbes Jahr her, kaum zu glauben. Und irgendwie war sie froh wieder in Versailles zu sein. Dort, wo alles angefangen hatte.

Es war an der Zeit zu handeln. Seit dem Besuch auf dem Pont

Neuf dachte sie immer öfter an zu Hause. Sie hatte Heimweh. Schreckliches Heimweh.

Aber Julia war nicht der Typ, der auf lange Zeit dem Selbstmitleid verfiel. Sie versuchte vielmehr dagegen anzugehen, indem sie etwas unternahm. Und in diesem Fall würde sie zwei große Opfer bringen müssen: Alexandre, für den ihr Herz schlug. Und natürlich Etienne, ihren Vertrauten und besten Freund.

* * *

Seit den frühen Morgenstunden hatte Julia das komplette Programm des Hofzeremoniells durchziehen müssen.

Angefangen beim Grand Lever (an dem sie nun auch teilnehmen durfte), dem königlichen Déjeuner über die Messe, den Nachmittagsspaziergang im Park bis hin zu den Abendvergnügungen im Großen Gemach.

Sie versuchte so viele Eindrücke wie möglich festzuhalten. Sie wollte die Gerüche und Bilder mitnehmen. Und vor allem verbrachte sie an diesem Tag jede freie Minute an der Seite von Etienne.

Es war die Hexennacht. Ein besonderer Tag im keltischen Kalender. Wenn sich irgendwelche Zeittore öffneten, dann doch wohl heute Nacht. Julia kannte nicht den ganzen Kalender, aber sie war mittlerweile davon überzeugt, dass sie an irgendeinem Mondfest hier gelandet war.

Sie horchte auf die Stille des Schlosses. Vier Uhr in der Früh war die einzige Tageszeit, in der alles schlief außer den Wachen. Zumindest in diesem Trakt des Schlosses. Hier durften keine Betten im Gang aufgestellt werden, denn die königlichen Gemächer lagen in der Nähe.

Auch der König schlief um diese Zeit oder schlich ebenfalls durch das Schloss, um seine Mätresse aufzusuchen, ehe er in der Frühe zur Königin kroch, um dort sein gewohntes Viertelstündchen zu ruhen. Die Höflinge waren nicht ganz so zurückhaltend und verbrachten oft die ganze Nacht mit ihren Mätressen.

Aus Etiennes Zimmer war nichts zu hören. Julia hoffte, er wäre bei Angélique de Fontanges. Schließlich war Madame nach der Geburt ihres Kindes wieder an den Hof zurückgekehrt.

Julia zog leise ein leichtes Kleid aus dunklem Sergestoff an und ihren warmen Mantel darüber. Im gemeinsamen Salon legte sie das Briefchen, das sie vorbereitet hatte, auf den Tisch. Sollte es nicht funktionieren, sollte sie früh genug wieder hier sein, um es zu verbrennen.

Nur auf Strümpfen, die Stiefel in der Hand, eilte sie durch die Gänge des schlafenden Palastes. Das Klackern ihrer Absätze hätte bei der Akustik – gleich der in einer Kirche – wie Musketenfeuer geklungen. Und bevor die gesamte Wache mit Monsieur de Brissac an der Spitze sie umzingelte, wollte sie lieber vorsichtig sein.

Vorsicht war auf jeden Fall geraten. Irgendwo hörte man immer etwas rascheln oder jemanden leise reden. Zwei Mal musste sie sich vor patrouillierenden Wachen verstecken.

Sie kämpfte sich durch die Gerüste im Erdgeschoss und trat dabei mit ihren Füßen in einen Nagel, der auf dem Boden herumlag. Am liebsten hätte sie laut aufgeschrien, doch sie beherrschte sich, fluchte gedämpft und kletterte aus einem Fenster. Erst als sie draußen war, traute sie sich ihre Stiefel anzuziehen. Der Nagel war ganz schön tief in ihren Fuß gedrungen und sie blutete stark.

Durch die Wunde und das Blut im Schuh behindert humpelte sie, so schnell sie konnte, über das holprige Pflaster zu den Ställen, die ihr endlos weit entfernt schienen. Die Schmerzen waren beinahe unerträglich. Wahrscheinlich war der Nagel verrostet gewesen.

Das sollte ihr nicht so viel ausmachen, denn sie hätte ja bald wieder moderne Salben, sterile Pflaster und notfalls auch Antibiotika. Und falls es genäht werden müsste, konnte man ihr vorher eine kleine Spritze verpassen, die den Fuß vorübergehend betäubte. Dieser Gedanke munterte sie so weit auf, dass sie Isobel gesattelt und gezäumt bekam, obwohl sie kaum mehr auftreten konnte.

Wenig später galoppierte sie an der Mauer, die den Park umgab, entlang in Richtung Süden. Nach zwei Meilen fand sie die kleine nicht gesicherte Pforte. Der Park sollte genau wie das Schloss für jeden zugänglich sein. Dann endlich war sie im Wald von Versailles, dem Anfang des ehemaligen Jagdgebiets von Ludwig XIII.

Hier hatte alles angefangen, aber sie wusste nur noch vage, wo genau.

Julia warf einen Blick zurück. Hinter ihr lag der in Mondlicht getauchte Grand Canal und an dessen Ende das Schloss, umstellt von Gerüsten.

Diesen Anblick würde sie mitnehmen. Diesen letzten Blick. Ihr schmerzender Fuß sagte ihr, sie musste schnellstens mit der Suche beginnen.

* * *

Zwei Stunden später war der rote Lichtstreif am Horizont schon einem breiten Orange gewichen und Julia am Verzweifeln. Verzweifeln war zu wenig. »Panik« war das richtige Wort.

Nichts! Gar nichts geschah! Sie kam nicht zurück! Keine Eichen, keine Keltenstätte.

Es war ein ganz normaler Wald mit ganz normalen Bäumen ohne Steine. Genau wie bei ihrem ersten Versuch. Was stimmte nicht? Was machte sie falsch? Musste sie bis zum zwölften Oktober warten?

Öffneten sich die Pforten nur einmal im Jahr? Was, wenn sie dann in Paris wären? Oder in Fontainebleau? Oder in einem der zahlreichen anderen Schlösser, die der König regelmäßig aufsuchte?

Aus der Traum von Wundsalbe und sterilem Pflaster! Dabei tat ihr Fuß immer noch höllisch weh. Müde, ausgelaugt und mit pochendem Fuß ließ sie sich schließlich zu Boden gleiten und setzte sich unter einen Baum. Sie konnte nicht anders und heulte, heulte und heulte.

Auf einmal legte sich ihr eine Hand auf die Schulter und sie zuckte erschrocken zusammen. Als sie mit verquollenen Augen aufblickte, sah sie Etienne vor sich stehen.

»Was ... tut Ihr ... hier?«, hickste sie.

Er hielt als Antwort ihren Brief hoch. Dann ließ er sich neben ihr nieder und zog sie in seine Arme. Julia verbarg ihr rotes Gesicht an seiner Brust und begann von neuem zu schluchzen.

»Habt Ihr solches Heimweh?«, fragte er leise. Sie nickte. »Und das kann ich Euch also nicht ersetzen?«

»Ich will meine Familie wiedersehen«, schluchzte sie. »Ich will mit meiner Mama reden. Ich will mit meiner Schwester herumalbern. Ich will mit meinen Großeltern Halma spielen. Ich will wieder mit meinen Freunden zur Schule gehen.«

»Ich verstehe«, sagte Etienne langsam.

Julia hob ihr verquollenes Gesicht. »Versteht mich nicht falsch, am liebsten hätte ich, wenn ich Euch jederzeit wieder besuchen könnte, aber ...«

Etienne unterbrach sie, indem er einen Finger auf ihre Lippen legte. »Ich sagte, ich verstehe. Ich bin Euch nicht böse. Wir sollten jetzt noch einmal gemeinsam versuchen diese geheimnisvolle Grenze zu finden.« Etienne stand auf und klopfte sich den Rock ab.

Er reichte ihr die Hand und wollte sie hochziehen. Aber als sie auf die Füße kam, schrie sie auf. Ihr verwundeter Fuß hitzte und pochte und der Stiefel war viel zu eng.

»Was ist passiert?«, fragte Etienne erschrocken und ließ sie wieder vorsichtig nieder.

»Mein Fuß! Ich bin in einen Nagel getreten, als ich durch die Gerüste im Schloss lief.«

Sofort kniete er sich neben sie und begann ihr den Stiefel auszuziehen. Der Strumpf war nass von Blut.

Julia fühlte wieder ihren Kreislauf in den Keller sacken.

»Ich kann nichts tun, solange Ihr den Strumpf tragt.«

»Und ich merke, wie ich ohnmächtig werde«, murmelte sie und spürte, wie ihr sämtliches Blut aus dem Gesicht wich. Sie hätte nicht mal mehr ein Blatt Papier halten können, geschweige denn den Strumpf aus seinen Haltern lösen. Etienne zögerte keinen Moment und begann ihren Rock hochzuheben.

»Was tut Ihr da?«, fragte sie in einem letzten Anflug von Anstand.

»Na, was wohl? Ich werde Euch den Strumpf ausziehen. Keine Sorge, ich weiß, wie das geht.«

»Das glaube ich Euch«, nuschelte sie noch und dann schloss sie die Augen. Etienne legte sie schnell flach auf den Rücken, zog seine Jacke aus und wollte ihren Kopf darauf betten. »Nicht unter den Kopf. Die Füße müssen hoch«, widersprach sie noch.

Er konnte nicht anders und lächelte. Mit geschickten Fingern löste er die Halterung des Strumpfes und streifte ihn ab. Julia hörte ihn scharf die Luft einziehen. Und dann nichts mehr.

* * *

»Ihr habt mir ganz schön Angst eingejagt.«

Etienne saß an ihrem Bett. Julia musste erst ihre Gedanken sortieren, ehe sie überhaupt wusste, was geschehen war. Dann fiel es ihr wieder ein.

»Wie lange war ich bewusstlos?«, fragte sie und wollte sich aufsetzen. Doch Montsauvan hielt sie zurück.

»Der Arzt hat Euch ein Schlafmittel gegeben, damit Ihr ruhig liegen bliebt, während er den Fuß aufschnitt.«

Julia setzte sich mit einem Ruck auf und schlug die Decke zurück. Ihr Fuß war sauber verbunden und kein Blut war mehr zu sehen.

»Er hat sich nicht entzündet? Gott sei Dank!«, sagte sie erleichtert. Ansonsten hätte sie sicherlich Fieber gehabt.

»Nein. Aber er war voller Dreck und musste gesäubert werden. Und der Nagel hatte bis zum Knochen hoch seine Spuren hinterlassen. Ich wundere mich, dass Ihr überhaupt so weit gekommen seid mit dieser Verletzung.«

Julia deckte sich wieder zu und lehnte sich entspannt zurück. »Das lag wohl an der Hoffnung auf eine heiße Dusche und eine Betäubungsspritze.«

»Das scheint mir auch so.« Doch auf einmal machte Etienne ein ernstes Gesicht.

Julia bekam einen ganz trockenen Mund und ein flaues Gefühl im Magen. »Was ist?«, hauchte sie.

»Julia, ich bin noch einmal gegangen, um einen Rückweg für Euch zu finden, aber ich bedaure, Euch sagen zu müssen, dass es nicht gut aussieht. Vielleicht lag es an dem Datum. Aber eine keltische Kultstätte wie einen Steinkreis oder Dolmen habe ich nicht entdecken können. Ich habe ein Gebiet von mindestens einem Hektar abgesucht. Nichts.«

Julia schloss die Augen. Ihre allerletzte Hoffnung verschwand. Sie hatte es wohl schon geahnt, aber es von Etienne bestätigt zu bekommen war trotz allem niederschmetternd.

Wenn es jemandem hätte gelingen können, den Übergang zu finden, dann Etienne de Montsauvan. Sie kannte niemanden, der sich mit einer solchen Präzision in eine Aufgabe stürzte. Er hätte ihn gewiss gefunden, wenn es ihn gäbe.

»Ich weiß, dass ich Euch Eure Familie nicht ersetzen kann. Ich kann nicht herumalbern und ich spiele nicht gerne Halma«, sagte er leise. Seine Hand glitt langsam über das Laken zu ihrer. Julia wusste, wenn sie auch nur den Hauch einer abwehrenden Bewegung machte, würde er die Hand wegziehen.

Aber sie ergriff seine Finger und verschränkte sie mit den seinen. Seine blauen Augen lächelten sie an und seine Stimme klang noch ein wenig tiefer als sonst, als er sagte: »Aber ich wäre gerne Euer Freund, nicht Euer Lehrer. Ich werde versuchen Euch das Leben hier so angenehm wie möglich zu machen. Könntet Ihr Euch an diesen Gedanken gewöhnen? An ein Leben mit mir? Einem Freund, der Euch stets zur Seite stehen wird?«

Julia sah ihn an, dann umarmte sie ihn.

Sie sog seinen Duft ein, nach Seife und diesem exotischen Parfüm, einen Duft, der für sie zum Synonym von Geborgenheit und Zuverlässigkeit geworden war.

Und Julia dachte, dass sie – hier und zu Hause – niemanden hätte finden können, dem sie so sehr vertraute wie Etienne de Montsauvan.

Teil 2

Der König war kalt und abweisend. Alle Anwesenden im Raum spürten seine unterdrückte Wut und verhielten sich so ruhig wie möglich, um nur ja nicht seine Aufmerksamkeit zu erregen.

Schreckliches konnte einem dann widerfahren.

Doch seine ganze Wut richtete sich auf die beiden Gestalten vor ihm. Das Mädchen fühlte sich furchtbar. Es hatte große Angst und wusste: Das Schlimmste, was ihr passieren konnte, war ein lebenslanger Aufenthalt im Kloster; das Zweitschlimmste eine Heirat mit einem Mann, den sie nicht liebte, und die anschließende Verbannung auf dessen Ländereien. Aber davor fürchtete sie sich nicht.

Nein, sie wusste ganz genau, weshalb sie so große Angst hatte. Sie bangte um den Mann an ihrer Seite. Er konnte verurteilt, verbannt, all seiner Ämter enthoben und aller Besitztümer enteignet werden. Wie sollte dieser stolze Mann das überleben – verarmt und auf Almosen angewiesen?

Der König zögerte die Spannung ins Unerträgliche hinaus.

Endlich begann er zu sprechen: »Ihr habt Euch gegen Uns aufgelehnt und somit Verrat an Eurem König und Frankreich begangen. Monsieur de Montsauvan, Ihr habt Mademoiselle geholfen und wider besseres Wissen unterstützt. Hiermit werdet Ihr all Eurer Ämter enthoben. Ihr werdet den Hof unverzüglich verlassen und Eure gesamten Besitzungen werden Uns augenblicklich überschrieben. Euer Vermögen wird eingezogen, Ihr werdet Frankreich verlassen und Mademoiselle wird wie vorgesehen heiraten.«

»Nein!«, schrie das Mädchen verzweifelt. Sie warf sich vor dem König auf

die Knie. »Sire, es ist allein meine Schuld. Er konnte nichts dafür. Bestraft nicht ihn für meine Vergehen.«

Der König sah eisig auf sie herab und sie wusste, es war um sie geschehen. Sie war in Ungnade gefallen. Und noch schlimmer: Etienne de Montsauvan ebenfalls.

Das Mädchen schrie.

38. Kapitel

EIN SELTSAMER GEBURTSTAG

Entsetzt wachte Julia auf. Das Nachthemd klebte an ihrem schweißnassen Körper. Mit klopfendem Herzen tastete sie nach einer Lichtquelle auf dem Betttisch.

Ihre Hand fand eine Kerze.

Erleichterung breitete sich in ihrem Inneren aus. Sie war in Versailles und Ludwig XIV. war nicht sauer. Vor ein paar Stunden bei der Soiree im Großen Gemach war er gut gelaunt gewesen.

Julia stand auf und trat ans Fenster. Sie öffnete einen Fensterladen und blickte auf den Park hinunter, wo gerade die ersten Sonnenstrahlen die Baumkronen in der Ferne beschienen. Das Wasser des Grand Canal glitzerte sanft.

Den Unwillen des Königs wollte sich niemand zuziehen. Von ihm hing alles ab. *Wer war das Mädchen aus ihrem Traum gewesen?*, überlegte Julia und versuchte angestrengt, sich zu erinnern. Sie selber? Sie war sich nicht sicher. Jedenfalls war dieses Mädchen Etienne de Montsauvan wesentlich tiefer zugeneigt gewesen als sie. Nein, sie konnte es nicht gewesen sein. Der Traum begann bereits zu verblassen. Nur eine vage Unruhe blieb zurück.

Sorgte sie sich etwa um Etienne? Aber weshalb sollte sie sich sorgen? Was konnte ihm schon zustoßen? Er stand hoch im Ansehen des Königs und er war vernünftig genug, um sich nicht von einem Paar hübscher Augen den Kopf verdrehen zu lassen und so in königliche Ungnade zu fallen.

Es musste etwas anderes sein, das sie beunruhigte.

Irgendwo im Schloss schlug eine Uhr. Eine Uhr, die während der Revolution in knapp hundert Jahren zerstört oder gestohlen werden würde, denn in ganz Versailles hatte es bei ihrem Schulbesuch vor einem Jahr keine Uhr aus dem siebzehnten Jahrhundert gegeben.

Julia zählte fünf Schläge. In einer Stunde würde alles zu neuem Leben erwachen. Der König erhob sich um halb acht. Bis dahin wäre das ganze Schloss schon auf den Beinen, denn seine Familie musste beim Aufstehen, dem Lever, anwesend sein. Dann würde der Tag seinen Lauf nehmen. Ein neuer Tag am Hof von Versailles im strengen Reglement der französischen Hofetikette. Ein weiterer Tag gefangen im siebzehnten Jahrhundert in Frankreich.

Und schlagartig wusste sie, warum sie aufgewacht war und sich so seltsam fühlte.

Es war ihr Geburtstag.

Der zweite Geburtstag, den sie hier erlebte.

Ihr achtzehnter Geburtstag.

Seit mehr als eineinhalb Jahren war sie hier. Gefangen in der Vergangenheit. Im goldenen Käfig von Versailles. Seit über einem Jahr war sie ein Mitglied des königlichen Hofstaates. Vor einundzwanzig Monaten war sie, gekleidet in Jeans und einer schmutzigen pinken Jacke, Ludwig XIV. bei der Jagd in die Arme gestolpert.

Sie war mit ihrer Freundin Nina ausgeritten. In Deutschland, im einundzwanzigsten Jahrhundert. Das Pferd war von einem Wildschwein an einer alten Keltenstätte erschreckt worden und durchgegangen. Als es endlich zum Stehen kam, stand Julia dem Sonnenkönig gegenüber. Im Park von Versailles. Des noch lange nicht fertig gebauten Schlosses von Versailles – denn es war das Jahr 1677.

Irgendetwas an ihr musste dem König gefallen haben, denn er

hatte sie nicht in den Kerker werfen und auspeitschen lassen, sondern sie als sein Mündel anerkannt und der Fürsorge eines Lehrers übergeben. Das bedeutete auch: Sie befand sich seit ungefähr sechshundert Tagen in der Obhut eines Mannes, der sie tanzen, reiten und perfekt Französisch sprechen gelehrt hatte.

Einundzwanzig Monate in der Gesellschaft von Etienne de Flémont, des Grafen de Montsauvan. Monate, in denen sie nicht nur viel gelernt, sondern auch einen Freund gefunden hatte. Den besten Freund, den sie je gehabt hatte.

Aber auch der dachte nicht an ihren Geburtstag. Sie hatte das Datum wohl mal erwähnt, aber in diesem Zeitalter zählte der Geburtstag nicht. Es war ein bisschen wie in Hollywood: Niemand feierte den Tag, der ihn älter machte, aber jeder drängte ins Rampenlicht, um vom Produzenten des Ganzen entdeckt zu werden. Produzent war in diesem Fall der König. Ein König, der sie zwar freundlich aufgenommen hatte, aber nicht mehr gehen ließ. Mal davon abgesehen, dass sie auch nicht gewusst hätte, wohin sie gehen sollte. Ihre Familie war über fünfhundert Kilometer und dreihundert Jahre entfernt. Und die erinnerte sich heute garantiert an ihren Geburtstag.

Julia dachte daran, dass ihre Mutter ihr immer einen mit Kerzen bestückten Kuchen gebacken hatte und nachmittags ihre Großeltern zu Besuch gekommen waren. Sie dachte an die Kindergeburtstage, die ihre Mutter so liebevoll ausgerichtet hatte – mit allen Kinderspielen, die man sich nur vorstellen konnte. Sie vermisste ihre Mama. Jetzt, in diesem Moment, ganz schrecklich. Sollte sie sie wirklich nie wiedersehen?

Mit einem Mal war Julia das riesige Schloss zu eng. Es erstickte sie. Sie zog sich an und betrat den Salon, der ihr Schlafzimmer von dem Etiennes trennte.

Die Tür zu seinem war geschlossen.

Hoffentlich schlief er fest. Denn sollte er die Tür zum Flur zu dieser Uhrzeit hören, wäre er schlagartig hellwach und käme mit gezücktem Degen herausgesprungen. Allein deswegen hatte Julia ihre Schuhe mit den harten Absätzen in der Hand und würde sie erst später anziehen.

Niemand stellte sich ihr in den Weg, als sie die Treppe erreichte. Die ersten Dienstboten, die ihr entgegenkamen, warfen ihr nur einen erstaunten Blick zu. Kein Wunder. Außer den Dienstboten lagen noch alle in den Federn.

Im Treppenhaus begegnete Julia einem Mädchen mit einem Korb voll frischem Brot. Der Duft des warmen Weißbrots ließ Julias Magen laut knurren und das Mädchen reichte ihr lächelnd eine Stange. Julia dankte ihr erfreut.

Das war auch etwas, das sie hier mochte: Die Menschen waren freundlich und entgegenkommend. Natürlich lag das in erster Linie daran, dass Ludwig XIV. ihre Vormundschaft übernommen hatte, und sicherlich auch an ihrem gut aussehenden jungen Lehrer, Etienne de Montsauvan.

Julia biss genüsslich in das Brot. Es war warm und fluffig gebacken und die Kruste knackte so schön beim Reinbeißen. Julia schloss verzückt die Augen. Und rannte prompt in jemanden hinein. Sie wäre rückwärtsgefallen, wenn derjenige sie nicht festgehalten hätte.

»Hmpf«, machte er, und als sie aufsah, blickte sie in das überraschte Gesicht von Monsieur Bontemps. Monsieur Bontemps war der persönliche Kammerdiener von Ludwig XIV. und für seine unaufdringliche und verschwiegene Art am ganzen Hof bekannt.

»Entschuldigung«, sagte Julia.

»Nicht doch, Mademoiselle«, sagte Bontemps und trat einen Schritt zurück. »Ihr seid früh unterwegs. Weiß Monsieur de Montsauvan davon?«, fragte er mit hochgezogenen Brauen und Julia verstand die indirekte Frage dahinter: Schleichst du etwa zu einem Liebhaber?

»Ich wollte in den Park, frische Luft schnappen.«

Bontemps neigte leicht den Kopf. »Ihr wollt doch nicht etwa andeuten, im Schloss würde es unangenehm riechen.«

Der Duft des frischen Brotes hing zwischen ihnen.

»Nein, Monsieur. Ich fühlte mich nur etwas beengt.«

»Ach, das Schloss erdrückt Euch?« Sein Blick wich kurz zu den Gerüsten hinter Julia, die eine neue, weite Galerie einrahmten.

Meine Güte! Er würde doch so was nicht dem König weitergeben? Dann würde sie mit Sicherheit in Ungnade fallen! Verzweifelt schaute sie sich um, als ein Lakei mit einem Nachttopf vorbeilief.

Erst jetzt sah sie Bontemps' leicht gehobenen Mundwinkel.

»Beim Porzellan-Trianon werdet Ihr ungestört durchatmen können. Das ist in diesen frühen Morgenstunden zu der Jahreszeit der schönste Platz von Versailles«, sagte er und ging weiter.

* * *

Der Park war zu dieser frühen Stunde leer, bis auf die Gärtner. Und die achteten nicht auf sie. Viel zu viele Mädchen schlichen sich hinaus, um einen heimlichen Geliebten zwischen den Büschen zu treffen.

Julia war das nur recht, so konnte niemand ihre Tränen sehen, denen sie nun freien Lauf ließ. Sie vermisste ihre Mutter und gleichzeitig plagte sie ein schlechtes Gewissen, weil sie so lange nicht mehr an sie gedacht hatte. Seit vor einem halben Jahr ihre letzte Suche nach einem Weg zurück vergebens geblieben war, hatte sie es nicht mehr versucht und jeden Gedanken an zu Hause verdrängt, weil sie so schmerzhaft waren. Aber heute Morgen kam alles in ihr hoch und jeder Verdrängungsversuch schlug fehl.

Julia wanderte am Grand Canal entlang, hinauf in Richtung des kleinen Porzellan-Trianons, genau wie Monsieur Bontemps ihr empfohlen hatte. Und er hatte Recht: Die Aussicht von hier oben war atemberaubend. Sie erreichte den Pavillon, als die Sonne über dem Schloss aufstieg und alles in goldenes Licht tauchte. Einen Moment war sie von den Strahlen geblendet, deshalb bemerkte sie die Gestalt, die bereits auf einer der Bänke saß, zu spät.

Erschrocken erkannte sie Ludwig XIV. Sie wollte sich leise zurückziehen, doch er hatte sie schon entdeckt.

»Entschuldigt, Sire. Ich ... werde sofort wieder gehen«, stammelte sie.

»Nein, bleibt, Mademoiselle.« Der König klopfte mit einer auffordernden Geste auf den Platz neben sich. »Leistet mir Gesellschaft und genießt den wunderschönen Morgen. Wir werden einmal die Etikette außer Acht lassen und so tun, als sei ich ein einfacher Mann.«

Zögernd trat Julia näher und setzte sich.

Ludwig sah wieder in den Sonnenaufgang. »Ihr mögt mich für eingebildet und arrogant halten, aber ich gestehe, es erfüllt mich mit Stolz, hier zu sitzen und mein Schloss zu betrachten. In der Dämmerung ist es immer am schönsten, nicht wahr? Die Sonne ist dann am sinnlichsten, wenn sie mit ihren Strahlen die Natur erweckt und das Schloss beleuchtet. Die Sonne beinhaltet alles Gute. Sie schafft Leben und Freude, sie lässt alles wachsen. Sie bestimmt unser ganzes Leben. Ich habe mein Schlafzimmer extra nach ihrem Aufgang ausrichten lassen, weil ich dann besser aufstehen kann.«

Er seufzte leise. »Ist es nicht verrückt? Wahrscheinlich würde mir mein Beichtvater, Vater LaChaise, jetzt eine Predigt über den Hochmut und dessen Folgen halten, aber ich fühle mich in einem solchen Moment sehr stark. Diese seltenen Augenblicke geben mir die Kraft, mein Amt als König gottesfürchtig und ehrenvoll auszuüben.«

»Sire, ich halte das ganz und gar nicht für verrückt«, sagte Julia leise. »Ich denke, der Name *Sonnenkönig* passt sehr gut zu Euch.«

Ludwig lachte. Dabei konnte sie seine schiefen Zähne und einen schwarzen Zahn sehen. »Ein hübscher Name. Er gefällt mir.« Dann blickte er sie lächelnd an. Doch sein Lächeln wich einem Erstaunen. »Aber ... Ihr habt ja geweint!«, rief er. Vorsichtig – beinahe verführerisch – zog er ein Taschentuch aus dem Ärmel und strich mit zwei Fingern eine ihrer Tränen fort. »Wer hat Euch das angetan, Mamsellchen? Wer immer Euch wehgetan hat, Ihr braucht es nur zu sagen und Euer Monarch wird ihn für Euch bestrafen.«

»Habt Ihr nicht gerade gesagt, Ihr wäret im Moment ein einfacher Mann ohne königliche Befugnisse?«

»Ich erkenne die Schlagfertigkeit Eures Lehrers in Euch wieder«, stellte er schmunzelnd fest. »Wollt Ihr mir also als Freund verraten, wer oder was Euch betrübt?«

Julia konnte sich dieser schmeichelnden Stimme nicht entziehen. »Ich habe Heimweh. Nein, versteht mich nicht falsch. Ich liebe Versailles und ich bin Euch unendlich dankbar für Eure Großzügigkeit. Aber ... vielleicht bin ich doch noch ein Kind. Ich vermisse meine Familie.«

Der König sah sie lange nachdenklich an.

Julia bereute ihr Geständnis bereits. Bei ihrer Ankunft hatte sie ihm vorgelogen, man hätte sie an einen viel älteren Ehemann verheiraten wollen und sie sei davor geflüchtet. Der erfundene Ehemann würde nun auf sie zurückfallen. Jetzt musste sie sich bestimmt einen Vortrag über das Pflichtbewusstsein von Töchtern ihren Vätern gegenüber anhören. Immerhin heirateten in diesem Jahrhundert Tausende junger Frauen den Mann, den der Vater für sie aussuchte. Sogar der König hatte auf diese Weise geheiratet. (Gut, sein Vater war zu der Zeit schon tot gewesen, aber sein Vormund, Kardinal Mazarin, hatte das übernommen und ihm eine spanische Prinzessin zur Seite gestellt.)

Doch zu Julias Verblüffung machte Ludwig eine Geste, die er in der Öffentlichkeit nie machen würde: Er legte einen Arm um ihre Schultern und zog sie zu sich heran.

»Das tut mir leid, Mamsellchen«, sagte er nur.

Eine Zeit lang schmiegte sich Julia an diesen warmen Körper. Ihr ging durch den Kopf, dass er als ein sehr unsauberer König in die Geschichte eingehen würde. Irgendein Chronist hatte festgehalten, er habe in seinem Leben nur dreimal gebadet. Aber tatsächlich roch er sauber und nach einem blumigen Parfüm, das seinem samtenen Wams entströmte. Sie schloss einen Moment die Augen und atmete den Duft ein.

Schließlich setzte sie sich wieder auf und lächelte ihn warm an. »Jetzt geht es mir schon viel besser. Danke, Sire.«

Ludwig lächelte zurück. »Gern geschehen, Mamsellchen.« Er seufzte bedauernd. »Ich glaube, es ist an der Zeit, dass ich mich wieder den Pflichten stelle. Das Lever beginnt in einer halben Stunde.«

»Aber Ihr seid bereits angezogen«, sagte Julia mit gerunzelter Stirn, »und sogar rasiert.«

»Doch für das Lever werde ich gleich wieder im Nachtgewand erscheinen«, sagte er und fügte ernsthaft hinzu: »Die Etikette bei Hofe umfasst nicht nur das Ankleiden. Sie wahrt meine Person als König.«

Julia nickte zwar, verstand aber kein Wort. Wie sollte es königlich wirken, wenn er gleich im Nachthemd vor dem Hof erschien?

Der König erhob sich und strich mit Daumen und Zeigefinger

sein kleines Schnurrbärtchen glatt. »Bleibt ruhig sitzen und genießt den Morgen. Ich werde Montsauvan wissen lassen, wo er Euch findet.«

Er nickte ihr noch einmal freundlich zu und ging dann zurück zum Schloss.

Julia sah ihm nach und dachte wieder einmal, dass die Menschen dreihundert Jahre später ein völlig falsches Bild von diesem Mann haben würden. Nur bei seinen Zähnen lagen sie richtig. Die waren leider wirklich nicht schön.

* * *

In diesem Pavillon sitzend fand Etienne sie schließlich vor. Er ließ sich neben ihr nieder, und obwohl Julia ihn bereits kommen gesehen hatte, wunderte sie sich wieder einmal, wie geschmeidig sich dieser große, drahtige Mann bewegte und dabei nicht ein Geräusch verursachte. Etienne war mindestens einen Meter neunzig groß, hatte braune schulterlange Haare – er brauchte keine Perücke – und sein Gesicht war durch eine Narbe entstellt, die sich über seine linke Wange bis zum Kinn hinzog. Man konnte ihn dadurch nicht wirklich schön nennen. Aber er war bei den Damen heiß begehrt. Und so, wie er sich gerade wieder bewegte, wusste sie auch, wieso. Julias Herz pochte allerdings bei seinem Bruder Alexandre schneller. Der war nur zwei Jahre älter als sie und ein äußerst attraktiver junger Mann.

»Der König sagte mir, Ihr wärt in einer melancholischen Stimmung, und bat mich Euch aufzuheitern. Ihr seid schon so lange hier, aber geweint habt Ihr seit Monaten nicht mehr. Gibt es heute einen besonderen Anlass?«

Etiennes Stimme war einzigartig. Tief und mit vollem Timbre.

Wenn er sang, bekam man unwillkürlich eine Gänsehaut und wenn er, wie jetzt, leise sprach, berührte sie einen tief im Bauch.

»Heute ist mein Geburtstag«, sagte sie so leise, dass er es fast nicht verstand.

»Ah«, sagte er gedehnt, als erkläre das alles. »Erinnerungen an vergangene Geburtstage haben Euch heute Morgen überschwemmt und Ihr hattet das Gefühl, selbst in einem modernen Schloss wie Versailles zu ersticken.«

Julia war wieder einmal verblüfft, wie genau er ihre Gefühle diagnostizieren konnte. Das war beinahe unheimlich. Sie hielt einen Moment inne. »Meine Mutter hat jedes Jahr die Story von meiner Geburt erzählt, und das so anschaulich, dass wir alle gelacht haben. Hier erzählt niemand die Geschichte von meiner Geburt. Niemand holt Bilder hervor, von früheren Geburtstagen oder von mir als Säugling. Hier weiß niemand, wann ich Geburtstag habe.«

»Was ist mit Eurem Vater? Ihr habt nie von ihm erzählt«, fragte Etienne. »Ihr berichtet immer nur von Eurer Mutter, der Schwester und den Eltern Eurer Mutter. Ist Euer Vater tot?«

Julia zuckte die Achseln. »Ich weiß es nicht. Mama spricht nie von ihm. Sie war immer so traurig, wenn wir sie danach gefragt haben, dass wir es aufgegeben haben. Und wir haben nie einen Vater vermisst. Opa hat mit uns viel unternommen, ehe er krank wurde.«

Der Gedanke daran, dass ihr Großvater womöglich schon gestorben war in der Zeit, die sie bereits hier war, war erschreckend. Die Tränen, die vor einer Stunde versiegt waren, kamen wieder. Diesmal war es Etienne, der den Arm um sie legte, und an seiner Brust fühlte sie sich deutlich wohler als an der des Königs. Bei Etienne fühlte sie sich ... zu Hause. Und es kam ihr vor, als sei wenigstens ein Mitglied ihrer Familie hier bei ihr – was sie als äußerst tröstlich empfand. Sein Bruder mochte bei ihr vielleicht Herzklopfen auslösen, aber Etienne verströmte etwas ganz anderes: Geborgenheit. Und das brauchte sie an diesem Vormittag mehr als Herzklopfen.

Der Vormittag war bereits weit fortgeschritten, als sie sich endlich auf den Weg zurück zum Schloss machten. Kurz bevor sie in Sichtweite kamen, hielt Etienne sie zurück.

»Herzlichen Glückwunsch zum Geburtstag, Mignonne.« Er küsste sie zart auf die Wange und danach setzten sie ihren Weg fort.

Aber Julia wurde jäh aus ihrer melancholischen Stimmung gerissen, als sie eine aufgelöste Sophie in ihrem Raum vorfand. Die wartete seit Stunden auf Julia, um sie zur Tanzstunde beim Dauphin herzurichten, die jetzt natürlich lange vorbei war.

Madame de Sévigné, Versailles, an Madame de Grignan, Provence

Ein Hauch des Übels streicht durch Paris. Allenthalben sterben die Menschen. Unser neuer Polizeichef, ein gewisser Nicolas de la Reynie, gibt den schmutzigen Straßen von Paris die Schuld an all den Magenverstimmungen, die vielerorts zum Tode führen.

Stellt Euch vor, meine Gute, er hat veranlasst, dass die Pariser ihre Nachttöpfe nicht mehr durchs Fenster entleeren dürfen! Das hat zweierlei Vorteile: Zum einen können alle Bürger durch die Straßen gehen ohne Angst, von oben beschmutzt zu werden, und zum anderen gibt es viel weniger Verletzte und Todesfälle durch Fensterstürze.

Außerdem hat er veranlasst, dass die Gräber auf den Friedhöfen tiefer gegraben werden. Er behauptet, die unzureichend bedeckten Leichen lockten Ungeziefer und Ratten an, die Krankheiten in der Stadt verbreiteten.

Trotz seiner Bemühungen erreichte mich heute die Nachricht vom Tode des Grafen de Clermont. Der Arme scheint wahrlich elend gestorben zu sein. Aber ich möchte Euch nicht durch die Schilderung, die mir sein Sohn überbrachte, beunruhigen. Ihr müsst bald genesen und mich besuchen kommen.

39. Kapitel
HERZKLOPFEN

»Habt Ihr schon gehört? Der Graf de Clermont ist tot.«

Madame de Sévigné plumpste sehr unelegant neben Julia auf das Kanapee. Sie winkte hektisch einem Pagen, nahm ein Glas Wein von dessen Tablett und leerte es in einem Zug. Julia hatte sich soeben einen Teller am Abendbuffet gefüllt und ein ruhiges Plätzchen gesucht, von dem aus sie gehofft hatte den Mondaufgang beobachten zu können. Dummerweise war es zwischenzeitlich dicht bewölkt und Regen klatschte gegen die Fensterscheiben.

»Ich kann es noch immer nicht fassen. Tot!«, sagte Madame de Sévigné mit einem leichten Rülpser.

Julia sah die ältere Dame erstaunt an. Nicht, weil die Klatschbase Nummer eins schon wieder mit den neuesten Gerüchten hausieren ging, sondern eher weil Julia erst letzte Woche morgens während der Messe neben dem Grafen gestanden hatte.

Da war er quicklebendig gewesen und hatte ihr von seinem neuen Pferd erzählt. Er hatte gestrahlt und schien gesund und munter.

Meine Güte, so konnte man sich irren.

»Herzinfarkt?«, fragte Julia und erinnerte sich an seine Wangen, die so hübsch rot vor Aufregung geglüht hatten.

»Nein«, sagte Madame de Sévigné und beugte sich verschwörerisch vor. »Er hatte eine Magen-Darm-Verstimmung. Sein Sohn, jetzt der neue Graf, hat sich die letzten drei Tage um ihn gekümmert und erzählt, er musste ständig Erbrochenes aufwischen.«

Julia ließ den Hähnchenschenkel sinken, in den sie gerade hatte beißen wollen. Ehrlich, solche Geschichten sollten während des Essens verboten werden.

Das schien der Marquise auch aufzufallen. »Oh, entschuldigt, meine Liebe. Aber seit meiner Kur bin ich dermaßen abgehärtet. Dort wurde während der gemeinsamen Mahlzeiten ständig über sämtliche Verdauungsprobleme gesprochen. Mein Tischnachbar konnte seine Blähungen nie zurückhalten und es hat in seiner Nähe ständig nach Fäkalien gerochen. Ach, verzeiht. Ich höre sofort damit auf.«

Julia hatte entschieden den Teller zur Seite geschoben.

Gleich kam einer der zahlreichen Lakaien und räumte den halb vollen Teller ab. Wenigstens konnte sie sicher sein, dass ihr Essen nicht weggeworfen wurde. Sie hatte von Sophie erfahren, dass man sich in den Küchen über jede Speise freute, die zurückging, weil sich die Dienstboten so ernährten. Sie lebten von den Speisen, die von der königlichen Tafel übrig blieben.

»Aber dafür kann ich Euch noch eine weitere Neuigkeit berichten.« Madame de Sévigné beugte sich wieder verschwörerisch näher und Julia hoffte, es würde jetzt nicht um die erneute Schwangerschaft ihrer Tochter gehen. Die letzte war schon so aufregend gewesen, dass jeder bei Hofe bestens über die Entwicklung von Mutter und Bauchumfang Bescheid gewusst hatte. Sogar Sophie, ihre Zofe.

Monsieur de Brienne hatte Julia erklärt, niemand sei jemals so sehr schwanger gewesen wie die Tochter der Sévigné. Nicht mal die Königin.

»Madame de Montespan wird nicht mehr lange die Favoritin sein.«

Julias Blick huschte zur langjährigen Geliebten von Ludwig XIV.

Sie stand gerade am Buffet und füllte sich einen Teller, der beinahe überlief. Seit der letzten Schwangerschaft vor einem Jahr hatte sie die zusätzlichen Pfunde nicht mehr verloren und Julia schwante langsam, warum.

»Er muss sie seit Monaten nicht mehr aufgesucht haben, und wenn, dann immer nur in Gegenwart der Kinder, hat mir Madame Scarron erzählt. Unsere schöne Athénaïs hat sich die Augen bei ihr ausgeweint. Obwohl ...« Sie sah ebenfalls zu der zwischenzeitlich sehr stämmigen und aufgedunsenen Mätresse des Königs hin. »Schön kann man sie eigentlich nicht mehr nennen. Ihre Wangen sind eine Spur zu rot, um echt zu sein. Nicht einmal ein Landmädchen hat solche Apfelbäckchen. Anscheinend versucht sie mit aller Gewalt jugendlich und frisch für unseren Monarchen zu wirken. Als ob er blind wäre.«

Ludwig XIV. war alles andere als blind. Im Gegenteil. Ihm entging selten etwas. Erst letzte Woche hatte er Julia zu ihrem neuen Hut gratuliert. Der war ein Geschenk Etiennes gewesen, passend zu dem Reitkleid, dass der König ihr zu ihrer allerersten Jagd in Fontainebleau geschenkt hatte.

»Man munkelt, der König habe eine Neue.«

Madame de Sévigné gab nicht auf und Julia wusste, dass diese Neuigkeit in Versailles zu einer Menge Spekulationen führen würde.

Als neue Favoritin und Geliebte des Königs hatte man mehr Macht als die Königin Maria-Theresia, ehemalige spanische Prinzessin und Mutter des künftigen Königs von Frankreich. Madame de Montespan hatte dafür gesorgt, dass die Favoritin mehr Zimmer im engen Versailles bewohnte als die Königin. Sie hatte einen gewissen Einfluss auf den König, und wer mit ihr gut stand, konnte auf des Königs Gunst vertrauen.

»Munkelt man auch, wer es ist?«, fragte Julia, jetzt doch neugierig.

»Nein. Wenn es bislang jemand weiß, dann nur Bontemps, sein Kammerdiener. Und der ist verschwiegen wie ein Grab, weshalb er auch des Königs unumschränktes Vertrauen genießt.«

Julia dachte wieder an ihren Geburtstagsmorgen und nickte zustimmend. Mittlerweile war sie sich sicher, dass Monsieur Bontemps sie bewusst zum Pavillon geschickt hatte. Sie wusste nur noch nicht, warum.

»Wird Monsieur Flémont die nächste Zeit in Paris erwartet?«, fragte Madame de Sévigné unschuldig.

Julia versuchte, ruhig zu bleiben, obwohl allein der Gedanke an Alexandre ihr ein Kribbeln im Bauch verursachte. Als ob Madame de Sévigné nicht wüsste, dass Alexandre nicht länger in der königlichen Armee diente, seit im Februar der Friedensvertrag mit Schweden und dem Heiligen Römischen Reich unterzeichnet worden war. Stattdessen stand er dem Generalleutnant in den Provinzen Metz, Verdun und Toul zur Seite.

»Ich würde sagen, er ist schon da«, entgegnete Julia, die gerade Alexandre durch die Tür den Salon betreten sah. Das Kribbeln in ihrem Bauch verwandelte sich in einen Schwarm Hummeln, ein Flattern, das sich bis in ihre Zehen ausbreitete.

Alexandre de Flemont war … ein Sexsymbol. So groß wie Etienne, so schlank, mit braunen, lockigen Haaren (keine Perücke!), allerdings mit grünen Augen und ohne Narbe im Gesicht, dafür aber mit hübschem kleinem Schnurrbart und Kinnbärtchen wie Orlando Bloom in *Fluch der Karibik*. Und wirklich: genauso heiß. Und dieser umwerfende Typ kam auf sie zu. Zielstrebig. Julias Herz begann noch schneller zu schlagen.

Er küsste erst Madame de Sévignés Hand und beugte sich dann

über die von Julia. Julia – und mit Sicherheit auch Madame de Sévigné – entging nicht, dass er ihre länger festhielt.

»Wir haben gerade von Euch gesprochen, Monsieur«, erklärte Madame de Sévigné.

Er zog überrascht eine Augenbraue hoch, genau wie sein Bruder, wenn er wegen etwas unsicher war.

»Ja, wir haben uns überlegt, ob Ihr während Eurer Abwesenheit noch gewachsen seid und Euch schon rasieren müsst«, sagte Julia ernsthaft. »Und tatsächlich. Euch ist ein Bart gewachsen.«

Madame de Sévigné stieß sie kichernd in die Seite. »Also ehrlich, meine Liebe, wenn das Euer Lehrer hört …«

Alexandre strich selbstgefällig und breit grinsend mit zwei Fingern über den Schnurrbart. Es war die gleiche Geste, die der König heute Morgen gemacht hatte. »Darf ich Euch kurz alleine sprechen?«, fragte er schließlich und hielt Julia wieder die Hand hin.

»Ihr werdet mir doch wohl nicht eine Predigt über vorlaute Mädchen halten wie Euer Bruder, oder?«, sagte Julia mit zusammengekniffenen Augen.

Jetzt lächelte er und wie schon so oft war sein Lächeln so atemberaubend und verlockend, dass sie nicht widerstehen konnte. Also ergriff sie seine Hand und ließ sich von ihm durch die dichte Menschenmenge aus dem Großen Gemach hinaus, über die Treppe der Botschafter bis zur Grotte der Thetis führen.

Mit jedem Schritt klopfte Julias Herz ein wenig heftiger. Alexandres Hand, die die ihre hielt, war warm, fest und stark. Sie spürte Schwielen an den Kuppen, die noch nicht dort gewesen waren, als sie sich vor zwei Jahren kennengelernt hatten. Die Hand eines Kriegers. Die Hand von jemandem, der sich nahm, was er wollte.

In dem großen viereckigen Bau der Grotte war es beinahe stockdunkel. Nur der Mond schien durch das Gitter und in der Ferne hörte man die Tiere der Menagerie und ein Käuzchen rufen. Es roch ein wenig modrig und gleichzeitig nach frisch gemähtem Gras. Wie ein lauer Sommerabend zu Hause.

Ein paar Glühwürmchen oder zwei Kerzen und es wäre herrlich romantisch, dachte Julia, doch in diesem Moment drückte Alexandre sie an die Wand, umfasste ihren Nacken mit beiden Händen und küsste sie.

Julia schoss durch den Kopf, dass das noch romantischer war als Glühwürmchen. Dann hörte sie auf zu denken und erwiderte seinen Kuss.

Als er sich irgendwann – Stunden später, wie es Julia vorkam – von ihr löste, atmeten sie beide schwer.

»Ich habe dich so sehr vermisst«, murmelte er und spielte mit einer Locke in ihrem Nacken. Sie fühlte seine Finger an ihrer Haut und es löste ein leises Kribbeln aus, das sich über die Schultern und den Rücken hinunter ausbreitete. Julia hoffte, es würde ewig andauern.

»Gab es keine Mädchen in Metz?«, fragte sie leise neckend. Ihre Nase war noch immer dicht an der seinen.

»Keines wie dich.«

Das hatte sie zu hören gehofft. Und es tat so gut, denn sie hatte ihn auch vermisst.

Sie küsste ihn wieder.

»Wie lange wirst du jetzt hier sein?«, fragte sie ihn eine kleine Ewigkeit später.

»Nur zwei Wochen, bis Monsieur de Boufflers, der Gouverneur und mein Vorgesetzter, alles mit dem König besprochen hat. Aber zum Maskenball Anfang August werde ich wieder da sein. Wirst du mir einen Tanz freihalten?«

»Natürlich.«

Sie blieben so lange in der Grotte, bis sie befürchteten, es wäre schon so spät, dass der König sich zurückzog und die Abendgesellschaft auflöste. Dann mischten sie sich unter die herausströmenden Höflinge, die ihre Unterkünfte für die Nacht aufsuchten.

Als Julia später im Bett lag, kribbelte es noch immer in ihrem Nacken, wo seine Finger sie berührt hatten.

40. Kapitel
MISSSTIMMUNG BEIM FRÜHSTÜCK

Etienne war am nächsten Morgen extrem kurz angebunden. Er hatte nach dem Lever das Frühstück gemeinsam mit Alexandre und Julia in dem Salon zwischen ihrer beider Schlafzimmer eingenommen und dabei nur mit Alexandre gesprochen. Genauer gesagt ihn nach seiner Arbeit beim Gouverneur ausgequetscht.

Nun gut. Dann würde Julia eben auch nicht mit ihm reden. Sie schmierte frische Erdbeerkonfitüre auf ihre Brioche.

Julia hoffte inständig, Angélique de Fontanges würde bald eintreffen. Sie war Hofdame bei der Schwägerin des Königs und die wurde heute erwartet – sofern nichts Unvorhergesehenes auf der Reise geschah. Was man leider nie ausschließen konnte auf den ungepflasterten, holprigen und von tiefen Löchern gespickten Straßen im siebzehnten Jahrhundert.

Angélique würde nicht nur Julia die Zeit vertreiben, sondern auch Etiennes Laune aufbessern.

Das hoffte Julia zumindest, denn Angélique war ein bildschönes, amüsantes Mädchen und Etienne war in sie verliebt. Zumindest hatten sie eine Affäre und Julia kannte ihren Lehrer mittlerweile so gut, dass sie wusste, er würde sich nie mit jemandem einlassen, den er nicht mochte. Mittlerweile hatte sie herausgefunden, dass er den ihm angedichteten Titel »Frauenheld« zu Unrecht trug. Er wurde zwar von sämtlichen Damen bei Hofe vergöttert, aber tatsächlich hatte er bislang nur Angélique erhört.

»Es ging Seiner Majestät heute Morgen nicht gut«, antwortete Etienne auf eine Frage Alexandres, was sehr nach Small Talk klang.

Allerdings ließen Etiennes Worte Julia aufhorchen. »Warum?«, fragte sie und vergaß, dass sie mit ihm nicht hatte sprechen wollen, wenn er sich so verhielt.

»Er klagte über Magenschmerzen und Schweißausbrüche, die ihn die ganze Nacht über wach hielten«, antwortete Etienne knapp.

»Hielt ihn nicht eher seine Geliebte Madame de Montespan wach?«, sagte Alexandre und zwinkerte Julia verschmitzt zu.

»Bestimmt nicht. Er war bleich und sein Haar klebte an seiner Stirn«, erklärte Etienne.

Jetzt legte Julia ihre Brioche ab. »Er hat noch seine Haare?«

Etienne sah sie zum ersten Mal an diesem Morgen direkt an. »Natürlich. Warum denn nicht?«

»Weil er immer diese voluminösen Lockenperücken trägt. Ich dachte, damit will er vielleicht eine Glatze verbergen und dem noch eins draufsetzen.«

Alexandre prustete in seinen Tee.

Etienne betrachtete sie streng. »Seine Majestät ist nicht kahl und hat es nicht nötig, irgendwas draufzusetzen«, wies er sie zurecht. »Er ist der König und muss edel und vornehm aussehen.«

»Und das kann man nur mit Perücke?«, hakte Julia kopfschüttelnd nach. »Ihr tragt doch auch keine.«

»Ich bin auch nicht der König«, erwiderte er kühl.

»Das sind Monsieur de Brienne und der Herzog de Noailles auch nicht und trotzdem tragen sie so ein Ding. Hat Brienne Geheimratsecken oder eine Tonsur?«, wollte sie wissen.

Etienne sah mittlerweile aus, als wäre er kurz vorm Explodieren. Julia bemerkte Alexandres neugierigen Blick.

»Monsieur de Brienne ...«, begann Etienne und wurde von Alexandre sofort unterbrochen: »Hat tatsächlich eine Art Mönchstonsur! Das fing schon direkt nach eurer Schulzeit an.«

»Ich finde es äußerst ungut, wenn wir über so intime Dinge von anderen Höflingen reden.« Etienne legte entschieden das Messer zur Seite und sah Julia und Alexandre nacheinander strafend an.

»Aber Ihr habt doch davon angefangen«, verteidigte sich Julia.

»Gewiss nicht.«

»Doch. Ihr habt von den schweißverklebten Haaren des Königs gesprochen. Wie läuft das eigentlich ab? *Lever* bedeutet doch ›aufstehen‹. Seid Ihr auch anwesend, wenn er badet oder sich rasiert?«, wollte sie eifrig wissen.

»Jetzt reicht es!« Etienne donnerte die Faust auf den Tisch, dass das Geschirr klirrte.

Julia sah ihn erstaunt an, ein Blick zu Alexandre verwirrte sie noch mehr. Der lächelte leicht.

Etienne stand auf und verließ ohne ein weiteres Wort den Raum. Er hatte nicht mal seinen Kaffee ausgetrunken.

Was war mit ihm los? Er rastete doch sonst nie aus.

»Das ist ja sehr aufschlussreich«, sagte Alexandre leise und stibitzte sich die noch halb volle Tasse seines Bruders.

Julia seufzte. »Ich hoffe wirklich, Angélique kommt heute an. Das wird ihn ein wenig aufmuntern.«

»Wetten, dass nicht?«, fragte Alexandre und zwinkerte wieder über den Tassenrand hinweg. Aber auf ihre Nachfrage gab er keine Antwort.

Sophie scheuchte Julia endlich vom Frühstückstisch auf. Der Dauphin wartete zu einer weiteren Tanzstunde.

41. Kapitel
DIE FREUNDSCHAFT DES DAUPHINS

»Ihr seid beim letzten Mal nicht gekommen.«

Ach, herrje. Sollte er wirklich deswegen schmollen? Julia versank in eine Reverenz, einen sehr tiefen Knicks, den sie sonst nur dem König zukommen ließ. »Bitte entschuldigt, Hoheit, ich ...«

»Louis.«

Julia sah erstaunt auf. Er hatte die blonde Lockenperücke abgenommen und kratzte sich leicht an der Schläfe. Er hatte dichtes blondes Haar – warum um Himmels willen versteckte er es unter dieser monströsen Perücke? Was fanden die Männer in diesem Jahrhundert nur an diesen dämlichen unhygienischen Haaren? Julia fielen mindestens drei Edelmänner am Hof ein, die sich ständig kratzten und denen sie nie zu nahe kommen wollte.

Und ohne Perücke sah der Prinz gar nicht so puddingmäßig und kindlich aus wie sonst. In den letzten anderthalb Jahren war er noch ein gutes Stück in die Höhe geschossen und überragte seinen Vater auch ohne Absätze um ein paar Zentimeter.

»Ich heiße Louis für meine Freunde. Und wir sind doch Freunde, oder?« Der Dauphin legte die Perücke ab und fuhr sich jetzt mit beiden Händen durch die Haare.

»Monseigneur, Mademoiselle Julia wirkt eingeschüchtert durch Eure offene Haltung und Eure großzügige Geste, die sie natürlich nicht annehmen kann ...«, begann Bischof Bossuet, der wie immer anwesende Lehrer des Prinzen, ihn zurechtzuweisen.

»Exzellenz, bitte lasst uns allein«, sagte der Dauphin und jetzt war Julia vollends platt. Noch nie, wirklich *nie* zuvor, hatte der schüchterne Sohn Ludwigs XIV. sich gegen seinen Lehrer aufgelehnt.

»Hoheit, ich denke, ich sollte ...«, wollte der Bischof einwenden und wurde sofort wieder unterbrochen.

»JETZT, Exzellenz. Ich muss mit Mademoiselle Julia alleine sprechen.« Der Ton des Prinzen duldete keinen Widerspruch und Julia dachte, dass er vielleicht doch ein wenig von seinem Vater geerbt hatte. Bislang hatte sie immer angenommen, er schlage komplett nach seiner Mutter, der spanischen Prinzessin, die sich noch nie gegen ihren Mann aufgelehnt hatte und sogar seine Mätressen um sich herum und in ihrer Kutsche erdulden musste.

Bossuet verneigte sich nicht, wie die Etikette es verlangte, sondern ging und schloss die Tür mit einem ziemlich lauten Knall hinter sich. Die Musiker waren bereits beim ersten »Lasst uns allein« verschwunden.

Der Prinz lächelte Julia entschuldigend an. »Er hat immer Not, ich könnte auch nur den kleinsten Fehler begehen und dadurch nicht mehr königlich wirken. Wollen wir uns setzen?« Er deutete auf die Schemel, wo vorhin noch die Cellisten und Geiger gesessen hatten.

»Hoheit, es tut mir so leid, dass ich ...«

»Louis. Bitte. Ihr seid meine Freundin und ich möchte wirklich, dass Ihr mich beim Vornamen nennt. Das tut sonst nur meine Mutter. Ich fühle mich ein wenig ausgegrenzt von allen anderen. Was natürlich zum einen an meinem Status als Thronfolger liegt und zum anderen an Monsieur Bossuet, der ständig in Furcht lebt, ich könnte böswilligen Opportunisten meine Gunst schenken. Doch wie soll ich je die Opportunisten von den Freunden unterscheiden lernen, wenn man mich mit keiner der beiden Gruppen in Kontakt kommen lässt?«

Julia setzte sich perplex. So viel und so energisch hatte er noch nie gesprochen.

»Stimmt was nicht?« Jetzt setzte er sich ebenfalls und stützte die Ellbogen auf den Knien ab. Dann fuhr er sich erneut mit beiden Händen durch die Haare. »Ich soll heiraten.«

Aha. Sie hatte doch gewusst, dass etwas nicht stimmte.

»So eine Prinzessin aus Bayern. Ihr Bild ist …« Er suchte nach Worten und sah Julia schließlich verzweifelt an. »Sie ist hässlich. Und das, wo die Gemälde wegen des Heiratsmarkts ohnehin alle beschönigend sind. Trotzdem sieht sie selbst auf dem Bild aus wie ein Cockerspaniel.«

»Darf ich das Bild sehen?«, fragte Julia, die nicht wusste, was sie sonst sagen sollte.

Er erhob sich und öffnete einen der Wandschränke. Er kam mit einer Gravierung zurück und reichte sie Julia.

Julia dachte sofort, dass der Vergleich zum Cockerspaniel sehr treffend war. Vor allem die Frisur – die aufgebauschten Locken waren wie eine Haube über die Ohren drapiert und hingen auf die Schultern hinab. Außerdem fehlte der langen Nase nur noch die feuchte, dunkle Spitze. Die Augen der Prinzessin erinnerten mit ihren Schlupflidern und Ringen an einen Frosch.

»Seht nur, wie lang die Nase ist. Länger als meine, und das will was heißen.« Louis fasste sich an die Nase, das einzige wirklich unverkennbare Erbstück seines Vaters: ein Zinken, eine wirklich majestätische Nase mit Knick im oberen Drittel. Irgendwie sah man beim König darüber hinweg, aber bei dem blasseren Louis war das nicht möglich.

»Seht Ihr? Wenn ich mir das Gemälde ansehe«, er deutete auf die Gravierung, »dann fürchte ich mich vor den Kindern, die einer solchen Verbindung entspringen könnten. Wahrscheinlich müssten die vornübergebeugt gehen, weil die Mitte des Gesichts sie so nach unten zieht.«

»Dann machen wir eine kleine Stütze an ihr Kinn. Und im Winter reichen dafür die Eiszapfen, die aus ihren Rotznasen ragen«, kicherte Julia und der Dauphin stimmte in ihr Gelächter mit ein. Haltlos lachten sie ein paar Minuten.

Als sich beide wieder beruhigt hatten, versuchte Julia ihn zu ermutigen.

»Wisst Ihr, mein Lehrer, Monsieur de Montsauvan, hat diese Narbe am Kinn und irgendwie übersieht man sie komplett nach einer Weile. Jeder, der ihn kennt, achtet nicht mehr darauf.«

Jetzt schnaubte der Dauphin. »Euer Lehrer ist der begehrteste Mann bei Hofe und die Narbe lässt ihn nur noch attraktiver in den Augen der Damen erscheinen. Zeigt sie doch, dass er nicht immer so brav war wie in den vergangenen zwei Jahren. Seit Eurer Ankunft, um genau zu sein.«

Interessant. Bei Gelegenheit musste sie Madame de Sévigné mal über das aufregende frühere Leben Etiennes ausquetschen. Sie kannte ihn nur als zweihundertprozentigen Streber. Aber es stimmte, Etienne wurde von vielen Frauen angehimmelt. Vielleicht war er das falsche Beispiel gewesen. Julia probierte eine andere Strategie zur Aufmunterung.

»Was ist, wenn sie nett ist? Ein herzliches Mädchen, klug und witzig und einfach nur liebenswert? Würde dann die Nase noch eine Rolle spielen?«

Der Prinz sah Julia lange an und schüttelte leise den Kopf. »Nein, natürlich nicht. Ich bin nur ... nervös.«

Das konnte Julia sehr gut verstehen, wenn auch nicht nachvollziehen. Sie wagte eine Geste, die vor Bischof Bossuets Augen undenkbar gewesen wäre: Sie ergriff die Hand des Prinzen.

Louis seufzte und drückte leicht ihre Finger. »Um ehrlich zu sein, hatte ich gehofft, mein Vater würde Euch zu meiner Frau bestimmen.«

Julia schnaubte undamenhaft. »Das ist absolut unmöglich. Ich habe keinen einzigen politischen oder wirtschaftlichen Vorteil für Frankreich zu bieten. Ich bin ein Niemand.«

»Manchmal war ich davon überzeugt, Ihr seid eine weitere Halbschwester«, überlegte er und betrachtete Julia eingehend, als könne sie doch ein wenig von seiner oder seines Vaters Nase in verkleinerter Form aufweisen. »Aber dann finde ich überhaupt keine Ähnlichkeit. Außerdem hätte ich von einem weiteren unehelichen Kind bestimmt längst gehört. Mutter, so ruhig sie auch jedem erscheinen mag, ist immer bestens informiert. Aber Euch kann sie nicht einordnen. Wer seid Ihr?«

»Die Frage stellt sich der ganze Hof«, antwortete Julia ausweichend. »Fest steht, ich habe Euren Vater das erste Mal auf der Jagd gesehen. Von der Geschichte habt Ihr ganz gewiss gehört.« Julia wollte das heikle Thema um ihre Herkunft so schnell wie möglich beenden und hielt wieder das Bild der Prinzessin aus Bayern hoch. »Sie schielt zwar leicht, aber ich mag ihr Lächeln«, sagte sie nach kurzer Betrachtung.

»Das wäre kein Problem, sofern ihr Lächeln aufrichtig ist«, meinte Louis.

»Habt Ihr jemanden, dem Ihr vertrauen könnt?«

»Außer Euch? Monsieur Bossuet.«

Julia schüttelte entschieden den Kopf. »Ich meinte jemanden, der nicht nur Frankreichs Wohlergehen im Kopf hat, sondern jemand, der Euch mag und sich für Euch auch eine gute Verbindung wünscht.«

»Meine Mutter«, war die prompte Antwort und sie war bei genauerer Betrachtung gar keine so schlechte Wahl. Königin Maria-Theresia wurde von ihrem Mann ganz offen betrogen. Seine Mätressen besaßen mehr Macht als sie. Ganz bestimmt wünschte sie sich für ihren Sohn eine glücklichere Ehe.

»Glaubt Ihr, sie könnte jemanden heimlich nach dem Charakter der Prinzessin forschen lassen?«, schlug ihm Julia vor. »Das sollte für sie kein Problem sein.« Vor allem nicht nach dem, was er ihr vorhin eröffnet hatte. Wer hätte gedacht, dass die stille, unscheinbare Königin über alles auf dem Laufenden war? Ob sie mit Madame de Sévigné zusammen Tee trank? Beziehungsweise Schokolade. Die schlechten Zähne Ihrer Majestät waren berühmt-berüchtigt.

Louis sah sie überrascht an und dann lächelte er. »Das macht Mutter bestimmt. Danke. Ich wusste, Ihr würdet mir helfen können.«

»Ich habe gar nichts gemacht«, widersprach Julia irritiert.

»Doch. Ihr habt mir ein wenig von der Furcht genommen. Würdet Ihr mir einen weiteren Gefallen tun?« Er nahm ihre beiden Hände in die seinen und sah sie mit einem flehenden Blick an. »Würdet Ihr mir ein wenig auf dem Cembalo vorspielen?«

Julia grinste. »Mit dem Blick, Louis, werdet Ihr auf alle Fälle das Herz eines Cockerspaniels gewinnen.«

42. Kapitel
DATE ZU DRITT

Die Gedanken an eine Heirat beschäftigten den Dauphin und Thronfolger rund um die Uhr. Da war sein Vater ganz anders. Der König musste weibliche Gene in sich haben, denn er konnte viele Dinge auf einmal erledigen. Neben den ganzen Regierungsgeschäften und der Suche nach einer Prinzessin mit den größtmöglichen Vorteilen für Frankreich (wobei die Bayerin bislang die Spitze hielt) hatte er auch noch genügend Zeit, um den Ausbau seines Schlosses zu planen.

Handwerker schienen in Versailles zum Inventar zu gehören. Und auch nach den eineinhalb Jahren, die Julia bereits bei Hofe weilte, war noch lange keine Fertigstellung des großartigen Schlosses in Sicht – ohne spätere Umbauten von Ludwig XV. oder Marie-Antoinette einzubeziehen. Julia wusste, die Marotte »Ausbau von Versailles« würde andauern bis zum Tod des Sonnenkönigs.

Und das war noch sechsunddreißig Jahre hin.

Momentan schwebte ihm ein Saal vor, groß genug, um die ausländischen Botschafter zu beeindrucken und den Damen seines Hofstaats einen gebührenden Tanzplatz zu verschaffen. Ludwig XIV. hatte kurz nach Julias Ankunft verkündet, die neue Metropole Frankreichs solle Versailles werden. Dementsprechend sollten die ausländischen Botschafter ihren Monarchen von der Pracht und Einzigartigkeit des Schlosses erzählen können.

Ein Platz für diesen sagenhaften Saal war schnell gefunden: Die Terrasse vor des Königs Gemächern im Mittelteil des Schlosses musste überdacht und umgebaut werden. Der Saal würde überwältigend werden, die Dekorateure würden ihn königlich zu schmücken wissen und Le Brun, der königliche Hofmaler, hatte bereits Entwürfe für ein Deckengemälde ausgearbeitet und vorgelegt – die allerdings nur halbwegs Zustimmung beim König fanden.

Es fehlte etwas.

Etwas, das diesen Saal von den Salons des sogenannten Großen Gemachs unterschied und damit von allen anderen Ballsälen auf der Welt. Dieser Anspruch ließ Ludwig XIV. keine Ruhe, so dass der Architekt Mansart und Monsieur Le Brun mit ihren Ideen wieder fortgeschickt wurden – sie waren nichts Besonderes. Der König wollte nicht noch mehr griechische Mythologie. Die war im Großen Gemach zur Genüge verewigt worden.

Wochenlang war dieser Saal Gespräch unter den Höflingen und der König bot eine fürstliche Belohnung für denjenigen, der den zündenden Einfall hatte.

* * *

Julia beschäftigten andere Gedanken. Und Alexandre spielte darin eine nicht unwesentliche Rolle. Er hatte sie für den Nachmittag eingeladen, und als sie die verabredete Stelle erreichte – Montsauvan war zu einer Ratssitzung befohlen worden –, hatte sie ein Gefühl, wie sie es als Kind kurz vor Weihnachten gehabt hatte: Eine andächtige Aufregung und Spannung hatte von ihr Besitz ergriffen. Es fühlte sich an wie ein verspäteter Geburtstagswunsch, den sie sich nicht erträumt hätte und der sich jetzt erfüllen würde.

Julias Kopf war ganz leicht. Eine Bootsfahrt mit Alexandre – Sexbombe – Flémont. Allein mit ihr. Und das auf dem Grand Canal, der in Kreuzform 1,6 Kilometer lang und einen Kilometer breit war, über echte venezianische Gondeln und eine kleine Galeere mit der königlichen Lilie auf dem Segel verfügte. Zum Glück aber auch über ein paar kleine Ruderboote. Es würde also genauso romantisch werden, als ruderten sie durch Venedig. Oder noch romantischer, denn der Grand Canal roch viel angenehmer, es gab keinen Stau und sie waren umgeben von Wald und Wiesen.

Um nicht vom Schloss aus gesehen zu werden, nutzte Julia den Weg durch die Orangerie. Sie wusste genau, wenn Etienne sie vom Schloss aus sehen würde, würde er ihr nachkommen und sie zurückpfeifen, Ratssitzung hin oder her.

Doch ehe sie zwischen den hohen Hecken der neuen Boskette verschwinden konnte, sah sie Mademoiselle DesŒillets, die rechte Hand von Madame de Montespan.

Abrupt blieb Julia stehen.

Die DesŒillet war nicht allein. Bei ihr stand eine Gestalt in einem Kleid, wie es sonst Kaufmannsfrauen trugen. Sehr reiche Kaufmannsfrauen. Beide waren in ein Gespräch vertieft und hatten Julia nicht bemerkt. Sie versteckte sich hinter dem Eingang zum Irrgarten. Julia wagte einen Blick um die Hecke. Sie sah gerade noch, wie die Ehrendame der Montespan der unbekannten Frau einen prall gefüllten Geldbeutel überreichte und im Gegenzug ein Glas mit weißen Kugeln erhielt.

Ohne ein weiteres Worte zu wechseln, gingen die beiden auseinander. Julia kauerte sich hinter die Hecke, bis beide verschwunden waren.

Da Julia bezweifelte, dass die königliche Mätresse ihre Vorzüge aufgeben wollte, um eine Republik auszurufen, und Alexandre sie schon mit einem strahlenden Lächeln erwartete, hatte sie den Zwischenfall schnell vergessen.

Alexandre half ihr galant in eines der Ruderboote, und als er sich darin niederließ, streifte sein Fuß – ob Absicht oder nicht – den ihren und verharrte an ihrem Knöchel. Ihre Röcke, die in den vergangenen zwei Jahren gemäß der Mode an ein paar Unterröcken noch zugenommen hatten, bauschten sich und füllten ihre Seite des Bootes ganz aus. Die Sonne strahlte an diesem Julitag sehr warm.

»Wollt Ihr keinen Sonnenschirm?«, fragte Alexandre und griff nach den Rudern.

»O nein«, antwortete Julia voller Inbrunst. An diesem wunderbaren sonnigen Sommertag wollte sie auf gar keinen Fall im Schatten sitzen.

»Ihr werdet Euch Euren Teint verderben«, warnte er sie. »Das wird Etienne missfallen.«

Das bezweifelte Julia. Etienne mochte Menschen mit gesunder Gesichtsfarbe. »Mögt Ihr keine gebräunten Frauen?«, fragte Julia und streckte ihr Gesicht der Sonne entgegen.

»Ihr wisst ganz genau, was oder wen ich mag«, sagte Alexandre leise. Julia blinzelte und sah seinen lächelnden Blick auf ihr ruhen.

»Julia!«

Erschrocken zuckte Julia zusammen. Die Stimme gehörte nicht Etienne, und auch wenn sie sich sonst immer freute, sie zu hören, kam sie im Moment im denkbar unpassendsten Augenblick.

Angélique de Fontanges eilte auf sie zu.

Alexandre, der bereits zwei Ruderschläge auf dem Grand Canal getan hatte, lenkte das Boot zurück ans Ufer.

»Eure Zofe hat mir gesagt, wo ich Euch finden kann. Wir sind vorhin angekommen und ich habe mich gleich fortgeschlichen. Die de Ludres ging mir dermaßen auf den Geist, soll sie Madames Sachen alleine auspacken. Ich wollte Euch sehen.«

Angélique strahlte sie vom Ufer her an und der Neid versetzte Julia wieder einmal einen kleinen Stich – wie wunderschön sie war!

Eine Barbiepuppe, die aussah wie eine Mischung aus Angelina Jolie und Kate Winslet, mit milchweißer Haut, die man absolut nicht als blass oder langweilig bezeichnen konnte. Der helle Teint stand ihr hervorragend. Nicht eine Sommersprosse war zu sehen.

»Kommt an Bord, Mademoiselle«, sagte Alexandre und stand auf, um Angélique ins Boot zu helfen.

Es wurde eng – zu viel Stoff –, aber zum Glück hatte Angélique noch ihr Reiseoutfit an, das nicht ganz so voluminöse Röcke aufwies wie eine Hofrobe.

»Ist das herrlich«, seufzte sie, als sie neben Julia saß.

Alexandre ruderte auf den See hinaus und Julia stellte mit Bedauern fest, dass sein Fuß nicht mehr den ihren suchte.

»Wir waren den ganzen Tag in dieser Kutsche eingesperrt«, begann Angélique zu erzählen. »Madame war nur am Schnattern, vor Aufregung endlich wieder bei Hofe zu sein, in Kleidern, die ihrer Mädchengröße entsprechen, und die Ludres, weil wir Euren Bruder wiedersehen.«

Alexandre lächelte ein wenig gequält.

»Da braucht Ihr überhaupt kein bisschen eifersüchtig zu sein«, sagte Angélique, die seinen Blick sehr wohl bemerkte. »Die Ludres ist alles andere als begehrenswert. Vor allem dann nicht, wenn sie ihre Schuhe auszieht.«

Julia kicherte und Alexandre grinste. »Ich verstehe nur nicht, weshalb alle Damen so auf Etienne fliegen«, gestand er seufzend. »Er erhört keine, lebt seit Jahren wie ein Mönch und wird von der weiblichen Hofgesellschaft als Frauenheld gefeiert. Wie zum Teufel macht er das?«

Julia warf einen Blick auf Angélique, von der sie wusste, dass Etienne sehr wohl bei ihr schwach geworden war.

Angélique sah Alexandre verschwörerisch an. »Ich verrate Euch jetzt etwas über die weibliche Psyche, Monsieur Flémont. Montsauvan ist so begehrenswert, *weil* er sich zurückhält.« Sie lächelte und fügte hinzu: »Und dass er einen Körper hat wie dahinten die Statue, trägt auch nicht wenig zu seiner Beliebtheit bei.« Sie deutete auf einen marmornen griechischen Gott mit perfektem Sixpack und freigelegten großen Genitalien.

Als Julia wieder zu Alexandre sah, entdeckte sie die verengten Augen, mit denen er Angélique musterte.

»Und woher genau wollt Ihr das wissen? Ich meine, diese ausgeprägten Muskeln sind schließlich nicht durch das Hemd, die Weste und den Überrock zu sehen.«

»Sie hat einen Röntgenblick«, antwortete Julia schnell.

Sowohl Alexandre als auch Angélique sahen sie irritiert an.

»Einen *was*?«, hakte Alexandre nach.

»Äh …« Verdammt. Woher sollten die auch wissen, was Röntgenstrahlen waren? Von Superman brauchte sie gar nicht erst anzufangen. Das hätte sie höchstens Etienne erzählen können, der über ihre wahre Herkunft Bescheid wusste. »Sie kann durch Sachen hindurchsehen. Eine Hexe. Sie kann zum Beispiel auch erkennen, dass Ihr so von uns beiden eingenommen seid, dass Ihr gerade nicht bemerkt habt, wie ein Vogel etwas auf Eure Haare hat fallen lassen.«

Angélique kicherte, Alexandre verzog angewidert das Gesicht.

Julia zog aus ihrem Ärmel ein Taschentuch und wischte die Vogelhinterlassenschaft fort. Sobald sie so dicht vor Alexandre saß, der vertrauensvoll seinen Kopf senkte, und sie sein beziehungsweise Etiennes Duftwasser roch, begann ihr Puls wieder schneller zu werden. Sogar sein Nacken war sexy. Ganz besonders, wenn er ihn in diesem Winkel hielt und dabei eine Seite seines markanten Kinns zeigte. Das Kinn mit dem netten kleinen Bärtchen, das überhaupt nicht gestört hatte beim Küssen, überlegte sie versonnen.

»Ihr hättet mir auch sagen können, dass ich euch störe. Dann wäre ich halt zur Menagerie gegangen und hätte mir den neuen Riesenvogel angesehen«, hörte Julia hinter sich die Stimme Angéliques und wäre vor Schreck beinahe über Bord gegangen.

Himmel, die hatte sie total vergessen. Mit hochroten Wangen wischte sie den letzten Rest fort und setzte sich auf ihren Platz zurück.

Alexandre sah auf und sein Blick wirkte genauso entrückt, wie sie sich fühlte. Sie beide tauschten ein Lächeln.

»Seid nicht albern«, sagte Julia mit hochroten Wangen. »Ihr stört nicht.«

»Ehrlich gesagt, könnt Ihr mich auch in zwanzig Minuten wieder absetzen, aber ich wollte unbedingt raus an die frische Luft. Seht Ihr? Dahinten ist ein Schwarm Schmetterlinge. Ich liebe Schmetterlinge. Tut mir einen Gefallen, Monsieur Alexandre, rudert uns ein wenig weiter in einen Seitenarm näher zu den Schmetterlingen. Außerdem ist man dort vom Schloss aus auf keinen Fall zu sehen.«

»Entweder ist Madame de Ludres sehr bestimmend oder Eure Herrin«, sagte Alexandre, ruderte aber folgsam in den linken Kanalzweig.

»Madame? Die ist ein Schatz. Nein, nein, die Ludres würde mir höchstens ein Pülverchen ins Weinglas tun, wenn sie erfahren sollte, dass ich ausgerechnet mit Euch gelustwandelt bin. Ich werde ihr nachher erzählen müssen, die Montespan habe mich abgefangen und für einen Botengang missbraucht. Gegen die wagt niemand was zu sagen.«

Die Marquise de Montespan war für ihr despotisches Verhalten am ganzen Hof gefürchtet. Julia hatte von Madame de Sévigné erfahren, sie lasse sich nur noch kniend von ihren Ehrendamen bedienen.

»Ich habe übrigens noch etwas anderes über unsere königliche

Geliebte erfahren«, fügte Angélique in einem teils amüsierten, teils verschwörerischen Ton hinzu. »Habt Ihr schon einmal von der Voisin gehört?«

Alexandre schüttelte den Kopf. Julia seufzte.

Angélique sah sich um, als befürchte sie einen Lauscher hinter sich.

»Da ist nur ein Karpfen«, sagte Julia trocken. »Also, erklärt Alexandre, wer die Viosin ist.«

»Eine Hexe«, flüsterte Angélique und klang dabei so aufgeregt, als könne die Wünsche erfüllen.

»Ich dachte, Ihr seid die Hexe«, meinte Alexandre grinsend.

»Nein, die Voisin ist eine *richtige* Hexe«, wehrte Angélique ab. »Wenn man wissen will, wo man in fünf Jahren stehen wird, geht man zu ihr. Wenn man in Schwierigkeiten gerät – als unverheiratete Frau oder auch als verheiratete, wenn der Mann im Feld ist –, geht man zu ihr. Wenn man jemanden liebt und der die Liebe nicht erwidert, geht man zu ihr. Was glaubt Ihr, wie sonst die kleine hässliche Marie-Charlotte den Herzog de Gramont hätte an Land ziehen können?«

»Durch ihre Mitgift vielleicht?«, mutmaßte Julia ironisch. »Und vielleicht auch, weil ihr Vater ein berühmter Marschall aus dem Dreißigjährigen Krieg war, den der König hoch in Ehren hält? Davon hat Etienne berichtet.«

»Falsch!«, rief Angélique konsterniert. »Euer ach so gelehrter Etienne weiß noch lange nicht alles.«

»Das würde mich wundern«, murmelte Alexandre mit einer Grimasse. Julia grinste. Sie wusste genau, er und sein Bruder hatten so manchen Konflikt und leider behielt Etienne zumeist Recht.

»Sie hat bei der Voisin ein Elixier gekauft, selbiges Gramont in den Wein gemischt und jetzt ist sie Herzogin mit einem nicht geringen Einkommen.« Sie lehnte sich triumphierend zurück, als habe sie selber das Elixier erfunden. »Ihr könnt Euch denken, dass die Voisin seither sehr gefragt ist. Man munkelt, sie sei mittlerweile reicher als meine Herrin.«

»Was hat das jetzt mit der Montespan zu tun?«, kam Alexandre zurück auf das eigentliche Gespräch.

Angélique beugte sich wieder verschwörerisch vor und flüsterte: »Sie hat die Voisin ebenfalls aufgesucht, um dieses Elixier zu erstehen.«

»Wieso?«

»Wieso?« Angélique sah Julia an, als sei diese schwer von Begriff. »Natürlich um sich die Liebe des Königs zu sichern.«

Jetzt sah Julia Angélique an, als hätte die eine Schraube locker. »Aber doch nicht mit Kräutern.«

»Wer redet denn von Kräutern?« Angélique winkte abfällig. »Es handelt sich dabei um ganz spezielle Zutaten, die in einer besonderen Zeremonie zusammengebraut werden. Blut ist auf alle Fälle ein Bestandteil davon und Weihwasser.«

Julia erinnerte sich noch gut an den verborgenen Gang im Louvre, in dem Etienne und sie den Machenschaften der Voisin einmal zugesehen hatten. Damals hatte eine aufgeschlitzte Katze auf dem Tisch zwischen ein paar sehr angesehenen Hofleuten und dieser Voisin gelegen und die Voisin hatte aus den Eingeweiden jemands Geschicke prophezeit. Anscheinend konnte man die Überreste von toten Katzen noch weiterverwenden.

Sowohl Julia als auch Alexandre verzogen angewidert die Gesichter.

»Und das verabreicht sie dem König?«, fragte Julia entsetzt. »Jetzt wird mir auch klar, weshalb er die letzte Nacht solche Bauchschmerzen hatte.«

»Hatte er?« Angélique war überrascht.

»Woher wisst Ihr überhaupt von diesen Machenschaften?«, wollte Alexandre wissen.

Angélique zuckte nur die Schultern. »Ich weiß es einfach.«

Der Tonfall, mit dem sie das sagte, war seltsam.

»Angélique, Ihr geht doch nicht auch dahin?«, fragte Julia hellhörig.

»Ich? Ich kann sie mir nicht leisten. Aber wenn, dann wüsste ich, wem ich dieses besondere Elixier verabreichen würde.«

Julia funkelte sie an. »Wenn Etienne schlecht wird oder er über Bauchschmerzen klagt, werde ich ihm was flüstern.«

Angélique lachte schallend und zeigte ihre wunderschönen Perlenzähne. »Ach, Julia, Julia. Ihr glaubt doch nicht im Ernst, dass ein Etienne de Montsauvan sich so einfach einen Liebestrank unterjubeln ließe? Dann wäre die dumme Nuss de Ludres schon längst die Gräfin de Montsauvan, verlasst Euch drauf. Nichts für ungut, Monsieur Flémont«, fügte sie an Alexandre gewandt hinzu. »Aber der Titel ist nun mal in der Hand Eures Bruders.«

Alexandre zuckte gleichgültig die Schultern und begann wieder zu rudern. »Ich weiß. Ich hege dennoch große Hoffnungen, eine Frau zu finden, die nicht nur auf den Titel und das Vermögen aus ist.« Dabei sah er Julia tief in die Augen und mit einem Mal wurde ihr wieder ganz warm.

»Euer hübsches Gesicht wird Euch dabei sehr nützlich sein«, stimmte Angélique ihm mit entwaffnender Ehrlichkeit zu. »Obwohl mir Julias Worte sehr zu denken geben. Empfindet Ihr etwa mehr für Euren Beschützer?«

»Wir sind Freunde«, sagte Julia kopfschüttelnd und als Freundin würde sie Etienne vor solchen Machenschaften ebenso schützen wie er sie. Sofern es in ihrer Macht stand.

Angélique betrachtete sie nachdenklich, ehe ihr Blick von etwas anderem gefangen wurde: »Oh, seht nur! Da wachsen ja Seerosen!«

Sie beugte sich aus dem Boot, um eine zu pflücken, und noch bevor Julia sie zurückhalten konnte, verlor Angélique das Gleichgewicht und stürzte kopfüber ins Wasser. Julia schrie erschrocken auf. Angélique war durch die schweren Röcke und das enge Mieder direkt unter Wasser gezogen worden. Der Grand Canal war gut zwei Meter tief. Tief genug, dass man darin ertrinken konnte. Vor allem, wenn man nicht schwimmen konnte.

Alexandre ließ die Ruder fallen und sprang, ohne zu zögern, hinterher.

Durch das trübe Wasser hindurch konnte Julia sehen, wo sich die beiden befanden, und nur wenige Sekunden später durchbrachen sie die Wasseroberfläche. Angélique spuckte und holte keuchend Luft und sank wieder hinab.

Julia griff mit beiden Armen ins Wasser, bekam ihre Haare zu fassen und zog mit aller Kraft an den vorhin noch so kunstvoll aufgedrehten Locken. Sie spürte, wie Angélique von unten geschoben wurde, wieder kam ihr Kopf keuchend an die Oberfläche und sofort packte Julia zu, bekam Stoff zu greifen und zog, so kräftig sie konnte, ohne das Boot kippen zu lassen. Sie wusste, sollte sie ebenfalls ins Wasser fallen, würde sie auch ein silbernes Schwimmabzeichen nicht vor dem Ertrinken retten. All die Lagen Stoff, die sie trug, wogen wie Betonklötze an den Beinen eines Mafia-Opfers. Alexandre konnte nur bedingt helfen, denn auch er hatte keinen Stand im Wasser.

Letztendlich war es zwei Gondolieren zu verdanken, dass Angélique und Alexandre ins Boot gelangten. Sie hatten das Unglück beobachtet und waren sofort zu Hilfe geeilt.

Am sicheren Ufer angekommen, war Angélique völlig erschöpft und ließ sich von Julia stützen.

Das Haar klebte ihr platt am Kopf, genauso wie die nassen Kleider. Jeder Schritt schien anstrengend zu sein, die Röcke umklammerten ihre Beine und sie ging nur schleppend. Bei jedem Schritt quietschte einer ihrer Schuhe.

Alexandre war zwar genauso nass, aber er hatte seinen Überrock und die Weste ausgezogen und konnte in den Hosen besser gehen. Mit dem an seiner Brust klebenden und jetzt durchsichtigen Hemd und den zerstrubbelten, nassen Locken, die sein Gesicht umrahmten, wirkte er wie die Verkörperung von Mr. Darcy. Die Colin-Firth-Version, die aus dem Wasserbecken in Pemberley stieg, wohlgemerkt. Man konnte deutlich erkennen, dass er eine glatte Brust inklusive Sixpack hatte und auch sonst gut gebaut war. Genau wie die Statue, die Angélique vorhin noch mit seinem Bruder verglichen hatte.

Julia musste immer wieder zu ihm hinschielen. Sie wurde nur abgelenkt, als Angélique lautstark nieste.

Und eine Millisekunde darauf hörte sie Alexandre sagen: »Verdammt.«

»Das heißt ›Gesundheit‹«, korrigierte sie ihn. Sie hatten noch nicht einmal das Ende des Grand Canal erreicht. Sein Bruder hätte ihn fürs Fluchen in der Anwesenheit von Damen gerügt.

Alexandre blieb stehen und Julia sah sein entsetztes Gesicht. Sie folgte seinem Blick und brachte Angélique, die schon wieder nieste und dabei zur Seite sah, ebenfalls zum Stehen.

»Was soll das?« Angélique wollte weiter und funkelte Julia an. »Ich will mich umziehen, ehe die Ludres mich so sieht. Oder noch schlimmer: Madame.«

»Madame ist jetzt Eure geringste Sorge«, zischte Julia und deutete mit dem Kinn geradeaus.

Angélique erstarrte.

Denn vor ihnen standen Ludwig XIV. und die gesamte Hofgesellschaft.

»Verdammt«, murmelte jetzt auch Julia.

Angélique war die Einzige, deren strenge Erziehung sich durchsetzte. Sie versank in eine tiefe Reverenz und blieb unten. Alexandre verneigte sich. Julia brauchte einen Moment, ehe sie es den beiden nachmachte und ungeschickt durch ihr mittlerweile ebenfalls feuchtes Kleid in den Knicks versank.

Meine Güte. Wie viel Pech konnte ein Mensch haben? Ausgerechnet der König musste sie alle so sehen. Zerrupft, nass und dann ... hingen da Algen an Angéliques Rock? Wenn ja, dann bewegten die sich! Nein, es war ein Frosch, der sich in den Falten verfangen hatte.

Julia griff danach, aber zu spät: Er sprang aus ihrer Hand direkt auf den Kiesweg vor sie.

Die Menge vor ihnen keuchte.

Julia sah den Frosch bereits auf die Menge zuhüpfen, und ohne zu überlegen, wollte sie ihn retten. Also warf sie sich kurzerhand aus dem Knicks auf die Knie, fing ihn ein und warf ihn den einen Meter zurück ins Wasser. Dann rappelte sie sich auf und wischte unauffällig die Hände an ihrem Rock ab.

Als sie wieder aufrecht stand, fiel ihr Blick auf das Gesicht Etiennes, der sich inmitten der Höflinge befand. Sofort biss sie sich auf die Lippen. Auweia. Da würde eine gewaltige Strafpredigt auf sie zukommen.

»Mademoiselle, irgendwie scheinen Wir hier etwas nicht zu verstehen«, riss sie die Stimme des Königs aus ihren Gedanken. Sie sah zu ihm. Er trug einen Hut als Sonnenschutz und seine Augenbrauen waren unter der Hutkrempe ein dichter dunkler Strich. Wie immer konnte man ihm nicht ansehen, ob er verärgert, amüsiert oder einfach nur verwundert war.

Und genau das machte Ludwig XIV. so gefährlich und unberechenbar. Er konnte alle Empfindungen unterdrücken und manch ein Edelmann, der sich nach einem kleinen Fauxpas bereits in Sicherheit gewiegt hatte, fand sich zwei Wochen später auf seinem Landsitz in der Verbannung wieder. Meist ohne Aussicht, jemals an den Hof und damit an die Geldquelle und Gunst des Königs zurückzukehren.

Julia schluckte.

»Ihr habt eine wirklich überraschende Art für Eure Auftritte. Wenigstens tragt Ihr dieses Mal keine Hosen.« Der königliche Blick wanderte zu Alexandre, der stattdessen in einem durchsichtigen Hemd vor ihm stand, und zu Angélique, die den Kies um sich herum volltropfte. Sie verharrte noch immer im Knicks und Julia ging auf, dass sie durch die schweren, nassen Stoffe vielleicht nicht mehr hochkam.

»Sire, wir hatten auch nicht vorgehabt, so in der Öffentlichkeit rumzurennen«, wagte Julia zu sagen und stellte sich ein wenig schützend vor Alexandre.

»Der Park von Versailles mag vielleicht nicht öffentlich sein«, entgegnete Ludwig XIV. in diesem nüchternen Tonfall, »aber er ist auch nicht gerade *intim*.«

Julia ging auf, dass er anscheinend annahm, sie und Alexandre und Angélique hätten …

»Ich fürchte, Ihr versteht da etwas vollkommen falsch, Sire«, sagte sie schnell. »Mademoiselle de Fontanges ist beim Seerosenpflücken ins Wasser gefallen und wir haben sie gerettet. Ihr könnt die Gondoliere fragen, die mussten uns helfen. Ehrlich gesagt wären Hosen für einen Sturz ins Wasser wesentlich günstiger.« Julia fing den finsteren Blick Etiennes auf und fügte eilig hinzu: »Aber natürlich ist das undenkbar und noch unschicklicher, als triefend nass vor dem König zu stehen. Wenn Majestät uns jetzt entschuldigen, werden wir Mademoiselle de Fontanges trockenlegen.« Sie packte Angélique am Arm und zog sie hoch. Die nieste erneut lautstark und in der Menschenmenge hinter dem König wurde gekichert.

»Ja«, stimmte Ludwig XIV. mit einem nachdenklichen Blick auf Angélique zu, »legt Mademoiselle de Fontanges trocken. Wir sind gespannt, ob sie anständig frisiert auch so erfrischend aussieht.«

Julia verkniff sich ein Lächeln, knickste erneut und zog Angélique mit sich. Mit dem nass quietschenden Schuh bahnten sie sich ihren Weg durch die breit grinsenden Gesichter der Höflinge.

Dieses Mal war sich Julia sicher: Der König hatte doch Humor.

43. Kapitel
STREIT UM ANGÉLIQUE

Als Julia ihr Zimmer in trockenen, sauberen Sachen und wieder anständig frisiert verließ, wurde sie bereits von Etienne in ihrem gemeinsamen Salon erwartet. Von Etienne allein.

Alexandre war weit und breit nicht zu sehen. Entweder hatte der schon seine Predigt erhalten oder er hatte sich verdrückt.

Julia nahm es ihm ein wenig übel, dass er sie im Stich ließ. Sie seufzte, als sie die starre Miene Etiennes sah, und ließ sich in einen Sessel fallen.

»Ich konnte wirklich nichts dafür«, verteidigte sie sich, noch ehe er loslegen konnte. »Angélique fiel ins Wasser und hätten wir sie etwa ertrinken lassen sollen?«

»Es stellt sich vielmehr die Frage: Was hattet Ihr zu dritt auf dem Wasser zu suchen? Ich wähnte Euch bei Monsieur Lully, der Euch für heute Nachmittag sein Musikzimmer überlassen hatte.«

»Ach, verdammt«, stöhnte Julia und schlug sich an die Stirn. »Das habe ich ganz vergessen.«

»Eine Dame flucht nicht«, wies er sie zurecht.

Julia schnaubte. »Sagt das der Montespan. Ich hab sie schon fluchen hören wie ein Rohrspatz. Ihr müsst ihr nur eine Spinne zeigen und schon würde jeder Pariser Kesselflicker im Boden versinken.«

Etienne kreuzte die Arme vor der Brust und sah sie düster schweigend an.

»Ich werde Monsieur Lully aufsuchen, mich entschuldigen und

ihm meine Hilfe im Chor für die Messe an Mariä Himmelfahrt anbieten.«

»Das meine ich nicht!«, entgegnete Etienne und seine Stimme wurde eine Terz höher vor Ungeduld. »Was habt Ihr mit Angélique und Alexandre im Grand Canal zu suchen gehabt?«

»Seerosen und Frösche«, erwiderte Julia genervt und stand auf.

»Wo wollt Ihr hin?«, fragte er wachsam, als sie an ihm vorbei zur Tür ging.

»Zu Monsieur Lully«, fauchte Julia. »Der freut sich wenigstens immer, wenn er mich sieht.«

Erschrocken zuckte sie zusammen, denn Etienne war schneller an der Tür, als dass sie es hätte richtig sehen können. Er hielt die Tür zu und nahm seine Hand auch nicht weg, als sie sich zu ihm umdrehte. Er stand ganz dicht vor ihr, wich keinen Millimeter zurück.

»Ihr versteht immer noch nicht, nicht wahr?«, fragte er. Der Bass in seiner Stimme grollte regelrecht.

»Was? Was soll ich verstehen? Dass Ihr Euch aufführt wie ein Despot? Ich warne Euch, Etienne, ich hatte nie einen Vater, der mir hätte Vorschriften machen können, und Ihr braucht jetzt, wo ich achtzehn bin, auch nicht damit anzufangen.«

Sie standen sich dicht an dicht gegenüber und Julia konnte seine Nasenflügel beben sehen. Die Narbe an seinem Kinn trat wieder hervor.

»*Ich. Bin. Nicht. Euer. Vater!*«, presste er hervor. »Aber Ihr seid das Mündel des Königs und habt ihm bei Eurer Ankunft etwas vorgelogen von einer unfreiwilligen Heirat. Das hat der König akzeptiert, aber er wird nicht akzeptieren, dass Ihr hier mit Männern flirtet und herumtändelt. Vor allem, wenn die nahezu nackt neben Euch durch den Park spazieren. Und Mademoiselle de Fontanges …« Etienne vollendete den Satz nicht.

Julia hob neugierig den Kopf. »Sie sah hinreißend aus, nicht wahr?«, sagte Julia nüchtern. »Wie eine kleine Nymphe. Sogar das nasse Haar wirkte an ihr überhaupt nicht strähnig, sondern ließ sie nur noch ein bisschen verletzlich und zarter aussehen, als sie sowieso schon ist.«

Etienne kniff die Augen zusammen und betrachtete Julia, ohne etwas zu sagen. »Warum erzählt Ihr mir das?«, fragte er nach einer kleinen Ewigkeit. Seine Hand lag noch immer an der Tür neben ihrem Kopf. Und jetzt kam sein Gesicht noch näher.

Im Gegensatz zu Alexandre und den meisten Männern bei Hofe war er glatt rasiert und trug weder Kinnbärtchen noch Schnurrbart. Sie musterte seine Augen ganz genau. Nein, da war kein Interesse, kein begehrliches Funkeln beim Namen Angéliques aufgekommen, nichts. Nur Argwohn und – Sorge.

Aber irgendwie war sich Julia ganz sicher, dass diese Sorge ihr galt und nicht Angélique.

Sie seufzte. Wenn sogar eine Schönheit wie Angélique ihn nicht mehr ablenken und beruhigen konnte, was dann?

»Tut mir leid«, sagte sie leise. »Ich weiß, dass Ihr Euch nur um mich Sorgen macht. Aber wollt Ihr mir denn ein kleines bisschen Herzflattern verweigern?«

Etienne sah sie immer noch an. Sie konnte die feinen grünen Pigmente in seinen blauen Augen erkennen, die bei Alexandre überwogen. So dicht stand er vor ihr. Endlich zog er seine Hand zurück und brachte ein wenig Abstand zwischen sie.

»Natürlich nicht.« Seine Stimme war sehr leise und ein wenig heiser.

Julia atmete auf, erleichtert, dass er jetzt wohl mit seiner Predigt am Ende war. Sie ergriff seine Hand, die noch vor wenigen Sekunden die Tür versperrt hatte, und drückte sie leicht.

»Ich verspreche Euch, ich werde keine Dummheiten machen. Ehrenwort.«

Er erwiderte den Druck. »Hoffentlich. Und ich bin froh, dass Ihr für Euer Ehrenwort nicht in die Hand gespuckt habt wie ein Viehhändler.«

Jetzt grinsten sie sich beide an.

»Wollt Ihr wirklich zu Monsieur Lully oder habt Ihr Lust auf einen Ausritt?«, fragte Etienne unschuldig.

Julias Augen leuchteten. »Ausritt klingt sehr gut.«

»Zieht Euch um, ich lasse François die Pferde satteln.«

Wer hätte gedacht, dass sie, die früher vor Pferden Angst hatte, sich über die Aussicht auf einen Ausritt so freuen konnte? Ihre Freundin Nina wäre fassungslos. Doch Nina war weit weg. Genau wie Julias Mutter, ihre Schwester, die Großeltern und die Schule. Nicht nur fünfhundert Kilometer, sondern auch über dreihundert Jahre trennten sie von ihrem Zuhause in Deutschland. Nina hatte sie immer anbetteln müssen, mit ihr auf ihren Pferden auszureiten, weil Julia Angst vor den Tieren gehabt hatte. Wie lange das schon her war ...

»Ist alles in Ordnung?«, fragte Etienne besorgt.

Julia ging auf, dass sie noch immer seine Hand umklammerte. Sie schüttelte den Kopf und lächelte. »Alles bestens. Ich ziehe mich rasch um.«

Dann verschwand sie in ihrem Zimmer. Den nachdenklichen Blick, mit dem er ihr folgte, nahm sie nicht wahr.

44. Kapitel
ÜBELKEIT

»Was hast du denn in den Tee getan?« Julia verzog angewidert das Gesicht. Nur mit Mühe hatte sie den ersten Schluck herunterbekommen. Fast hätte sie ihn in hohem Bogen über den Tisch gespuckt.

»Pfefferminzblätter, Mademoiselle«, antwortete ihre Zofe und trat näher. Sie schnupperte an der Kanne und warf einen Blick in die Öffnung. »Ich nehme ihn wieder mit. Tut mir leid, da war bestimmt ein faules Blatt darunter.« Sie nahm die Kanne vom Tisch und verschwand für gut zehn Minuten.

Julia holte in der Zwischenzeit alle Abendkleider, die sie besaß, aus der Truhe und verteilte sie ausgebreitet im Raum.

Das faule Teeblatt löste in ihrem Magen einiges an Grummeln aus. Sie legte eine Hand auf den Bauch und hoffte, es würde sich gleich legen. An diesen dämlichen Toilettenstuhl würde sie sich nie gewöhnen können.

»Oh, was habt Ihr vor, Mademoiselle?«, fragte Sophie, als sie das Zimmer wieder betrat und die heiße Kanne auf ihren ursprünglichen Platz stellte.

»Ich weiß nicht, was ich zum Maskenball anziehen soll«, gestand Julia seufzend. »Meinst du, ich sollte das Transparente nehmen?« Dabei handelte es sich um ein Kleid mit farbigem Unterrock und darübergelegten Lagen aus goldschimmerndem durchsichtigem Stoff, der das Kleid bei jeder Bewegung glitzern ließ wie eine Wasseroberfläche in der Dämmerung.

»Ich weiß nicht«, sagte Sophie und betrachtete das Kleid kritisch. »Lasst Euch doch ein Neues schneidern. Eines, das sie alle umhaut.«

Julia grinste. Sophie hatte manchmal die gleiche unverblümte Ausdrucksweise wie Julias Schulfreundin Nina. »Etwas Neues?« Julia befühlte erneut den zarten Goldstoff. »Ich mag das Kleid. Es ist wunderschön.«

»O ja. Monsieur Etienne hat auch ein Vermögen dafür bezahlt.«

Julia sah Sophie erstaunt an. »Monsieur Etienne? Aber ich dachte, es wäre vom König!«

Sophie schnaubte. »Wo denkt Ihr hin? Glaubt Ihr wirklich, der König, der nicht einmal für die Garderobe der Königin bezahlt, käme für ein solches Kleid auf? Dafür müsste man schon seine Geliebte sein. Nein, nein, Monsieur Etienne gibt all Eure Kleider in Auftrag und bezahlt sie auch.«

Jetzt war Julia baff. »Aber ... ich dachte, er bekommt Geld für meine Ausgaben aus der königlichen Schatulle?«

Sophie sah sie mitleidig an. »Das reicht gerade mal für die Mahlzeiten, die Ihr zu Euch nehmt.«

Julia schluckte. Etienne bezahlte alles? Sie musste unbedingt in Erfahrung bringen, was genau der König ihm zahlte und was Etienne aus eigener Tasche drauflegte. »Was zieht man überhaupt an auf so einem Maskenball? Es kommt ja wohl niemand als Pferd oder Schaf verkleidet, oder?«

Sophie runzelte die Stirn. »Nein, das wäre ja lächerlich. Welcher normal denkende Mensch zieht sich denn so was Dämliches an?«

Julia dachte an den letzten Karnevalsumzug in ihrem Ort, wo eine Gruppe junger Frauen als Kühe und eine andere als Schafe verkleidet gegangen waren. Die Kühe hatten sogar Euter gehabt und eine Trägerin hatte ihren Euter so konzipiert, dass man daraus Schnaps zapfen konnte.

»Weiß ich auch nicht«, sagte sie nur zu Sophie. »Wie verläuft ein Maskenball bei Hofe?«

Sophie begann die verstreuten Kleider wieder zusammenzufalten und erklärte dabei: »Man lässt sich eine Maske und eine Perücke oder einen Hut fertigen, unter dem man nicht erkannt wird. Es wird kaum, und wenn, mit verstellter Stimme gesprochen. Dafür wird viel getanzt. Und um Mitternacht müssen alle ihre Masken abnehmen.«

»Aha«, sagte Julia und fasste sich erneut an den Magen. Er knurrte regelrecht, dabei fühlte sie sich übersatt. Und das von einem Rosinenbrötchen?

»Monsieur Alexandre wollte bis dahin auch wieder hier sein«, fügte Sophie unschuldig hinzu.

»Wieso wieder?«, fragte Julia. Der Druck im Bauch nahm zu. Wenn sie dieses verflixt eng schnürte Mieder nur einmal kurz und schnell öffnen könnte.

»Er musste heute Morgen zu Monsieur Boufflers nach Paris reisen und soll ihm helfen … Ist mit Euch alles in Ordnung?«

Sophie drehte sich zu Julia, die stürmte in Richtung Toilettenstuhl, aber zu spät – sie erbrach sich auf das »Transparente«.

Als sie nur noch Galle spuckte und ihr Magen sich langsam beruhigte, spürte sie, wie nass geschwitzt und matt sie war. Sophie verzog zwar das Gesicht, half ihr aber auf, öffnete – endlich und dennoch zu spät – das Mieder und zog ihr das Kleid aus. Dann verfrachtete sie sie ins Bett und begann sauber zu machen.

Julia schämte sich, weil Sophie die ganze Arbeit alleine machte, aber sie war mit einem Mal so matt und ihr Magen begann schon bei der kleinsten Bewegung zu rebellieren. Auch jedes Geräusch war zu viel. Sophie stellte schnell einen Nachttopf neben das Bett, den sie auch fünfmal leeren musste. Julia sah betroffen zu, bis Sophie alles aufgewischt hatte. Sie war so müde, sie wollte nur noch schlafen. Und als ihr Magen sich ein wenig beruhigt hatte, war sie eingeschlafen, noch ehe die Zofe das Zimmer verlassen hatte.

* * *

Als sie erwachte, saß Etienne an ihrem Bett. In der Luft lag noch immer der Geruch von Erbrochenem und sie fühlte sich unsauber, klebrig und verschwitzt.

»O Gott! Geht weg!«, stöhnte sie beschämt.

Er schüttelte ungeduldig den Kopf. »Keine Sorge, ich habe schon Schlimmeres gesehen. Ich war bei der Armee, habt Ihr das vergessen?«

»Herrschte da die Ruhr?« Allein der Gedanke an unhygienische Klärgräben ließ sie bereits wieder unwohl werden.

»Nein, nicht im Offizierszelt«, sagte Etienne nüchtern. »Aber verwundete Soldaten haben auch oft einen schwachen Magen. Sophie berichtete von einem verdorbenen Teeblatt.«

»Erinnert mich bloß nicht dran«, stöhnte Julia. »Der Tee hat geschmeckt, als wäre er faul.«

»Interessant. Vielleicht solltet Ihr die nächste Zeit lieber bei heißer Schokolade und Kaffee bleiben.«

Allein der Gedanke an die würzige, dickflüssige Schokolade, ließ ihren Magen wieder rebellieren.

»Oder einfach nur bei Wasser«, sagte Etienne und hielt ihr schnell die bereitgestellte Schüssel hin.

Als ihr Magen restlos leer war, fühlte sie sich erneut furchtbar erschöpft und müde. Es war ihr sogar egal, dass Etienne sie so sah.

Er blieb neben ihr sitzen, strich ihr mit einem Lappen den Schweiß von der Stirn und streichelte dabei sanft ihr Haar.

»Woher habt Ihr nur dieses Nachthemd?«, hörte sie ihn leise fragen, als sie schon wegdämmerte.

»Gefunden auf *Otto.de*«, murmelte Julia.

»Es ist sehr … ungewöhnlich. Ich wusste gar nicht, dass es so was gibt.« Sie fühlte seine Finger an dem Spaghettiträger aus geklöppelter Spitze.

»Und dabei bezahlt Ihr meine Schneiderrechnung«, nuschelte Julia. »Darüber müssen wir uns noch mal unterhalten.«

»Ja, über Eure Nachtwäsche müssen wir uns unbedingt unterhalten«, glaubte sie ihn sagen zu hören.

Dann schlief sie ein.

Madame de Sévigné, Paris, an Madame de Grignan, Provence

Liebe Tochter,
ich habe die Befürchtung, wir verlieren unseren lieben Monsieur de La Rochefoucauld. Sein Fieber lässt sich nicht senken und gestern wurde ihm die Letzte Ölung verabreicht. Er ist so tapfer. Er hat sein Gewissen erleichtert und man könnte meinen, er rede von der Krankheit und dem kommenden Tod eines Nachbarn. Monsieur de Bouillon ist schon verstorben, allenthalben sterben hier die Menschen. Selbst die kleine Mademoiselle Allemande ist erkrankt gewesen. Ihr könnt Euch gewiss an das Mündel des Königs erinnern, das der Obhut des Grafen de Montsauvan übergeben worden ist. Glücklicherweise ist sie wieder vollkommen genesen, aber es hat eine Woche lang gedauert.
Ob das an dem warmen Wetter liegt, das ein Fieber auslöst? Die Vorbereitungen zum Maskenball sind in vollem

Gange. In diesem Ausmaß wurden zuletzt die Feste in Vaux-le-Vicomte von Monsieur Vatel organisiert. Wie schade, dass der sich umbringen musste.
Mademoiselle de Méri geht es ein wenig besser. Sie ist fieberfrei, aber sobald man ihr etwas erzählt, bricht ihr der Schweiß aus und alles tut ihr weh. Die Ärmste hat wirklich schlimm gelitten. An dem seltsamen Fieber mit Brechdurchfall, das in ganz Paris kursiert.
Auch der König von England ist sehr krank.
Alle Welt ist krank. Hoffentlich geht es Euch gut.

45. Kapitel
DER MASKENBALL

Die Magen-Darm-Grippe hatte sie für eine Woche von allen Aktivitäten bei Hofe ferngehalten. Etienne war zauberhaft gewesen. Er hatte ihr die Langeweile vertrieben, sobald sie nicht mehr ständig müde war, und sich sehr um sie gesorgt. Auch hatte er ihr von den Vorbereitungen für den Maskenball erzählt und welche Ideen der Architekt und der Hofmaler für den neuen Ballsaal entwickelt hatten. Die wurden allerdings von Seiner Majestät noch immer nicht für gut genug befunden.

Sophie hatte ihr all ihre Lieblingsspeisen kochen lassen und nach drei Tagen Zwieback hatte Julia auch wieder Appetit. Der Dauphin hatte ihr einen Strauß Blumen und ein Briefchen zukommen lassen. Darin stand, er hätte sie gern besucht, aber Bischof Bossuet sei strikt dagegen gewesen und habe sich nicht erweichen lassen. Er hoffte auf einen Tanz beim Maskenball.

Und dann war er endlich da. Der Tag des Maskenballs.

Julia hörte bereits durch die geschlossenen Fenster die Musik spielen. Das Wetter war perfekt für einen Ball im Park. Die ganzen letzten Tage hatten Dienstboten und Handwerker Bühnen, Dekoration und Blumentöpfe aufgebaut, Lampen installiert (sofern man bei Fackeln und Laternen von Installation sprechen konnte) und es wurde gemunkelt, es gebe ein Feuerwerk.

Als Julia ihr Kleid für den Maskenball sah, kippte sie fast um. Etienne hatte es in Auftrag gegeben und Sophie kam mit dem Kleid und leuchtenden Augen ins Zimmer. Es war schulterfrei. Nicht nur mit breitem Dekolleté, sondern es zeigte wirklich ihre Schultern!

»Bist du sicher, dass Etienne das in Auftrag gegeben hat?«, fragte Julia staunend.

Das Kleid war kobaltblau und die zarte silberne Spitze, die das Dekolleté einfasste, wies das gleiche Muster auf, aus dem auch die Spitzenärmel gefertigt waren.

»Sagen wir mal so, Mademoiselle, Monsieur de Montsauvan hat es bestellt und der Schneider und ich haben ein paar winzige Veränderungen vorgenommen, um Euch richtig zu präsentieren.«

»Mit dem Ausschnitt?«, schluckte Julia. »Damit stehe ich garantiert im Rampenlicht.«

Sophie sah sie stirnrunzelnd an.

»Äh, bin ich der Hingucker des Abends.«

»Zieht es einfach an, Mademoiselle.« Sophie war schon hinter ihr und begann das Mieder ihres Kleides aufzuschnüren.

Eine Viertelstunde später stand Julia vorm Spiegel und betrachtete sich staunend. Sophie stand daneben, eine Hand am Kinn und den Finger unter der Nase reibend. Weinte sie etwa? Julia hätte gern genauer hingeschaut, aber sie wurde von ihrem eigenen Spiegelbild abgelenkt.

Das Kleid war so wunderschön. Die silbrige Spitze glitzerte auf dem dunklen Stoff in der satten Farbe.

»Und jetzt noch Maske und Perücke.« Sophie führte Julia zum Schminktisch und Julia musste sich zum ersten Mal eine Perücke aufsetzen lassen.

Die, gepaart mit der Maske und dem umwerfenden Dekolleté, verwandelte sie in eine andere Frau. Die Maske war aus silbernem Stoff, verdeckte ihr komplettes Gesicht und auf der Stirn liefen die filigranen Stickereien in eine Sonne über. Sophie steckte noch Federn und glitzernde Steinchen in die Perücke. Julia hätte sich selber nicht wiedererkannt, wenn sie sich begegnet wäre.

Zufrieden betrachteten sie und Sophie Kopf an Kopf ihr Spiegelbild.

»Und jetzt, Mademoiselle, müsst Ihr nur noch auf eines achten.«

»Nicht essen und nicht trinken?«, mutmaßte Julia, denn die Maske hatte keine Mundöffnung.

»Nein. Ihr müsst die Klappe halten, damit man Euch nicht erkennt.«

Julia lachte und knuffte Sophie in die Rippen.

Als Sophie ihr mit einem strahlenden Gesicht die Tür zum Salon öffnete, der ihr Zimmer von dem Etiennes trennte, hatte Julia nicht wenig Herzklopfen. Was würde er sagen? Würde er sie in diesem Kleid endlich mal als erwachsene Frau ansehen?

Doch ihr Herzklopfen verpuffte jäh.

Etienne war nicht da. Es blieb ihr nichts übrig, als auf ihn zu warten, und nie war ihr die Zeit so lang vorgekommen. Endlich ging die Tür auf. Julia sprang auf, aber es war nicht Etienne. Es war ein Lakai. Der überreichte ihr einen Zettel und verschwand wieder.

Etienne entschuldigte sich. Er müsse noch Staatsangelegenheiten regeln und käme nach. Julia solle allein zum Ball vorgehen.

Sie war enttäuscht.

Mit Etienne an ihrer Seite hätte sie sich besser gefühlt. Aber dann hätte man sie wahrscheinlich sofort erkannt. Etienne war sehr groß für einen Mann im siebzehnten Jahrhundert. Er fiel überall auf. Ob er das extra eingerichtet hatte, damit sie nicht erkannt wurde?

Sie holte tief Luft, winkte Sophie noch einmal zu und ging in den Park zum Latona-Parterre, wo der Ball stattfand.

* * *

Julia blieb mit offenem Mund stehen. Das sah man zum Glück nicht unter der Maske.

Sie hatte schon viele Feste in Versailles, Fontainebleau, Saint-Germain-en-Laye oder im Louvre erlebt, aber das hier war mit Abstand die prächtigste Ausstattung, die Ludwig XIV. seinen Gästen je präsentiert hatte.

Die Orangerie musste leer geräumt worden sein, denn überall standen Palmen, teilweise golden bemalt. Auf einer rot und golden überzogenen Tribüne saß ein Orchester, das Monsieur Lully persönlich dirigierte. Von Palme zu Palme rankten sich bunte Bänder, an denen kleine Laternen baumelten, in den Kübeln steckten Laternen, ein Buffet-Tisch war voller kunstvoll angerichteter Speisen. Eine Etagere reihte sich an die andere. Und das Latona-Becken war der Mittelpunkt der Veranstaltung: rundum geschmückt mit Girlanden aus duftenden, bunten Blumen, in die handgefertigte Schmetterlinge gewoben waren, mit kleinen Windlichtern und Kerzen am Rand. Und so war jede einzelne der drei Kaskaden umrankt.

Julia stellte fest, dass sie die Eröffnung schon verpasst hatte durch die Warterei auf Etienne. Der König hatte den Tanz bereits eröffnet. Obwohl man nicht genau sagen konnte, wer denn nun der König war.

Die meisten Männer trugen, genau wie sie, Masken, die das ganze Gesicht verdeckten, und die allgegenwärtige Allongeperücke auf dem Kopf. Ihre Kleidung war mit Blättern, Blüten und sonstigem Schnickschnack verziert, was auf die griechische Mythologie anspielte. Manch einer hatte auch einen Lorbeerkranz auf dem Kopf oder Pfeil und Bogen umgehängt.

Wie Sophie es vorhergesagt hatte, war es erstaunlich ruhig, lange nicht so schnatternd wie sonst auf den Festlichkeiten. Die Höflinge kicherten und redeten wenig. Julia hörte, als sie durch die Menge ging, Brumm- und Fistelstimmen. Der Alkohol würde das wohl im Laufe des Abends beheben – andererseits konnten sie nichts zu sich nehmen, ohne die Masken abzusetzen.

Eine Hand ergriff ihren Arm und zog sie sanft und unerbittlich zur Tanzfläche.

Der maskierte Mann war durchschnittlich groß, trug eine blonde Perücke und einen grünen Rock. Julia konnte absolut nicht einschätzen, um wen es sich handelte. Monsieur de Brienne, Etiennes Schulkollege, vielleicht? Aber der trug nie blonde Perücken. Immer braune. Monsieur de Noailles? Das schloss sie ebenfalls aus, denn der wäre viel zu schüchtern, um sie so entschlossen aufs Tanzparkett zu führen.

Schließlich ließ sie sich einfach treiben.

Nach dem blonden Perückenträger kam ein brauner. Dann ein schwarzhaariger. Darauf folgte einer mit einem enormen Bauch, den Julia als Monsieur de Gramont erkannte. Die Wampe war unverkennbar.

Anschließend kam ein hochgewachsener Mann in blauem Rock und trotz seiner Perücke und der Gesichtsmaske erkannte sie die grünen Augen sofort. Alexandre seinerseits schien sie nicht zu erkennen. Er versuchte sie nach dem Tanz in den Park zu manövrieren, doch Julia schüttelte den Kopf. Glücklicherweise kam bereits ein anderer Mann und klatschte ab. Sie konnte sehen, wie Alexandre daraufhin ebenfalls eine andere Frau aufforderte. Von Etienne war noch immer nichts zu sehen. Keiner der Anwesenden – außer Alexandre – hatte seine Größe und Statur.

Nach diesem Tanz wurde sie von jemandem aufgefordert, der womöglich der König war. Er war groß, die Maske hatte eine außergewöhnliche Nasenform und er roch nach diesem blumigen Parfüm, nach dem der König gerochen hatte, als sie beide am vierzehnten Juli den Sonnenaufgang beobachtet hatten. Auch dieser Mann hielt sie für zwei Tänze an seiner Seite und er tanzte verdammt gut. Unsicher war sie nur, weil sein Rock nicht das übliche Gold und Rot aufwies, sondern ebenso strahlendes Blau und Silber wie ihr Kleid. Ganz so, als hätten sie sich abgesprochen.

Und dann bemerkte sie, wie Alexandre sich mit seiner Tanzpartnerin davonschlich. Ehe sie die Hecken erreichten, konnte Julia sehen, wie er ihr einen verzehrenden Kuss auf die weißen Schultern drückte.

Ihr Herz setzte einen Moment lang aus und sie vergaß eine Figur.

»Fühlt Ihr Euch nicht wohl?«, fragte die verstellte Stimme ihres Tanzpartners.

Julia schüttelte den Kopf und versuchte sich wieder in den Tanz einzufinden. Das gelang ihr nur bedingt. Und Alexandre blieb verschwunden.

»Vielleicht möchtet Ihr Euch ein wenig ausruhen. Ich beobachte Euch schon den ganzen Abend. Ihr habt getanzt, seit Ihr hier seid.«

Jetzt war sie sich sicher, dass es Ludwig XIV. war, der mit ihr tanzte. Das waren zu viele Worte gewesen. So lange konnte er seine Stimme nicht verstellen. Nun tat Julia etwas, das ihr lediglich durch den Schutz der Masken erlaubt war: Sie drehte sich einfach um und verschwand in der Menge. Sie lief hinter eine Palme, um den Blicken auszuweichen – oder besser gesagt, sie versteckte sich vor dem König.

Ein paar Minuten lang blieb sie hier stehen, dann mischte sie sich wieder unter die Menschen. Allerdings hatten sich während der Stunden, in denen sie getanzt hatte, viele dem Alkohol zugewandt. Manch eine Maske hing jetzt schief und alle redeten mehr und laut durcheinander. Und alle waren ausgelassener als bei jedem anderen Fest. Es wurde viel und öffentlich geknutscht. Wo um alles in der Welt war Etienne?

Sie war es leid, auf ihn zu warten. Sie würde ihn suchen oder sich zurückziehen. Der Ball, der so vielversprechend begonnen hatte, hatte eine sehr unschöne Wendung genommen. Nicht mal Angélique war hier auszumachen. Und der König stand vertraulich mit einer Frau in einer Ecke, die definitiv nicht Madame de Montespan sein konnte. Dafür war sie nämlich viel zu dünn. Ludwig XIV. schien überhaupt nicht wahrzunehmen, was um ihn herum geschah, denn er hatte nur Augen für die Schöne an seiner Seite.

Kurze Zeit später verließ Julia das Geschehen.

Entschlossen wandte sie sich um und verpasste einer Hand, die sie am Arm festhalten wollte, einen kräftigen Klaps. Schon hatte sie sich befreit und ...

Moment mal! Julia blieb abrupt am Rand des geschmückten Latona-Parterres stehen. Dahinten war Alexandre. Und er hatte den Kopf dicht über eine Frau gebeugt. War der schlecht? Musste er ihr helfen? Jetzt hob er den Kopf und sie sah, dass er keine Maske mehr trug und sich über die Lippen leckte. Auch die Frau trug keine Maske. Es war eine der jungen Hofdamen der Königin. Und es war eine andere Frau als die, die er vorhin so verlangend auf die Schulter geküsst hatte. Die hier hatte nämlich ihr rosafarbenes Oberteil unter dem Busen hängen.

Er war keine Träne wert.

Nein, ein solcher Filou war es absolut nicht wert, dass man weinte. Weinen kostete Kraft und Energie und die wollte sich Julia für andere Gelegenheiten aufsparen. Nicht für einen Alexandre de Flémont.

Energisch ging sie weiter. Allerdings nicht in Richtung Schloss, sondern in Richtung Grand Canal. Sie würde jetzt noch einmal versuchen nach Hause zu kommen. Sie musste nach Hause. Nach Deutschland. Weg aus diesem Land, wo noch niemand was von

Liebe und Treue gehört hatte. Kein Wunder, dass die Franzosen diesen Ruf innehatten. Er war berechtigt.

Der Vollmond stand über dem Wald. Das musste doch irgendeine Auswirkung haben, und zwar nicht nur auf Ebbe und Flut, verdammt noch mal. Magische Nächte, in denen nur dann Kräuter gesammelt ... Ach, egal. Sie wollte heim. Heim, heim, heim.

* * *

Eine Stunde später war sie dann doch fast so weit zu weinen. Natürlich hatte sie nichts gefunden.

Frustriert und wütend pflückte sie eine Dahlie aus einem Beet und ließ sich auf einer Bank am Grand Canal nieder. Die Klänge der Violinen und Flöten drangen gedämpft hierher und über ihr funkelten die Sterne. Der Mond hing dicht über dem Wald. Der Kanal glitzerte im Mondlicht und auf dem Wasser schaukelte die Mini-Galeere, die trotz »Mini« noch das stolze Maß von gut zehn Metern Länge besaß.

Julia begann die Blätter der Dahlie einzeln auszureißen. Eine einzige Enttäuschung. Der ganze Maskenball war eine einzige Enttäuschung gewesen. Die Masken hatten nichts verdeckt, im Gegenteil, sie hatten einiges offenbart. Alexandre hatte Recht behalten: Nicht Etienne war der Frauenaufreißer, sondern er. Und sie war auch auf seine dämlichen Sprüche reingefallen.

Hinter ihr knirschte der Kies. Erschrocken wandte sie sich um, doch dann erkannte sie die hochgewachsene Gestalt und drehte sich wieder zum Grand Canal.

»Anscheinend findet Ihr Maskenbälle nicht halb so unterhaltsam wie andere Mädchen Eures Alters«, sagte Etienne ruhig und ließ sich neben ihr nieder. »Ihr solltet nicht alleine hier sein. Das könnte sich als sehr gefährlich für eine junge Frau an einem Abend wie diesem und in einem solchen Kleid erweisen.«

»Seid Ihr gekommen, um mir eine Predigt zu halten?«, fragte Julia genervt. »Es reicht, wenn ich mir die von Pater Bourdaloue morgen Mittag anhören muss.«

»Das sollte ein Ratschlag sein«, sagte er unbekümmert. »Wie kamt Ihr auf die abstruse Idee, ein solches Kleid anzuziehen?«

»Es ist nicht auffälliger als jedes andere Kleid auf dem Ball.«

»Doch, Mignonne, mit diesem Dekolleté betont Ihr Bereiche, auf die eine Wette ausgesetzt ist.«

Die Wette! An die Wette hatte sie ewig nicht mehr gedacht. Kurz nach ihrer Ankunft hatte irgendein Höfling gewettet, er könne sie – nun ja, ihrer Unschuld berauben. Andere Männer waren direkt darauf angesprungen und innerhalb kurzer Zeit war eine immens hohe Summe gesetzt gewesen. Sie hatte die Wette komplett vergessen. Dummerweise schoss ihr jetzt durch den Kopf, dass Alexandre mit Sicherheit ebenfalls auf der Liste der potentiellen Kandidaten stand. Und er brauchte Geld.

»Ihr mögt sie vergessen haben, aber ich versichere Euch, die Einsätze sind höher denn je. Vor allem seit mein Bruder am Hof ist.« Damit bestätigte Etienne ihre Befürchtungen. »Habt Ihr ihn nicht zwischen all den maskierten Edelleuten ausmachen können?«

»O doch«, schnaubte sie. »Aber er mich nicht. Das war ... sehr aufschlussreich.« Eigentlich wollte sie kühl und überlegen klingen, konnte aber nicht verhindern, dass ihre Stimme ein wenig zitterte.

Zum Glück verkniff Etienne sich weitere Belehrungen.

Nach ein paar Minuten sah Julia zu ihm. »Wieso seid Ihr eigentlich nicht verkleidet?« In der Tat trug er einen seiner eleganten Anzüge, ohne jegliche Verschnörkelung oder Anlehnungen an einen griechischen Gott.

»Mir liegen solche Bälle nicht besonders.« Er zuckte mit den Schultern und sah sie an. »Aber ich fürchte, ich muss mit Eurer Zofe ein paar Worte wechseln. Nicht nur wegen dieses Kleids, sondern auch wegen Eures Nachthemds. Nehmt endlich diese alberne Maske ab. Wir sind hier alleine.«

»Würde ich gerne, aber sie ist in meinen Locken festgesteckt.« Zum Beweis zupfte sie ein wenig daran.

»Haltet still«, sagte Etienne und beugte sich über sie. Seine Finger waren sehr geschickt darin, die Nadeln zu lösen und die Maske abzunehmen. Und Julia fragte sich unwillkürlich, wo er das wohl gelernt hatte. Als er so dicht bei ihr war, konnte sie den Duft seines nach Parfüm duftenden Rocks riechen und einen leichten Hauch Tabak.

»Ich habe Euch nie rauchen sehen«, sagte sie verwundert.

»Woher wisst Ihr, dass ich geraucht habe?«, fragte er und setzte sich wieder normal neben sie. Die Maske behielt er in der Hand.

»Ich rieche den Tabak«, erklärte sie nachdenklich und beugte sich wieder ganz nah zum ihm, um noch einmal zu schnuppern. »Ich könnte wetten, es ist eine Zigarre gewesen.«

Montsauvan schmunzelte. »Ihr habt Recht. Es war eine Zigarre. Also schließe ich daraus, dass es in Eurer Zeit ebenfalls Zigarren gibt.«

»Ja, hier noch nicht?«

»Nein, Mignonne. Es gibt nur Pfeifen und Kautabak. Die Zigarre wurde von den Spaniern nach Europa gebracht. Das ist erst gut dreißig Jahre her und sie hat sich noch nicht durchgesetzt. Ich habe sie am österreichischen Hof kennengelernt. Ihr wisst, die spanische Königin ist eine Schwester des Kaisers.«

»Louis, unser Dauphin, hat mir letztens was erklärt«, warf sie schnell ein, nicht in der Stimmung für eine weitere Lektion in Sachen europäischer Königshäuser.

»Ich bitte Euch, mich nicht zu verraten, weil die Kirche es als Teufelskraut beschimpft«, fuhr Etienne ungerührt fort.

»Ich gebe zu, nicht oft mit der Kirche übereinzustimmen, aber in diesem Fall gebe ich ihr Recht. Rauchen verursacht die schlimmsten Krankheiten, die sogar in meiner Zeit noch nicht geheilt werden können.«

»Wollt Ihr mir nahelegen, das Rauchen aufzugeben?«

»Ihr seid alt genug, um selbst für Euch zu entscheiden. Aber es ist definitiv ungesund zu rauchen. Allerdings wird eine einzelne Zigarre ab und an Euch nicht direkt ins Grab bringen.«

Etienne sah sie nachdenklich an. »Mir scheint, Ihr mögt den Duft einer Zigarre. Warum?«

Julia lächelte wehmütig. »Mein Großvater hat früher geraucht, es aber schon vor einiger Zeit aufgegeben. Der Geruch … ruft Erinnerungen wach. Ich vermisse ihn. Ich vermisse meine Familie.« Jetzt brannten die Tränen doch in ihren Augen. Sie wollte sie zurückhalten, aber da legte Etienne einen Arm um sie und zog sie an sich.

»Ist schon gut, Mignonne. Weint Euch ruhig aus«, sagte er mitfühlend und sie begann hemmungslos zu schluchzen. Alexandres Verrat hatte heute Abend eine Wunde aufgerissen. Etienne hielt sie einfach nur fest und wartete, bis sie sich beruhigte, und auch als sie aufgehört hatte zu schluchzen, blieben sie so sitzen. Julia genoss den Luxus, an seine Brust geschmiegt dazusitzen und seine starken Arme um sie herum zu fühlen. Sein Wams war nass von ihren Tränen, doch das schien ihn nicht mehr zu kümmern als ein Fussel.

»Etienne, erzählt mir was. Lenkt mich ein bisschen ab. Ich mag nicht mehr weinen«, murmelte sie.

»Was wollt Ihr hören?«, fragte er.

»Erzählt mir von Eurer Kindheit. Von Eurer Schulzeit im Kloster von Beziers? Wie seid Ihr aufgewachsen? Wie waren Eure Eltern? Ich weiß nichts von Euch außer Eurem Leben hier bei Hofe.«

»Das ist sehr kurz erzählt und traurig«, hörte sie ihn murmeln, aber dann begann er mit seiner tiefen, sonoren Stimme von seiner Kindheit im Languedoc zu berichten. Dass er als Erbe des Grafen de Montsauvan schon früh in die Obhut von Lehrern und einem Erzieher übergeben worden war, damit er später nicht so unwissend die Provinz verwaltete, wie es so viele andere Höflinge taten. Das hatte seine Mutter veranlasst, denn sein Vater hatte das geringe Familienerbe verprasst und war glücklicherweise gestorben, ehe er die Ländereien und den Titel hätte pfänden müssen. Leider war seine Mutter noch früher verstorben. Unmittelbar nach Alexandres Geburt. Er erzählte von den wenigen Jahren, die er mit Alexandre gemeinsam bei Kindermädchen verbracht hatte. Der kleine Alexandre hatte andere Kinder immer gehasst. Er hatte in ihnen Rivalen gesehen und das hatte sich bis heute nicht geändert.

Mit elf sei er, Etienne, auf das Kolleg in Béziers gekommen, wo er Brienne kennenlernte. Als er sechzehn wurde, starb der Vater. Ihm blieb nichts anderes übrig, als zur Armee zu gehen, denn das Geld reichte nicht mehr, um die Studien abzuschließen. Dank seiner guten Erziehung und seiner Sprachkenntnisse – er konnte nicht nur fließend Deutsch dank seiner Mutter, sondern hatte von einem jungen Lehrer am Kolleg auch Englisch gelernt – führte er am österreichischen Hof während des Devolutionskriegs geheime, aber entscheidende Verhandlungen zu Frankreichs Gunsten.

»Mit sechzehn?«, unterbrach Julia staunend.

Etienne lächelte bescheiden. »Das hat unseren König auch beeindruckt. Und so kam ich in das Regiment des Prinzen von Condé.«

Nach dem Friedensvertrag in Aachen, wo Etienne wieder als Dolmetscher verpflichtet wurde, bot man ihm ein Amt bei Hofe an. Hin und wieder hatte man ihn mit Botschafterdiensten ins Ausland, vor allem an den österreichischen Hof gesandt, aber auch nach England, Schweden und Deutschland. Die hatte er ausnahmslos bravourös gemeistert. Somit hatte er schon allerhand von der Welt gesehen und würde sicherlich noch weiter ausgesandt werden. Dass er in den vergangenen anderthalb Jahren weder nach England, Deutschland oder Österreich geschickt worden war, war allein Julias Anwesenheit zu verdanken.

»Seid Ihr deshalb nicht verheiratet? Weil Ihr noch keine Zeit hattet?«, fragte Julia neugierig.

Etienne lächelte leise. »Teils, teils. Meine Reisen sind sicherlich ein Grund. Andererseits habe ich auch ein paar Ansprüche an die Frau, die meine Frau werden soll.«

»Und was ist mit Angélique?«, wollte Julia erstaunt wissen. »Ich dachte, Ihr mögt sie.«

Etienne zuckte nur die Schultern. »Sagen wir mal so: Es gab eine Zeit, da habe ich sie tatsächlich als Ehefrau in Erwägung gezogen, aber das war höchstens für fünf Minuten der Fall.«

»Aber trotzdem schlaft Ihr mit ihr? Das verstehe ich nicht.« Als Etienne scharf die Luft einzog, knuffte Julia ihn sanft in die Rippen. »Keine Predigt heute, schon vergessen? Ich bin wirklich nur neugierig. Ich versteh das nämlich nicht so ganz. Wieso hat man eine intime Bindung mit jemandem, den man nicht heiraten möchte?«

Etienne schwieg eine Weile und Julia fürchtete schon, er würde nicht antworten oder darauf hoffen, dass sie das Thema wechselte. Doch da hoffte er falsch. Endlich seufzte er und sagte: »Ich verrate Euch ein Geheimnis, Julia: Man muss eine Frau nicht unbedingt lieben, um mit ihr den Akt zu vollziehen.«

»Das hört sich an, als gelte es, Bedürfnisse wie Essen oder Trinken zu stillen«, sagte Julia und schauderte.

»In gewisser Weise habt Ihr da gar nicht mal so Unrecht.«

»Ich könnte so etwas nicht«, behauptete Julia fest.

Etienne hob mit zwei Fingern ihr Kinn sanft an, um in ihre Augen zu blicken. »Ihr, Mignonne, seid tatsächlich eine Ausnahme.«

Julia dachte, dass sie vermutlich mit Hilfe von Fernsehen und Internet nicht ganz so dumm und unschuldig wäre. Da hätte sie ein paar Dinge nachsehen können, ohne sich vor jemandem zu blamieren.

Mitternacht musste längst vorbei sein, die Musik machte immer längere Pausen und die Stimmen wurden schwächer. Der Ball neigte sich seinem Ende zu. Schließlich war alles still. Nur die üblichen nächtlichen Geräusche konnte man vernehmen: ein Käuzchen, das aus dem Wald heraus schrie, das Rascheln von Mäusen und Igeln im Unterholz und die Vögel, deren Morgengezwitscher bereits einsetzte.

Schließlich erhob sich Etienne und zog Julia sanft mit sich hoch. Ohne seine Umarmung war es recht frisch in dem luftigen Kleid. Etienne zog seinen Rock aus und hängte ihn um ihre Schultern. Er hatte die Hände auf ihren Schultern liegen, als sie zu ihm aufsah.

»Wisst Ihr, was, Etienne? Ich bin froh, dass Ihr Euch noch auf keine von den Damen bei Hofe festgelegt habt. Sie wären nicht gut genug für den Titel der Gräfin de Montsauvan.«

Er lächelte etwas säuerlich und hakte sie unter. Gemeinsam gingen sie zum Schloss zurück in ihr Appartement.

46. Kapitel

REZEPTE ZUM ENTLIEBEN

Alexandre erwartete sie im Salon zum Frühstück, von Etienne war nichts zu sehen. Er sei beim Lever, erklärte Alexandre.

»Was habt Ihr heute vor?«, fragte er und goss ihr Kaffee in die Tasse.

Julia verzog unauffällig das Gesicht. Sie trank lieber Milch zum Frühstück. Außerdem war ihr der Appetit bei seinem Anblick gründlich vergangen. Das schien er allerdings nicht zu merken. Er begann von dem Ball zu erzählen.

»Ich bin mir immer noch nicht sicher, welche der Frauen Ihr gestern Abend wart«, sagte er, als sie nicht reagierte. Er rührte gedankenverloren in seiner Tasse und warf ihr dabei einen verliebten Blick aus halb gesenkten Lidern zu. »Trugt Ihr das lavendelfarbene Kleid?« Er kniff ein wenig die Augen zusammen, als sie ungerührt Marmelade auf ihr Brot strich. »Wohl eher nicht. Dann vielleicht das mit den Goldstickereien? Nein, jetzt habe ich's: Ihr wart die Fee im blauen Kleid mit der silbernen Borte. Die mit dem umwerfenden Dekolleté.«

Er hatte sie also doch erkannt. Und dann knutschte er hemmungslos mit einem Flittchen in Rosa herum? Julia kochte innerlich vor Wut. Sie war kurz davor zu sagen, dass er das Dekolleté einer anderen viel genauer untersucht hatte. Zum Glück hatte sie gerade den Mund voll.

Der Moment reichte. Blitzartig schwenkte sie um und schenkte ihm ihr strahlendstes Lächeln. »Würdet Ihr mich heute begleiten? Ich hätte Euch so gern an meiner Seite.«

Alexandre blinzelte, ein wenig geblendet. »Mit dem größten Vergnügen.«

* * *

»Was habt Ihr mit meinem Bruder gemacht?«

Etienne hatte sie in Gesellschaft von Madame de Sévigné und Madame Scarron gefunden und um eine Unterredung gebeten. Jetzt waren sie beide im Salon, der ihre Schlafzimmer voneinander trennte.

»Wir waren den ganzen Tag bei Madame Scarron.«

Etienne schien zu verstehen. »Was hat mein Bruder angestellt? Nach meinem Geständnis gestern Abend habt Ihr ihn doch absichtlich zu den Kindern geschleift, die Madame Scarron betreut.«

O ja. Das hatte sie. Und die sieben Kinder waren bezaubernd. Seit sie vom König anerkannt worden waren, lebten sie in einem Appartement am Hof mit Madame Scarron als ihre Erzieherin.

Von neun Jahren bis elf Monate war alles dabei gewesen – eine laute, bunte Truppe. Und das Baby hatte Alexandre auch noch auf den Schoss gekübelt.

Es war perfekt gewesen.

Alexandres anfänglich noch gute Miene zum bösen Spiel hatte nach vier Stunden endgültig das Schauspielern aufgegeben. Ein Grund mehr für den Ältesten, Louis-Auguste, und das kleine Mädchen, Louise-Françoise, ihn extra zu hänseln.

Madame Scarron hatte Julia nach einer Stunde zur Seite gezogen und gefragt, ob sie den armen Mann nicht erlösen wolle. Nein, das wollte Julia ganz und gar nicht, hatte sie geantwortet. Daraufhin hatte die feinsinnige Dame ein wissendes Lächeln gezeigt und Alexandre ständig mit eingebunden. Sei es bei den Fingerspielen, beim Aufsagen des Einmaleins oder beim Kinderliedersingen.

Als es Zeit wurde, sich für die abendlichen Zusammenkunft im Großen Gemach fertig zu machen, hatte Alexandre sich direkt hinter der geschlossenen Tür der Kinderstube von Julia verabschiedet. Seither hatte sie ihn nicht mehr gesehen.

»Erinnert mich daran, Euch nie zu meinem Feind zu machen«, sagte Etienne, als sie nicht antwortete, und grinste dabei. »Also: Was hat mein Bruder so Schreckliches getan, dass er die Höchststrafe verdiente?«

»Er hat mich gestern Abend in meiner Maskerade nicht erkannt«, sagte Julia und rieb sich die Hände in Erinnerung an Alexandres finsteres Gesicht.

»Zum Glück habe ich Euch sofort erkannt. Was hättet Ihr sonst mit mir gemacht?«

»Ich weiß nicht. Etwas Episches wahrscheinlich. Milch in Euren Kaffee getan oder so.«

Da tat Etienne etwas Überraschendes. Er warf den Kopf in den Nacken und lachte laut.

47. Kapitel

ABENDE IN PARIS

Alexandre hatte sich nicht mehr blicken lassen. Nicht einmal im Zwischensalon ihrer Gemächer waren sie sich begegnet. Julia vermutete, er schmollte noch immer.

Zwei Tage später fuhren sie zurück nach Paris. So wurde einem weiteren Treffen mit ihm entgegengewirkt, denn er musste in der Nähe seines Auftraggebers bleiben. Julia hatte das dumpfe Gefühl, dass es ihm auch überhaupt nichts ausmachte, bei all den hübschen, willigen Frauen in Versailles zu bleiben.

Ihr selber war wieder schlecht geworden und sie fühlte zudem eine Grippe aufkeimen. Das Schloss war einfach zu zugig. Da Ludwig XIV. selten krank war und es nicht ausstehen konnte, triefende Nasen und ständiges Niesen um sich herum zu haben, durften sie fahren.

Glücklicherweise erholte sich Julia sehr schnell in Paris, und sobald sich ihre Anwesenheit in der Stadt herumgesprochen hatte, kamen die Einladungen. Sie saßen gerade bei einer Lateinstunde – Etienne gab ihr Unterricht in Latein, weil er der Meinung war, zumindest eine tote Sprache solle jeder gelehrte Mensch sprechen, während Julia damit arg zu kämpfen hatte –, als eine weitere Einladung eintraf. Etienne war wie immer sehr wählerisch. Aber die Invitation zu Ninon de Lenclos nahm er gerne an.

»Eigentlich sollte ich Euch nicht in ihr Haus mitnehmen«, sagte er nachdenklich.

»Wieso?«, fragte Julia erstaunt. »Nur weil sie eine Kurtisane ist? Sie führt ja kein Bordell.«

Julia mochte Ninon. Sie führte einen der angesagtesten Salons von ganz Paris, in den sie nur Menschen einlud, die ihr sympathisch waren – und das bedeutete: tolerant, freundlich, humorvoll und geistreich. Julia empfand es als eine Ehre, sie zu ihren Freundinnen zählen zu dürfen, auch wenn Ninon schon über fünfzig war. Ihr genaues Alter verriet sie nie und man hätte sie ihrem Aussehen und ihrer übersprudelnden Fröhlichkeit nach auf Anfang dreißig schätzen können.

Ninon hatte nie geheiratet und finanzierte ihren Lebensstil nur durch die Großzügigkeit ihrer Liebhaber – für die es natürlich ein Privileg war, Ninon zu unterstützen. Alles eine Frage der Vermarktung, überlegte Julia nicht zum ersten Mal und wünschte sich, dass sie ebenfalls eines Tages einen Mann finden würde, der sie so anbetete, wie Ninon von jedem ihrer Verehrer angebetet wurde. Sie war es, die ihren Liebhabern nach einer Weile den Laufpass gab – unzählige Male hätte sie heiraten können. Doch Ninon wollte unabhängig bleiben. Freigeistig nannte sie es.

»Sagt das nicht«, wies Etienne Julia streng zurecht.

»Was nicht?« Julia war in Gedanken noch bei Ninons letztem Liebhaber, der regelrecht sabberte, wenn er sie sah. Dann fiel ihr wieder ein, dass sie eben über gewisse Etablissements gesprochen hatten. Julia sah ihn groß an.

»Ich mag es nicht, wenn Ihr solche Wörter in den Mund nehmt.«

Julia rollte die Augen. Für jemanden, der ihr erst vor ein paar Tagen erklärt hatte, dass Sex oft mit Bedürfnissen wie Essen und Trinken gleichgesetzt wurde, benahm er sich wieder sehr prüde. »Ist Euch eigentlich klar, dass es für Frauen wie Ninon kaum Möglichkeiten zum Leben gibt, wenn sie nicht ins Kloster wollen?«, fragte sie Etienne streng. »*Ich* verurteile sie nicht wegen ihres Lebensstils – den sie sehr niveauvoll pfegt, wenn man an Abende wie heute denkt. Und ich finde, Ihr solltet sie auch nicht verurteilen.«

»Ich verurteile sie doch nicht«, widersprach Etienne heftig. »Aber Ihr seid ein unschuldiges junges Mädchen und könntet dort auf falsche …«

»Etienne, ich bin achtzehn!«, erinnerte ihn Julia genervt. »Ich werde nicht mehr jünger und unschuldiger. Meine Güte, Ihr könnt mich nicht vor allem beschützen.«

Etienne lehnte sich an die Tür und kreuzte die Arme vor seiner Brust. »Das werde ich aber versuchen«, sagte er langsam.

Julia seufzte und sah ihn an. Natürlich würde er das. Er würde ihr sogar den Liebeskummer abnehmen, wenn er könnte. »Dann vergessen wir endlich Latein, ja? Damit hättet Ihr mich vor einem Selbstmord beschützt.«

Etienne setzte eine düstere Miene auf und Julia seufzte.

Nein, vor Latein würde er sie nicht bewahren.

* * *

»Kardinal Retz ist tot.«

Sie saßen zum Abendessen in gemütlicher Runde bei Ninon, als Madame de Sévigné mit dieser Nachricht hereinplatzte. Etienne, Julia, Madame Scarron, Monsieur Racine, Ninon de Lenclos und noch fünf andere Damen und Herren hörten auf zu essen und sahen betroffen auf die weinende Madame de Sévigné.

Madame Scarron erhob sich endlich und führte sie zu ihrem Platz, während Etienne bereits einen weiteren Stuhl an den Tisch trug. Racine schenkte ihr und sich schweigend ein großes Glas Wein ein.

Madame trank gierig, verschluckte sich und erzählte, nachdem sie fertig gehustet hatte, die Details der Nachricht, die sie soeben erhalten hatte. Der Kardinal hatte Madame Sévigné nach dem Tod ihres Mannes bei sich aufgenommen und ihr Trost gespendet. Seither war er ihr enger Freund und Vertrauter gewesen. Der Kardinal sei innerhalb einer Woche an einem Fieber, das gefolgt war von Bauchkrämpfen und Übelkeit, gestorben. Sie könne es nicht fassen, dass er so abrupt und unter diesen Qualen hatte sterben müssen. Fast genauso schnell wie der Graf von Clermont.

Alle versuchten Madame de Sévigné tröstende Worte zuzusprechen, aber letztendlich war es Etienne, der ihr empfahl nach Hause zu gehen, etwas Baldrian zu nehmen und sich dort zu beruhigen. Eine der anwesenden Damen bot sich an, sie zu begleiten und die Nacht über bei ihr zu bleiben.

»Das gefällt mir nicht«, sagte Ninon leise zu Julia, als Madame de Sévigné fort war. Die anderen Gäste sprachen aufgeregt und betroffen. Nicht wenige von ihnen hatten den Kardinal auch gekannt. Er war einer der letzten Frondeure, die damals den zehnjährigen Sonnenkönig aus Paris vertrieben hatten. Das hatte ihn der König auch zeit seines Lebens spüren lassen.

»Ihr glaubt doch nicht etwa, der König habe etwas mit seinem …«

»Julia!«, mahnte Etienne, ehe sie den Satz aussprechen konnte.

»Ich bin es, die Ihr rügen solltet, Montsauvan, nicht Eure Schülerin. Und ja, ich glaube, beim Ableben des Kardinals hat irgendjemand nachgeholfen. So wie bei der plötzlichen Krankheit von Mademoiselle de Méri, dem Ableben des alten Grafen von Clermont, der toten, reichen Tante der Prinzessin von Tingry und dem toten Schneider von Madame de Roure.«

»Dem Schneider?« Jetzt war Julia völlig verwirrt. Von den beiden

Frauen hatte sie flüchtig gehört. Aber bei all den ähnlich klingenden Namen war sie sich nicht sicher.

»Madame de Roure muss immense Schulden bei ihrem Schneider gehabt haben. Die Nachricht von seinem plötzlichen Dahinscheiden flatterte gemeinsam mit einer letzten Mahnung ins Haus«, erklärte Ninon nicht ohne den üblich spöttischen Ton. »Ihr könnt sicher sein, dass sie nicht getrauert hat.«

»Je nachdem, wie hübsche Kleider er gefertigt hat, vielleicht doch«, sagte Etienne trocken.

Dafür erhielt er einen leichten Klaps mit dem Fächer von Ninon.

»Da zurzeit so viel Hokuspokus in Paris modern ist und jeder zu einer Wahrsagerin rennt, wage ich auch einmal eine Prophezeiung, Graf«, sagte sie.

Julia bewunderte wieder mal die geringen Falten, die sich um ihre zusammengekniffenen Augen bildeten. Ninon musste beinahe sechzig sein, verhielt sich aber wie dreißig und sah nicht älter aus als fünfundvierzig.

»Hier mein Orakel, Montsauvan«, fuhr Ninon fort. »Ihr solltet es aufschreiben und einrahmen lassen. Der König wird diese Giftmischerei nicht mehr lange dulden. Schon bald wird es einen Paukenschlag geben, der die Grundmauern der Bastille zum Erzittern bringt, und ich sage Euch noch etwas: Die Gefängnisse von Paris werden für all das Gift spritzende Gewürm zu klein sein.«

»Ninon, ich mag Euch wirklich gern, aber ich an Eurer Stelle wäre mit solchen Äußerungen sehr vorsichtig«, sagte Etienne ruhig.

»Weshalb?« Sie zuckte die Schultern. »Ich bin bei Hofe nicht gesellschaftsfähig und hier sind nur meine Freunde und Vertrauten. Mein Lebenswandel gefällt unserem heuchlerischen König nicht und das verschafft mir eine Art Sicherheit. Niemand beneidet die,

die sich nicht im Glanz Seiner Majestät sonnen dürfen. Also, Graf, was habe ich zu befürchten?«

»Einen bestechlichen Dienstboten, der Eure Reden weiterträgt?«, mutmaßte Etienne leise. Ein Lakai war nur wenige Meter entfernt mit dem Abräumen der Speisen beschäftigt.

»Pah, Ihr seht alles zu schwarz, mein Lieber. Julia, hört auf meinen Rat: Verbringt ein wenig mehr Zeit mit seinem Bruder. Der weiß noch, wie man Spaß haben kann.« Damit ließ sie die beiden stehen.

»Ich würde gern nach Hause gehen«, sagte Etienne zu Julia. Er klang müde und genervt. Julia nickte zustimmend. Die Stimmung war hinüber.

Armer Etienne. Er machte sich Sorgen. Die Todesfälle hatten tatsächlich in der letzten Zeit zugenommen.

Etienne hatte im Hôtel de Montsauvan sofort einen Brief an Monsieur de la Reynie geschickt. Julia hatte den versiegelten Brief beim Zubettgehen im Flur auf dem Tischchen liegen sehen, wo Etienne immer die Post ablegte. Die Lakaien waren entsprechend geschult, den Brief – je nachdem, welche Farbe die Tinte aufwies – umgehend zu übermitteln.

Heute Abend war es für einen Botengang zu spät, aber die Tinte war grün gewesen. Grün stand für: *Es brennt.*

48. Kapitel

EIN MYSTISCHER ABEND IM TUILERIEN-PALAST

Die Cousine des Königs hatte Julia und Etienne zum Dîner eingeladen.

»Wieso?«, fragte Julia Etienne verwundert, als der die Einladung vorlas.

»Weil Ihr das Mündel des Königs seid und unsere Grande Mademoiselle, wie sie überall genannt wird, seit Jahren versucht seine Gunst zu gewinnen.«

»Wieso?«, wiederholte Julia erneut.

»Weil sie während der Fronde die Kanonen auf die königlichen Truppen hat richten lassen in der Hoffnung, dass ihr Vater und eines Tages sie selber den Thron würde besteigen können. Oder wenigstens, um eine Heirat mit ihrem Cousin zu erpressen.«

»Sie ist elf Jahre älter und seine Cousine.« Julia schüttelte angewidert den Kopf.

Etienne lächelte nachsichtig. »Mignonne, Ihr habt eine wirklich seltsame Vorstellung von der Ehe in königlichen Kreisen. Unser Monarch selber hat seine Cousine ersten Grades geheiratet.«

Hatte er?

»Seine Mutter war Spanierin und Schwester des jetzigen Königs von Spanien, seinem Schwiegervater. Und der hatte die Tante von Ludwig XIV. geheiratet, die Schwester von Ludwig XIII.«

»O Gott, hat er?« Julia war entsetzt. »Für diese Inzucht ist Louis aber wirklich gut geraten.«

Etienne hob fragend eine Augenbraue.

»Monseigneur, der Dauphin«, erklärte Julia. »Er hat mich gebeten, ihn Louis zu nennen, wenn wir allein sind. Monsieur Bossuets Anwesenheit zählt nicht wirklich.«

»Zurück zur Grande Mademoiselle«, nahm Etienne den Faden ihres Gesprächs wieder auf. »Sie erwartet uns heute Abend. Ihr wisst, dass Ihr den Dauphin, sollte er anwesend sein, nicht mit seinem Vornamen anreden dürft, nicht wahr? Ihr werdet das neue Kleid tragen und Euch an der königlichen Tafel nur mit Euren Sitznachbarn links oder rechts unterhalten. Gegenüber ist verboten.«

»Aber in der Nase bohren ist erlaubt?« Julia starrte ihn empört an. Als ob sie das nicht langsam alles wüsste. Montsauvan würde seine Belehrungen ihr gegenüber wohl nie mehr ablegen.

»Nein. Und wenn ich Euch dabei erwische, müsst Ihr bei Ninon nächste Woche ein Gedicht rezitieren.«

Julia warf ein Kissen nach ihm.

* * *

Benimmregeln waren absolut unnötig, denn die Grande Mademoiselle pfiff darauf. Trotz der illustren Gäste, die am Tisch saßen, plauderte Anne de Montpensier fröhlich quer über den Tisch hinweg mit jedem.

Leider entsprachen manche der anderen Eingeladenen absolut nicht Julias Geschmack. Über die Anwesenheit von Angélique freute sie sich jedoch, obwohl sie sich wunderte, sie hier anzutreffen. Normalerweise wurden die Ehrendamen zu solchen Gesellschaften nicht eingeladen, denn Angéliques Arbeitgeberin war auch da: Liselotte von der Pfalz. Ärgerlicherweise auch ihr Mann, Philippe d'Orléans, der weibische Bruder des Königs.

Monsieur, wie er überall genannt wurde, hatte wie immer zu viele Schleifen an seinem Rock, sein Bärtchen bildete eine exakte Linie (Julia würde darauf wetten, er hatte es mit Lineal und Zirkel gekämmt) und er roch quer über den ganzen Tisch hinweg nach Rosen und Fliederparfüm. Sehr feminin.

Und wo Monsieur war, da war sein Liebhaber und ergebener Dackel, der Chevalier de Lorraine, nicht weit. Die Grande Mademoiselle richtete nicht ein einziges Mal das Wort an ihn, und da sie sonst mit jedem quer über den Tisch sprach (»Von wegen Etikette«, raunte Julia Etienne zu), war klar, dass Lorraine von Monsieur mitgeschleift worden war. Uneingeladen.

»Ich habe mir für Euch etwas ganz Besonderes überlegt«, sagte die Grande Mademoiselle verschwörerisch. »Aber das wird eine Überraschung, wenn alle brav ihren Teller leer gegessen haben. Auch Ihr, Cousin«, sagte sie auffordernd zu Monsieur.

Julia biss sich auf die Lippen und stupste mit dem Fuß Etienne unter dem Tisch an. Er hatte wieder seine undurchsichtige Maske aufgesetzt. Die, bei der man nicht sagen konnte, ob er sich amüsierte, langweilte oder einfach nur dachte: Mein Gott, lass diesen Abend vorbei sein. Angélique dagegen biss sich genauso auf die Innenseiten ihrer Wangen, und als sie merkte, dass Julia zu ihr sah, zwinkerte sie.

»Cousine, Euer Küchenchef in allen Ehren«, ergriff Philippe d'Orléans das Wort, »aber wir haben jemanden unter uns, der uns einen wesentlich besseren Nachtisch hätte bereiten können. Mademoiselle Julia kann backen.« Er grinste höhnisch und Julia war sofort klar, dass er sie damit wegen ihrer ländlichen Herkunft vor allen bloßstellen wollte.

»Ihr habt doch überhaupt nichts gegessen von dem, was ich gebacken habe«, konterte Julia. Jetzt erhielt sie unter dem Tisch einen

Tritt. »Au!«, entfuhr es ihr. Männer mit Absätzen. Kein Wunder, dass die aus der Mode gekommen waren. Die waren eine Gefahr für jede Frau, denn es hatte sogar durch all die Lagen Stoff wehgetan.

»Stimmt, Philippe«, pflichtete ihr Madame bei. »Ihr habt gesagt, den deutschen Fraß würdet Ihr nicht anrühren.«

»Das habe ich nicht«, zischte Philippe seine Frau an. »Ich sagte nur, ich zöge die französische Küche vor.«

»Das tut Ihr andauernd«, winkte Liselotte ab. »Genauso wie rosafarbene Kleider, Bänder und Fliederparfüm. Meine Nase juckt schon den ganzen Abend.«

Die anderen Gäste verfolgten den Disput mit unverhohlenem Vergnügen.

»Ihr solltet eben aufhören, Pferdemist in Eure Duftwässer zu streuen, dann würde es auch aufhören zu jucken«, gab Monsieur zurück.

Ui. Jetzt wurde es richtig interessant. Und peinlich. Das schien sogar die Grande Mademoiselle zu merken, denn sie mischte sich ein.

»Gut, vergessen wir das Dessert. Wir ziehen die Überraschung vor. Ruf die Dame herein«, sagte sie an einen Lakaien gewandt.

Im Nullkommanichts war der Tisch abgeräumt und ein schwarzes, sauberes Tischtuch lag darauf. Jede zweite Kerze wurde gelöscht und der Raum lag dadurch in einem sehr schummrigen Licht. Nahezu gespenstisch.

Sogar die Stimmen waren gedämpft.

»Das gefällt mir nicht«, murmelte Etienne Julia zu, den Blick unverwandt auf die Tür gerichtet.

Ehe Julia eine Ohnmacht oder dergleichen hätte vortäuschen können, um sie hier rauszuholen, schwangen beide Türflügel auf und eine kleine, in Schwarz gekleidete Gestalt mit wehendem Umhang erschien. Madame und Angélique keuchten und eine andere Dame schrie kurz auf.

Ach nein, das war Monsieur gewesen, der geschrien hatte wie ein kleines Mädchen. Und jetzt hielt er sich auch noch mit abgespreizten Fingern die Hand vor den Mund.

Julia war allerdings kurz davor, es ihm nachzumachen, denn die kleine schwarze Gestalt hatte sie schon einmal gesehen. Über eine aufgeschlitzte Katze gebeugt. Entsetzt sah Julia zu Etienne. Der deutete ein Kopfschütteln an. »Ihr wisst, was passiert, wenn ich jemanden sterben sehe«, raunte sie ihm zu. »Ich sage Euch, es ist egal, ob das ein Mensch oder eine Katze ist. Verstanden?«

»Madame La Voisin wird uns heute Abend die Zukunft voraussagen«, rief die Grande Mademoiselle in einem Ton, wie früher Thomas Gottschalk, wenn er die nächste Wette bei *Wetten, dass ..?* ankündigte.

»Will ich die wissen?«, fragte Angélique auf der anderen Seite des Tisches.

»Eure sieht doch gut aus«, antwortete Madame trocken. »Meine steht leider schon so gut wie fest. Das da«, sie deutete auf ihren Mann, der sich mit einem Taschentuch Luft zufächelte, »wird mich früh ins Grab bringen.«

Die Voisin trat an den Tisch und setzte sich auf den Stuhl, den ein Lakai herbeigetragen hatte. Dann zog sie unter ihrem weiten Umhang eine Glaskugel hervor. Mit beiden Händen und einer dramatischen Geste legte sie sie vorsichtig auf dem Tisch ab.

Julia lehnte sich zurück. Das hier versprach doch noch spannend zu werden. Sie glaubte zwar ebenso wenig an das Lesen aus Kristallkugeln wie Hermione Granger, aber wie die Scharlatanin vorging, war allemal unterhaltsam.

Die Voisin polierte die Kugel nach, dann stellte sie drei schwarze

Kerzen auf und entzündete sie – an einer Osterkerze. Zu den Kerzen und der Kugel gesellten sich drei eiserne Schalen, in die getrocknete Kräuter gelegt wurden. Als alle Vorbereitungen abgeschlossen waren, sah die Voisin in die Kugel. Inzwischen waren alle – sogar die Grande Mademoiselle – mucksmäuschenstill.

Julia konnte Monsieur de Luxembourg sechs Sitzplätze weiter laut atmen hören. Er röchelte auch ein wenig. Hingerissen starrte er auf die Kugel.

Die Voisin hatte ihre Hände um die Kugel gelegt und im Schein der schwarzen Kerzen sah Julia die langen, gelben Fingernägel. Igitt. Jetzt war Julia davon überzeugt, dass Walt Disney der Voisin begegnet sein musste. Seine Interpretation der bösen Königin in Schneewittchen sah fast genauso aus.

»Einer in diesem Raum wird uns bald verlassen«, sagte die Voisin. Ihre Stimme war erstaunlich hell und klar für so eine zerknitterte Frau. »Ich spüre die Geister, die hier anwesend sind. Sie warten auf jemanden. Auf ...«

»Bestimmt auf mich!«, rief da Monsieur de Luxembourg. »Ich fühle es. Sie sind hinter mir her.«

Julia hörte Angélique kichern und biss sich wieder schnell auf die Lippen.

»Wir werden unseren Geist für die Spiritualität reinigen müssen«, fuhr die Voisin fort und fischte aus ihrem Umhang (wie viele Taschen mochten dort wohl eingenäht sein? Ob sie gleich noch eine Stehlampe rauszog?) eine kleine Flasche. Den Inhalt goss sie in den Weinkrug auf dem Tisch und der Lakai verteilte den Wein in bereitgestellte Becher.

Jeder der anwesenden Gäste erhielt einen Becher. Die Kräuter in den Schalen wurden angezündet und sofort verbreitete sich ein dichter würziger Qualm. Julia konnte nur Thymian erkennen, aber da waren noch andere Kräuter, sehr süßlich riechende. Nicht unangenehm, im Gegenteil. Der ganze Salon war mittlerweile in einen leichten Nebel gehüllt.

»Trinkt!«, befahl die Stimme der Voisin. Alle hoben ihren Becher und tranken.

Auch der Wein schmeckte sehr süßlich. Julia stieg er sofort zu Kopf. Sie blinzelte ein paarmal, um wieder klar sehen zu können. Keine Chance, der Kräuternebel lag wie eine verschmierte Brille vor ihren Augen.

»Geister der Vergangenheit«, hallte die Stimme der Voisin durch den Raum. Sie schien auf einmal noch viel deutlicher und lauter. »Ich rufe Euch. Zeigt Euch in diesem Kristall. Offenbart Euch.«

Bewegte sich da etwas in der Kugel? Julia starrte angestrengt in die Glaskugel. Der Nebel erschwerte die Sicht und die Flammen der drei Kerzen flackerten unstet. Das konnten doch nur die flackernden Kerzen sein. Oder? Huschte da was durchs Glas? Julia blinzelte stärker.

»Sie sind da!«, flüsterte die Voisin in dem gleichen Flüsterton, den Nina gerne anschlug. Das bedeutete, man konnte sie auch im letzten Winkel des Salons hören. Wahrscheinlich sogar bis hinunter in den Hof. »Sie wissen, wer uns verlässt«, fuhr sie aufgeregt fort. »Sie sagen, jemand hier in diesem Raum wird bald gehen. Zu ihnen gehen. Sie sagen, der Übergang wird schmerzhaft werden.«

Luxembourg am Ende des Tisches stöhnte.

Die Voisin machte weiter, ohne sich daran zu stören, nur ihre Stimme wurde lauter: »Sie sagen, es ist eine Frau. Sie ist jung. Sie ist erst kurz bei Hofe.«

Etienne erhob sich.

»Hoheit, ich danke Euch für die Einladung, aber ich fühle mich nicht wohl und muss gehen.« Er verneigte sich in Richtung der

Grande Mademoiselle, umfasste Julias Ellbogen und zog sie von ihrem Stuhl.

Julia zierte sich. Sie wollte hören, wie es weiterging. Doch Etienne schob sie unerbittlich weiter. Also knickste sie vor der Cousine des Königs und wurde schon hinausgezerrt.

»Was sollte das? Es wurde gerade spannend und schon zieht Ihr mich weg. Huch!« Sie war über den Teppich gestolpert.

»Ich bitte Euch«, sagte Etienne unnachgiebig. »Das war reiner Hokuspokus.«

»Ich weiß, aber er war … war …« »Spannend« hatte sie eben schon genannt. Da musste es doch noch ein anderes Wort für geben. Wie war das noch gleich?

»Spannend?«, vollendete Etienne den Satz.

»Ich suche nach etwas anderem. Hoppla. Ist der Boden hier nicht ganz eben?« Julia krallte sich an Etiennes Rock fest, um nicht zu fallen.

»O Gott, habt Ihr etwa von dem Wein getrunken?«, fragte Etienne und klang dabei leicht verzweifelt.

»Jau. Ihr nicht? Der hat gut geschmeckt. Lange nicht so sauer wie sonst.« Julia hielt sich vorsichtshalber weiter an Etiennes Rock fest. »Bei mir zu Hause darf man mit sechzehn schon Alkohol trinken. Ist gesetzlich erlaubt. Ich wüsste so gern, wie Wodka-Redbull schmeckt. Und hier durfte ich wenigstens mal Wein trinken. Ihr verbietet mir den ja immer.«

»Ihr fragt Euch nicht ernsthaft, warum, oder?«

Julia sah zu Etienne auf. »Ihr wisst schon, dass ich kein kleines Mädchen mehr bin, klar? Sonst hätte ich nicht ganz so große Probleme mit dem Mieder.«

Sie hatten den Ausgang erreicht und Etienne winkte seinem Kutscher, der mit den anderen Kutschern zusammensaß.

»Wieso hättet Ihr dann keine Probleme mit dem Mieder?«, fragte Etienne und sah zu, wie der Kutscher sein Gespann zwischen den anderen herauslenkte.

»Dann hätte ich keinen Busen und es würde nicht so drücken. Ehrlich, Etienne, Ihr seid wirklich blind.« Zufrieden registrierte sie, dass er einen ausgiebigen Blick auf ihr Dekolleté warf.

»Und Ihr seid berauscht. Von dem Zusatz im Wein und dem verbrannten Cannabis.«

»Oh«, machte Julia erstaunt. »Wie cool! Ich bin high und es fühlt sich gar nicht schlecht an.«

Er half ihr ins Kutscheninnere und ließ sich ihr gegenüber nieder. Im Licht der Kutschenlaterne lag die von Narben gezeichnete Wange im Schatten. Nein, er hatte doch kaum Ähnlichkeit mit Alexandre. Etiennes Gesichtszüge waren viel männlicher. Und wenn er lachte, dann sah man die kleinen Grübchen neben seinen Mundwinkeln. Im Moment lachte er natürlich nicht.

Die Fahrt vom Tuilerien-Palast, wo die Grande Mademoiselle wohnte, bis zum Hôtel de Montsauvan im Marais dauerte nicht lange um diese Uhrzeit. Vor allem war sie kurzweilig, weil die hübschen neuen Straßenlaternen, die Monsieur de la Reynie, der Polizeichef, überall hatte aufstellen lassen, Paris in ein warmes Licht tauchten.

»Die erleuchtete Stadt«, murmelte Julia. »Ist das nicht hübsch? Noch viel hübscher wäre es, wenn mir nicht ein Miesepeter gegenübersitzen würde. Kommt schon, Etienne. Lacht doch mal. Es ist nichts Schlimmes geschehen bei der Grande Mademoiselle. Und ich habe die Etikette eingehalten. Sie selber nicht.«

Seine Mundwinkel hoben sich ein winziges bisschen.

»Na bitte! Geht doch.« Julia lehnte sich zurück und betrachtete ihn weiter. High sein war ein wirklich gutes Gefühl. Der Schleier vor ihren Augen war weg, seit sie den Salon verlassen hatten, und jetzt waren ihre Sinne übersensibilisiert. Sie sah alles viel klarer, die Kontraste waren deutlicher.

»Ihr seht echt gut aus«, sagte sie und kniff ein wenig die Augen zusammen, als könne sie dadurch auch die im Schatten liegende Seite seines Gesichts erkennen. »Eigentlich seht Ihr besser aus als Euer Bruder. Ich kann die Ludres verstehen, wenn sie in Euch verschossen ist. In meiner Zeit hätten sämtliche Mädchen Euer Poster an der Wand hängen.«

»Die Kräuter im Wein waren wohl sehr stark«, sagte Etienne, immer noch lächelnd.

»Vermutlich«, gab Julia zu. »Würdet Ihr mir einen Gefallen tun?«

»Kommt drauf an, welchen.«

Er saß jetzt recht entspannt ihr gegenüber und schien ziemlich gut gelaunt. Vermutlich weil sie den Abend ohne größere Katastrophen hinter sich gebracht hatten. Mit Monsieur und dem Chevalier de Lorraine in einem Raum zu sein war an sich schon eine Katastrophe.

»Bindet mal Eure Locken zusammen. Ich würde gern sehen, wie Ihr mit kurzen Haaren aussehen würdet.«

Etienne rührte sich nicht. Julia vermutete, die Bitte war dann doch eine Idee zu weit gegangen. Aber dann beugte er sich vor, knüpfte eine Schleife an ihrem Kleid los und band sich die Haare zurück.

»Zufrieden?«, fragte er.

»Wow«, sagte Julia. Henry Cavill konnte einpacken neben ihm.

»Ich weiß nicht, was das genau bedeutet, aber wir sind da.« Etienne öffnete die Tür und half Julia aus der Kutsche.

Sie stolperte über den Saum ihrer Röcke und fiel ihm in die Arme. Sofort umfing sie wieder dieser exotische Duft, der in seinem Rasierwasser war. Sein Gesicht war ganz dicht vor ihrem und sie erinnerte sich an das letzte Mal, als sie beide die Voisin gesehen hatten. Im Louvre, in diesem Gang, und kurz zuvor hatte Etienne sie geküsst, damit sie nicht erkannt wurden. Blöderweise war sie so aufgeregt gewesen, sie wusste gar nicht mehr, wie er geküsst hatte. Seine Arme um ihre Mitte und so dicht an ihn geschmiegt, das fühlte sich jedenfalls verdammt gut an.

»Würdet Ihr mich küssen?«, fragte sie und streckte ihm auffordernd das Gesicht entgegen.

Sofort wurde sie auf ihre eigenen Füße gestellt und Etienne ging auf Abstand.

»Julia, Ihr seid berauscht und wisst nicht mehr, was Ihr sagt.« Er ließ sie los und ging ins Haus.

Julia folgte ihm betreten. Nun ja. Vielleicht war sie damit wirklich zu weit gegangen. Oder der Wein hatte Mundgeruch verursacht. Verflixt. Nicht mal Pfefferminzbonbons gab es hier. Aber ob er sie dann geküsst hätte, war mehr als fraglich.

Etienne war einfach zu ernst. Ninon hatte Recht: Mit Alexandre konnte man mehr Spaß haben. Trotzdem würde sie Etienne jederzeit seinem Bruder vorziehen.

* * *

»Wie fühlt Ihr Euch heute Morgen?«, begrüßte Etienne sie.

Julias schwirrte ein wenig der Kopf und sie war noch immer so furchtbar müde. Sophie hatte sie wecken müssen und dafür volle zehn Minuten gebraucht.

»Müde«, sagte Julia und plumpste auf ihren Platz.

»Vielleicht mögt Ihr heute lieber Tee statt Milch«, schlug Etienne vor und gab dem Lakaien ein Zeichen.

»Vielleicht mag ich einfach nur ausschlafen«, erwiderte Julia und legte den Kopf auf die Tischplatte. »War das allein die Wirkung vom Wein oder vom Hasch?«, fragte sie nuschelnd.

»Wie bitte?«

»Haschisch. Die brennenden …«

»Ihr könnt Euch an nichts mehr erinnern?«, fragte Etienne.

Julia hob den Kopf. Seine Stimme klang seltsam. »Doch, natürlich. Die Voisin hat Kräuter verbrannt, die Haschisch … Cannabis enthielten und ich war so blöd und habe den Kräuterwein getrunken. Und danach habt Ihr uns gerettet und wir sind heimgefahren.«

Etienne trug diese starre Maske, die er nur dann aufsetzte, wenn ihm etwas nicht behagte.

»Ist mit Euch alles in Ordnung?«, fragte Julia erstaunt.

»Mir geht es gut. Ich hoffe, Euch auch, denn wir brechen in einer Stunde nach Versailles auf.« Damit erhob er sich und verließ mit großen Schritten den Raum.

Julia sah zum Lakaien.

»War sein Ei nicht richtig weich gekocht?«

Der Lakai zuckte ahnungslos die Schultern und begann Etiennes Geschirr abzuräumen.

Julia nippte an ihrem Tee. Sie waren gestern Abend nach Hause gefahren und ins Bett gegangen. Und in der Kutsche hatten sie sich ganz normal unterhalten. Worüber, wusste sie nicht mehr. Hoffentlich hatte sie ihm nicht gesagt, wie spießig sie ihn manchmal fand. Kritik konnte Etienne nämlich genauso wenig vertragen wie der König.

* * *

Julia wäre zwar lieber ins Bett gegangen, aber Etienne hatte eine Sitzung mit dem königlichen Rat und er bestand darauf, dass Julia ihn begleitete.

Seit dem republikanischen Komplott war er sehr gluckend und die Gerüchte um Gift verstärkten seine Sorge. Deswegen murrte Julia auch nicht. Außerdem mochte sie Versailles, egal wie beengend es dort sein konnte. Sie war gern in den Gärten und ein Teil von ihr hoffte nach wie vor, dort, wo alles angefangen hatte, irgendwann auch wieder den Weg zurück in ihre Welt und Zeit zu finden.

Sie hätte so gern den Rat ihrer Mutter eingeholt, warum Männer sich manchmal so sonderbar verhielten.

49. Kapitel

DIE IDEE

In Versailles folgte alles einem strengen Tagesablauf.

Der König bezeichnete sich als den Ersten Diener seines Staates. Er stand jeden Morgen pünktlich auf – egal wie spät es abends zuvor gewesen war –, ließ das Zeremoniell des Levers über sich ergehen, besuchte die Messe, tagte mit dem jeweiligen Rat, der an jedem Wochentag wechselte, besprach sich mit seinem Architekten und Hofmaler, empfing Botschafter sowie Bittsteller, besuchte den Gottesdienst, tagte mit dem jeweiligen Rat, der nachmittags dran war, und beim nachmittäglichen Spaziergang durch die Gärten wollte sich der König von den anstrengenden Stunden im Ratssaal entspannen. Vor allem aber stach ihn der neue Tanzsaal noch immer in der Nase. Dieser großen Nase mit Knick.

Momentan nutzte er gern den Gartenbereich vor der Terrasse, in der Hoffnung, eine geniale Idee würde bei dem Anblick auf ihn überspringen.

Diese geniale Idee sollte tatsächlich kommen, wenn auch nicht vom König oder dem Architekten.

Das Gefolge bummelte gemächlich hinter Seiner Majestät her und Julia genoss die warmen Sonnenstrahlen. Wieso war es nur so unschicklich für eine Frau zu schwimmen? Der Grand Canal wäre herrlich dafür, mitsamt seinen Fröschen und Fischen.

Die Brunnen plätscherten immer in dem Augenblick los, wenn der König sich ihnen näherte. Sie stoppten auch, sobald er weitergegangen war, denn die Pumpen für die Fontänen zu betreiben kostete Unsummen. Aber es war hübsch anzusehen. Julia überlegte, dass eine Dusche auch einmal wieder nett wäre, statt des lauwarmen Bades. Vor allem in dieser Hitze.

Die Marquise de Chaulnes wedelte hektisch ihren Fächer. Arme Frau, sie war zu beleibt, als dass es wirklich nützen würde. Schon wieder blieb die Menge stehen, sah in die von ihrem Herrscher angegebene Richtung und gab die erwünschten »Ahs« und »Ohs« von sich.

Julia hielt sich im Hintergrund der Höflinge und hing Erinnerungen nach. Sie dachte daran, wie Nina mit einem Jungen aus der Parallelklasse hinter der Hecke da vorn geknutscht hatte. Der erste Zungenkuss. Perfekt getarnt, denn dort wurde man vom Schloss und den Wegen aus nicht gesehen. Und sie dachte mit ein wenig Ekel an die Zahnspange des Jungen, in der immer irgendwelche Essensreste gesteckt hatten.

Weiter hinten war ein Café gewesen, wo sie einen Kühlschrankmagneten gekauft hatte als Mitbringsel für ihre Schwester Jennifer. Ob ihre kleine Schwester schon größer war als sie? Sie waren nicht immer ein Herz und eine Seele gewesen, aber sie hatten sich ganz gut verstanden. Was hätte Jennifer wohl zu ihr gesagt, wenn sie sie in diesem Aufzug gesehen hätte? Inmitten all dieser Menschen, die sie als eine der Ihren ansahen. Was hätte sie zu Etienne gesagt, wenn sie ihn gesehen hätte? Ob sich Jennifer überhaupt schon für Jungs interessierte? Auf alle Fälle hätte sie Alexandre bewundert. Doch der weilte zurzeit wieder in Metz, um dort seinen Pflichten nachzukommen. Seit dem Maskenball und dem Besuch bei Madame Scarron hatte Julia ihn nicht mehr oft gesehen und nie allein angetroffen. Der Bootsausflug schien eine Ewigkeit zurückzuliegen.

Die Sonne war bereits im Westen und strahlte die hellen Steine des Schlosses an, die in diesem Licht gelbgolden wirkten. Der Spiegelsaal, den sie damals mit ihrer Schulklasse besucht hatte, würde sich dieses Licht hervorragend zu Nutze machen. Wie großartig der Maskenball in diesem prunkvollen Saal voller Spiegel gewesen wäre. Dann hätte man ihn sogar im Winter veranstalten können. Dann könnte sich auch niemand in die Hecken davonstehlen, denn im Winter war es viel zu kalt in Versailles.

»Mademoiselle Julia, Wir erwarten Eure Antwort!«

Julia schrak zusammen und sah sich um. Alle starrten sie erwartungsvoll an. Allen voran der König, und das mit recht düsterem Gesicht. »Bitte was, Sire?«, stotterte sie perplex.

»Wir hatten Euch gebeten, heute Abend ein wenig zu musizieren. Wovon träumt Ihr mit offenen Augen?«, wollte Ludwig XIV. barsch wissen.

»Ich dachte gerade, dass der Spiegelsaal Eurer Majestät die Abendsonne wundervoll zur Geltung brächte.«

Es herrschte eine Stille, in der man eine Stecknadel hätte fallen hören können. Julia fragte sich überrascht, was sie falsch gemacht hatte, und wurde ein wenig blass. Dann begann der König plötzlich zu klatschen und alle anderen Höflinge fielen mit ein. Und endlich dämmerte es ihr: Man nahm an, ein Saal aus Spiegeln sei *ihre Idee* gewesen. Sie kam sich vor wie eine Betrügerin. Vor allem, als der König ihr aus Dankbarkeit die Hand küsste und sie nicht mehr von seiner Seite lassen wollte.

Zu ihrem Leidwesen geriet ihr Einfall nicht nur nicht in Vergessenheit, Ludwig erinnerte sie andauernd daran. Mit stolzem Ton und freundlichem Lächeln gewährte er ihr zur allgemeinen Überraschung abends einen Sitzplatz in seiner Gegenwart und lud sie am nächsten Tag zur Spazierfahrt in seiner Kutsche ein.

* * *

Julia hätte sich am liebsten in den Hintern gebissen. Wieso hatte sie das gesagt? Nun richtete der König dauernd das Wort an sie. Julia fand all das unverdient und fühlte sich nicht wohl dabei. Immerhin hatte sie nur weitergegeben, was sie selber schon gesehen hatte. Die königliche Gunst zog die Aufmerksamkeit sämtlicher Höflinge auf sie, die sie bislang nur wenig oder gar nicht beachtet hatten. Jetzt hatte sie nicht einmal mehr Ruhe, wenn Etienne für seine Pflichten als Ratsmitglied unterwegs war. Seit ein paar Tagen wurde Julia umschwärmt wie ein Filmstar von Paparazzi. Irgendjemand lauerte ihr ständig auf. Das ging sogar so weit, dass Monsieur Lully sie aus dem Musiksalon warf, weil ihre neuen Anhänger sich darin knubbelten und die Probe störten.

Des Königs Kammerdiener Bontemps kam ihr vor dem Musiksalon entgegen. Er bat sie, ihm zu folgen, und sie war heilfroh, die lästige Anhängerschaft loszuwerden. Bontemps brachte sie ins Ratskabinett direkt neben dem Schlafzimmer des Königs. Der erwartete sie gemeinsam mit den Herren Mansart, Le Notre und Le Brun.

»Mademoiselle, Ihr kennt bestimmt meinen Architekten, den Gartenarchitekten und den Ersten Hofmaler«, stellte Ludwig XIV. die drei berühmten Männer unnötigerweise vor.

Julia schoss durch den Kopf: *Wenn das Herr Schmidt erleben könnte!*

»Wir unterhalten uns gerade über die Spiegelgalerie und können uns nicht richtig einigen. Hattet Ihr genaue Vorstellungen, wie sie auszusehen hat?«

Der König rollte einen Plan auf dem Tisch vor sich aus. Zum ersten Mal sah sie ihn ohne Überrock und mit geöffneter Weste. Nur die Lockenperücke war so stattlich wie immer. Auch die drei Männer trugen nur Westen und hatten ihre Halsbänder gelockert. Das des Königs war noch immer exakt gebunden, doch er schien sich nicht an der legeren Kleidung der anderen zu stören. Offenbar waren die vier Männer mehr als Arbeitgeber und Angestellte. Ludwig sah Julia erwartungsvoll an.

Sie trat näher. Das zarte Parfüm des Königs umfing sie und sie sah, wie gepflegt seine Hände waren, die den Plan glatt strichen. Es handelte sich um einen langen Raum, wie er in der Längsansicht zu sehen sein würde; die jetzige Terrasse direkt hier hinter diesem Salon überdacht mit einer Gewölbedecke. Sie konnte sogar durch die Fenster daraufsehen. Julia räusperte sich und kam sich vor wie ein Scharlatan. Alle vier warteten auf ihre Aussage.

»Nun, Sire, viele Fenster, um den Park zu sehen und Licht einzulassen. Und dann Spiegel, die gegenüber den Fenstern liegen und genauso hoch sind wie die Fenster. Spiegel, die somit dem Saal von zwei Seiten Aussicht auf den Park gewähren.« Wenn sie schon dabei war, konnte sie auch noch das letzte Offensichtliche dazusetzen. »Und Ihr könnt Spiegeltüren anbringen lassen, so dass Ihr auch weiterhin von Euren Gemächern aus Zugang zu dieser Kristallgalerie habt. Man würde von außen nur die Türgriffe sehen können, nichts weiter.«

Sie sah auf und blickte in die Gesichter der drei Männer, die sie unverhohlen anstarrten. Le Brun mit finsterer Miene, aber dennoch beeindruckt.

Ludwig der XIV. fasste sich als Erster. Er lächelte sie stolz an und legte ihr eine Hand auf die Schulter.

»Vielen Dank für Eure wundervolle Idee, Marquise de Sarvois-Pèrguse«, sagte er und seine warmen Finger drückten einen Moment lang anerkennend. »Damit habt Ihr Uns einen weiteren entscheidenden Hinweis gegeben. Ihr dürft gehen, Wir werden Uns nun um die Ausschmückung kümmern. Und ich werde Colbert um einen Finanzierungsplan bitten müssen«, fügte er seufzend hinzu. Die drei Männer grinsten amüsiert.

Nur Julia blieb vor Überraschung der Mund offen stehen. Erst als die Männer ihr huldvoll zunickten, besann sie sich, versank in eine Reverenz und verließ das Kabinett.

Ludwig XIV. hatte ihr soeben einen Titel verliehen.

Sie war ab sofort die Marquise de Sarvois-Pèrguse.

Im Vorzimmer kam ihr Etienne, in Begleitung von Bontemps, entgegen. Julias Stimme zitterte vor unterdrückter Aufregung, als sie ihm von ihrer Erhebung in den Adelsstand erzählte.

Bontemps gratulierte ihr, Etienne schloss sich den Glückwünschen an, aber Julia spürte, dass ihn etwas bedrückte.

Am nächsten Tag ließ ihr Monsieur Colbert, der Finanzminister von Frankreich, ein Schreiben zukommen: Sie müsse zu ihm nach Paris, um die Einzelheiten ihrer neuen Stellung zu besprechen. Also packte Sophie ihre Truhe, François die von Etienne, dann fuhren sie zurück in die Stadt.

Das Gespräch mit dem Finanzminister verlief sehr gut. Der ehemalige Tuchhändler war ein Mann der direkten Worte und er konnte sich klar und deutlich ausdrücken.

Er erklärte Julia, zu dem Titel Sarvois-Pèrguse d'Antaix gehörten das Schloss Antaix in der Normandie, in der Nähe von Cherbourg, und die umliegenden Ländereien. Darüber hinaus gingen mit dem Titel einhunderttausend Livre an sie über. Zugleich hatte Julia damit die neu geschaffene Anstellung »*Décorateur et Maître d'équipement*« und somit einen begehrten Posten bei Hofe inne, der immerhin zweitausend Livre monatlich einbrachte. Dafür entfielen ihre bisherigen Zuwendungen als Mündel. Die Kosten für das neue Amt in Höhe von fünfhunderttausend Livre übernahm der König. Colbert ließ sie mehr als einmal mit einem Blick über seine Brillengläsern hinweg wissen, wie außerordentlich großzügig er den König in Bezug auf ihre Person fand und dass sie ihm dafür dankbar sein solle.

Das war sie. Und wieder einmal fragte sie sich, warum sie, ausgerechnet sie, den großen Sonnenkönig dazu gebracht hatte, sie als Mündel aufzunehmen.

Was bezweckte er damit?

Colbert erklärte ihr weiterhin, ihre Anwesenheit bei Besprechungen über den Spiegelsaal sei fortan Pflicht. Der König bestimme die Besprechungstermine, ansonsten setze Monsieur Le Brun sich mit ihr in Verbindung.

Im Grunde genommen, dachte Julia, *brauche ich dann nur noch zu Le Brun Ja und Amen zu sagen, sonst mischt er Gift in meine Suppe.* Das Gesicht des Künstlers war alles andere als begeistert gewesen, als der König sie betitelt hatte. Überhaupt würden ihre Feinde zahlreicher werden, schoss es ihr durch den Kopf, als sie den langatmigen und juristischen Formalitäten Colberts lauschte. Sie setzte ihre Unterschrift auf das Dokument und erhielt daraufhin mit einem kräftigen Händedruck die Urkunde zu ihrem neuen Adelstitel und eine Kassette mit der dazugehörigen Summe überreicht.

Sie konnte gehen.

Einhunderttausend Livre! Eine unvorstellbare Summe. Im Vorzimmer des Finanzministers ließ sie sich erst einmal auf einer Bank nieder, um alles zu verdauen.

Einhunderttausend Livre!

So viel Geld. Das waren ungefähr eine Million fünfhunderttausend Euro.

Wohl wusste sie, dass das Leben bei Hofe mehr als das doppelte jährlich verschlang, aber bislang war der König für ihre Ausgaben, was Garderobe und den Unterricht betraf, aufgekommen. Halt, Moment! Sophie hatte ihr doch gesagt, Etienne sei dafür aufgekommen. Mit dem Geld konnte sie sich ein eigenes Haus kaufen, um nicht länger Etienne zur Last zu fallen. Dann konnte er sich endlich wieder anderen Aufgaben zuwenden. Zum Beispiel der Suche nach der künftigen Gräfin de Montsauvan.

Der Gedanke war allerdings nicht befriedigend. Lieber wollte sie ihn sich am Cembalo vorstellen oder über seinen Büchern. Was war nur los mit ihr? Gönnte sie Etienne sein privates Glück nicht? Er war ein Graf. Er musste auch an Erben denken. Aber hoffentlich erwählte er nicht eine dieser treulosen Schnepfen von Hofdamen. Angélique wäre vielleicht ... nein, auch sie nicht wirklich, wenn Julia genauer darüber nachdachte. Eigentlich wollte sie lieber überhaupt nicht an die künftige Gräfin de Montsauvan denken. Entschieden drängte sie Etiennes mögliche Heiratskandidatinnen beiseite.

Dann überlegte sie, dass es nicht schlecht wäre, einen Beruf zu erlernen, der in ihrer Zeit genauso viel Bestand hatte wie hier. Sollte sie zurückkehren, wäre sie ohne Schulabschluss, während ihre Mitschüler schon jetzt im zweiten Lehrjahr oder auf einer weiterführenden Schule waren. Nur was? Wenn ihre Mutter hier wäre, hätte sie sie um Rat fragen können. Die hatte immer gesagt, sie solle einen Beruf erwählen, der auch von Herzen komme, damit das tägliche Aufstehen dafür auch leichtfalle.

Ein Handwerk zu erlernen kostete in diesem Jahrhundert Geld. Statt welches zu bekommen, mussten die Lehrlinge ihren Meister bezahlen. Der Gedanke war sehr reizvoll, bislang aber nicht durchführbar gewesen. Bis jetzt. Mit ihrem eigenen Geld konnte sie ihn umsetzen. Und der König hatte ihr die Möglichkeit dazu gegeben.

Am liebsten wäre sie sofort nach Versailles zurückgekehrt, hätte sich beim König bedankt und ihr neues Amt angetreten – Le Brun hin oder her.

Aber Etienne winkte ab. Er hatte hier einiges zu erledigen. Eine Woche würden sie in Paris bleiben müssen. Mindestens.

»Kann ich denn so einfach abhauen?«, wandte sie ein. »Ich habe jetzt einen Job und muss erst einmal abklären, ob ich einfach so wegfahren darf.«

Etienne nahm es gelassen. »Ich habe das mit Seiner Majestät besprochen. Wir bleiben sieben bis zehn Tage hier, bis ich meine Erledigungen getätigt habe.«

Er hatte wieder mal entschieden, ohne sie vorher zu fragen. Ja, es wurde Zeit, dass sie auszog und endlich auf eigenen Füßen stand.

50. Kapitel
UNGEAHNTE VORFÄLLE

Im Grunde genommen war die Woche in Paris optimal für ihre Pläne.

Kaum hatte sich der Gedanke an eine Berufslehre einmal festgesetzt, begann sie zu überlegen, welche Art von Tätigkeit für sie in Frage käme. Sobald Montsauvan aus dem Haus war, bestellte sie eine Sänfte und ließ sich scheinbar ziellos durch die Straßen von Paris tragen.

Sosehr Monsieur de la Reynie, der Pariser Polizeichef, sich auch bemühte, die Pariser Straßen waren nicht alle für Kutschen ausgelegt und die Stadt an sich noch weit von dem Paris entfernt, das sie damals mit der Schulklasse kennengelernt hatte. Sie sah Fleischer, die ihre Ware in der Sonne auslegten und die ständigen Mücken verjagten, Blumenfrauen, die für ein paar Sol (Pfennig in der hiesigen Währung) den ganzen Tag Kränze und Bouquets banden, Schmiede, Zimmerer, Tischler, Schneider, Tuchhändler, Schreiber, Küfer, die unter den widrigsten Bedingungen arbeiteten, die keine Gewerkschaft so je geduldet hätte.

Und Bettler.

Bettler, Bettler, Bettler.

Ihr Berufswunsch rückte schnell in den Hintergrund. Nach diesem ersten Ausflug in die Stadt war sie furchtbar aufgewühlt und verstört und weinte lange über das Elend, das in Paris herrschte. Sie hatte Krüppel gesehen, alte Kriegsveteranen, die im Dienste des Königs ein Bein oder einen Arm oder noch mehr Gliedmaßen verloren hatten, da waren Frauen mit ihren abgemagerten kleinen Säuglingen, die schon halbwegs im Sterben lagen.

Und dann die Kinder! Kinder, deren Gliedmaßen verkrüppelt gewachsen waren, Kinder mit nur einem Auge oder einem Ohr. Kinder mit Behinderung und Downsyndrom, die niemand wollte. Selbst Kleinkinder saßen auf der Straße und hielten ihre Hand den vorübergehenden Passanten hin. Kleine, verschmutzte Hände, die oft nur drei Finger aufwiesen, weil zwei davon abgebissen oder abgehackt waren.

Julia blutete das Herz. Das alles hatte sie nie zuvor gesehen. Bei ihrem Ausflug in die Stadt mit Etienne hatte er diese Plätze höchstwahrscheinlich gemieden.

* * *

Als Etienne an diesem Abend eine weinende junge Frau vorfand, konnte auch er sie nicht beruhigen.

Er verzichtete auf Vorwürfe, dass sie ohne männliche Begleitung durch die finstersten Ecken gezogen war. Julia vermutete, sie sah hundeelend aus und war dadurch bestraft genug, denn er setzte sich zu ihr und tätschelte ein wenig unbeholfen ihre Hand.

Etienne erklärte ihr, dass viele dieser Kinder ausgesetzt und oft von nobler Herkunft waren – die unerwünschten Früchte der endlosen Liebschaften bei Hofe, die verheimlicht werden mussten. Und dass es Unmenschen gab, die gesunde Säuglinge extra verkrüppelten, weil sie dann beim Betteln mehr Geld einbrachten.

Julia hörte ihm fassungslos zu und war im Begriff, das ganze erworbene Geld diesen unglücklichen Kindern zu schenken.

»Seid nicht albern«, sagte Etienne daraufhin streng. »Legt es gewinnbringend an und helft ihnen, indem Ihr eine Essensausgabe einrichtet oder dergleichen. Euer Geld würde nicht den Kindern zufallen, sondern den Erwachsenen, die dahinterstehen. Das ganze Bettlersystem ist aufgebaut wie eine Gilde. Sie müssen ihren Herren alles abtreten, was sie den ganzen Tag über eingenommen haben, und bekommen dafür ein Loch zum Schlafen und Lumpen, damit sie im Winter nicht erfrieren. Ihr dient ihnen besser, indem Ihr Essen und Kleidung austeilt, glaubt mir. Das machen alle vornehmen Damen, wenn sie in Paris weilen. Es dient einem wohltätigen Zweck und gleicht die eine oder andere Sünde aus, die sie in Versailles begangen haben.«

Julia starrte ihn ungläubig an. »Wollt Ihr mich etwa auch so enden sehen? Als herablassende Matrone, die hin und wieder milde Gaben verteilt und dafür bei Hofe rumhurt?«

»Ich hasse es, wenn Ihr solche Wörter in den Mund nehmt.«

»Was für Wörter?«

Er begnügte sich mit einem strengen Blick.

»Aber sie sind wahr! Streitet es nicht ab.«

»Ja, aber diese Ausdrücke ...«

»... schicken sich nicht für ein naives Unschuldslamm«, beendete sie seinen Satz, als würde sie einen Psalm herunterleiern.

Etienne zog leicht amüsiert eine Augenbraue hoch. »Der König hat vor nicht allzu langer Zeit den Bau eines Armenhauses in Auftrag gegeben. Es befindet sich auf dem alten Gelände einer Munitionsfabrik und wird deshalb ›*Salpêtrière*‹ genannt. Das könntet Ihr unterstützen, denn von den Staatskosten können nur die nötigsten Ausgaben gedeckt werden.«

Das klang doch vielversprechend.

»Das sollte ich dauerhaft unterstützen können. Aber dafür muss ich weiteren Gewinn erwirtschaften. Nur wie?«, fragte sie betrübt.

»Kopf hoch, Julia. Wie ich Euch kenne, habt Ihr schon bald den richtigen Einfall.«

Sein Vertrauen in sie machte ihr ein wenig Mut.

* * *

Die Antwort auf diese Frage kam schon zwei Tage später, als sie ein neues Kleid anprobierte, das sie sich anlässlich ihrer Beförderung geleistet hatte. Es war roséfarben, ohne Stickereien und Schnörkel und sah ausgebreitet auf dem Bett sehr schön aus. Nur als sie es anzog, wirkte es ... langweilig.

»Das ist langweilig«, sagte auch Sophie. Sie und Julia betrachteten beide das Spiegelbild. Sophie rieb mit dem Finger unter der Nase hin und her, wie immer, wenn sie nachdachte. »Wisst Ihr, Mademoiselle, die freien Schultern sind ja schön und gut, aber über Euren Busen müsste etwas Glitzerndes.«

Julia starrte Sophie im Spiegel an. »Das ist es!«, rief sie erfreut, drehte sich zu der Zofe um und küsste sie links und rechts auf die Wangen. »Sophie, genau das ist es!«

Sophie war ein wenig entsetzt. »Was, Mademoiselle?« Sie wischte sich die Wangen ab.

»Schmuck! Ich werde Schmuck entwerfen.« Schon überlegte sie, wie das passende Stück auszusehen hätte und dass es ihr Spaß machen würde, es zu entwerfen. Als »*Décorateur und Maître d'Equipment*« sollte das doch das geringste Problem sein.

»Mademoiselle, verliert Ihr Haare?«, unterbrach Sophie ihre Gedanken.

»Nein, wieso?« Automatisch griff sich Julia an den Kopf und zog ein wenig. Alles fest.

Sophie holte unter dem Kopfkissenbezug eine Locke hervor.

»Das ist doch gar nicht meine Haarfarbe«, meinte Julia verwirrt.

»Stimmt. Autsch!« Sophie ließ die Locke fallen. Sie streckte die Hand aus und an den Fingerspitzen bildeten sich rote Flecken.

»Was ist das?«, fragte Julia erstaunt.

Sophie war kreideweiß im Gesicht. »Ein Zauber.« Sie hielt die Hand hoch. Die Flecken hatten sich in Pusteln verwandelt.

Julia fühlte wieder die Übelkeit hochsteigen.

* * *

Etienne hatte die Haarlocke mitsamt Julias Kopfkissenbezug aufgehoben und wollte ihn zur Untersuchung zu Monsieur de la Reynie bringen.

Für Sophie hatte man nach einem Apotheker geschickt, der ihr eine Salbe und zehn Tage Wasserverbot für diese Hand verschrieben hatte. Ihr ging es inzwischen etwas besser und sie ärgerte sich, die Haarsträhne berührt zu haben.

Julia nutzte Etiennes Abwesenheit und erstellte Listen für die Umsetzung eines Schmuckgeschäfts. Sie schrieb alle Ideen auf, die ihr in den Sinn kamen. Der Plan begann zu reifen: ein Salon für die verwöhnte Hofgesellschaft, in dem sie wertvolle, ausgefallene Colliers, Diademe und dergleichen anbieten würde.

Dafür könnte sie gelernte Kräfte einstellen und vielleicht von der Straße holen. Die konnten wiederum andere Kinder oder Jugendliche ausbilden und zugleich hätte sie selbst etwas gelernt – wenngleich ohne rechtskräftige Papiere für das einundzwanzigste Jahrhundert –, das bei ihr zu Hause noch immer Hand und Fuß hatte.

Und im Gegensatz zu den üblichen Schmuckhändlern, die an den Türen der großen Damen hausieren gingen, würde sie ein eigenes

Haus herrichten lassen. Einen Verkaufssalon, wo auf einer mit grünem Samt bespannten Theke alle in filigrane Gold- und Silberketten gefassten Juwelen herrlich zur Geltung kämen. Kleine Sitzgelegenheiten mit einem Tischchen in der Mitte befänden sich an den Wänden, intim abgetrennt durch Paravents oder Blumen. Hier würde man Damen sowie Herren Getränke reichen, den Unentschlossenen Zeit zum Nachdenken geben und sie dann doch zum Kauf überreden.

Und sie könnte Männer und Jugendliche engagieren, die die kostbare Ware nachts bewachten, und damit wieder ein paar arme Seelen von der Straße holen.

* * *

Als Etienne von seinem Besuch beim Polizeichef aus dem Châtelet zurückkehrte, saß Julia wie auf glühenden Kohlen. Aber ihre Neuigkeit musste noch warten, denn er bat Julia um eine Unterredung.

»Zuallererst soll ich Euch Grüße von Monsieur de la Reynie ausrichten«, sagte er und hatte dabei ein leicht spöttisches Lächeln in den Mundwinkeln. »Er fragt, ob Ihr zwischenzeitlich verlobt seid und ob Ihr noch so gerne lest.«

»In dieser Reihenfolge?«, hakte Julia misstrauisch nach.

Jetzt wurde das spöttische Lächeln offensichtlich. »Nicht wirklich«, gestand er. »Aber das andere, was er zu sagen hatte, ist weniger amüsant.« Sein Lächeln verschwand. »Wir, das heißt Nicolas und ich, sind fest davon überzeugt, dass Euch jemand nach dem Leben trachtet.«

»Schon wieder? Ich dachte, die Republikaner seien alle gefasst oder ...« Julia wollte das Wort *hingerichtet* nicht einmal aussprechen, so sehr gruselte sie noch die Erinnerung an die eine Hinrichtung, die sie miterlebt hatte.

»Ihr könnt Euch doch denken, dass es dieses Mal nichts mit einem republikanischen Komplott zu tun hat.« Etienne war seltsam ungeduldig. »Ihr habt Euch durch Euren neuen Posten bei Hofe nicht wenige Neider gemacht. Vor allem, nachdem der König auch noch Eure Charge bezahlt. Jedermann weiß, dass Ihr nie das Geld dafür hättet. Aber viele hoffen jetzt, dass dieses neu geschaffene Amt und die damit verbundene Pension schnell wieder frei werden.«

Julia schluckte. Stimmt. Damit hätte sie rechnen müssen. Bei Hofe herrschte eine Art Futterneid und Ludwig XIV. nährte ihn. Sie überlegte schon die ganze Zeit, warum.

»Übrigens war Eure Magen-Darm-Erkrankung keine Magen-Darm-Erkrankung«, sagte Etienne ruhig.

Sie starrte ihn an und es dauerte einen Moment, ehe sie verstand.

»Ja, ganz recht. Es war Gift«, bestätigte Etienne ihre unausgesprochene Frage. »Ich habe auch keinen Zweifel, dass diese Haarlocke in Eurem Kissenbezug weiteres Unwohlsein bescheren sollte. Neben dem Versuch, Euch zu bannen oder zu verhexen.«

»Wieso dann im Kissenbezug? Weshalb nicht unterm Kissen, wo ich es direkt berühren würde?« Wollte sie das wirklich wissen?, überlegte Julia noch, aber ihr Mundwerk war wieder einmal zu schnell gewesen.

»Weil ein langsames Siechtum nicht so offensichtlich auf Gift und einen Anschlag hindeutet. Der Kissenbezug hat die Giftstoffe gebremst und die Symptome wären erst nach und nach aufgetreten. Sehr geschickt übrigens, wo die meisten Haushalte ihre Bettwäsche nur alle sechs Wochen wechseln. Bis dahin hättet Ihr auf alle Fälle über starke Kopfschmerzen und einen Ausschlag im Nacken oder Halsbereich geklagt. Die Locke muss ganz frisch da gelegen haben.«

»Aber das würde ja bedeuten, jemand aus Eurem Haushalt hat sie dahin gelegt«, rief Julia entsetzt.

Etienne nickte. »Genau das bedeutet es. Wie gut kennt Ihr Eure Zofe?«

»Sophie?« Julia schüttelte den Kopf. »Sie kann es nicht gewesen sein. Sie hat mich überhaupt erst auf die Locke aufmerksam gemacht. Und sie berührt!«

»Das kann auch Ungeschicktheit gewesen sein«, wehrte er ab.

»Ihr habt sie doch eingestellt«, erinnerte Julia ihn.

Etienne nickte. »Ich habe sie damals in den Küchen von Versailles gefunden. Sie war sehr erpicht darauf, aufzusteigen, und erschien mir tüchtig.«

Beide schwiegen eine Weile und hingen ihren Gedanken nach. Julia wurde immer mulmiger zu Mute, je länger sie überlegte. So nach und nach ging ihr auf, was der Graf ihr soeben eröffnet hatte: Man versuchte sie umzubringen. Gezielt sie. Mit Gift.

Und wenn sie an die Erschöpfung und die Schmerzen und die Bauchkrämpfe dachte, die sie vor drei Wochen im Bett gehalten hatten, wurde ihr angst und bange.

»Ihr seid ganz blass«, sagte Etienne nach einer Weile. »Ich hätte es Euch nicht sagen dürfen.«

Julia schüttelte den Kopf. »Nein, nein. Ich muss das doch wissen. Aber was tun wir jetzt? Wie gehen wir vor?«

»Wir könnten Eure Zofe austauschen«, schlug Etienne vor.

Sophie austauschen? Der Gedanke gefiel Julia überhaupt nicht.

»Mit ihrer wunden Hand kann sie im Moment eh nichts machen«, ergänzte er.

In diesem Moment hörten sie im Korridor Menschen durcheinanderlaufen. Aufgeregte Stimmen waren zu vernehmen, dann begann jemand zu schreien und ein anderer zu weinen.

Etienne war schneller als Julia. Er war bereits die halbe Treppe hinunter, als Julia, durch die schweren Röcke behindert, den Treppenabsatz erreichte.

Unten im Foyer hatten sich alle Diener und Lakaien des Hauses Montsauvan versammelt. Die Köchin schrie noch immer und zwei Mägde schluchzten lauthals.

»Was ist geschehen?«, fragte Etienne und zum ersten Mal war er richtig laut. Seine tiefe Stimme übertönte alles und augenblicklich war es still. Sogar das Schluchzen war beinahe verstummt.

François trat vor. Er war kreidebleich und seine Augen waren verdächtig rot. »Es ist …«, er brach ab, als würde ihm die Stimme versagen.

»Was?«, hakte Etienne nach. Er sah streng und unnachgiebig aus, aber Julia ahnte in diesem Moment, dass er so seine Angst verbarg.

»Sophie«, schluchzte die Köchin und jetzt schnäuzte sie sich laut.

»Was ist mit Sophie?«, rief Julia. Ihr schwante Ungutes. In ihrem Magen breitete sich ein Loch aus, ihr Kopf wurde leicht und die Vorahnung nahm ihr die Luft.

»Sie ist tot, Mademoiselle«, sagte François mit krächzender Stimme und jetzt ließ er die Tränen ungehindert fließen. »Sie liegt mit starrem Blick und blauer Zunge auf ihrem Bett.«

51. Kapitel
OFFENE DROHUNG

Etienne ließ einen Arzt kommen und verbot Julia Sophies Kammer zu betreten.

Er selber ging auch nur kurz hinein und wartete dann bei Julia im Salon, bis der Arzt mit der Obduktion fertig war. Zum ersten Mal, seit sie in Montsauvans Obhut war, gab er ihr starken Alkohol zu trinken.

»Das wird Euch guttun. Ein gebrannter Wein aus dem Limousin. Er wurde mir von meinem Weinhändler empfohlen. Es brennt ein wenig, aber er wärmt von innen.«

»Ich weiß, was Cognac ist«, sagte Julia und trank das Glas in einem Zug leer. Sie musste husten, weil es in der Kehle tatsächlich brannte. Sie wusste zwar, was Cognac war, aber bis jetzt hatte sie nicht gewusst, wie er schmeckte.

Wenige Sekunden nach dem Schluck wurde es besser – und ja, es wärmte von innen.

»Jetzt weiß ich, warum es *Branntwein* heißt«, seufzte sie.

Weinen konnte sie nicht. Etienne sah sie schon die ganze Zeit besorgt an, weil sie sich so unnatürlich ruhig verhielt. Fakt war: Sie konnte es nicht glauben. Sie konnte sich einfach nicht vorstellen, dass Sophie nachher nicht oben in ihrem Zimmer auf sie warten würde.

Noch heute Morgen war sie gekommen. Mit verbundener Hand hatte sie die junge Magd aus der Küche beaufsichtigt und ihr dann erklärt, wie sie das Bett machen, Julia beim Ankleiden helfen und Julias Haare aufstecken sollte. Dabei hatte sie mit Julia geplaudert wie immer. Ja, sie hatte blass ausgesehen, aber Julia hatte das auf die Schmerzen an der Hand geschoben.

Als sie beide gemeinsam die Treppe hinuntergegangen waren – sie zum Frühstück und Sophie in die Küche –, hatte Julia ihr noch geraten, die Salbe zu verwenden und einen Tee gegen die Schmerzen zu nehmen. Denn Sophie hatte Schweißtropfen auf der Stirn gehabt und gesagt, die Hand tue sehr weh. Doch das würde sie nicht abhalten am Abend wieder nach Mademoiselle zu sehen, hatte Sophie beteuert. Sie müsse dem Mädchen doch sagen, welches Nachthemd Julia am liebsten habe und dass sie keinesfalls eine Bürste aus Pferdehaaren für die Zähne benutzen wolle. Und die Zahnbürste sei auch ausschließlich für Julia da und nicht noch für den Grafen oder Monsieur Flémont.

* * *

Es vergingen einige Stunden, ehe der Arzt endlich den Salon betrat. Julia suchte seine Erscheinung nach Blut oder sonstigen Flecken ab. Mit Erleichterung sah sie, dass nichts davon auf seiner Kleidung war. Sogar seine Fingernägel waren sauber.

Schierling.

Die blaue Zunge sowie die Verfärbungen an den Fingerspitzen und Zehen deuteten auf eine Lähmung der Lunge hin. Mangelnde Sauerstoffversorgung färbte sie blau.

Und das kam nicht von der verwundeten Hand, sondern von etwas, das sie eingenommen hatte.

Sophie war vergiftet worden. Auf dem Tisch in ihrem Zimmer hatte ein Krug mit Tee gestanden. In der Mischung der Teeblätter habe er Schierlingssamen gefunden. Der Tee, der die Schmerzen an der Hand hätte lindern sollen.

Etienne bezahlte den Arzt und brachte ihn zur Tür. Julia goss sich ein weiteres Glas Cognac ein.

Als Etienne zurückkam, sagte sie: »Glaubt Ihr, der König wird für Sophies Beerdigung die Jagd abblasen?«

Sie kippte den Cognac in einem Schluck in ihren Rachen, und als sie wieder Etienne anblickte, sah sie ihn doppelt und mit äußerst besorgtem Gesicht.

* * *

Zwei ganze Tage dauerte es, bis sie endlich weinte. Es überkam sie in der Nacht nach der Beerdigung. Julia schreckte auf, weil sie geträumt hatte, dass Sophie ihr einen Imbiss servierte aus Froschschenkeln und schleimigen Schnecken. Sie wollte Sophie gerade zurechtweisen, als die auch noch eine blaue Zunge auf das Tablett legte.

Julia wachte auf, weil jemand sie an den Schultern fasste und kräftig schüttelte. Dann wurde sie an eine Brust gedrückt, die nach einem unverwechselbaren Duft roch. Sandelholz, wie sie jetzt wusste.

»Ist ja gut. Alles ist gut.«

»Sie ist tot. Sie ist *tot*«, schluchzte Julia und klammerte sich an ihn.

Etienne drückte sie weiter fest an sich und wiegte sie, bis sie erschöpft einschlief. Als er wieder in sein Zimmer gehen wollte, hielt sie ihn jedoch im Schlaf fest.

Und er blieb. Was hätte er sonst tun können?

Madame de Sévigné, Versailles, an Madame de Grignan, Provence

Überraschende und betrübliche Nachrichten, meine Liebe: Monsieur de Pomponne ist in Ungnade gefallen. Er erhielt den Befehl, sein Amt niederzulegen, und wurde mit 700.000 Livre entschädigt. Er ist wie vom Schlag getroffen. Das wirkt sich schrecklich auf seine Vermögenslage aus. Er hatte nie Zeit, sich um diese geschäftlichen Dinge zu kümmern, und die Entschädigung geht für die Schulden drauf. Dann bleiben immer noch Zinsschulden in Höhe von 30.000 Livre übrig. Pomponne wollte mit dem König selbst sprechen, aber das wurde ihm verwehrt.

Den König beschäftigen andere Gedanken. Er denkt an die Spiegelgalerie, die jetzt erbaut wird, und die morgige Jagd.

52. Kapitel

DIE JAGD DES KÖNIGS

Angélique war ungewohnt gut gelaunt. Sie ging Julia ziemlich auf die Nerven mit ihrem Lachen und den zotigen Witzen, die sie zum Besten gab. Dummerweise blieb sie auch noch ständig in Julias Nähe. Sie und der Herzog de Noailles. Außerdem Monsieur de Brienne, die Herzogin von Orléans, ihre Hofdame de Ludres, die Grande Mademoiselle, der Chevalier de Lorraine und – der König.

Die anderen scharten sich eher um den König, aber Julia war mitten in der Meute drin und sie hatte nicht vor, der Jagd wirklich beizuwohnen. Sie wollte sich – genau wie sonst auch – verdünnisieren, sobald das Halali geblasen wurde. Vorzugsweise in die linke Waldhälfte von Versailles, wo sie auch aus ihrer Zeit hierherkatapultiert worden war.

Vielleicht hatte sie ja heute Glück. Schließlich hatte sie damals die Jagd des Königs gestört – dann würde sie sie nie wieder stören oder erleben müssen.

Dieses Zeitalter war ihr verleidet und ihr Heimweh größer denn je. Seit Sophies Tod vor einer Woche hatte sie nicht mehr richtig geschlafen. Etienne hatte ihr von dem Arzt eine Baldriantinktur verschreiben lassen, aber die Wirkung setze erst nach zwei Tagen ein. Julia fühlte sich gereizt, übermüdet und erschöpft. Sie vermisste Sophie sehr. Mehr, als sie je gedacht hätte. Ihre unerschütterliche Fröhlichkeit und die unbekümmerten Sprüche fehlten ihr.

Die neue Zofe, die noch von Sophie angelernt worden war, hatte

Etienne entlassen. Genau wie zwei andere Dienstboten, weil er sie im Verdacht hatte, Julia vergiften zu wollen. Das Hôtel de Montsauvan hatte nun ein paar Dienstboten weniger, aber Etienne erhöhte das Gehalt der anderen und verbot vorübergehend, neue Dienstboten einzustellen, bis sich die Giftsache geklärt hatte.

François war einer der wenigen, die nicht darüber stöhnten. Er schlich mit rot geäderten Augen durchs Haus und hatte Rache für seine Sophie geschworen. Julia mochte ihn noch ein Stück lieber deswegen. Er hatte es ernst mit Sophie gemeint. Er, die Köchin und ein paar Lakaien trugen ein schwarzes Band am Arm als Trauerflor. Sophie war erst mit Julias Ankunft ein Mitglied des Haushalts geworden, nicht alle hatten sie gut gekannt – dafür waren sie zu oft in Versailles gewesen – und nicht alle trauerten entsprechend.

»Es geht los!«, jubelte Angélique und stieß Julia an. Sie lenkte ihr Pferd neben das von Julia und sorgte dafür, dass beide lospreschten. Julia seufzte und rief sich in Erinnerung, dass Angélique Sophie nicht gekannt hatte. Niemand aus dieser Gesellschaft hatte ihre Zofe gekannt. Niemand sprach sein Mitgefühl aus. Dienstboten kamen und gingen. So war das nun mal.

»Wollen wir ein kleines Wettrennen veranstalten?«, rief Angélique ihr über den Kopf ihres Pferdes hinweg zu. »Wer zuerst dort vorn bei den beiden Eichen ist. Mal sehen, ob Ihr durchkommt!«

Eichen?

Julia wurde schlagartig wach und sah in die angegebene Richtung.

Tatsächlich: Eichen!

Die Zwillingseichen, die bei ihrer Ankunft dort gestanden hatten.

Und Blumen! Da waren die blau-weißen Lilien. Diese ungewöhnlichen Blumen, die ihr aufgefallen waren, als sie von dem Wildschwein durch die Eichen gejagt worden war.

Angélique spornte ihr Pferd an und auch Julia hatte jetzt die Hoffnung gepackt. Sie beugte sich vor. Ließ Isobel eine Hecke überspringen, der Angélique auswich. »Mein Hut!«, hörte sie sie lachend rufen. Aber Julia drehte sich nicht um. Sie hatte nur ein Ziel: Die Zwillingseichen erreichen und zwischen ihnen durchkommen. So schnell wie möglich.

Noch ein paar Meter. Höchstens dreißig. Julia spornte Isobel an.

Schneller, Pferd, dachte sie. *Schneller!*

Zwanzig Meter.

Neben ihr tauchte der Kopf von Angéliques Pferd auf. Sie holte auf.

Zehn Meter.

Julia beugte sich noch weiter vor. Sie stand förmlich im Sattel, sofern das im Damensattel möglich war. Nur noch wenige Meter. Die ersten Lilien hatte sie erreicht, da gab Angélique Julias Pferd einen kleinen Klaps mit der Reitgerte. Isobel brach aus, Julia konnte sie nicht mehr rechtzeitig zwischen die Baumstämme lenken, ohne dass sie gegen einen gerannt wäre, und Angélique galoppierte durch die Eichen hindurch.

»Gewonnen!«, triumphierte sie und zügelte ihr Pferd.

Julia zügelte Isobel ebenfalls und sah Angélique ungehalten an: Sie war noch da. Angélique stand nur wenige Meter mit ihrem dampfenden Pferd neben ihr. Sie strahlte, als hätte sie ein Derby gewonnen.

Vielleicht hätte es bei ihr geklappt? Julia lenkte Isobel noch einmal außen herum und ließ sie durch die beiden Eichen traben. Viele von den weiß-blauen Lilien am Boden waren jetzt zertrampelt. Julia kam auf der anderen Seite heraus – wo Angélique stand; die Hofgesellschaft näherte sich im Hintergrund. Alles war noch da. Wenn sie jetzt ein Autohupen gehört hätte, wäre das wohl das schönste Geräusch auf der Welt gewesen.

Stattdessen schnaubte Angéliques Pferd und die Reiterin sah Julia befremdet an.

Die lächelte ihr ein wenig dümmlich zu. »Zweiter. Außenrum zählt nicht«, erklärte sie ihren seltsamen Zwischenritt.

Jetzt grinste Angélique.

»Ihr habt Euren Hut verloren«, sagte hinter Julia der König und musterte Angélique mit gerunzelter Stirn.

Sie hatte nicht nur ihren Hut verloren, ihre ganze Frisur hatte sich aufgelöst und die Haare hingen in langen Wellen über ihre Schultern. Sie sah wunderschön aus. Wie eine der gemalten Göttinnen im Großen Gemach. Angélique nahm ihre Halsbinde und knüpfte ihre Haare zu einem Pferdeschwanz. Unglücklicherweise stand die gestärkte Spitze der Halsbinde nach oben.

»Geht das so?«, fragte Angélique Julia.

»Ihr seht aus, als hättet ihr eine Tortenspitze auf dem Kopf«, antwortete Julia trocken.

»Mir gefällt es sehr gut«, sagte da Ludwig XIV. überraschenderweise.

Angélique strahlte ihn an und er lächelte wohlwollend zurück.

»Möchtet Ihr mich begleiten, Mademoiselle de Fontanges? Ihr habt gerade bewiesen, dass Ihr bei dieser Art Reiten schon mal mit mir mithalten könnt.«

Angélique kicherte und lenkte ihr Pferd neben das des Königs.

Hatte sie sich das eingebildet oder hatte der König wirklich gerade eine obszöne Andeutung gemacht?

* * *

»Ich will hier *weg*!« Sie knallte ihren Hut auf die Chaiselongue im gemeinschaftlichen Salon und warf die zarten Ziegenlederhandschuhe direkt hinterher.

Etienne schloss die Tür hinter sich und legte seinen breitkrempigen Hut sorgsam auf dem Tisch ab.

»Sie tun alle so, als wäre nichts geschehen! Als hätte es keinen Anschlag auf mein Leben gegeben und als wäre niemand gestorben. Hier stinkt es ganz gewaltig.«

»Ihr solltet Eure Trauer ein wenig kaschieren«, sagte er ruhig.

»Wieso?«, fauchte Julia und drehte sich mit so viel Schwung um, dass sich ihre Röcke um die Beine verhedderten. »Wieso in Gottes Namen? Es stinkt tatsächlich. In diesem Zeitalter, wo es keine Wasserspülung gibt, ist das kein Wunder. Ich will wieder ein Klo mit Wasserspülung. Und ich BIN traurig. Ich BIN ...«

Den Rest des Satzes brachte sie nicht mehr hervor. Sie hatte gesehen, was neben Etiennes Kopf baumelte.

Julia schrie.

53. Kapitel
HEXEREI

Die tote Katze hatte eine kleine Wachspuppe in ihrem offenen Bauchraum gehabt, die sehr gut modelliert worden war. Julia konnte sich sofort erkennen. Was nicht nur an dem goldenen Kleid lag, das sie auf ihrem ersten Ball in Fontainebleau getragen hatte, sondern auch an der Nase und dem Mund. Die ganze Gesichtsform war ihrer getreu nachempfunden. Der einzige Unterschied zwischen ihr und dem Wachsmodell war die Nadel in der Brust.

Kein Zettel, keine Nachricht, nichts weiter. Somit leider auch nichts, was eine Handschrift enthalten und einen Hinweis auf den Täter geliefert hätte.

Etienne hatte den Hauptmann der Dragoner-Garde sofort gerufen, der sich als Monsieur de Noailles entpuppte. Er und ein ihn begleitender Gardist betrachteten die tote schwarze Katze, deren Därme raushingen, und Noailles nahm gewissenhaft alle Aussagen von Etienne auf.

Julia saß fassungslos auf der Chaiselongue neben ihrem Hut und den Handschuhen. Als Monsieur de Noailles keine Fragen mehr an Etienne hatte, trat er näher und setzte sich neben sie.

»Mademoiselle, kann ich irgendetwas für Euch tun?«

Julia sah ihn an. Seine hellblauen Augen, die rötlichen Augenbrauen, die dunkle lange Lockenperücke, die er immer im Dienst trug und die so albern an ihm wirkte. Sein Blick war mitfühlend, besorgt und ängstlich. Alexandre hatte mal angedeutet, dass Noailles in sie verliebt sein könnte. Auf keinen Fall wollte sie jetzt ein Liebesgeständnis von ihm hören. Nicht vor Etienne oder dem Gardisten. Oder gar vor der toten Katze.

»Könnt Ihr die dämliche Perücke absetzen?«, fragte Julia.

Noailles blinzelte ein paarmal irritiert und Etienne sagte scharf: »Julia!« Doch Noailles nahm sie bereits ab und strich sich gleichzeitig durch seine kurzen, roten Haare. Der Gardist, der ihn begleitete, grinste.

»Sonst noch etwas?«, fragte Noailles und lächelte. »Ich möchte, dass Ihr wisst, dass ich so ziemlich alles für Euch tun würde.«

»Na ja, wenn Ihr die tote Katze gleich mitnehmen könntet, wäre ich Euch auch dankbar«, sagte sie zaghaft.

»Das werde ich«, sagte der junge Herzog und drehte die Perücke zwischen seinen Händen. »Aber falls Ihr sonst noch etwas benötigen solltet oder ...«

»Vielen Dank, Monsieur«, unterbrach ihn da Etienne. »Wir werden es Euch wissen lassen, falls noch etwas fehlt oder uns ein weiterer Hinweis einfällt.«

Noailles verstand den Wink mit dem Zaunpfahl sofort und stand auf. Er gab dem Gardisten ein Zeichen, der die tote Katze sofort abnahm. Im Korridor blieb Noailles noch einmal kurz stehen und blickte zurück.

»Darf ich mich in den nächsten Tagen nach Eurem Befinden erkundigen?«, fragte er und ignorierte Etiennes genervte Miene.

»Natürlich dürft Ihr das«, antwortete Etienne für Julia und schloss die Tür.

Durch die geschlossene Tür hindurch konnten sie Noailles zum Gardisten sagen hören: »Kein Wort oder du schaufelst die nächsten vier Wochen im neuen Becken Seiner Majestät. Sitzt die Perücke wieder? Gut. Dann los.«

Julia sah zu Etienne und ihr Blick fiel auf den Blutfleck an der weißen Tür. »Wenn Ihr je eine Perücke tragen solltet, veranstalte ich eine schwarze Messe und verbrenne sie«, sagte sie.

Etienne lächelte. »Zumindest habt Ihr Euren Humor wiedergefunden.«

»Und meine Übelkeit. Ich glaube, ich muss mich übergeben.« Sie schaffte es allerdings nicht mehr bis zum Toilettenstuhl und drehte kurzerhand ihren Hut um.

»Verdammt«, murmelte sie, als ihr Magen sich endlich beruhigt hatte.

»In der Tat. Das waren Straußenfedern. Die kosten ein Vermögen«, sagte Etienne.

Julia klappte die Krempe über der Bescherung zusammen.

»Kann ich das irgendwie wiedergutmachen? Vielleicht indem ich die nächste Zeit für uns beide koche? Ich kann ganz gut kochen«, fügte sie eifrig hinzu. »Und ich wäre sehr gern eine Weile weg vom Hof.«

Etienne sah sie an, als müsse er einem Kind erklären, dass Weihnachten dieses Jahr bedauerlicherweise ausfiel. Doch der Gestank der toten Katze und der von Julias Erbrochenem wurden stärker und schließlich nickte er zustimmend.

»Ich werde beim König vorsprechen und ihm erklären, ich müsse mich um meine Ländereien kümmern.«

Und da Seine Majestät bereits von Monsieur de Noailles über den Vorfall informiert worden war, stimmte er ohne Zögern einem »Urlaub« zu. Er werde die Angelegenheit Monsieur de la Reynie übertragen und wünsche Montsauvan und Mademoiselle Allemande eine erholsame Reise.

54. Kapitel
ZURÜCK IN PARIS

»Ich kann es nicht fassen, dass wir schon wieder in Paris sind«, rief Julia und starrte aus dem Fenster der Kutsche auf die schmutzigen Straßen der Metropole. »Hört nur! Notre-Dame läutet zur Vesper.«

Die Glocken der Kathedrale tönten laut und deutlich durch die Stadt. Überall in den Straßen sah man das emsige Treiben der Händler und Bauern, die ihre nicht verkauften Früchte wieder in die Vororte von Paris fuhren.

* * *

Die drei Monate waren ein richtiger Urlaub gewesen. Wobei man einen Monat quasi abziehen musste, weil der für die beschwerliche Fahrt draufgegangen war. Montsauvan lag am oberen Zipfel des Languedoc. Sechshundert Kilometer von Paris entfernt. Sie hatten mit der Kutsche achtzehn Tage gebraucht, um dorthin zu kommen. Nach einer Woche hatte Julia Etienne von Autos, Eisenbahnen und Flugzeugen erzählt; dass man in den beiden letzteren Fahrzeugen auch warme Getränke und Essen serviert bekam und spätestens innerhalb von sechs Stunden am Ziel war – sofern man nicht im Stau stand.

Die Betten in den Gasthäusern, in denen sie übernachtet hatten, waren zwar sauber gewesen – darauf legte Etienne großen Wert –, aber die meisten Matratzen waren mit Stroh gestopft und auch bei drei Laken übereinander pikste es und man spürte *immer* das Brett darunter. Außerdem waren die Schankräume sehr gewöhnungsbedürftig. Die Gestalt des Monsieur Thenardier aus Victor Hugos Epos *Les Miserables* als ganz reale Vorstellung! Julia wollte lieber nicht wissen, was alles im kredenzten Eintopf war.

Die Reise war ein Abenteuer gewesen. Wenn auch kein besonders Spannendes. Die Landschaft änderte sich schon bald und es wurde wärmer. Montsauvan lag in einer Gegend, wo sich weiße Berge mit grünen Wäldern, trockenen Wiesen und Feldern und Tälern mit türkisblauen Flüssen abwechselten. Julia hatte noch nie eine so schöne Landschaft gesehen. Außer vielleicht in den Narnia-Filmen oder bei *Herr der Ringe*. Doch niemals in echt. Sie war begeistert.

Das Städtchen, das zum Schloss gehörte, war ein typischer kleiner französischer Ort. Sehr malerisch während der Heu- und Getreideernte. Und das Schloss, in dem Etienne aufgewachsen war, war ein Traum.

Château Montsauvan lag auf einer Anhöhe und man hatte einen Blick von gut und gerne zweihundert Kilometern über die ganze wunderbare Landschaft des Languedoc.

Etienne hatte sein elterliches Heim vor einigen Jahren renovieren lassen und den von seiner Mutter angelegten Garten wieder instand gesetzt. Das Ergebnis war ein weißes Märchenschloss, wie sie es einst auf Fotos von den Schlössern an der Loire gesehen hatte.

Julia hatte ausgedehnte Spaziergänge und Ausritte unternommen, in dem wunderschönen Park von Montsauvan gepicknickt, Blumen gepflückt und viel gelesen. Das Wetter im Süden war immer warm. Sie ließ sämtliche Unterröcke weg und schwamm im Schlossweiher. Fast täglich, bis es Oktober und kühler wurde und die Blätter sich zu färben begannen. Dann suchte sie Kastanien und übte erneut mit Etienne das Fechten. Sie saßen stundenlang abends auf der Terrasse, lasen und redeten. Und Julia wurde nicht müde, den südlichen Sternenhimmel zu betrachten.

Sophies Tod war nicht vergessen, aber der Abstand zu Paris und die Gewissheit, dass sie im Château Montsauvan sicher war, gaben ihr nach und nach die Kraft zurück. Sie würde sich nicht unterkriegen lassen von diesen neidischen, verwöhnten Heuchlern, die sich Höflinge nannten. Sie würde kämpfen und für Sophie stark sein. Sie wollte ihren Mörder hinter Gittern wissen. Dafür lohnte es sich zu kämpfen.

Julia hatte auch Armand, den ehemaligen Lakaien Monsieurs, kennengelernt, der bezeugen konnte, dass der Chevalier de Lorraine der ersten Frau von Philippe d'Orléans das Gift gegeben hatte. Er erzählte Julia auch davon, dass Lorraine es in ihren Kuchen gemischt habe. Das weiße Pulver habe man im Zuckerguss nicht ausmachen können. Er habe mit angehört, wie Monsieur und Lorraine sich darüber unterhalten hatten und Monsieur das Gift in die Hände seines Geliebten übergeben hatte. Den Umschlag mit der Anweisung (in der Handschrift Monsieurs) habe jetzt Monsieur de Montsauvan in Gewahrsam.

Monsieur de la Reynie wusste, dass er, Armand, jederzeit den Bruder des Königs belasten könne – nur würde das den König sehr betrüben und einen riesigen Skandal heraufbeschwören. Deswegen seien sich der Polizeichef und Monsieur de Montsauvan einig, nur im Falle einer Bedrohung darauf zurückzugreifen.

Armand hatte sich als ein netter junger und aufrichtiger Mann entpuppt. Er war von einem Bauernhof nach Paris gekommen und sei Monsieur aufgefallen. Zu spät habe er erkannt, was der Bruder des Königs von jungen, unschuldigen Männern erwartete. Die damalige Madame sei eine freundliche Frau gewesen. Sie habe ihn unter ihren Schutz genommen und dafür gesorgt, dass Armand nie mit Monsieur und seinen fiesen Freunden allein war. Aber dann habe er die Intrige mitbekommen, die Madame nicht glauben wollte, und ein paar Tage später, nach qualvollen Schmerzen, war sie tot. Von jetzt auf gleich.

Armand hatte den Kuchen und den gefundenen Brief sofort an sich genommen und zur Polizei gebracht. Aber er hatte das Palais Royal noch nicht verlassen, als man ihn schon suchte.

In seiner Not sei er einfach losgelaufen und auf der Straße vor die Kutsche des Grafen de Montsauvan gestolpert. Das sei sein Glück gewesen.

* * *

Es regnete und den ganzen Tag über war dichter Nebel gewesen, was die letzte Tagesetappe zu einer der zähesten ihrer ganzen Reise gemacht hatte. Als sie nun in den Hof des Hôtel de Montsauvan im Quartier Marais in Paris einfuhren, kamen Julia das Languedoc und Château Montsauvan wie ein schöner, ferner Traum vor.

Aus dem sie jäh erwachte.

Auf der Treppe des *Hôtel* stand Alexandre und erwartete sie lächelnd. Julia wünschte sich erst recht zurück ins Languedoc. Vor allem, weil hier auch wieder die Erinnerung an Sophie lebendiger wurde.

Alexandre schien ihren bösen Streich in Versailles endgültig vergessen zu haben, denn er strahlte, als er sie sah, und half ihr zuvorkommend aus der Kutsche. Sein Lächeln büßte einiges an Strahlkraft ein, als sie ihm die Hand entzog, sobald sie wieder Boden unter den Füßen hatte.

»Hattet Ihr eine gute Reise?«, fragte Alexandre höflich und beantwortete die Frage sofort selber. »Sehr wahrscheinlich, denn Ihr seht schöner aus denn je. Also gehe ich davon aus, dass mein Bruder Euch eine Erholungszeit gegönnt und nicht wieder den Tyrannen hervorgekehrt hat.«

Julia warf einen Blick auf Etienne. Der überging diese Neckerei mit der ihm eigenen Nonchalance.

»Euer Bruder war reizend«, erklärte sie und lächelte Etienne warm an. »Er hat mich den ganzen Tag über tun lassen, wonach mir der Sinn stand.«

»Ach …«, war Alexandres einzige Bemerkung dazu. Sein Lächeln wirkte auf einmal recht gezwungen.

Julia hatte keine Lust auf weiteres Geplänkel. Sie war müde und sie fühlte sich klebrig und unsauber von der langen Fahrt in der stickigen Kutsche. Weil es für November schon recht kühl war, hatten sie keine Fenster öffnen können und Etiennes Kutsche war erstaunlich gut isoliert. Sie wollte nur noch baden und dann ins Bett.

»Soll ich Euch einen Imbiss auf Euer Zimmer bringen lassen?«, fragte Etienne fürsorglich.

»Das wäre sehr nett«, antwortete Julia dankbar.

Ihr war mulmig zu Mute. Sie waren wieder in Paris und in den nächsten Tagen wären sie wieder bei Hofe. Hier erinnerte sie nicht nur alles an die arme Sophie, sondern auch an die Schmerzen, die sie selber durchgemacht hatte, und die aufgeschlitzte Katze. Schnell verdrängte sie den Gedanken, sonst würde ihr wieder übel werden. Etienne hatte ihr geraten, an etwas Heiteres zu denken, sobald sie diese Gedanken überfielen. Julia war spontan der Frosch eingefallen, der sich vor den Augen des Königs aus Angéliques Kleid befreit hatte. Und das amüsierte Lächeln von Ludwig XIV.

Also dachte sie schnell an den Frosch und den Humor Seiner Majestät. Das half tatsächlich etwas und gab ihr Mut, sich allem zu stellen. Auch einem Schlafzimmer, in dem nie wieder eine Sophie auf sie warten würde.

Eine Stunde später fiel sie satt, sauber und todmüde in ihr Bett.

* * *

Spät in der Nacht wurde sie wach. Was sie geweckt hatte, wusste sie nicht sofort zu sagen. Sie fühlte sich immer noch schlapp und wollte nur ausschlafen. Doch dann glaubte sie eine Stimme zu hören. Alexandres Stimme, um genau zu sein. Er war sehr laut und schien über irgendetwas sehr zornig. Sie verstand einzig das Wort »entfremdet«.

Jemand antwortete ihm.

Julia war zu faul, um aufzustehen und nachzusehen, wer es war. Sie drehte sich auf die andere Seite und schlief weiter.

Am nächsten Morgen hatte sie den Zwischenfall vergessen.

55. Kapitel
DIE CHARGE

Alexandre wartete am Frühstückstisch auf sie. Er lächelte und goss ihr Kaffee in die Tasse. Sie stellte die Tasse demonstrativ zur Seite und goss sich Milch in eine andere. Sein betretenes Gesicht war es schon mal wert.

Julia lächelte und trank von ihrer Milch.

»Euer Urlaub war also angenehm?«, begann Alexandre ein Gespräch.

Julia war kurz davor, die Augen zu rollen. Also bitte. So oberflächlich konnte man doch gar nicht sein.

»Traumhaft«, erklärte sie. »Montsauvan ist wirklich ein wunderschönes Städtchen und das Schloss Eures Bruders ist der Hammer.« Julia sah Alexandres verwirrten Blick. »Wunderschön, wollte ich damit sagen«, korrigierte sie sich schnell. Obwohl »Hammer« wirklich eher zutraf, wenn sie an die weißen Türme, die hellen, freundlichen Zimmer und vor allem die gigantische Aussicht dachte.

»Ich war schon lange nicht mehr da«, gab Alexandre zu. »Lebt der alte Verwalter noch? Wie war doch gleich sein Name? Jules? Ja, genau, Jules.«

Wie hatte sie je denken können, sie sei in Alexandre verliebt? Er hatte sich nicht einmal nach ihrem Befinden erkundigt. Madame de Sévigné hatte in den drei Monaten sechs Mal geschrieben. Von Alexandre war kein einziger Brief gekommen, nicht mal eine kleine Notiz, um zu erfahren, wie es ihr ging, ob sie die Vergiftung überstanden hatte oder um ihre Zofe trauerte. Nichts. Er konnte sich nicht mal den Namen seines Erziehers merken. Julien.

»Ja, genau«, sagte Julia und verbarg ihre rollenden Augen hinter der Tasse.

»Er war immer so verrückt nach Tauben. Hegt und pflegt er die noch?«

Julia nickte. Die Tauben waren das Erste gewesen, was Etienne ihr im Schlosshof gezeigt hatte. Er sagte, solange die Tauben in Montsauvan seien, so lange würde das Grafengeschlecht fortbestehen. Julien würde sehr sorgfältig dafür sorgen.

»Wo ist eigentlich Euer Bruder?«, unterbrach Julia Alexandre, der sich über Julien und die Tauben lustig zu machen begann.

»Ins Châtelet zu Monsieur de la Reynie. Er sei den ganzen Vormittag weg, soll ich Euch ausrichten.«

Den ganzen Vormittag? Mist. Das brachte Julias Pläne durcheinander. Sie hatte sich auf der tagelangen Heimfahrt über ihren nächsten Schritt in Sachen Goldschmiede Gedanken gemacht. Und sie war zu dem Schluss gekommen, zuallererst müsse sie passende Räumlichkeiten finden. Sie wollte herausfinden, wo viele adlige Kutschen vorbeikämen, und sich dort nach leer stehenden Geschäftsräumen umschauen. Sicherlich keine einfache Sache in Paris. Vor allem, weil Etienne ihr verboten hatte, allein durch die Straßen zu ziehen. Die Sänftenträger sah er nicht als ausreichenden Schutz vor den Pariser Beutelschneidern an, die bekanntermaßen nicht zimperlich waren. Bei einem gezückten Messer würden Sänftenträger grundsätzlich alles stehen und liegen lassen und wegrennen.

Vielleicht war Alexandre also doch noch zu etwas gut.

»Was habt Ihr heute Vormittag vor?«, fragte sie ihn freundlich.

Misstrauisch kniff er die Augen zusammen. »Ihr wollt doch wohl nicht wieder mit Kindern spielen, oder?«

Am liebsten schon, nur um dich zu ärgern, dachte sie.

»Nein, nein. Ich würde mir gern etwas anschauen. Dabei könnte ich Eure Hilfe gebrauchen.«

Jetzt lächelte er wieder verführerisch. »Ich bin Euch immer gern zu Diensten.«

Er wollte nach ihrer Hand greifen, aber Julia sprang auf und strahlte ihn an. »Fein! Dann treffen wir uns in ein paar Minuten unten im Hof.«

* * *

Garantiert hatte er gedacht, sie wolle mit ihm Angélique de Fontanges besuchen, die bei Madame im Palais Royal weilte, oder auf dem Markt von Saint Germain die letzten Blumen des Jahres sehen. Mit Sicherheit hatte er nicht damit gerechnet, durch sämtliche Straßen im Marais zu kutschieren.

Julia war auf gut Glück gestartet, aber schon die ersten Gespräche mit ein paar anderen Ladenbesitzern in der in Frage kommenden Gegend brachten sie ihrem Ziel um einiges näher. Es dauerte nicht lange und sie konnte ein paar Häuser und Räume im Parterre besichtigen. Alexandre hatte beim ersten Verkäufer geschluckt und versucht, Julia zu einer Spazierfahrt in die Tuilerien-Gärten zu überreden. Doch Julia hatte rigoros abgelehnt. Dann hatte er gedroht, sie bei Etienne zu verpfeifen, woraufhin sie ihm erklärte, das müsse er nicht, das übernehme sie selber, sobald sie hier fertig seien. Daraufhin hatte Alexandre sich zurückgelehnt und fortan geschwiegen.

Julia ignorierte seine immer finster werdende Miene, machte sich fleißig Notizen und zog von allen besichtigten Häusern, die zum Verkauf oder zur Miete standen, fünf in die engere Wahl.

Das vierte Haus hatte es ihr besonders angetan und sie unterhielt sich lange mit dem Verkäufer. Es befand sich in der Rue Saint Germain und war für ihre Absichten ideal. Es lag direkt in der Straße zum Louvre in Richtung Marais-Viertel und sämtliche Kutschen und Sänften der Höflinge mussten das Haus passieren.

Was ihr ganz besonders gut gefiel: Nebenan war ein Gewürzhändler, dessen exotische Düfte bis auf die Straße zogen. Schnuppernd hatte sie einen ganz markanten Duft wiedererkannt: Etiennes Rasierwasser. Der Händler war sehr freundlich, freute sich, sie als Nachbarin zu bekommen, und erklärte ihr, es handele sich um Sandelholz. Sehr exklusiv, sehr teuer und ja, es werde in sehr exquisiten Parfüms für Herren verwendet.

Mit diesen Düften in der Nase gefiel ihr das Häuschen noch besser.

Alexandre wartete, mit gekreuzten Armen an die Tür vor dem Haus gelehnt. Der Sand zu seinen Füßen bildete einen kleinen Graben und seine Schuhspitze war schmutzig. Julia war sich sicher: Mit dieser Aktion hatte sie ihn endgültig in seine Schranken verwiesen.

Kaum zurück im Hôtel de Montsauvan, entschuldigte er sich prompt. Sollte er gehen. Sie hatte Besseres zu tun, als mit Mister-finde-überall-eine-Spielgefährtin herumzutändeln. Julia suchte Etienne auf, um ihn von ihrem Vorhaben zu unterrichten. Sie fand ihn in seinem Arbeitszimmer.

Etienne hörte sich ihre Idee aufmerksam an und war bereit, das Gebäude zu besichtigen, das Julia heute entdeckt hatte.

Auf der Fahrt zurück zu dem Haus dachte sie wieder, wie unterschiedlich Geschwister doch sein konnten. Etienne hörte ihr zu und interessierte sich. Vielleicht lag es aber auch daran, dass sie vor ihm ihre Aufregung nicht verbergen musste. Oder vielleicht einfach nur daran, dass er nicht zu Wort kam. Kaum angekommen, sprang sie aus der Kutsche und zog ihn hinter sich her.

»Es muss umgebaut werden, keine Frage«, sagte sie und zog ihn an der Hand über die Schwelle. »Aber die Lage ist ideal, seht Ihr?«

Sie winkte einer vorbeifahrenden Kalesche zu, aus der Madame de Roure mit großen Augen herausschaute. Etienne schloss schnell die Tür und sah sich um.

»Ihr wisst schon, dass keine anständige Hofdame einem Gewerbe nachgeht, nicht wahr?«, sagte Etienne.

»Ich will ja kein Bordell eröffnen«, sagte Julia.

»Ich mag es nicht, wenn Ihr so sprecht.« Er klang ein wenig verzweifelt.

»Tut nicht so scheinheilig, Etienne«, antwortete sie nur und zog ihn mit leuchtenden Augen weiter. »Seht doch nur! Hier könnte die Werkstatt hin und dahinter ist noch ein weiterer Raum. Vielleicht lässt er sich verbergen als eine Art begehbarer Tresor? Dort drüben könnte noch ein Fenster gebrochen werden.«

Julia eilte von Raum zu Raum und vor ihrem inneren Auge sah sie bereits die Geräte und das Feuer für die Goldschmiede. Sie wollte den Verkaufsraum mit einer aus grünem Samt bespannten Theke ausstatten und alles mit glänzendem Holz verkleiden. Etwas Rötliches. Vielleicht Kirsche? Ließen sich an den Wänden verglaste Nischen einbauen, in die man ein Collier oder ein Armband legen konnte? Zu schade, dass es kein elektrisches Licht gab, mit dem sie die Vitrinen erhellen könnte.

Mit funkelnden Augen blieb sie stehen und besah sich die rohen, schmutzigen Wände und den mit Mäuseunrat verdreckten Holzfußboden mit den rauen Dielen, als wäre es das glänzende Parkett in Versailles.

»Wir waren noch gar nicht oben!«, fiel ihr auf einmal ein und sie eilte bereits voraus.

Die beiden oberen Etagen sahen nicht viel besser als die unteren aus und doch führte sie Etienne begeistert von Zimmer zu Zimmer.

»Hier werde ich meinen Salon einrichten und direkt darüber mein Schlafzimmer. So kann die Wärme, die der Kachelofen ausstrahlt, auch oben genutzt werden. Ihr wisst, wie schrecklich verfroren ich bin«, erklärte sie ihm aufgeregt.

Etienne sah aus, als hätte ihn der Schlag getroffen. »Das kommt überhaupt nicht in Frage!«

Julia sah ihn erstaunt an.

»Ich wollte Euren Enthusiasmus nicht zügeln, aber ich halte das alles für eine vollkommen verrückte Idee. Ehrlich gesagt bezweifle ich, dass Ihr mit Eurem Vorhaben erfolgreich sein werdet.« Er sah Julias versteinerte Miene und fuhr ruhiger fort: »Eure Denkweise ist die eines anderen Jahrhunderts. Ihr mögt Euer Geschäft eröffnen und es wird sich zeigen, wer Recht behält. Ich will Euch Eure Träume nicht ausreden, Ihr sollt sie leben. Aber ich werde keinesfalls dulden, dass Ihr hier allein wohnt. Über einer Goldschmiede mitten in Paris! Die Gefahr, hier überfallen zu werden, ist zehnmal größer, als vergiftet zu werden. Und ich brauche Euch nicht zu sagen, wie groß die Chancen dafür stehen. Ihr bleibt bei mir wohnen und da dulde ich keinen Widerspruch.«

»Und wenn Ihr mir zusätzlich zum Fechten auch den Umgang mit einer Muskete beibringt?«, fragte Julia betreten. Seine Worte hatten sie verletzt. Sehr sogar.

Etienne sah sie von oben herab an. »Ach! Und was glaubt Ihr, wie schnell Ihr eine Muskete geladen bekommt, wenn ein starker Mann mit einem Messer in Euer Schlafzimmer dringt?«

Darauf wusste Julia keine Antwort. Erst jetzt fiel ihr ein, dass man eine Kugel vorn in den Lauf stopfen musste und noch Zündplättchen, Pulver – und wer weiß was. Eine Pistole mit Patronenmagazinen musste wie das ausgefallene Spielzeug eines James Bond anmuten.

»Wenn ich Euch sagen würde, dass Ihr als Frau zu schwach seid, um den Rückschlag einer Pistole auszuhalten, bekäme ich nur eine abschlägige Antwort. Deshalb beschränke ich mich auf das Argument mit der Ladegeschwindigkeit«, fügte Etienne hinzu und kreuzte die Arme vor der Brust.

Julia hörte missmutig zu. Seine Argumente waren wie immer hieb- und stichfest. Aber er untermauerte das ein bisschen zu viel.

Allerdings wusste sie nicht, ob sie nachgeben oder dagegen kämpfen sollte. Lag ihm mehr an ihr, als sie bisher bemerkt hatte? Doch dann gemahnte sie sich, dass es sich um Etienne handelte. Etienne, den einzigen Mann bei Hofe, der ihr noch nie zu nahe getreten war und immer nur um ihr Wohlergehen besorgt war. Wahrscheinlich wollte er ihre unkomplizierte Freundschaft nicht durch eine häusliche Trennung riskieren. Sie konnte immer noch hierherziehen, wenn er sich endlich entschloss zu heiraten. Allerdings versetzte ihr dieser Gedanke einen unangenehmen Stich im Herzen.

»Einverstanden«, sagte sie langsam. »Ich wohne weiterhin bei Euch.« Dann setzte sie energisch hinzu: »Aber glaubt nicht, mir das hier ausreden zu können. Ich habe eine großartige Idee und werde sie verwirklichen. Wenn ich irgendwann in meine Welt zurückkehre, kann ich wenigstens etwas vorweisen, was auch dort von Nutzen ist.«

Montsauvan zuckte nur gleichgültig die Schultern. Sein Gesicht war wieder eine starre Miene. Zum Glück war das Thema damit beendet.

* * *

Egal wie er dazu stand, Etienne lauschte ihr auch in den nächsten Tagen aufmerksam. Auch wenn er ein Gesicht machte, das offen zeigte, wie dämlich er die Idee fand. In seinen Augen war sie zum Scheitern verurteilt. Vor allem, als er hörte, welche Art von Leuten sie anzustellen gedachte.

Doch Julia ließ sich davon nicht beirren. Sie sprühte nur so vor Aufregung und Energie. Ihr Glaube an die Menschheit mochte noch so kindlich-naiv auf ihn wirken – sie war davon überzeugt, einige der Bettler würden dankbar dafür sein, ein geregeltes Einkommen und eine ordentliche Anstellung zu erhalten. Vor allem ehemalige Söldner, die seit dem Frieden von Aachen keine Arbeit mehr hatten.

In Augenblicken wie diesen fragte sich Etienne bestimmt, warum sie sich nicht wie andere Damen auch mit einer wöchentlichen Armenspeisung und Kleiderausgabe in seinem Palais zufriedengeben konnte. Aber das würde nicht ihrem Naturell entsprechen. Sie wollte etwas tun. Sie wollte etwas bewirken. Sie konnte nicht länger untätig bei Hofe rumsitzen oder Lateinvokabeln lernen. Sie war achtzehn und es wurde Zeit, dass sie ihr Leben in die Hand nahm. Und nicht nur Ideen klaute.

* * *

Nach wenigen Tagen musste Etienne de Montsauvan einräumen, dass er seine ehemalige Schülerin unterschätzt hatte. Julias Elan und Esprit bewirkten wahre Wunder. Sie hatte mit Monsieur Colbert gesprochen und er hatte ihr einen Termin beim Schatzmeister für Ämterkauf vereinbart. Und sogar noch eine Empfehlung ausgestellt. Man konnte in Paris nämlich nicht einfach so ein Gewerbe eröffnen. Man musste es beantragen und kaufen. Im Stadtviertel

Saint-Roch in der Rue Royale musste sie zwanzigtausend Livre für diese »Charge«, dieses Amt, bezahlen.

Der Schatzmeister gratulierte ihr zu ihrem neuen Amt und wollte ihr die Urkunde in den nächsten Tagen zukommen lassen.

Jetzt war sie offizielle Inhaberin einer Goldschmiede, die noch nicht existierte.

Madame de Sévigné, Paris, an Madame de Grignan, Provence

Geliebte Tochter,
meine Briefesammlung ist bereits an Euch unterwegs, aber die Neuigkeit, die ich Euch jetzt mitteile, kann nicht auf den nächsten Stapel warten.
Madame de Montespan musste die königlichen Gemächer räumen. Zugleich hat sie die von ihr seit vielen Jahren angestrebte Stellung der leitenden Ehrendame der Königin erhalten. Jedermann weiß, was das bedeutet: Sie ist nicht länger die Mätresse und Geliebte des Königs.
Ihre Kinder bleiben in der Obhut Seiner Majestät.
Der König selber scheint die Trennung auch nicht gut zu verkraften. Er konnte noch nie gut Tränen sehen. Er war bleich, schwitzte und wirkte, als hätte er wieder schlecht geschlafen.
Und genau darum geht es jetzt: Wo wird er künftig schlafen? Wer wird die nächste Mätresse werden?
Die Wetteinsätze auf Mademoiselle Allemande sind auf einmal wieder gestiegen. Und das, obwohl ihr der König nie mehr Aufmerksamkeit geschenkt hat als ein gütiger Vormund.
Der König wird ab sofort genau beobachtet werden, mit

wem er sich unterhält und wem er ein Lächeln schenkt.
Ich werde berichten, wie es weitergeht.
Bis dahin, schont Euch, meine Liebe. Ihr seid mir so wichtig.

56. Kapitel

DIE NEUE FAVORITIN

»Habt Ihr schon gehört? Madame de Montespan ist nicht länger die Favoritin!«, flüsterte ihr Madame de Sévigné zu.

Julia und Etienne waren vor ein paar Tagen zurück nach Versailles gekommen, weil er zu einer Ratssitzung musste. Folglich bestimmte das übliche Hofzeremoniell ihren Tagesablauf – inklusive der lockeren Abende im Großen Gemach. Die beste Zeit, um den neuesten Tratsch auszutauschen.

Julia war über diese Neuigkeit nicht wirklich überrascht. Der König hatte seine langjährige Geliebte in letzter Zeit viel zu oft in der Öffentlichkeit zurückgewiesen. Es war offensichtlich, dass ihr Stern am Sinken war. Jedermann bei Hofe sprach von der strahlenden und geistreichen Schönheit, die sie gewesen war. Übrig gebliebe war eine aufgequollene, überhebliche Zimtzicke, die nur noch keifte. Und sich den Teller viel zu voll schaufelte, dachte Julia, als sie die aufgedunsene Ex-Geliebte am Buffet-Tisch vor sich stehen sah. Sie schubste und fauchte nach links und rechts. Ein Fleischbällchen rollte vom Teller zu Boden und prompt bekam der Lakai, der auffüllte, eins auf den Deckel.

Früher hatte die Königin Tränen in den Augen gehabt, wenn sie ihrer Rivalin begegnete; und die Montespan behandelte die spanische Prinzessin stets von oben herab. Heute ging die Königin mit einem siegessicheren Lächeln an ihr vorbei.

»Hat sie sich wieder darüber aufgeregt, dass der Senf zu scharf ist? Oder waren die Eier zu weich gekocht? Oder hat ihr das Parfüm von ihrer Ehrendame DesŒillets nicht gefallen?«, fragte Julia.

»Unter anderem«, kicherte Madame de Sévigné. »Aber vor allem liegt es daran, dass unser Monarch eine Neue hat.«

Jetzt wurde Julia doch neugierig.

»Eine Neue? Weiß man schon, wer es ist?«

»O ja, und Ihr kennt sie gut. Es ist Mademoiselle de Fontanges!«

Julia stutzte. »Das ist ein Witz!«

»Mitnichten, meine Liebe. Sie fiel dem König auf, als Ihr und der charmante Bruder Eures Lehrers durchnässt durch den Park spaziert seid.«

»Wir sind nicht spaz…«, begann Julia schon mit der Verteidigung, gab aber auf, denn Madame de Sévigné winkte ab.

»Der König habe zwei Tage später zu nächtlicher Stunde bei den Hofdamen Madames Einlass in das Schlafzimmer gefordert. Nur in Begleitung von Monsieur de Noailles und einigen Dragonern war er nach Saint-Cloud gereist. Und das nur, weil er in Liebe zu ihr entbrannt ist.«

»Aber … sie ist doch wesentlich jünger als er!« Dreiundzwanzig Jahre. Genauso viel jünger wie sie selbst, Julia.

Madame de Sévigné gab einen wenig damenhaften Laut von sich ob der Naivität ihrer jungen Freundin. »Montsauvan bewacht Euch wohl zu gut, meine Liebe. Wann hat jemals das Alter eine Rolle gespielt, wenn Amor seine Pfeile verschießt? Denkt doch nur an unseren alten König Heinrich II. und seine Geliebte!«

»Diane de Poitiers?«

»Genau, sie war viel älter als er! Und es ist eine der schönsten Liebesgeschichten aller Zeiten. Das Kind wird ihre Liebe besiegeln. Was denn, meine Liebe? Ach, Ihr wart wirklich viel zu lange fort – Mademoiselle de Fontanges ist schwanger!« Dabei klatschte

Madame de Sévigné so begeistert in die Hände, dass man glauben konnte, sie würde Großmutter. »Madame Scarron freut sich schon auf ein weiteres Baby. Sie ist übrigens vor kurzem zur Herzogin von Maintenon ernannt worden, weil sie so hervorragende Arbeit in der Kindererziehung leistet, sagte der König.«

»Der König sagte das?«, wiederholte Julia. Sie war sprachlos über all diese Neuigkeiten.

»O ja. Stellt Euch vor, er schaut immer öfter im Kinderzimmer vorbei und Françoise sagt, man könne sich mit ihm sehr nett unterhalten.« Madame de Sévigné strahlte und Julia wusste, sie freute sich aufrichtig für die Freundin, die so viele Jahre von einer kaum vorhandenen Witwenrente hatte leben müssen. »Sie ist in seinem Ansehen sehr gestiegen, das merkt jeder hier. Vor allem sie.«

Sie deutete auf die Montespan, die gerade den Mund so voll hatte, dass ein wenig zurück auf den Teller tropfte. Julia verzog das Gesicht. Ausgerechnet in diesem Moment sah die Montespan auf und ihr direkt in die Augen.

»Ach herrje, unsere Quanto ist aber nicht gut auf Euch zu sprechen«, meinte Madame de Sévigné kichernd.

»*Quanto*?«, wiederholte Julia irritiert.

»Habt Ihr den noch nicht gehört? Das ist ihr Spitzname. Italienisch für *Wie viel,* weil sie beim Kartenspielen immer so hohe Summen setzt. Bis jetzt hat der König oft ihre Spielschulden übernommen und manchmal hat sie ihn nur gefragt: *Wie viel?* Und von uns fragt sich jeder, meinte sie jetzt, wie viel Geld er ihr zur Verfügung stellte oder wie sie es bei ihm abarbeiten soll.«

Julia bekam derweil heiße Wangen und die Montespan ein knallrotes Gesicht. Sie stand auf und kam mit schweren Schritten (die waren wirklich schwer, denn das Geschirr auf dem Buffet bebte) auf sie zu. Sie beugte sich zu Julia herab und die konnte die großporige Haut und das dicke Rouge auf den Wangen der anderen ganz deutlich erkennen. Außerdem klebte noch Petersilie zwischen ihren Zähnen.

»Eins lasst Euch gesagt sein«, zischte sie Julia und Madame de Sévigné an. »Ich werde wieder die erste Frau in Frankreich sein. Dafür ist schon gesorgt. Ihr könnt jetzt und hier über mich lachen, weil Ihr denkt, Eure beste Freundin sei mir überlegen. Aber mir ist niemand überlegen.« Sie richtete sich wieder auf und rückte ihr Mieder zurecht.

Dann verließ sie den Salon der Venus und rauschte weiter. Julia sah noch, wie sie einen Hähnchenschenkel im Gehen vom Teller Monsieur de Briennes stibitzte.

* * *

Die Gerüchte waren tatsächlich wahr! Julia stellte schon am nächsten Tag fest, dass Angélique nicht länger in den Antichambre von Madame wohnte, sondern in den ehemaligen Räumen der Marquise de Montespan Quartier bezogen hatte. Die lagen über den königlichen Gemächern und man munkelte, sie seien durch eine Geheimtreppe mit dem Schlafzimmer des Königs verbunden.

Angélique empfing sie eben dort, in den ehemaligen Gemächern der Montespan, und bat sie zu einer Tasse Schokolade. Julia saß ihrer Freundin gegenüber und staunte über die Pracht, mit der diese Räumlichkeiten ausgestattet waren, während die neue Bewohnerin sie erwartungsvoll ansah.

»Ihr habt wunderschöne Zimmer hier oben, Angélique«, sagte Julia schließlich.

»Ja, nicht wahr?« Angélique strahlte sie an. »Seine Majestät dachte, ich würde mich hier geborgen und sicher fühlen.«

In den Räumen der Montespan? Julia bezweifelte, dass sie selbst sich hier jemals wohlfühlen könnte. Mit Sicherheit kannte die noch ein paar ganz andere Gänge, und die Gefahr, mit einem Messer in der Brust aufzuwachen, wäre ihr hier zu groß.

»Äh ... das war sehr großzügig von Seiner Majestät«, antwortete Julia pflichtschuldig.

Angélique errötete und wollte soeben etwas sagen, doch sie wurde unterbrochen, als eine ihrer Gesellschaftsdamen die Schokolade brachte. Julia erinnerte der Nelken- und Zimtduft immer an Weihnachten. Die Königin hatte die heiße Schokolade aus Spanien mitgebracht und zu einem Modegetränk für die Aristokratie gemacht. Julia fand sie ein wenig zu scharf, vor allem weil auch mit Pfeffer nicht gespart wurde.

Es verstrichen einige Minuten, bis das Getränk serviert war. Dann verneigte sich die Gesellschafterin und verschwand wieder. Julia nahm ihre Tasse und kostete vorsichtig, ehe sie ein Löffelchen Zucker hinzufügte. Dann probierte sie erneut.

»Der König ist ganz verrückt nach mir. Er kommt jede Nacht«, platzte Angélique heraus.

Julia verbrannte sich die Zunge. *So* genau hatte sie es nicht wissen wollen.

»Die Montespan muss er schon lange nicht mehr besucht haben, denn er kommt jede freie Minute zu mir hierher hinauf.«

Julia atmete beschämt ein wenig kühle Luft auf ihre Zunge. Sie hatte das ganz anders verstanden. In diesem Schloss wurde man verdorben.

»Und er betet mich an. Er ist so verliebt!« Angélique geriet ins Schwärmen. »Und dann auch noch so leidenschaftlich. Er hält es keine zwei Stunden ...«

»Aber Ihr feid noch fo jung!«, unterbrach Julia schnell, ehe sie weitere Details erfuhr. Mist. Sie lispelte, wegen der verbrannten Zunge.

Angélique sah sie überrascht an. »Für die Liebe ist man nie zu jung«, lautete die typische, ein wenig trotzige Antwort. »Seht nur Euch und Montsauvan an.«

»Wir find nicht verliebt!«, widersprach Julia.

»Das glaubt auch nur Ihr«, war die unbefriedigende Reaktion darauf.

»Aber er könnte Euer Vater fein! Ich meine, er ift attraktiv und hat Charme, aber fein Fohn ift in unferem Alter.«

»Das weiß ich. Und trotzdem. Er ist …« Sie sah an die Decke und rang die Hände. »Wundervoll, zärtlich und rücksichtsvoll. Ich bin mir sicher, das sind die Vorteile eines älteren Mannes. Sie lassen sich mehr Zeit, sind geduldiger. Ich kann Euch sagen, mein erster Liebhaber war alles andere als das. Er war nur vier Jahre älter als ich und sehr roh. Bei ihm reichte es, hin und wieder die Röcke zu heben. Ludwig dagegen …«

Sie nennt ihn Ludwig! O Himmel, Heiland, schoss es Julia durch den Kopf. Sie wusste zwar, dass man als königliche Mätresse sehr angesehen war. Wenn man die vergangenen Jahrhunderte hindurch alle Monarchen der christlichen Welt betrachtete, hatten sowohl Engländer, Schotten, Franzosen, Normannen als auch Deutsche immer Geliebte gehabt, die oftmals mehr zu sagen hatten als die amtierende Königin. Und für die kommenden hundert Jahre galt das Gleiche. Aber da Julia im einundzwanzigsten Jahrhundert geboren war, wo die Presse die ehemalige Geliebte des Prinzen of Wales quer durch den Schmutz gezogen hatte und Affären und Fremdgehen etwas Niederträchtiges und Schändliches waren, konnte sie nicht über ihren Schatten springen und die Euphorie ihrer Freundin teilen.

»… Euch zu verdanken.«

Erschrocken stellte Julia fest, dass sie nicht aufgepasst hatte. »Mir zu verdanken?«

»Aber natürlich! Erinnert Ihr Euch an unseren kleinen Bootsunfall mit Alexandre? Wie gut, dass ich damals ins Wasser gefallen bin.«

»Ihr wärt beinahe ertrunken.« Julia erinnerte sich sehr gut.

»Ja. Aber das war es wert. Es war ja nur beinahe. Und deswegen bin ich die Geliebte des größten Königs der Welt.« Angélique lehnte sich siegesbewusst zurück.

»Ihr solltet Eure Prioritäten überdenken«, murmelte Julia abwesend. Sie konnte ihr nicht länger in die Augen sehen. Und wenig später verabschiedete sie sich.

Angélique war zwar verwirrt über Julias seltsames, fremdes Verhalten, aber nichts konnte ihr Glück momentan trüben.

Ihre Freundschaft bekam dennoch einen Dämpfer. Das lag allerdings nicht an Julias Bestürzung, sondern vielmehr an der plötzlichen Beliebtheit von Mademoiselle de Fontanges.

Zu viele Opportunisten drängelten sich von nun an um sie und hofften auf ihre Aufmerksamkeit. Angélique hatte einfach keine Zeit mehr. Wenn sie nicht von diesen Schmarotzern umlagert wurde, nahm der König ihre Gesellschaft in Anspruch. Und dem König verweigerte man sich nicht.

So einfach war das.

* * *

Julia dagegen war vollkommen irritiert. Sie war in Paris, weil Alexandre mit seinem Arbeitgeber Monsieur Boufflers wieder nach Lothringen hatte aufbrechen müssen. Egal, wie Julia zu Alexandre stand, er war Etiennes einziger Bruder und ihm wichtig. Er begleitete ihn bis Paris und wollte sich gebührend von ihm verabschieden.

Sollte trotz des Friedensvertrags vom Februar – der schon mehr als unsicher war – ein Krieg ausbrechen, würde Alexandre direkt mit Boufflers an die Front gehen. Nur Gott wusste, was dann geschah.

Die plötzliche Ruhe, die nach seiner Abreise eintrat, gab ihr Gelegenheit, über alles, was sie erfahren hatte, nachzudenken. Und sie war beunruhigt. Sie musste mit jemandem darüber sprechen und wer wäre dazu besser geeignet als ihr bester Freund?

»Etienne, kann ich mit Euch reden?«

Der Graf saß am Schreibtisch in seinem Arbeitszimmer und bat sie mit einer Geste, ihm gegenüber Platz zu nehmen. Das Hôtel de Montsauvan war hübsch, hell, freundlich, nicht übermäßig mit Kitsch und Gold beladen. Etienne hatte das Stadtpalais seiner Eltern vor ein paar Jahren umbauen lassen und es entsprach seinem zurückhaltenden Stil. Julia mochte vor allem dieses Arbeitszimmer, denn die Fenster zeigten zum Innenhof, in dem ein Garten angelegt war.

»Ich merke schon seit einiger Zeit, dass Euch etwas bedrückt«, sagte er und bot ihr eine Tasse Tee an.

»Ehrlich gesagt, ich mache mir Gedanken um Angélique de Fontanges. Sie ist achtzehn und der König ist einundvierzig! Ich weiß, ein Mann im besten Alter, aber andauernd gaukelt mir meine Fantasie einen alten, verhutzelten Körper vor, der sich an einem Kind vergeht. Und dann Angélique! Sie betet ihn an und schwärmt von ihm und erzählt mir von früheren Liebhabern. Wie viele mögen das schon gewesen sein?«

Etienne sah sie nachdenklich an. Dann endlich sagte er: »Was bedrückt Euch so daran? Seid Ihr eifersüchtig?«

»Nein!«, rief Julia ehrlich entsetzt.

»Dann ist es Euer Unwissen, das Euch zu schaffen macht«, erklärte er lächelnd. »Ihr könnt mit ihren Ausführungen nichts anfangen. Ihr fühlt Euch abgehängt, weil sie von etwas redet, von dem Ihr keine Ahnung habt. Ist es nicht so?«

Julia dachte eine Weile schweigend darüber nach. »Vielleicht«, gab sie schließlich langsam zu.

»Ich bitte Euch nur, jetzt nicht loszustürmen und den Wissensstand aufzuholen«, sagte Etienne in ernstem Ton. Sie sah das Lächeln um seine Mundwinkel. Er machte sich ein wenig lustig über sie.

»Bestimmt nicht«, erklärte Julia mit einer Grimasse. »Sagt … ist …« Sie zögerte und Etienne wartete geduldig. Er schien nicht im Mindesten geneigt, ihr zu helfen. Also formulierte sie ihre Worte neu: »Wird es nicht vielleicht überschätzt?«

»Was?«

»Ach, Ihr wisst schon, was ich meine. Diese Sache zwischen Mann und Frau.«

Jetzt grinste Etienne unverhohlen. »Ach, *diese* Sache! Kommt darauf an.«

Julia wartete auf eine weitere Erklärung, doch die ließ auf sich warten. »Spannt mich nicht auf die Folter. Erklärt es mir oder ich suche mir doch noch ein Versuchsobjekt.«

Montsauvan lachte. »Droht mir nicht. Wir wissen beide, dass Ihr das nicht fertigbringt. Na schön. Manchmal wird *diese* Sache überschätzt, manchmal wiederum nicht.«

»Würdet Ihr mir das vielleicht ein wenig näher erläutern?«

»Grundgütiger! Wer bin ich denn?«

»Mein Lehrer! Kommt schon, beantwortet Eurer Schülerin ein paar Fragen.«

»Wie soll ich das näher erläutern? Ich bin ein Mann und ich gestehe, dass es befriedigend sein kann, aber nicht immer ist.«

Julia sah enttäuscht aus.

»Was habt Ihr erwartet?«, fragte Etienne ungehalten. »Eine hehre Vereinigung, die mich bis an mein Lebensende jubeln lässt? Seid versichert, wenn ich das jemals empfunden hätte, hätte ich die Frau geheiratet.«

»Dann habt Ihr nie … ich meine, Ihr wart nie … verliebt?«

Etienne lehnte sich in seinen Stuhl zurück, sah sie an und schwieg. Julia hatte nicht wirklich mit einer Antwort gerechnet. Immerhin hatte er ihr am Abend des Maskenballs verraten, was er von der künftigen Gräfin de Montsauvan erwartete.

Sie seufzte und wischte sich mit beiden Händen übers Gesicht. »Wisst Ihr, im neunzehnten Jahrhundert kommen viele schöne Romane heraus. Romane, die von der einen, wahren Liebe erzählen. Irgendwann trifft darin eine Frau den Mann fürs Leben, auf Umwegen kommen beide zusammen, heiraten und leben glücklich bis an ihr Lebensende. Später werden viele dieser Bücher dann verfilmt, das heißt, es werden …«, sie unterbrach sich. Woher sollte er wissen, was ein Film war?, »… Theaterstücke inszeniert, die noch anschaulicher diese Liebe darstellen. Ich habe viele von diesen Büchern gelesen und viele Fil… äh, Theaterstücke gesehen und ich hatte immer gehofft, dass das, was diese Schauspieler darstellen, irgendwo von irgendwelchen Menschen tatsächlich *gelebt* wird.«

Und ich dachte, dass dieses Gefühl, das Alexandres Küsse ausgelöst haben, beständig ist beim richtigen Partner. Aber diesen Satz sprach sie nicht laut aus, aus Angst, ausgelacht zu werden. Eine Weile herrschte Schweigen.

Etienne beugte sich vor und stützte beide Ellbogen auf den Tisch. »Hattet Ihr gehofft, einen Romeo fürs Leben zu finden?«

»Ja.«

»Ihr wisst, dass Romeo sich aus Liebe das Leben nahm?«

»Haha«, machte Julia sarkastisch. »Aber wisst Ihr, was romantisch ist? Wenn jemand sich opfert für einen. Nicht aus falschem Stolz und Missverständnis, sondern um den anderen zu schützen, weil ein Leben ohne ihn keinen Sinn ergibt.«

»Für Romeo war es kein falscher Stolz in diesem Moment«, sagte Etienne leise.

Julia knetete ihre Hände im Schoß. »Gibt es die denn? Die Männer, die für eine Frau alles riskieren würden, weil sie ohne sie nicht leben können? Habt Ihr je solche Menschen getroffen? Ein Ehepaar, das sich so liebt?«

Etienne antwortete lange nicht, und als sie aufschaute, hatte er sich wieder in seinen Sessel zurückgelehnt und sah sie an.

Endlich sagte er: »Seid nicht niedergeschlagen, wenn es beim ersten Mann nicht klappt.«

»Werdet nicht zynisch, Etienne. Ich merke, Ihr macht Euch über mich lustig«, murmelte sie enttäuscht. Also lautete die Antwort Nein. Was sehr niederschmetternd war.

Er stand auf und kam um seinen Schreibtisch herum, nur um sich auf die Kante genau vor ihr zu setzen. Dabei hatte er ein Bein auf dem Boden abgestützt, das andere baumelte lässig. Seine feingliedrige Hand strich ihr zärtlich über die Wange. »Ich mache mich nicht über Euch lustig, Mignonne. Ich bin nur verwundert, welch hohe Ideale Ihr habt.«

»Ja, ich bin naiv. Das weiß ich schon«, bemerkte Julia eingeschnappt.

»In meinen Augen seid Ihr nicht naiv, sondern Ihr steht weit über all diesen Kurtisanen, die sich Hofdamen nennen. Ganz besonders mit diesen Idealen.«

Julia sah ihn erstaunt an und zu ihrer größten Verwunderung ergriff er ihre Hand und küsste die. Sie wusste, das tat er immer nur dann, wenn ihn etwas sehr bewegte.

An diesem Abend fühlte sie sich auf jeden Fall besser, und als sie einschlief, sah sie nicht mehr den König und Angélique, sondern Etiennes Augen, die sie warm anlächelten.

57. Kapitel
DES KÖNIGS UNWILLEN

Ihre Rückkehr nach Versailles brachte zahlreiche Verpflichtungen mit sich.

Die Planung des Spiegelsaals machte Fortschritte. Julia war anfangs häufig mit dem König, dem Architekten und dem Hofmaler zusammen, aber dann überließ der König dem Hofmaler – der zugleich als Ausstatter fungierte und für den Stuck zuständig war – das Zepter in Sachen *Projekt Kristallgalerie*. Folglich war Julia mit Le Brun allein und bekam seine Antipathie ihr gegenüber deutlich zu spüren.

In seiner Gegenwart würde sie keinen Tee anrühren, so viel war klar. Und dann kam er mit abstrusen Vorschlägen, als warte er nur auf den winzigsten Fauxpas, den er direkt dem König mitteilen könnte. Die neueste Idee war zum Schießen.

»Monsieur Le Brun, ich bin ganz Eurer Meinung: Vorhänge wären hier fehl am Platz.« Julia sah zwischen den Gerüsten auf die frischgemauerte Wand, wo die Fensteröffnungen wie große Löcher hervortraten. Schnee lag in der Luft und es war bitterkalt. Ob der Mörtel nicht gefror? Julia steckte beide Hände tief in ihren Muff.

»Wie viele Kronleuchter, glaubt Ihr, sind erforderlich?«, fragte Monsieur Le Brun.

Julia wusste genau, dass sie auf solche Fragen keine Antwort geben durfte. So großartig Le Brun in seiner Arbeit als Künstler war, so wenig durfte man ihm als Mensch vertrauen. Monsieur Mignard, der sich mit ihm um das Amt des besten Hofmalers stritt, konnte davon ein Lied singen. Seine Zeichnungen für ein Porträt des Dauphins waren vor kurzem spurlos verschwunden. Niemand außer Le Brun hätte einen Grund gehabt, sie zu vernichten.

Le Brun war krankhaft missgünstig. Dass Julia und nicht er die entscheidende, dem König gefällige Idee gehabt hatte, nahm er ihr übel und das ließ ihn gefährlich werden. Julia hatte ihm von Anfang an klarzumachen versucht, dass sie nicht das geringste Interesse hatte, seine Autorität und Kreativität zu beeinflussen, aber er hatte schlicht und ergreifend nicht zugehört. Als sie Etienne von dem misslungenen Gespräch erzählt hatte, hatte der ihr zu Vorsicht und Zurückhaltung geraten. Um den König zufriedenzustellen, solle sie hin und wieder die Baustelle besichtigen, Le Brun fragen, wie er vorankomme, und ansonsten alles dem Künstler überlassen. Das Große Gemach, das er allein entworfen und ausgeschmückt hatte, sprach ja für sich.

Also stellte sich Julia ahnungslos. »Ich weiß es nicht, Monsieur. Ich denke, Ihr habt mehr Erfahrung darin als ich.«

Le Brun konnte ein zufriedenes Lächeln nicht unterdrücken. Garantiert würde der alte Griesgram nachher Seiner Majestät berichten, sie sei unnütz, denn sie überlasse ihm alle Arbeit.

»Ich denke, zwanzig wären genau richtig. Zwei nebeneinander hier und hier und hier.« Er ging zwischen den wackeligen Gerüsten umher und zeigte an die noch nicht vollendete Decke. »Das Schloss wird von außen herrlich hell erstrahlen, wenn alle Kronleuchter brennen. Vielleicht noch ein paar Kandelaber vor den Fenstern, die sich dann in den gegenüberliegenden Türen spiegeln und noch mehr Licht erzeugen.«

»Das ist eine wundervolle Idee«, sagte Julia anerkennend.

»Mademoiselle de Sarvois-Pèrguse?«

»Die Kandelaber werden wohl auch mit viel Gold und Kristall versehen sein, oder?«, fragte Julia den Maler seufzend. Ein bisschen zu goldig war es hier. Tja, sonnenkönigsmäßig halt.

»Mademoiselle de Sarvois-Pèrguse?«

»Er redet mit Euch«, sagte der Maler.

Julia drehte sich erstaunt um.

»Seid Ihr nicht Mademoiselle de Sarvois-Pèrguse?«, fragte ein Lakai.

»Nein«, antwortete Julia.

»Doch«, sagte stattdessen Le Brun.

»Stimmt, ja!«, rief Julia und klatschte die Hand gegen die Stirn. »Ja, das bin ich.« Sie hatte ihren neuen Namen, der mit dem Titel einer Marquise einherging, noch nicht auf dem Schirm.

Der Lakai und Le Brun tauschten einen Blick, der deutlich sagte, sie hielten sie für bescheuert.

»Ich soll Euch das hier von Monsieur Bertin überreichen.«

»Meine Urkunde!«, rief Julia erfreut.

Der Lakai verschwand und Julia rollte das Blatt auseinander. Da stand es: *Lizenz für Goldschmiede und Juwelenhandel.*

»Juwelenhandel?« Le Brun hatte ihr über die Schulter geschaut und las verblüfft mit.

»Ja«, sagte Julia glückselig. »Ich möchte mich nicht allein auf meinen Lorbeeren ausruhen, ich möchte etwas gestalten.« Sie lächelte Le Brun breit grinsend an. »Ihr seid mein großes Vorbild, Monsieur. Ich werde nie so malen oder zeichnen können wie Ihr, aber vielleicht kann ich Schmuck entwerfen. Immerhin bin ich eine Frau.«

»Als Frau solltet Ihr Euch in der Tat mit Schmuck auskennen«, brummte er geschmeichelt.

Julia rollte die Urkunde schnell zusammen. Sie hob den Blick automatisch nach oben, sah aber nicht mehr die Decke, sondern das kleine Haus in der Rue Saint Germain mit dem exklusiven Verkaufsraum. »Habt Ihr schon Pläne für die Gestaltung der Decke?«, fragte sie gedankenverloren.

Sofort änderte sich sein Gesichtsausdruck. Eben noch war er am Träumen gewesen, begeistert von seiner Arbeit, doch jetzt wurde er wieder wachsam. »Warum?«

»Ich dachte, Ihr hättet bereits von Skizzen für ein Gemälde gesprochen. Hattet Ihr nicht gesagt, Ihr wolltet die erfolgreichsten Schlachten an die Decke malen?«, fragte Julia.

»Nein, das hatte ich nicht«, antwortete der Mann mit zusammengekniffenen Augen.

»Dann ist es Herr Schmidt, mein Geschichtslehrer, gewesen«, überlegte sie laut.

Doch zum Glück hatte der Maler das nicht mehr mitbekommen. Er betrachtete sinnierend die Decke, als wäre sie bereits ein fertiges Meisterwerk. Seine Augen begannen zu leuchten und seine Mundwinkel zogen sich nach oben. Julia entschied, sie könne gehen. Auf ihren Gruß hin erhielt sie schon keine Antwort mehr. Le Brun hatte ein Blatt Papier entdeckt und mit einem Stückchen Kohle zu zeichnen begonnen.

* * *

Wie schon vorausgeahnt, hatte Le Brun nicht nur die Schlachten als seine Idee ausgegeben, sondern dem König auch noch gesteckt, dass sie nur noch an ihr neues Gewerbe, die Goldschmiede, dachte. Von Angélique erfuhr Julia später, dass sich das Gesicht des Königs verfinstert hatte, als er davon erfuhr.

Der übliche nachmittägliche Spaziergang war an diesem Tag ausgefallen, weil es wie aus Kübeln schüttete. Der November war unbequem und furchtbar nass. Also vergnügte man sich im Großen

Gemach bei einer Partie Hoca – das hieß, einige spielten, während andere, wie Angélique de Fontanges und Julia, die sich die Einsätze nicht leisten konnten oder wollten, nur zusahen. Julia schüttelte immer wieder den Kopf über die unbedachte Art, mit der manche Edelleute dieses Spiel betrieben, und um welch hohe Summen gespielt wurde. Ihre einhunderttausend Livre wären innerhalb von zwei Stunden weg gewesen. Die von Monsieur de Luxembourg waren es.

Angélique hatte sich zu ihr gesetzt und ihren neuen Schmarotzerfreunden gegenüber durchblicken lassen, sie wolle mit ihrer Freundin alleine sein.

»Ihr wisst, dass Seine Majestät selten eine Regung zeigt, wenn er etwas erfährt«, begann sie leise. »Ich war dabei, als er von Eurer Goldschmiede erfuhr. Der König war nicht besonders erfreut, als er hörte, was Ihr da vorhabt.«

Als hätte der König das Gehör eines Luchses, hob er in diesem Moment den Kopf und sein Blick fiel auf die beiden jungen Frauen.

»Mademoiselle de Sarvois-Pèrguse«, rief er und winkte Julia mit einer knappen Geste, die seine Verärgerung verriet, herbei.

Julia warf einen letzten bangen Blick auf Angélique und ging dann zum König.

»Wir haben erfahren, dass Ihr ein Gewerbe zu eröffnen gedenkt«, erklärte er und sein Ton war Unheil verkündend.

»Sire, das klingt, als wollte ich ein Bordell aufmachen«, versuchte Julia das Ganze ins Lächerliche zu ziehen.

Der Schuss ging nach hinten los. Die versammelten Höflinge zogen erschrocken die Luft ein und empörte Stimmen wurden für einen Moment laut.

»Wie kann sie es wagen ...«

»Unmöglich!«

»Ich will Euch sofort in meinem Kabinett sprechen!«, befahl der

König und er schien recht wütend, denn er eilte mit großen Schritten voraus.

* * *

»Wie könnt Ihr es wagen und meinen Gunstbeweis und mein Geld zu den Handwerkern herabziehen?«, rief er wütend, sobald die Tür hinter ihnen ins Schloss gefallen war. »Das ist eine Schande für den gesamten Adelsstand! Und dann dieser Ausdruck vorhin! Ich muss Montsauvan tadeln. Was um Himmels willen hat er Euch beigebracht, wenn Ihr so sprecht?«

Julia schluckte. Ludwig konnte einsichtig und gnädig sein, wie Madame de Sévigné nie müde wurde zu betonen. Allerdings nur dann, wenn man es geschickt zu formulieren verstand, nicht übertrieb und ihm immer – *IMMER!* – den gehörigen Respekt entgegenbrachte. Hoffentlich hatte sie das nicht durch ihre unbedachte Äußerung verspielt.

»Ihr werdet die gesamte Aristokratie in den Schmutz ziehen mit euren seltsamen Ideen! Welcher Graf oder Marquis ist je auf den Gedanken gekommen, ein Handwerk zu betreiben? Alles Narreteien, die den Adel lächerlich machen.«

Der König hielt inne und schnappte nach Luft. Ganz untypisch für den großen Ludwig, der normalerweise keine Miene verzog und stattdessen wenig später einen Lettre de Cachet, den Brief der Ungnade, versandte. So erst kürzlich geschehen beim Marquis de Pomponne.

»Sire, Monsieur Colbert ist gelernter Tuchhändler, sehe ich das richtig?«

Ein bedrohliches Funkeln trat in die Augen Ludwigs, als er stehen blieb und sie ansah. »Und?«, fragte er gefährlich ruhig.

Julia sah ihm fest in die Augen, obwohl ihre Hände zu zittern begannen. »Es erscheint mir nicht richtig, dass Ihr Euren Finanzminister auf diese Art und Weise beschimpft.«

»*Über das, was ich tue und lasse, brauche ich niemandem Rechenschaft abzulegen!*«, donnerte Ludwig XIV. »Ich bin König von Frankreich und allein Gott steht über mir. Und außerdem habe ich nicht Monsieur Colbert damit gemeint, sondern Euch, die Ihr es wagt, Euch auf das Niveau von Handwerkern und Bürgern herabzubegeben.«

Julia sah ihm fest in die Augen, auch wenn in ihrem Magen gerade ein paar Wackersteine begannen Boogie zu tanzen. Aber sie war im Recht und das würde sie verteidigen. Julia fasste all ihren Mut zusammen. Sie setzte alles auf eine Karte. Trotzdem konnte sie ein Zittern in der Stimme nicht unterdrücken:

»Frankreichs Säulen sind diese Handwerker und Bürger. Sie stützen das Königreich und ermöglichen Euch Eure Krone, das Geld und wundervolle Dinge wie das hier!« Sie deutete auf einen Wandteppich aus der Gobelin-Manufaktur. »Was wäre Frankreich ohne seine Künstler und Arbeiter? Was wäre Versailles? Was wäret Ihr? Ihr, der Ihr in die Geschichte als Förderer der Künste eingehen wollt, indem Ihr Universitäten ins Leben ruft und Schulen für die Ausbildung dieser Handwerker gründet? Niemand würde in Euch einen großen König sehen, Ihr wärt nur ein Name in einer endlosen Reihe auf einer Stammtafel von Königen. Und Ihr wisst genau die Fähigkeiten jener Handwerker zu schätzen, sonst hättet Ihr niemals einen ehemaligen Tuchhändler in Eure Dienste aufgenommen.«

Ludwig war ruhig stehen geblieben. Er hatte ihr ernst zugehört, seine Augen hatten sich bei ihren Worten mehr und mehr verengt. Einen Moment herrschte eine Stille, in der man eine Stecknadel hätte fallen hören können. Dann sagte er: »Am besten geht Ihr jetzt.

Wir werden Euch wissen lassen, was Wir davon halten, wenn Wir in Ruhe nachgedacht haben.«

Er war wieder der allmächtige König.

Der Inbegriff des Absolutismus. Und sie hatte ihm die Stirn geboten.

Julia knickste und verließ das Kabinett.

Ganz wie sie vermutet hatte, drückten sich im Flur viele neugierige Edelleute herum, die plötzlich scheinbar unauffällig die Gemälde an Wänden und Decke begutachteten. Julia blieb einen Moment stehen und betrachtete alle mit finsterer Miene. Einige gaben sich auch keiner Verstellung hin und grinsten sie ganz unverschämt an. Der Chevalier de Lorraine zum Beispiel.

Julia warf ihnen einen giftigen Blick zu und rauschte davon. Hinter sich hörte sie noch, dass sich die Tür erneut öffnete und Ludwig lautstark nach Monsieur Colbert verlangte.

* * *

»Ihr seid des Wahnsinns!«, sagte Etienne, als er von ihrer Auseinandersetzung mit dem König hörte.

Julia saß ihm gegenüber in ihrem gemeinsamen Salon und hatte den Kopf zurück auf die Lehne der Chaiselongue gelegt und die Augen geschlossen. Jetzt erst wurde sie sich der Ungeheuerlichkeit ihres Tuns richtig bewusst. Sie hatte den König von Frankreich beleidigt und zurechtgewiesen. Vielleicht hätte sie dergleichen beim Bundeskanzler tun können – der war immerhin vom Volk gewählt und Oberhaupt einer Demokratie. Und er beziehungsweise sie war Kritik gewohnt. Aber ein Monarch, der in diese Stellung hineingeboren worden war und beinahe sein Leben lang auf dem französischen Thron gesessen hatte und dementsprechend verhätschelt und getätschelt worden war, konnte ihren Tod befehlen! Sie war trotz ihrer zwei Jahre Aufenthalt hier in diesem Zeitalter noch immer ein Kind der Moderne. Es war mit ihr durchgegangen.

Ein Kanzler oder Präsident konnte gestürzt werden. Auch ein Diktator, ja sogar der Stuart-König von England, Charles I., war gestürzt worden – aber niemals, *niemals* Ludwig XIV.

Himmel!

Er war der einzige Herrscher nach den alten römischen Kaisern, der die absolute Gewalt in einem ganzen Staat innehatte. *Und sie hatte ihn angeschrien!*

»Kommt schon, Julia. Ihr seid ganz bleich. Trinkt das hier.« Etienne, der neben ihr saß, legte besorgt einen Arm um ihre Schultern und reichte ihr eine Tasse mit Milch.

Sie trank zu hastig und verschluckte sich. Etienne tätschelte ihren Rücken, bis sie sich wieder beruhigt hatte.

»Etienne, was habe ich getan?«, hauchte sie, noch immer entsetzt.

»Also, das steht auf einem anderen Blatt, Mignonne. Ich glaube, in meinem Unterricht über die Etikette habe ich Euch beigebracht, dass man den König nicht mit erhobener Stimme anreden soll; Schreien ist natürlich absolut unzulässig.«

»Schon gut, dass ich versagt habe, wissen wir bereits«, zischte sie ungehalten.

»Seht Ihr, das ist Euer Problem. Ihr seid zu unbeherrscht.«

Amüsierte er sich etwa? Da zuckte doch ein Muskel an seinen Mundwinkeln!

»Ich bin dem Untergang geweiht und Ihr freut Euch. Geht doch zu Madame de Montespan oder Monsieur! Ich bin sicher, die sind genauso erheitert über meine Unbeherrschtheit wie Ihr.«

»Ihr müsst unbedingt etwas gegen Eure scharfe Zunge unternehmen, Mignonne. Lasst mich ausreden. Ich müsste mich sehr täuschen, wenn Seine Majestät Eure Offenheit nicht zu schätzen wüsste. Selbstverständlich duldet er in der Regel nicht diesen feindseligen Ton, aber bei einer schönen Frau, die ihn ansonsten sehr bewundert, lässt er sicherlich Nachsicht walten. Wollen wir wetten, dass er Euch spätestens morgen zu sich bittet, Euch vergibt, Euch Eure Goldschmiede zugesteht und noch dazu alsbald Euer bester Kunde wird?«

»Ihr seid verrückt«, sagte Julia zweifelnd. »Um was wollen wir wetten?«, fügte sie matt hinzu.

Etienne lehnte sich entspannt zurück und fuhr mit einem Finger nachdenklich über sein Kinn.

»Ihr überlasst mir Eure kleine Taschenlampe, und sollte ich verlieren, werde ich alles dafür tun, dass Ihr Euer kleines Schmuckgeschäft doch betreiben könnt.«

Das war eine Wette, auf die sie sich gern einließ. Sie brauchte ihm nicht zu sagen, dass er die Taschenlampe sowieso hätte haben können, wenn er nur danach gefragt hätte.

* * *

Die Wette gewann Montsauvan. Direkt nach dem Abendessen, nur sechs Stunden nach ihrer Unterhaltung, ließ der König sie zu sich rufen. Sie waren wieder allein in seinem Kabinett.

»Mademoiselle, Wir haben uns Eure Argumente sorgfältig durch den Kopf gehen lassen«, begann er mit seiner autoritären Stimme. Dann änderte sie sich und wurde weicher. »Ihr habt Recht, Mamsellchen. Bauern, Handwerker und Bürger sind die Stützen meines Staates und ich bin stolz darauf, so fähige und fleißige Menschen Franzosen nennen zu können. Ich bitte Euch wegen meiner unbedachten Worte um Verzeihung.«

Julia war verblüfft. »Sire … ich …«, begann sie stammelnd. »Ernsthaft?« Dann fasste sie sich. »Es tut auch mir leid. Ich bin zu unbeherrscht und ich war zu laut und zu schnell in meinem Urteil.«

Ludwig lächelte. »Dann wollen wir wieder Freunde sein?«

Julia lächelte nun ebenfalls und reichte ihm die rechte Hand, die er küsste. »Gerne, Sire. Gestattet mir nur eine Frage: Warum erboste es Euch so, dass ausgerechnet ein Aristokrat ein Handwerk betreiben will? Denn wenn ich es richtig erfasst habe, war das der Knackpunkt.«

Der König seufzte. »Nun, Mamsellchen, Ihr seid sehr aufmerksam. Das geht auf eine Zeit zurück, in der Ihr noch nicht geboren wart. Ich versuche die Ratschläge eines guten Freundes zu beherzigen und bin damit bisher sehr gut gefahren.«

Julia kam plötzlich ein Gedanke. »Des Kardinals Mazarin? Hat es mit der Fronde zu tun, die Euch stürzen wollte? Wollt Ihr deshalb lieber alle Edelleute um Euch versammelt sehen und sie unterhalten, damit sie nicht noch einmal dem Gedanken verfallen, Euch anzugreifen?«

Ludwig sah sie wieder finster an. »Ihr habt eine scharfe Zunge, Mademoiselle.«

»Das höre ich heute nicht zum ersten Mal«, murmelte Julia und senkte den Blick.

»Dann lernt daraus und mäßigt Euch«, wies er sie streng zurecht. Einen Augenblick lang geschah nichts. »Aber Ihr habt Recht«, brach der König schließlich das Schweigen. »Wenn Ihr wie ich damals diese Ängste ausgestanden hättet, würdet Ihr auch alles daransetzen, diese Wölfe, die mich Tag für Tag umgeben, zu zähmen. Bislang kam noch niemand auf den Gedanken, sich Geld als ein Kaufmann zu beschaffen. Ihr seid die Erste! Und wie ich Euch kenne, werdet Ihr in Kürze mehr Geld damit verdienen, als an den Spieltischen im Salon des Mars in einem Monat verspielt wird. Wenn diese Hyänen das sehen, werden sie Euch nachzueifern versuchen, und darin liegt der Schlüssel: Geld verleiht Macht. Mit Geld finanziert man Kriege, mit Geld entfacht man Revolutionen, unterstützt die Aufständischen oder dingt Mörder. Solange aber ich das Geld in meinen Händen halte und nach meinem Willen verteile, wagt es niemand, sich gegen mich zu stellen. Versteht Ihr?«

Julia nickte staunend. »Ich verstehe sehr gut, Sire. Ihr belohnt und bestraft gleichermaßen und durch Eure Allmacht verkörpert Ihr den Puppenspieler, der die Marionetten nach seinem Willen tanzen lässt. Das ist genial!«

Ludwig hatte soeben schon wieder ihre vorlaute Zunge tadeln wollen, aber der letzte Ausruf schmeichelte ihm zu sehr. Also lächelte er gequält. »Ihr habt einen scharfen Verstand, Mamsellchen. Ich verlange von Euch, dass das, was wir soeben hier besprochen haben, unter uns bleibt. Nicht mal Montsauvan sollte von unserer Unterhaltung erfahren, haben wir uns verstanden?«

Julia winkte lässig ab. »Macht Euch da keine Sorgen, Sire. Der Graf ist anders als sämtliche Männer Eures Hofstaats. Es sollte mich nicht wundern, wenn er längst von Eurer Taktik wüsste.«

»Da mögt Ihr Recht haben, aber dennoch ...«, sagte Ludwig nachdenklich. »Versprecht mir, nichts davon verlauten zu lassen, Mamsellchen.«

»Ich verspreche es, Sire.«

»Nun gut.« Der König lächelte wieder herzlich. »Ich habe mit Monsieur Colbert gesprochen und er versicherte mir, er habe Eure Unterlagen eingehend überprüft, nachdem Ihr bei ihm wart. Zieht nicht ein solch finsteres Gesicht, Euch dürfte doch klar sein, dass mein Minister nichts dem Zufall überlässt. Er war sehr zufrieden und beschied Euch Kompetenz und Urteilsvermögen. Ihr dürft

Euer … Geschäft betreiben. Aber solche Ausdrücke wie heute Nachmittag möchte ich nicht noch einmal von Euch hören. Verstehen wir uns recht?«

»Ja, Sire.«

Damit war sie entlassen.

58. Kapitel

ADVENT, ADVENT

Es war spät und es zog in den Gängen, als Julia sich auf den Weg zu ihrem Appartement machte. Ein Blick aus dem Fenster zeigte, dass es schneite.

Julia blieb stehen. Als sich die Blätter verfärbt hatten, war sie nicht in Versailles gewesen. Eine weitere verpasste Chance, den richtigen Moment für ihre Heimkehr zu finden. Ein weiteres Jahr im siebzehnten Jahrhundert stand ihr bevor. Der Schnee draußen im Dunkeln machte es noch realer, denn es bedeutete, dass sie ein weiteres Weihnachten hier verbringen würde, wo kein Weihnachten gefeiert wurde, so wie sie es kannte.

Sie sollte Madame, Liselotte von der Pfalz, aufsuchen und mit ihr den Heiligabend planen. Ob es sehr dramatisch wäre, wenn sie ihr jetzt schon Weihnachtslieder beibrachte? Konnte das einen Schmetterlingseffekt auslösen? Vor allem die Christmas Oldies kämen bestimmt nicht gut, wo der König im Moment auf England überhaupt nicht gut zu sprechen war. Sein königlicher Cousin hatte ein Bündnis mit dem verfeindeten Holland geschlossen, obwohl er es anders versprochen hatte.

Ludwig war noch am Überlegen, ob er den Friedensvertrag für nichtig erklären oder mit seinem englischen Cousin verhandeln sollte. Charles II. schien ein Fuchs zu sein.

So oder so, für Holland sah es schlecht aus.

Die hauchdünnen Flocken gingen in einen Nieselregen über. Die

Kerze, die den Flur erleuchtete, flackerte und plötzlich wurde Julia von hinten gepackt. Von einem Mann, wie sie sofort erkannte. Er drehte ihr die Arme auf den Rücken und hielt ihr mit einer Hand den Mund zu.

Sie war absolut hilflos.

Sie roch ein exklusives Parfüm und spürte die voluminösen Locken der beliebten Allongeperücke an ihrer Wange.

»Wenn das mal kein Glücksfall ist«, murmelte die Stimme. Es dauerte einen Moment, ehe ihr klar wurde, dass es Monsieur war. Zum ersten Mal hörte Julia sie nicht hoch und gekünstelt wie sonst und sie verursachte ihr eine Gänsehaut. Das war die kühle, berechnende Stimme eines Mannes, der seine erste Ehefrau eiskalt umgebracht hatte.

»Das verwöhnte Gör meines Bruders. Welches seiner Flittchen hat dich geboren?« Er schob ihre Arme noch höher, was ihr einen schmerzhaften Stich zwischen den Schulterblättern verursachte.

Julia schüttelte angstvoll den Kopf.

»Oder zieht er sich das nächste mit dir heran? Ist die dümmliche Fontanges nur ein Zwischenstopp, ehe er sich endlich dir zuwendet?«

Julia fühlte den kalten Schweiß ausbrechen. Nicht nur, weil sie noch immer gefangen war wie ein Vieh auf der Schlachtbank, sondern auch, weil sie befürchtete, er könnte Recht haben. Der Gedanke war ihr noch nie gekommen, aber jetzt, wo Angélique, die im gleichen Alter wie sie war, seine Geliebte war … Wer weiß?

»Auf alle Fälle wärst du wesentlich gefährlicher als sie. Mit der Montespan hatte ich ein Abkommen. Wie sieht es mit dir aus? Wirst du auf meine Forderungen eingehen, wenn es so weit ist? Wenn nicht – mein Bruder war nie lange allein. Die Nächste wird wieder fügsamer sein.«

Julia fühlte einen verheerenden Druck auf ihrer Blase. Monsieur hatte ein Abkommen mit der Montespan gehabt? Was mochte sie alles für ihn erwirkt haben?

»Weißt du, was das ist, mein schönes Kind?« Monsieur ließ ihre Arme frei und hielt ihr ein kleines Fläschchen vors Gesicht. »Das ist Salpetersäure. Ah, ich merke schon, du hast davon gehört.«

Julia starrte entgeistert auf die kleine Glasphiole mit der durchsichtigen Flüssigkeit. Monsieur nahm auch die andere Hand von ihrem Mund und entkorkte sie – nur wenige Zentimeter von ihrem Gesicht entfernt.

»Salpetersäure löst die meisten Metalle in Nichts auf. Ich habe einmal einen Alchemisten gesehen, der durch Salpetersäure geschädigte Hände hatte. Die Haut war verbrannt, voller Narben und schmerzte Tag und Nacht. Er hatte auch keine Fingernägel mehr. Was wird sie wohl mit deinem hübschen Gesicht anstellen?«

»Hoheit, der König möchte Euch beim Billardspiel an seiner Seite haben«, sagte eine bekannte Stimme hinter ihnen. Sie hatten ihn nicht kommen hören und erschraken beide.

Julia konnte einen leisen Aufschrei nicht unterdrücken, denn Monsieur zuckte erschrocken hinter ihr zusammen. Die Phiole schwankte bedenklich. Schnell entwand sie sich der unfreiwilligen Umarmung Monsieurs und brachte einige Meter Abstand zwischen sich und den Prinzen.

Monsieur de Noailles war ihr Retter. Obwohl er die unmögliche Perücke trug, sah er sehr entschlossen aus und bereit, alles zu tun, um Julia zu helfen.

Monsieur starrte ihn endlose Sekunden stumm an und Julia bemerkte zum ersten Mal die Ähnlichkeit mit dem König. Philippe d'Orléans konnte genauso gebieterisch wirken wie sein Bruder. Ohne ein weiteres Wort ließ er die Phiole in seinem Rock verschwinden und schritt in Richtung Großes Gemach.

Julia sackte erleichtert an Ort und Stelle zusammen. Noailles war sofort an ihrer Seite.

»Der König hat ihn genau im richtigen Moment gerufen«, sagte sie mit zittriger Stimme.

»Hat er nicht«, gestand Noailles und zog sie auf die Beine. »Deswegen würde ich Euch gern von hier fortbringen, ehe er es bemerkt.«

Obwohl ihre Knie noch weich wie ein Grashalm waren, mobilisierte sie alle Kräfte und ließ sich von Noailles in ihr Appartement bringen. Dort angekommen, schickte er François aus, um Etienne zu suchen, und goss Julia ein Glas Wein ein. Jetzt traf sie der Schock mit voller Wucht und sie wäre zu keinem einzigen Schritt mehr fähig gewesen. Auch ihre Hände zitterten stark. Sie konnte nicht einmal das Glas halten, ohne alles zu verschütten.

»Monsieur de Noailles …«

»Jules«, korrigierte er sie und umfasste ihre Hände, die das Weinglas umklammerten. »Bitte.«

»Jules, ich kann nicht trinken.« Sie war erschrocken. Schon einmal hatte man sie bedroht. Auch damals war sie so zittrig gewesen und Jules de Noailles war auch da an ihrer Seite gewesen. »Ich habe gerade ein Déjà-vu«, gestand sie und sah ihn an.

Er hatte die Perücke abgenommen und lächelte. »Hier. Trinkt.« Er führte ihre Hände mit dem Glas an ihren Mund und Julia trank gierig.

Als das Glas leer war, fühlte sie den Wein in ihrem Magen warm und ihren Kopf leicht werden. Das war nicht nur Rotwein, da war mehr als die Hälfte Cognac daruntergemischt gewesen. Man hatte sie bedroht. Nein, nicht *man*. Der Bruder des Königs, dieser elende kleine Wurm. Der war doch gar nichts ohne seinen Bruder.

»Das würde ich ihm aber nicht sagen«, meinte Jules de Noailles stirnrunzelnd.

»Hab ich das gerade laut gesagt?«, fragte Julia und merkte, dass ihre Zunge ein wenig schwer war.

»Ich glaube, es ist ganz gut, wenn Ihr Euch jetzt …«

»Julia! Kommt mit! Ich muss …«

Die Tür war aufgeknallt und Etienne kam hereingestürmt. Bei dem Anblick, der sich ihm bot – Noailles und Julia dicht nebeneinander auf dem Kanapee sitzend und er ihre Hände umklammernd, blieb Etienne ruckartig stehen.

»Was geht hier vor?«, fragte er, als er sich einigermaßen gefasst und die Tür geschlossen hatte.

»Monsieur hat Mademoiselle Julia bedroht. Ich kam zum Glück noch rechtzeitig, ehe er eine nicht wiedergutzumachende Dummheit begangen hätte«, erklärte Noailles ruhig. Er nahm Julia das Glas ab und legte ihr die Hände zurück in den Schoß. »Sie war sehr aufgebracht und deswegen habe ich ihr ein Glas Wein gegeben.«

Der war sehr gut, dachte Julia, die sich jetzt wieder ganz entspannt fühlte und nicht länger zitterte. Auch ihr Kopf war leicht und der Blick ein wenig verschwommen.

»Das war eine gute Idee«, bekräftigte sie Noailles Worte.

»Sie ist betrunken«, sagte Etienne und seine Stimme klang noch tiefer als sonst schon.

»Samu Haber«, rief Julia und erntete damit verwirrte Blicke. »Jetzt weiß ich's endlich. Eure Stimme erinnert mich an …«

»Ihr trinkt jetzt dieses Glas Wasser und dann müsst Ihr Euch noch einmal zusammenreißen.« Etienne goss ihr das Glas aus dem Krug voll. »Ich muss Euch unbedingt etwas zeigen. Und nach Euren Schilderungen ist es wichtiger denn je.« Mit Schwung zog er Julia vom Kanapee hoch.

Völlig unvorbereitet auf die plötzliche Bewegung prallte sie der Länge nach gegen Etienne. »Huch«, murmelte sie.

»Wenn Ihr nicht wollt, dass ich Euch gleich ohrfeige, damit Ihr nüchtern werdet, strengt Ihr Euch jetzt ein wenig an.«

Da war er wieder. Der unerbittliche Lehrer.

»Ihr seid wirklich humorlos. Ein Degengefecht wäre mir lieber.«

Etienne seufzte und stellte sie aufrecht hin.

»War da etwas im Wein?«, fragte er.

Noailles zuckte die Schultern und sah alarmiert aus. Er roch an der Flasche.

»Das war ein Scherz«, sagte Etienne. »Ich bringe meinen eigenen Wein aus Paris mit seit dem Vorfall im Sommer.«

»Ihr seid humorlos.« Julia schüttelte den Kopf. »Witzig war das nämlich nicht. Soll ich Euch einen Witz erzählen? Treffen sich zwei Päpste …«

Etienne seufzte wieder. Weil sie schwankte, nahm er ihre Hand und zog sie zur Tür.

»Am liebsten würde ich Euch hierlassen, Julia, aber Ihr müsst das sehen, um zu begreifen. Vielleicht solltet Ihr auch mitkommen, Noailles. Ein weiterer Zeuge wäre nicht schlecht.«

59. Kapitel
DIE GEHEIMGÄNGE VON VERSAILLES

Etienne führte sie über eine kleinere Treppe in einen Bereich, den Julia noch nie betreten hatte.

»Woher wisst Ihr von diesem Weg?«, fragte Noailles misstrauisch.

»Weil ich vorhin jemandem gefolgt bin«, lautete die mysteriöse Antwort Etiennes. »Das sind private Räume, die nur der ...«

»Ihr habt beide den Witz nicht verstanden«, maulte Julia.

»Pst«, machte Etienne und legte einen Finger an seine Lippen. Julia wusste, er hätte jetzt sehr gern die kleine Taschenlampe benutzt statt der Laterne. Im flackernden Kerzenschein konnte Julia das unwirsche Gesicht von Jules sehen. Jules und Julia. Wie lustig. Sie kicherte. Etienne warf ihr einen warnenden Blick zu und schnell legte sie die Hand über ihren Mund.

Jetzt blieb Etienne stehen und zog seine Schuhe aus. Er bedeutete Julia und Jules, es ihm nachzumachen (ach nee, auf Französisch klang es eher nach *Dschüllie* und *Dschüll*. Julia musste mit Gewalt ein Kichern unterdrücken, weil es so albern klang).

Beim Schuheausziehen musste sie sich gegen die Wand lehnen, weil sie sonst das Gleichgewicht verloren hätte, dann schlichen die drei auf Strümpfen weiter.

Etienne blieb vor einer Wand voller Gerüste stehen. Er kroch unter die Bretter und Bohlen, Julia noch immer an der Hand hinter sich herziehend.

Julia blinzelte ein paarmal. Die Rotwein-Cognac-Mischung war stärker gewesen als gedacht, denn vor ihren Augen öffnete sich eine Tür aus dem Nichts. Nun ja, aus der Wand. Eher gesagt eine kleine Klappe, Etienne musste auf allen vieren kriechen, um hindurchzukommen. Und er zog Julia unerbittlich mit.

»Woher ...?«, setzte Noailles schon wieder an, aber dieses Mal noch fassungsloser.

»Pst«, machte Etienne und Noailles verstummte.

Nur die Öffnung war so klein gewesen, der Gang dahinter war zwei Meter hoch, aber sehr schmal.

»Uh, ein Geheimgang wie im Louvre«, flüsterte Julia aufgeregt.

Etienne legte ihr einen Finger an die Lippen. Sie sah seine funkelnden Augen und wusste, dass es wirklich ernst war – und gefährlich. Mit einem Mal legte sich ihr Schwips und sie sah wieder klarer.

Und dann hörte sie es.

Ein Summen. Ein Bienenschwarm mitten im Winter? Nisteten sich Hornissen nicht gern in Holz ein?

Warum wollte Etienne ...?

»... dieses Blut Kraft schenken, den eingeschlagenen Weg zu gehen. Erhalte seine Leidenschaft für diese Frau. Kräftige seine Manneskraft für diese Frau. Mach ihn hörig dieser Frau.«

Weihrauchduft trieb durch den Gang. Jetzt noch ein Kaminfeuer mit ein wenig Stechpalmen, überlegte Julia kurz, und sie hätte ihre Adventsstimmung. Der Gedanke brachte sie allerdings zur Erkenntnis, doch noch nicht ganz nüchtern zu sein.

Etienne schob ganz sacht eine Klappe auf. Julia konnte sehen, dass sie sich in einem Zwischengeschoss befinden mussten, denn unmittelbar oberhalb der Klappe war die Zimmerdecke zu sehen. Als sie jetzt hinunter in den Raum blickte, der von schwarzen Kerzen erhellt war, sah sie viele Menschen dort versammelt. Das Summen wurde lauter – die vermummten Menschen dort unten summten eine sehr eintönige Melodie – und die Stimme, die psalmodiert hatte, begann in einer unbekannten Sprache zu singen.

Sie standen in schwarze Kutten gehüllt um einen Tisch, auf dem eine nackte Frau lag. Ihr Körper war mit roten Symbolen bemalt, weiße Kugeln lagen in ihrem Bauchnabel und zwischen ihren Brüsten, ihr Haar lag fächerartig ausgebreitet um den Kopf. Blondes Haar, qualliger Körper mit Oberschenkeln, so dick wie Julias Taille (zumindest, wenn die in ein Mieder geschnürt war).

Auch wenn die nackte, beschmierte Blondine eine Maske trug: Die Montespan war deutlich zu erkennen.

Julia merkte, wie sich Noailles neben ihr versteifte.

Das Summen wurde lauter und Julia sah eine Frau im Priestergewand zu den Füßen der Montespan. Feierlich hob sie die Hände, während zwei andere Vermummte mit Weihrauchfässern um den Tisch herumgingen.

»Baphomet, ich rufe dich. Azazel, ich rufe dich. Samael, ich rufe dich.«

Jetzt erkannte Julia die Stimme: Die Voisin! Die Hexe, die eine tote Katze aufgeschlitzt und aus deren Gedärmen geweissagt hatte und die in der Kristallkugel lesen wollte.

Eine zweite Gestalt in einem etwas schlichteren Priestergewand trat näher und legte etwas auf den Bauch der Montespan. Es war ein Fläschchen.

»Sorge dafür, dass die Feinde dieser Frau unschädlich gemacht werden. Vernichte die Feinde dieser Frau. Lass sie untergehen, dem Strahlenkranz der Sonne entschwinden.«

Die Voisin sammelte die weißen Kugeln ein, tat sie in ein Glas und überreichte das Glas und das Fläschchen der zweiten Priesterin. Zwei Gestalten halfen der Montespan aufzustehen und streiften ihr einen Umhang über. Dann stellten sich alle in einem Kreis um die Priesterin auf und begannen das *Vaterunser* rückwärts zu beten.

Etienne schob die Klappe vorsichtig zu und deutete Noailles vorauszugehen. Keiner sprach ein Wort, bis sie im Flur zu ihrem Appartement angelangt waren.

Noailles wollte abbiegen. »Ich muss das dem König berichten.«

Etienne hielt ihn am Ärmel fest. »Ihr dürft noch nichts dergleichen tun«, sagte er und bat ihn, mit in den Salon zu kommen.

Dort saßen sie wenig später, Julia wieder ziemlich nüchtern und Noailles geschockt.

»Ich hätte nie ... Madame de Montespan! Wie soll ich das dem König beibringen?«

»Das dürft Ihr nicht«, erklärte Etienne bestimmt. »Es waren genau neununddreißig Personen dabei. Und ich konnte ein paar identifizieren, als ich sie dorthin eilen sah. Einer von ihnen war Monsieur. Ich bezweifle, dass der Bruder des Königs seine Teilnahme zugeben würde. Dann stünde Euer Wort gegen seines.« Er reichte Noailles von dem Cognac. »Das wollt Ihr nicht wirklich.«

»Die Montespan würde ihn decken«, fügte Julia hinzu. »Monsieur sagte mir vorhin, er und sie hätten ein Abkommen gehabt. Ihm liegt also viel daran, dass sie wieder die Mätresse Seiner Majestät wird.«

Noailles Hand zitterte leicht, als er das Glas entgegennahm. Er kippte es in einem Zug hinunter und schüttelte dann den Kopf. »Und wir sollen das einfach so auf sich beruhen lassen?«

Julia sah Etiennes entschlossene Miene. »Ihr habt einen Plan«, sagte sie zu ihm.

Etienne sah sie an. »Ich werde Nicolas einweihen. Gepaart mit dem, was er schon von mir vorliegen hat, könnte er jetzt endlich auch den Fall mit Henriette von England aufklären. Alles zusammen.«

Noailles setzte sich aufrecht hin. »Henriette … Madame? Die erste Ehefrau von Monsieur? Was habt Ihr … wie …?«

»Ich habe seit ein paar Jahren einen Beweis auf meinen Ländereien im Languedoc versteckt. Monsieur weiß nicht, dass es sich dabei um seinen ehemaligen Lakaien handelt. Er dient als Zeuge und ist im Besitz eines Schreibens von Monsieur, in dem er den Tod seiner Frau in Auftrag gibt«, erklärte Etienne.

Noailles war sprachlos. Er saß mit weit geöffnetem Mund neben Julia, die seine Mandeln sehen konnte.

»Und Nicolas ist …?«, fragte er nach einer Weile.

»Monsieur de la Reynie«, gab Julia zur Auskunft. »Er ist sehr nett und er ist sehr tüchtig.«

»Das weiß der Hauptmann der Garde«, sagte Etienne trocken.

Oh. Ja, natürlich.

Noailles erhob sich.

»Wo wollt Ihr hin?«, fragte Etienne alarmiert.

»Ins Bett«, bekam er zur Antwort. »Ich muss in Ruhe über alles nachdenken.«

Er sah in Etiennes unerbittliches Gesicht. »Keine Sorge. Ich werde nicht zu Seiner Majestät laufen. Er ist im Moment bei Mademoiselle de Fontanges und möchte nicht gestört werden, es sei denn, Spanien hätte uns den Krieg erklärt. Ich bin überzeugt, mit Monsieur de la Reynie haben wir eine fähige Person, die Unrat wie die Voisin auszurotten weiß.«

Etienne nickte und trat zur Seite. Noailles machte allerdings noch einmal kehrt, nahm Julias Hand und küsste sie.

»Ihr wart sehr tapfer«, sagte er und verließ dann den Salon.

Julia sah Etienne an. Der machte eine undurchdringliche Miene.

»Ich denke, wir sollten uns auch hinlegen. Wir müssen morgen in aller Frühe nach Paris, damit ich Nicolas aufsuchen kann.«

»Woher kennt Ihr ihn so gut?«, fragte Julia und stand auf. »Ihr seid nicht zusammen zur Schule gegangen wie mit Brienne. Er ist wesentlich älter.«

»Durch den Prinzen von Condé, als ich bei der Armee war«, sagte Etienne und ein melancholisches Lächeln zeichnete sich in seinem Gesicht ab. »Er war bei Monsieur de la Valette angestellt und wir beide hatten an einem Abend zu tief ins Glas geschaut und …« Etienne brach ab und starrte Julia finster an. »Wie dem auch sei: Seit jenem Abend sind wir Freunde.«

Jetzt war Julia wieder hellwach. »Und was? Erzählt schon, Etienne! Ich bin ein großes Mädchen.«

»Gute Nacht, Julia.«

»Soll ich raten? Ihr wart in einem Bordell, es gab eine Schlägerei und Ihr habt Euch gegenseitig geholfen. Wenn ich richtigliege, sagt Ihr warm, sonst sagt Ihr kalt, ja?«

»Ich mag es nicht, wenn Ihr diese Ausdrücke benutzt.«

»Und ich mag es nicht, hingehalten zu werden. Ihr habt ihm an der Front das Leben gerettet, richtig?«

»Kalt.«

»Er hat dank Euch gut geheira …«

»Er war mein Sekundant bei einem Duell. Was ich nicht wusste: Er war zugleich Richter und hätte mich dafür verhaften lassen müssen. Ich habe ihm dafür geholfen, als Monsieur de la Valette ihn hintergehen wollte. Und das reicht jetzt. Geht ins Bett. Wir brechen vor Sonnenaufgang nach Paris auf.«

»Keine Kunst«, murmelte Julia. »Wir haben Dezember. Die Sonne geht erst spät auf.«

Sie hörte Etienne entnervt stöhnen, ehe er seine Zimmertür schloss.

Erst als sie sich auszog, fiel ihr auf, dass sie eine Schleife an ihrem

Schuh verloren hatte und dort ein Loch klaffte. Vermutlich war sie abgerissen, als Monsieur sie in der Mangel gehabt hatte. Jetzt konnte sie die Schuhe nicht mehr anziehen.

Verfluchter Mistkerl.

* * *

Es schneite, als sie Paris erreichten. Dicke, flauschige Flocken kamen vom Himmel und Julia fror in der Kutsche wie ein Schneider – trotz des dicken Mantels, zweier Decken und ihres Muffs.

»Der Hof wird in den nächsten zwei Wochen ebenfalls nach Paris übersiedeln«, prophezeite Etienne, als er von seinem Besuch beim Polizei-Intendanten zurückkehrte und den Schnee von seinem Hut klopfte.

»Habt Ihr Monsieur de la Reynie alles berichtet?«, fragte Julia, die in der Halle auf ihn gewartet hatte.

»Nein. Ich habe es seiner rechten Hand, Monsieur de Bezon, erzählt, dem er vertraut. Und ehe Ihr fragt: Wenn Nicolas ihm vertraut, vertraue ich ihm auch.«

»Na, dann ist ja alles in Butter«, sagte Julia skeptisch.

»Nein. Butter nehme ich nur zum Fisch«, sagte Etienne bestimmt.

»Das ist ein Sprichwort bei uns zu Hause«, klärte Julia ihn irritiert auf.

Etienne nahm ihr Kinn zwischen zwei Finger und beugte sich zu ihr hinab.

»Das war ein Scherz, Mignonne. Ich weiß, was es bedeutet. Seht Ihr: Ich bin doch nicht ganz humorlos.«

Madame de Sévigné, Paris, an Madame de Grignan, Provence

Wir sind seit Mitte Dezember wieder in Paris, meine Liebe, und ich danke Euch für Euren langen Brief, der mich in meinem Hôtel Carnavalet erwartete.
Ich war sehr froh, wieder hier zu sein. So schön Versailles auch ist, im Winter ist es dort nicht warm genug. Noch nicht. Die Bauarbeiten dauern an.
An den Sturz von Monsieur de Pomponne kann ich mich noch immer nicht gewöhnen. Ich glaubte, er säße fester im Sattel als die anderen, eben weil er kein Günstling war. Jetzt erfahre ich, dass er sich des Königs Unmut schon vor zwei Jahren zugezogen hat, weil er des Öfteren einfach nach Pomponne verschwand und die Geschäfte für Seine Majestät unpünktlich erledigte.
Ich fürchte um Monsieur de Montsauvan, denn er hat sich, kurz bevor der König den Umzug veranlasste, ebenfalls unerlaubt vom Hof entfernt.
Seine Majestät war nicht erfreut, als er davon erfuhr. Zumal Montsauvan nirgends hingeht ohne seinen kleinen Schützling, Mademoiselle Allemande. An Weihnachten haben die beiden den König wieder ein wenig beschwichtigen können, indem sie ein neues Lied im Duett vortrugen.
Ich muss Euch nicht darüber berichten, wie ergriffen alle Damen immer sind, wenn der Graf uns in den Genuss seiner Stimme kommen lässt.
Das ist schon wieder eine Woche her und eine weitere Neuigkeit machte die Runde: Meine Nachbarstochter hat geheiratet. Und zwar den Prinzen von Guéméné. Der König war als Erster ins Vertrauen gezogen worden

und hat seinen Segen gegeben. Die Familie von Guéménés erster Frau ist dagegen empört. Das Ganze geschah drei Monate nach ihrem Tod.
Die neue Maîtresse royale, Angélique de Fontanges, ist zwar schön wie ein Engel, aber leider auch anfällig wie ein überzüchtetes Rassepferd. Sie trauert um den kleinen Menschen, den sie verloren hat. Ein tot geborener kleiner Sohn.
Der König hat ihr zum Trost ein Herzogtum geschenkt, aber sie ist noch nicht vollkommen genesen. Sie ist seither nur einmal an seiner Seite erschienen und ihre Haut war so blass wie das Wachs einer Opferkerze.

60. Kapitel
VORLAUT

Julia machte sich Sorgen um Angélique. Die hatte im Louvre ebenfalls eine ganze Zimmerflucht bezogen und war ständig in der Nähe des Königs.

Auch wenn Julia und Angélique kaum noch miteinander sprachen, bemerkte Julia, wie blass und mitgenommen ihre Freundin an der Seite des Königs aussah. Vor allem an der Seite des Königs, der vor Gesundheit strotzte. Seit der Totgeburt ihres Kindes war Angélique erschreckend mager geworden. Sie war noch immer schön, wirkte aber eher wie eine Hollywood-Magersüchtige auf dem roten Teppich mit zu viel Make-up, um die Ringe zu kaschieren.

Julia hatte die Befürchtung, dass Angélique entweder nach der Geburt nicht richtig behandelt worden war oder dass die schwarze Messe, die sie, Etienne und Noailles in Versailles beobachtet hatten, mehr beinhaltet hatte als nur das Beweihräuchern des nackten, bemalten Körpers der Ex-Mätresse. *Feinde verschwinden lassen,* schallte es noch oft genug in ihrem Kopf nach. Inklusive der Schwingungen, die der Alkohol ausgelöst hatte. Die Flasche und die weißen Pillen auf dem Bauch der Montespan schwirrten ständig durch Julias Gedanken, sobald sie Angélique sah.

»Sagt bloß kein Wort«, hatte Etienne sie eindringlich gewarnt. »Nicht, bevor wir nicht mehr in der Hand haben.«

Aber Julia musste irgendetwas tun. Angélique sah so unglücklich aus. Sie hatte ihr Strahlen verloren. Sie durfte zwar nichts sagen, aber zum Glück ließ Angélique schon bald Julia zu sich rufen. Die beiden waren zwar nicht allein, aber Angélique nutzte ihre neue Würde als Herzogin und Mätresse und verjagte kurzerhand die Schmarotzer um sie herum.

»Ich brauche Luft«, seufzte sie, als die beiden sich ein ruhiges Plätzchen abseits der Karten- und Buffet-Tische gesucht hatten.

»Sollen wir rausgehen?«, fragte Julia und betrachtete besorgt das zurückgelehnte Gesicht und die geschlossenen Augen. Meine Güte, die Lider waren regelrecht blau, und das war kein Lidschatten.

»Nein. Ich möchte nur hier sitzen und mit Euch plaudern.«

Julia hielt so unauffällig wie möglich die Luft an.

Angélique hatte einen Mundgeruch, der ihr Gegenüber beinahe aus den Socken warf. Konnte der König sie damit noch küssen?

»Ludwig vernachlässigt mich.«

Traurig, aber verständlich.

»Ich weiß, er mag mich, aber ich fürchte, meine Zeit als die Frau an seiner Seite ist vorüber. Das macht mir solche Angst. Ich habe unser Kind verloren, das war der Anfang vom Ende. Er hatte sich bereits so darauf gefreut. Er hatte sogar schon mit Madame Scarron wegen der Betreuung gesprochen und mir gesagt, er wolle es anerkennen. Und jetzt ...« Unter ihren Lidern quoll eine einzelne Träne hervor. »Die Geburt war schon so anstrengend. Was für Schmerzen! Und dann all die Schmerzen auch noch umsonst zu haben.«

Julia ergriff ihre Hand (ohne sich allzu weit zu ihr vorzubeugen) und drückte sie ermutigend.

Angélique wischte mit der anderen Hand die Träne fort und hielt Julias weiter umklammert. »Monsieur, der Bruder des Königs, war so aufmerksam danach. Er weiß, was ich durchmache, er hat auch zwei Kinder verloren. Er hat mir auch ein Stärkungsmittel besorgt. Ich nehme es dreimal täglich, aber es nutzt nicht viel.«

Julia horchte auf. »Hört damit auf!«

Jetzt riss Angélique die Augen auf. »Was?«

»Lasst dieses Stärkungsmittel weg. Sofort!«

Angélique zog ihre Hand zurück. »Wieso um Himmels willen?«

Julia rang mit sich. Sie hatte Etienne versprochen nichts zu sagen, aber das hier war ... ein Notfall, oder?

»Er hat auch Ludwig etwas gegeben, das ihn stärken und schützen soll«, erklärte Angélique. »Dunkle Machenschaften seien bei Hofe am Werke und er möchte seinen Bruder sicher wissen.«

»Er hat dem König was verabreicht?« Julia hätten sich die Nackenhaare aufgestellt, wenn sie nicht schon hochgesteckt gewesen wären.

»Nein, er hat einen Arzt kommen lassen, der dem König was gab. Ein Schweizer namens Paraître. Er soll eine Koryphäe auf dem Gebiet der Gegengifte sein.«

»Ihr werdet doch nicht im Ernst auf solch einen Hokuspokus hereinfallen?«, fragte Julia fassungslos.

»Pokus? Ich verstehe nicht ...«

»Unsinn! Aberglaube! Betrug! Sucht Euch was aus.«

»Das ist kein Betrug«, sagte Angélique empört und hauchte dabei, dass Julia Angst um ihre Nasenschleimhaut bekam. Die Ärmste roch, als würde sie innerlich verwesen.

»Das ist eine anerkannte Wissenschaft. Doktor Paraître ist Alchemist und kennt sich mit diesen Stoffen aus.«

»Ein Arzt, der sich Paraître – ›Vorschein‹ – nennt, kann nur ein Quacksalber sein.«

Angélique sah sie kopfschüttelnd an. »Ich glaube, Ihr habt doch noch nicht alle französischen Vokabeln richtig erfasst, Mademoiselle Allemande. *Paraître* bedeutet ›erscheinen‹ oder ›sich zeigen‹.«

»Na, bitte«, sagte Julia in einem Ton, als würde das alles erklären.

»Alchemisten haben immer Künstlernamen«, erklärte Angélique

und wurde immer aufgebrachter. »Ihr glaubt doch nicht, Nostradamus sei sein richtiger Name gewesen?«

»Doch. Das war er. Michel de Nostradame. Aber, Angélique, darum geht es doch gar nicht«, Julia änderte ihren Ton und beugte sich näher zu ihr hin – egal wie faulig die Freundin aus dem Mund roch. »Das ist alles nur Quatsch, glaubt mir. Genauso wie Geisterbeschwörung oder Dämonenanrufung oder … Teufelsanbetung.« Sie hoffte, sich damit nicht zu weit aus dem Fenster zu lehnen.

»Ihr glaubt wohl an gar nichts Übersinnliches, was?«, meinte Angélique nun.

Julia öffnete schon den Mund, um das zu bestätigen, als ihr einfiel, dass sie – ausgerechnet sie – irgendwie ein übernatürliches Phänomen war. Über dreihundert Jahre durch die Zeit zurückkatapultiert in ein anderes Land. Was war das, wenn nichts Übersinnliches?

»Seht Ihr«, sagte Angélique triumphierend. »Ganz von der Hand weisen könnt Ihr es nicht.«

Julia sah sie verzweifelt an. »Angélique, bitte! Ich flehe Euch an: Lasst dieses Zeug weg. Und Seine Majestät sollte das auch tun. Das kann nicht gesund sein.«

»Monsieur, Herzog von Orléans und Bruder des Königs, hat mir diese Tinktur persönlich empfohlen«, sagte Angélique und erhob sich. »Ihr hattet von Anfang an Bedenken wegen meiner Liebe zum König. Ich glaube tatsächlich, dass Ihr sie mir neidet. Ich habe mich in Euch getäuscht, Mademoiselle.«

Angélique rauschte aus dem Raum.

Zumindest hatte sie ein bisschen mehr Farbe auf ihren Wangen. Aber leider freute sich Julia überhaupt nicht darüber.

* * *

»Mademoiselle de Sarvois-Pèrguse, Wir wollen Euch sofort in unserem Kabinett sprechen.«

Huch. Der König schien aber sauer. Und er sah sie an.

»Er meint Euch«, murmelte Madame Scarron und schubste sie sanft in Richtung des Königs.

»Mich? Ach ja, das bin ich.« An diesen langen Namen würde sie sich wohl nie gewöhnen. Wieder einmal folgte sie einem finster dreinblickenden Ludwig XIV. in sein privates Kabinett. Kein gutes Zeichen. Und dieses Mal ahnte sie, was der Grund war, denn ihr Streit mit Angélique lag gerade mal eine Stunde zurück.

»Hatten wir nicht erst vor einiger Zeit eine Debatte über Eure vorlaute Zunge?«, sagte der König, sobald die Tür geschlossen war.

Julia biss sich auf die Lippen. Seither war so viel geschehen.

»Wie könnt Ihr behaupten, mein Bruder würde sich mit Scharlatanen und Quacksalbern abgeben und Uns einen solchen empfehlen?«

Julia sah zu Boden. Bei Angélique war sie kurz davor gewesen, ihr alles zu gestehen, aber bei Ludwig XIV.? Nie im Leben.

Das wäre ihr Untergang. Dieses Mal garantiert.

»Wir warten auf Eure Antwort! Ihr habt Mademoiselle de Fontanges zutiefst gekränkt und Ihr habt meinen Bruder beleidigt und indirekt auch mich. Wisst Ihr, was eine Beleidigung meiner Person genau genommen ist?«

Julia biss sich auf die Lippen und schüttelte stumm den Kopf.

»Das ist Hochverrat und darauf steht die Todesstrafe«, donnerte der König.

Ach herrje. Ludwig XIV. war in seiner Eitelkeit gekränkt. Das war fatal. Es verging eine kleine Ewigkeit und Julia war sich sicher, er ließ sie extra lange zappeln. Vielleicht überlegte er auch einfach nur, ob er sie endgültig vernichten und verjagen oder ihr noch eine letzte Chance einräumen sollte. Vielleicht ...

»Was habt Ihr Euch nur dabei gedacht, Mamsellchen?«, fragte er dann unvermittelt mit ruhiger Stimme.

Julia brach zusammen. Sie fiel vor ihm auf die Knie und weinte. Wahrscheinlich vor Erleichterung, weil er sie wieder so freundlich Mamsellchen nannte, womöglich aber auch, weil sie nicht mehr wusste, wie sie sich da rausreden sollte.

»Angélique ist krank und sie braucht Eure Fürsprache und Hilfe«, sagte der König. »Vor allem, weil die Hyänen sie als meine Freundin umzingeln und sie diesem Ansturm von Anfang an nicht gewachsen war. Ihr seid die Einzige, zu der sie Vertrauen hat, und dann regt ausgerechnet Ihr sie so auf.« Er trat näher zu Julia und zog sie an den Ellbogen hoch. »Meine erste Freundin ist an diesem Druck zerbrochen. Ich möchte nicht, dass Angélique genauso endet. Ich fürchte nur, sie ist zu jung für diese Stellung.«

Das hatte Julia von Anfang an befürchtet, aber sie sagte nichts. Der König hatte wieder Abstand genommen und Julia wischte die Tränen ab.

»Nun, Mamsellchen, erzählt. Ich weiß genau, dass Ihr ein Herz habt und Euch um Angélique sorgt. Warum tut Ihr ihr das dann an?«

»Ich halte nichts von den Tinkturen dieses Scharlatans«, sagte Julia leise, aber bestimmt.

»Er wurde mir wärmstens von meinem Bruder empfohlen. Mir hat er auch etwas gegeben: Kugeln aus dem Horn des Einhorns.«

»Horn des Einhorns?« Julia glaubte ihren Ohren nicht zu trauen. Die Tränen waren vergessen.

»Aber sicher. Eine altbewährte Methode, sofern man das richtige Horn hat. Ich tue eine Kugel in jedes Getränk, das ich zu mir nehme. Sollte sich darin Gift befinden, verfärbt sich die Flüssigkeit. Habt Ihr noch nie davon gehört?«

»Habt Ihr schon mal ein Einhorn gesehen?«, konterte Julia, zu baff, um diplomatisch zu sein.

Der König runzelte die Stirn und seine Gestalt streckte sich wieder gefährlich.

»'tschuldigung«, murmelte Julia kleinlaut.

»Euer Mundwerk wird Euch eines Tages in Teufels Küche bringen«, sagte der König streng.

»Ich weiß. Aber ich glaube, Angélique wird genau da hinkommen, wenn sie weiterhin diese Tinktur nimmt. Fühlt Ihr Euch denn wohl, Sire?« Sie sah ihm ins Gesicht und überprüfte die Farbe seiner Wangen und ob die Augen Ringe aufwiesen oder gelblich oder rot waren. Nein, nichts. Er sah aus wie das blühende Leben.

Ludwig XIV. kniff die Augen zusammen. »Wisst Ihr etwas, wovon ich nichts weiß?«

»Nein, Sire«, sagte Julia schnell und senkte den Kopf.

»Wenn Ihr etwas wüsstet, würdet Ihr es mir doch sagen, Mamsellchen?«, hakte er nach.

»Nein, Sire«, antwortete Julia ehrlich und dieses Mal erntete sie dafür ein kleines Lächeln.

»Und Ihr kennt die Methode des Einhorn-Horns wirklich nicht?«, fragte er erneut und setzte sich nun auf einen Sessel.

Julia schüttelte den Kopf. »Ich kenne nur Märchen von Einhörnern.«

Ludwig XIV. seufzte tief. Dann sah er sie mit geneigtem Kopf an. »Ehrlich gesagt, ich auch. Madame de Montespan hat mich zu diesem Unsinn überredet. Ich hatte von Anfang an meine Bedenken, ließ mich aber umstimmen. Ich nehme die Kügelchen nun schon seit dreizehn Jahren zu mir. Mir war ab und an schlecht von den anderen Mittelchen, die sie mir empfohlen hat, die ließ ich dann auch schnell weg, aber diese Kügelchen waren zumindest nicht schädlich.«

Julia sah ihn neugierig an. Seit dreizehn Jahren? Dann konnten sie nicht schädlich sein und es erklärte einiges. »Sire, darf ich mir die Kügelchen einmal ansehen?«

»Nur zu. Aber vorsichtig, sollten sie echt sein, sind sie fünfhundert Livre die Unze wert.«

»Wow!«, entfuhr es ihr. Das waren ungefähr fünftausend Euro.

Ludwig griff unter seinen Rock und zog ein kleines Säckchen hervor. Er kippte es auf den Tisch neben sich. Julia trat näher und betrachtete die kleinen cremefarbenen Kugeln und den feinen Staub. Die gleichen Kügelchen, wie sie auf dem nackten Körper von Madame de Montespan während der Schwarzen Messe gelegen hatten. Nur gab es jetzt einen entscheidenden entlastenden Hinweis: Wenn Madame de Montespan diesen Scharlatan schon vor dreizehn Jahren protegiert hatte, konnte es nichts Gefährliches sein. Sie musste sie ihm zu Beginn ihrer »Freundschaft«, wie er es so nett nannte, gegeben haben, um die Liebe zu erhalten.

Die Kügelchen sahen aus wie runde Pillen, aber unregelmäßig geformt und ein weißer Staub lag auf der Tischplatte verteilt.

»Darf ich, Sire?«

Ludwig deutete auf die Tabletten.

Julia nahm eine in die Hand. Sie hatte eine feine Maserung, unregelmäßig, cremeweiß. Das Kügelchen war nicht richtig rund, so wie Tabletten zu dieser Zeit nun mal aussahen, und zudem wies es kleine Rillen auf, als ob man das Material mit einem Schmirgel bearbeitet hätte. Julia drückte, um sie zu zerquetschen. Das war keine Tablette, eher wie ein Stein. Marmor. Oder eine Perle? Nein, dann hätte es die feine Maserung nicht. Aber etwas ganz anderes sah so ähnlich aus und Julia schwante etwas.

Das Pulver, das daran haftete, war sonderbar. Es roch nicht, es hinterließ auf ihrer Haut einen leichten weißen Streifen, und als sie ein winziges bisschen davon vorsichtig auf ihr Zahnfleisch rieb – hoffentlich würden ihr jetzt nicht sämtliche Zähne ausfallen oder ihr speiübel werden! –, erinnerte es sie an ihre Grundschulzeit, als sie mit Nina ein winziges Stück Kreide gefuttert hatte, in der Hoffnung, eine helle Stimme zu bekommen wie der Wolf aus dem Märchen.

»Sire, ich kann mich täuschen, aber für mich sieht das wie Elfenbein aus«, mutmaßte sie »Und der Staub scheint Kreide zu sein.«

Er hob erstaunt die Augenbrauen und untersuchte das Pillchen genauso eindringlich. »In der Tat«, sagte der König langsam. »Warum um alles in der Welt empfiehlt mir Madame de Montespan seit dreizehn Jahren, Elfenbein ins Glas zu tun?«

»Ich bin sicher, Madame de Montespan weiß nicht, dass es Elfenbein ist. Ich glaube viel eher, sie versuchte Euch ein Aphrodisiakum zu verabreichen.«

Jetzt schmunzelte der Monarch. »Damit könntet Ihr durchaus richtigliegen. Athénais kann sehr anspruchsvoll und besitzergreifend sein. Ich habe wohl Glück, dass es sich nur um Elfenbein und nicht um irgendetwas anderes handelt.«

Julia dachte sich ihren Teil dazu.

»Nun bleibt die Frage, was machen wir mit Euch?«

»Pardon?« Wieso mit ihr? Was war mit seinem dämlichen Bruder, der ganz lustig dabei war, des Königs neue »Freundin« umzubringen? Immerhin war *das* kein Elfenbein. Angélique hatte von einer Tinktur gesprochen. Und ihr Mundgeruch, der sogar Fliegen fernhielt, war mit Sicherheit eine Reaktion darauf.

Ludwig XIV. erhob sich. Ein Zeichen dafür, dass die Plauderstunde vorbei war und er wieder als König fungierte.

»Ihr werdet Euch bei Mademoiselle de Fontanges entschuldigen. Ihr werdet aufhören, meinem Bruder falsche Dinge zu unterstellen, und Ihr werdet mir zur Strafe gleich etwas vorsingen. Und Euer Erzieher soll Euch begleiten.«

Damit verließ der König den Raum und Julia überlegte, ob sie denn nun dem Bruder des Königs *richtige* Dinge weiterhin unterstellen durfte.

61. Kapitel

DER FALL VON GANZ OBEN

»Mademoiselle, Seine Hoheit, der Dauphin, würde Euch gern sehen.«

Julia war gerade im Begriff gewesen, Angélique in ihren Zimmern im Louvre aufzusuchen, als sie von Monsieur Bontemps aufgehalten wurde. Damit musste die Entschuldigung, die der König ihr befohlen hatte, noch warten.

Darüber war sie nicht traurig. Sie hatte die Angelegenheit ein paar Tage sacken lassen, den Hof gemieden und sich innerlich auf das Gespräch vorbereitet. Die Entschuldigung tat nicht so weh, aber was, wenn Angélique weiter darauf beharrte, dieses Zeug zu sich zu nehmen?

Und der faule Mundgeruch, von dem so langsam alle Welt sprach, lud auch nicht wirklich zu ausgedehntem Plaudern ein.

Deswegen war sie ganz froh, als der Dauphin nach ihr fragte. Einen Prinzen – egal wie geduldig und nachsichtig er sein mochte – ließ man nicht warten.

Julia folgte Bontemps durch das Labyrinth von Gängen, Treppen, Nischen und Zimmerfluchten. Auch nach zwei Jahren bei Hofe war sie oft unsicher, ob sie links oder rechts oder geradeaus gehen musste. Eine Orientierung boten manchmal die Gemälde.

Gestern zum Beispiel hatte sie vor der *Mona Lisa* gestanden. Die *Mona Lisa* zog, wie das übrige Inventar, ständig mit um, wenn der König den Wohnsitz wechselte. Das erklärte auch die Unmengen an Gepäckwagen, die Ludwig XIV. von Versailles nach Saint-Germain, Fontainebleau oder auch in den Louvre folgten. Alles wurde verpackt, mitgenommen und dort wieder aufgestellt. Julia hatte *»La Jaconde«* schon bei ihrem ersten Aufenthalt in Versailles entdeckt und geglaubt, es handele sich um eine Kopie. Doch Etienne hatte ihr erklärt, die *Mona Lisa* wandere. Je nachdem, wo Ludwig XIV. wohnte, hing auch sie.

Und nicht nur die *Mona Lisa,* sondern auch das Bild von Johannes dem Täufer und einigen anderen. Vor allem auch das Gemälde von zwei nackten Frauen in einem Badezuber, auf dem eine der anderen an die Brust fasste. Und genau dieses Gemälde hing nun wieder hier im Flur. Faszinierend. Julia fragte sich jedes Mal, wenn sie daran vorbeikam, a) warum man einer anderen Frau an die Brust fassen wollte und b) welcher Maler das auch noch festhielt.

»Wir sind schon da, Mademoiselle«, sagte Bontemps, als sie gedankenverloren weitergehen wollte.

»Hier hängen einfach zu viele Bilder.«

Bontemps' Mundwinkel zuckten, als er die Tür öffnete.

»Mademoiselle de Sarvois-Pèrguse, Hoheit«, vermeldete er und verschwand.

»An den Namen werde ich mich nie gewöhnen«, sagte Louis und kam ihr freudestrahlend entgegen.

»Ich mich auch nicht, Hoheit«, sagte Julia und knickste.

»Louis. Wir sind unter uns.«

Tatsächlich: Kein Bossuet. Wie angenehm. Er nahm Julias Hand und zog sie aufgeregt zu einem Kanapee am Fenster. Draußen regnete es in Strömen, gemischt mit Graupeln. Ein richtig ungemütlicher Januartag, den auch die Kerzen und das Feuer im Kamin nicht besser machten.

»Ich habe Euren Rat befolgt.«

Julia überlegte fieberhaft, welchen Rat sie dem Kronprinzen von Frankreich erteilt haben mochte – und dann dämmerte es ihr: »Ihr habt Euch über Eure Braut erkundigt?«

Er nickte und sein Kinn wackelte dabei lustig. »Ja. Mutter hat ihren Schwager, den österreichischen Kaiser Leopold, angeschrieben und um seine ehrliche Meinung gebeten. Zwar ist sie seine Enkelin und Leopold ist immer vorsichtig, aber auch ehrlich.«

»Und?«

»Er schreibt, Anna Maria – so heißt sie – habe leider nicht die strahlende Schönheit ihrer Mutter geerbt, aber sie könne drei Sprachen fließend sprechen, singen, dichten, musizieren, sei sehr gelehrt und geistreich. Klingt das nicht wunderbar?«

»Ja, das klingt wirklich sehr vielversprechend«, log Julia, die sich im Stillen dachte, dass wohl jeder Opa sein Enkelkind so sah. Und ein Kaiser, der es gut versorgt haben wollte, erst recht. »Moment mal.« Julia runzelte die Stirn. »Wenn Ihr sagt, Eure Mutter habe ihrem Schwager geschrieben und der sei der Großvater ...«

»Anna-Maria ist meine Cousine zweiten Grades. Ihre Großmutter war eine französische Prinzessin, eine Tochter von Heinrich IV., genau wie die Mutter meiner Mutter. Meine Großmutter wurde dem spanischen König zur Frau gegeben und ihre Schwester dem Herzog von Savoyen. Dessen Tochter wurde dann mit dem Kurfürsten von Bayern vermählt, deren Tochter ich jetzt wiederum heiraten werde.«

Julia brauchte ein paar Sekunden, um das alles auseinanderzuhalten. »Ach ja, richtig. Eure Mutter ist die Cousine Eures Vaters. Jetzt fällt es mir wieder ein.«

Louis nickte.

Julia kniff die Augen zusammen und musterte ihn eingehend.

»Und dann wundert Ihr Euch über Eure Nase? Ihr habt einfach die doppelte Portion Bourbon abbekommen.«

Louis lachte laut. »In der Tat. Da kann ich meiner künftigen Frau wohl keinen Vorwurf machen, die ja auch was von dem Erbe in sich trägt. Werdet Ihr trotzdem meine Freundin bleiben?«

Julia lächelte. »Ihr werdet als verheirateter Mann keine Zeit mehr für mich haben.«

»Zumindest können sich Eure Füße dann erholen und ich darf die meiner Frau platt treten.«

Beide kicherten. Der Prinz würde nie ein so großartiger Tänzer wie sein Vater werden. Aber das nahm er mit Humor.

»Das wollte ich Euch nur mitteilen und nun werde ich Euch nicht länger aufhalten.« Louis wirkte sehr erleichtert und aufgeregt.

Julia dagegen seufzte, als ihr wieder einfiel, wohin sie unterwegs gewesen war. »Ich wollte zu Mademoiselle de Fontanges und mich nach ihrem Befinden erkundigen.«

»Ach, dann wisst Ihr es noch gar nicht?« Louis sah sie überrascht an. »Und ich dachte, da Ihr so gut mit Madame de Sévigné bekannt seid, hätte Euch die Nachricht schon erreicht, dass sich die Herzogin de Fontanges vorübergehend ins Kloster Port Royal zurückgezogen hat.«

Julia war einerseits erschrocken und auch ein kleines bisschen erleichtert. Die Begegnung mit Angélique wurde dadurch noch aufgeschoben.

»Warum ist sie ins Kloster gegangen?«, fragte sie. »Ich meine, warum ein Kloster und nicht zu ihrer Familie? Und warum ist sie überhaupt von hier weg?«

»Sie soll sich erholen und die Ärzte meinten, das könne sie unter der Aufsicht von kräuterkundigen Nonnen besser als hier.«

»Oh«, machte Julia. Jetzt war sie richtig erleichtert. »Das ist sehr gut.«

Der Dauphin nickte, und nachdem sie ein paar Minuten über dies und jenes geplaudert hatten, erschien Monsieur Bossuet und Julia verabschiedete sich.

* * *

Vier Wochen nach diesem Gespräch wurde ein Brief im Hôtel de Montsauvan abgegeben. Es war der Tag der Hochzeit von Louis mit der bayrischen Prinzessin. Julia hatte schon das Kleid an, das sie zu diesem Anlass tragen wollte, und wurde gerade von ihrer neuen Zofe frisiert. Das Mädchen hieß Anne, war unglaublich schüchtern und sagte kein Wort außer »Ja«, »Nein« und »Mademoiselle«. Bei Sophie hätte Julia während des langen Stillhaltens den neuesten Tratsch von den Dienstboten der anderen Höflinge erfahren. Anne dagegen verrichtete stumm ihre Arbeit, voll konzentriert immer mit der Zunge zwischen den Lippen.

Das war so langweilig! Julia versuchte schon verzweifelt, das Gespräch von Etienne und seinem Kammerdiener François mitzuhören. Und das drehte sich lediglich um Rasieren, Hemden und Strümpfe. Julia war über die Ablenkung, die der Brief bot, sehr froh.

Bis sie den Inhalt las.

Ohne Anne weiter zu beachten, sprang sie auf.

»Etienne!« Sie rannte zur Verbindungstür und hämmerte dagegen. »Etienne! Macht auf!«

Schon drehte sich der Schlüssel und Etienne stand fertig angekleidet vor ihr.

»Was …«

»Angélique! Ich muss dringend zu ihr.« Julia wusste, dass sie bleich war, denn der Schock saß wie ein Stein in ihrer Brust. »Sie will mich sehen, weil sie ... weil sie ...«

Sie konnte es nicht aussprechen, also nahm Etienne ihr den Brief ab und las ihn selbst.

»François, lass die Kutsche anspannen. Wir fahren ins Kloster Port Royal«, befahl er, noch ehe er zu Ende gelesen hatte.

»Die Kutsche ist schon angespannt für den Weg nach Notre-Dame«, antwortete François.

»Noch besser. Kommt.« Etienne fasste Julias Hand, schnappte nach ihrem warmen Umhang und zog sie zur Tür.

»Aber Ihr verpasst die Hochzeit ...«, wandte Julia ein. Allerdings nur halbherzig. Sie wollte nicht alleine zu Angélique.

»Keine Sorge. Das wird niemandem auffallen außer Madame de Sévigné und Madame Scarron und beide werden uns nicht verraten.«

* * *

Port Royal lag südlich von Versailles. Die Zeit in der Kutsche bis zum Kloster zog sich elend lang. Weshalb gab der König Unmengen an Geld für das Schloss aus, konnte aber nicht mal die Straße dahin manierlich pflastern lassen?

»Kann es ihr wirklich so schlecht gehen?«, fragte Julia bang.

Etiennes besorgter Blick war schon Antwort genug. »Hoffen wir, dass wir noch rechtzeitig kommen«, sagte er leise.

* * *

Sie kamen rechtzeitig. Eine Nonne empfing sie und führte sie sofort zu Angélique.

Als Julia die Freundin sah, blieb sie erschrocken in der Tür stehen. Angélique war nur noch ein Hauch ihrer selbst. Abgemagert bis auf die Knochen und grau im Gesicht, nicht nur weiß. Sie atmete flach und röchelnd.

Die Nonne trat an ihr Bett und legte eine Hand auf ihre Schulter. »Angélique! Eure Freundin ist gekommen. Seht nur. Sie ist da.«

Julia trat näher und sah, wie Angélique die Augen öffnete und sie erblickte. Sie konnte auch das Funkeln sehen, in dem Moment, als sie sie erkannte.

»Sie kann nicht mehr sprechen, die Ärmste«, sagte die Nonne und streichelte der Kranken sanft die Wange. »Ich lasse Euch etwas zu trinken bringen. Ihr könnt bleiben, solange Ihr wünscht.«

Julia trat ans Bett und nahm die schlaffe Hand Angéliques in ihre. Sie drückte sie sanft und erhielt nur eine kleine Bewegung der Finger als Antwort. Angélique versuchte nicht einmal mehr zu sprechen. Man konnte an ihrer Atmung hören, wie schwer ihr das schon fiel. Etienne und Julia setzten sich an ihre Seite und Julia, die die Hand wegnehmen wollte, wurde durch eine weitere kleine Bewegung daran gehindert.

Angéliques Mundwinkel zogen sich ein wenig nach oben, als sie Julia und Etienne ansah. Die Andeutung des einstmals schönsten Lächelns von Versailles.

Sie saßen bereits eine Stunde an ihrem Bett, während Julia vor sich hin plapperte, Klatsch und Tratsch von den Höflingen, den sie teilweise aufgeschnappt hatte und teilweise erfand, um Angélique zu ermuntern.

»Oh, so munter habe ich sie schon seit ein paar Tagen nicht mehr gesehen«, sagte die Nonne, die mit Krügen voller Wasser und Wein und Gläsern zurückkehrte.

Sie war nicht allein. Monsieur de Noailles war in ihrer Begleitung. Als Angélique ihn sah, hoben sich die Mundwinkel wieder ein wenig.

»Ich komme im Auftrag Seiner Majestät«, erklärte Noailles mit einer Verneigung. »Er hat mich hierhergesandt. Er wäre gerne selber gekommen, aber da der Dauphin heute heiratet, war das leider nicht möglich.«

Angélique wollte etwas sagen, das sah man deutlich, aber sie konnte nicht mehr und ihre Finger bewegten sich unruhig.

»Ich glaube, sie möchte, dass Ihr Euch setzt«, versuchte Julia die Zeichen zu deuten.

Angélique lächelte wieder und wurde ruhiger, als Noailles einen Stuhl heranzog und sich auf die andere Seite des Bettes setzte, Julia und Etienne gegenüber.

»Also nehmt Ihr auch nicht an der Hochzeit teil«, stellte Etienne ruhig fest.

»Seine Majestät bat mich an Mademoiselle de Fontanges Seite zu sein.«

Angélique war eingeschlafen. Die Aufregung durch die Besucher war wohl zu viel gewesen. Ihr Atem ging regelmäßig, aber flach und röchelnd.

Julia sah in ihr spitzes, eingefallenes Gesicht und jetzt brauchte sie die Tränen nicht mehr zurückzuhalten. »Sie wird sterben, oder? Sie wird wirklich sterben. Wir sind gleich alt.«

»Danach wird man leider nicht gefragt, Mignonne«, sagte Etienne und legte tröstend seine Hand auf ihren Arm.

»Monsieur ist schuld. Er und die Montespan haben sie vergiftet. Und wir haben gesehen, wie sie das Gift ...«, schluchzte Julia.

»Sie ist außer sich vor Trauer«, sagte Noailles zu jemandem hinter Etienne und Julia.

Die Nonne war zurückgekommen und hatte noch ein wenig Brot

und Käse zu den Getränken gestellt. Julia biss sich verzagt auf die Lippen. Etienne stand auf, schenkte zwei Gläser mit Wein und eines mit Wasser ein und sagte der Nonne, sie wollten allein bei der Kranken bleiben. Er reichte ein Glas Wein Noailles, behielt eines und das Glas Wasser gab er Julia.

»Warum bekomme ich keinen Wein?«, fragte sie sauer.

»Weil Ihr davon beschwipst würdet und womöglich noch mehr ausplaudert«, bekam sie zur Antwort.

Daraufhin schwieg sie. Sie schwiegen alle und lauschten den röchelnden Atemzügen Angéliques.

Julia hing ihren Gedanken nach. Sie erinnerte sich an das Weihnachtsfest in Saint-Cloud, wo sie alle Plätzchen gebacken hatten. Sie dachte an die Bootsfahrt mit Alexandre. Ihr fiel wieder ein, dass Etienne Angélique allen anderen Frauen bei Hofe vorgezogen hatte. Er musste also genauso trauern wie sie selbst. Sie sah zu Etienne, der mit versteinerter Miene neben ihr saß. Natürlich. Er würde keine Regung zeigen. Nicht der Graf de Montsauvan. Und vor allem nicht vor dem Herzog de Noailles.

Sie dachte an die erste Zeit bei Hofe und daran, dass sowohl Angélique als auch Noailles bei ihrem ersten Ball in Fontainebleau dabei gewesen waren. Angélique war ihre erste Freundin gewesen, ehe Etienne sein Lehrmeistergehabe aufgab. Sie erinnerte sich an die gemeinsamen Spaziergänge, an ihr Lachen, an die lockere Art, mit der sie Etienne neckte.

Julia wurde hellhörig. Etwas war anders.

Dann ging ihr auf, dass die Atmung Angéliques sich verändert hatte. Das Röcheln war leiser geworden, matter. Ihr Brustkorb hob sich nicht mehr so jäh bei jedem Atemzug.

»Es ist so weit«, murmelte Etienne neben ihr.

Die Abstände zwischen jedem Atemzug wurden länger und

die Atmung noch flacher. Das Röcheln war jetzt beinahe ganz verschwunden. Und dann kam der Moment der Stille.

Kein Röcheln. Kein Heben der Brust. Nichts. Stille.

Angélique de Fontanges hatte aufgehört zu atmen.

Für immer.

62. Kapitel
DIE BEERDIGUNG

Niemand sonst kam zur Beerdigung. Der Herzog de Noailles stand auf der einen Seite des Sarges, Etienne und sie auf der anderen.

Der Priester und die vier Messdiener froren in ihren dünnen Kutten. Julia spürte nichts. Weder die Kälte noch den Wind. Und dabei schien die Sonne und Krokusse begannen hier im Garten des Klosters schon zu sprießen.

Angélique de Fontanges, vor einem Jahr noch vom Hof gefeiert und verehrt, lag tot in dieser hölzernen Kiste vor ihnen. »Schön wie ein Engel« hatte sogar der Abt von Choisy sie genannt. Julia meinte durch das Holz hindurch die vollen roten Lippen zu sehen, die hübschen weißen Zähnen und die belustigt blitzenden Augen. Sie war die schönste Frau bei Hofe gewesen. Ihre Freundin. Mit ihr hatte sie lauthals lachen können.

Etienne stand stocksteif da mit der eisernen Miene, die keine, auch nicht die kleinste Regung zeigte.

Julia hörte nicht, was der Priester sagte. Sie roch den Weihrauch und gleichzeitig die duftenden Lilien auf dem Sarg. Was für eine Mischung.

Anscheinend war der Priester mit seiner Predigt fertig. Die vier Sargträger traten vor, lösten die Stricke, auf denen der Sarg lag, und ließen ihn bedächtig in die Grube sinken.

Julia spürte ihren Hals enger werden. Darin schwoll etwas an, ein Schrei. *Angélique!* Sie sollte fortan in diesem finsteren Loch liegen? In einer engen Kiste, von mehr als einem Meter Erde bedeckt? Die Welt sollte nie wieder ihr bezauberndes Lachen hören?

Ein Geräusch ertönte. Donnerte es? Ein Arm legte sich um ihre Schultern und drückte sie an eine warme Brust, die dezent nach Sandelholz duftete. Etienne hielt sie fest und sie erkannte, dass nicht der Donner das Geräusch gewesen war, sondern ihr Schluchzen.

Mit einem leisen Rums setzte der Sarg auf, Erde bröckelte von den Wänden und blieb auf dem Holz und den Lilien liegen.

Julia sah Noailles vortreten, den nassen Sprengel über dem offenen Grab ausschütteln. Etienne entnahm ihrer starren Hand die Blumen und warf sie ebenfalls ins Grab. Dann begannen die vier Männer mit Schaufeln das Loch zuzuschütten. Das Geräusch der Erde auf dem hohlen Holz klang schauerlich.

Das war also das Ende der Angélique de Fontanges, der schönsten Frau Frankreichs. Allein gelassen in einem dunklen Loch. Und das an einem so sonnigen, frühlingshaften Tag. Einem Tag, an dem die Sonne sich zum ersten Mal gegen die Wolkendecke durchsetzte und die Krokusse auf den Nachbargräbern beschien. Ein Tag, an dem Angélique einen Spaziergang unternommen hätte. Ein passender Tag, um von der Welt Abschied zu nehmen.

Als Julia sich umwandte, sah sie einen Schmetterling zwischen den Schaufeln umherflattern.

Wirklich, ein passender Abschied.

Madame de Sévigné, Paris, an Madame de Grignan, Provence

Stellt Euch vor, meine Liebe, die Gräfin de Soissons ist bei Nacht auf und davon, fort aus Frankreich. Monsieur de la Reynie hat die Voisin verhaftet. Sie ist der Hexerei und Beihilfe zum Mord angeklagt worden.

Seine Majestät hat Monsieur de la Reynie beauftragt, den Gerüchten von Vergiftungen nachzugehen. Unter der Folter hat sie die Namen all ihrer Kunden genannt. Monsieur de Luxembourg hat sich freiwillig zur Bastille begeben. Madame de Tingry und viele andere wurden beschuldigt. Und ich spreche von Mitgliedern des Hofes.
Es herrscht Chaos.
Der König hat gesagt: »Madame, ich habe absichtlich der Gräfin de Soissons etwas Zeit gelassen, damit sie fliehen kann. Eventuell muss ich Gott und meinen Untertanen einmal Rechenschaft darüber ablegen.«
Die Wohnung der Soissons in Versailles ist jetzt frei und Madame de Carignan freut sich.

63. Kapitel
DIE SCHLINGE ZIEHT SICH ZU

»Wen haben wir denn da?«

Julia hatte Zuflucht im Park gesucht. Wie so oft, seit sie wieder in Versailles waren. Auch wenn das Wetter sehr unbeständig war, sie hielt es zwischen den Höflingen nicht aus. Etienne war in einer späten Ratssitzung. Wenn nicht ständig diese Sitzungen wären, würde er mit ihr nach Paris fahren, hatte er bedauernd angemerkt, als er ihr steinernes Gesicht auf der Kutschfahrt nach Versailles sah.

Oben im Schloss war ein Ball und es wurde getanzt und gelacht – und niemand erwähnte Angélique auch nur. Keiner trauerte um sie. Es war so, als hätte sie nie existiert.

Mit Ausnahme von Monsieur de Noailles. Er wich kaum von Julias Seite. Er stand stumm neben ihr, sprach kein einziges Wort, genau wie zu Anfang ihrer Bekanntschaft. Julia hatte gedacht, sie hätten das Eis gebrochen, aber irgendwie war Noailles so was von zugeknöpft und verschlossen – verschlossener als am Totenbett und Grab von Angélique. Dabei sollte man meinen, allein die Vorfälle dieses Jahres hätten ihn etwas offener werden lassen.

Nichts dergleichen. Sie hätte genauso gut mit dem Kerzenleuchter reden können. Andererseits war es ihr ganz recht. Sie wollte überhaupt nicht reden. Doch irgendwann hatte sie sich weggeschlichen. Das peinliche Schweigen hatte überhandgenommen und sie hatte Noailles gebeten, ihr ein Glas Wein zu bringen.

Die neue Dauphine, die junge und wirklich nicht hübsche Bayerin, wurde dermaßen umschwärmt, dass Julia nicht damit gerechnet hätte, aufzufallen. Oder besser gesagt: Sie hatte damit gerechnet, verschwinden zu können, ohne dass es bemerkt würde. Etienne würde wissen, wo er sie finden konnte. Am Seitenarm des Grand Canal. Dort, wo Angélique ins Wasser gefallen war.

Doch sie hatte nicht damit gerechnet, dass sich noch jemand um diese Uhrzeit und in dieser Kälte hier aufhalten würde.

Der Chevalier de Lorraine war unmittelbar vor ihr aufgetaucht.

»Wie schön, denn auf Euch habe ich gewartet.«

Julia wurde mulmig. Sie wollte wieder zurück auf den Weg, doch er hielt sie fest.

»Ich soll Euch einen Gruß von Monsieur ausrichten.« Er hob seine Hand und hielt etwas in die Luft.

Julia brauchte einen Moment, bis sie es erkannte. Ihre Schleife. Die Schleife von ihrem Schuh, die sie verloren hatte an dem Abend, als Monsieur sie bedroht hatte.

»Sie lag in einem Gang, von dem gar Ihr nicht wissen dürftet«, sagte Lorraine. »Einem Gang, wo kleine Mädchen nichts verloren haben. Und wollt Ihr wissen, was mit kleinen Mädchen geschieht, die ihre Nase in Dinge stecken, die sie nichts angehen?« Er wartete die Antwort gar nicht erst ab. »Tatsache ist, jetzt, wo die Voisin gesungen hat, könnte sie noch andere Dinge erzählen. Und ein Vögelchen hat uns erzählt, dass ein verschwundener Lakai inklusive Brief sich in südlicheren Gefilden in Sicherheit wähnt.«

Julia fühlte den kalten Schweiß ausbrechen. Monsieur wusste von Armand! »Was für ein Lakai? Es verschwinden täglich Lakaien. Meistens, weil sie nicht bezahlt werden«, sagte sie so fest, wie sie konnte.

»Na, na, meine Hübsche. Ihr werdet doch jetzt keine Spielchen spielen. Ihr könnt ihn auch nicht mehr retten. Er ist schon tot. Und

Ihr seid es auch bald. Monsieur will Euch nicht mehr sehen. Ihr sollt keinesfalls beim König plaudern können. Und genau dafür werde ich jetzt sorgen. Aber vorher kann ich mich davon überzeugen, ob die Wette um Eure Jungfräulichkeit noch gerechtfertigt ist.«

Julia wollte schreien. Im selben Moment hielt er ihr mit einer Hand den Mund zu und leider auch gleichzeitig die Nase, so dass sie keine Luft mehr bekam. Er zog sie noch weiter vom Weg hinter ein Gebüsch. Hier hätten sie nicht einmal mehr die Gondolieri sehen können, wenn sie um die Uhrzeit noch draußen gewesen wären.

Sie konnte so viel strampeln und treten, wie sie wollte – so verweichlicht und weibisch der Chevalier sich sonst auch aufführte, er war stark und ein Mann und ihr mit seinen Kräften überlegen. Sie fühlte eine seiner Hände unter ihre Röcke wandern und begann zu treten. Der ganze Fechtunterricht war für die Katz gewesen. Lorraine hatte keinen Degen an der Hüfte.

Sie versuchte zu atmen und schnappte nach Luft, doch die schwere Hand ließ das nicht zu, der Sauerstoffmangel ließ bereits das Blut in ihren Ohren rauschen und schwarze Punkte vor ihren Augen tanzen. Wenn er sie nicht bald atmen ließ, würde er sich an einer Leiche vergehen. Das Blut sauste ihr durch den Kopf, ihr wurde schwindelig. Lag es daran, dass er sie zu Boden drückte? Die schwarzen Punkte wurden größer. Weiße Flecken erschienen und dann endlich konnte sie wieder atmen.

Luft!

Reiner, kühler Sauerstoff schoss durch ihre Lungen und sie konnte nicht anders, als ein paar tiefe Atemzüge zu nehmen, ehe sie begriff, dass Lorraine sie losgelassen hatte und mit einem anderen Mann in ein Handgemenge verwickelt war. Es dauerte noch drei weitere Atemzüge, bis sie erkannte, dass dieser Mann Etienne de Montsauvan war. Der Mond kam hinter einer Wolke hervor und erst jetzt konnte sie sein Gesicht erkennen: Es war wutentbrannt und kantig!

Seine Hände lagen um den Hals ihres Peinigers und drückten ihm langsam, aber sicher die Luft ab. Das Gesicht des Chevaliers wurde rot und blau und die Augen begannen hervorzutreten.

»Etienne!« Sie sprang auf und klammerte sich an Etiennes Arm. »Etienne, lasst ihn los. Das ist er nicht wert! Ihr werdet doch nicht das Beil riskieren für einen Idioten wie ihn.«

»Hat er zu Ende geführt, was er begonnen hat?«, fragte der Graf nur, während sich das Gesicht Lorraines immer dunkler verfärbte.

»Nein, Ihr seid rechtzeitig dazwischengekommen. Bitte, ich flehe Euch an, tötet ihn nicht!«

Ganz unverhofft ließ Montsauvan ihn los. Der Chevalier fiel keuchend zurück und hielt seine Kehle fest, während er gleichzeitig nach Luft rang.

»Ihr habt Recht. Das ist er nicht wert.« Er wandte sich angewidert an Lorraine. »Wir treffen uns morgen früh auf der Wiese hinter dem Trianon. Sucht Euch zwei Sekundanten.«

Nach diesen Worten umfasste er Julias Handgelenk mit eisernem Griff und wandte sich ab. Mit riesigen Schritten stapfte er davon. Julia musste laufen, um mit ihm Schritt zu halten.

»Ist das Euer Ernst? Ihr fordert ihn zum Duell?«, keuchte sie neben ihm.

»Natürlich. Wie sonst, glaubt Ihr, könnte ich ihn bestrafen, wenn Ihr schon nicht zugelassen habt, dass ich ihn auf der Stelle umbringe?«

»Grundgütiger, Etienne! Ich will überhaupt nicht, dass ein Mann meinetwegen stirbt.«

»Wer sagt, dass es Euretwegen ist?«

»War nicht ich diejenige, die vergewaltigt werden sollte?«

»Habe ich Euch etwa gestört?«, fragte er scharf. »Wolltet Ihr endlich wissen, was dahintersteckt?«

»Hört auf! Warum seid Ihr so erpicht darauf, ihn umzubringen? Er ist ein unwürdiger Wurm, den Ihr normalerweise auf andere Art mit Eurem Absatz zerquetschen würdet. Ich bin die Beleidigte. *Ich* müsste ihn zum Duell fordern.«

»Macht Euch nicht lächerlich. Ihr seid meinem Schutz unterstellt. Niemand wagt es, sich an Euch zu vergreifen, oder er bekommt es mit mir zu tun. Das weiß ganz Paris!«

Daraufhin konnte Julia nichts mehr sagen. Irgendwo begriff sie, dass es sich hierbei um irgend so einen verkorksten Kodex wie Ehre und Männlichkeit handeln musste, den Frauen in diesem Zusammenhang noch nie verstanden hatten und auch nie verstehen würden.

* * *

Julia wusste genau, er würde sie ins Bett schicken, sobald sie ihr gemeinsames Appartement erreicht hätten. Das musste sie verhindern. Sie wollte darüber reden – ihm die Sache ausreden.

»Geht zu Bett, Julia. Ich muss noch einiges erledigen«, sagte er auch prompt, als die Tür hinter ihnen ins Schloss fiel.

Zum ersten Mal war sie versucht eine weibliche Taktik anzuwenden, um ihn zu umgarnen. Doch das war gar nicht nötig. »Bitte, ich kann jetzt nicht alleine sein. Ich ... ich ...« Die Tränen, die auf einmal zu fließen begannen, waren echt. Wie üblich setzte die Nachwirkung des Schocks erst später bei ihr ein.

Ihre Hand, die er im Zimmer erst losgelassen hatte, begann unkontrolliert zu zittern, ihre Knie gaben nach, und ehe sie sich's versah, sank sie zu Boden. Das war zwar nicht gespielt, hatte aber die gewünschte Wirkung.

Etienne vergaß augenblicklich, was er hatte erledigen wollen, und hob sie auf. Mit besorgtem Gesicht legte er sie auf ihr Bett und begann fürsorglich die Schnüre ihres Mieders zu lösen, damit sie freier atmen konnte. Dann reichte er ihr ein Glas mit Baldrian und Johanniskraut. Ihre Hände zitterten wieder so stark, dass sie nicht alleine trinken konnte, und er musste ihr dabei helfen.

»Fühlt Ihr Euch etwas besser?«, fragte er nach einer Weile.

»Ja, danke. Aber bitte verlasst mich nicht. Bleibt in meiner Nähe. Wenigstens heute Nacht.« Sie ergriff seine Hand und versuchte mit aller Gewalt die Tränenflut zu stoppen.

»Wenn Ihr wollt …«, hörte sie ihn zögernd sagen.

Julia atmete tief durch und konnte endlich aufhören zu weinen. Etienne streifte seine Schuhe ab und legte sich neben sie. Sie kuschelte sich in seine Arme und der Beruhigungstrank tat seine Wirkung. Sie schlief ein. Das Letzte, was sie wahrnahm, waren Etiennes Sandelholzduft und der Gedanke, dass sie bei ihm immer sicher war.

* * *

Als Julia am nächsten Morgen erwachte, war neben ihr noch Etiennes Abdruck auf dem Kissen zu erkennen. Und er war noch warm. Sie hörte ein leises Geräusch an der Tür.

»Etienne?«, fragte sie.

Einen Moment herrschte Stille, dann hörte sie ihn tief durchatmen.

»Fühlt Ihr Euch besser?«, fragte er und trat wieder auf ihr Bett zu, so dass sie ihn im dämmrigen Licht der aufgehenden Sonne erkennen konnte. Er sah sehr angespannt und übernächtigt aus. Seine

Haare waren verstrubbelt und sein Hemd war am Hals geöffnet. Sie konnte darunter den Ansatz seiner Brust sehen. Und er hatte dunkle Bartstoppeln.

An diesem Morgen wirkte er zum ersten Mal, seit sie ihn kannte, wie ein normaler Mensch mit allen Schwächen und Empfindungen. Julia setzte sich auf. Sie trug noch das Kleid vom Vorabend, nur die Schnüre ihres Mieders waren gelockert. Etienne hatte sie ihr geöffnet, erinnerte sie sich wieder. Und dieser Mann, der dort nur halb bekleidet stand, *war* Etienne. Ihr wurde warm.

Als sie nicht antwortete, fragte er besorgt: »Soll ich besser einen Arzt kommen lassen?« Er fühlte nach ihrer Stirn.

»Um Gottes willen, nein!«, wehrte sie entsetzt ab. »Der würde mich womöglich zur Ader lassen und anschließend noch schröpfen.«

Daraufhin lächelte Etienne. Er setzte sich auf die Kante ihres Bettes und sie tastete nach seiner Hand. Er versteifte sich ein wenig.

»Ich stelle fest, Ihr fühlt Euch besser.«

»Ja, danke.« Sie fühlte sich auf einmal merkwürdig befangen. »Wollt Ihr ... wollt Ihr Euch immer noch duellieren?«

Er entzog seine Hand nicht, lehnte sich aber ein wenig zurück. »Ja, und Ihr werdet es mir nicht ausreden können. Euer Leben ist in Gefahr und er und Monsieur sollen wissen, dass ich alles tun werde, um Euch zu beschützen.«

Julia wurde noch ein wenig wärmer ums Herz. »Aber ...« Sie überlegte angestrengt. »Können wir ihm nicht drohen? Wir könnten doch ein Gerücht über ihn in Umlauf bringen, das ihn vom Hof verdammt. Wir erzählen, er besuche regelmäßig Bordelle und habe sich dort eine fiese Krankheit zugezogen.« Sie sah sein saures Gesicht und fügte hinzu: »Ich weiß, Ihr mögt dieses Wort nicht.«

»Ich kann es nur nicht leiden, wenn Ihr dieses Wort in den Mund nehmt«, entgegnete er streng.

»Wir könnten aber auch die Wahrheit sagen und seine Teilnahme an der schwarzen Messe bezeugen.«

»Julia.« Er beugte sich näher zu ihr heran und sah ihr fest in die Augen. »Die Hälfte aller Höflinge war bei dieser schwarzen Messe anwesend und geht regelmäßig in Bordelle. Sogar mehr als die Hälfte und allen voran der Bruder des Königs. Wen, glaubt Ihr, interessiert, was er Unsachgemäßes tut, wenn siebzig Prozent es ihm nachtun? Niemanden. Im Gegenteil: Man wird Euch dafür hassen, dass Ihr es öffentlich gemacht habt. Glaubt mir, Julia, sofern es einen anderen, subtileren Weg für eine Bestrafung gäbe, würde ich ihn einschlagen.«

Julia gab nicht auf. »Da fällt mir ein: Armand! Wir müssen ihn warnen. Und er könnte endlich …«

»Gestern erreichte mich die Nachricht aus Montsauvan, dass Armand von der Brüstung des Nordturms gestürzt ist«, unterbrach Etienne sie.

Julia starrte Etienne entsetzt an.

»Was glaubt Ihr, warum ich noch rechtzeitig am Grand Canal aufgetaucht bin, obwohl die Ratssitzung noch nicht zu Ende war?«, fuhr er bitter fort. »Wir haben nichts mehr in der Hand. Rein gar nichts. Der Lakai ist tot und das Schriftstück mit Monsieurs Unterschrift ist verschwunden. Wir beide schweben ab sofort in Lebensgefahr. Ich will verdammt sein, wenn ich Lorraine und Monsieur damit davonkommen lasse. Ich werde Lorraine ein für alle Mal erledigen und die Bastille dafür in Kauf nehmen.«

»Sofern Ihr in die Bastille kommt«, wandte Julia verzweifelt ein. »Monsieur wird ein Tribunal einfordern und Euren Kopf auf der Place de Grève.«

»Nicolas wird für mich eintreten«, sagte Etienne entschlossen.

Julia fühlte ihr Herz nicht mehr schlagen. Ein Loch klaffte in ihrer

Brust, mindestens so groß wie das Latona-Becken. Nichts, was sie sagte, würde ihn überzeugen. Er würde sich duellieren. Ihretwegen! Auch wenn er den Ruf des besten Fechters von Frankreich innehatte, Monsieur und Lorraine waren hinterlistig.

»Habt Ihr jemals bedacht, dass Ihr auch sterben könntet bei einem Duell?«, fragte sie leise.

»Früher nicht, das gebe ich zu. Aber mittlerweile schon.«

»Früher? Was heißt früher?«

Er antwortete nicht.

»Etienne de Montsauvan, wollt Ihr mir etwa erzählen, Ihr habt schon mehrere Duelle ausgestanden?«

»Eigentlich wollte ich es Euch nicht erzählen«, seufzte er. »Zwei waren es.«

Trotz ihres Entsetzens, ihn in Todesgefahr zu wissen, war sie gebannt. »Wegen einer Frau? Wer war sie? Wieso habt Ihr sie nicht geheiratet?«

»Wer behauptet, ich würde mich wegen Frauen duellieren?«, fragte Etienne leicht genervt. Auf diese dumme Frage hin lächelte Julia nur. Er warf ihr einen schrägen Blick zu. »Ihr steht unter meinem Schutz, das ist etwas völlig anderes.« Nervös fuhr er sich durch die Haare und verstrubbelte sie ein wenig mehr. »Ich habe mich in meiner Jugend wegen ein paar unsinniger Reden ein wenig hinreißen lassen, das war alles.«

Etienne nervös? Julia betrachtete ihn fasziniert. »Keine romantische Liebesgeschichte, die tragisch endete?«, hakte Julia nach und diesmal erhob sich Etienne.

»Ich stelle fest, Ihr fühlt Euch besser.«

»Herrgott noch mal! Seid nicht so gönnerhaft heute Morgen. Ihr seid nur neun Jahre älter als ich und nicht mein Vater.«

»Aber Euer Beschützer«, sagte er, ließ sich aber erneut auf der

Bettkante nieder. Vielleicht auch, weil sie noch immer seine Hand festhielt. »Wir waren nie so dumm, uns gegenseitig umzubringen«, fing er an zu erzählen. »Eine leichte Verletzung, so dass der Vergeltung Genüge getan wurde. Das war alles.«

»War das, als Ihr unter Condé in der Armee gedient habt?«, fragte Julia, und als Etienne nickte, wagte sie eine weitere Frage: »Wo hat Euer Gegner getroffen?«

Etienne zog zu ihrem Erstaunen eine Grimasse, deutete erst auf Wange und Kinn und öffnete dann sein Hemd um einen weiteren Knopf. Eine lange Narbe zog sich von der Schulter bis hinunter auf die Brust.

»Oh!«, hauchte Julia nur. Sie legte einen Finger auf die geschwollene rote Stelle, die der Degen hinterlassen hatte, und fuhr die Linie weiter hinab. Die Wunde musste sehr stark geblutet haben und auch tief gewesen sein, wenn sie ein solches Mal hinterlassen hatte. Julia erschauerte innerlich, als sie an einen blutüberströmten Etienne dachte, der hilflos auf dem Boden lag. Sie sah ihn wieder blutend hinter Notre-Dame auf dem Pflaster liegen, als der Republikaner ihn angeschossen hatte. Das hier musste wesentlich schlimmer gewesen sein. Auf einmal bemerkte sie, dass Etiennes Atem sich verändert hatte, er atmete hart und stoßweise, und als sie ihn fragend ansah, sah sie einen seltsamen Ausdruck in seinen Augen. Seine Pupillen waren auf einmal dunkel und schwer.

»Hat es sehr geschmerzt?« Sie konzentrierte sich lieber wieder auf die Narbe.

»Nein.« Etiennes Stimme war rau. »Es hat stark geblutet und sich glücklicherweise nicht entzündet.« Er machte eine kurze Pause, in der er sich räusperte, dann sprach er mit normaler Stimme weiter: »Vielleicht ist so der Tod? Mir wurde damals nur schwarz vor Augen und dann erwachte ich einige Stunden später in einem Bett, verbunden und mit einem hübschen Wirtshausmädchen als Krankenpflegerin, die sich einige Tage aufopferungsvoll um mich kümmerte.«

»Ich finde nicht, dass man über den Tod scherzen sollte«, erklärte Julia streng. »Oder hofft Ihr etwa dieses Mädchen wiederzusehen, damit sie Euch erneut pflegt?«

Er hob amüsiert eine Augenbraue. »Sicherlich nicht. Ich dachte eher, Ihr würdet Euch dann meiner annehmen.«

»Und Euch damit beim Duell unterstützen? Auf gar keinen Fall! Wenn Ihr so kindisch seid und Euch auf dieses Niveau herabziehen lasst, werde ich gewiss nicht danebenstehen und Euch anspornen.«

»Das braucht Ihr auch gar nicht, Mignonne. Ihr werdet nämlich nicht danebenstehen. Ihr bleibt brav hier und werdet meine Rückkehr abwarten. Und weil ich Euer Temperament diesbezüglich kenne, werdet Ihr zudem einen Leibwächter erhalten, der dafür sorgt, dass Ihr mir nicht hinterherlauft.«

Julia sah ihn fassungslos an.

Etienne stand gelassen auf und ging zur Tür. »Ihr seht mich an, als wären mir plötzlich zwei Hörner am Kopf gewachsen.«

»Es ist noch viel schlimmer«, rief Julia wütend. »Ihr seid nicht rasiert!«

64. Kapitel
DAS DUELL

Etienne hielt wie immer sein Wort. Oder eher gesagt, er machte seine Drohung wahr. François saß in ihrem Salon und ging nur vor die Tür, als sie aufs Klo musste.

Er hätte sie wahrscheinlich den ganzen Vormittag in ihrem Zimmer schmoren lassen, wenn nicht Monsieur Bontemps mit der Anordnung erschienen wäre, Mademoiselle de Sarvois-Pèrguse solle sofort mit zum König kommen.

Dieses Mal gab es keinen Zweifel. Julia wusste, dass sie gemeint war, und folgte mit einem hämischen Grinsen in Richtung François dem Kammerdiener Seiner Majestät. François heftete sich an ihre Fersen.

Dabei war das nicht nötig. Sie würde sich nie trauen, einer Anordnung des Königs zuwiderzuhandeln. Dachte sie zumindest. Bis sie erfuhr, weshalb sie gerufen worden war.

Ludwig XIV. hatte schon von dem Duell gehört. Er war stinksauer deswegen. Nein, weder Monsieur de Montsauvan noch der Chevalier de Lorraine waren verletzt. Beide waren von den Dragonern in ihre Gemächer abtransportiert worden. Vorläufig. Und Ludwig XIV. hatte eine weitere Überraschung für sie. Oder eher eine Hiobsbotschaft.

65. Kapitel
DIE AUFFORDERUNG

»Etienne!«

Julias Schrei schallte durch die Türen. Sie stürmte aufgebracht in sein Schlafzimmer. Die Erleichterung über das nicht stattgefundene Duell hatte nur fünf Sekunden gewährt. Seither war sie geschockt. Sie hatte es kaum erwarten können, Etienne zu sehen. Julia war den ganzen Weg vom königlichen Kabinett zu ihrem Appartement gerannt. Ihre Lungen hatten zu pfeifen begonnen. Dafür, dass Versailles noch nicht fertig gebaut war, war es schon jetzt viel zu weitläufig.

»Etienne, stellt Euch vor, was ...«

Sie brach ab. Etiennes Zimmer sah aus, als hätte eine Bombe eingeschlagen. Überall standen gepackte Kisten und Truhen und es herrschte ein heilloses Durcheinander von verteilten Kleidern, Schriften und Büchern im Raum.

»Ihr verreist?«, fragte sie fassungslos. »Wo wollt Ihr hin?«

Etienne lachte bitter. »Von *wollen* kann keine Rede sein.«

Julia hielt eine Hand an ihren Hals. »Ihr müsst in die Bastille. Ihr habt einen Lettre de Cachet erhalten.«

»Zum Glück nicht, aber ich habe einen anderen Brief erhalten.«

»Was meint Ihr?«

Er drehte sich zu ihr um und sah sie an. »Ich will damit sagen, dass Seine allergnädigste Majestät mich mit der Ehre betraut hat, als Botschafter nach England zu reisen.«

»Ihr? Warum? Wieso jetzt?«

Etienne schickte seinen Kammerdiener hinaus, ehe er weitersprach. Sein Blick wurde verächtlich. »Ich hätte Euch nicht für so beschränkt gehalten. Was wolltet Ihr mir mitteilen?«

»Warum müsst Ihr auf einmal nach England?«

»Zuerst beantwortet meine Frage!«, befahl er mit der Stimme des ehemaligen Lehrers.

Etwas ließ sie zögern, obwohl sie es ihm noch vor wenigen Minuten hatte unbedingt erzählen wollen. »Der König will mich verheiraten. Mit Monsieur de Noailles. Ist das nicht unglaublich? Er, der weiß, dass ich vor einer erzwungenen Ehe davongelaufen bin, will mich verheiraten!«

»Und Ihr wisst tatsächlich nicht, warum?«

»Er behauptet mein Vater zu sein.« Julia war wieder völlig entgeistert nach dem eben gehörten Geständnis. »Aber Ihr und ich wisst genau, dass er das nicht sein kann. Er sagt, ich sähe meiner Mutter ähnlich. Er würde sie genau in mir wiedererkennen. Und er will mich, weil er mich nicht anerkannt hat, gut situiert wissen. Das ist doch *Schwachsinn*.«

»Nicht in seinen Augen.« Etienne fuhr fort. Mit dem Packen und Reden gleichzeitig. »Jeder Vater möchte seine Kinder gut versorgt wissen und Ihr wisst, dass er dank Madame Scarron sehr viel Zuneigung zu *allen* seinen Kindern entwickelt hat. Wenn er glaubt, Ihr seid seine Tochter, schließt das Euch mit ein und erklärt seine Großzügigkeit und seine Nachsicht Euch gegenüber. Was glaubt Ihr denn, wie viele Mädchen in Hosen vom König adoptiert werden, weil sie seine Jagd stören?«

Das leuchtete Julia jetzt auch ein. Sie hatte sich immer gefragt, warum er ihr all diese Zugeständnisse machte, ihr, einer völlig Fremden, die auch noch in für dieses Zeitalter unmöglichen Kleidern vor ihm erschienen war.

»Ich habe das schon von Anfang an vermutet, genau wie die eine Hälfte der Höflinge.«

»Eine Hälfte? Was hat dann die andere gedacht?«

»Dass er eine neue Mätresse heranziehen lässt.«

Julia starrte ihn groß an. Seine Worte waren nicht gerade tröstlich.

Etienne zuckte die Schultern. »Das war mit Sicherheit die Hälfte, die auch an Hexen glaubt und die schwarze Messe besucht hat.« Er seufzte und lehnte sich an seinen Bettpfosten. »Da er Euch als seine Tochter ansieht, ist es nur verständlich, dass er den Ehemann für Euch wählt. Monsieur de Noailles ist ein sehr angesehener Mann und einer der besten Freunde und Vertrauten Seiner Majestät. Er ist nicht viel älter als Ihr, hat einen angesehenen Posten, ein reiches Einkommen – und Ihr? Was habt Ihr?«

»Ich habe auch einen Titel«, sagte Julia gekränkt. »Und den habe ich mir ...« Von erarbeitet konnte nicht wirklich die Rede sein. Immerhin hatte sie die Idee geklaut, die ihr den Titel beschert hatte.

»Noailles hat mich gestern von seinen Absichten unterrichtet«, fuhr Etienne erbarmungslos fort.

»Gestern?«, Julia sah kleine Spucketröpfchen aus ihrem Mund kommen.

»Unmittelbar vor der Sitzung. Ich hatte keine Gelegenheit, es Euch zu sagen.« Etienne legte eine Weste auf einen Stapel anderer Kleider.

»Und was war mit gestern Nacht? Und heute Morgen? Wir waren allein und Ihr hättet es mir ...«

»Wie?«, unterbrach er sie schroff. »Ihr seid gerade noch so einer Vergewaltigung entkommen und wart eh schon verstört. Hätte ich da sagen sollen: Ach, übrigens wird Monsieur de Noailles in den nächsten Tagen um Eure Hand anhalten? Ich dachte, ich hätte noch etwas Zeit, um Euch darauf vorzubereiten. Ich konnte doch nicht ahnen, dass er sofort mit dem König spricht.«

»Ihr habt ihm Euer Einverständnis gegeben?« Julia wusste nicht, ob sie je den Mund wieder zubekommen würde.

»Nein, das habe ich nicht«, presste er aus zusammengebissenen Zähnen heraus und begutachtete mit kritischem Blick ein Hemd. »Dazu bin ich nicht berechtigt. Und genau das habe ich ihm gesagt.«

»Aber Ihr hättet es einfach behaupten können!«, rief sie verzweifelt.

»Mit welcher Begründung denn?«, schrie Etienne und zerknüllte das Hemd in seinen Händen. Für einen Moment hatte er die Beherrschung verloren, aber er fand sie sofort wieder. Er strich das Hemd glatt und legte es auf den Stapel zu der Weste.

Julias Herz klopfte völlig unkontrolliert, Schweiß brach auf ihrer Stirn aus und ihr war schwindelig nach all diesen Eröffnungen. Sie musste sich setzen und ließ sich auf dem Bett nieder. Etienne trat zu einem kleinen Tischchen, auf dem die Karaffe mit Branntwein stand, und schenkte sich ein Glas ein.

»Außerdem ist dem König die Wette zu Ohren gekommen. Er hat Angst, dass genau das passieren könnte, was Lorraine gestern versucht hat. Die Wetteinsätze stehen im Moment bei einhunderttausend Livre. Es ist zu einer fanatischen Idee unter den Männern geworden, vor allem unter jenen, die kein Geld besitzen und auch keines erben werden.«

Julia stieß einen ziemlich undamenhaften Laut durch die Nase aus. »Woher wollen denn diese Herren wissen, ob ich nicht doch schon einen Mann erhört habe?«

Etienne, der ihr gegenüber an einer Kommode lehnte, lächelte auf sie herab. »Das, Mignonne, ist offensichtlich. Ihr versteht nicht einmal die Hälfte aller Anspielungen, die man hier bei Hofe in Eurer Gegenwart macht. Und Ihr würdet nicht ständig bei der Hälfte, die ihr versteht, erröten.«

Zu ihrem Beschämen errötete sie erneut. Dann wechselte sie das Thema. »Aber weshalb müsst Ihr dann verreisen?«

»Ihr versteht es immer noch nicht, kleine Närrin.« Er ließ sich dicht neben ihr auf dem Bett nieder, trank einen weiteren Schluck und neigte den Kopf zu ihr. »Er hat Angst, ich könnte Noailles dazwischenkommen.«

»Aber das würdet Ihr nie tun! Wir sind doch Freunde!«

Etienne antwortete darauf nicht, sondern zog schlicht eine Augenbraue hoch. »Außerdem bestraft er mich für das Duell. Ich sollte ihm dankbar sein. Die Alternative wäre die Bastille.« Montsauvan stand auf, stellte sein Glas ab und richtete die Manschette seines Hemdes. »Und wenn Ihr mich jetzt entschuldigen wollt, ich habe noch viel zu tun, bevor ich morgen aufbreche.«

Julia sah ihm sprachlos zu. Aber nur zwei Sekunden, dann fing sie sich wieder. »Versteht Ihr nicht?«

»Was soll ich nicht verstehen? Ihr werdet in Kürze eine gut situierte Ehefrau sein und vielleicht wird Euch der König dann auch legitimieren. Dann könnt Ihr ein gutes Wort für mich einlegen und ich bin bald wieder da. Und mit Noailles solltet Ihr fertigwerden. Er vergöttert Euch jetzt schon.«

Julia sprang vom Bett auf und packte Etienne beim Revers seines Rockes. »ICH WILL NICHT HEIRATEN! Und auf keinen Fall Noailles. Um Himmels willen, er spricht nicht einmal mit mir! Ich will mir meinen Mann selbst aussuchen, ich möchte mich verlieben, ich möchte ... ach, Etienne, ich will wie jedes Mädchen unter dem Sternenhimmel tanzen, Spaziergänge in der Dämmerung machen, Picknicks, am Strand barfuß durch den Sand streifen. Aber auf keinen Fall will ich eine erzwungene Ehe eingehen mit einem Mann, der in meiner Gegenwart nur stammelt und auch sonst viel zu schmeichlerisch ist.«

Etienne hatte ihr während ihrer leidenschaftlichen Rede aufmerksam zugehört. Er fasste sanft unter ihr Kinn. »Dann habt Ihr ein großes Problem, Julia, denn Ihr habt keine Wahl. Entweder Ihr heiratet und akzeptiert die Folgen oder Ihr zieht Euch den königlichen Unwillen zu. Und glaubt mir, der ist nicht zu unterschätzen. Der Eintritt in ein Kloster wäre dann noch das Geringste, was Euch widerfahren wird.«

Julias Augen begannen zu funkeln, ein listiges Lächeln umspielte ihre Lippen. »Nein, es gibt noch einen Ausweg. Ihr nehmt mich mit.«

Etienne stieß sie von sich. »Was? Seid Ihr von Sinnen? Noailles wird uns nachreisen. Er kann sich denken, mit wem Ihr unterwegs seid.«

»Wir würden getrennt reisen. Ihr morgen wie vereinbart und ich würde in drei oder vier Tagen folgen. Als Mann verkleidet findet er mich nie. Wir treffen uns in Le Havre, Ihr schmuggelt mich auf das Schiff und wir fahren gemeinsam nach England.«

»Und wenn mein Auftrag erledigt ist? Ich muss wieder zurück nach Frankreich. Wollt Ihr etwa in England bleiben?«

Julia zuckte die Achseln. »Vielleicht schiffe ich mich nach Amerika ein. Ich könnte aber auch versuchen über Holland nach Deutschland zu reisen. – Oder wollt Ihr etwa, dass ich heirate? Einen Mann wie Noailles? Ich könnte seine Perücken keine zwei Tage hintereinander ertragen.«

Schweigen breitete sich aus. Etienne sah sie durchdringend an und dachte nach. Julia spann derweil in Gedanken die Möglichkeiten durch, die sie hatte, wenn sie Frankreich erst hinter sich gelassen hätte. Endlich schien er zu einem Entschluss gekommen zu sein.

»Euer Plan könnte funktionieren. Ihr könntet nach Deutschland zurück oder in England bleiben.« Er begann im Zimmer auf und ab zu gehen. »Ihr könnt nicht alleine dorthin reisen, Ihr braucht eine Begleitung. Wenn Ihr tatsächlich vorhabt, in Männerkleidung zu reisen, könnte ich Euch François zur Sicherheit mitgeben. Notfalls habe ich auch einige Kontakte in Österreich. Dorthin könntet Ihr Euch ebenfalls begeben, falls Seine Majestät Euch tatsächlich ins Kloster stecken möchte – oder andere Heiratspläne in Erwägung zieht. Seit dem Krieg mit Spanien ist der habsburgische Kaiser nicht gut auf unseren König zu sprechen.«

»Warum wollt Ihr mir auf einmal helfen?«, fragte sie.

Er murmelte etwas in seinen nicht vorhandenen Bart und gab schließlich zu: »Ihr sollt Eure Picknicks haben und Eure Spaziergänge unterm Sternenhimmel. Das sollte jeder junge Mensch einmal erlebt haben.«

»Ha! Ihr seid nur knapp neun Jahre älter.«

»Und erfahrener.«

Jetzt lächelten sie sich beide zu und Julia umarmte ihn spontan. »Danke, Etienne. Ihr seid mein bester Freund. Das werde ich Euch nie vergessen!«

Er erwiderte ihre Umarmung und drückte sie fest an sich.

* * *

Der Plan war mehr als abenteuerlich. Er war selbstmörderisch. In den nächsten zwei Tagen war Julias Verfassung bestimmt von unendlicher Spannung einerseits bis hin zu tiefer Melancholie über das Wagnis ihres Vorhabens andererseits. Es war ihre Idee gewesen und sie würde es auf jeden Fall durchziehen. Manchmal blitzte der Gedanke auf, was ihnen blühte, wenn sie erwischt würden, aber Julia schob ihn jedes Mal schnell beiseite und ging dann konzentriert die To-do-Liste im Kopf durch.

Leider musste sie andauernd noch die Gegenwart von Monsieur de Noailles ertragen. Noch am selben Abend wurde ihre Verlobung im Großen Gemach von Seiner Majestät persönlich bekannt gegeben. Julia stand in jenem Moment wie versteinert neben ihrem »Verlobten« und nahm hölzern alle Glückwünsche entgegen. Noailles selber erinnerte sie an einen kleinen Jungen, dessen Geburtstag vorverlegt worden war. Er war nett und es tat ihr leid, ihn so enttäuschen zu müssen, aber seine Schüchternheit, die ihn kaum drei aneinandergereihte Wörter hervorbringen ließ, nervte sie furchtbar. Mal abgesehen von dem quietschorangen Wams unter dem bordeauxroten Rock mit grünen Stickereien. Es tat weh, ihn anzusehen in diesen Farben. Und er trug – wie immer in der Öffentlichkeit – seine schreckliche dunkle Perücke zu den roten Augenbrauen.

Am Ende ihres Verlobungsabends bestand er darauf, sie zu ihrem Appartement zu bringen, und versuchte dort recht ungeschickt, ihr einen feuchten Kuss zu geben. Julia wand sich in seiner Umarmung und glücklicherweise öffnete in dem Augenblick, als er sich mit gespitzten Lippen zu ihr herabbeugte, Etienne die Tür. Julia war ihm mehr als dankbar und schlüpfte zitternd an Montsauvan vorbei in ihr Appartement. Es hatte wirklich etwas für sich, einen gefürchteten Mann zum Beschützer zu haben.

Dann reiste Etienne ab und Julia machte alles fertig für die eigene Abreise. François sollte mit ihr in vier Tagen in Richtung Calais aufbrechen. Da Etienne von Cherbourg aus nach England übersetzen würde, würde man sie bei ihm suchen und nicht in Calais. Sie hatten sich entschlossen, getrennt zu reisen, für den Fall, dass der König Montsauvan erreichte, ehe der in Cherbourg abgelegt hatte.

Eigentlich war der Plan gut ausgereift, die Männerkleider in ihrer

Größe standen bereit, ebenso wie die Pferde und die Verpflegung. Julia war trotzdem schrecklich unruhig.

Dann war es endlich so weit. Sie und François brachen frühmorgens wie geplant auf. Dank der strengen Reitstunden bei Etienne hatte sie am Ende des ersten Tages auch keine Schmerzen von dem langen Ritt. Der Herrensattel war allerdings zu Anfang sehr gewöhnungsbedürftig. Sie stiegen am Abend in einer Gaststätte ab, nahmen sich zwei Zimmer und brachen ordnungsgemäß am nächsten Morgen in der Dämmerung wieder auf.

Der zweite Tag verlief ebenso unspektakulär wie der erste und Julia begann zu hoffen, dass alles so reibungslos über die Bühne gehen und sie sicher in England ankommen würde. Doch am Abend des dritten Tages erfuhren sie in der Taverne, in der sie abgestiegen waren, dass sie bei Hofe vermisst wurden und man eine Belohnung für ihre Ergreifung ausgesetzt hatte. Allem Anschein nach glaubte man, sie sei entführt worden. Wie hatte sich das so schnell bis hierher rumsprechen können?

François erklärte, es gäbe Kuriere, die bis zu achtzig Kilometer am Tag zurücklegten. Beim Verschwinden des königlichen *Décorateur et Maître d'equipement* war mit einem solchen Kurier zu rechnen gewesen. Immerhin durfte jemand, der so ein wichtiges Amt trug, sich nicht einfach vom Hof entfernen.

Julia versuchte, ruhig zu bleiben und sich nicht aufzuregen, denn immerhin suchte man nach einer Kutsche mit einer jungen Frau im Gefolge – oder nach der Leiche einer Frau. Egal wie, auf keinen Fall würde man nach zwei Landjunkern in einfachen Kleidern zu Pferd suchen. In dieser Gewissheit erreichten sie am siebten Tag Calais.

66. Kapitel

CALAIS

Eine Hafenstadt im siebzehnten Jahrhundert war ein völlig anderer Anblick als beispielsweise Hamburg im zwanzigsten Jahrhundert. Anstatt mit Tankern und Frachtschiffen, Kränen und Lastzügen lag die Ankermole voll mit bewaffneten Fregatten, kleinen Jachten und drei riesigen Galeeren.

Es war ein einziges Meer von Masten, Segeln, Seilen und Rahen und der Kai war voll von Matrosen, Dirnen, Bettlern und Frauen, die Fische verkauften oder kauften, und Kindern, die versuchten einen um den Geldbeutel zu erleichtern.

François und Julia durchstreiften den Hafen und hielten Ausschau nach Schiffen, die Passagiere mit nach England nahmen. Das war eine langwierigere Sache, als sie sich ursprünglich vorgestellt hatten. Entweder kamen die Schiffe soeben aus England und wollten zuerst noch an anderen Häfen in Europa Waren einladen, ehe sie zurückfuhren, oder sie nahmen grundsätzlich keine Passagiere auf.

Erst am vierten Tag in Calais fand sich ein Schiff, das in einer Woche wieder nach England aufbrechen wollte und bereit war sie mitzunehmen. Sie mussten eine Anzahlung leisten und freuten sich darauf, nächste Woche an Bord zu gehen. Am nächsten Morgen aber war das Schiff fort – mitsamt ihrer Anzahlung.

»Herrgott noch mal!«, rief Julia wütend aus und stampfte mit dem Fuß. »Jetzt müssen wir noch mal von vorne anfangen zu suchen und sind immer noch nicht weiter. Außerdem wird unser Geld langsam knapp.« Julia warf einen düsteren Blick in ihren Geldbeutel. »Lass uns dort hinübergehen. Bei diesem kleinen Kahn haben wir noch nicht gefragt.«

Sie hatten Glück. Der Kapitän der *Belle Isle* sah recht vertrauenswürdig aus, wollte keine Anzahlung und war bereit in zwei Tagen mit ihnen zusammen nach England aufzubrechen. Der einzige Nachteil war, es handelte sich um ein recht kleines Fischerboot, das aussah, als würde es beim nächsten Wellengang untergehen. Doch Julia war nicht bereit, noch länger zu warten. Sie wollte sofort weg von hier. Frohgemut ging sie, gefolgt von François, zurück zu ihrer Herberge, als sie plötzlich angerempelt wurde.

»Tut mir leid!«, schrie der Bengel, obwohl es sich überhaupt nicht danach anhörte, als täte es ihm leid, und rannte weiter. Doch eine Sekunde später schrie er auf. Julia drehte sich erstaunt um und sah ihn einen Meter über dem Boden zappeln. François hatte ihn am Kragen gepackt und hochgehoben.

»Lass mich runter!«, plärrte der Knirps, der nicht älter als neun sein konnte. »Lass mich sofort runter!«

François schüttelte den Kopf. »Erst rückst du das Geld raus, das du gerade gestohlen hast.«

Julia machte große Augen und begann sofort nach ihrer Börse zu tasten. François hatte Recht. Sie war verschwunden.

»Ich hab nichts gestohlen. Ich hab nur nicht aufgepasst.«

Daraufhin griff François einfach in die zerschlissenen Taschen des kleinen Diebs: Julias Börse kam zum Vorschein, ebenso wie eine andere, ihr unbekannte, des Weiteren eine Kette, zwei Ringe und eine Taschenuhr. Seit ihrer Ankunft im siebzehnten Jahrhundert hatte Julia erst drei Uhren zu Gesicht bekommen. Und zwei davon gehörten der Königin Maria-Theresia.

François warf Julia ihre Börse zu. Mittlerweile hatten sich einige Leute um sie herum versammelt und betrachteten sie.

»Der Ring da gehört Monsieur de Loménie«, rief eine Frau. »Ich erkenne das Siegel des gräflichen Stadthalters.«

Der Junge war ganz blass im Gesicht und jetzt tat er Julia sogar leid.

»Was ist hier los?«, fragte einer neugierig.

»Der kleine Dieb rempelt die Leute an und beklaut sie dabei!«, wurde er schreiend aufgeklärt. »Genau wie bei dem jungen Mann dort.«

Der Knirps zappelte im Griff von François. »Das ist kein Mann, das ist eine Frau!«, rief er trotzig.

Schlagartig wich Julias Mitleid. Sie sah sich plötzlich im Zentrum der Aufmerksamkeit dieser Menschen.

»Lass ihn laufen, François«, murmelte Julia, »und uns von hier verschwinden.«

»Sie hat was zu verbergen«, schrie der Kleine weiter. »Sie will weg. Sie ist eine Frau!« Er hörte auf zu schreien, weil François ihn mit einem Plumps losließ.

»Sei froh, dass wir dich nicht der Polizei übergeben, Bürschchen«, drohte ihm François.

»Das ist die Marquise de Sarvois-Pèrguse«, flüsterte auf einmal der Mann mit der Taschenuhr.

Sofort setzte ein Raunen ein. Verdammt. Wieso war sie erkannt worden? Sie war zum ersten Mal in Calais.

»Auf ihren Kopf ist eine Belohnung ausgesetzt«, erinnerte sich nun eine Frau. »Im *Klabautermann* hängt ein Steckbrief aus.«

»François«, sagte Julia verzweifelt. »Wir sitzen in der Falle.«

Durch die Menge hindurch konnten sie bereits die Uniformen eines Polizeitrupps näher kommen sehen. Es gab keine Möglichkeit mehr zur Flucht. Nur der kleine Taschendieb hatte sich rechtzeitig aus dem Staub gemacht.

* * *

Julia saß in der Zitadelle des Gouverneurs Loménie – als sein Gast, wie er stets höflich betonte. Dabei wusste sie ganz genau, sie war seine Gefangene und würde ohne Umstände zurück nach Versailles gebracht werden. Loménie erhoffte sich dadurch, endlich wieder in Ehren aufgenommen zu werden, was er sich vor drei Jahren bei einem gezinkten Kartenspiel verwirkt hatte.

Vier Tage waren seit ihrer Gefangennahme vergangen. Ihr einziger Lichtblick war, dass Etienne nicht in diese Sache mit hineingezogen werden konnte. Er war jetzt schon in England und würde dort vermutlich ungeduldig auf sie warten. Bis er erfuhr, was geschehen war, wäre sie bereits wieder in Versailles und er in London.

Der einzige Grund, warum Loménie sie nicht sofort in eine Kutsche Richtung Paris gepackt hatte, war die Erkältung, die Julia sich auf dem Ritt nach Calais und in der zugigen Hafenluft eingefangen hatte. Sie versuchte die Symptome ein wenig zu verschlimmern, in der Hoffnung, ihrem Gefängnis irgendwie noch entkommen zu können. Doch Loménie ließ sie sorgfältig bewachen. Jeden Tag besuchte er sie in ihrem Zimmer und langweilte sie mit Namen von Höflingen, die sie überhaupt nicht oder nur flüchtig kannte.

Und dann kam der Tag, an dem Loménie ihr Zimmer nicht allein betrat.

Etienne war bei ihm.

Julia vergaß, dass sie noch immer krank sein sollte. Mit offenem Mund setzte sie sich auf und starrte ihn an. Er sah wie immer gepflegt und elegant aus und gar nicht wie ein Gefangener.

Loménie rieb sich hämisch die Hände. »Ist das nicht eine Überraschung? Seine Majestät wird sich freuen, wenn ich ihm Euch beide überbringe. Montsauvan, Ihr glaubtet doch nicht ernsthaft, unerkannt bleiben zu können? Mit dieser Statur?«

Etienne warf Loménie von oben herab einen angewiderten Blick zu und Loménie tat das, was jeder machte, wenn Etienne ihn mit diesem Blick bedachte: Er suchte das Weite. Schloss aber leider die Tür hinter sich ab.

Julia sprang aus dem Bett und rannte ihm in die Arme. Obwohl alles gescheitert war, war sie doch froh ihn zu sehen.

»Wieso seid Ihr hier? Was macht Ihr in Calais? Ich dachte, Ihr wärt sicher in England!«

»Ich habe Euch gesucht. Als Ihr nicht wie verabredet in Dover wart, dachte ich, Ihr könntet keine Fähre finden, und wollte Euch holen kommen.«

Julia umarmte ihn noch einmal. Er war in England in Sicherheit gewesen und jetzt war alles verloren.

»Wieso seid Ihr nicht in England geblieben?«, nuschelte sie an seinem Hals. Sie roch das Sandelholz. »Ihr wart schon da! Ihr wart in Sicherheit. Jetzt wird man auch Euch zur Rede stellen.«

Etienne ließ sie los und ging ein paar Schritte durchs Zimmer. »Ich wollte es zumindest versuchen«, sagte er schließlich. »Ich wollte Euch die Möglichkeit geben, frei zu entscheiden, und Euch helfen. Ich hätte nicht in England sitzen können in der Gewissheit, dass Ihr unglücklich seid.«

Julia seufzte. »Ach, Etienne. Das ist so lieb von Euch. Und so dumm.«

Etienne lächelte nur und zog sie wieder in seine Arme.

* * *

Am nächsten Tag brachen sie, gut bewacht von einer Polizeieskorte und mit Monsieur de Loménie im Gepäck, nach Versailles auf.

67. Kapitel

DIE UNGNADE DES SONNENKÖNIGS

Der König war kalt und abweisend. Alle Anwesenden im Raum spürten seine unterdrückte Wut und verhielten sich so ruhig wie möglich, um nur ja nicht seine Aufmerksamkeit zu erregen.

Schreckliches konnte einem dann widerfahren.

Doch seine ganze Wut richtete sich auf die beiden Gestalten, die vor ihm standen. Julia fühlte sich furchtbar. Sie hatte große Angst und wusste: Das Schlimmste, was ihr passieren konnte, war ein lebenslanger Aufenthalt im Kloster; das Zweitschlimmste eine Heirat mit einem Mann, den sie nicht liebte, und die anschließende Verbannung auf dessen Ländereien. Aber das war es nicht, wovor sie sich fürchtete.

Nein, sie wusste ganz genau, weshalb sie so große Angst hatte: um Etiennes willen. Er konnte verurteilt, verbannt, all seiner Ämter enthoben und enteignet werden. Sie konnte ihn sich nicht ohne sein Cembalo oder seine Bücher vorstellen. Der Gedanke daran, ihn verarmt und auf Almosen angewiesen zu sehen, war schrecklich.

Der König zögerte die Spannung ins Unerträgliche hinaus.

Endlich begann er zu sprechen. »Ihr habt Euch gegen Uns aufgelehnt und somit Verrat an Eurem König und Frankreich begangen. Monsieur de Montsauvan, Ihr habt Mademoiselle de Sarvois-Pèrguse geholfen und wider besseres Wissen unterstützt. Hiermit werdet Ihr all Eurer Ämter enthoben. Ihr werdet den Hof unverzüglich verlassen und die Besitzungen im Languedoc werden Uns augenblicklich überschrieben. Euer Vermögen wird eingezogen …«

»Nein!«, schrie Julia verzweifelt. Sie warf sich vor dem König auf die Knie. »Sire, es ist allein meine Schuld. Er wusste nicht, dass ich ihm folgen würde. Das ist allein auf meinem Mist gewachsen.«

Ludwig XIV. sah eisig auf sie herab.

»Bestraft nicht ihn für meine Vergehen«, flehte sie mit Tränen in den Augen. »Er ist unschuldig.«

»Erhebt Euch! Zu Euch kommen Wir gleich.«

Julia rappelte sich auf. Sie zitterte am ganzen Körper. Etienne tastete tröstend nach ihrer Hand.

Dem König entging diese Geste nicht. Seine Augen blitzten kurz auf. Er hüllte sich wieder in nachdenkliches Schweigen. Man hätte die Luft in diesem Raum mit einem Messer schneiden können. Julia wusste, dass Monsieur de Noailles anwesend war, ebenso Monsieur de Brienne und Philippe d'Orléans – welch ein Triumph das für ihn sein musste. Aber das war ihr egal. Sie zitterte nur um Etienne.

»Ihr, Mademoiselle, habt Euch Uns gegenüber als äußerst undankbar erwiesen«, verkündete der König. »Wir haben Euch Unseren Schutz und Unser Wohlwollen zukommen lassen und Ihr habt Uns enttäuscht. Monsieur de Noailles, der gewillt war, Euch zu ehelichen, ist von seinem Vorhaben zurückgetreten. Es ist Uns nicht möglich, eine solche Person länger am Hofe zu dulden. Ihr werdet Euch ins Languedoc zurückziehen …« Julia atmete im Stillen auf »… auf das Schloss Eures Mannes.«

Irritiert sah sie auf. »Aber habt Ihr nicht gerade …«

»Wagt es nicht noch einmal, mich zu unterbrechen, Mademoiselle«, donnerte Ludwig. »Ihr werdet den Grafen de Montsauvan noch in derselben Stunde heiraten. Er kann seine Besitzungen halten, aber er wird Euch zu einer ehrbaren Frau machen. Wir haben

Eurem gottlosen Treiben lange genug zugesehen. Der unselige Vorfall beweist nur, wie sehr Wir Uns in Eurem Verhältnis getäuscht haben.«

Julia starrte mit offenem Mund auf den König. Sie wollte schon alles abstreiten, aber Etiennes Finger drückten die ihren und sie schwieg. Sie warf ihm einen kurzen Blick zu. Er trug wieder diese unbewegliche Maske, die einen glauben machte, alles wäre ihm gleichgültig. Aber sie wusste genau, dass dem nicht so war!

»Monsieur Bossuet, würdet Ihr die Trauung vornehmen?«

Der Bischof räusperte sich gewichtig. »Sire, ich denke nicht, dass ich als Erzbischof ein solch liederliches Treiben segnen und dem somit meine indirekte Zustimmung geben sollte. Ich denke, ein einfacher Priester wäre hier besser.«

Ludwig XIV. warf ihm einen ärgerlichen Blick zu. »Wenn Ihr die beiden nicht traut, leben sie noch einen weiteren Tag in Sünde und finden am Ende vielleicht noch einen Weg zu entkommen. Da ein Bischof gewiss all seine Schäfchen gut behütet wissen will, wollt Ihr das doch nicht riskieren, nicht wahr, Eminenz?«

Daraufhin willigte Bossuet mit sichtlich angeekelter Miene ein und die Anwesenden begaben sich auf den Weg zur Kapelle. In den Gängen waren viele Schaulustige, die alle neugierig einen Blick auf die Sünder werfen wollten. An den hämischen Gesichtern konnte man genau die Feinde erkennen. Das Getuschel setzte ein, sobald sie vorüber waren.

»Etienne, was sollen wir tun?«, flüsterte Julia aufgeregt. Seine starre Miene erschreckte sie.

»Nichts«, antwortete er mit den Achseln zuckend. »Wir wussten, was geschehen würde, sollten wir erwischt werden. Und wenn es nur bei einer Trauung und Eurer Enthebung aus Euren Ämtern bleibt, haben wir reichlich Glück gehabt.«

»Aber ... wir werden verheiratet sein. Ihr liebt mich nicht!«

Auf diesen dummen Ausruf reagierte er nur mit einer hochgezogenen Augenbraue. »Und was schlagt Ihr vor?«

Darauf wusste auch Julia keine Antwort und sie schwieg.

* * *

Sie machte den Mund erst wieder auf, als der Bischof fragte, ob sie Etienne de Montsauvan zum Mann nehmen wolle. Ihre Hand lag in der seinen. Er streifte ihr einen wunderschönen Ring mit einem blaugrauen Topas, umsäumt von Diamanten, über. Dann spürte sie seine Hand, die ihre Finger aufmunternd drückte. Julia starrte auf den Ring und fragte sich, wo er den hergezaubert hatte.

Schon war die Trauungszeremonie vorbei, ohne dass sie sich weiter wehren konnte. Oder es auch nur versuchte.

Etienne hatte Recht: Was konnte sie schon tun?

* * *

Die Trauung war beendet, sie hatte sein Ja nicht mal mitbekommen. Etienne drehte sich nun zu ihr und beugte seinen Kopf. Sie wusste nicht, was er wollte, bis er sanft ihr Kinn hob und seinen Mund auf den ihren legte. Zart und warm und Julia kam ihm instinktiv entgegen. Was danach geschah, konnte sie gar nicht mehr so genau sagen. Gratuliert hatte ihr niemand, es gab auch kein Hochzeitsmahl oder einen Ball. Man setzte sie beide so schnell wie möglich in eine wartende Kutsche in Richtung Paris. Erst als sie schon den halben Weg hinter sich hatten, begannen die Tränen zu fließen. Montsauvan, der bis jetzt auch noch kein einziges Wort gesprochen hatte, reichte ihr ein Taschentuch.

»Grämt Euch nicht. Ihr wisst genau, dass ich Euch noch nie zu nahe getreten bin und daran wird sich auch nichts ändern.«

»Aber wir sind jetzt *verheiratet!*« Julia spie das Wort unter Tränen aus. »Ich habe Euch sämtliche Chancen auf eine gute Partie verdorben. Es tut mir so leid, Etienne.« Sie schnäuzte geräuschvoll in sein Taschentuch.

»Ich sagte, Ihr sollt Euch nicht grämen. Ich habe noch mein Vermögen und meine Titel, und das ist mehr, als ich zu hoffen wagte. Seht es doch einmal von der positiven Seite: Nichts kann uns jetzt mehr trennen.«

Sein Versuch zu scherzen schlug völlig fehl.

Julia begann regelrecht zu schluchzen.

* * *

Es war spät in der Nacht, als sie in Paris ankamen. Der Geleitbrief des Königs ließ sie durch das Stadttor und wenig später waren sie endlich am Hôtel de Montsauvan angelangt. Etienne zog sich ohne ein weiteres Wort in sein Arbeitszimmer zurück.

Julia starrte seiner aufrechten Gestalt hinterher und schlurfte dann in ihr Zimmer. Die Treppe kam ihr steiler vor als sonst. Sie musste nachdenken. Noch nie hatte sie ihre Mutter mehr vermisst als in diesem Moment.

* * *

Julia rannte in ihrem Zimmer auf und ab. Anne, Sophies Nachfolgerin, hatte ihr aus dem Kleid in ein Negligé geholfen und war wieder davongehuscht.

Julia wünschte, Sophie wäre da. Sie hätte ihr einen Rat geben können. Aber Sophie war nicht mehr da. Und Julia war jetzt verheiratet. Verheiratet mit Etienne. Ludwig XIV. persönlich war ihr Trauzeuge gewesen – und derjenige, der sie beide dazu gezwungen hatte. Und Etienne befand sich in einer aufgezwungenen Ehe.

Und sie war schuld. Nur weil sie von Picknicks, Strandspaziergängen und Sternenhimmeln gesprochen hatte.

Nein, nicht nur. Der Gedanke, jetzt bei einem Noailles im Bett liegen zu müssen, war ... war ... Vermutlich trug er rosa Nachthemden mit gelben Stickereien. Die würden sich hevorragend von seiner Haarfarbe abheben. Apropos Bett. Wie sollte Etienne jemals Kinder bekommen? Einen Sohn, der den Grafentitel fortführte?

Der Gedanke an Etienne im Bett war lange nicht so unangenehm wie mit Noailles, stellte Julia mit Überraschung fest. Die Nacht vor dem Duell, wo sie nebeneinandergeschlafen hatten, war sogar sehr angenehm gewesen. Julia wickelte entschlossen den Morgenmantel fester um sich und machte sich auf die Suche nach Etienne.

Sie fand ihn in seinem Arbeitszimmer. Er saß vor dem brennenden Kamin, hatte ein leeres Glas in der Hand und den Blick genauso leer in die Flammen gerichtet.

Julia räusperte sich. Wohl um sich selber Mut zu machen. »Etienne, ich muss Euch etwas sagen.«

»Geht zu Bett«, knurrte er und füllte sich erneut sein Glas. Dabei verschüttete er ein wenig.

»Ihr habt ja getrunken«, stellte sie verwundert fest. »Versteht mich nicht falsch, aber in all der Zeit, die wir uns jetzt kennen, habe ich nie erlebt, dass Ihr betrunken wart.«

»Da seht Ihr, zu was Ihr die Männer bringt«, antwortete er mit schwerer Stimme.

Sie trat näher. »Ich muss mit Euch sprechen. Nein, schickt mich nicht fort, ich habe mir was überlegt und muss das loswerden.«

Jetzt war sie neben ihm angelangt und hockte sich vor seinen Sessel. Er sah sie aus halb geschlossenen Lidern an. Seine Augen, sonst blaugrün, waren ganz dunkel.

»Es ist meine Schuld, dass wir uns jetzt in dieser Situation befinden. Ich möchte Euch nur sagen, ich werde Euch nicht im Wege stehen, wenn Ihr Euch zu anderen Frauen hingezogen fühlt.«

»Wie aufmerksam von Euch«, spottete er. »War's das? Das hätte wahrhaft bis morgen warten können.«

»Nein, das ist nicht alles«, sagte Julia leise. Sie konnte ihm dabei nicht in die Augen sehen und senkte den Blick. »Ich weiß, dass Ihr einen Erben braucht. Einen legitimen Erben. Da ich Euch in diese Lage gebracht habe ...«

»Das wissen wir bereits«, sagte er und trank erneut einen Schluck.

Nervös fuhr sie sich mit zitternden Händen durch die Haare. Sie hatte ganz vergessen, dass sie nicht mehr hochgesteckt waren, sondern offen herunterhingen.

»Bitte, lasst mich das hinter mich bringen. Es fällt mir nicht leicht«, flehte sie mit erstickter Stimme. »Ich werde meine Pflichten als Ehefrau erfüllen, solange Ihr wollt. Es tut mir leid, dass Ihr nicht frei wählen durftet, aber ich werde es nach Möglichkeit wiedergutmachen. Ich bin bereit, Euch diesen Erben zu geben.«

Das Schweigen dauerte an und Julia befürchtete bereits, er habe doch mehr getrunken als vermutet und sei eingeschlafen. Aber als sie aufblickte, sah sie direkt in seine dunklen Augen. Von wegen betrunken. Sie waren feurig.

»Ihr bietet Euch mir an? Zu Zuchtzwecken sozusagen und als Entschädigung für die Misere? Sehe ich das richtig?«

Julias Wangen röteten sich auffallend, als er es mit diesen Worten sagte. Dennoch hielt sie seinem Blick stand. »Na ja ... Ja.«

Plötzlich und unerwartet hatte er sich vorgebeugt, sie im Nacken gepackt und brutal seine Lippen auf die ihren gepresst. Julia handelte instinktiv und versuchte ihn zurückzustoßen. Aber er war stärker als Lorraine und sie hatte keine Chance.

Und ebenso plötzlich war sie frei.

Der Graf ließ sich wieder in seinen Sessel zurückgleiten und betrachtete sie spöttisch.

»Und wie wollt Ihr Euer Angebot in die Tat umsetzen, wenn Ihr vor mir zurückschreckt wie ein ängstliches Zicklein vor dem Wolf?«

»Ich dachte ... so viele Frauen, die Euch ... ich meine ... alle schwärmen und da ...«, stammelte sie fahrig und strich erneut ihre Haare zurück.

Etienne griff wieder nach seinem Glas. »Ich glaube, ich bin noch nicht so tief gesunken, eine Frau zu verführen, die mich abstoßend findet. Macht Euch keine Gedanken um meinen Erben. Ich kann Alexandre dafür einsetzen. Und jetzt geht zu Bett, bevor ich es mir anders überlege.«

Julia sah die dumpfe Warnung in seinen Augen, sprang auf und lief gehetzt aus dem Zimmer. Sie fiel weinend in ihr Bett und fand in dieser Nacht keine Ruhe mehr. Sie hatte alles kaputt gemacht. Ihr Freund und einziger Vertrauter hatte sie von sich gestoßen.

Dabei hatte sie bei seinem Kuss in der Kirche alles andere als Widerwillen empfunden. Allein die Erinnerung rief ein leises Kribbeln in ihrem Bauch wach. Mit diesem Gedanken schlief sie in der Morgendämmerung endlich ein.

* * *

Als sie aufwachte, hatte sie dieses unangenehme Gefühl, das man hat, wenn etwas ganz Schreckliches passiert ist. Als ihr Großvater sie zum ersten Mal nicht mehr erkannt hatte, hatte sie es gefühlt, und als Angélique gestorben war.

Sie brauchte einen Moment, um sich zu erinnern, was dieses mulmige Empfinden auslöste. Die Erkenntnis traf sie wie ein Eimer kaltes Wasser: Sie war verheiratet.

Mit Etienne!

Gegen ihrer beider Willen.

Und sie waren in Ungnade beim König gefallen. Aber das schien nebensächlich. Nein, das Schlimmste war, dass Etienne sie ab sofort nicht mehr mochte.

Der Beweis dafür zeigte sich schon wenig später. Als sie den Frühstückssalon betrat, saß er bereits am Tisch. Er nickte ihr kühl zu, sagte kein Wort, stand auf und verließ den Raum. Julia setzte sich niedergeschlagen.

* * *

Die nächsten Tage wurden die schrecklichste Zeit ihres Lebens. So verlassen und elend hatte sie sich nicht einmal gefühlt, als sie entdeckt hatte, dass es keinen Rückweg für sie in ihre Welt gab.

Damals hatte Etienne ihr zur Seite gestanden. Er hatte ihre Tage ausgefüllt mit Lehrstunden, so dass sie keine Zeit zum Grübeln oder für Heimweh gehabt hatte. Wenn es dann doch durchgebrochen war, war er sehr mitfühlend gewesen.

Und dann kam der Morgen, an dem Etienne überhaupt nicht mehr im Salon war.

Er war abgereist.

Den Auftrag für den König in England erledigen.

Etienne war fort.

68. Kapitel
ERKENNTNISSE

Stattdessen war Alexandre wieder da.

»Etienne hat mich rufen lassen«, erklärte er und musterte sie neugierig. »Ist es wahr, dass Ihr jetzt verheiratet seid?«

Julia lümmelte in einem Sessel in Etiennes Arbeitszimmer.

»Ninon hat so was erzählt. In der Stadt würde das die Runde machen. Das und Eure Verbannung vom Hof.«

Julia beachtete ihn nicht. Wenn sie lange genug aus dem Fenster sah, würde er hoffentlich wieder abhauen. Sollte er doch zu Ninon gehen. Oder einem anderen Mädchen.

Leider tat er nichts davon. Er zog einen Sessel zu ihr und setzte sich ihr gegenüber. Ganz schön frech.

»So, so. Es ist also wahr.«

Als ob er es bis jetzt angezweifelt hätte, wenn es schon solche Kreise zog.

»Nun, Schwägerin, was macht Euch mehr zu schaffen: die Abwesenheit Eures Gatten oder die Verbannung vom Hofe?« Er beugte sich ein wenig vor und sagte mit einem Timbre, das Etiennes sehr ähnlich klang: »Über den Verlust von Etienne könnte ich Euch ein wenig hinweghelfen.«

Versuchte er etwa zu flirten?

»Wie wollt Ihr das bewerkstelligen?«, fragte Julia kalt. »Ihr habt lange nicht sein Potenzial.«

»Und Ihr habt keinen Vergleich«, entgegnete er selbstbewusst.

Lehnte sich aber wieder zurück. »Davon mal abgesehen, soll ich Euch nach Montsauvan bringen. Deswegen bin ich eigentlich hier. Etienne scheint Angst um Euer Leben zu haben.«

Julia horchte auf. Monsieur und den Chevalier de Lorraine hatte sie durch die ganze Heiraterei völlig vergessen. Der Tod des armen Armand hatte Monsieur einen Vorteil verschafft. Doch jetzt, wo der König davon überzeugt war, dass sie seine Tochter sei, würde die Verbannung wohl irgendwann aufgehoben – und dann? Solange Ludwig XIV. sie nicht offiziell anerkannte, war Julia schutzlos, aber sollte der König sie irgendwann als Tochter vorstellen ... Dann sähe Monsieur alt aus. Kein Wunder, dass er sich wie eine in die Ecke gedrängte Ratte fühlte. Und in die Ecke gedrängte Ratten waren gefährlich.

»Was genau läuft da?«, fragte Alexandre, der sie beobachtet hatte und ihren erschrockenen Gesichtsausdruck zwangsläufig mitbekommen hatte.

»Nichts«, log sie.

Er musterte sie noch ein paar Sekunden. »Gut«, sagte er dann und stand auf. »Geht packen. Wir brechen in zwei Stunden auf.«

»*Was?!*«

Alexandre drehte sich an der Tür mit einem bösartigen Grinsen zu ihr um. »Und wenn Ihr nicht fertig seid, könnte ich mal den Etienne in mir zum Vorschein bringen und Euch zwingen.«

* * *

Zwei Stunden später saß sie Alexandre gegenüber in einer Kutsche und kochte innerlich.

Alexandre hatte seine Drohung wahr gemacht. Er hatte ihr nicht einmal Zeit gelassen, ein paar Bücher einzupacken. Die Kleidertruhe war nicht einmal halb voll und Anne hatte für sich selber überhaupt nichts mitnehmen können.

»Mein Bruder kann es sich leisten, Euch und Eure Zofe neu auszustatten«, hatte Alexandre ungerührt erwidert, als sie sich weigerte, so in die Kutsche zu steigen.

Darauf hatte er sie kurzerhand wie in einer Soap-Opera über die Schulter geworfen und in die Kutsche gesetzt. Wer hätte gedacht, dass der schmale Kerl dafür stark genug war? Julia zumindest nicht, als sie sich an den Türrahmen gekrallt hatte. Ein Fingernagel war dabei abgebrochen und sie lutschte an dem wunden Finger herum, während die Kutsche Paris hinter sich ließ.

Anne saß verzückt neben ihr. Nachdem sie den Schock, keine Kleider dabeizuhaben, erstaunlich schnell überwunden hatte, himmelte sie Alexandre an. Der lächelte ihr auch auffallend oft zu und begann mit Anne ein Gespräch über ihre Herkunft, Familie und Blablabla. Julia hatte Anne noch nie so viel reden hören. Vor allem nicht mit dieser hohen, quietschigen Stimme. Die war ja schrecklich. Monoton-quietschig.

Julia konzentrierte sich lieber auf die Aussicht und die von der Frühlingssonne beleuchtete Natur. Bauern pflügten mit Ochsen- und Pferdegespannen die Felder und die Frauen gingen säend hinterher. Eine Aussicht wie ein Gemälde von Breughel.

Auch das Gasthaus, in dem sie eine Pause machten, um die Pferde zu wechseln, hatte was von dieser Stimmung. Vor allem war es verräuchert. Der riesige Kamin rußte und sämtliche Gäste rauchten Pfeife oder kauten Tabak. Spucknäpfe auf dem Boden und die schwarzen, schleimigen Flecken drum herum zeigten das deutlich.

Julia hob ihr Kleid und achtete sorgsam darauf, wo sie hintrat. Deswegen rempelte sie auch gegen Alexandre, der vor einem Tisch stehen geblieben war.

»'tschuldigung«, murmelte sie. Aber wieso entschuldigte sie sich? War er doch selber schuld, wenn er sie aus Paris wegschleifte und in so einer Kaschemme haltmachte. Und dann roch er auch noch nach dem gleichen Rasierwasser wie Etienne. Sandelholz.

»Seid doch endlich ehrlich, Schwägerin«, sagte Alexandre und drehte sich mit einem breiten Lächeln zu ihr um. »Ich gefalle Euch und Ihr könnt die Finger nicht von mir lassen.« Er hielt ihr den Stuhl, setzte sich ihr gegenüber und stützte das Kinn auf eine Hand. So wie er es schon einmal getan hatte. »Ihr liebt meinen Bruder doch gar nicht. Im Grunde wolltet Ihr immer nur mich.«

Julia wollte ihm die Hand wegschlagen, um zu sehen, wie sein Kopf auf die Tischplatte knallte, und gleichzeitig sagen: *Das ist nicht wahr!*, als ihr schlagartig bewusst wurde: Es *war* nicht wahr. Sie wäre tausendmal lieber mit Etienne hier als mit jedem anderen Menschen auf der Welt. Wenn sie sich vorstellte, Etienne säße ihr jetzt gegenüber, dann würde sie das als ein weiteres Abenteuer sehen. Auf der Fahrt nach Montsauvan hatte er ihr so viel erklärt und gezeigt und sie hatten sich stundenlang über alles Mögliche unterhalten. Ihr war keine Minute langweilig gewesen.

Sie beobachtete Alexandre, der den vorgesetzten Teller mit Käse und Brot zu verzehren begann, und überlegte, wie Etiennes Hände aussahen, wenn er ohne Besteck aß. Diese langen Finger mit den gepflegten Nägeln, die so leidenschaftlich Cembalo spielten oder einen Degen führten. Der Gedanke an seine Hände brachte sie zu einer für sie welterschütternden Erkenntnis: Sie liebte Etienne.

* * *

Wann hatte das angefangen? Julia starrte auch drei Stunden später noch immer ins Leere, ohne etwas wahrzunehmen. Sie wusste nur,

Alexandre hatte sie wieder in die Kutsche verfrachtet und fuhr mit ihr gen Süden ins Languedoc. Er war eingeschlafen und schnarchte leise auf seinem Sitz ihr gegenüber. Anne schnarchte etwas lauter neben ihr. Julia ihrerseits hätte am liebsten geschrien und geheult. Etienne war Hunderte von Meilen entfernt – für wer weiß wie lange.

Und niemand konnte voraussagen, was geschehen würde, wenn er wieder zurück wäre. Er war so kalt und abweisend gewesen in den letzten Tagen.

Sie fühlte eine Träne über ihre Wange laufen. Als sie sie fortwischte, sah sie, dass Alexandre wach war und sie beobachtete.

»Ihr liebt Etienne«, stellte er nüchtern fest.

»Aber er mich nicht«, sagte sie bedrückt.

»Darauf würde ich nicht wetten.« Alexandre blickte dabei recht düster drein. »Ich habe noch keine Frau gesehen, um die er so bemüht war.«

»Das hat ihm der König befohlen.«

Alexandre schnaubte nur.

»Niemand widersetzt sich dem Befehl des Königs«, fügte sie müde hinzu.

»England zu verlassen, um Euch bei Monsieur de Loménie abzuholen, ist also auch im Interesse des Königs gewesen?«

Natürlich war es das nicht. Aber wie sollte sie Alexandre begreiflich machen, dass sie befreundet waren? Dass man sich für seine Freunde einsetzte? Sie hätte dasselbe für Etienne getan, auch ohne die jüngste Erkenntnis.

Sie schwieg und sah wieder aus dem Fenster. Die Kutsche rumpelte verdächtig, es knackte laut und dann kippte sie – in Zeitlupentempo – zur Seite.

Alexandre warf sich sofort auf die Seite, die sich hob, Julia tat es ihm nach, nur die arme noch schlafende Anne rutschte mit der

Schwerkraft nach unten und knallte mit ihrem noch nicht ganz wachen Kopf gegen die Tür. Das gab dem Gleichgewicht den letzten Rest. Die Kutsche kam wackelnd auf der Seite zum Liegen.

Julia hörte den Kutscher und den Lakaien auf dem Bock laut fluchen und gleichzeitig die aufgebrachten Pferde beruhigen, die die gekippte Kutsche noch immer vorwärtszogen. Alexandre klappte die jetzt am Dach befindliche Tür auf und zog sich mit einem Schwung hoch.

Julia half Anne auf die Beine. Das Glas der Fenster war beim Aufprall zerbrochen und Anne lag gefährlich nahe an den Scherben, die sich durch die Bewegung teils aufrichteten und im Inneren verteilten.

Endlich konnten Kutscher, Lakai und Alexandre die Pferde beruhigen und zum Stehen bringen. Dann erschien Alexandres Kopf an der offenen Tür und mit vereinten Kräften zogen er und der Lakai Anne und dann Julia heraus. In diesem verflixten Mieder mit den vielen Röcken war das kein leichtes Unterfangen. Julia schämte sich, weil die Männer bei ihr ganz schön ins Keuchen gerieten. Außerdem bekam ihr Rock einen langen Riss. Als Julia ihre Röcke wieder sortiert hatte, sah sie sich um.

»Statt sein Schloss weiter auszubauen, sollte der König die Straßen pflastern lassen wie im antiken Rom«, murmelte Alexandre und sah auf Anne, die vor Schock schluchzend am Straßenrand hockte und sich hin- und herwiegte. Dann deutete er auf den Verlauf der Straße, wo in der Ferne ein Kirchturm und Rauch zu erkennen waren.

»Dahinten ist Évry. Wir werden uns dort eine Unterkunft für die Nacht suchen, während der Fahrer und der Lakai für eine neue Kutsche und Pferde sorgen. Glaubt Ihr, Ihr könnt bis dahin zu Fuß gehen?«

Der Ort lag geschätzt sechs Kilometer entfernt. Normalerweise kein Problem, aber Alexandre hatte ihr keine Zeit gelassen, die bequemen, flachen Schuhe einzupacken. Sie trug noch immer die Seidenschuhe mit dem kleinen Absatz.

»Wie wäre es, wenn mich dahinten der Reiter mitnimmt?«, fragte Julia und deutete auf einen Mann, der sich schnell näherte.

Mit Pferd allein war man doch wesentlich schneller als mit einer Kutsche auf unbefestigten Straßen. Der Mann zügelte neben ihnen sein Pferd und bot Hilfe an.

»Ihr könntet Euer Pferd der Dame überlassen und uns helfen die Kutsche aufzurichten.«

Alexandre verhandelte kurz mit dem Reiter. Julia durfte nach zweimal Feilschen das Pferd bis Évry nutzen, sollte vorreiten, ein Zimmer für die Nacht besorgen und nach Möglichkeit Zimmerer und Schmied.

»Dafür brauche ich aber etwas Geld«, sagte Julia und hielt die Hand auf. Alexandre reichte ihr einen kleinen Beutel Münzen. »Und meine Tasche könnt Ihr mir auch schon mitgeben, dann kann ich das Kleid hier wechseln«, fuhr Julia fort und versuchte die plötzlich in ihr aufkommende Aufregung zu verbergen.

Der Lakai schnallte die Ledertasche ab, Julia packte aus ihrer Truhe ein Nachthemd und heimlich ein Hemd und Hosen aus Alexandres Gepäck, während die vier Männer versuchten, die Kutsche mit vereinten Kräften wieder aufzurichten. Die Lederhandschuhe von Alexandre mochten ihr auch noch nützlich sein. Also steckte sie die ebenfalls in die Tasche, verschnürte diese am Sattel und schwang sich auf das Pferd.

»Ich bin dann mal weg«, rief sie den Männern zu. Umsonst, denn die waren wegen der bestmöglichen Hebelfunktion am Diskutieren. Anne kaute auf ihrem Daumennagel und stand hilflos am Straßenrand.

Julia trieb das Pferd an und ritt in Richtung Évry. Was Alexandre nicht wissen konnte: Sie hatte keineswegs vor, in Évry zu bleiben. Stattdessen ritt sie durch den Ort hindurch und bog direkt dahinter rechts ab. In Richtung Bretagne.

In Richtung Küste. Dorthin, wo es einen Hafen gab, von wo Schiffe nach England fuhren.

Madame de Sévigné, Paris, an Madame de Grignan, Provence

Mein liebes Kind,
etwas Unglaubliches ist geschehen. Monsieur de Montsauvan wurde nach England geschickt und wenige Tage nach seiner Abreise ist seine junge Frau verschwunden. Ja, Ihr habt richtig gelesen, meine Liebe. Unsere kleine Mademoiselle Allemande wurde in Anwesenheit des Königs höchstpersönlich zur Gräfin de Montsauvan. Zurzeit kursieren die unglaublichsten Gerüchte am Hof. Mademoiselle sei des Königs uneheliche Tochter - nur kennt niemand die Mutter. Vermutet wird Marie Mancini, die erste große Liebe unseres Monarchen.
Monsieur, der Bruder Seiner Majestät, hat sofort die Dragoner-Garde ausgesandt, um sie zu suchen und zurückzuholen.
Was uns allen zu denken gibt: Sein heiß geliebter Chevalier de Lorraine, von dem er sich sonst nie trennt, ist ebenfalls unterwegs, um nach ihr zu suchen. Jedermann weiß von dem Duell, das er mit Montsauvan hatte, und ich denke, ich lehne mich nicht zu weit aus dem Fenster, wenn ich um unsere Mademoiselle Allemande bange. Es ist gut möglich, dass Lorraine sich an ihr rächen möchte.

Immerhin hat ihn die Angelegenheit für fünf Tage in die Bastille gebracht und dreihunderttausend Livre gekostet. Natürlich hat Monsieur das Geld für seinen Liebhaber bezahlt, deswegen ist man sich nicht ganz sicher, wer sich an der neuen Gräfin de Montsauvan rächen will: Monsieur oder der Chevalier. Im Grunde läuft es auf das Gleiche hinaus. Schrecklich, oder?

69. Kapitel

DIE SUCHE NACH ETIENNE

Dieses Mal war die Flucht genau nach dem nicht wirklich ausgereiften Plan verlaufen.

Ohne Zwischenfälle hatte sie es bis kurz vor Versailles geschafft, hatte in Alexandres Kleidern übernachtet und war dann nach drei Tagen (mit regelmäßigen Pferdewechseln fernab der Straße) in Le Havre angekommen. Dort fand sie sofort ein Schiff, das die Themse hinauf bis London fuhr. Sie durfte noch am selben Abend an Bord gehen und verschlief die Ausfahrt am frühen Morgen.

Die Überfahrt verlief friedlich, sogar der Wind war dieses Mal auf ihrer Seite und sie erreichten London in der bestmöglichen Zeit. Julia konnte gar nicht schnell genug an Land kommen. Ihre irrwitzige, unüberlegte Flucht war geglückt.

Endlich war sie da! Etienne ein gutes Stück näher. Er musste bei Hofe sein. Nur wo war der Hof? Ihr fiel ein, dass der Buckingham Palast noch gar nicht gebaut war. Lebte der König dann im Tower oder im St. James's Palace? Sie würde es herausfinden.

Glücklicherweise hatte sie das Schulenglisch auch nach drei Jahren Pause nicht verlernt. Zwar sprach sie es nicht fließend, aber es reichte, um den Weg zu erfragen.

* * *

London war eine dreckige Stadt, fand Julia bei ihrer Ankunft. Nicolas de la Reynie hatte in Paris doch schon einiges mehr bewirkt. Hier flossen noch die Abwässer durch die offenen, ungepflasterten Straßen und verpesteten die Luft. Es war erst vierzehn Jahre her, seit die Pest das letzte Mal gewütet hatte und ihr allein in London 70000 Menschen zum Opfer gefallen waren. Hin und wieder sah man auch jetzt noch ein schwarzes Kreuz über einer Haustür. Ob von damals oder neu, ließ sich nicht erkennen.

Julia suchte sich ein Zimmer in der Nähe der St. James's Street. Hier endlich konnte sie ihr Kleid aus der Tasche nehmen, es ausschütteln und lüften und sich umziehen. Gleich! Gleich würde sie sich auf den Weg machen.

Ihr Herz begann aufgeregt zu klopfen. Sie betrachtete ihren Ehering, den sie mit einem Band um den Hals gebunden und unter dem Hemd verborgen hatte, als sie Alexandres Kleider angezogen hatte. Sollte sie ihn anziehen oder lieber da lassen? Lieber nicht zeigen, beschloss sie und zog das Band wieder über den Kopf, den Ring im Ausschnitt versteckend.

Der Blick in den Spiegel war ernüchternd. Sie hatte dunkle Ringe unter den Augen und ihre Haut war nicht gesund rosig, sondern wächsern. Hinzu kam eine leichte Gereiztheit, die sie auf die Anstrengung, den Schlafmangel und die Nervosität der letzten Tage zurückführte. Wollte sie tatsächlich wie eine Vogelscheuche ihrem Mann unter die Augen treten?

Ja, denn einen weiteren Tag Aufschub ertrug sie keinesfalls.

Die erste Hürde folgte, als sie ihre Wirtin nach dem Aufenthaltsort des Königs fragte. St. James's Palace? Auf keinen Fall, war die Antwort. Charles II. regierte und lebte im Whitehall Palace. Wo war der denn? Julia hatte davon noch nie gehört.

Sie ließ die Wirtin eine Sänfte bestellen und die brachte sie zum

Palast. Auf dem Weg dorthin wollte Julia tausendmal umkehren. War sie nicht doch zu blass? War sie nicht zu nervös? Sollte sie nicht besser ausschlafen, was essen, die Nerven beruhigen? Doch mehr noch als alles andere wollte sie Etienne sehen.

Die Wachen am Tor stellten kein Problem dar. Die Gräfin de Montsauvan wolle zu ihrem Gatten, verkündete der Sänftenträger. Genau wie in Versailles konnte jeder das Schloss betreten. Zumindest jeder, der anständig gekleidet war. Vor dem Versailler Schloss hatte sich ein regelrechter Markt mit Frack- und Degenverleih etabliert. In der Straße zum Whitehall Palace war es ähnlich. Ein kurzer Blick auf ihr Kleid (den Riss hatte sie gut kaschiert) überzeugte die Wachen sofort und sie ließen sie herein.

Der Whitehall Palace war riesig. Er hatte jetzt schon die Größe, die Versailles erst in fünfzig Jahren haben würde – ohne dessen Park natürlich. Aber die Gänge waren düsterer, aus dunklem Stein, ohne die hohen Fenster, die Versailles so hell und freundlich machten. Hier brannten an jeder Ecke Laternen und Fackeln, um Licht in die Korridore zu bringen. Julia mutmaßte, dass der Palast wohl irgendwann abgebrannt war bei den vielen offenen Feuerstellen. In den Fluren begegneten ihr zahlreiche Lakaien, alle in ein und dieselbe Livree gekleidet, oder Mägde, und hin und wieder Höflinge mit ihrem kleinen Gefolge, die sie alle neugierig anstarrten.

Julia hielt einen Lakaien an und fragte nach dem französischen Botschafter. Er zuckte nur die Achseln und eilte weiter. Genauso taten es die nächsten beiden, die sie befragte. Hatte denn hier niemand Zeit, eine simple Frage zu beantworten? Langsam beschlich sie die Furcht, Etienne wäre gar nicht hier im Palast, sondern vielleicht schon wieder abgereist oder in einer anderen königlichen Residenz in England. Wie weit war Windsor Castle von London entfernt?

»Der ist in einer Besprechung beim König, Ma'am«, gab endlich eine Magd Auskunft.

»Wo finde ich ihn? Wo kann ich auf ihn warten?«, rief Julia erregt.

»John!«, rief die Magd einen vorübereilenden Lakaien an. »Mylady sucht ihren Gatten, den französischen Botschafter. Kannst du sie zum Ratssaal bringen?«

Der junge Diener sah alles andere als begeistert aus, aber ein koketter Augenaufschlag von der Magd ließ ihn nachgeben.

Julia hatte einige Mühe, ihm zu folgen. Er führte sie in einen Saal, der bis auf zwei Wächter an einer Tür leer war.

»Hier könnt Ihr auf Euren Gatten warten«, erklärte der junge Bursche und Julia schenkte ihm ein Goldstück.

Falls Etienne nicht hier sein sollte, wäre Alexandres Portemonnaie bald leer und sie wäre gezwungen das Kleid zu verkaufen. Das wollte sie auf jeden Fall vermeiden.

Die Wächter schienen noch nicht den strengen Regeln der künftigen *Grenadier Guards* zu unterliegen, denn sie betrachteten Julia neugierig.

»Könnt Ihr mir sagen, ob der Graf de Montsauvan noch beim König ist?«

»Ja, Madam. Aber es wird noch eine Weile dauern. Ist es dringend?«

»Nein, nein«, antwortete sie schnell. »Ich werde warten.«

Die Minuten wurden zu Stunden. Eine andere Magd kam herein, zündete noch mehr Kerzen und Laternen an und verschwand wieder.

Julia ging unruhig auf und ab. Wieder hatten sie Zweifel beschlichen. Was, wenn Etienne jetzt richtig sauer wurde? Wenn er nicht mehr für sie empfand als für eine kleine Schwester? Was, wenn er eine Geliebte hatte, von der sie nichts wusste? Kein anderer Höfling war so zurückhaltend gewesen wie er. Aber das war keine Garantie dafür, dass er nicht ein kleines Geheimnis verschleierte. Die Affäre mit Angélique hatte Julia ja auch nur durch Zufall herausgefunden. Mehr als einmal war sie kurz davor, den Raum zu verlassen und wegzulaufen. Nur was dann?

Würde sie nach Frankreich zurückkehren? Wohin dort? Und wie? Sie hatte kaum noch Geld. In dem Moment öffnete sich die Tür zum Ratssaal, ihr Herz setzte einen Moment ängstlich aus. Ein großer Mann, der beinahe die gleiche Perücke trug wie Ludwig XIV., trat als Erster aus dem Saal.

Er erblickte Julia und blieb wie angewurzelt stehen. Der nächste Mann aus seinem Gefolge prallte auf ihn und entschuldigte sich mit mehrfachen Verbeugungen. Das musste dann wohl Charles II., König von Großbritannien sein. Julia versank in eine Reverenz.

»Erhebt Euch, Madam. Ich bin über neue Gesichter an meinem Hof immer entzückt. Wolltet Ihr zu mir?«

Julia erhob sich und dann endlich konnte sie zwischen den Männern im Gefolge Etienne entdecken. Wie immer überragte er alle anderen. Doch sein Gesichtsausdruck war dieses Mal keine der Masken, die er sonst immer bei jeder Gefühlsregung trug. Er war eindeutig erstaunt.

»Julia«, hörte sie Montsauvan überrascht murmeln.

Ihre Zunge versagte Julia den Dienst. Sie konnte Etienne nur anstarren.

Er fasste sich zuerst. »Sire, darf ich Euch die Marquise de Sarvois-Pèrguse vorstellen? Sie war meine Schülerin über lange Zeit hinweg.« Er zögerte einen winzigen Moment. »Vor kurzem wurde sie die Gräfin de Montsauvan.«

Der König warf Etienne einen verblüfften Blick zu. »Sie ist Eure Frau? Warum habt Ihr sie nicht gleich mit hierhergebracht, wenn Ihr vermählt seid?«

»Sire, die Befehle meines Souveräns waren eindeutig.« Etiennes Gesicht hatte jetzt wieder die undurchdringliche Maske aufgesetzt. Er hatte seine Überraschung überwunden und sein Blick, der sie streifte, war wieder kühl und unnahbar. Warum also so streng?

»Nun denn«, sagte der König. »Irgendetwas Wichtiges muss vorgefallen sein, weil Eure Frau sonst sicher nicht die Strapazen dieser Reise auf sich genommen hätte. Ich hoffe für Euch, es ist nichts Unangenehmes.« Charles II. setzte seinen Weg fort. »Wir sehen Euch morgen wieder, Graf.«

Julia knickste, bis der König und die anderen Herren gegangen waren. Als sie sich wieder aufrichtete, stellte sie fest, dass sie mit ihrem Mann allein war. Sogar die Wächter waren verschwunden.

Etienne trat auf sie zu. »Was tut Ihr hier, Julia?«

Sie schluckte. Auf einmal erschien es recht albern, ihm zu sagen: Ich liebe dich. Das klang einfach zu kitschig, zu dämlich. Zudem umfasste es nicht im Geringsten die Gefühle, die sie tatsächlich empfand. Sie starrte ihn weiter stumm an und rang nach Worten. So viele Stunden, in denen sie sich diese Szene ausgemalt und sich darauf vorbereitet hatte, und jetzt war alles weg.

Endlich war sie bei ihm und doch war er noch furchtbar weit entfernt. Wie war noch der witzige Satz, der das Eis brechen sollte? Ihr Kopf war leer.

Etienne seufzte und sein kühler Blick milderte sich etwas. »Wir sollten reden, aber nicht hier. Kommt mit.«

Er wollte ihren Ellbogen fassen, aber sie ergriff seine Hand und drückte seine Finger. Er blieb stehen und sah sie fragend an. Auf einmal schien er etwas in ihren Augen zu sehen und das ließ ihn lächeln.

»Nicht hier, Julia. Lasst uns gehen.« Er drückte ihre Finger im Einvernehmen und Hand in Hand verließen sie den Palast.

70. Kapitel
GEFUNDEN!

Etienne hatte eine elegante Wohnung in einem Haus in der Nähe von Westminster bezogen. Das Gebäude war recht neu, da die Gegend beim Großen Brand vor vierzehn Jahren weitgehend zerstört worden war.

Julia war zu nervös, um solche Bagatellen wie Möbel, Stoffe oder überhaupt den Raum selbst wahrzunehmen, in den Etienne sie führte. Sie sah nur ihn. Seine Haare hatte er schneiden lassen, weshalb sie nicht mehr ganz so verspielt wirkten. Sie sahen wieder eher so aus wie in der Anfangszeit ihrer Bekanntschaft. Auch sonst wirkte er anders. Dünner. Unter seinen Augen lagen ebenfalls Schatten. Die kleinen, feinen Fältchen um seinen Mund hatten sich noch ein wenig vertieft.

Anscheinend hatte der Weg von Whitehall nach Westminster den Lehrer in ihm wieder hervorgekehrt. Er begann mit der Predigt, kaum dass die Tür hinter ihm ins Schloss gefallen war:

»Manchmal zweifle ich an Eurem Verstand«, begann er das Gespräch. Er bat sie mit einer Geste, Platz zu nehmen, und füllte zwei Gläser. Eines mit Wein, eines mit Wasser. Julias Magen knurrte vernehmlich beim Anblick der Getränke. Sie hatte seit einer winzigen Scheibe Brot mit Käse heute Morgen nichts mehr gegessen. »Ihr riskiert alles: Euer Leben, meine Existenz und Alexandres Leben obendrein. Wo ist er überhaupt?«

Er wollte ihr das Wasserglas reichen, aber sie nahm ihm das mit dem Wein ab und trank einen großen Schluck, ehe er sie zurückhalten konnte. Stirnrunzelnd sah er auf sie herab. »Ihr vertragt keinen Wein.«

Aus Protest trank sie das Glas leer und sah ihm trotzig in die Augen. »Weil Ihr mich für ein kleines Mädchen haltet«, konterte sie.

Etiennes Augenbrauen hoben sich um eine Nuance. »Wo ist Alexandre?«, wiederholte er, ihren Einwurf ignorierend.

»Auf dem Weg nach Montsauvan oder wieder zurück in Paris oder bei ...«

»Ihr seid geflohen? Allein?!« Wieder bröckelte die Maske. Etienne war fassungslos.

»Er wollte mich nach Montsauvan verfrachten und ich wollte zu Euch. Also bin ich alleine gereist. Kann ich noch ein Glas Wein haben? Der ist gut.« Vor allem hatte er eine beruhigende Wirkung auf Julias nervösen Magen.

»Das kommt überhaupt nicht in Frage«, sagte er streng. »Ihr seid zu jung, um so viel Alkohol auf nüchternen Magen zu trinken.«

Empört sprang sie auf. »Das ist auch schon alles, was Ihr in mir seht. Die kleine Schülerin, die es zu bevormunden gilt! Dabei werde ich neunzehn. Ich bin alt genug, um Mordanschläge zu überstehen, alt genug, um Gift und Intrigen auszuweichen, alt genug, um quer durch zwei Länder zu ziehen, um Euch zu suchen. Der König fand sogar, ich sei alt genug, um zu heiraten. Aber Ihr seht in mir nur das kleine Mädchen. Das unwissende Ding, das unterrichtet und geleitet werden muss. Werdet Ihr mich denn nie mit einer erwachsenen Frau in Verbindung bringen?«

»Ihr braucht mich nicht andauernd an unsere Heirat zu erinnern. Ich war dabei«, sagte er nüchtern. »Was zum Teufel soll dieses Theater? Seid Ihr nur hierhergekommen, um mich darauf aufmerksam zu machen, dass Ihr erwachsen seid?«

Julia atmete tief durch und beruhigte sich ein wenig. Dann sagte sie mit leiser, eindringlicher Stimme: »Nein, nicht nur. Ich bin hierhergekommen, weil mir in Paris klar wurde, wie sehr ich Euch vermisse. Ich vermisse unsere Gespräche, unsere Musik, ich vermisse unsere Ausritte, die langen Dîners und Streitgespräche. Ich ... ich vermisse es, wie Eure Augen funkeln, wenn Ihr mich anlächelt. Ich möchte wieder Euren Blick auf mir spüren, ohne Kälte und Abweisung. Ich will wieder die Wärme und das Band fühlen, das uns beinahe von Anfang an verbunden hat.«

Schritt für Schritt war sie näher an ihn herangetreten. Jetzt konnte sie sein Parfüm riechen – den Duft nach Sandelholz. Seine Augen waren konzentriert auf sie gerichtet. Die Narbe an seinem Kinn trat rot hervor.

»*Was wollt Ihr damit sagen*?« Jedes Wort war einzeln betont. Er atmete auf einmal schwer, als habe er Angst.

Etienne und Angst? Unvorstellbar.

»Ich liebe dich«, gestand Julia kleinlaut. »Es ist mir klar geworden auf der Fahrt nach Montsauvan. Alexandre war dabei und ich fand seine Gegenwart nur noch unangenehm. Ein Flémont, ja, aber nicht der, den ich wollte.«

Etienne stöhnte. »Julia, du machst mich wahnsinnig.«

Dann erstickte er weitere Erklärungen, indem er sie an sich zog und küsste. Nicht weich und verführerisch, sondern leidenschaftlich.

Als sie Luft holen konnte, sah sie ihn überrascht an. Etiennes Blick war feurig.

»Ich habe dich nie als Kind angesehen«, gestand er atemlos. »Du bist die aufregendste Frau, der ich je begegnet bin.«

»Wieso hast du mich dann in unserer Hochzeitsnacht zurückgewiesen?«, fragte sie verblüfft.

»Du wolltest mir ein Almosen geben«, zischte er. »Ich bin doch nicht so tief gesunken, Almosen von unschuldigen Frauen anzunehmen. Ich wollte dich ganz, ich wollte, dass du mich liebst, wie ich dich liebe, und nicht wie einen Bruder.«

Julia hörte ihm staunend zu. »Jetzt ist es kein Almosen«, sagte sie. »Und du bist nicht mein Bruder. Aber sei noch einmal mein Lehrer.«

* * *

Als Julia am Morgen erwachte, war sie allein im Zimmer. Das Bett neben ihr war leer und kalt. Hatte sie geträumt? Nein. Dahinten lag ihr Kleid achtlos auf dem Boden und sie schlief sonst nie nackt.

Julia fühlte die alte Unsicherheit in sich aufsteigen, die sie zu Anfang ihrer Bekanntschaft mit Etienne verspürt hatte. Auf einmal kam es ihr wieder so vor, als sei er der Erfahrene und sie die ungebildete Schülerin. Schüchtern zog sie die Decke bis zum Kinn und war unschlüssig, was sie jetzt tun, wie sie sich ihm gegenüber verhalten sollte.

Auf jeden Fall konnte sie nicht ewig im Bett liegen bleiben. Also stand sie auf und wusch sich in der bereitgestellten Wanne mit Wasser und zog sich, so gut es ging, alleine an.

Sie war soeben dabei, sich die Haare aufzustecken, als Etienne das Zimmer ohne Anklopfen betrat. Stattdessen klopfte ihr Herz. Und das erschreckend schnell und hart gegen ihre Rippen. Sie versuchte sich einzureden, dass es nur Etienne war. Etienne, mit dem sie schon seit beinahe drei Jahren zusammenlebte, Etienne, der sie besser kannte als ihre Mutter. Vor allem nach dieser Nacht.

Aber gerade wegen dieser Nacht war jetzt alles anders. Ihre Hände flatterten leicht und eine Haarnadel entglitt ihr. Die ganze bisherige Frisur löste sich auf. Hektisch sprang sie hoch, stieß dabei einen Flakon auf dem Frisiertisch um. Der Inhalt ergoss sich über dem Tischchen, während sie die Nadeln auf dem Teppich suchte. Etiennes Hände kamen ihr zu Hilfe. Er stellte das Fläschchen wieder hin, hob die Nadeln auf, ergriff ihre Hände und richtete sich mit ihr gemeinsam auf.

»Kann ich Euch helfen?«, fragte er lächelnd.

Errötend ließ sie ihn los. »Kannst du ein Mädchen rufen, das mir die Haare aufsteckt?«

»Ich kann das auch.« Er griff in ihr dichtes Haar.

»NEIN!«, rief sie entsetzt und riss ihren Kopf herum.

Im Spiegelbild konnte sie sein grinsendes Gesicht sehen.

»Wieso nicht? Glaubt mir, ich werde Euch nicht stechen.«

Sie warf ihm einen finsteren Blick zu. Sie wusste genau, dass er sie niemals stechen würde. Schnell und geschickt richtete er ihre Haare zu einer einfachen, aber eleganten Frisur. Wie vielen Frauen hatte er wohl schon die Haare gerichtet, wenn er so geübt darin war?

»Zwei.«

»Was?«

»Ich habe genau zwei Frauen jemals frisiert.«

Julia starrte ihn im Spiegel groß an. »Hast du gerade auf meine unausgesprochene Frage geantwortet?«

»Das wolltet Ihr doch wissen, oder?« Er schien sich prächtig zu amüsieren, denn seine Augen funkelten spitzbübisch.

Julia funkelte auch, aber nicht spitzbübisch. »So, jetzt raus damit: Kannst du meine Gedanken lesen?«

»Ist es üblich in Eurer Zeit, dass man sich einfach duzt?«, fragte Etienne auf einmal. Er klang neugierig.

»Ja. Hier nicht?«

»Nur im Bett«, sagte Etienne augenzwinkernd. »Aber ich bin auch lernfähig. Wenn es Euch ... dir lieber ist.«

»Ja, das ist es.« Julia lächelte ihn an. »Und jetzt noch einmal zurück zu meiner Frage: Liest du meine Gedanken?«

»Das muss ich nicht, Mignonne. Ich muss nur deine ausdrucksstarke Gesichtsmimik lesen und die war gerade alles andere als zufrieden mit dem Ergebnis deiner Haare. Da die Frisur perfekt sitzt, lässt es nur eine Schlussfolgerung zu: Du bist eifersüchtig, weil du denkst, ich hätte schon viel Übung darin, Frauen nach einer leidenschaftlichen Nacht die Haare zu richten.«

Julia fühlte und sah, wie sie knallrot im Gesicht wurde.

Etienne betrachtete ihr Spiegelbild. »Dabei kann ich nur diese eine Frisur und die hat mir meine Erzieherin damals gezeigt. Ich durfte an ihr üben.«

»Die zweite Frau, an der du geübt hast, war wohl ohne Zweifel Angélique de Fontanges«, rekapitulierte Julia, nun ein wenig versöhnt.

»Ganz recht«, gab Etienne freimütig zu. »Aber dir steht die Frisur viel besser. Sie betont dieses wunderschön geschwungene Schlüsselbein.«

Er beugte sich vor und hauchte einen Kuss auf ihre Schulter. Sofort begann ihr Herz wieder zu rasen. Er küsste sie weiter, diesmal näher am Hals, dann noch einmal in der Halsbeuge und sie erschauerte. Das war ein völlig neuer Etienne, wie sie ihn noch nie erlebt hatte. Während er sie weiter küsste, beobachtete er sie im Spiegel und er konnte ihren erstaunten Blick genau sehen.

»Fühlst du dich schüchtern, Mignonne?« Dass er seinen alten Kosenamen für sie verwendete, ließ alles noch surrealer erscheinen.

»Ich weiß nicht, wie ich mich fühle«, gestand sie zögernd. »Alles ist anders ...«

»Das will ich doch sehr hoffen«, lächelte er und legte seine Wange an ihre Wange. Der Sandelholzduft umfing sie beide. »Die letzten drei Jahre waren die Hölle für mich und ich hatte bereits Angst, die vergangene Nacht sei nur ein Traum gewesen.«

Julia errötete noch mehr. Dann erreichten seine Worte ihr Gehirn. »Drei Jahre? Höre ich da richtig?«

Er griff unter ihr Kinn und hob es an, damit sie ihm in die Augen sah. Auf einmal blickte er sehr ernst. »In dem Moment, als du diese Jacke ausgezogen hast und in diesem Lappen ohne erkennbare Form und Taille vor mir gestanden hast, da war es um mich geschehen. Seither hast du mir viele solcher Momente beschert. Dieses Nachthemd mit den Schnüren als Träger, das diese Schultern mehr betonte als nichts. Wenn du dir nicht die Seele aus dem Leib gespuckt hättest, hätte ich dir in jener Nacht ein Geständnis gemacht.«

»Und ich dachte, du wolltest mir eine Predigt halten«, murmelte Julia.

Er griff nach dem Seidenband um ihren Hals, an dem ihr Traurring hing. »Am Abend deines achtzehnten Geburtstags wollte ich dir wieder ein Geständnis machen. Ich hatte diesen Ring schon vorher besorgt. Der Topas hat die Farbe deiner Augen. Und dann sah ich dich mit Alexandre verschwinden.«

Julia sah auf den Ring zwischen seinen Fingern und fühlte die Hitze ins Gesicht steigen. Dieses Mal vor Scham. An dem Abend hatte sie mit Alexandre wild in der Grotte der Thetis geknutscht. Mit Etiennes Bruder. Sie holte tief Luft.

»Nun gut. Du darfst mir jetzt noch einmal eine Predigt über das Verhalten von unverheirateten Mädchen in Gegenwart von jungen Männern halten und dann kannst du mir zeigen, was dabei alles passieren könnte.« Sie sah ihn kokett von unten an. »Aber ich warne dich. Das sollte die letzte Predigt sein, die ich je von dir höre. Ansonsten siehst du mich nie wieder in diesem Nachthemd.«

»Julia …«, stöhnte Etienne.

Sie legte ihm die Arme um den Hals und küsste ihn. »Letzte Nacht war die schönste meines Lebens«, hauchte sie ihm ins Ohr. »Es ist nur etwas ungewohnt. Ich habe gar nicht gewusst, wie sehr ich dich berühren wollte. Und wie lange ich mir das schon gewünscht habe.«

»Glaub mir, nicht so lange wie ich«, sagte er mit einem schiefen Lächeln.

»Fein«, sagte sie und löste sich ein wenig von ihm. »Was machen frisch verheiratete Paare in den Flitterwochen im siebzehnten Jahrhundert?«

»Julia …« Diesmal war sein Ton eher verzweifelt.

»Bei uns fahren sie meistens weg und genießen heiße Nächte an irgendeinem exotischen Sandstrand in der Südsee«, erklärte sie. »Aber ich bezweifle, dass wir es auf die Malediven schaffen. Sind die überhaupt schon entdeckt?«

Etienne lachte leise. »Die sind holländisches Protektorat und damit für Franzosen eher nicht zu bereisen. Nicht bei einem gerade beendeten Krieg, der noch immer schwelt.«

Er hing einen Moment lang seinen Gedanken nach und Julia argwöhnte, dass er sich wieder an seine Rolle als Botschafter in England erinnert hatte.

»Vielleicht sollten wir einfach picknicken! Das machen Franzosen doch so gern. Wir leihen uns zwei Pferde und reiten zum Hyde Park.«

»Ich glaube, das wird nicht funktionieren.«

»Was macht denn ein junges Ehepaar im siebzehnten Jahrhundert?«, fragte Julia, nun doch neugierig geworden. »Willst du noch mehr über Pärchen in meiner Zeit wissen?«

Sie erzählte ihm, dass viele zusammenlebten und Kinder bekamen, ohne verheiratet zu sein. Sie erzählte ihm auch von Patchwork-Familien.

»Zumindest werden alle meine Kinder legitim sein«, schloss er kopfschüttelnd.

»Das hoffe ich doch sehr«, zischte Julia. »Ich toleriere keine fremden blauen Strumpfbänder.«

Etienne lachte. »Du bist ja eifersüchtig, Mignonne. Das gefällt mir. Bei uns verlaufen deine sogenannten Flitterwochen etwas anders. Jungverheiratete versuchen sich aneinander zu gewöhnen. Da ein Partner erst mit der Hochzeit in den Haushalt des anderen zieht, lernt er die Bediensteten kennen und seine neuen Aufgaben und Pflichten.«

»Nicht sonderlich romantisch«, überlegte Julia laut. »Und für uns irrelevant. Immerhin kenne ich deinen Haushalt in- und auswendig. Außerdem können wir, sobald wir wieder in Paris sind, die Verbindungstür zwischen unseren Schlafzimmern aufschließen.«

Der Gedanke an Paris ließ ein beklemmendes Gefühl in Julia aufkommen. Immerhin war dort auch der König und der war nicht gut auf sie zu sprechen. Die Konsequenzen seiner Ungnade würden erst dort wieder zum Tragen kommen. Doch heute wollte sie sich auf keinen Fall mit diesen düsteren Gedanken belasten.

»Etienne?«, fragte sie leise. »Können wir heute nicht zusammen einen Ausflug machen? Ich war noch nie zuvor in London, aber ich würde zu gerne auf der Themse Boot fahren und Englands blühende Landschaft kennenlernen. Glaubst du, der König gibt dir heute frei?«

Etiennes maskenhaftes Gesicht war Antwort genug. Sein Dienst beim König würde das nicht erlauben.

»Ich verstehe schon«, sagte sie und die Enttäuschung musste man ihr anhören, denn er drückte sie fest an sich.

»Nicht enttäuscht sein, Mignonne«, sagte er leise. »Auch wenn ich freihätte, bekämst du London nicht zu sehen. Du glaubst doch nicht ernsthaft, ich würde den Tag mit Bootfahren und Picknicken verbringen, wenn da ein Bett steht!«

71. Kapitel
LONDON

Kaum dass Etienne sich auf den Weg zum Whitehall Palace gemacht hatte (nicht ohne einen weiteren, verzehrenden Kuss), hatte Julia sich eine Sänfte bestellt, um in der St. James's Street ihr Zimmer aufzulösen. Dann hatte sie überlegt, dass sie, wenn sie schon mal unterwegs war, sich auch umziehen und London auf eigene Faust erkunden könnte. Gesagt, getan.

Wo sie doch schon in der Nähe war, wollte sie Westminster Abbey besichtigen, ebenso wie den Hyde Park und den Tower – leider nur von außen. Er diente noch als Gefängnis. Sie spazierte durch die Straßen, kaufte sich einen warmen Krapfen und stellte in der Westminster Abbey eine Kerze auf.

Als sie am Spätnachmittag in die Wohnung zurückkam, wartete ein übel gelaunter Etienne auf sie.

»Wo um Himmels willen bist du den ganzen Tag gewesen?«, fauchte er, als sie den Salon betrat. Erstaunt schloss sie erst einmal die Tür. »Ich warte seit vier Stunden, ich war dich bereits suchen. In einer Stunde sind wir zum Dinner beim König eingeladen und du treibst dich in der Stadt herum in der Aufmachung einer … eines …«

»Jungen Mannes?«, half sie ihm weiter. »Wieso bist du schon hier? Ich dachte, du hättest eine Sitzung, die bis …«

»Ich durfte früher gehen«, knurrte er.

Julia verstand. Er hatte etwas getan, das er bei Ludwig XIV. nie gewagt hätte: Er hatte um die Erlaubnis gebeten, die Sitzung verlassen zu dürfen, und dann war es umsonst gewesen, weil sie nicht da war. Julia lächelte. Er war verrückt. Nach ihr.

Etienne sah sie düster an. »Welcher Irre kommt auf die Idee und geht los, um eine Stadt zu besichtigen?«

»Warte noch gut dreihundert Jahre und es sind Millionen dieser Irren in London unterwegs«, sagte sie leichthin und nahm den Hut vom Kopf.

»Nimm das ja nicht auf die leichte Schulter, Julia. Ich habe mir Sorgen um deinen Verbleib gemacht, als ich um zwei heute Nachmittag zurückkehrte und du nirgends zu finden warst.«

Julia beachtete ihn nicht weiter und ging ins Schlafzimmer. Etienne folgte ihr auf ihren Fersen.

»Ich warne dich, Etienne. Kehr nicht wieder den Lehrer raus. Wollen wir etwas ein für alle Mal klarstellen: Ich bin nicht mehr deine Schülerin. Ich bin deine Frau!«

»Als solche hast du mir Treue und Gehorsam gelobt, erinnerst du dich?«, knirschte er zwischen den Zähnen.

»Ehrlich gesagt nicht, weil ich in jenem Augenblick ziemlich benommen war. Kannst du mir bitte beim Öffnen des Oberteils helfen?«

Sie hatte bereits drei Knöpfe geöffnet und drehte sich ihm nun zu.

»Julia?«, fragte Etienne heftig atmend. »Versuchst du etwa mich abzulenken, indem du mich verführst?«

Sie lächelte unschuldig. »Funktioniert's denn?«

Er umfasste sie fest. »Darauf kannst du wetten!«

* * *

Zum Dinner kamen sie zu spät. Etienne konnte und wollte nicht zerknirscht darüber sein. Seine Gewissensbisse reichten nicht so weit, dass er bedauerte, weshalb er zu spät kam.

»Was ist das eigentlich für ein Auftrag, den du für unseren König erledigen sollst?«, fragte Julia auf der Hinfahrt.

»Was weißt du über England im 17. Jahrhundert?«, setzte Etienne zur Gegenfrage an.

»Nicht besonders viel«, gab sie zu. »Mein Lehrer legte mehr Wert auf französische Geschichte.«

Etienne lächelte. »Was für Euch Geschichte ist, ist für mich noch Politik. Also, erzähl mir, was du weißt, dann erkläre ich dir den Rest.«

»England ist spätestens seit Königin Elisabeth protestantisch, oder anglikanisch, wie sie es nennen. Charles I. wurde enthauptet und Oliver Cromwell hat bis 1660 eine Republik regiert, die einer Diktatur näher kam. Cromwell selber wurde gestürzt und Charles II. zog als neuer König in London ein, nachdem er elf Jahre im Exil am französischen Hof gelebt hatte. Und dann hat es vor einigen Jahren hier gebrannt und weite Teile von London wurden zerstört. Deine Wohnung in Westminster ist deshalb recht neu.«

Montsauvan hob anerkennend die Augenbrauen. »Sehr gut. Ich stelle fest, du hast deine Hausaufgaben wieder einmal gut gemacht. Zieh nicht so ein Gesicht, Mignonne, ich verspreche dir, ich werde nicht wieder als Lehrer in Erscheinung treten.«

»Wehe, wenn doch«, murmelte Julia drohend.

»Wie du ganz richtig bemerkt hast, ist England anglikanisch und hat sich von Rom abgewendet. Unser König Ludwig allerdings ist erzkatholisch ...«

»Du aber nicht, soweit ich es bisher mitbekommen habe«, unterbrach sie ihn.

Montsauvan hob eine Augenbraue. »Darüber können wir uns später unterhalten. Zunächst einmal zu deiner ersten Frage. Des Königs Bruder Jakob, der Herzog von York und zugleich auch Thronfolger, solange Charles noch keine Kinder hat, ist unverheiratet. Und er ist bekennender Katholik.«

»Ah! Und du sollst ihm im Auftrag des Königs eine katholische Braut schmackhaft machen, um den eventuellen künftigen König auch katholisch zu beeinflussen. Schlau überlegt.«

»Zumindest ist es einen Versuch wert. Außerdem würde das Frankreich eine weitere Allianz gegen Holland bieten. Der Friede von Aachen ist noch immer sehr wackelig und unser König hat einiges mehr vor. Allerdings gestalten sich die Verhandlungen etwas schwierig. Die englische Bevölkerung ist seit Königin Mary nicht sonderlich gut auf Katholiken zu sprechen.«

»Kein Wunder nach all den Scheiterhaufen, die sie im Namen der Inquisition für Protestanten entzündet hat.« Julia überdachte das Ganze noch einmal. Sollte es gelingen und Jakob, der Bruder des Königs, tatsächlich den Thron besteigen, wäre England in wenigen Jahren wieder katholisch und Rom und Frankreich hätten mehr Macht über die Insel. Und da die englische königliche Familie so viele Jahre in Frankreich gelebt hatte, war sie ihrem französischen Vetter sicherlich sehr verbunden. Doch Julia wusste von Wilhelm von Oranien und dass er als Wilhelm III. den englischen Thron besteigen würde.

»Und?«, fragte Etienne lächelnd. »Gelingt des Königs Plan?«

»Was meinst du?«, fragte Julia erschrocken.

»Du kennst doch den Verlauf der Geschichte für die nächsten drei Jahrhunderte. Also weißt du, ob England wieder katholisch wird oder nicht.«

Julia zögerte. »Nein«, gab sie schließlich zu. »Es bleibt anglikanisch. Wilhelm von Oranien wird in ein paar Jahren König werden.«

»Das wird Ludwig nicht gerne hören.«

Julia konnte sich lebhaft den Gesichtsausdruck von Ludwig XIV. vorstellen, wenn er einst davon erführe.

Die Kutsche hielt. Sie waren da.

* * *

Julia mochte den englischen König nicht. Das stellte sie bereits innerhalb der ersten zehn Minuten fest. Charles II. hatte sie begrüßt und sich lautstark mit unflätigen Witzen und ordinären Sprüchen über ihre Verspätung ausgelassen, bis sein Bruder Jakob endlich sagte, er solle sich beherrschen, ob er denn nicht sehen könne, dass er die junge Frau brüskiere. Daraufhin bat der König galant um Verzeihung und um ihre Gesellschaft als seine Tischdame. Man konnte Etienne zwar nichts ansehen, aber Julia wusste, er kochte innerlich. Er hatte seine steinerne Maske aufgesetzt und die Narbe am Kinn war deutlich zu sehen im Kerzenlicht.

Und es gab noch jemandem, dem König Charles' Aufmerksamkeit Julia gegenüber nicht behagte. Die Herzogin von Portsmouth, die Etienne daraufhin zu Tisch geleitete, zog ein genauso finsteres Gesicht und Julia sah von ihrem Platz aus das sauertöpfischste Paar von ganz England an der königlichen Tafel. Nach dem Abendessen bat der König Julia ein Lied vorzutragen. Das konnte sie schlecht ablehnen. Etienne setzte sich wie selbstverständlich ans Cembalo und begann eine seiner selbst komponierten Melodien zu spielen.

Das Lied bezauberte alle Anwesenden, und als sie zum Ende kamen, sah Julia erstaunt den König Händchen haltend mit der Herzogin von Portsmouth dasitzen. Alle Höflinge beglückwünschten Julia und applaudierten kräftig.

»Wer ist diese Herzogin von Portsmouth?«, fragte Julia, als sich die Gäste erhoben und zur Anlegestelle an der Themse gingen, wo Boote auf sie warteten.

»Die Geliebte des Königs und Mutter seiner Kinder«, antwortete Etienne und legte ihre Hand auf seinen Arm. Mit der anderen Hand fuhr er zärtlich über ihre Finger.

»Das dachte ich mir schon. Aber woher kommt sie? Wie groß ist ihr Einfluss auf ihn?«

»Sie ist die ehemalige Madame de Kéroualle, Hofdame von Henriette d'Orléans. Von ihr wurde sie dem König vorgestellt und überreicht, wenn man so will. Seitdem hat sie enormen Einfluss auf Charles II. – vor allem, weil er seine Kinder vergöttert und Königin Katharina von Breganza, wie es scheint, keine bekommen kann.«

Etiennes Finger auf ihrer Hand lösten bei Julia einen kleinen, angenehmen Schauer aus, der ihren Nacken hinunterrieselte.

»Lady de Montsauvan, würdet Ihr Uns Gesellschaft leisten?«

»Und schon kommt das Eiswasser«, murmelte Julia.

»Wie bitte?«, fragte Etienne irritiert.

Charles II. stand an einem aufwendig geschmückten Boot mit Baldachin und streckte Julia erwartungsvoll die Hand entgegen.

»Ich will nicht«, sagte Julia. Allerdings nur so laut, dass nur Etienne es hören konnte.

Etienne ließ sie auch nur ungern los, aber dem König konnte sie schließlich keinen Korb geben.

* * *

Und sie konnte doch.

Drei Stunden später stapfte Julia wutentbrannt die Treppe zu dem Appartement in Westminster empor.

»Wie kann er es wagen!«, rief sie, sobald die Tür hinter Etienne ins Schloss gefallen war. »Wie kann er es nur wagen ... Er hat mir vor aller Augen in den Ausschnitt gefasst. Und als ich mich wehre, wird er handgreiflich und wirft mir vor, ich sei zickig und geziert.«

Dieses Mal hatte Etienne keine Maske aufgesetzt. Er war wütend, und das sah man ihm allzu deutlich an. Seine Augenbrauen bildeten einen geraden Strich und sein Mund zeigte keine Lippen, weil er die so fest zusammenpresste. Die Wangenknochen stachen spitz hervor. Er war nicht nur wütend. Er war stinksauer. Und machtlos.

So hatte sie ihn noch nie gesehen.

»Ich kann sehen, dass es dir auch nicht gefallen hat«, versuchte sie abzuwiegeln.

»Wäre ich im gleichen Boot gewesen«, sagte Etienne leise, »hätte ich ihn umgebracht.« Seine Augen funkelten wild und zornig.

Julia erschrak. Das war wieder eine neue Seite von ihm. Sie zweifelte nicht an seinen Worten und jetzt war sie ganz froh, dass er nicht im gleichen Boot gesessen hatte. Er hatte schon beim Chevalier de Lorraine bewiesen, wie weit er ging, um sie zu verteidigen. Und da war sie noch nicht seine Frau gewesen.

»Er wird es wieder tun, nicht wahr?«, fragte Julia leise.

Etiennes Mund wurde noch dünner, falls das überhaupt möglich war.

»Kannst du deine Mission vorzeitig beenden? Dann könnten wir nach Frankreich. Nach Montsauvan. Ich muss nicht mehr nach Paris. Mir gefiel es im Languedoc sehr gut.«

»Mir auch. Mit dir.« Er legte eine Hand an ihre Wange.

Julia nahm sich vor, bei der nächsten Einladung von Charles II. würde sie behaupten, sie hätte die Pest. Oder noch besser: Syphilis.

* * *

Etienne ging in den nächsten Tagen mit immer größerem Widerwillen in den Whitehall Palace. Und er kam mit einem noch düstereren Gesicht wieder heraus.

Jeden Tag übermittelte er Julia eine Einladung des Königs. Jeden Abend überlegten sie sich eine neue Ausrede. Charles II. war hartnäckig. Während sein Cousin Ludwig XIV. eine feste Mätresse hatte, und die über Jahre hinweg, liebte Charles alle Frauen, die ihm über den Weg liefen. Da er der König war, gaben sie auch alle nach.

Julia nicht. Das schien seinen Jagdinstinkt zu wecken, denn die Einladungen wurden immer befehlender.

»Er lässt nicht locker.« Etienne kehrte dieses Mal mit einer Einladung in ihre Wohnung zurück, die ein klarer Befehl war. Er hatte den Brief vor Wut ungelesen zerknüllt und in den Kamin geworfen. »Er will dich morgen Abend sehen. Es gibt keine Ausrede, nicht mal die Pest. Er will, dass du morgen Abend beim Dinner seine Tischdame bist und wieder singst – sogar mit Pickeln im Gesicht oder schleimigem Husten. Ich will das nicht!«

Der sonst so besonnene Etienne de Montsauvan trat voller Wucht gegen das Tischchen, das sofort ein Bein verlor und umkippte. Julia war entsetzt. Sie hätte ihm diese Unbeherrschtheit nie zugetraut. Bestürzt sah sie auf die Splitter und auf Etienne, dessen Narbe deutlich hervortrat, weil er so sehr die Zähne zusammenbiss.

Er warf ihr einen Blick zu und beruhigte sich. Dann fuhr er sich mit beiden Händen durch die Haare. »Entschuldige. Aber ich kann den Gedanken nicht ertragen, dass er ... dass er ...«

»Ich werde abreisen«, sagte Julia schnell. »Kannst du mitkommen?«

Etienne zog eine Grimasse. »Das wäre der endgültige Untergang. Dann würden wir auch Montsauvan verlieren.«

»Ich verstehe«, sagte Julia enttäuscht und fügte in einem zuversichtlichen Ton hinzu: »Dann kommst du nach. So lange wird es doch wohl nicht mehr dauern.«

Etienne atmete tief durch. »Bestimmt wird es in den nächsten drei Wochen so weit sein. Wir müssen nur noch die Frage klären, wie wir mit Holland verfahren, dann ist alles erledigt.«

Julia seufzte. Wieso konnte dieser lüsterne Bock sich nicht beherrschen, bis diese eine Frage geklärt war?

»Er behauptet, er könne dann besser denken«, sagte Etienne zähneknirschend.

Julia sah ihn verblüfft an. Dann ging ihr auf, er hatte wieder mal ihre Gedanken an ihrem Gesicht abgelesen.

»Er ist noch nie zurückgewiesen worden. Das lässt ihm keine Ruhe und er kann deshalb nicht denken. Sobald er Euch … sobald der Reiz vorbei ist, werden wir uns einigen und ich kann mit abreisen. Vorher wird er nicht aufgeben.«

»Ich reise morgen früh ab«, bekräftigte sie ihren Entschluss.

Etienne nahm sie in die Arme und drückte sie fest an sich. »Ich komme bald nach. Ich verspreche es dir.«

Julia war beruhigt. Seine Versprechen hatte er noch immer eingehalten!

* * *

Etienne brachte sie in aller Frühe zum Hafen. Sie fanden auf Anhieb ein Schiff, das sie nach Cherbourg bringen sollte. Julia trug wieder Alexandres Hosen und Hemd. Das war wesentlich anonymer als eine Frau in teurem Kleid ohne Begleitung. Dann mussten sie Abschied nehmen.

Nur wenige Tage, hatte sie sich wie ein Mantra vorgebetet. Wenige Tage. Dann dachte sie an Picknicks, Ausritte, Schwimmen im Languedoc. Sie dachte daran, dass sie nach dieser letzten Trennung nie wieder von ihm Abschied nehmen musste.

Nur deswegen konnte sie verhindern, in Tränen auszubrechen. Nicht einmal küssen konnten sie sich in den Hosen. Ein kräftiger Händedruck war alles, was sie bekam, ehe sie an Bord stieg.

Aber die Rückfahrt durch den Ärmelkanal war nicht ganz so glücklich wie ihre Hinfahrt. Ein schwerer Sturm warf das Schiff vier Tage hin und her und es driftete ab. Sie kamen schließlich in La Rochelle an.

Dort mietete sie ein Zimmer und wollte am nächsten Tag ein Pferd kaufen, um so schnell wie möglich nach Cherbourg zu gelangen.

Doch alles kam anders.

72. Kapitel
VERFOLGT

»Seid Ihr nicht die Gräfin de Montsauvan?«, fragte die Wirtin abends, als sie das Essen servierte.

Julia sah sie verblüfft an.

Woher konnte sie das ohne Facebook und WhatsApp wissen? Im Gegensatz zum König war ihr Gesicht nicht auf jeder Münze abgedruckt.

»Ihr seid als flüchtige Person gemeldet. Die Nachricht kam erst vorgestern hier an«, erklärte die Wirtin. Sie sprach leise, obwohl sie Julia in deren Zimmer bediente und nicht im Schankraum. »Steckbriefe mit Eurem Gesicht sind in jedem Ort angeschlagen. Die Dragoner suchen Euch. Die königliche Wache persönlich. Wer ihnen hilft, Euch zu fangen, bekommt eintausend Livre.«

Julia verschlug es den Atem. Eintausend Livre? Das war so viel wie fünfzehntausend Euro. Der Finderlohn für einen Mörder in Deutschland betrug meistens nur zehntausend Euro.

»Warum warnt Ihr mich dann und kassiert es nicht?«, rutschte es Julia heraus. »Für eintausend Livre würde ich mich bald selber stellen.«

Die Wirtin lächelte säuerlich. »Weil es mir zu denken gibt, wenn die Garde des Königs Euch sucht und nicht die Polizei. Vor allem dann, wenn die Hauptmänner aus dem Grafen de Gramont, dem Chevalier de Lorraine und dem Marquis d'Effiat bestehen. Der Chevalier war hier und hat die Garde beaufsichtigt. Er hat sich an meine Putzhilfe rangemacht und anschließend an den Stallknecht.«

Julia starrte die Wirtin mit offenem Mund an. Der Chevalier de Lorraine? Dann steckte Monsieur dahinter, der teilweise über die königliche Garde verfügen konnte, ohne dass sein älterer Bruder das mitbekommen musste.

»Noch hat man Euch nicht erkannt«, sagte die Wirtin und schenkte ihr einen Becher Wein ein. »Man hat einen jungen Mann meine Taverne betreten sehen, nur ich habe Euer Kleid da entdeckt.« Sie deutete auf das Kleid, das wieder zum Lüften und Entknittern an einem Haken an der Wand hing. »Aber ich rate Euch, morgen in aller Frühe aufzubrechen. Sobald meine Putzhilfe kommt, ist Euer Geheimnis nicht mehr sicher.«

»Wieso beschäftigt Ihr eine so indiskrete Putzhilfe?«, fragte Julia.

Die Wirtin grinste. »Sie ist nicht indiskret. Sie ist etwas zurückgeblieben und hat dann endlich wieder was zu erzählen.«

Die Sonne war noch nicht aufgegangen, als Julia bereits das Wirtshaus verließ. Sie hatte der netten Frau zwanzig Livre dagelassen und das teure Kleid. Gern hätte sie ihr noch mehr gegeben, aber sie wusste nicht, wie viel Geld sie überhaupt noch besaß. Wenn sie vom Bruder des Königs gesucht wurde, war es durchaus denkbar, dass man auch Etiennes Vermögen konfisziert hatte.

Ohne zu zögern, kaufte sie das erstbeste Pferd, das nicht alt und klapprig wirkte, holte ihr Bündel und machte sich umgehend auf den Weg in Richtung Normandie.

Sie ritt zügig und mied die gut besuchten Herbergen an den häufig frequentierten Straßen. Sie gönnte sich und ihrem Pferd nur wenig Ruhe. Nach zwei Tagen begann das Tier zu hinken. Julia war gezwungen es zurückzulassen. Sie führte es bis zu einem Hof, an dem sie vorbeikam, dort band sie es fest und lief zu Fuß weiter. Sie ging stundenlang, bis ein Fluss sie stoppte. Keine Brücke weit und breit. Es war ein sehr breiter Fluss, und der einzige, der nördlich von La Rochelle lag, war die Loire.

Was sollte sie tun?

Sie musste zum König! Wenn er immer noch glaubte ihr Vater zu sein, würde er ihr doch in dieser Situation helfen. Ganz bestimmt doch. Oder? Immerhin gab er seinem Bruder in fast allem nach. Ihrem angeblichen Onkel, der versuchte sie umzubringen. Tolle Familie.

Der Dauphin! Louis! Er würde ihr helfen.

Sie musste nach Paris.

Zum Glück nahm ein vorbeifahrendes Boot, das mit Weinfässern beladen war, sie für zehn Livre an Bord. Der Kahn kam gut voran. Der Schiffer und seine Familie waren nette Leute, sie lebten auf dem Boot und freuten sich über die Gesellschaft. Besonders die Kinder fanden es aufregend, dass eine Frau als Mann verkleidet unterwegs war.

Auf dem Kahn ging es wesentlich schneller voran als mit Pferd oder Kutsche. Als Julia morgens aufwachte, hatte das Boot schon an einer kleinen Sandbank gegenüber von Blois angelegt, direkt an der Brücke, die über den Fluss führte. Julia konnte sehen, dass die Stadtseite des Flusses voller Schiffe lag und der Betrieb schon richtig im Gange war. Eine Poststation mit Schmiede war auf dieser Seite des Flusses.

* * *

Von hier aus ging Julia zu Fuß weiter. Sie war gelaufen, bis es dunkel wurde. Der Wald war riesig. Es gab kein Entkommen. Ab und an stieß sie auf einen Teich und dann war da ein breiter Bach, an dem sie entlanglief. Sie würde sich heillos verlaufen, sollte sie weiterhin auf gut Glück durch die Gegend rennen. Die Nacht verbrachte sie an diesem Bach und sie schlief kaum, weil es so bitterkalt war. Das Wetter hatte umgeschlagen und es nieselte leicht. Julia konnte auch kein Feuer anzünden. Sie hatte Angst, wegen des Qualms entdeckt zu werden.

Monsieur hatte mit einem Kopfgeld in Höhe des Jahresgehalts einer Schankmagd dafür gesorgt, dass jeder in Frankreich Julia mit Vergnügen ausliefern würde. So musste sich auch Edward Snowden fühlen, nur dass den niemand ausliefern, aber auch keiner behalten wollte. Doch zurück konnte er auch nicht.

Auch noch den ganzen nächsten Tag lief Julia an diesem Bach entlang, bis es dämmerte. Und dann stand sie auf einmal vor einem Schloss. Genau genommen vor dem berühmten Schloss von Chambord, leicht erkennbar an seinen weißen Türmen und dem Kanal davor. Sie war dem Bach gefolgt, der in diesen Kanal mündete. Die Cosson, wenn sie sich recht an Herrn Schmidts Unterricht erinnerte.

Verdammt, sie musste sich bald wieder orientieren, ansonsten wäre sie in diesem Gebiet verloren. Irgendwann käme der König oder der Dauphin zur Jagd hierher. Dann würden sie auf eine zerlumpte, filzige Person stoßen, die sie nicht mehr als ehemalige *Mademoiselle Allemande* erkennen würden.

Als es dämmerte, setzte sie sich erschöpft an einen Baumstamm. Sie wollte noch weitergehen und sich einen Platz suchen, wo sie ein wenig geschützter wäre. Wenigstens ein bisschen weiter musste sie noch gehen.

Da hörte Julia Schritte. Und Wortfetzen. »... nicht mehr weit.«

»Hier ist die Fährte!«

Sie waren ihr noch immer auf der Spur! Und näher denn je! Jetzt zählte jede Sekunde.

Julia rannte in den Wald hinein, zurück zum Bach Cosson, übersprang ihn und sprintete auf der anderen Seite einen Hang hinauf, bis sie einen kleinen Trampelpfad erreichte. Sie folgte ihm. Das Blut rauschte in ihren Ohren, ihr Herz pochte – nicht allein vor Anstrengung, sondern vor Angst.

Dann wurde das Gelände steiler, felsiger. Farn und Brombeerranken wechselten sich auf dem Waldboden ab. Und irgendwann stand Julia vor einer Weggabelung. Der obere Weg sah aus, als würde er zur nächsten Ortschaft führen. Dort könnte sie sich orientieren. Der untere war schon lange nicht mehr benutzt worden, denn er war beinahe zugewachsen. Das Brombeergestrüpp stand hoch und war voller Brennnesseln. Rufe tönten durch den Wald und dann hörte sie Pferde wiehern.

Julia entschied sich für den unteren Weg.

Durch den steilen Abhang nach oben hin hatten Erdrutsche wohl nach dem letzten Winter den Weg nicht nur uneben gemacht, sondern beinahe gänzlich verschwinden lassen. Deswegen war er zugewachsen. Zur anderen Seite hin floss wieder die Cosson. Hin und wieder rutschte sie hinein. Ihre Hosen waren von oben bis unten, aber vor allem am Hintern verdreckt und bis zu den Oberschenkeln nass vom eisigen Wasser.

Auf einmal sah sie an einer Biegung eine kleine Höhle. Der Eingang war mit Ranken und Efeu zugewachsen und kaum zu erkennen. Auf keinen Fall vom Ufer aus. Hier würde sie sich verstecken können. Sie erreichte die Höhle und kroch hinein. Das Bachbett hatte sich hier ausgedehnt und sammelte sich zu einem kleinen See.

Julia lehnte sich erschöpft an die Wand. Sie horchte. Die Stimmen waren noch immer da, wurden lauter. Und dann begriff sie: Quasi direkt über der Höhle verlief der andere Weg. Ihre Häscher waren dort oben. Die Stimmen der Männer waren empört und ungeduldig.

Sie wollte den Atem anhalten, denn ihr Keuchen, verstärkt durch die Angst und das heftig klopfende Herz, war mit Sicherheit bis Orléans zu hören. Sie hielt sich eine Hand vor den Mund und zwang sich zur Ruhe. Es dauerte lange, bis es funktionierte.

Mehrere Stunden kauerte Julia in dieser Höhle, ehe sich der Wald beruhigt hatte. Es war mittlerweile stockfinster. Am Tag hätte sie vielleicht schon früher ausmachen können, wann ihre Verfolger weitergezogen waren, dann hätten wieder Vögel gezwitschert oder Tiere geraschelt. Aber in der Nacht war es ruhiger.

Auf die Idee, dass sie durch den Bach gelaufen war, schien niemand gekommen zu sein.

Julia überlegte, was sie als Nächstes tun sollte. Zum Glück hatte sie den Geldbeutel mit ihrem Trauring um ihren Hals getragen und auch zum Schlafen nicht abgelegt. In diesem Beutel befanden sich außerdem Zunder, Feuerstein und Schwefelkies.

Eine Eule schuhute in der Nähe.

Jetzt wäre es wohl ungefährlich, ein Feuer zu entfachen. Julia entzündete ein Stöckchen, das sie ertastet hatte.

Sie sah sich in der Höhle um.

Was sie sah, ließ ihr vor Verblüffung den Mund offen stehen.

73. Kapitel
GEHEIMNISSE EINES JAGDGEBIETES

Erwartet hatte Julia einen Tierbau, der spätestens drei Meter hinter dem Eingang endete. Womöglich war es aber auch eine größere Höhle. Immerhin befand sie sich in Frankreich. Sogar eine Höhle mit Steinzeitzeichnungen war nicht auszuschließen.

Aber niemals hätte sie aus massiven Sandsteinen gemauerte Wände vermutet. Dabei handelte es sich nicht um eine Rückwand, im Gegenteil, es waren Seitenwände. Die Rückwand lag im Dunkeln, weil das Licht ihres kleinen Feuers nicht bis dorthin reichte. Am Ufer des seichten Seeausläufers ging sie vorsichtig entlang und entdeckte eine Fackel in einer Halterung. Sie entzündete die Fackel, löschte das Stöckchen aber sorgfältig im Wasser und ließ es im Schlamm zurück, damit es nicht hinausgetrieben wurde.

Mit bangem Herzen erkundete Julia den hinteren Teil der Höhle. Sie fühlte sich wie Theseus, der das Labyrinth des Minotaurus betrat. Leider gab es hier keinen Ariadnefaden, der ihr Mut geben konnte. Doch zumindest war es trocken. Von oben.

Der Weg war immer schmaler geworden und dann gelangte sie zu einer Art Kai. Ein vermoderter Nachen lag schräg angebunden da und dahinter befand sich eine Tür. Hier war seit Jahren kein Mensch mehr gewesen. Es war unheimlich, aber es schien sicher zu sein. Julia hob den Riegel der Tür und rechnete damit, dass sie entweder zu verzogen war, um aufzugehen, oder von innen verriegelt. Doch zu ihrer Überraschung schwang sie lautlos auf.

Vorsichtig sah sie hinein.

Ein Gang lag vor ihr. Ein Gang, an dessen Ende ein Lichtschimmer zu sehen war. Hier lebte noch jemand!

Ihr erster Gedanke war: *Renn weg.* Aber ihre kalten, nassen Füße und der dunkle Wald hinter ihr hielten sie zurück. Wo sollte sie jetzt hin? Und niemand hatte sie hier entdeckt. Also konnte sie genauso gut hier bleiben, wo es wenigstens trocken war. Und vor allem hatte sie furchtbaren Durst. Das faulige Wasser in der Höhle war nicht trinkbar. Etwas zu Essen wäre auch gut.

Sie horchte angestrengt auf Schritte oder Stimmen. Als es ruhig blieb, löschte sie ihre Fackel und betrat den Gang. Das Licht am Ende war eine weitere Fackel hinter einer Biegung und an der Seite waren ... *Kerkertüren*?

Wo, um Himmels willen, war sie hier gelandet?

Fünf Kerkertüren an der Zahl, aus dicker, solider Eiche mit riesigen Eisenbeschlägen und in der Mitte auf Augenhöhe ein vergittertes Guckloch. Julia horchte wiederum. Hier waren die Geräusche von Menschen zu hören. Schritte, ein Husten, ein Rascheln, als wälzte sich ein Mensch auf Stroh.

Sie musste hier weg! Das konnte nur ein Polizeigefängnis sein, denn Selbstjustiz war sogar in diesem Zeitalter nicht mehr zulässig. Andererseits: Bei nur fünf Gefängniszellen konnte es sich nicht um ein öffentliches Zuchthaus handeln.

Sie wagte einen Blick durch das erste Guckloch. Sie konnte nichts erkennen, hörte aber ein lautes Schnarchen. Ihr ging durch den Kopf, dass es gar nicht so schlecht war, barfuß zu gehen, denn sie machte nicht das geringste Geräusch. In der nächsten Zelle brannte eine kleine Laterne. Ein massiger, in Lumpen gekleideter Körper hatte sich auf dem Stroh zusammengerollt. Sein Gesicht war von einer Maske aus Eisen verdeckt.

Der Mann mit der eisernen Maske! Er existierte wirklich! Und er bewegte sich. Schnell duckte sich Julia und schlich zur nächsten Tür. Die dritte Zelle war dunkel. Also schlich sie weiter zur vierten. Ein Lichtstrahl deutete einen Bewohner an, und der war wach, denn man hörte Schritte auf und ab gehen.

Julias Neugier, ob es noch mehr Gefangene mit eisernen Masken gab, ließ sie einen weiteren Blick durchs Guckloch werfen. Vielleicht war das ja eine gängige Bestrafungsmethode im siebzehnten Jahrhundert.

Beim Blick in das Verlies blieb ihr das Herz stehen.

Die Schritte, die sie gehört hatte, wurden von zwei Schuhen mit roten Absätzen verursacht. Etienne de Montsauvan lief in dieser Zelle unruhig auf und ab.

»*Etienne!*«

Beim Klang ihrer Stimme blieb er abrupt stehen und sah verblüfft zur Tür. Mit nur zwei schnellen Schritten war er bei ihr und sah sie mit großem Staunen durchs Guckloch an.

»Julia? Träume ich? Wie kommst du hierher?«

»Etienne!« Zu ihrem eigenen Entsetzen konnte sie nichts anderes als nur den Namen sagen. »Etienne!«

»Ja, ich bin's. Komm zu dir«, sagte er streng, aber ein leichtes Lächeln zeichnete sich um seine Mundwinkel ab. »Kannst du die Tür irgendwie öffnen? Sobald wir hier raus sind, können wir reden.«

Julia betrachtete die Tür. Sie war mit einem einfachen Riegel und einem Bolzen verschlossen. Sie entfernte den Bolzen, schob den Riegel zurück und lag in Etiennes Armen.

Er küsste sie kurz, aber leidenschaftlich und löste sich dann aus ihrer Umarmung. »Du bist der letzte Mensch, mit dem ich hier gerechnet hätte, aber du warst auch schon immer für Überraschungen gut«, sagte er. »Doch jetzt ist keine Zeit für Erklärungen. Wir müssen verschwinden, ehe man uns entdeckt. Wie bist du hier hereingekommen?«

»Von dort.« Sie ergriff die Hand ihres Mannes und wollte ihn hinter sich herziehen.

»Über deine Kleidung müssen wir uns noch unterhalten«, murmelte er.

»Montsauvan!«, rief jemand leise.

Der Mann mit der eisernen Maske war am Guckloch zu erkennen.

»Montsauvan, nehmt mich mit. Öffnet meine Tür.«

Etienne blieb stehen. »Wir können Euch nicht mitnehmen, Dauger. Wir bekommen Eure Maske nicht ab.«

»Ich will nicht länger hierbleiben«, sagte er flehend. »Ich verspreche, wenn Ihr die Tür öffnet, schlage ich einen anderen Weg ein, sobald wir draußen sind. *Nur lasst mich nicht hier.*« Er klang, als wäre er kurz davor, zu weinen.

»Dauger, Ihr … Julia!«

Julia hatte den Bolzen schon entfernt und schob den Riegel zurück.

»Ich werde auf immer in Eurer Schuld stehen, Mademoiselle.«

»Madame«, korrigierte Etienne knurrend. »Sie ist meine Frau.«

Unter der Maske blitzten ein paar hellbraune Augen. Er hatte braunes, lockiges Haar, das recht gepflegt aussah für jemanden, der im Kerker saß. Obwohl … Etienne sah auch aus, als hätte er sich beim Picknick im Park mit Noailles duelliert. Ein wenig derangiert, aber nicht schmutzig.

Der sogenannte Dauger verneigte sich vor Julia.

Jetzt, wo er vor ihr stand, kamen ihr seine Haltung und seine Statur bekannt vor. »Dumas hatte Recht!«, entfuhr es Julia, als sie erkannte, wem er ähnelte.

»Kommt endlich«, sagte Etienne unwirsch, packte ihre Hand und ging voran. Ungehindert erreichten sie die Höhle mit dem See. Sobald sie wieder das Bachbett der Cosson erreicht hatten, trennte sich Dauger von ihnen.

»Lebt wohl, Montsauvan. Hoffentlich kann ich meine Schuld einmal vergelten, Mademoi… Madame.« Er nahm Julias Hand und führte sie an seine Lippen. Julia spürte das harte, kalte Metall und dann rannte er auch schon los.

Etienne zog sie in die andere Richtung. Ein Blick über die Schulter verriet ihr, dass Dauger im Dickicht in entgegengesetzter Richtung verschwunden war. Es dämmerte bereits und die Vögel hatten zu zwitschern begonnen. Das erübrigte die Fackel, die sie am Höhleneingang zurückließen.

»Wo gehen wir hin?«, fragte Julia, die versuchte mit Etiennes langen Schritten mitzuhalten. »Etienne, ich wurde verraten und man verfolgt mich. Ich habe diese Höhle nur durch Zufall gefunden und dachte, hier wäre ich sicher.«

Er zog sie weiter und sie konnte sein Gesicht nicht sehen, aber sie hörte das Lächeln. »Welch glücklicher Zufall. Ich würde es Schicksal nennen.«

»Und was tun wir jetzt?«, wiederholte sie ihre Frage.

»Hierbleiben können wir auf keinen Fall. Der Gefängniswärter kann sich denken, in welche Richtung wir geflohen sind, wenn er die leeren Zellen entdeckt. Also müssen wir weiter. Vielleicht finden wir im Wald eine andere Höhle, wo wir uns eine Weile verstecken können.« Er setzte sich auf einen kleinen Felsvorsprung und begann seine Schuhe und Strümpfe auszuziehen. »Zieh deine Schuhe aus, wir werden ein Stück durch den Bach gehen. Nur für den Fall, dass man Hunde auf uns ansetzt.«

»Das kann ich mir sparen. Die haben bereits gestern Bekanntschaft mit diesem Wasser gemacht.«

Etienne betrachtete sie mitleidig. »Das tut mir leid, Mignonne.«

»Ich hatte mir überlegt, wenn wir zum Dauphin durchkämen …«, begann Julia mit ihren Überlegungen.

»Das kannst du vergessen. Monsieur hat die Dragoner auf uns angesetzt.«

»Das habe ich auch schon mitbekommen.«

»Lass uns erst mal von hier verschwinden. Wir können über alles reden, wenn wir Abstand zwischen diese Schlangengrube und uns gebracht haben. Kannst du so laufen?«

»Ich muss«, seufzte Julia schicksalsergeben.

Das Wasser war eiskalt und das Vorankommen in dem Schlamm beschwerlich. Zum Glück war der Bach nicht allzu tief. Die Vögel über ihnen zwitscherten fröhlich und unter normalen Umständen wäre es ein wunderschöner Frühlingstag gewesen, ideal für eine Jagd oder einen langen Ausritt. Vor gar nicht allzu langer Zeit hatten Julia und Etienne bei diesem Wetter dem königlichen Spaziergang im Park von Versailles beigewohnt.

Wie seltsam das Schicksal doch sein kann, überlegte Julia. *Heute befinden wir uns auf der Flucht vor dem Bruder des Königs.*

Sie wanderten ohne Pause – bis sie am späten Nachmittag in der Ferne ein Horn hörten.

»Aha, unsere Flucht wurde entdeckt«, bemerkte Etienne nur.

In der Dämmerung erst wagten sie es, das Bachbett zu verlassen und sich am gegenüberliegenden Ufer in das Dickicht der Bäume zu schlagen. Etienne schien eine bessere Orientierung zu besitzen als Julia. Aber dann dachte sie mit einem Hauch Sarkasmus: Klar, es war Etienne. Es gab nichts, was er nicht konnte. Julia kam es vor, als liefen sie ziellos durch den Wald, ehe Etienne anhielt und auf eine kleine Lichtung zeigte. Dort stand ein Köhlerhaus. Es war verwahrlost und der angrenzende Stall eingefallen, aber für die eine Nacht mochte es ihnen Unterschlupf gewähren.

»Ich glaube, hier können wir es wagen, ein Feuer anzuzünden«, sagte Etienne, als er das schmutzige Innere der Hütte betrachtete. Er ging Reisig und Holzscheite suchen, während Julia mit ein paar Farnblättern Staub und Unrat bestmöglich vom Boden beseitigte. Wenig später hatten sie ein behagliches Plätzchen geschaffen und endlich – endlich Zeit für sich.

* * *

»Was war das für ein Kerker, in dem ich dich gefunden habe?«, fragte Julia später. Sie war müde und die Augen drohten ihr zuzufallen, aber zuvor mussten die offenen Fragen beantwortet werden.

»Wir sind in den Sümpfen der Ausläufer der Loire. Ich habe bei meiner Ankunft eine Augenbinde getragen, aber ich bin sicher, es handelt sich um Beaugency.«

»Woher weißt du das?«

»Es passt genau von der Lage her. Ein kleiner Ausläufer des Flusses, der an den Kerkern vorbeifließt, was auch die Feuchtigkeit erklärt, von Sumpfgebiet umgeben – und es gehört seit Generationen den Herzögen von Orléans.«

Das passte.

»Ganz genau, Mignonne«, sagte Etienne und spielte mit einer Locke ihres Haares. »Der Chevalier de Lorraine war es, der mich direkt nach meiner Ankunft in Cherbourg verhaftete und dorthin bringen ließ. Du hast ihm einen Strich durch die Rechnung gemacht. Und mich absolut verblüfft. Wie kamst du ausgerechnet hierher?«

In kurzen Worten berichtete sie von den Steckbriefen in La Rochelle, dem Kopfgeld und ihrer Flucht.

»Ich glaube wirklich«, sagte Etienne und hauchte dabei Küsse auf ihre Stirn und ihre Wangen, »das Schicksal will, dass wir zusammen sind.« Sein Mund wanderte weiter zu ihrem Hals. »Und es will, dass du immer in unmöglichen Kleidern vor mir erscheinst«, murmelte er und zupfte an dem Kragen des Hemdes.

»Du kannst sie mir ja ausziehen, wenn es dir nicht gefällt«, murmelte Julia.

Das ließ sich Etienne nicht zweimal sagen.

74. Kapitel
DIE FLUCHT

Julia glaubte, eben erst eingeschlafen zu sein, als sie wieder geweckt wurde.

»Wir müssen weiter.«

»Weiter?« Sie rieb sich verschlafen die Augen. »Aber es ist doch noch dunkel.«

»Die beste Zeit, um zu verschwinden.«

Er hatte Recht, also erhob sie sich und folgte ihm hinaus in die noch dunkle Nacht.

»Etienne, wohin gehen wir denn jetzt?«, fragte sie, als sie zu Mittag in einer verlassenen Mühle Rast machten.

Etienne war fest davon überzeugt, dass sie es nicht bis Paris schaffen würden. Er warf ein paar Gräten ins Feuer. Sogar ohne Angel konnte er Fische fangen. So langsam wurde er ihr unheimlich.

»Gibt es eigentlich irgendwas, das du nicht kannst?«, hatte sie ihn gefragt, als er im Bach stand und schon zwei Fische neben ihr im Gras zappelten.

»Anscheinend kann ich meiner Frau keine anständige Kleidung besorgen«, sagte er augenzwinkernd, als er eine weitere Forelle an Land warf. »Ich dachte, wir könnten versuchen über die Grenze nach Spanien zu kommen. Dort nehmen wir ein Schiff, das uns nach Italien bringt.«

»Italien?«, wiederholte Julia verwundert.

»Von dort könnten wir über Land nach Österreich gelangen.

Weil Monsieur genau das vermutet, wird er alle Grenzübergänge nach Deutschland und zur Schweiz überwachen lassen. Deswegen der Umweg über Spanien. Ich habe Freunde am habsburgischen Hof und auch ein paar Investitionen. Dort können wir vielleicht einen Neuanfang machen.«

Das klang gut. In Gedanken sah sich Julia bereits in Wien ein Schmuckgeschäft eröffnen. »Ja, lass uns nach Österreich gehen.«

»Verdammt, ich habe nicht aufgepasst«, rief Etienne plötzlich. Er warf den Rest Fisch ins Feuer, sprang auf, schnappte Julias Handgelenk und rannte los.

Julia fühlte den mächtigen Ruck in ihrem Arm. Sie stolperte ihm hinterher, wurde unbarmherzig mitgezerrt. Was sie am meisten beunruhigte, mehr noch als die hitzige Flucht: Etienne fluchte sonst nie in ihrer Gegenwart.

Und dann hörte sie es.

Hunde!

Ihre Verfolger hatten sie dank Hunden aufgespürt. Julia spürte Adrenalin in all ihren Adern. Sie schüttelte Etiennes Hand ab, weil sie so besser laufen konnte.

Etienne war immer nur wenige Schritte vor ihr. Julia rannte, als wäre ihr ein Gepard auf den Fersen. Sie mobilisierte all ihre Kräfte, behielt Etienne im Auge und versuchte den Abstand nicht größer werden zu lassen.

Und dann hörte sie die Jagdhörner und das Gebell der Hunde. Sie kamen näher. Viel näher.

Aus den Augenwinkeln registrierte Julia etwas.

»Dort hinten!«, rief sie. »Ein Abhang! Da runter!« Sie rannte bereits in die Richtung. Es konnte nicht schaden, den Abhang hinunterzuklettern, egal ob dort ein Fluss entlanglief oder nicht. Ihre Verfolger würden dadurch jedenfalls aufgehalten.

Etienne war dicht hinter ihr. Sie konnte seinen Atem hören. Hecken waren um sie herum, behinderten die Sicht.

»Irgendwo hier muss es …« Den Satz brachte sie nicht mehr zu Ende, sie stolperte über eine Wurzel, fiel durch einen Strauch und hatte den Abhang gefunden.

Etienne rief entsetzt ihren Namen, da bekam sie einen heftigen Schlag auf den Kopf. Alles wurde schwarz.

Entfernt hörte sie Etienne nach ihr rufen. Sie konnte nicht mehr antworten. Dann wurde sie ohnmächtig.

75. Kapitel
ZUGESCHNAPPT

Ein Piepen drang an ihr Ohr. Ein monotones, grelles Piepen, das sich von einem lang gezogenen, fiesen, dauerhaften Ton in abgehackte Pieptöne wandelte. Eine Art Piepen, wie sie es über zwei Jahre nicht mehr gehört hatte.

Ein Piepton wie von einem … *Computer*?

Julia wollte die Augen öffnen. Es ging nicht!

Sie strengte sich an. Panik ergriff sie. Wo war Etienne? Wo? Sie tastete nach ihm. Er war direkt hinter ihr gewesen. Er musste ganz nah bei ihr sein, aber sie sah nichts. *Wieso konnte sie nichts sehen?*

Mit aller Macht zwang sie sich, die Lider zu öffnen. Das war beinahe so schwer, wie beim ersten Reitunterricht in Versailles mit eng geschnürtem Mieder aufs Pferd zu kommen. Aber das hatte sie geschafft und das hier würde sie auch schaffen.

Ein wenig verschwommen war das Bild, das sie zuerst wahrnahm. Das waren definitiv keine Bäume. Es war statt grün weiß. Sie blinzelte stärker, um ihre trockenen Augen zu befeuchten. Das Bild wurde klarer.

Nein, keine Bäume. Das war … ein *Monitor*! Und direkt daneben ein Fernseher.

Und Kabel! Und eine Steckdosenleiste!

»Etienne!«, wollte sie rufen, aber nur ein Krächzen ertönte. Dafür wurde das Piepen wieder stärker und schneller. Es raschelte, Schritte näherten sich und dann beugte sich eine Frau über sie.

»O mein Gott! Du bist wach!«, rief sie.

Julia starrte die Frau an.

Das konnte nicht ... nein, das war unmöglich! Sie sah aus – wie eine Krankenschwester. Eine Krankenschwester aus einem modernen Krankenhaus im einundzwanzigsten Jahrhundert. Aber das war nicht das Einzige, was Julia erschreckte. Denn außerdem sah sie aus wie ...

»Ach, Liebes, das ist ja wunderbar. Wir hatten zeitweise solche Sorge.«

Julia sah Tränen in ihren Augen schimmern.

»Nein, nein, sag jetzt nichts. Ich rufe schnell einen Arzt und dann päppeln wir dich langsam wieder auf. Später kannst du alles sagen, was du willst. Aber jetzt stört dich der Schlauch bestimmt.«

Schlauch? Julia schluckte und fühlte tatsächlich in ihrem Hals einen Fremdkörper. Wo war sie? Aber noch wichtiger: WO WAR ETIENNE? Sie sah zum Fernseher. Er war stumm auf den Disney Channel geschaltet und es lief die *Muppet Show*.

»Franziska, haben Sie kein besseres Fernsehprogramm?«, ertönte eine andere Stimme.

Julia musste hilflos mit ansehen, wie ein Mann in weißem Kittel eintrat. O Gott! Nicht er! *Nicht er!*

»Was denn?«, fauchte der Arzt, als er sie sah. »Beruhigen Sie sie gefälligst.« Das war an die Krankenschwester gerichtet und die Stimme ängstigte Julia wieder.

»Ich glaube, es ist besser, Sie gehen, Doktor«, sagte die Schwester ruhig und bestimmt. Julia fühlte sie sanft ihren Arm tätscheln.

»Wollen Sie mich etwa aus dem Krankenzimmer werfen?«, empörte sich der Arzt.

Julia wusste genau, was gleich geschehen würde. Sie wollte aufstehen und wegrennen. Sich verstecken, Etienne suchen, sich in Sicherheit bringen und Abstand gewinnen.

»Sie sehen doch, dass Sie sie ängstigen. Wollen Sie etwa einen Kollaps riskieren?«

»Ich lasse mich von Ihnen nicht vertreiben. Hier bin ich immer noch Ihr Vorgesetzter.«

Julia erkannte das Aufplustern. Wieso um alles in der Welt konnte sie sich nicht richtig bewegen? Warum nicht ihre Beine aus dem Bett schwingen und wegrennen? Die Krankenschwester hielt sie mit festem Griff zurück. Julia spürte die Hand und sah in das vertraute Gesicht über der fremden Kleidung.

»Wenn Sie die Patientin weiterhin gefährden, werde ich eine Beschwerde beim Chefarzt gegen Sie einlegen. Sie verlassen jetzt diesen Raum, ich kümmere mich um die Patientin.«

Julia wusste, was das Funkeln und die Furchen neben der Nase bedeuteten. Aber sie wusste auch, dass das Wort der Krankenschwester Gewicht hatte. Nicht wenig Gewicht. Der Arzt verschwand und sofort änderte sich der harte Blick der Krankenschwester. Sie lächelte und streichelte sanft über Julias Wangen.

»Ganz ruhig, Liebes. Ich werde nicht zulassen, dass dieser arrogante Kerl dir was tut. Ich habe nämlich wirklich ein klein wenig Einfluss auf den Chefarzt. Ah, da kommt er schon.«

Natürlich kam er mit Gefolge, wie nicht anders zu erwarten. Als er sah, dass sie die Augen offen hatte, strahlten seine goldbraunen Augen.

»Das ist ja mal eine Überraschung. Unser kleiner Schützling ist wieder da. Mamsellchen, das freut uns aber sehr. Nicht wahr?« Er sah sein Gefolge aus drei Männern und zwei Frauen in weißen Kitteln an.

Alle nickten beflissen. Julia starrte sie alle an. Einen nach dem anderen. Und sie kannte jeden von ihnen. Aber letztendlich war es der Mann, der ihnen vorstand, der ihre Aufmerksamkeit wieder auf sich lenkte. Die goldenen Augen, die leichte Hakennase, die braunen, lockigen Haare. Zum Glück sah er sie wohlwollend an und nicht mehr eisig.

»Wir werden Ihnen jetzt etwas zum Einschlafen spritzen. Und morgen können wir dann den Schlauch entfernen und endlich einmal Ihr Stimmchen hören. Sind Sie damit einverstanden, Mamsellchen?« Er trat näher an ihr Bett und hantierte an einem der Schläuche.

Julia roch das zarte Irisparfüm, und das Letzte, was sie sah, waren die braunen Augen, die sie freundlich und warm anlächelten. Sie wollte nicht schlafen. Sie musste wissen, wo Etienne war, sie durfte ihn nicht geträumt haben. Etienne musste …

Alles wurde schwarz.

76. Kapitel
GEPLATZTE TRÄUME

Eine Halluzination. Nichts anderes war es gewesen. Julia hatte sich also nur eingebildet, in Versailles gelebt zu haben. Zur Zeit Ludwig XIV.

Ein Presslufthammer ertönte. Nicht laut, aber es war deutlich hörbar, dass der neue Flügel der Klinik Fortschritte machte. Auch das hatte sie sich eingebildet: den Ausbau des Schlosses. Und jedes Mitglied der Intensivabteilung hatte die Rolle einer Person am französischen Königshof eingenommen.

Alles nur Einbildung. Jeder eine Erfindung ihres Gehirns:

Ludwig XIV., Madame Scarron beziehungsweise Maintenon, Madame de Montespan, Marie de Sévigné, Jules de Noailles, Alexandre und Etienne.

Sosehr Julia auch darauf wartete und gleichzeitig dem Moment entgegenbangte, dass einer der Pfleger oder Ärzte aussehen würde wie Etienne – niemand betrat die Intensivstation, der ihm auch nur vage ähnelte. Als sie nach einer Woche in ein Zimmer auf der Neurologie-Station verlegt wurde, begriff sie, dass Etienne, und nur Etienne allein, ihrer reinen Fantasie entsprungen war. Er hatte nie existiert.

Etienne de Flémont, Graf von Montsauvan, ihr angeheirateter Ehemann, war reine Fiktion.

Das war der Moment, in dem sie bitter zu schluchzen begann.

Ihre Mutter und ihre Schwester Jennifer kamen sie besuchen und sie weinten und schluchzten genauso laut wie Julia. Nur war es bei ihnen Erleichterung. Frau Willwer saß an diesem ersten Tag lange an ihrem Bett und begann leise von allem zu berichten, was in der Zwischenzeit vorgefallen war. Ab sofort kam sie jeden Tag, sobald die Besuchszeit auf der Intensivstation begann. Jeden zweiten Tag war auch Jennifer dabei. Jedes Mal, wenn die beiden gingen, weinte Julia wieder. Sie wusste selber nicht, ob aus Erleichterung, sie wiederzusehen, oder vor Kummer, weil es bedeutete, dass Etienne nie existiert hatte.

»Posttraumatische Belastungsstörung«, nannte es ein hinzugezogener Psychiater und saß geduldig neben ihrem Bett, darauf wartend, dass sie a) aufhörte zu weinen und b) ihm ihre Ängste und Nöte mitteilte. In der Zwischenzeit versuchte er so vorsichtig wie möglich herauszufinden, ob es der Gedanke an das tollwütige Wildschwein oder das tote Pferd war oder einfach auch nur der Gedanke, drei Monate ihres Lebens im Koma gelegen zu haben. Isobel, die hübsche kleine Stute, die sonst immer so brav und zuverlässig gewesen war, war von dem tollwütigen Keiler verletzt worden und hatte eingeschläfert werden müssen. Das war schon einen Tag nach dem Sturz geschehen. Vor drei Monaten. Drei Monate. *Nur* drei Monate. Sie war vier Monate vor ihrem neunzehnten Geburtstag ohnmächtig geworden und mit sechzehn Jahren wieder aufgewacht.

Die Pflegerin, die sie in Gedanken noch immer Madame Scarron nannte, saß oft an ihrem Bett, hielt ihre Hand, wenn sie weinte, und versuchte sie mit zärtlichem Streicheln über Kopf und Arme zu trösten. Sie sprach mit ihrer leisen, weichen Stimme, die sie sonst den Kindern zukommen ließ, begütigend auf sie ein und einmal erzählte sie auch, dass der Chefarzt sich noch selten um einen Patienten so bemüht hätte wie um sie, Julia.

Dabei bekam Julia den Chefarzt nur bei der Visite zu sehen. Er war dann zwar immer sehr nett, seine goldenen Augen leuchteten, wenn er sie ansah, aber den Rest des Tages war er anderweitig beschäftigt.

Sobald sie auf der neurologischen Station lag, durften auch andere Besucher zu ihr, nicht nur ihre Mutter und ihre Schwester.

Die erste Besucherin war Nina. Die weinte vor Erleichterung, weil es Julia wieder besser ging. Kein einziges vorwurfsvolles Wort wegen ihrer toten Stute. Stattdessen erzählte Nina die neuesten Klatschgeschichten aus der Schule, und dass Niklas täglich nach Julia gefragt hatte. Jetzt, wo es Julia wieder besser ging, würde er sie sehr gern besuchen.

Als Nina weg war, war Julia wieder sehr elend zu Mute. Niklas. Ganz offensichtlich war er an mehr interessiert als an ihrer Gesundheit. Aber wer wollte schon einen Niklas, wenn er mit jemandem wie Etienne zusammengelebt hatte? Noch immer war niemand aufgetaucht, der ihm auch nur annähernd ähnlich sah.

Vermutlich hatte sie sich für Etienne einen Schauspieler erträumt. Er war auch zu schön gewesen, um wahr zu sein. Vor allem, weil er sie so geliebt hatte.

* * *

Nach Ninas Besuch öffnete sich die Tür und zu Julias Erstaunen betrat der Chefarzt das Zimmer. Seltsamerweise allein, ohne sein Gefolge. Er zog einen Stuhl an ihr Bett und setzte sich.

»Wie fühlst du dich?«, fragte er und Julia roch wieder den dezenten Duft von Iris.

»Es tut nichts weh«, antwortete sie automatisch mit der Standardantwort.

»Das habe ich nicht gefragt«, sagte der Chefarzt. »Ich wollte wissen, ob du den Schock, drei Monate deines Lebens verpasst zu haben, langsam verkraftest.«

Julia sah ihn an und war schon versucht zu sagen: »Alles bestens, ja.« Doch im letzten Moment hielt sie sich zurück. Ludwig XIV. hätte genau gewusst, wenn sie log, und er hätte es ihr übel genommen. »Nicht wirklich«, sagte sie daher wahrheitsgemäß. »Ich habe gehört, ich habe es Ihnen zu verdanken, dass ich noch lebe. Warum haben Sie so viel Zeit und Mühe in mich investiert? Sie wussten nicht, ob ich überlebe, und wenn ja, wie. Die Chancen, dass ich je wieder klar denken kann, standen sehr schlecht, hat man mir erklärt. Warum haben Sie es trotzdem versucht?«

Der Chefarzt setzte sich noch ein wenig aufrechter, dann stand er abrupt auf. Er ging ein paar Schritte im Zimmer auf und ab. Ansonsten war es so leise, dass Julia im Flur die Schwestern vorbeeilen hörte und aus dem Nebenzimmer einen Fernseher.

»Du bist meine Tochter«, sagte er endlich. »Ich hatte mit deiner Mutter eine kurze Affäre, obwohl ich schon verheiratet war. Als deine Mutter mit dir schwanger wurde, bat ich sie, das Kind abtreiben zu lassen. Ich wollte meine Frau nicht verlassen. Unsere Wege trennten sich und ich hörte drei Jahre nichts von ihr. Dann trafen wir uns auf einer Fortbildung wieder. Von deiner Schwester erfuhr ich erst Jahre später.«

Julia fühlte sich, als hätte man ihr noch einmal vergifteten Tee serviert. Er war ihr *Vater*? Aber wieso …?

Er sah ihre unausgesprochene Frage und erklärte: »Ich konnte meine Frau nicht verlassen. Ihr Vater hat mir damals das Studium finanziert und sie war eine gute, liebevolle Partnerin.«

»Und was war meine Mutter?« Julia erkannte ihre krächzende Stimme selber nicht wieder.

»Sie war … anders. Lebenslustig, leidenschaftlich, witzig. Sie war eine Versuchung, der ich mich nicht entziehen konnte. Aber dann wurde ich wieder vernünftig. Sie wollte unbedingt Kinder haben und ich habe sie finanziell unterstützt. Immer so, dass es meiner Frau nicht auffiel.«

»Nur besucht haben Sie uns nie«, sagte Julia traurig. Ihre Mutter hatte hart schuften müssen. Vor allem in den letzten Jahren, als die Großeltern immer pflegebedürftiger wurden. Ein Partner, der ihr manche Last abgenommen oder sie mit ihr geteilt hätte, wäre bestimmt eine riesige Erleichterung für sie gewesen.

Der Chefarzt schüttelte bedauernd den Kopf. »Nein. Besucht habe ich euch nie. Dafür war ich wohl zu feige.«

Feige. Eine Frau mit zwei Kindern sitzenlassen – ja, das war feige und verantwortungslos. »Haben Sie unsere Mutter geliebt?«, fragte Julia leise.

»Ich mochte sie.«

Mehr musste er nicht sagen. Eine Affäre. Mehr war ihre Mutter nicht für ihn gewesen. Er hatte sie, Julia, nur aus Wiedergutmachung retten wollen. Als Buße für seine Sünden.

»Ich hoffe wirklich sehr, dass es dir bald besser geht«, sagte er und trat wieder etwas näher. Ehe er weitersprechen konnte, öffnete sich die Tür.

Madame Scarron von der Intensivstation trat ein und sah erstaunt den Chefarzt neben Julias Bett stehen. Der Chefarzt nickte Julia noch einmal kurz zu und verließ dann den Raum. Aber Julia hatte gesehen, dass seine Finger ganz zart die der Krankenschwester berührten, als er an ihr vorbeiging. Er hatte ihre Mutter nicht geliebt, aber er liebte diese Frau dort. Die Inkarnation von Madame Scarron, die sie so liebevoll auf der Intensivstation umsorgt hatte wie eine Mutter.

Sie trat an Julias Bett und strich ihr wieder sanft über die Stirn.

Julia konnte ihr nicht einmal grollen. Madame Scarron hatte die Kinder des Königs geliebt wie ihre eigenen. Und genau wie Ludwig XIV. sie immer angesehen hatte, so hatte der Chefarzt vorhin die Schwester angesehen, als er an ihr vorbeiging. Nein, Julia konnte der Frau nicht böse sein. Aber er hätte ein wenig aufrichtiger Julia und ihrer Familie gegenüber sein können.

Hier lag auf alle Fälle der Grund für die extreme Großzügigkeit des Königs/Chefarztes ihr gegenüber: Sie war die nicht anerkannte uneheliche Tochter.

77. Kapitel
BESUCHER

Zwei Tage wollte sie niemanden sehen. Nicht einmal ihre Mutter. Aber dann sagte sie sich, dass sie ihrer Mutter nicht für immer aus dem Weg gehen konnte. Spätestens wenn sie dieses Zimmer verließ, würde sie draußen auf sie warten.

Das Gespräch war sehr tränenreich und anstrengend, aber Julia kam zu dem Schluss, dass sie ihre Mutter trotzdem liebte. Vielleicht sogar noch ein bisschen mehr. Immerhin hatte sie sich für ihre Kinder entschieden und gegen ein Leben als Geliebte.

* * *

Das Gespräch beschäftigte sie noch ein paar Tage. Und ein neuer Besucher kündigte sich an: Niklas kam vorbei – schon per SMS von Nina angemeldet.

Niklas gestand ihr, dass er sich in sie verliebt habe. Julia konnte nicht anders: Sie starrte ihn verblüfft an.

»Das kann dir doch nicht so seltsam vorkommen.« Niklas schien sichtlich gekränkt. »Immerhin habe ich alles Mögliche getan, um dich auf mich aufmerksam zu machen.«

»Du hast mich nach den Hausaufgaben gefragt«, stellte Julia klar.

»Na sicher. Irgendwie musste ich doch mit dir ins Gespräch kommen.«

Fast schon wollte sie darauf antworten, dass man das auch hätte anders tun können. Noailles hatte ihr immerhin Lilien geschickt und der Dauphin Schokolade. Selbst Alexandre hatte es verstanden, sie in ein Gespräch zu verwickeln, ohne dabei auf seinen eigenen Nutzen hinweisen zu müssen. Doch dann fiel ihr wieder ein, dass sie alles nur halluziniert hatte. Niemand hatte ihr Blumen geschickt, niemand Schokolade, niemand hatte sie zu Spaziergängen ausgeführt. Sie schluckte, um nicht vor Niklas zu weinen.

Julia schloss einen Moment die Augen und sammelte sich. »Niklas, dein Antrag ehrt mich und ich fühle mich zutiefst geschmeichelt. Bitte verzeih, wenn ich deinem Werben nicht zustimmen kann, aber meine Gefühle für dich sind nicht so tief, wie du es dir vielleicht wünschst. Dennoch hoffe ich, dass du weiterhin mein Freund bleibst. Es tut mir leid.«

Niklas starrte sie mit offenem Mund an, als seien ihr soeben Hörner gewachsen. Endlich fing er sich wieder. »Julia, ich wollte dich nicht heiraten. Ich habe dich nur gefragt, ob du mit mir gehen willst.«

Diese Ausdruckweise war dermaßen ordinär, dass Julia prompt antwortete: »Nein.«

Niklas stand sichtlich gekränkt auf und verließ das Zimmer.

An diesem Tag blieb ihr offenbar nichts erspart, denn auch noch Herr Schmidt kam sie besuchen. Ob sie sich daran erinnere, dass in wenigen Wochen die Klassenfahrt stattfinde? Nein? Hätte er sich schon gedacht. Da sie nach dem Krankenhaus noch in die Rehaklinik müsse, werde er alle nötigen Schulunterlagen dorthin senden, aber dann solle sie mit nach Paris fahren.

»Paris? Aber wir waren doch schon in Paris!«, sagte Julia verblüfft.

»Nein. Wir haben eine Tagestour nach Metz unternommen letztes Jahr.« Herr Schmidt sah sie besorgt an. »Sieh zu, dass du wieder fit wirst und mitfahren kannst.« Er reichte ihr unbeholfen die Hand und verabschiedete sich.

Julia ließ sich matt in die Kissen sinken. Sie wollte nicht nach Paris. Sie wollte ein Paris in Erinnerung behalten, das nicht von Autos, Reklametafeln und den Champs-Élysées beherrscht war.

Rissen die Hiobsbotschaften denn überhaupt nicht mehr ab?

78. Kapitel
PARIS

Alle redeten auf sie ein mitzufahren. Ihre Mutter, ihre Schwester, Nina, Herr Schmidt – sogar das Krankenhauspersonal, als sie entlassen und in die Rehaklinik verlegt wurde. Und auch da rieten ihr in den drei Wochen, die sie dort verbrachte, sämtliche Mitpatienten, sie solle ja nach Paris fahren. Es sei traumhaft.

Das wusste Julia selbst.

Aber das Herz war ihr schwer, als sie zu ihren Mitschülern in den Bus stieg, obwohl die sie freudig und lautstark begrüßten.

* * *

Verschwitzt und müde nach acht Stunden Busfahrt (von denen sie eine Stunde lang im Stau auf der Périphérique gestanden hatten), waren alle Schüler und Lehrer sichtlich erleichtert, als sie endlich die Jugendherberge erreichten. Herr Schmidt regelte die Formalitäten an der Rezeption und dann wurden die Zimmer verteilt. Julia war mit Nina zusammen untergebracht.

Als sie lärmend, lachend und plaudernd mit ihren Koffern zur Treppe zogen, hörte Julia plötzlich jemanden sagen: »Da sind ein paar sehr hübsche Mädchen dabei. Was meinst du, sind die bereit für ein Abenteuer?«

Als sie sich umdrehte, sah sie den Mann von der Rezeption mit einem anderen jungen Mann sprechen. Die beiden blickten Melanie und Laura hinterher. Julia blieb abrupt stehen. Hatte sie soeben verstanden, was der Franzose zu seinem Freund gesagt hatte?

Ja, hatte sie. Das Funkeln in den Augen der Männer war eindeutig. Zu oft hatte sie es bei Hofe beobachten können. Doch im selben Moment erinnerte sie sich daran, dass sie dieses Leben nur geträumt hatte.

Auf einmal wurde der eine von ihnen auf Julia aufmerksam. Er sah sie an und sein Gesichtsausdruck war ... man konnte es nur verblüfft nennen. Er schubste mit dem Ellbogen seinen Kumpel an und wies auf Julia. Der sah genauso verdattert aus. Julia fühlte, wie ihr heiß wurde, und sie machte sich schleunigst daran, Nina einzuholen. Die überraschten Gesichter der Angestellten hatte sie schnell vergessen.

Aber eines geisterte andauernd durch ihre Gedanken: *Wieso verstand sie plötzlich Französisch?*

* * *

Es war nicht ganz so schlimm, wie sie es sich vorgestellt hatte. An ihrem ersten Tag in Paris besichtigten sie den Eiffelturm, den Invalidendom und Sacré-Cœur im Montmartre. Und Julia verstand alles auf Französisch. Jedes einzelne Wort. Sie konnte die Plakate lesen, die Straßenschilder, die Aushängetafeln, alles, was französisch war. Das war ihr so unheimlich, dass sie an dem Tag kaum ein Wort sprach. Nina und ihre Schulkameraden schoben es auf die Anstrengung des langen Tages.

Der nächste Tag führte die Klasse auf die Île de la Cité zu Notre-Dame und in ein Museum im Marais-Bezirk. Das wurde zu einem Horrortrip für Julia: Notre-Dame war nahezu unverändert. Riesig, wunderschön und einfach atemberaubend.

»Und weswegen hat wer gesagt, Paris sei eine Messe wert?«, fragte Herr Schmidt seine Schüler. »Wer es mir sagen kann, bekommt einen Crêpe ausgegeben.«

»Ludwig XIV., weil er hier seine sechste Ehefrau geheiratet hat?«, fragte Melanie.

»Das war Heinrich VIII. von England, und nein. Für die Antwort musst du mir einen Crêpe spendieren.«

Als niemand anders sich meldete, wagte Julia aufzuzeigen.

»Julia?«

»Heinrich IV. sagte es, nachdem er zum katholischen Glauben konvertiert war, um König von Frankreich zu werden.«

»Klasse, wie immer! Du hast jetzt einen Crêpe bei mir gut! Gehen wir weiter. Wer von euch zuerst den buckligen Glöckner sieht, bekommt auch einen Crêpe.« Er ging voraus, die Schüler folgten ihm.

In diesem Moment fiel Julia die Tür ins Auge, durch die La Tréaumont sie und Etienne damals zu entführen versucht hatte. Das ist unmöglich, korrigierte sie sich selber und versuchte sich einzureden, dass es sich hierbei um ein Déjà-vu handelte, um eine Fehlschaltung des Gehirns, die vorgaukelt, eine gewisse Situation zu kennen. So hatte es der Psychologe in der Rehaklinik erklärt.

Als Nächstes stand der Museumsbesuch auf dem Programm. Das *Museum* stellte sich als Hôtel Carnavalet heraus, das Wohnhaus von Madame de Sévigné. Größtenteils war es eingerichtet wie in Julias Erinnerung. Natürlich hatten nachfolgende Eigentümer Spuren hinterlassen, aber das eigentliche Besitztum der Marquise war unverändert. Julia konnte gar nicht zählen, wie oft sie hier mit Etienne zu Abend gespeist hatte – zumindest in ihren Träumen. Die Marquise war die Erste bei Hofe gewesen, die auf sie zugekommen war. Die Tür zu ihrem Salon war verschlossen.

»Da können Sie nicht hinein«, sagte ein Wärter neben der Tür.

»Warum nicht?«, fragte Julia erstaunt.

»Die Räume werden zurzeit renoviert. Sie sind noch im Originalzustand der Marquise de Sévigné und ein Sturm hat vor kurzem eine Wand eingerissen.«

Julia nickte. »Können Sie mir sagen, ob noch einige Briefe Madame de Sévignés dort ausgestellt sind?«

»Ja, Mademoiselle. Sie finden sie auch in den Museumsräumen. Gehen Sie dort durch die Tür.«

Julia folgte seinem Finger. Nina stand neben ihr. Julia sah sie irritiert an. »Wieso steht dein Mund so weit offen?«

Nina klappte ihn zu, öffnete ihn wieder und wiederholte das Ganze mindestens drei Mal, ehe sie sagte: »Meine Güte, was ist mit dir passiert, als du im Koma gelegen hast?«

»Wieso?«, fragte Julia.

»Du bist mit knapper Müh und Not einer Sechs im Zeugnis entkommen und jetzt sprichst und verstehst du Französisch so perfekt wie ein Franzose.«

Das stimmte. Doch wie sollte sie das erklären, wenn sie selber nicht wusste, wie es geschehen war?

»Ich weiß nicht.« Julia zuckte die Schultern. »Aber diese Briefe hier kann ich auch lesen.« Die Briefe lagen hinter Glas auf grünem Samt, waren recht vergilbt und die Tinte war verblasst. Julia erkannte die Handschrift auf Anhieb.

»Im Ernst?«, hakte Nina nach. »Die sind doch in dieser alten Schrift verfasst, die ich nicht mal auf Deutsch lesen könnte.«

Julia zwinkerte ihr zu. »*Mein langer Brief ist bereits weg, aber wenn es so große Neuigkeiten gibt, die geschrieben werden müssen, gleichwohl Ihr sie von anderen schon erfahren haben mögt* …« Julia brach ab. Das war doch unmöglich! Es bereitete ihr keinerlei Schwierigkeiten, das Geschriebene zu lesen. Aber auch der Inhalt des Briefes …

»Und um was für Neuigkeiten handelt es sich? Steht das auch da?«, fragte Nina neugierig.

»Oh, die Gräfin de Soissons hat bei Nacht und Nebel die Stadt verlassen. Sie hat ihren Mann vergiftet, und das ist herausgekommen.«

»Das steht da?«

Julia blinzelte Nina an und las den Brief noch einmal. »Nein«, sagte sie langsam.

»Und woher willst du das dann wissen?«, fragte Nina irritiert.

Gute Frage. Woher wusste sie es? So gut ihr Geschichtsunterricht bei Herrn Schmidt auch gewesen sein mochte – *das* hatten sie niemals durchgenommen. Hatte sie es vielleicht irgendwann gelesen? Es heißt ja, das Unterbewusstsein des Menschen speichere selbst die unscheinbarsten Dinge, die man durch Hypnose manchmal wieder hervorrufen könne. Hatte ihre Kopfverletzung so etwas hervorgerufen?

Nach ihrem Besuch im Hôtel Carnavalet streunten sie weiter durch die Straßen des Marais, besuchten die Place des Vosges, Place de la Bastille sowie die Place de l'Hôtel de Ville. Herr Schmidt erklärte ihnen, dass hier in früheren Jahrhunderten, vor der Revolution, Hinrichtungen stattgefunden hatten. Julia hätten ihnen auch den genauen Standplatz des Schafotts zeigen können.

Jetzt hatten sie eine Stunde Freigang, wie Herr Schmidt es nannte. Julia würde ihn für etwas anderes nutzen, als Souvenirs zu kaufen oder Boutiquen zu besuchen. Sie würde noch einmal die paar Meter zurück ins Marais-Viertel gehen.

»Nina, ich möchte unbedingt in den Buchladen, den ich vorhin gesehen habe«, erklärte Julia ihrer Freundin. Für die waren die ewigen Buchhandlungsbesuche mit Julia nichts Neues.

»Hier sind alle Bücher auf Französisch«, wandte Nina ein. Sie selber wollte viel lieber die Pariser Modeläden erkunden als in irgendwelchen Büchern versinken. »Kannst du noch ein wenig warten?«, stöhnte sie.

»Nein, geh ruhig mit den anderen. Wir treffen uns in einer halben Stunde genau hier wieder. Verrat mich nicht bei Herrn Schmidt.«

Nina nickte, erleichtert darüber, so schnell einen Ausweg gefunden zu haben.

Julia lief durch die Straßen zurück in Richtung Place des Vosges. Direkt dahinter befand sich die Rue des Tournelles, wo einst Ninon gewohnt hatte. Und eine Straße weiter, nur noch um die Ecke ...

Es war nicht da. Entweder hatte das Hôtel de Montsauvan die Revolution nicht überlebt oder es hatte nie existiert. Sie war sich des Standortes ganz sicher. Aber nichts wies auf den Stadtpalast mit den schönen hellen Fenstern, dem hübschen Portal und dem Innenhof mit seinem Brunnen hin. Nichts! Alles war weg. Ihre Enttäuschung war grenzenlos. Wider besseres Wissen hatte sie gehofft, hier einen Anhaltspunkt zu finden. Immerhin hatte sie sich ihre Französischkenntnisse auch nicht eingebildet.

Enttäuscht trottete sie zurück zur Place de Grève, ach nein, es hieß ja jetzt Place de l'Hôtel de Ville. Da setzte sich an den Außentisch eines Bistros und wartete auf ihre Mitschüler.

* * *

Es war abzusehen gewesen, dass der Tag in Versailles eine weitere Enttäuschung würde. Versailles war nicht wiederzuerkennen. Komplett umgebaut und spärlich möbliert glich es kaum dem Märchenschloss, in dem sie über drei Jahre lang gewohnt hatte. Ludwig XV. hatte viele der schönen alten Zimmer zerstört und bis auf die offiziellen Räumlichkeiten waren alle Zimmer gesperrt. Sie konnte nicht einmal nachschauen, ob ihr Appartement noch existierte oder ebenfalls der Bauwut des Urenkels von Ludwig XIV. oder Marie-Antoinette zum Opfer gefallen war. Außerdem kannte sie sich überhaupt nicht aus. Die Botschaftertreppe war verschwunden und die ganzen Anbauten, die riesige, prachtvoll ausgebaute Kapelle sowie das von Marie-Antoinette entworfene Theater machten Versailles zu einem völlig anderen Schloss.

Einzig der Park war beinahe unverändert. Sie ging zum Grand Canal an die Stelle, wo sie mit Etienne bis zum Morgengrauen auf der Bank gesessen hatte. Die Hecken waren höher und dichter – und verdeckten Niklas und Nina, die sich gerade auf ebenjener Bank leidenschaftlich küssten. Julia wollte sich unbemerkt davonschleichen, doch Niklas hatte sie aus den Augenwinkeln entdeckt.

»'tschuldigung. Ich wollte euch nicht stören«, murmelte Julia, konnte aber ein Grinsen nicht unterdrücken.

Niklas flüsterte Nina etwas ins Ohr, nickte Julia zu und verschwand. Nina sah recht betreten aus.

»Ich hoffe, du bist mir nicht böse«, sagte sie nach einer Weile.

»Weshalb sollte ich?«, fragte Julia erstaunt.

»Na ja, ich dachte eigentlich, Niklas wäre hinter dir her und du würdest ihn mögen.«

»Nein, nicht so. Ist schon okay.«

»Du hast nichts dagegen?« Nina sah recht erleichtert aus. »Du bist nämlich ziemlich seltsam, seitdem du aus dem Koma aufgewacht bist. Niklas meinte das auch.«

Julia schwieg. Was hätte sie auch antworten sollen? Wenn Nina damit andeuten wollte, dass sie kein unbefangener Teenager mehr war, hatte sie Recht. Früher einmal hatte Nina sie blind verstanden, aber mittlerweile hatten sie beide sich verändert ...

* * *

Der Louvre war eine weitere Enttäuschung. Der Tuilerien-Palast, in dem sie mit der Grande Mademoiselle diniert hatten, stand nicht mehr. Er war 1871 abgebrannt. Stattdessen war der Louvre noch größer und vor allem sehr verschnörkelt. Die Glaspyramide und der riesige Eingangsbereich darunter machten ihn ihr völlig fremd. Und die Schlange der Anstehenden ging einmal um den Innenhof herum.

»Die haben am Wochenende eine neue Ausstellung eröffnet«, erklärte Herr Schmidt. »Im Louvre sind vor kurzem Schätze gefunden worden. Sie waren hinter zugemauerten Zwischenwänden verborgen und wurden erst jetzt durch einen Sturm freigelegt. Und eine in Vergessenheit geratene Wohnung, die über siebzig Jahre verschlossen war, hat man auch entdeckt. Ein ausgestopfter Straußenvogel war unter anderem dabei und eine der ersten Micky-Mäuse.«

In diesem Moment kam eine Gruppe von Menschen lachend und schwatzend aus dem Innern des Louvre. Doch als sie Julia sahen, verstummten sie allesamt und starrten sie groß an.

Julia drehte sich zu Nina. »Hab ich Dreck im Gesicht? Nutella vom Crêpe am Mund oder eine Mücke zwischen den Zähnen?« Sie bleckte ihre Zähne.

Nina schüttelte den Kopf. »Nö. Alles okay. Aber die machen gerade Fotos von dir.« Sie deutete hinter Julia.

Julia sah, wie die Leute sie aus der Ferne fotografierten und mit dem Finger auf sie zeigten.

Die Schlange rückte weiter vor. Mehr Menschen kamen heraus und immer wieder das Gleiche: Sobald der Blick eines Einzelnen auf Julia fiel, stupste er seine Nachbarn an, deutete auf sie und man zog mit großen Augen und gezückter Kamera an ihr vorbei. Julia wurde immer beklommener zu Mute. Auch Herr Schmidt warf ihr schon sorgenvolle Blicke zu. Vermutlich weil sie blass war. Sie waren jetzt direkt am Ticketschalter.

»Julia, möchtest du vielleicht draußen an der frischen Luft warten? Du siehst nicht gut aus. Wäre schade um das Geld für die Eintrittskarte, wenn du gleich wieder rausmüsstest«, erkundigte sich der Lehrer vorsichtig.

Die Verkäuferin am Ticketschalter wartete ungeduldig. »Wie viele Tickets? Für die gesamte Ausstellung?«

»Haben Sie vielleicht einen Ruheraum für Personen, die sich nicht wohlfühlen?«, fragte Herr Schmidt. »Ich glaube, meine Schülerin fällt gleich um.«

Die Verkäuferin warf einen mitleidigen Blick auf Julia und wollte soeben den Weg erklären, als auch sie diesen merkwürdig staunenden Gesichtsausdruck annahm.

Auch Herrn Schmidt fiel es jetzt auf. »Was ist mit ihr? Sämtliche Leute starren sie so an.«

Die Verkäuferin schluckte. »Nun, es ist äußerst … ungewöhnlich. Vor drei Monaten wurde etwas gefunden, was über dreihundert Jahre versteckt lag. Es ging über Wochen hinweg durch sämtliche Medien. Man hat es hinter einer zugemauerten Wand gefunden. Auf einem Speicher eines Hauses im Marais-Bezirk, wo es wahrscheinlich seit der Revolution verborgen gewesen war. Man vermutet, es sei aus einem der angrenzenden Palais vor dem Mob und seiner Zerstörungswut gerettet worden. Seit die Ausstellung am Sonntag eröffnet wurde, ist es noch einmal überall in den Medien gezeigt worden.« Sie wandte sich direkt an Julia. »Wenn Sie sich wieder besser fühlen, gehen Sie in den Sully-Flügel, zweite Etage, wo die Gemälde aus dem 17. Jahrhundert hängen.«

»Du sollst in den …«, wollte Herr Schmidt schon übersetzen, aber Julia winkte ab: »Ich hab schon verstanden. Sully-Flügel, 17. Jahrhundert. Darf ich sofort da hin?«

»Aber du bist noch immer so blass …«, wandte Herr Schmidt ein, doch Julia schüttelte entschieden den Kopf. Das musste sie sich sofort anschauen.

Während Herr Schmidt die Karten kaufte, warf die Verkäuferin weiter ungläubige Blicke auf Julia. Dazwischen murmelte sie ständig: »Unglaublich ... bemerkenswert ... außergewöhnlich ...« Und als sie weitergingen, hörte sie ein letztes Mal »... diese Ähnlichkeit.«

Je näher sie dem besagten Flügel kamen, desto auffälliger wurde das Verhalten der anderen Besucher. Julia wünschte sich schon eine Maske. Herr Schmidt sagte Gott sei Dank kein Wort mehr von Hinlegen oder frischer Luft. Julia verspürte auch keinen Drang danach.

Jetzt oder nie, sagte sie sich.

Epilog

Das Bild hing nicht an seinem Platz. Nina war schon vorgelaufen und zurückgekehrt, um Bericht zu erstatten.

»Wegen Restaurierungsarbeiten wird es vorübergehend entfernt«, rief sie schon von weitem. »Aber sie haben es gerade erst abgehängt. Wenn wir uns beeilen, kannst du es dir noch anschauen. Du, die Frau darauf sieht dir tatsächlich ähnlich.«

Julia eilte hinter Nina her, kämpfte sich durch die Menge.

»Dahinten hat es gehangen. Siehst du?«

Nein. Julia sah nicht. Sie sah etwas ganz anderes. Oder besser gesagt, jemand anderen.

Er stand höchstens zehn Meter von ihr entfernt mit dem Rücken zu ihr und sprach mit den Restaurateuren. Diese Statur war unverkennbar. Auch wenn die Haare kürzer waren als in ihrer Erinnerung, sie erkannte sofort die brünetten Locken. Und dann fiel ihr Blick auf das Gemälde, das einer der Restaurateure festhielt.

Julia fühlte einen riesigen Stein von ihrem Herzen fallen und gleichzeitig das Loch in ihrem Magen größer werden. So groß, wie es nach ihrem Aufwachen im Krankenhaus gewesen war.

Das Bild war in wunderschönen Farben erhalten. Von Mignard, einem der Hofmaler Ludwigs XIV., selbst angefertigt. Die realitätsnahe Zeichnung der Figuren war ungewöhnlich für dieses Zeitalter, in dem alle Personen nach einem bestimmten Schönheitsideal romantisiert dargestellt wurden. Man konnte eindeutig die Linien und feinen Fältchen der Gesichter erkennen. *Und Etiennes Narbe!*, dachte Julia.

Was sie am meisten bewegte, war die Vertrautheit der Figuren auf dem Gemälde. Etienne hatte einen Arm um ihre Schultern gelegt und mit der anderen Hand hielt er ihre Hand umfasst.

Sie hörte Nina neben sich laut das Schild an der Wand vorlesen, wo das Bild gehangen hatte: »Comte und Comtesse de Montsauvan. Minister und Botschafter unter Ludwig XIV., bester Fechter Frankreichs. Heiratete 1680 die Marquise de Sarvois-Pèrguse, ein Mündel des Königs. Beide flüchteten nach einem Skandal an den österreichischen Hof in Wien.«

Der Restaurateur, der das Bild trug, sagte etwas zu dem großen Mann, der ihr den Rücken zuwandte, und deutete zu Julia. Der drehte sich um und sie sah die Narbe an seinem Kinn. Die blauen Augen starrten sie ungläubig an.

»Oh! Den kenn ich doch«, sagte Nina neben ihr – wieder mal laut genug, dass alle es hörten. Er, die Besucher in diesem Gang und die Besucher vor der Glaspyramide im Hof vermutlich ebenfalls.

Aber das war dieses Mal nebensächlich. Julia sah Nina erstaunt an.

»Der hat ganz lange neben dir auf der Intensivstation gelegen«, erklärte Nina aufgeregt. »Ich durfte einmal rein und da hab ich ihn gesehen. Absolut heißer Typ, deswegen habe ich ihn sofort wiedererkannt. Er hatte einen Unfall. Ist irgendwo abgestürzt und lag ebenfalls im Koma. Aber im Gegensatz zu dir war er schneller wieder fit. *Stefan* stand auf seinem Krankenbett. Und jetzt ist er hier in Paris im Louvre? Das ist ja ein unglaublicher Zufall.«

Julia glaubte nicht mehr an Zufälle.

Der junge Mann sah auf das Gemälde, dann wieder auf sie und endlich – *endlich!* – kam er zu ihr. Er war genauso groß wie in ihrer Erinnerung.

»Du bist tatsächlich aus dem Koma aufgewacht«, sagte er und sie hörte Etiennes unnachahmliche Stimme mit dem einzigartigen Timbre. »Ich habe wegen eines Unfalls eine Zeit lang neben dir gelegen und mich immer gefragt, welche Farbe wohl deine Augen haben und wie deine Stimme klingen mag.«

Sie hatte schon befürchtet, sie würde ihn nie wiedersehen, diese Stimme nie wieder hören. Eine Gänsehaut kroch über ihren Rücken. Ein angenehmer Schauder wie bei Eiscreme.

»Glaubst du an Zufälle?«, fragte er und deutete auf das Gemälde, das jetzt zwischen den Besuchern verschwand.

»Nein«, sagte Julia lächelnd. »Ich glaube an das Schicksal.«

Nachwort

Das Herz der Lilie ist ein fiktiver Roman, keine Frage, aber ich habe sehr viel dafür recherchiert. Alle Figuren – bis auf die Familie Montsauvan und Julia Willwer sowie deren deutsche Familie und Freunde – waren real.

Bei den Briefen der Madame de Sévigné habe ich ein bisschen geschummelt. Ich habe ein paar reelle Details (wie die Krankheit der Mademoiselle de Méri oder die Ungnade Pomponnes) eingefügt, andere erfunden (wie die um Julia und Etienne) und mich bei der Wahl des Inhalts nicht immer an die chronologische Reihenfolge ihrer Briefe gehalten. Kardinal Retz ist übrigens nicht vergiftet worden.

Philippe d'Orléans ist wirklich homosexuell gewesen, was damals beim Hochadel durchaus gebilligt wurde. Seine Liebhaber hatten nicht wenig Einfluss auf ihn, was ihn als unberechenbar einstufte.

Der plötzliche Tod von Philippes erster Frau ist nie wirklich aufgeklärt worden, aber alle Zeichen deuten darauf hin, dass er entweder selbst Hand angelegt hatte oder zumindest wusste, dass ein Giftmord geplant wurde. Er hat keinen Tag lang um sie getrauert.

Auch Madame de Montespans Teilnahme an schwarzen Messen ist historisch belegt, ebenso Rohans Komplott gegen Louis XIV.

Den Spiegelsaal hat natürlich der Architekt Monsieur Mansart (mit vollem Namen Jules Hardouin-Mansart, aber das wollte ich den Lesern, die sich über die ganzen französischen Namen eh schon mokieren, nicht auch noch zumuten) entworfen und der Maler Charles Le Brun hat sich um die Innenausstattung gekümmert. Der Bau am Spiegelsaal begann bereits 1678 und dauerte insgesamt (nur) sechs Jahre. Es musste auch nachts gearbeitet werden, weil Ludwig XIV. ihn so schnell wie möglich beendet haben wollte, um Staatsgäste zu beeindrucken. Das ist ihm gelungen und der Spiegelsaal wurde mehrfach in ganz Europa kopiert. Übrigens hat er selber auch an der Entwicklung und den Ideen mitgearbeitet. Sein armer Finanzminister Colbert musste sehen, wo er das Geld dafür auftrieb.

Besonders interessant fand ich den Charakter von Nicolas de la Reynie: Ein modern denkender Mann mit Weitsicht im siebzehnten Jahrhundert. Leider fällt sein Name meist nur im Zusammenhang mit den Ermittlungen zur Giftaffäre. Schade, denn er hat so viel mehr geleistet. Er machte aus Paris eine saubere und sicherere Stadt. Die Einwohner durften ihre Nachttöpfe nicht mehr auf die Straße entleeren, mussten vor ihren Häusern fegen und er ließ Klärgruben außerhalb der Stadt schaufeln.

Er sorgte noch für vieles mehr: faire Kornpreise; die erste organisierte Polizei; eine Friedhofsordnung, um Pest und andere Krankheiten zu vermeiden, die durch nicht tief genug vergrabene Leichen noch immer regelmäßig auftraten; und, und, und ...

Am besten hat mir gefallen, dass er die erste Straßenbeleuchtung einführte: Mit Kerzen bestückte Laternen wurden auf Höhe des ersten Stocks alle paar Häuser aufgehängt und für jeweils zehn Laternen wurde ein Anzünder ernannt. Er musste jeden Abend mit einem

Korb voller Talgkerzen durch die Straße gehen und die Laternen bestücken. Dabei wurde eine Glocke geläutet, damit die Anwohner ihre Laterne herunterließen. Die Pariser bestaunten dieses Schauspiel jeden Abend andächtig. (Quelle: *GEO-Epoche Versailles*)

Die illuminierte Stadt. Wahrhaftig.

Ich war jedoch so frei und habe mit den Jahreszahlen gespielt, so dass nicht alles zeitlich korrekt ist.

Wen es interessiert:

- Liselotte von der Pfalz bekam das Kind, mit dem sie im Roman schwanger ist, eigentlich schon 1676.
- Das Komplott Rohans und seiner Mitverschwörer ereignete sich bereits 1674, nicht 1678, wie es hier steht.
- Dass Kaffee zum Frühstück getrunken wurde, bezweifle ich (genau wie meine Lektorin und Redakteurin, die nicht müde wurden mich darauf hinzuweisen), aber Etienne ist ein Pionier und mir gefällt der Gedanke, dass Julia beim Aufwachen etwas Vertrautes riecht.
- Die Rhein-Überquerung im Niederländisch-Französischen Krieg fand bereits 1672 statt. Er endet im Jahr 1678 und fängt nicht erst dann an.
- Angélique de Fontanges – tatsächlich gestorben im Juni 1681 und nicht im Frühjahr 1680 – wurde nicht vergiftet. Liselotte hat das zwar behauptet, aber Angélique hatte sich nach der Geburt und dem Tod ihres kleinen Sohnes nie wieder richtig erholt. Heutige Mediziner haben die Autopsieberichte studiert und sind sich darüber einig, dass sie an einer Brustfellentzündung starb.
- Der Grand Dauphin, wie Prinz Louis genannt wurde, hat am 7. März 1680 in Châlons-sur-Marne geheiratet. Von dort bis ins

Kloster Port Royal wäre es zu weit gewesen, da habe ich die Hochzeit kurzerhand nach Paris verlegt. Da es ein fiktiver Roman ist, nahm ich mir die Freiheit.

- Die Marquise de Brinvilliers wurde 1676 hingerichtet, nicht wie in dieser Version 1677.
  Die Giftaffäre, die mit ihrer Hinrichtung anfing, hat ansonsten genauso stattgefunden wie beschrieben. Ob der Graf de Clermont vergiftet wurde, weiß ich auch nicht. Sein Sohn war allerdings einer der Angeklagten bei der Giftaffäre. Leider ist über die Opfer, außer den Familienangehörigen der Madame de Brinvilliers, so gut wie nichts bekannt – zumindest nicht in den Quellen, in denen ich gewühlt habe. Also musste ich Opfer erfinden und ich habe nahe Angehörige genommen, weil Gift zu jener Zeit auch Erbschaftspulver genannt wurde.
  Die Angeklagten habe ich nicht erfunden, die sind belegt.
- Zweifellos sind noch andere Jahreszahlen ein wenig durcheinandergeworfen worden, die mir jetzt nicht einfallen. Ich habe mich bei der Jahreszahl für diesen Roman hauptsächlich am Alter Ludwigs XIV. orientiert, der Anfang 1678 neununddreißig Jahre alt war und noch voller Tatendrang steckte. Da aber 1677/78 außer den ständigen Bauarbeiten in Versailles nichts besonders Großartiges dort geschah, habe ich ein paar Ereignisse vorgezogen beziehungsweise zurückverlegt.
  Wem der Roman gefallen hat, der wird es mir verzeihen.

Die Giftaffäre

Die Voisin wurde im Januar 1680 verhaftet und schon einen Monat später als Hexe auf der Place de Grève verbrannt. In ihrem Vorgarten waren über 2500 Skelette vergraben, die von tot-, früh- oder neugeborenen Babys stammten. Die Marquise de Sévigné schrieb auch noch von dem Gerücht, die Voisin hätte alle Kinder von Abtreibungen in ihrem Ofen verbrannt. (Ich frage mich, ob daher das Märchen von Hänsel und Gretel rühren könnte!) Zu ihren Kunden zählte der Hochadel, und als auf einmal das hartnäckige Gerücht, die Marquise de Montespan, Geliebte des Königs und Mutter von acht seiner Kinder (davon hat er sechs anerkannt und ihnen eine sehr gute Zukunft gesichert; die beiden anderen Kinder sind zu früh gestorben), sei Stammkundin gewesen, wurde die Sache richtig heikel für Ludwig XIV. Er hätte die »Reinigungsaktion« vielleicht trotzdem durchgezogen, aber Madame Scarron, die Erzieherin besagter Kinder, fürchtete um seinen Ruf und um den der Kinder. Als die Beweise gegen die Montespan erdrückend wurden, stoppte er die Ermittlungen. Aber die Montespan konnte endgültig ihre Koffer packen und zog sich für den Rest ihres Lebens in ein Kloster zurück.

Stattdessen wandte sich Ludwig XIV. der freundlichen Erzieherin seiner Kinder zu, die er sehr zu schätzen gelernt hatte. Als die Königin 1683 im Alter von 44 Jahren an einem Abszess starb, heiratete er Françoise Scarron, Marquise de Maintenon.

Sie entpuppte sich als die große Liebe seines Lebens bis zu seinem Tod.

Ludwig XIV. ist die widersprüchlichste Figur von allen. Sein Vater Ludwig XIII. starb, als er fünf Jahre alt war, und wie immer in der Geschichte war der Thron bei einem so kleinen Königskind heftig am Wackeln. Vor allem, weil der Dreißigjährige Krieg damals noch immer tobte und das Volk unter den langen Kriegsjahren litt. Die Königinmutter war Spanierin (dass sie Anna von Österreich hieß, bezog sich nur auf die Verwandtschaft zum Hause Habsburg), sein Erzieher und Stellvertreter im Land, Kardinal Mazarin, Italiener. Die Franzosen hassten sie beide.

Fünf Jahre nach der Inthronisierung – Ludwig XIV. war gerade mal zehn Jahre alt – eskalierte die Situation schließlich. Der Prinz de Condé, auch als *le Grand Condé* bekannt, der aus einem Seitenzweig der Bourbonen stammte, nutzte die Chance, den Thron für sich zu erobern, und hatte den größten Teil des Adels damit auf seiner Seite. Fast fünf Jahre lang mussten Ludwig XIV., sein Bruder und seine Mutter um die Krone bangen und immer wieder fliehen. Dabei lernte er die Armut kennen, denn es gab auf dieser Flucht selten richtige Betten und ebenso selten genug zu essen. Ich vermute, seine Prunksucht rührt aus dieser Zeit.

Kardinal Mazarin musste sogar zeitweise das Land verlassen. Aber er wird gern mit einer Spinne verglichen, die auch aus Brühl bei Köln die Fäden in der Hand hielt.

Die königlichen Truppen schafften schließlich das beinahe Unmögliche: Sie besiegten den großen Feldherrn Condé und seine Armee von Adligen, so dass die königliche Familie 1652 nach Paris zurückkehren konnte.

Kardinal Mazarin folgte ihnen 1654 und stand bis zu seinem Tod im Jahr 1661 als einziger Berater, den Ludwig je wirklich anhörte, an dessen Seite.

Der Aufstand des Adels ließ Ludwig XIV. seinen strengen Tagesablauf und diese Etikette entwerfen. Wenn sich die Menschen ein Bein ausrissen, um ihm das Nachthemd zu reichen, könnten sie keine Revolte mehr anzetteln, das war der Hintergedanke.

Der Plan ging auf.

Oder fast, wenn man an Rohans Komplott denkt. Was nicht klappte, war Ludwigs Ideal eines bourbonischen Königreichs für die Ewigkeit. Zumindest nicht in Frankreich. In Spanien allerdings regieren noch heute die Bourbonen.

Ludwigs Enkel, Philippe von Anjou, bestieg den spanischen

Thron im Jahr 1700 und so ist König Felipe ein direkter Nachkomme Ludwigs XIV.

Wenn der das im 17. Jahrhundert geahnt hätte, wäre er sicherlich ein wenig stolz auf sich gewesen.

Aber natürlich hat Julia es ihm nie erzählt.

Personenregister

Madame de Sévigné

Berühmte Briefeschreiberin, die viele Details vom Hofleben des Sonnenkönigs der Nachwelt vermacht hat. Zum Glück ist ihre Tochter in die Provence verheiratet worden, denn nur dadurch kam der Briefwechsel zu Stande. (Glück für uns. Aber Madame de Sévigné hat ihre Tochter wohl sehr vermisst.)

Etienne de Montsauvan

Erfundener Charakter (und Traummann). Der Grafentitel geht immer an den ältesten Sohn über. In diesem Fall an Etienne, der sich als Botschafter schon früh einen Namen macht und an den Hof des Sonnenkönigs kommt.

Athenais Marquise de Montespan

Von der Sévigné auch Quanto (ital. für *wie viel*) genannt. Bezeichnend für ihren Charakter, oder? Geliebte des Sonnenkönigs von 1667 bis 1679, hat ihm acht Kinder geboren, von denen sechs überlebten (zwei starben früh). Sie habe ich wirklich versucht so detailliert und authentisch wie möglich wiederzugeben. Über sie ist auch viel berichtet worden.

Françoise Scarron, Marquise de Maintenon
Zweite geheime Ehefrau von Ludwig XIV. (Das nennt man *morganatisch*, wusstet ihr das? Die geheimen Ehefrauen, die nicht standesgemäß für einen Herrscher sind.) Sie heiratete ganz jung den angesehenen, aber armen Schriftsteller Scarron und lebte danach in ärmlichen Verhältnissen, bis die Montespan ihr die Erziehung der Kinder des Königs anvertraute. Dadurch lernte sie den König kennen beziehungsweise er sie.

Flémont
Nachname der Grafen von Montsauvan. (Verwirrend? Hier ein aktuelles Beispiel aus dem englischen Königshaus: Prinz William heißt mit Nachnamen Windsor-Mountbatten und sein Titel, den er zur Hochzeit von der Königin verliehen bekam, lautet Herzog von Cambridge.) Allerdings sind die Flémonts frei erfunden.

Sarvois-Pèrguse
Erfundener Name von Julias neuem Titel als Marquise. Ich habe auch meine Brieffreundin damals zu Rate gezogen, damit ich nicht ein fieses Schimpfwort als Nachnamen verwende. ☺

Angélique Herzogin de Fontanges
Eigentlich de Scorailles, aber unter Fontanges ist sie bekannter. Die letzte Geliebte des Sonnenkönigs. Sie wurde nur neunzehn Jahre alt. Tatsächlich starb sie an einer Rippenfellentzündung, aber sogar Liselotte vermutete damals, die Montespan habe sie vergiftet. Übrigens starb sie erst im Juni 1681. Die Voisin wurde bereits am 22. 2. 1680 verbrannt.

Anne-Jules de Noailles
Ein junger Herzog und Vertrauter des Königs. War in Wirklichkeit Feldmarschall und ständig im Krieg; hatte schon 1671 geheiratet. Er hatte achtzehn Kinder, von denen zwölf das Erwachsenenalter erreichten. Eine Tochter heiratete einen unehelichen Sohn von Ludwig XIV. und eine andere Tochter wurde hundert Jahre alt.

Mademoiselle DesŒillets
Eine Gesellschafterin der Marquise de Montespan. Ihr Name ist in den Akten der Giftaffäre auffallend oft vorgekommen.

Catherine Monvoisin, genannt La Voisin
Giftmischerin und Serienmörderin. Wurde auf der Place de Grève (heute Rathausplatz beziehungsweise Place de l'Hôtel de Ville) bei lebendigem Leibe verbrannt. Sie hat unter der Folter anscheinend nichts gesagt. Dafür muss sie auf dem Scheiterhaufen Zeter und Mordio gebrüllt haben. Ihre Tochter war gesprächiger und nannte alle Namen, auch den der Montespan.

Aussprache französischer Namen

Sévigné	=	Sevinjee
Etienne	=	Etiänn
Montsauv**an**	=	Mongsow**ong**
Montesp**an**	=	Montesp**ong**
Mainten**on**	=	Mängten**ong**
Flém**ont**	=	Fleh**mong**
Sarvois-Pèrguse	=	Sarvoa-Pergüs
Fontanges	=	Fongtongsch
Jules	=	Dschüll
Noailles	=	Noäj
DesŒillets	=	Desojeh
Tuilerien	=	Tüilerien
La Voisin	=	La Voasäng

Bitte nicht wirklich *äng* sprechen wie bei »Peng«, sondern etwas weicher ausklingen lassen wie bei »Restaurant« (aber dann mit ä ☺).

Danksagung

Ganz herzlich möchte ich Marie-Hélène Escudier danken, die mir meinen Traum von einer Führung durch Versailles erfüllt hat. Und das auch noch so anschaulich und kurzweilig! Die drei Stunden auf Englisch vergingen wie im Flug.

Danke an Reiner Rauch von www.reppa.de, der mir die Aufteilung der französischen Währung von damals erklären konnte. (Das war bei der 6. oder 7. Überarbeitung 2003 und er wird sich nicht mehr erinnern. Ich habe es aber nicht vergessen.)

Herzlichen Dank an Mike Glüsing von www.louis-de-france.de mit seiner anschaulichen Seite im Internet und den vielen ausführlichen E-Mails zu den Bourbonen.

Und auch an meine Kollegin Bettina Hennig, die mir mit ihrem Fachwissen zu Europas Adelshäusern sehr geholfen hat.

Liebe ist zeitlos!

Sandra Regnier
Die Zeitlos-Trilogie, Band 1: Das Flüstern der Zeit
432 Seiten
Broschur
ISBN 978-3-551-31422-2

Sandra Regnier
Die Zeitlos-Trilogie, Band 2: Die Wellen der Zeit
464 Seiten
Broschur
ISBN 978-3-551-31440-6

Sandra Regnier
Die Zeitlos-Trilogie, Band 3: Die Flammen der Zeit
464 Seiten
Ausstattung
ISBN 978-3-551-31441-3

Platzregen und Sturmwinde gehören für die englische Kleinstadt Lansbury und damit für die 17-jährige Meredith zum Alltag. Doch diese Gewitternacht ist anders. Unheimliche Kornkreise tauchen am Ortsrand auf, unerwartete Gestalten suchen Lansburys Steinkreis heim und dann ist da noch Merediths bester Freund Colin, der sie genau in dieser Nacht küsst, und mit dem nun nichts mehr so ist, wie es war. Irgendetwas ist in jener Nacht passiert, irgendetwas, das Zeit und Raum kurzfristig aufgehoben hat. Und ausgerechnet Meredith ist der Schlüssel zum Ganzen...

www.carlsen.de

CARLSEN

Prinz zum Verlieben gesucht!

Im Königreich Viterra, einem durch eine Glaskuppel vom Rest der Welt abgeschirmten Land, findet alle paar Jahrzehnte eine prunkvolle Fernsehshow zur Prinzessinnenwahl statt. Zusammen mit den schönsten Mädchen der Nation soll die siebzehnjährige Tatyana um die Gunst vier junger Männer werben, von denen nur einer der wahre Prinz ist. Sie alle haben royale Eigenschaften und eine geheimnisvolle Vergangenheit, aber wer ist wirklich königlich? Und wie weit wird Tatyana in der Auswahl kommen?

Valentina Fast
Royal: Ein Königreich aus Glas
448 Seiten
Broschur
ISBN 978-3-551-31635-6

www.carlsen.de